속 항설백물어

항간에 떠도는 백 가지
기묘한 이야기

KOSETSU HYAKU-MONOGATARI ZOKU

by KYOGOKU Natsuhiko

Copyright ⓒ 2001 KYOGOKU Natsuhiko
All rights reserved.

Originally published in Japan by KADOKAWA SHOTEN PUBLISHING CO., LTD., Tokyo.
Korean translation rights arranged with OSAWA OFFICE, Japan
through THE SAKAI AGENCY and SHINWON AGENCY.

이 책의 한국어판 저작권은 신원 에이전시를 통한 KADOKAWA SHOTEN PUBLISHING CO., LTD.와의
독점 계약으로 비채에 있습니다. 저작권법에 의해 한국 내에서 보호를 받는 저작물이므로 무단전재와
무단복제를 금합니다.

항간에 떠도는 백 가지
기묘한 이야기

속

항설백물어

續巷説百物語

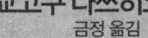

교고쿠 나쓰히코 소설
금정 옮김

비채

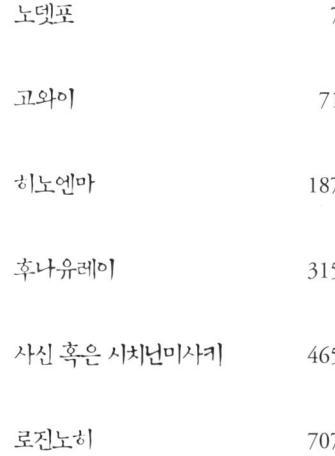

목차

노뎃포	7
고와이	71
히노엔마	187
후나유레이	315
사신 혹은 시치닌미사키	465
로진노히	707

※일러두기
- 본서에는 상황과 사용 빈도에 따라 현지 발음 표기와 한자음 표기가 혼용되어 있습니다.

노뎃포

북녘의 심산에 있는 짐승으로
사람을 보면 박쥐처럼 무언가를 뿜어내
눈과 입을 막고 숨을 멎게 하여
사람을 잡아먹는다고 한다

회본백물어(繪本百物語)・도산진야화(桃山人夜話) / 제4권・31

1

 야마오카 모모스케가 무사시 지방 다마 군 하치오지 센닌초(千人町)로 부름을 받은 것은 8월 중순……. 가만히 있어도 땀이 뚝뚝 떨어질 듯한 더운 날의 이른 아침이었다.
 하치오지라 하면 에도에서 백 리.
 가깝다고 하면 가까우나 마음 편히 갈 수 있는 길도 아니다. 참으로 어중간한 거리다.
 모모스케는 여러 지방을 돌아다니며 기담과 괴담류를 채집하는 것을 더없는 삶의 보람으로 여기고 있는 별스러운 사내이므로 여행에 익숙하기는 하였으나, 익숙한 까닭에 오히려 하치오지 근방으로는 간 적이 없었다.
 한가로운 곳이다.
 온통 밭뿐인 두렁길에서 햇볕을 피하기란 언감생심이다.
 모모스케는 말 등에서 흔들리며 연신 흘러내리는 땀을 닦았다.
 이러한 날만큼은 반라의 마부가 부럽다.
 앞서 가는 수하도 더워 보인다.

수하라 하여도 무가의 끝자락에 위치하는 자이기는 할 터. 그러니 마부처럼 편하자고 내키는 차림새를 할 수야 없는 노릇이리라.

모모스케는 무사가 아니다. 그러니 평소에 점잔을 빼는 일은 없다. 더울 때는 더위에 맞게 차려 입는다. 무사의 번거로운 체통은 모모스케가 꺼려하는 점이다. 그러나 부름을 받은 몸이니, 오늘만큼은 그리할 수도 없었다.

말 위는 지면보다 하늘에 가깝다.

그래서 한층 더 더운 듯한 느낌이었다.

엎친 데 덮친 격으로 바람조차 없었다.

화급한 일이라고 하였다. 최소한 달려가주면 좋겠다는 생각이 들지만, 모모스케의 입으로는 서둘러달라고 말하기도 어렵다. 그럴 만한 입장이 아니다.

고작해야 멀리 있는 풍경을 바라보며 더위를 달랠 수밖에 없다.

하치오지 부근에는 흔히 하치오지 천인동심(千人同心)이라 불리는 향사* 집단이 살고 있다.

하치오지 천인동심이란 평소 농사를 생업으로 하는 반농의 무사들이기는 하나, 여전히 군사 훈련을 거르지 않고 행하는 용사들이라 들었다.

그러하기에 모모스케는 농부가 괭이를 휘두르는 바로 옆에서 많은 무사들이 검술 훈련을 하는 등의 진기한 정경을 마음속으로 그리고 있었으나, 아무래도 그 생각은 혼자만의 망상이었던 듯하다.

보아하니 이른바 시골풍경이다.

---

* 에도시대 무사 계급 중 하층에 속하는 사람을 지칭하는 말.

그러나 이 하치오지 천인동심, 시골 무사라고는 해도 우습게 볼 것이 아니다.

막부의 직속 조직이며, 모모스케가 아는 한 그 역사는 상당히 길다. 시작은 막부의 문을 연 이에야스 공의 에도 입성 시에 대대관(大代官)이었던 오쿠보 나가야스 아래, 멸망한 다케다 가문의 옛 가신을 중심으로 조직된 것이라고 한다.

본래는 다케다 가문이 세력을 떨쳤던 가이 지방의 국경 경비나 치안 유지에 임했다고 하는데, 후일 닛코 산의 화재 예방 및 소화 활동을 명받았으며, 한때는 에도의 소방 직무를 맡은 적도 있다고 한다. 에조* 봉행소** 설치 시에는 경비를 위해 멀리 에조 땅까지 파견되기도 했다고 들었다.

에조 땅은 모모스케조차 가본 적이 없다.

무인(武人)……인 것이다.

거들먹대기만 하는 얼간이 무사가 많은 가운데 참으로 희귀한 인종이라는 생각도 드는데, 어찌된 까닭인지 이 하치오지 천인동심의 조장 중에는 의외로 지식인이 많다는 이야기도 들었다. 이 너즈러진 시절, 문무 양도에 뛰어난 이는 한층 더 드물다. 닛코나 하치오지의 지리지를 편찬하는 자까지 있다고 하므로 명실상부한 실력가일 것이다. 그 때문인지 부하인 동심 중에도 난학(蘭學)***이나 의학, 해방론(海防論) 등에 달통한 자가 많다고 한다.

---

* 근대 이전 홋카이도를 위시한 북쪽 지방을 가리키는 통칭.
** 각 고을에 설치된 치안 유지 기구.
*** 네덜란드어를 통해 서양의 학술, 문화를 연구하는 학문.

동심 야마오카 군파치로도 그러한 이들 중 한 사람으로, 최신 의학 사정에 훤하여 시골 동심으로는 보이지 않는 통인(通人)이다.

모모스케를 부른 이는 바로 군파치로였다. 수하가 가져온 서찰에는 '의논할 일이 있으니 화급히 오기를 바라네'라고 쓰여 있었다. 부름을 받은 것은 처음 있는 일이다. 허둥지둥 채비를 갖추고 집을 나서니 놀랍게도 말까지 준비되어 있었다. 이는 예삿일이 아니다.

모모스케의 심중은 평온하지 못했다.

야마오카 군파치로는…… 모모스케의 형인 것이다.

모모스케도 군파치로도 근본을 따지자면 도쿠가와의 선봉(先鋒) 조총부대 집안에서 태어났다.

모모스케는 철들기 전에 상가(商家)의 양아들로 보내졌기 때문에 말단 무사인 아버지에 대한 기억은 없다.

태생에 관해 전혀 듣지 못한 탓도 있어 소상한 사정은 모르나, 모모스케가 양자로 보내진 것도 궁핍함이 그 연유였던 모양이다. 그럼에도 도무지 형편이 피지 않았는지 동심의 자격까지 팔고 낭인으로 살다가 실의에 빠진 채 죽었다고 한다. 그 무렵의 사정은 나중에 재회한 군파치로에게서 들었다.

모모스케는 결국 양부모의 상점도 잇지 않고 멋대로 부초 같은 생활을 하고 있는데, 군파치로는 꾸준히 정진한 끝에 다시 동심의 자격을 사서 하치오지 동심이 된 것이다.

모모스케는 우러러볼 수밖에 없다고 절감한다. 모모스케가 형의 처지였다면 도저히 그렇게 하지는 못했을 것이다. 모모스케가 필명으로 야마오카라는 성을 사용하게 된 것도 바로 그런 형을 적잖이 존경하기 때문이다.

다만, 야마오카라는 성으로 행세하는 것을 허락해준 군파치로 쪽도 모모스케에 대해 같은 감정을 품고 있으리라는 것은 상상하기 어렵지 않다.

군파치로의 입을 빌자면 '자신으로서는 틀에 얽매이지 않는 모모스케와 같은 삶은 도저히 살지 못하리라'라는 이야기가 되는 것이다.

알듯 말듯. 그러한 느낌이다.

단지 자라온 처지만 다를 뿐, 근본은 같은 피를 나눈 형제다. 모모스케가 지닌 호사가의 자질은 언뜻 고지식해 보이는 군파치로의 안에도 확실하게 둥우리를 틀고 있는 듯했다. 어쩌면 군파치로는 서에 괴이한 소문이 뜨면 급히 달려가고, 동에 진기한 사건이 있으면 부리나케 날아가는 모모스케의 그 생활상을 부럽게 여기고 있는지도 모른다. 그러하기에…….

말 등에 앉아 농촌의 한가로운 경관을 바라보면서도 모모스케의 심중은 매우 복잡하기 그지없었던 것이다.

관아처럼 보이는 초가지붕 건물 앞에서 내리게 되었다.

잠시 지나자, 눈을 부라린 군파치로가 나왔다.

군파치로는 모모스케의 모습을 확인하더니 왠지 안심하는 듯한 표정으로 오느라 수고했다며 고개를 숙였다.

"고개를 드십시오…… 저어."

남들 앞에서 형님이라고 하기는 어렵다. 모모스케는 동심의 피붙이로 보기 어려운 차림새를 하고 있기 때문이다.

"대체 무슨 일이십니까?"

군파치로는 고개를 들어 으음, 하고 침음(沈吟)하더니 "의논일세"라고 말했다.

"보아주었으면 하는…… 송장이 있네."

"송장…… 말입니까."

군파치로는 그렇다고 짧게 대답한 후 모모스케를 건물 안으로 이끌었다.

봉당 중앙에 돗자리가 깔렸고 그 위로 거적을 씌운 것이 놓여 있다. 발이 비어져 나와 있으니 틀림없이 송장이다. 군파치로는 좌우에 대기하던 수하들에게 자리를 떠나달라 명한 후 입구에 멈춰 서 있던 모모스케를 불러들였다.

"그다지 보고 싶은 것은 아닐 터이나…… 뭐, 변사지."

타살……이라는 것일까.

"이것이 참, 나의 재량으로는 도무지 판단을 내릴 수가 없지 뭔가. 조장께서도 고개를 갸우뚱하시고. 이대로는 어찌 처리해야 할지, 우리 동심 일동은 아주 난감지경일세. 타살인지 사고인지 전혀 짐작이 아니 되네. 그래서 여러 지방을 다니며 항담풍설을 수집하는 자네라면 여러모로 견식도 넓을 것이라고, 그리 생각한 게지."

"허나 형님. 의술에 밝은 형님께서 판단을 내리지 못하시는데, 저의 눈으로 본다고 알 리 없지 않겠습니까?"

군파치로는 그리 단정할 수도 없다고 했다.

모모스케 입장에서 보자면 단정 못할 이유가 없다. 형의 그러한 태도는 자신에 대한 과대평가라고, 모모스케는 그렇게 생각하고 있다. 자신과 전혀 다른 삶을 살고 있는 아우에게 적지 않은 동경의 염을 품고 있는 까닭에 내린…… 과한 점수인 것이리라.

그러나 무작정 소홀히 여길 수만도 없다고 생각했기에 "사인에 의심스러운 점이라도 있습니까?" 하고, 모모스케는 일단 물어보았다.

"사인은 일목요연하다네."

"그럼……."

"일단 보시게."

군파치로는 짧게 말하고 거적을 젖혔다.

거적 아래에는 훌륭하게 차려입은 무사가 누워 있었다.

격식을 다한 차림새에 손등 토시와 각반. 허리의 두 칼은 뽑히고 없었으나 착의에 흐트러짐은 일절 없다. 아니, 거의 더러워진 부분조차 없다. 당연지사, 칼 맞은 상처도 혈흔도 없었다.

그러나.

"이, 이것은 대체……."

모모스케의 눈이 휘둥그레졌다.

무사의 시신은 칠칠치 못하게 입을 벌리고 있다.

눈도 찢어질 듯 크게 뜨고 있다. 경악의 표정…… 혹은 공포의 표정일까.

문제는 그 이마였다.

무사의 이마에는 돌멩이가 박혀 있었던 것이다.

특수한 돌은 아니다. 아무리 보아도 흔히 굴러다니는 자갈이다. 그것이 이마에 박혀 있었다.

"내 동료인 하마다 기주로란 사람일세. 이리야마 고개로 향하는 오즈가와 강변에서 발견되었지. 이는……."

군파치로는 말을 잇지 못하고 머뭇거렸다.

"별다른 외상은 없네. 그러니 틀림없이 이 자갈이 사인으로 작용했을 테지. 허나, 모모스케. 이것은…… 어찌하여야…… 음, 이리 되는가?"

"부딪힌 것은…… 아닌 듯하군요."

분명 기이하다.

이마에 돌을 세게 맞으면 다치는 일쯤이야 당연히 있을 테고, 혹 맞은 곳이 급소라면 죽음에 이르는 경우도 있을 것이다. 그러나 설령, 아무리 세게 던진다 한들 꽂히는 일은 없으리라.

큰 돌도 아니고 자갈이다. 상처쯤이야 쉽사리 낼 수 있겠으나, 이마를 깨고 박히도록 하는 것이 가능하리라는 생각은 들지 않는다. 두부나 겨된장 같은 것이라면 모르되, 표적이 곤약 같은 것일 경우라도 그처럼 탄력을 가지고 있다면 동그란 돌멩이를 던져 박아 넣기란 어려울 것이다.

"나도 투석기 같은 물건을 썼나 하는 생각을 했네. 허나, 설령 그러한 도구를 쓰더라도…… 그렇다 한들 이렇게는 되지 않을 걸세."

군파치로는 그렇게 말했다.

과연 최신 학문에도 눈길을 돌리는 인물다운 면모다. 논리적이다.

투석기를 사용할 경우, 탄이 되는 돌멩이는 일단 상방을 향하여 발사된 다음 포물선을 그리며 날아온다. 손으로 던지는 것보다는 살상력이 훨씬 높겠으나 이동하는 표적에 명중시키기란 매우 어려울 테고, 운 좋게 맞았다 하더라도 이러한 상태가 되지는 않을 것이다. 머리에 맞았다면 두정부에 상처가 생겨야 한다.

이 경우, 표적인 무사는 날아오는 돌을 올려다보는 모습으로, 낙하하는 방향 각도에 맞추어 고개를 들고 착탄하기를 기다렸다는 이야기가 된다. 알아차렸다면 보통은 피할 것이다.

피하지 못했다 해도…….

"이는 무리겠군요" 하고 모모스케는 말했다.

무리일 것이다. 돌이 너무 작다. 투석기와 같은 도구로 날려 명중시키려면 오히려 그 나름대로의 중량이 필요하다. 이 돌은 지나치게 가볍다.

군파치로도 무리라 본다고 말했다.

"그렇다면…… 그 외에 생각할 수 있는 것은 화약일까요?"

모모스케가 그렇게 말하자, 군파치로는 팔짱을 끼며 자신도 그 생각을 했다고 대답했다.

"예전, 화약으로 돌을 깨는 모습을 본 적이 있지. 그 단단한 돌이 깨지며 엄청난 기세로 산산이 흩어지더군. 옆에 사람이 있었다면 이러한 일이 벌어질 수도 있다고 생각하네. 허나 시신이 발견된 장소 주변에 화약을 사용한 흔적은 없었단 말이지. 돌 파편도 흩어져 있지 않았고. 게다가……."

군파치로는 송장의 이마에 박힌 돌을 가리켰다.

"이것은 깨진 돌이 아닐세. 둥그렇지 않은가. 약간 그을린 듯한 느낌은 나지만, 결코 큰 돌이 깨진 파편은 아니지."

모모스케는 옳은 지적이라고 생각했다. 이마에 도독 솟은 돌은 매끈하다. 그렇다면…….

"여기에 꽂혀 있는 것이 돌이라는 점을 제외하고, 이 상태에 가장 가까운 시신이 나타날 만한 상황을 가정한다면 말이지요, 이를테면 근거리에서 활을 쏘았다……라는 경우가 될까요?"

"그래. 음, 이 돌이 화살촉이었다면 바로 활로 쏜 것과 같은 상태겠군. 별안간 시위에 화살을 메긴 도적이 눈앞에 튀어나와 놀란 사이에 미간을 향해 쏜다면 정확히 이러한 모습이 될 테지만."

군파치로는 그렇게 말하며 송장에 시선을 떨어뜨렸다.

만약 꼴사납게 입을 벌린 송장의 미간에 화살이 박혀 있었다면 그것은 확실히…… 적어도 지금보다는 훨씬 자연스러운 그림일 것이라고 모모스케는 생각했다. 그러나 그 화살이 있어야 할 부분에는 둥근 자갈이 있을 뿐이다.

"이를테면 돌을 화살촉 대신 쓰는 일도 있지 않습니까. 그 경우, 명중한 후에 살대가 부러졌다든지 촉에서 빠진 것은…… 아아, 살대는 현장에 없었군요."

"없었네. 게다가 촉으로 쓰기에 이것은 아무래도 기묘한 돌이 아닌가. 이 돌은 어찌 보아도 촉이 되지는 못할 걸세. 뾰족하지도 않지. 뽑아내지는 않았으나 여기 나온 부분을 보아도 화살에 이어졌던 흔적은 아니 보인다네."

"그렇군요."

이 돌을 박아서 쓸 바에야 보통 화살이 더 낫다.

"어찌 한들 이렇게는 되지 않겠군요."

"아니 되지. 인간의 지혜가 미치지 못하는 일인 게야. 그렇다면 천연 자연이 부린 조화인가 해서 말일세."

"사고……일까요?"

군파치로는 사고라기보다 천재(天災)라고 말했다.

"낙뢰를 비롯하여, 하늘은 우리가 상상도 하지 못할 진기한 재해를 낳지 않는가. 자갈비가 쏟아지거나 짐승이 파열했다는 이야기도 간혹 듣는데……."

"고다마네즈미 말이군요. 과연 박식하십니다. 북녘 산중에 있는 짐승이지요. 사람 눈에 띄면 스스로 몸을 파열시킨다고 합니다. 이 파열은 산신의 노여움을 사기 때문에 그날은 사냥이 잘 되지 않는다더군요."

"산에는 그처럼 불가해한 일이 많을 터. 그러니……."

오호라.

모모스케는 그제야 불려온 이유를 깨달았다.

요컨대 인간의 지혜를 초월한 불가사의 현상이라는 증언을 다른 이에게서 얻을 수 있다면, 어떠한 결론을 지을 수 있다는 이야기이리라.

"무엇보다 날씨가 이렇지 않은가."

군파치로는 얼굴을 찌푸리며 거적을 다시 시신에 덮었다.

"오늘이라도 매장하지 않으면 감당을 못하게 된다네. 유족에 대한 입장도 있고. 자네에게 시신 검분을 부탁하려면 날이 훤한 동안에 도착해야 할 필요가 있었지. 그래서 급히 부른 것일세. 사정도 묻지 않고 무작정 불러들여 정말 미안하네."

군파치로는 다시 한 번 고개를 숙이더니 수하들을 불러 시신을 지키라 명하고서, 모모스케에게 객실로 들도록 일렀다. 모모스케는 송구해하며 뒤를 따랐다.

객실은 봉당보다 후덥지근했다.

오호라. 이 집에서는 좀 전의 그 봉당이 더위를 버텨내기에 가장 수월한 장소인 모양이다.

시신을 가장 서늘한 장소에 보관하고 있었다는 이야기이리라.

매미 소리를 등진 채, 군파치로는 천천히 물었다.

"하여…… 자네는 어찌 생각하나?"

"글쎄요……. 형님은 모몬가라는 것을 알고 계십니까?"

"모몬가" 하고 느닷없이 괴성을 지르더니 군파치로는 묘한 표정을 지었다.

"그것은 아낙이나 어린아이들이 말하는 요괴……. 이매망량을 가리키는 말이 아닌가. 어류를 꼬기, 의류를 때때라고 하는 것처럼 말일세."

"뭐, 그렇기는 합니다만."

모모스케는 허리에 매달린 필첩을 넘긴다. 이 필첩에는 전국 방방곡곡에서 수집한 기담과 요담이 고스란히 담겨 있다.

"모몬가는 지방에 따라서 모우코, 못코, 가모우 등 여러 가지로 부릅니다만…… 에도에서는 모몬지이라고도 합니다."

군파치로는 "모몬지이" 하고 반복했다.

"그것은 짐승고기를 다루는 생업이 아니던가?"

"맞습니다. 멧돼지나 사슴 고기 그 자체, 그리고 그 고기를 요리해 파는 가게도 그렇게 부르지요. 전의되어 욕으로 쓰이기도 합니다. 저놈은 모몬지이다!"

"수상쩍다는 뜻이로군."

"그렇습니다. 가까이 못할 교활한 여자라는 의미도 있는 듯하더군요. 이는 그러한 짐승 고기 요리에 빗댄 의미도 있겠지요. 통상은 먹지 못하는 것, 혹은 조리해버리면 정체불명이라는 뜻일까요. 허나 형님, 모몬가란 날다람쥐의 일종이기도 합니다."

"날다람쥐라면…… 그, 나무에서 나무를 활공하는 쥐 같은 짐승 말인가?"

"맞습니다. 어린아이가 옷소매를 활짝 펼치고서 '모몬가아!'라고 하잖습니까. 그것은 날다람쥐 흉내이기도 한 것이지요."

"오호라. 확실히 비슷하지만…… 그 날다람쥐가 요괴라는 겐가?"

모모스케는 그렇다고 하며 필첩을 넘긴다.

"묵은 날다람쥐를 노부스마(野襖)라고 하지요."

"노부스마?"

"예. 말 그대로 들의 장지문이라는 의미입니다."

"들의 장지문이라니, 어떠한 뜻인가?"

"예. 이것은 말이지요, 걷고 있을 때 별안간 눈앞을 무언가가 가로막는다는 괴이입니다. 차단할 만한 것이 없는 산야에서 흡사 장지문이 확 닫히는 것처럼 홀연히 장애물이 나타나 가는 길을 가로막는 것입니다. 도사 지방에 많지요. 지쿠젠 일대에서는 이러한 불가사의를 누리카베라고 부릅니다. 이키 고을에서는 누리보(坊)라고도 하고요. '보'라고 하는 것으로 보아, 괴이라기보다 요괴 부류로 인식되고 있을 테지요. 명칭은 지방에 따라 다양하지만, 모두 같은 것입니다."

"흠……. 커다란 날다람쥐가 가로막으면 장지문처럼 느껴지기도 할 터이나, 그리 작은 동물이 과연 그 정도까지 자랄까?"

"뭐…… 그렇게 되는 것은 아닙니다."

모모스케는 웃음을 참는다. 군파치로는 성실한 인물이다. 그처럼 황당무계한 일이 없으리라는 생각은 하지 않는 것이다.

"글쎄요. 이 관동 일대에서 노부스마는 보자기 같은 것으로 여겨집니다. 사도에서는 단순히 후스마로 부르지만, 이 또한 작은 것이지요."

"작은 장지문이라……. 참으로 야릇허이. 머릿속으로 그려낼 수가 없네만."

"예. 이 경우는 침구인 후스마*겠지요. 가는 길을 가로막는다면 문

---

* 문을 뜻하는 후스마(襖)와 이불을 뜻하는 후스마(衾)는 동음이어다.

짝인 후스마여야 할 테지만, 날다람쥐의 형상을 생각하면 침구가 더 그럴듯하니까요. 밤새라든가 사각쟁반 등도 있는데…… 이는 둘 다 박쥐 종류를 말합니다. 이것이 훌쩍 날아 얼굴로 덮쳐드는 것이지요."

오오, 하고 군파치로는 탄성을 발했다.

"오호라. 눈앞이 가려지게 되면, 그럼 가는 길을 막아선 것과 다름없지. 그래, 그렇다면 그 후스마라는 것도 결국 일종의 비유로 받아들여야 하겠군. 한마디로 시야가 차폐되는 것을 가리키는 게야. 별안간 아무것도 보이지 않게 되는 상황을 장지문이 닫혔다는 식으로 빗대었다든가, 아니면 이불을 덮어씌우는 것으로 받아들였다든가……. 음, 그러한 경우는 있을지도 모르겠군."

군파치로는 팔짱을 끼고 몇 번쯤 고개를 끄덕인 후에 퍼뜩 얼굴을 들더니 "여러모로 흥미진진한 이야기이긴 하나, 그것이 이번 건과 어떤 연관이 있는가?"라고 물었다.

"예. 이 노부스마, 사람 얼굴에 들러붙어 정혈을 빨아들인다고 합니다만…… 이것을 날리는 것은 오소리라고 하는 자가 있습니다."

"오소리라면 굴을 파고 사는 그 짐승 말인가? 그건 너구리나 족제비류가 아닌가?"

모모스케는 "어떻게 구별하는지는 잘 모르지만, 그 종류지요" 하고 답했다.

"허나 너구리와 날다람쥐는 상당히 다르다고 생각하는데. 크기도 형체도 다르지 않나. 날다람쥐는 박쥐…… 아니, 그보다 다람쥐에 가까운 것일 터. 너구리와는 다르지."

"예에, 그 말씀이 맞습니다. 이들을 동일시하는 설도 있기는 하나,

날다람쥐가 오래 묵어 오소리로 변한다는 것은 무리가 있겠지요. 그래서 저는 노부스마 자체는 날다람쥐고 오소리가 그것을 날린다는 의미가 아닐까, 그렇게 생각합니다."

"날린다……는 말이지. 너구리가 날다람쥐를 집어던지기라도 한다는 것일까?"

"던진다기보다, 그게…… 음, 불어서 날려 보내는 식이라 할까요."

오오, 하며 군파치로는 하늘을 올려다보았다.

"으음, 머릿속으로 떠올리기 어렵네만, 이를테면 바람총처럼 날린다는 말인가?"

"저도 본 것이 아니니 어디까지나 상상입니다만."

"그렇다면 상당히 세찬 기세로 날게 될 듯싶은데."

"예. 세차게 날아갈 것이라 생각합니다. 왜냐하면 이것은 노뎃포(野鐵砲)로도 불리기 때문입니다."

"노……뎃포?"

"돌멩이를 던지는 괴이가 전국 곳곳에 있습니다만……."

철포(뎃포)라는 이름이 붙은 것은 달리 없다고 모모스케는 말했다.

"박쥐나 날다람쥐 종류는 고작해야 활공하는 정도이니 그만한 속도는 내지 못할 것입니다. 도저히 철포라 이를 만한 기세는 없지요. 그러나 이 노뎃포의 경우는 아주 상당한 기세로 옵니다."

"들의 조총이라는 뜻인가……."

"그렇습니다. 아마도 노부스마 자체는 훌쩍 날아와 덮이는 듯한 것이라고 생각합니다. 그러나 노뎃포의 경우는 퍽 하고 맞는다고 할지, 철포라고 할 정도이니 상당한 기세로 부딪혀오겠지요. 심산에는 그러한 요물이 있습니다. 날다람쥐를 발사하는 짐승이 실제로 있다고 한다면 그러한 짐승이 돌멩이를 날리지 않는다고 단정할 수도 없지요."

"오호라. 그렇단 말이지." 군파치로는 감탄하듯 말하며 고개를 숙였다.

"그것이 사실이라면 하마다는 그 짐승과 맞닥뜨렸다는 이야기가 되는군."

"그럼…… 체통도 설까요?"

"글쎄……."

군파치로는 생각에 잠기고 말았다. 모모스케로서도 확신이 있어 한 이야기는 아니다. 조총으로 돌을 발사할 수 있다면 이렇게 되겠다는 생각 끝에…… 예전에 들은 노뎃포 전설을 떠올렸을 뿐이다.

"형님……."

음, 하고 군파치로는 고개를 든다.

"방금 말씀드린 것은 저 모모스케가 분명 북녘에서 듣고서 수집한 이야기. 결코 저의 망상으로 지어낸 것이 아닙니다. 허나."

"허나 무언가?"

"허나 혹 이것이 사람에 의한 소행이라면……."

"사람에 의하다니, 범인이 있다는 말인가?"

"그렇습니다. 만일 그러하다면 형님은 범인을 잡아들이겠다, 그리 생각하실 테지요."

군파치로는 "물론일세"라고 답했다.

"실상을 털어놓자면 상관께서는 체면만 말씀하신다네. 이것이 혹 살인이라면…… 하치오지 천인동심의 위신이 흔들릴 중대한 사건. 즉각 범인을 잡아들여 엄중히 처벌을 내리지 않으면, 자네 말대로 체면을 지키지 못한다고 말이지. 이는 이해가 가네."

"그뿐만이 아닌 것입니까?"

군파치로는 그렇다고 하며 관자놀이를 눌렀다.

"그뿐이라면 별반 드물 것도 없지. 한데 상관이신 다가미 님께서는 공연히 파고들면 무언가 난감한 일이라도 있을 것처럼 당혹해하시지 뭔가. 오히려 일을 복잡하게 만들지 말라는 듯이 말씀하신다는 말일세. 그러니 탐색이고 문초고 변변히 할 수가 있어야지……."

군파치로는 미간을 좁히고 모모스케를 보았다.

"나는 무사의 체통 따위, 아무래도 상관이 없다네. 허나 엄연히 범인이 있다면, 그를 방치하는 것이 과연 옳은가 싶은 게지. 그래서 의논할 상대도 없고 하여 자네를 불렀다, 뭐 그리 된 것인데……."

정의감이 투철한 인물이다.

"허나 방금 그 이야기를 듣고서 나도 나름대로 납득이 갔네. 그러한 예가 북녘에 있다면 이번 사건을 기이한 재앙으로 처리하는 것도 주저할 바 없지. 자네가 온 덕을 실로 톡톡히 보는구먼. 거듭거듭 감사를 드리네."

군파치로는 다시 한 번 머리를 숙인다. 모모스케는 그만하시라며 말린다.

"형님. 이 일, 잠시 저 모모스케에게 맡겨주실 수 없는지요? 아니, 시신을 매장하는 것은 상관없습니다. 허나 그…… 조서를 쓰시는 것은 한나절, 아니, 하루만 기다려주시겠습니까? 조사해보고 싶은 바가 있어서……."

모모스케는 무언가 걸리는 구석이 있었다.

"그 정도라면 전혀 개의치 않네만……."

"내일 필히 찾아뵙겠습니다. 그때까지 결론을 내리는 것은 미루어 주십시오."

모모스케는 그렇게 말하고 머리를 숙였다.

2

 모모스케는 황급히 에도로 돌아온 후, 교바시의 자택으로 가지 않고 먼저 고지마치로 향했다. 얼마 전 여행 중에 알게 된 한 인물의 거처를 찾아간 것이다.
 그 인물, 이름은 잔머리 모사꾼 마타이치라고 한다.
 잔머리 모사꾼이란 감언으로 상대를 구워삶는 재주가 특출하기 마련이니, 그리 좋은 의미로 쓰이는 말은 아니다. 그러한 별명을 가진 이상, 마타이치라는 사내가 어떠한 사람일지도 능히 미루어 짐작할 수 있게 된다.
 모모스케는 봄부터 수개월간 에치고를 돌며 여느 때와 마찬가지로 괴담을 수집해왔는데, 그 여행 중에 어떤 사건과 조우했다. 그때 알게 된 사람이 바로 이 잔머리 모사꾼이다.
 어쩌다 보니 모모스케는 그 소악당과 의기투합해 에도까지 여정을 함께했다.
 이 사내, 분명 소악당이기는 하지만 의외로 참 대단한 걸물이다. 세간의 이면, 겉으로 드러나지 않는 세상살이에 정통한데, 그럼에도

주눅 든 구석이 없으며 무도(無道)한 짓은 할 것처럼 보이지 않는다.

길을 가며 말을 섞는 사이, 모모스케는 그 사람 됨됨이에 흠뻑 빠지고 말았던 것이다.

'소생은 요쓰야문(門) 바깥의 염불장옥(念佛長屋)을 본거로 삼고 있습니다.'

마타이치는 헤어질 때 자신의 거처를 모모스케에게 알렸다. '딱히 접할 일도 없겠으나 절연, 불화, 중신 등의 용무가 있으시면 기별을 한번 주시지요.' 그렇게 말했던 것이다.

'그 사내라면 무언가 알지도 모른다.'

형 군파치로는 고지식하고 성실한 성품이 유일한 장점인 사내. 말하자면 세상의 외표만을 보는 인간이다. 불초 아우 모모스케로서야 공공연히 협력할 수 있을 만한 일이 아무것도 없으리라. 허나 혹 형의 눈이 닿지 않는 곳, 세상의 이면을 보는 것이라면 모모스케라도 할 수 있지 않을까. 그런 일을 하고자 할 때 마타이치와 같은 사내는 누구보다 듬직한 조력자가 된다.

잡화상에 가구상에 신발상……. 작은 점포 옆으로 난 통로문을 바라보았다.

비슷한 공동주택(長屋)이 몇이나 있어 어디가 어디인지 잘 알 수가 없다. 게다가 주위는 서서히 어두워지고 있다. 땅거미가 차이를 희미하게 만들어 풍경은 한층 더 갈피를 잡을 수 없게 되었고, 혼잡스러움에도 모든 것이 다 밋밋하고 비슷한 형체로 보이기 시작했다.

여름날이 제아무리 길다 하여도 이미 상당한 시각이다.

잠시 찾아다니는 사이에 해는 완전히 저물고 설상가상으로 소나기까지 쏟아졌다.

허둥지둥 골목으로 뛰어든다. 이러한 공동주택 지붕에는 빗물받이가 없어서 널지붕을 타고 내리는 비는 모조리 골목 중앙에 그야말로 폭포처럼 떨어지게 된다. 차양 밑으로 뛰어들지만, 습기가 도는 응달의 땅바닥은 원래 물이 잘 빠지지 않으므로 골목은 순식간에 개천처럼 변해 튀는 빗물만으로도 흠뻑 젖고 만다.

그칠 기색도 없어 될 대로 되라 하고 발을 내디디려 했을 때, 드르륵 하고 등 뒤에 있는 문이 열렸다.

"아…… 당신은?"

"어허, 궁리 선생 아니시오?"

문을 연 사람은 마타이치 본인이었다. 흰 홑옷에 손등 토시와 각반. 머리에는 백목면 행자두건. 가슴에는 시주함을 걸고 있다. 여행 중에 만났을 때 차림새 그대로다. 마타이치는 그 상자 속에 든 액막이 부적을 뿌리고 다니는 떠돌이 어행사(御行師)*를 표면적인 생업으로 삼고 있었다.

"어이쿠, 다 젖으시겠소. 자, 들어오시길."

모모스케는 잡아끌리듯 안으로 들어갔다.

"이, 이곳은 저어…… 마타이치 씨의……."

"그렇지 않소. 여기는 내 집이외다."

자리에는 자그마한 노인이 앉아 있었다.

"다, 당신은 신탁자** 지헤이 씨로군요."

신탁자 지헤이는 마타이치의 동료 소악당이다. 듣자하니 변장의

---

* 마물을 쫓는 부적을 팔거나, 또는 마물을 쫓는 일을 업으로 하는 사람.
** 신탁을 받아서 길흉화복을 점치고, 또한 그것을 전하는 자.

명수로 일컬어지는 인물이라던가. 모모스케가 처음 보았을 때와는 인상이 전혀 다르다.

"여어, 일전에는 신세졌소. 폭삭 젖은 채로 있으면 고뿔 걸리지. 거기 수건이라도 쓰슈."

지혜이는 무뚝뚝하니 그렇게 말했다.

"저어, 저는……."

이 두 사람이 머리통을 맞대고 있다는 것은 모종의 계략이 진행 중이라는 이야기이다.

"그게, 아무것도 엿듣지는……."

"아아, 마음에 둘 것 없습니다. 개의치 않으니. 뭐, 선생께야 일전의 일로 정체를 들켰으니까요. 이번에는 고후에서 한판 벌이려고 의논하던 참이지요. 하온데 웬일이십니까? 이 잔머리 모사꾼에게 용무라도 있으신지?"

"예에……. 저어, 의논드릴 일이 좀."

"의논이라니 웬 과분한 말씀을" 하며 마타이치는 웃었다.

"뭐, 고후의 일이 끝나면 운신할 짬도 나겠습니다만."

"그, 그게, 그리 시간에 여유가 있는 이야기가 아닙니다. 그래서 조금만 지혜를 빌려주십사 하는 바람으로, 저어……."

"무얼 그리 딱딱하게 예를 차리시는지. 소생도 이 인간도 하찮은 중생에 불과할 뿐인뎁쇼. 하기야 이 영감은 뭐, 사람 잡아먹을 듯한 낯짝이긴 하지만 말입니다."

지혜이가 "거참, 시끄럽구먼" 하고 말했다.

"일단 발 닦고 들어오쇼. 선생과는 연이 있으니 이야기나 한번 들어봅시다. 어이, 마타 공. 네놈이 그런 곳에 멍청하게 버티고 섰으니 선생도 들어오기가 어려운 것 아니냐. 들어오라면 후딱 들어오라고."

험상궂은 얼굴이지만, 이 지헤이란 노인 역시 악인은 아닌 듯했다. 모모스케는 무슨 까닭인지 그러한 면을 판단하는 데만은 자신감을 가지고 있다.

침구 이외에는 아무것도 없는 집이었다.

생업이고 뭐고 전혀 알 수 없는 사내다.

모모스케는 자리로 들어와 인사도 하는 둥 마는 둥 단도직입적으로 물었다.

"자갈돌을…… 자갈돌을 말입니다, 아주 엄청난 기세로…… 이를테면 사람 몸에 박힐 정도의 기세로 날리는 것이…… 가능할까요?"

"뭐라?"

지헤이의 주름지고 모난 얼굴이 더욱 주글주글하게 구겨졌다. 한편 마타이치는 빙긋이 웃었다.

"그리 못할 것은 없지요. 아니 그렇소?"

지헤이는 오만상을 찌푸린 채 "그야, 뭐"라고 했다.

"그것은…… 어떻게?"

"철포지요."

"철포?"

철포로 돌을 쏠 수 있는 것일까.

"그, 그럼 탄 대신 돌을 잰다, 그 말입니까?"

지헤이는 "뭐, 그렇지"라고 말했다.

"그렇다면 그…… 화승총이라든가, 저어, 마상통(馬上筒) 같은 물건에 돌멩이를 재어 쏘는 것입니까? 그렇게 하면 폭발하지 않습니까?"

"보통 철포라면 폭발할 테지."

"보통 철포가 아닌지요?"

"왜 그런 것을 물으시는지 모르겠소만, 뭐, 아는 것은 알려드립죠. 철포란 이국에서 들어온 물건. 그것은 선생도 아시지요?"

지헤이는 갑자기 태도를 바꾸며 그렇게 물었다.

"그야 천문(天文) 12년* 포도아(葡萄牙)인이 오스미의 다네가시마에 표류해, 이른바 화승총을 전래한 것이⋯⋯."

"뭐⋯⋯ 그건 맞소. 지금 있는 국산 철포란 그때의 화승총을 근본으로 만들어졌을 거요. 지금도 형태는 그리 달라지지 않았지. 허나, 선생. 철포 자체는 훨씬 더 이전부터 있었소."

"그렇습니까⋯⋯. 연대만 따지면야 더 거슬러 올라가는 이야기도 듣기는 합니다. 표류한 이국인이 가지고 있었다는 점이 미심쩍다면 미심쩍지요. 아마도 문구(文龜) 2년** 남만에서 헌상되었다든가, 대영(大永) 제위 동안에*** 다케다 가문으로 반입된 것이 최초라든가, 이론(異論)은 많은 듯합니다만⋯⋯."

"훨씬 더 전이오."

지헤이는 그렇게 말했다.

그런 이야기는 들은 적이 없다.

"철포가 꼭 남만에만 있었던 것은 아니지. 화약을 만든 이는 대륙의 인간이라지 않소."

---

* 1543년.
** 1502년.
*** 1521년-1527년.

"그게…… 무슨 말씀이신지?"

"화약만 있으면 세공물은 누구나 만들 수 있다는 이야기요. 전국난세(戰國亂世) 전부터 해적이란 자들은 대륙과 왕래를 했다고. 그 무렵부터 철포 비슷한 물건이 있었다더구먼. 물론 화승총하고는 다르지. 만듦새가 훨씬 조잡한 물건이었을 테지만……."

"그것이 돌을 날리는 철포였다는 것입니까?"

"석궁이나 석총 등, 아주 여러 가지로 불린 듯하지만 요컨대 철포인 게지."

"맙소사. 도쿠가와시대 이전의 물건이 여전히 남아 있다는 말씀인지……."

"이보시오, 선생." 지헤이는 작은 체구를 굽혀 앞으로 숙였다.

"빗자루고 나막신이고 막부 이전부터 있었소. 게다가 점점 쓰기 편하게 되지 않았나."

"그야 그렇습니다만…… 그러한 물건은 평소에 쓰이는 도구이기 때문이잖습니까? 허나 그렇게 단절된 기술이……."

지헤이의 모난 얼굴에 벙시레 웃음이 번졌다.

"……단절되지 않은…… 것입니까?"

"이보시오, 에도의 직공은 손끝이 여물잖소. 이 나라의 기술은 아주 제법이라니까. 어떠한 것이라도 궁리를 하고, 한 솜씨 더해 쓰기 편하게 만들지. 그런데 어떻소? 화승총은 달라진 게 없잖나. 이유가 뭔지 아시오?"

"글쎄요……."

짐작조차 되지 않았다.

"그야 선생, 화승총은 이미 완전한 꼴을 이룬 물건이었기 때문이오. 똑같이 만들면 그만. 이는 간단해. 분해한 다음 똑같은 부품을 마련해 조립하면 되지. 철포란 물건은 전쟁에서 쓰는 것이잖소. 그럼 칼과 마찬가지로 그 수가 많지 않으면 도움이 되지 않거든. 간편하게 많이 만들 수 있는 물건이 통용되지. 지금은 점화용 노끈을 쓰지 않는 철포도 있기는 하나, 그것은 조준이 정확지 않아 좀처럼 널리 퍼지지를 않소. 허나 석총은 전쟁이 시작되기 전부터 도적이 쓰던 물건이거든. 편의성이 판이할 수밖에."

"도, 도적……이라고요?"

지혜이는 호호호, 하고 웃었다.

"도적이라 해도 예사 도적이 아니오. 예로부터 대륙과 교역을 해왔던 무리지. 해적이라고. 수군이네 뭐네, 거한 이름으로 변해버린 놈들도 있소만. 그런 녀석들은 있었다고……."

거기서 지혜이는 작은 눈으로 모모스케를 응시했다.

"그 녀석들이 썼던 석총을 말이오, 세심하게 이어받아 개량에 개량을 거듭해 현세에 전한 자들이 있다고 한들 무어 하나 신기한 일도 아니지."

흐응, 하고 마타이치는 웃었다.

"선생, 웬 족제비가 방귀 맞은 얼굴이랍니까?"

"아아, 아니, 그게."

황당무계한 이야기인지 아니면 현실적인 이야기인지, 모모스케로서는 도통 가늠이 되지 않았다. 하는 말은 모두 그럴싸한데, 곰곰이 생각해보면 그러한 일이 어디 있겠냐 싶은 허황지설로 다가오기도 한다.

"이 영감은…… 이래 봬도 한때 해적이었습죠."

"오호."

"어이, 마타 공." 지헤이는 마타이치를 노려보았다.

"상관없잖소. 이분은 신뢰할 수 있지. 피붙이 중에 관리가 있다 하더라도 우리를 파는 짓이야 하지 않는다고."

마타이치는 그렇게 말했다. 모모스케는 내심 가슴이 철렁 내려앉는다.

"게다가 신탁자, 당신은 십몇 년이나 전에 손을 씻지 않았소. 아주 진절머리가 났다면서. 배신하고 배신당하는 도적 생활에 말이지……."

지헤이는 으음, 하고 신음하는 듯한 소리를 냈다.

"선생, 이 신탁자 지헤이라는 사내는 근본을 따지면 가시마 출신입니다. 신탁자란 원래 가시마 신궁의 신탁을 알리러 다니는 자라는 뜻이지요. 그런데 어디서 어떻게 꼬였는지……."

"어이, 마타."

"뭐 어때서 그러쇼? 이 영감, 옛적에는 도적 사이에서도 평판이 자자한 첩적이었습니다. 상점에 잠입해 도둑을 끌어들이는 것은 대부분 여자가 맡는 역할이지만, 이 노인네, 속이는 일이라면 천하제일이었다고요."

지헤이는 옛이야기 집어치우라며 고개를 옆으로 돌린다.

"제대로 얘기하지 않으면 알 일도 모를 거 아뇨, 신탁자. 한데 이 영감을 한 몫 하는 첩적으로 길러낸 이가 노뎃포 시마조라는, 해적 출신의 대도적이지요."

"노, 노뎃포!"

모모스케는 소리를 질렀다. 자신의 심중을 간파당한 듯한 느낌이 들었기 때문이다.

"그, 그것은…… 저어……."

"그 노뎃포라는 게 바로 이 영감이 말하는, 돌멩이를 날리는 철포를 가리키지요. 시마조란 분은 아마도 이키 출신일 텐데. 젊은 시절에는 현해탄을 주름잡는 악당이었다고 들었습니다. 나가사키에서 난학을 배웠다는 소문도 있고요. 그런 이가 흘러 흘러 세토나이의 해적 두목으로 자리를 잡았지요. 거기에서…… 전해 내려온 석총을 접하고 더 개량해 쓰기에 편한 연장으로 탈바꿈시킨 겁니다. 농구(農具) 대장장이가 만드는 철포라서 노뎃포. 이건 위협이 되었습죠."

"위협……이라고요?"

"그렇습니다" 하고 마타이치는 말했다.

무슨 심산으로 그런 이야기를 하는지, 모모스케는 이해하지 못하고 있었다.

그러나 마타이치는 말을 이었다.

"어떠한 구조인지는 모르지만, 조잡한 화승총보다 이 석총이 훨씬 정밀도가 높았다고 하더구먼요. 화약 조합에 비결이 있는지, 무언가 특별한 장치가 있는지, 명중률은 백발백중이었다고 들었습니다. 사용하는 탄은 돌멩이. 게다가 직접 고안했으니 몇 자루든 만들 수 있지요. 뭐, 시마조 어른은 훌륭한 분이기에 이 석총을 써서 사람을 해치는 일은 일절 하지 않았다고 하지만 말입니다. 허나 영주도 아닌데 철포를 장비하고 있는 도적이란 그리 없지요. 이는 공포의 대상이 될 수밖에……."

당연히 그럴 것이다. 그러한 물건이 있다면…….

있다면. 그 일도…….

"그, 그 총은 지금……."

"지금은 없소."

지헤이가 잘라 말했다.

"없습니까?"

"노뎃포 어르신이 궁리해 만든 석총은 이미 없수다. 다만 내가 아까부터 하는 소리는 말이오, 비슷한 물건을 누군가가 만들지 않았다고 단정할 수는 없다는 게지. 돌을 날리는 철포라면 옛날부터 있었다고. 어르신이 그것을 개량해 자신이 쓰기에 편한 노뎃포를 만든 것처럼 다른 누군가도 만들었을 가능성은 충분히 있다는 게요."

오호라……. 그야 그럴 터.

시마조라는 도적도 원형이 되는 석철포를 개량해 만들었을 것이므로, 그 원형인 물건이 남아 있기만 해도 — 정밀도는 차치하더라도 — 돌멩이는 날릴 수 있다는 이야기이리라.

"자아" 하고 마타이치는 말했다.

"예?"

"선생. 소생은 털어놓을 수 있는 이야기라면 남김없이 싹 다 했습니다. 선생께서도 감추지 말고 말씀해주시겠습니까?"

"아, 예에……."

이리 된 이상 더는…… 어쩔 도리가 없을 터.

모모스케는 전부 이야기했다. 바다에서 천 년, 산에서 천 년을 굴러먹은 미륵삼천 잔머리 모사꾼에게 무언가를 감추려면 그야말로 십 년이고 이십 년이고 멀었다는 이야기이리라.

그런데.

모모스케가 찾아온 이유를 이야기할수록, 소상한 사정을 풀어놓을

수록, 두 소악당의 표정은 점점 굳어갔다. 특히 신탁자 지헤이의 표정 변화는 심상치가 않았다. 이윽고 부릅뜬 작은 눈은 충혈되었고, 입술은 그 빛을 잃었다.

모모스케가 모든 이야기를 마쳤을 무렵…… 비는 말끔히 그쳤고, 그 대신 방 안은 캄캄한 어둠에 잠겨 있었다.

개구리 소리가 울려 퍼지고 있다.

"그……."

어둠 속에서 지헤이가 말한다.

"그 죽은 동심은…… 하마다 기주로라는 인물이오?"

그렇다고 답한다.

"그럼 선생의 형님께서 속하신 조의 부조장 이름은……."

어둠은 모모스케에게 다가왔다.

분명…… 형은 다가미라고 했다.

그렇게 알리자, 어둠은 침묵했다. 그리고 조용히 떠는 것처럼, 모모스케에게는 느껴졌다.

이윽고 암흑 속 소악당들은 희미하게…… 아주 잠시이긴 했으나 대화를 나누는 듯했다.

무엇에 대한 이야기인지 모모스케는 알 수 없었다.

개구리 울음에 섞여 우둔우둔, 자신의 피가 흐르는 소리가 들린다. 그때야 비로소 모모스케는 자신이 무언가 돌이킬 수 없는 자리에 앉아 있는 것이 아닐까 하는, 공포와도 유사한 감정을 뒤늦게나마 느끼기 시작했다.

'사는 세계가 다르다.'

모모스케는 분명 군파치로처럼 반듯한 생활을 하고 있지는 않다.

여기로 어정어정 저기로 어정어정, 흡사 밀물에 뜬 지저깨비처럼 불성실하게 살고 있다. 그러나 눈앞의 암흑 속에 잠긴 두 사내는 그렇지 않다. 군파치로와는 정반대로 당당히 어둠에 몸을 담근 채 살고 있다. 모모스케 같은 얼치기가 다가가도 될 인간들이 아닌 것이다.

모모스케가 마타이치에게 끌린 이유와 모모스케가 군파치로를 따르는 이유. 필시 그 근원은 같다. 군파치로가 낮이라면 마타이치는 밤이다. 이도 저도 아닌 모모스케는 낮과 밤 모두를 동경, 그리고 그 양자에 대해 아마도 똑같은 무게로…… 질투하는 것이 아닐까.

모모스케는 마른침을 삼켰다.

모모스케는 실로 부주의하게 낮과 밤을 이어버린 것이 아닐까. 그것은 해서는 아니 될 일이 아닐까.

굼실굼실, 어둠이 움직였다.

드륵, 하고 문이 열렸다. 그 순간…….

후욱, 사방등에 불이 들어왔다. 희미하게 행자두건이 떠오른다. 마타이치다. 사방등을 끌어안다시피 앉은 마타이치의 그림자는 좁은 방안을 가득 채우고 있었다.

"마, 마타이치 씨……?"

일렁.

그림자가 흔들렸다.

지헤이의 모습은 이미 없다.

"선생……."

"예, 예에……."

"참으로 잘 알려주셨습니다. 역시 선생과의 연은 예사로운 인연이 아니었던 듯합니다."

"그…… 그렇습니까?"

'무슨 의미지?'

마타이치는 서서히 몸을 돌렸다.

그림자도 빙글 돈다.

"그 동심을 해친 것은 선생께서 짐작하신 대로 노뎃포일 테지요."

마타이치는 그렇게 말했다.

그것이 요괴 노뎃포를 말하는지, 도적 노뎃포를 말하는지, 물론 모모스케는 판단할 수 없었다. 그러나 그것을 묻기 전에 마타이치는 이렇게 말을 이었다.

"아마 내일쯤 대대적인 노뎃포 수색이 펼쳐질 것입니다."

"대대적인 수색이라니……."

'어떻게 그런 것을 알지?'

"그렇다면 그…… 노뎃포는……."

"허나, 적은 요물. 웬만한 수로 퇴치할 수 있는 것이 아닙니다."

요물이라고 하는 것을 보면 요괴 쪽인가……. 모모스케의 생각을 꿰뚫어보기라도 하듯, 마타이치는 이어서 이렇게 말했다.

"단, 노뎃포를 막을 방법은 있습니다. 우선 도코마리라는 풀을 품속에 숨겨둘 것. 이렇게 하면 오소리는 노부스마를 뿜어내지 않습니다. 혹여 노부스마에게 얼굴을 덮이게 되면, 이는 날붙이로 가를 수가 없습니다. 노부스마를 찢어놓을 수 있는 것은 검게 물들인 치아뿐이지요. 그것이라면 쉽게 끊어낼 수 있을 것입니다. 허나 도코마리는 당장 구할 수가 없고, 무사님께서 이를 검게 물들이기도 어려운 일이겠지요. 그러니……."

마타이치는 시주함에서 부적을 한 장 꺼내어 모모스케에게 건넸다.

"이는 마(魔)를 불살라버리는 다라니 부적. 이것을 선생의 형님께 전해주시기를. 이것을 어깻죽지에 붙여두시면 난은 피할 수 있을 것입니다."

마타이치는 그렇게 말한 후 짤랑, 하고 요령을 울렸다.

3

이튿날 이른 아침…… 모모스케는 납득하지 못한 채 하치오지로 향했다. 납득은 하지 못했으나 그런 말을 들은 이상 무시할 수도 없고, 무언가 지장이 있어서는 아니 되겠다고 생각했으므로 군파치로를 만나 사정을 이야기하고 부적을 건네기로 한 것이다.

군파치로는 기묘한 표정으로 모모스케를 맞았다.

놀랍게도 정말로 대규모 수색이 펼쳐질 수순에 들어갔다고 한다.

어제저녁 모모스케가 돌아간 다음, 군파치로는 상관인 다가미 효부의 관택(官宅)으로 가서 일단 산의 요괴 노뎃포에 관해 보고했다고 한다.

"아직 내밀한 조사 중이기에 조서로 정리하지는 못했습니다, 그렇게 아뢰었는데……."

다가미는 무슨 까닭인지 별안간 창백해지며 이렇게 말했다고 한다.

'그처럼 기괴한 짐승이 있다면 결단코 내버려둘 수 없다. 산에 사는 자도 있으니 백성들이 해를 입는다면 하치오지 천인동심의 불명예가 되기도 할 터. 당장 수색 준비를 하여 신속히 포획, 퇴치하라.'

천인동심은 그 이름대로 천인장(千人長) 아래에 조장이 열 명, 한 조당 백 명의 동심이 속한 천인 체제다. 그 각 조가 교대로 다양한 임무를 맡는 것이다.

다가미는 조장이 아니다. 봉행소로 치면 필두동심과 같은 지위이므로 부하 동심은 죽은 하마다와 군파치로를 포함해 열 명 정도다. 거기에 수하 한 명씩을 더해 약 스무 명이 수색에 임하게 되었다고 한다.

군파치로의 말로는 아무래도 이 사건이 조장에게까지 알려지지는 않은 듯하다고 했다.

"요괴 상대로 수훈에 안달을 낼 일도 없겠으나, 이번에는 다가미 님의 동태가 참으로 기묘하단 말이지. 물론 부하가 살해당했으니 그 원한도 있기는 할 터이나……."

소매와 옷자락을 걷어붙인 군파치로가 그렇게 말했다.

모모스케는 어젯밤에 들은 마타이치의 설명을 그대로 고한 다음 다라니 부적을 건넸다. 군파치로는 무엇 하나 미심쩍게 여기는 표정 없이 그것을 받았다.

정말 표리가 없는 인물이다. 어제 모모스케가 하루를 기다려달라고 한 것도 모두 자신의 몸을 걱정해 이 액막이 부적을 입수하기 위해서였다, 그렇게 받아들인 듯했다. 모모스케 입장에서 보자면 그것은 고마운 반면 조금 가책이 느껴지는 일이기도 했으나…….

군파치로는 머리띠를 동여매고 부적을 가슴팍에 반쯤 꽂아 넣더니 수하를 이끌고 산으로 향했다. 모모스케야 이로써 용무가 끝나게 된 것이지만 돌아갈 마음이 들지 않았는데, 그렇다고 동행하겠다는 말을 꺼내지도 못해 그대로 남았다. 설령 가겠다고 말해본들 동행이 이루어졌을 가능성은 만에 하나도 없었으리라 생각하지만.

결국 모모스케는 형이 없는 관택에서 빈집을 지키는 꼴이 되고 말았다.

무사의 집이라기보다는 농가에 가깝다. 그래도 사몬도노초 쪽에 있는 공동관택보다야 훨씬 넓을 것이다.

군파치로는 독신이라 이웃 농부의 아내 등이 오가며 식사를 챙겨 주고 있다고 한다. 그리고 취사를 제외한 신변의 허드렛일은 숙식하는 머슴 하나가 도맡고 있다. 머슴이라고 해도 상당한 노인이다. 귀가 약간 어두운 듯하지만 아주 기민한 사내로, 듣자하니 젊은 시절에는 포리(捕吏)를 도운 적도 있다던가 그러했다고 한다. 짐작건대 에도에서 딴꾼인가 무언가를 했으리라. 이 머슴, 이름은 다스케라고 한다.

한때 딴꾼 노릇을 하던 노인과 잘 통하지 않는 대화를 나누며 무절임이나 씹고 있는 사이에 정오도 훌쩍 지났다.

어제만큼 덥지는 않다. 바람이 있기 때문일 것이다.

모모스케는 골마루에서 마당으로 내려가 크게 기지개를 켰다.

개방감이 있다.

에도는 가도 가도 평평하기만 할 뿐이며 그 평평한 땅에 키 낮은 건물이 복작복작 늘어서 있으므로 볼품이 나는 전경이 아니다. 게다가 에도 내에서는 배수가 잘 되지 않는다. 여러 고을을 돌아다니고 있자면 불쑥 드는 생각인데, 에도는 원래 살기 불편한 장소인 것이다. 그러한 곳을 억지로 정비해 살고 있다. 살기에 적합하지 않은 악지(惡地)를 우르르 합세해 고치고, 몹시 무리를 해가며 많은 이들이 정착해 살고 있는 것이다. 때문에 그 여파가 도처에 나타난다. 그것을 틀어막거나, 참거나, 웃음으로 털어버리며 아등바등 살고 있는 것이다.

그러한 느낌이 든다.

그런 점에서 볼 때, 하치오지 일대에는 산이 있다.

온통 산이냐 하면 그렇지도 않다.

밭도 있고 집도 있다. 강도 있다.

알맞은 고저기복이 아늑하게 느껴지는 것이다.

산에 오래 있으면 분명 산을 즐길 수야 있겠으나, 산 생활에 익숙해지면 그 대신 산이 가진 좋은 점을 놓치게 된다. 바닷가에 있어도 마찬가지다. 에도에 있으면 산이라 해야 멀리 후지가 보일 뿐이고 강이라 해야 온통 수로(水路)뿐. 결국 평평하기만 하므로 무언가 여러 가지를 놓치는 기분이 든다.

'낮과 밤도 마찬가지인가.'

모모스케는 그런 생각을 한다.

멀리 산등성을 바라본다.

잠시 모든 것을 잊었다.

그때였다.

멀리서.

지독히도 멀리서 무언가 메아리쳤다.

그 순간 산에서 많은 산새들이 일제히 날아올랐다.

"뭔고?"

다스케도 알아차린 듯했다.

노인은 비척비척 마당으로 내려와 손차양을 하고선 "어이쿠야, 무언가 좋지 않은 일이라도 생긴 것이 틀림없구먼. 어허, 나리, 집을 좀

봐주서야겠는뎁쇼. 쇤네는 주인님이 걱정되어서 보고 와야겠습니다요"라고 말했다.

무얼 근거로 그리 말한 것인지, 노인은 옷자락을 걷어붙이고 조금 비틀거리며 달리기 시작했다. 그 상태로는 정말 무슨 일이 있더라도 별 뾰족한 수가 없다. 그저 거치적대기만 할 따름이리라.

허나.

분명 불안하기는 했다.

그리고…… 그 불안감은 적중했다.

반 시진쯤 지나자 별안간 바깥에 소란이 일었다. 모모스케는 안절부절못하게 되어 노인과 한 약속을 파기하고 관택을 뛰쳐나갔다.

소란이 일 만도 했다.

좌우지간…… 수색에 나선 전원이 요괴의 습격을 받았다고 한다.

좀 전 노인의 발걸음 따위는 비교도 되지 않을 만큼 불안하기 짝이 없는 갈지자걸음으로, 수색에 나선 일동은 산에서 돌아왔다. 동심은 물론이고 수하에 이르기까지 거의 전원이 흡사 술에 취하기라도 한 듯 좌로 비틀 우로 휘청거리며 돌아온 것이었다.

그러나 딱 두 사람, 예외가 있었다.

한 사람은…… 군파치로다.

그리고 또 한 사람은 수색의 책임자인 다가미 효부, 본인이었다.

군파치로의 발걸음만 홀로 꼿꼿했다. 게다가 어깨에는 커다란 짐승의 사체로 보이는 것을 메고 있었다.

그리고 다가미 효부는…….

다가미 효부는 수하 넷의 손을 빌려 귀환했다.

허리를 삐끗했다든가 다리가 후들거린다든가, 그러한 상태가 아니라는 것은 한눈에 알 수 있었다. 두 어깨와 두 다리를 남의 손에 맡긴 그 몸에 이미 생명이 없다는 것은 먼눈으로도 쉽게 판단되었다

다가미 효부는 죽은 것이다.

그 시신의 이마에는…….

자갈이 박혀 있었으므로.

비틀거리는 수하들이 옮겨온 다가미의 유해는 준비된 돗자리 위에 고이 뉘었다. 군파치로는 그 시신에 묵도한 다음 메고 온 짐승을 그 옆에 나란히 놓았다. 모모스케가 보기에 아무래도 커다란 너구리인 듯했다. 목덜미에 회검(懷劍)이 박혀 있었다.

저것이…… 노뎃포라는 말인가.

모모스케는 자신도 모르게 뛰어가 유심히 요물의 모습을 관찰했다. 확실히 오랜 세월을 묵은 너구리……. 오소리처럼 보이기는 했다.

"형님……."

모모스케가 고개를 들자 군파치로는 크게 숨을 내쉬더니 "모모스케, 자네 덕에 난을 모면할 수 있었네. 하며 그 어깨를 두 손으로 두드렸다.

"그, 그럼, 이 참변은……."

"노뎃포일세. 자네가 일러준 바로 그 물건이 나왔지. 전원, 놈들이 얼굴을 덮고 정기를 빨아들여…… 이리 되었네. 나도 이것이 없었다면 같은 꼴을 당했겠지."

군파치로는 다라니 부적을 가리켰다.

"어, 얼굴을 덮었다? 정말 노부스마가…… 여러분의 얼굴을 덮은 것입니까?"

"그렇다네. 내게도 덮쳤지."

"저, 정말입니까?"

본심을 말하자면, 모모스케는 믿어지지 않았다.

"역시 날다람쥐였습니까?"

"어째 무두질된 가죽 같은 느낌이었는데…… 등 뒤에서 별안간 머리를 확 덮더군. 한데 무슨 까닭인지…… 아니, 이 부적이 영험해서일 터이나, 내게 씌워진 것은 금세 벗겨졌다네. 조금만 더 길었다면 질식했을지도 모르지. 허나 그때 이미 동행 수하는 내 옆에 쓰러져 의식을 잃었더구먼. 허둥지둥 흔들어 깨우고, 황급히 다른 자들을 둘러보았으나 때는 이미 늦어 다들 당한 상태였다네. 무엇보다 안타까운 일은……."

군파치로는 다가미의 시신에 눈길을 던졌다.

"다가미 님은 아마 산의 요괴와 대치해 과감하게 맞서셨을 것이야. 그리고 장렬히 함께 쓰러지신 게지."

이 부적은 오히려 다가미 님께 드렸어야 했다고 군파치로는 덧붙였다.

"하지만…… 형님."

"아, 아마 다가미 님은 날아든 노부스마를 피하셨을 것일세. 그러고 나서 이 노뎃포에게 맞서신 게지."

군파치로는 너구리를 내려다본다.

"이놈은 다가미 님이 쓰러져 계셨던 장소에서 딱 두 간* 정도 떨어진 곳에 죽어 있었다네……."

---

* 약 3.64미터. 한 간은 약 1.81818미터.

군파치로는 그대로 몸을 숙여 너구리의 목을 가리켰다.

"이 회검은 다가미 님의 것이지. 다른 외상이 눈에 띄지 않는 것을 보면 다가미 님께서 처치하셨음이 틀림없네. 내 생각키에, 이 노뎃포는 뿜어낸 노부스마가 빗나가자 그다음으로 자갈을 날리려던 찰나, 다가미 님의 회검을 급소에 맞고 절명한 듯싶군."

아무리 보아도…… 너구리는 너구리였다.

크기로 헤아리건대 여느 너구리가 아님은 확실하겠으나, 그래도 모모스케의 눈에는 돌을 날리거나 노부스마를 날릴 수 있는 요괴로 보이지는 않는다. 짐승은 어디까지나 짐승이므로 아무리 오래 산다 해도, 아무리 크게 자란다 해도, 그러한 요력(妖力)을 체득했으리라는 생각이 들지 않는 것이다.

여러 고을을 다니며 그러한 이야기를 들으면 들을수록 모모스케는 그 생각이 확고해졌다. 그처럼 인간의 지혜를 초월한 요괴가 실제로 있다고 해도, 아마 이러한 실체를 가지지는 않은 존재이리라. 모모스케는 그렇게 생각하고 있었다.

사람을 속여먹은 너구리의 가죽입네, 열 사람을 잡아먹은 거대한 족제비의 가죽입네, 하는 것은 모모스케도 몇 번쯤 보았다. 허나 모모스케의 눈에는 그 모두가 도무지 믿지 못할 것…… 거짓부리로밖에 비치지 않았다. 결국 가죽은 그저 가죽일 뿐, 사체는 그저 사체일 뿐이다. 죽고 나면 요력도 사라진다. 그렇게 말해버리면 분명 그뿐이기는 하나…….

이 너구리의 사체 또한 마찬가지. 크다고는 하나 괴이쩍은 신비함은 털끝만큼도 느껴지지 않는다.

원래 이러하기 마련일까.

그러나 군파치로는 매우 진지하다.

"내 동임인 하마다의 변고 때도 이러했을 테지. 하마다도 무예가 뛰어나기는 했으나 상대는 다름 아닌 요물. 불시의 습격을 받으면 승산은 없네. 허나 짐승은 결국 짐승일 뿐. 매일의 수련으로 철저히 다져진 다가미 님의 반격에 마침내 목숨을 잃었다. 그리 된 것일 게야. 아니, 그럼에도 양자절명일세. 실로 가공할 요물의 술수, 묵은 마성의 해악이지. 적의 수법을 알지 못하면 다가미 님이라 한들 처치할 수야 없는 노릇일 터, 자네의 보고가 있었기에 순간의 판단으로 피할 수도 있었을 것이네. 내가 무사히 돌아온 것도 자네 덕분이지."

군파치로는 감사하다고 말한 후 다시금 마타이치의 부적을 신통한 듯 어루만졌다.

'모사꾼의 부적이 과연 효력이 있을까?' 모모스케는 내심 그렇게 생각하고도 있었으며, 그것은 실제로 영험이 있음이 드러난 지금도 여전한 심정이다.

그러나 군파치로 한 명이라면 또 모르지만 아홉이나 되는 어엿한 동심과 열 명의 수하……. 그 전원이 체험한 이상 노부스마의 괴이는 실제로 벌어진 일일 것이며, 그러한 와중에 부적을 소지했던 군파치로 한 명만 난을 모면한 것도 사실인 것이다.

신뢰하지 않을 수가 없었다.

그때…….

조장 사노 유사이가 헐레벌떡 들이닥쳤다.

너무나 기괴한 상황이 눈앞에 펼쳐져 있으니, 천인동심 가운데 백 명을 이끄는 봉록 서른다섯 가마의 조장도 잠시 말문이 막힌 듯했다. 그러나 군파치로 이하 아홉 명의 동심, 열 명의 수하, 그리고 모모스케의 증언을 듣자, 그 대단한 조장도 요이(妖異)한 짐승의 존재를 믿지 않을 수 없게 된 듯했다.
 이리하여…… 노뎃포 소동은 막을 내린 것이다.

4

그날 밤.

모모스케는 군파치로의 간곡한 청으로 관택에 머물렀다.

조서 작성에 지혜를 빌리고 싶다는 것이었다. 혼자 멀쩡한 몸으로 돌아온 군파치로에게 상세한 조서를 써서 신속히 제출하라는 조장의 명이 떨어졌기 때문이다. 다른 동심들은 모두 두통이나 어지러움을 호소, 제대로 일을 할 수 있을 만한 상태가 아니었다.

이와 관련하여 군파치로 이외의 동심들은 '비록 요물이라고는 하나 짐승 한 마리에게 줄곧 농락당하고 패한 꼴이니 무가의 체면이 서지 않을 것'이라는 질책을 받고 각자 징계를 기다리게 되었다.

군파치로만은 전혀 문책을 받지 않았다.

군파치로 본인은 그 처분에 불복인 듯했다.

'요물의 습격은 모두가 함께 받았고, 싸우기 전부터 신불에 기대는 것은 무사로서 비겁하다.'

게다가 결국 노뎃포를 처치한 이는 다가미이므로 군파치로에게 공은 없다. 군파치로는 무사히 돌아오기만 했을 뿐 요물을 퇴치하지는 못하였으니 아무런 수훈도 없다. 그러니 다른 이들과 마찬가지로 징계를 내려달라며 거듭거듭 이의를 제기했으나, 아무래도 받아들여지지 않은 모양이다.

다가미의 노뎃포 퇴치도 사전에 군파치로가 노뎃포 사건을 보고 했기 때문일 것이니, 그렇다면 군파치로에게도 아주 공이 없다고 단정할 수는 없다는 것이 조장이 내린 판단인 듯했다.

또한 호리(狐狸)요괴를 상대할 때 신불의 가호에 기대는 것은 비겁 졸렬하다 이를 수 없으며, 만일에 대비함은 외려 무사의 당연한 마음가짐이다. 조장은 그렇게 말했다고 한다. 이어 군파치로 이외의 동심에게 어느 정도 징계를 내리는 것에 대해서는, 진언호부(眞言護符)에 의지하지 않더라도 평소 단련을 쌓았다면 필시 신위불공(神威佛功)의 영험이 나타났을 터인즉, 그것이 없었다 함은 단지 정진이 부족했기 때문일 것이다. 그리 이야기를 했던 모양이다.

죽은 다가미 효부도 허가 없이 대규모 수색을 행한 끝에 어이없이 짐승에게 목숨을 잃은 것이니 본시대로라면 죽었다고 하여도 문책은 필지(必至)이나, 모두 다 부하 동심의 원수를 갚고자 발기한 일이고 양자 절명일지언정 요물을 처치하였다는 모양새는 갖추어졌기에 결과적으로 그 죄를 묻지 않으며 일가식솔도 일절 문책하지 않는다는 판결이 내려졌다고 한다.

결국…… 군파치로는 평판을 올렸다는 이야기가 된다.

모모스케가 감사를 받은 것은 말할 필요도 없다.

그날 밤, 이웃 농부에 다른 반의 동심과 향사들이 번갈아 방문하여 요괴 퇴치의 전말을 듣고서는 크게 기뻐하며 돌아갔다.

모모스케도 정식으로 모두에게 아우로 소개된 후 배가 터져라 먹지 않을 수 없었고, 설상가상 탁주까지 마시게 되었다. 방문한 동심들의 별종 아우님이라는 말에 머리를 긁적이고, 농부들에게 선생님이라는 소리를 듣고서는 낯간지러움도 느꼈다.

덕분에 조서 작성을 시작한 것은 자정이 지난 시각이었다.

형은 아우에게 '수고를 끼친다, 참으로 미안하다'며 수없이 말했다.

모모스케는 더없이 이상야릇한 심경이었다.

양모는 일찍이 돌아가시고 양부의 상점은 행수가 이었다. 호사가인 선선대가 수집한 고금의 문서에 둘러싸여 자라난 모모스케에게 핏줄이 이어진 혈육과의 어울림이란 미지의 것이다. 일언일구가 어딘지 모르게 어색하고 불편한 듯, 또 그렇지만도 않은 듯한 심경이었던 것이다.

이윽고 밤도 잔잔히 깊어지자 두꺼비며 개구리가 시끄럽게 조잘거리기 시작했다. 에도의 개구리와 달리 가차 없이 울어댄다. 한창 혹서인지라 마루고 뭐고 모조리 열어젖혀두고 있었다. 가로막힌 것이라면 모기장 하나밖에 없으므로 상당히 시끄러울 수밖에 없다.

군파치로가 조서 쓰기를 대략 마친 것은 자시를 넘긴 시간이었다.

뚝.

개구리 울음이 멎었다.

정적이 흘렀다.

그 순간 일렁, 사방등의 불이 물결쳤다.

짤랑.

방울 소리가 났다.

"무언가……."

짤랑.

흐릿하게…… 마당에 흰 그림자가 솟았다.

"어행봉위……."

'이 목소리는…….'
모모스케는 눈의 초점을 모은다.
"네 이놈, 요괴…… 한낮의 한이더냐!"
"말씀드릴 것이 있사옵니다."
"뭣이라? 네 이놈, 정체가 무어냐! 이곳이 하치오지 천인동심 야마오카 군파치로의 관택임을 알고서 하는 수작이더냐!"
군파치로는 장식단의 대도에 손을 대었다.
그제야 모모스케는 가까스로 사태를 이해했다.
이 인물은.
'마타이치.'
"아…… 형님. 잠시 기다려주십시오. 이분은……."
모모스케는 군파치로의 소매를 잡고 필사적으로 말렸다.
"이분은 오늘 아침나절 형님께 건넨 다라니 호부를 쓰신, 영험하기로 소문난 어행사이십니다!"
"그, 그 말이 사실인가?"
다라니 부적은 작은 목소반에 얹혀 대도 뒤…… 장식단에 놓여 있었다.
짤랑.
군파치로는 칼에서 손을 떼고 마당 쪽으로 돌아앉았다.
"방금…… 예 있는 아우, 모모스케가 한 말이 사실이오? 그렇다면 그대는 나의 은인. 무례를 범했소이다."

군파치로는 몸가짐을 바로하고 예를 다했다.

그러나 모기장 너머로 흐릿하게 비치는 백장속(白裝束)은 아무래도 환등화(幻燈畵) 같아 실체감이 없었다.

환등의 사내…… 마타이치는 말했다.

"무례를 범한 쪽은 소생이옵니다. 이러한 시각에 이러한 곳으로 불쑥 나타났으니 괴이쩍은 요물의 부류로 생각하시어도 어찌할 수 없는 노릇이지요. 머리를 숙여야 할 쪽은 소생일 것입니다. 다만 보시다시피 걸식하는 어행사. 이러한 신분과 차림새이니, 훌륭하신 무사님의 관택을 해가 있는 동안 찾아뵙는 것도, 정문으로 들어서는 것도 응당 꺼려하실 터. 부디 비례를 용서해주시기 바라옵니다."

군파치로는 고개를 들고 모모스케를 한 번 보았다.

모모스케는 막연히 고개를 끄덕였다.

"허나 어행사. 차림새야 어떻든, 그대에게 받은 호부의 영력으로 나는 괴이의 해를 면할 수 있었소. 당연히 예를 다하는 것이 정도(正道)일 터. 자, 오르시지 아니하겠소?"

"마음 쓰실 일 없사옵니다" 하고 마타이치는 말했다.

"좀 전…… 모모스케 님께서 하신 말씀……. 반은 맞으나 반은 틀렸을 것이옵니다."

"그게…… 무슨 뜻이오?"

"게 있는 다라니 부적은 분명 소생이 썼사옵니다. 허나 그것은 종잇조각. 아무런 공덕도 없지요……."

"허, 허나……."

군파치로는 당혹스러워하며 모모스케에게 시선을 던졌다.

모모스케 역시 무어가 무언지 알지 못하므로 답할 도리가 없다.

"그…… 진의는?"

"그것을 설명드리러 왔습니다."

"설명……이라."

"예…….'

마타이치는 공손하게 대답했다.

"여느 때라면 이 놀음판은 이쪽에서 막을 내립니다. 허나 이번만은 별개. 적잖은 연이 있는 모모스케 님의 친형님께서 관여하고 계십니다. 그리고 이 건 자체가 모모스케 님의 말씀이 없었더라면 애당초 없던 일이기도 하지요. 게다가……."

마타이치는 머리를 숙였다.

"들리는 이야기로, 동심 야마오카 군파치로 님의 성품은 실심(實心)스럽고 강건하여 어떠한 경우라도 부정을 미워하고 조리를 세우시는 작금에 귀한 분이시라던가. 그렇다면 이대로 유야무야 넘길 수도 없으리라는 생각에 참수를 각오하고 찾아뵙게 된 것이옵니다."

"참수라니, 흘려들을 수 없소만."

"귀를 잠시 빌려주시지요."

"물론 꼭 듣기를 원하오."

바스락, 하고 소리가 났다.

마타이치 옆으로 두 그림자가 나타났다.

하나는 신탁자 지혜이다. 또 하나는 지혜이보다 더 작은 체구의 노인이었다.

"소인은 지혜이라고 하는 얼치기이옵니다. 옆에 있는 이 노인은 노뎃포라는 별명을 지닌 시마조라 하는 인물이옵지요."

노뎃포 시마조.

노인은 얼굴을 주름으로 쪼개며 느릿느릿 목례를 했다.

"보시다시피 여든 나이의 늙은이이옵니다만, 십이 년 전까지는 관동 일대를 휩쓸고 다니던 해적, 박쥐 일당의 두목으로 지내던 인물이옵지요."

"뭣이!"

군파치로의 뺨이 실룩거렸다. 긴장하고 있다는 것이 모모스케에게도 느껴졌다. 지헤이는 손을 들어 올렸다.

"각오하고 있으니 진정하시기를. 그리 말하는 소인도 원래는 박쥐 일당, 예 있는 시마조 아래의 졸개이었습죠. 손을 씻었다고는 하나 과거의 해적이 관헌 나리 앞에서 이름을 밝히는 것이옵니다. 그 나름의 각오를 굳히고서 찾아뵈온 것이니 달아나지도 숨지도 아니할 터. 부디 마음을 가라앉히고 들어주시기를 부탁드리옵니다."

"알겠소."

군파치로는 받아들였다.

"박쥐 일당은 원래 세토나이의 해적이었는데, 해안을 따라 북상, 상륙하여 내륙에 자리 잡은 후 밤일을 마치면 해적으로 돌아가 항해를 지속해 또 다른 항으로 이동하는 식으로 거점을 옮겨 히타치에까지 이르렀고, 그곳에서 관동에 발을 들여놓아 뿌리를 내렸습니다. 바다에도 있고 산에도 있는 애매한 도적이라 하는 의미로 박쥐를 자처한 것이었습죠."

'애매하다.'

흡사 자신과 같다고 모모스케는 생각한다.

"도적질은 어쨌거나 정해진 법을 어기는 행위. 아무리 보태어 말하여도 결국 악행은 악행. 그것을 전제로 말씀드리자면 이 시마조라는 이는 실로 깨끗하게 일을 한 사내입죠. 결코 사람을 해치지 아니합니다. 훔치러 들어간 상점이 망하지 않도록 돈도 전부는 훔치지 아니합니다. 백 냥이 있으면 오십 냥, 천 냥이 있으면 오백 냥, 절반은 반드시 남깁지요. 소란이 일게 되면 달아날 따름……."

"훔치는 것임은 틀림없지만 말입니다" 하고 지헤이는 말했다.

"그 덕분에 좀처럼 포승을 받지는 아니하였습죠. 허나 이러한 방식…… 동료들 사이에선 거북하게 여기지기 마련."

"동료들 사이란…… 도적 동료를 말하는 것이오?"

"그렇사옵니다" 하고 지헤이는 말했다.

"도적도 천차만별입지요. 오 년 전까지 에도를 발칵 뒤집어놓았던 다기니파란 놈들은 여자면 범하고 아이면 죽이고 상점이면 아주 박살을 내놓는 축생 짓거리를……."

"그 자식들은 수배 중이오."

"그런 듯하더구먼요. 어차피 그러한 놈들에게 인의란 없습니다. 조직을 묶는 것은 돈이나 힘뿐. 이 시마조 어른은 그러한 바닥에서도 인품으로 부하들을 부렸던 매우 드문 인물인데, 그럼에도 적의를 드러내는 놈들은 있습죠. 허나 이 어른께는 비장의 수가 있었습니다."

'석총인가.'

모모스케는 알아챘다. 어젯밤 마타이치는 위협적이라고 했다.

분명 위협적일 수 있다고 생각은 했으나…….

지헤이는 품에서 기묘한 물건을 꺼냈다.

모양새는 마상통과 비슷하나 어딘지 모르게 다르다. 나무망치와 같은 투박한 자루가 달려 있다.

"이것은 예로부터 해적들 사이에 전해 내려오는 석궁을 토대로 이 시마조 어른이 궁리해 만들어낸, 돌을 탄으로 사용해 날리는 철포이옵니다."

"돌을……?"

군파치로는 한순간 핏기를 잃었고, 휘둥그레진 눈으로 모모스케 쪽을 흘깃 보았다. 모모스케에게는 그것이 돌이킬 수 없는 실책을 범했다고 말하는 듯한 표정으로 보였다.

"그렇다면……."

'정말 있었던 것이다.'

다가미와 하마다의 이마를 쏜 것은…….

결국 사람의 소행이었던 것이다.

그렇다면 그 범인은…….

"그대들은…… 설마……."

일단 이야기를 들어달라고 마타이치가 말했다.

"이 석총은 해적 노릇처럼 험한 일에 적합한 연장이기는 하나, 야경(夜警)벌이에는 필요치 않은 물건. 박쥐파 일당 내에서도 좀처럼 볼 수 있는 것이 아니었사옵니다. 그런 만큼 도공(盜公)들 사이에서는 전설처럼 통하고 있었던지라."

"오호라, 병기를 무력으로써가 아니라 억지력으로 사용했다는 말이로군."

군파치로가 그렇게 말하자 지혜이는 예, 하고 대답했다.

"아니 쓰고도 복종시킬 수는 있었습죠. 한데 이 석총, 정밀도는 화승총을 뛰어넘는 것. 게다가 긴 비거리에 탄환은 돌멩이. 살상능력도 충분하지요. 금상첨화로 농구 대장간에서도 만들 수 있는 물건이라 유사시에는 양산도 가능하니, 이는 그러한 면에서도 위협적이었던 것이옵니다. 허나 세상사 고약하게 흘러가는 법인지…… 그 점에 눈독을 들인 녀석이 있었지요."

"그 제법을…… 훔치려 했구려."

군파치로는 쓸쓸하게 말했다.

"예. 아무래도 이것을 서쪽 지방의 영주에게 팔아치우려 했던 듯하옵니다."

"오호라, 악당이 생각해낼 만한 일이군."

군파치로는 각오를 굳혔는지 그럭저럭 침착함을 되찾고 있었다. 그뿐 아니라 악당 패거리의 알력마저, 도리에 어긋나는 일은 꺼리는 듯한 어조로 이야기했다.

"그 무렵…… 정확히 십이 년 전, 이 시마조 어른은 조직을 해산하고 은거할 생각을 하고 계셨는데, 이유는 두 가지가 있었습니다. 한 가지는……."

지혜이는 옆의 노인을 바라보았다.

"노쇠입지요. 시마조 어른은 당시 이미 일흔 고개를 넘은 처지. 몸이 말을 듣지 않아서야 이 업은 도저히 감당해낼 수가 없는지라. 또 한 가지는……."

"손녀가…… 손녀가 태어나서."

오오, 하고 군파치로는 작게 탄성을 올렸다.

"도적에게 가족이 있다는 것도 묘한 이야기이나, 이 시마조 어른께는 여식이 한 명 있었사온데……."

지혜이는 고개를 떨구었다.

마타이치가 말을 이어받았다.

"그 이후는…… 이 두 사람에게 괴로울 터, 소생이 대신 말씀드리지요. 들은 이야기이지만서도. 노뎃포 시마조가 박쥐파를 해산한다는 소문은 도적패들 사이에 금세 퍼졌다고 합니다. 그러자 여태껏 쌓여온 묵은 한이다 뭐다, 한꺼번에 분출되었지요. 그 전까지는 인의고 의리고 어미 배 속에서 잊어먹고 나온 것처럼 설쳐대더니만, 막상 시마조 씨가 손을 씻는다고 하자 그만두면 그만두는 대로 합당한 예를 차리라는 말이 나온 것입니다."

"그 예가…… 바로 철포인 것이오?"

"그렇사옵니다. 이 석총을 누군가에게 넘기고 만드는 법을 가르쳐 달라, 그리 된 게지요. 물론 이분은 거절했습니다. 그리 해야 할 도의는 없다. 손을 뗀 다음까지 세간에 화근을 남기는 것은 도인(盜人)의 치욕이라며 단호히 거절했습니다. 그러자…… 어느 패거리의 놈들이 인질을 잡은 것입니다."

"설마…… 그 손녀를?"

"그러하지요."

"비열한 놈들! 도둑이라 하여도 벗어나서는 아니 될 사람의 도리란 것이 있거늘."

군파치로는 거친 어조로 그렇게 말했다.

그 말씀이 지극히 옳다고 마타이치는 대답했다.

"놈들은 따님과 손녀를 유괴, 목숨이 아까우면 석총 제작법을 내놓으라며 시마조 씨를 다그쳤다고 합니다. 놈들의 배후에는…… 좀 전 이 지헤이가 말한 대로 어떤 영주가 있었다지요. 참으로 터무니없는 일. 그것을 계기로 세상이 어지러워질 수도 있으니 말입니다. 이

시마조란 분은…… 그 상황에서 신념을 관철했던 것이옵니다."

"신념……이라 함은?"

"일반 백성에게 폐를 끼치지 않겠다는 신념이지요. 도둑에게도 일말의 명분이 있다고 할까요. 시마조 어른은 석총 도면을 태우고, 거푸집을 부수고, 예 있는 한 정만 남긴 후 모든 것을 다 말끔히 없애버린 것이옵니다. 어떠한 일이든 조리가 서야 한다, 그 의지를 일관하였기에 따님과 손녀는……."

"살해당했구려."

으음, 하며 군파치로는 자신의 입을 덮어 눌렀다.

"그로써 끝이 났지요. 전가의 보도를 스스로 버렸으니 을러댈 맛도 나지 않을 터. 몰려들었던 무리도 그대로 칼끝을 거두어들이고, 박쥐파는 해산한 것입니다. 그러니 이 시마조란 인물은 딸도 손녀도 잃고…… 피붙이의 목숨과 맞바꾸어 손을 씻은 것이나 다름없지요. 모든 것이 인과응보, 악업의 죗값, 자업자득, 그렇게 말하면 그뿐이기도 하겠으나…… 그 대가가 너무도 무참하지 않습니까."

군파치로는 입을 한일자로 다물고 생각에 잠겨 있다.

모모스케가 생각하기에, 군파치로는 자신의 입장을 옆으로 미루어두고 더없이 정직하게 동정하고 격노하며 분개하고 있음이 틀림없다.

"허나" 하고 마타이치는 말했다.

"허나…… 무슨?"

"도무지 알 수 없는 일이 있었지요. 석총이며 해산 이야기는 여하하든 간에, 시마조 씨에게 딸이 있다는 사실을 아는 자는 일파 내에서도 몇 되지 않았다고 합니다."

노뎃포 | 63

"적과 내통한 자가 있었다는 말이오?"

"예. 그 무렵 박쥐파에는 퇴물 무사 이인조가 객의 신분으로 들어와 있었는데, 나중에 알게 된 사실이지만, 이놈들이 다른 조직과도 내통하던 망종(亡種)이었지요. 이 두 사람이 시마조 씨의 딸과 손녀를 유괴한 장본인이었던 것입니다."

"그래서…… 그놈들은?"

"해산할 때 시마조 씨에게서 그 나름의 준비금을 뻔뻔스레 받아 챙기고서 잠종비적. 어드메로 사라졌는지 숨었는지…… 지난 십 년간 전혀 행방을 알 수 없었는데 말입니다……."

"그, 그렇다면…… 맙소사……."

예, 하고 마타이치는 낮은 목소리를 냈다.

"한 명은 하마다 기주로. 또 다른 한 명은 다가미 효부. 그것이 시마조 씨에게서 딸과 손녀를 앗은 장본인의 이름이옵니다."

마타이치는 그렇게 말했다.

그 죽은 동심은 하마다 기주로라는 인물이오……?

그럼 선생의 형님께서 속하신 조의 부조장 이름은…….

그러한 의미였던 것인가.

모모스케는 식은땀을 닦았다.

군파치로의 시선은 잠시 황망하게 허공을 더듬었다. 모모스케도 당혹스러운 참이다. 혼란에 빠졌음이 틀림없다. 올곧기 이를 데 없는 동심은 이윽고 동요를 감추지 못하는 모습으로 입을 열었다.

"다, 다가미 님과 하마다가 예전에 도적이었다는 말이오?"

"그러하지요."

"게다가 동료를 팔고, 죄도 없는 여인과 아기까지 죽이는 망종이었다는……."

"그렇사옵니다."

으으, 하며 무언가를 삼키고서 군파치로는 고개를 숙였다.

동심은 무릎에 놓은 두 주먹을 움켜쥔 채 부들부들 떨고 있었다.

"아마…… 원래 무사였던 두 낭인은 분배받은 준비금으로 동심의 자격을 샀을 테지요. 그나저나 하치오지라니, 실로 절묘한 곳을 점찍었군. 공연스레 가까우니 눈이 더 가질 않지. 모모스케 님께 시신의 상태를 들었을 때, 소생과 예 있는 지헤이는 금세 시마조 씨의 소행으로 짐작했습니다. 명을 달리한 무사의 이름을 듣고는 더더욱 틀림없다고 생각했지요. 허나 시마조 씨는 이미 고령이고, 풍문에는 운신도 못한다고 들은지라, 그래서…… 한판 연극을 벌이게 된 것이옵니다."

"어떠한 연극이었소?" 군파치로는 쥐어짜내는 듯한 목소리로 물었다.

"예에. 먼저 이 부적. 이것은 실수로 군파치로 님을 해하는 일이 없도록 하려는 표식이었습니다. 하마다가 석총에 살해당했다면 다가미의 심중은 편치 못할 터. 범인은 시마조 씨밖에 없으므로 한시라도 빨리 잡아들이고 싶은 마음이야 굴뚝이나, 너무 공공연히 일을 벌이면 그때는 자신의 몸이 위험하지요. 과거 해적임이 폭로되어 여차하면 단죄를 받게 됩니다. 아마 입맛대로 부릴 수 있는 부하만 이끌고 수색에 나서…… 시마조 씨를 찾아내는 대로 벨 심산이었을 것입니다. 동심이 많이 있으면 무관한 자에게 손을 대지 않는 시마조 씨가 신중해질 터이고, 만에 하나 덤벼 오더라도 주위에 많은 부하가 있으니 안전하다, 그렇게 생각했음이 틀림없습니다. 그래서……."

마타이치는 시주함에서 보자기 같은 것을 꺼냈다.

"그…… 그것은?"

"이것이 노부스마이올습니다."

"허, 허나……."

"이것은 쇠가죽을 무두질한 물건. 군파치로 님이 쓰신 것은 단순한 가죽 보자기이나, 다른 분들이 덮어쓴 것에는 마취약이 스며들어 있지요. 그리고 아주 조금…… 주먹을 쓰기도 했습니다."

"무, 무엇이라?"

"꼭 다가미를 홀로 고립시키고자 했지요. 시마조 씨는…… 살날이 그리 많지 않습니다. 보시다시피 똑바로 걷지도 못하고 말도 못하는 처지. 그런 사람이 기다시피하며 하마다를 처치한 것입니다. 그러니 어떻게 해서든, 손을 보태서라도 숙원이 이루어지게끔 해주고 싶었지요. 시마조 씨와 예 있는 지헤이가…… 원수를 갚게 해주고 싶었던 것이옵니다."

"지헤이 씨에게도…… 원수입니까?"

모모스케는 물었다. 무슨 뜻일까. 은인의 원수는 나의 원수라는 뜻일까.

마타이치는 옆을 보았다.

"아아…… 이 지헤이라는 영감은 말이지요, 참 삭아 보이지만 이래 봬도 아직 예순 전이올습니다. 십이 년 전에는 마흔 대여섯이었다고 생각하십시오. 그러니까……."

"예? 그럼 그 시마조 씨의 따님이라는 분은 지헤이 씨의……."

"음. 내 마누라였소. 살해당한 이는 내 마누라와……."

"……딸이지" 하고 지헤이는 한마디를 흘렸다.

"다만…… 아무리 원수라 해도 현재의 다가미 효부는 지위도 이름도 있는 어엿한 동심. 나랏일 하는 관리가 떠돌이의 손에 죽었다 하면 언걸을 입는 분도 많을 터이고, 나아가서는 상부의 위신에도 영향을 끼치지 않겠는가, 그리 생각했던 것입니다. 게다가 지금 두 사람에게는 가족이 있습니다. 아무것도 모르는 가족에게는 누를 끼치지 않도록 하는 것이 첫 번째일 듯싶었던지라, 그래서……."

"요괴의 소행으로 꾸민 것이군요."

모모스케는 무람없게도 감탄했다. 내막을 밝히지 않았다면, 아마도 가장 핵심에 접근해 있었을 터인 모모스케조차 알 수 없었던 일이다. 그 큰 너구리도 이 일을 위해 준비한, 그저 묵은 너구리의 사체였던 것이리라. 허나…….

'형은 어떻게 생각하고 있을까.'

군파치로는 침묵하고 있다.

속에서 분한 마음도 있을지 모르나, 형은 오히려 다가미를 상관으로 받들고 충성을 맹세했던 자신에게 분통을 터뜨리고 있지 않을까. 몰랐던 일이라고는 하나 상관은 도적보다도 못한 패덕한이었던 것이다.

'그나저나 어떻게 할 생각일까.'

형의 성품을 고려하면…… 군파치로라는 인물은 범죄 사실을 알아버린 이상 무마하고 넘어갈 일이 없을 것이다. 허나 전부 백일하에 드러낸다면 눈앞의 소악당들은 당연히 오라를 받고 참수당하는 처지가 되겠지만, 그와 동시에 다가미와 하마다의 옛 죄업도 폭로할 수밖에 없게 될 것이다. 동료 동심들은 한층 더 엄한 처분을 받을 것이고, 다가미와 하마다의 가족도 틀림없이 처벌을 받게 된다. 무뢰한을 채용한 조장이나 천인장에게도 책임 추궁의 손길이 뻗치리라.

그럼에도…….

'형은 정의를 밀어붙일 것인가.'

"격노하심은 지당합지요."

지헤이가 말했다.

"어찌 되었건 소인들은 야마오카 님을 속였으니 말입니다. 동료분들께도 위해를 가했습니다. 게다가 상관 나리의 목숨까지 거두어들였지요. 그것은 사실. 당연지사 대죄. 만천하에 드러내는 것이 꼭 상책이라고 할 수는 없겠으나…… 각오는 되어 있습니다."

군파치로는 침묵하고 있다.

"입을 다무는 것이 상책이라는 생각도 했습지요. 모든 것을 털어놓으면 상관 나리의 과거를 들추어내게도 됩니다. 처하신 입장상, 여러모로 곤혹스러운 일도 겪으실 터. 그럼에도…… 나리를 계속 속이는 것은 내키지 않았습니다. 어떠한 모양새로 수습이 되든지 그것은 저희가 알 바 아니오나, 그저 야마오카 님의 마음에 족한 쪽으로 해주시었으면 하는 것이 저희 마음이올습니다. 여기에서 베어버리든, 형장에서 참수를 하든, 원대로 하시기를……."

지헤이는 목을 내밀었다.

시마조도 풀썩 앞으로 쓰러져 머리를 조아렸다.

마타이치는 그 옆에 조용히 서 있다.

모모스케는…… 눈을 깜빡이는 것마저 잊고 있다.

군파치로가 스윽 일어섰다.

그리고 "언제까지 그러한 곳에 계실 참이오"라고 말했다.

모모스케는 귀를 의심했다.

"형님……."

"연로하신 분을 마당에 세워두고서 높은 자리에서 이야기를 하다니, 인륜에 어긋나는 작태가 아니던가. 세 분 모두 자랑스러운 아우와 오랜 친분이 있는 귀한 손님이시오. 자아, 들어들 오시구려."

"야마오카 님."

지헤이가 고개를 들었다.

"지헤이 공. 그대들은 무언가 오해하고 있지 않으신가? 평판 자자한 하치오지 천인동심, 하나같이 실력 출중한 무사라오. 인지를 초월한 둔갑요괴에는 못 당해낼지도 모르나, 한낱 늙다리 직공이 보자기를 덮어씌웠다고 혼절할 만한 얼간이는 단 한 명도 없소. 게다가 나의 경우는 액을 막는 부적을 소지했기에 둔갑요괴조차 손을 대지 못했소이다. 그렇지 않소, 어행사?"

"맞사옵니다." 마타이치는 웃었다.

"영험이 나타나는 것도 인덕 중의 하나이지요."

"암, 그렇고 말고." 군파치로는 처음으로 쾌활하게 웃었다.

"요괴도 참으로 용한 영물. 해할 상대를 잘못 고르는 일은 없을 것이니, 죽었다면…… 그 나름대로 죽은 이유가 있을 터. 허나 너구리의 경우까지는 알 길도 없고, 조서도 벌써 다 쓰고 말았구먼. 애당초 요괴를 잡아들이는 것은 동심의 일이 아니지. 모모스케……."

군파치로는 모모스케를 불렀다.

"다스케를 깨워 주안상을 준비시키게. 밤낮이 무슨 소용인고. 오늘 밤은 날이 새도록 마셔보세나. 자, 어서 이쪽으로 들어들 오시오."

"알았습니다" 하고 대답하며 모모스케는 모기장 너머를 흘깃 보았다.

하지만 그때 마타이치가 어떠한 표정을 짓고 있었는지, 모모스케는 확인할 수가 없었다.

고
와
이

고와이는 아만(我慢)과 아집(我執)의 다른 이름으로

세간에서 말하는 무분별자다

살아서는 법을 거들떠보지 아니하고

남을 두려워하지 아니하고 남의 것을 빼앗아 먹으며

죽어서는 망념 집착의 마음을 끊지 못하고

무량의 형상으로 나타나 불법세법(佛法世法)을 방해한다

회본백물어 · 도산진야화 / 제1권 · 3

1

모모스케가 고즈카하라로 향한 것은 11월하고도 중순. 세찬 북동풍에 목덜미가 시린 날이었다.

그다지 춥지는 않지만 바람은 실로 차기 그지없다. 모모스케는 덧옷의 깃을 세웠다.

마음이 무겁다.

제 발로 찾아오기는 했으나 그다지 내키는 길은 아니었다.

모모스케는 여기저기 시선을 던지며 풍물유람이라도 하는 듯한 거동으로 억지로 기분을 돋우어보려고 했으나, 무얼 해도 결국은 허사였다. 자신을 속일 수야 없는 것이다. 마음은 여전히 무겁기만 하다.

자이모쿠초를 벗어나 천초사(浅草寺) 앞의 한길에 이른다.

가미나리 문 너머로 줄지은 경내 상점을 멍하니 바라보며, 모모스케는 주저한다.

'자, 그럼.'

모모스케는 왼편으로 나아갔다.

도저히 똑바로 갈 마음이 내키지 않는다.

이 방향으로 목적지까지 가려면 천초사를 빙 둘러 우회하는 셈이 된다. 멀리 돌아가는 것이다.

아무 생각도 하지 않고 발을 내디뎠다.

일륜사, 천악원, 동광원……. 절이 이어진다.

이 일대는 논과 사원뿐이다.

다시 곁길로 빠진다.

얼기설기 이어지는 길을 시적시적 걸어가자 수양버들에 둘러싸인 신당 측면이 나왔다.

이곳은 예전에 온 적이 있다, 그렇게 느꼈다. 공터를 가로질러 앞쪽으로 돌아가 도리이 아래에 서서 확인해보니 오노노 다카무라를 모신 오노테루사키 신사였다.

오노노 다카무라라 하면 매일 밤 명부로 내려가 염라대왕을 보좌했다는 전설이 있는 옛 재상이다. 모모스케는 잠시 발걸음을 멈추고 도리이며 고마이누를 둘러보았다.

'저세상과 이 세상을 왕래하며…….'

모모스케는 얼굴을 찌푸리며 발걸음을 돌렸다.

사카모토, 가나스기를 벗어나 시타야의 큰길에서 북으로 향한다.

결국 모모스케는 한나절 이상이나 어정거렸다는 이야기가 된다. 오후에는 돌아갈 예정으로 일부러 일찍 나왔음에도…… 정오는 이미 훌쩍 넘겼다.

가벼운 공복감을 느끼며 산야 수로를 건넌다.

그리고 모모스케는 신마치 언저리에서 멈추어 섰다.

'이쯤에서 오른편으로 빠지면 지름길이로군.'

그렇게 생각한 것이다.

모모스케는 오른편으로 펼쳐진 논밭을 바라보았다.

그리고 고심한 끝에 방향을 틀지 않고 말았다.

논두렁길을 걸을 기분이 아니다.

바람이 강을 넘어오는 탓인지 아무래도 공기가 눅눅하다. 원래 이 일대는 습한 풍토인 것이다. 아예 이대로 스미다 강까지 가서 센주 대교를 건너버릴까 하는 생각도 한다.

이토록 근접했음에도 여전히 망설이고 있다. 솔직히 가고 싶지 않은 것이다. 모모스케는 암담한 기분에 젖는다.

직진하면 아스카 신사에 이른다.

고즈카하라의 수호신을 모신 곳이다.

'들렀다 갈까.'

그렇게 생각하자 참을 수 없게 되었다.

모모스케라는 인물은 어찌 된 까닭인지 신사불각에 들어서면 마음이 설레는 성격인 것이다. 청정한 장소에 발을 들여놓으면 대부분의 사람은 마음이 차분해지기 마련이리라. 허나 모모스케의 경우는 참으로 다르다.

설렌다. 흥분이 인다.

선향의 향기. 호마(護摩)의 연하(煙霞). 이끼 핀 묘석의 냄새. 박장(拍掌) 소리. 요령이며 악기의 소리. 제문. 경문.

금줄의 소지(素紙)*. 연화좌의 금세공.

도리이의 붉은빛. 불상의 검은빛.

그러한 것 하나 하나가 모모스케의 심금을 울린다.

---

* 신에게 올리는 하얀 백지를 뜻한다.

몇이나 되는 신사와 절을 그저 스쳐 지나치며 여기까지 와서, 모모스케는 마침내 참을 수 없게 된 것이다.

변재천을 모신 작은 사당을 지나 정결히 손을 씻고 입을 가신다.

찻집을 곁눈으로 보며 도리이 아래를 지난다. 배례전까지 걸어가 예법대로 공손히 참배한 다음, 모모스케는 경내를 빙 돌아 왼편의 목책으로 둘러싸인 작은 무덤 앞에 섰다.

봉긋이 솟은 언덕 위에 돌이 우뚝 서 있다. 돌의 좌우에는 수목이 무성하고 금줄이 쳐져 있다.

서광석이라는 이름의 돌이다.

사전(社傳)에 따르면, 이 무덤은 연력(延曆)* 시절, 히에이 산의 흑진이라는 승려가 동국을 화도(化度)할 제 이 땅에 들어서서 발견한 것이라고 한다.

그 당시 이 무덤은 밤이면 밤마다 서광을 발하고 있었다고도 전해진다. 그리고 어느 날 밤, 노인으로 권현한 두 신이 무덤 위의 돌…… 서광석에 강림했다고 한다.

그 두 신이 바로 이 신사의 제신인 오나무치**와 고토시로누시*** 다. 오나무치는 스사노오****의 아들이자 그 화혼(和魂)*****으로도 일

---

* 782-806년, 간무(桓武) 천황 시대의 연호.
** 오쿠니누시의 젊은 시절 이름으로, 국조(國造)·농업·상업·의료의 신. 또한 오모노누시를 오나무치의 화혼으로 보는데, 그 별칭이 미노와신(神).
*** 오쿠니누시의 아들이며 신탁의 신. 오쿠니누시와 마찬가지로 신불습합으로 인해 칠복신 중 에비스와 동일시됨. 때문에 칠복신의 대흑천과 에비스는 부자간으로 여겨지기도 함.
**** 폭풍의 신이자 일본신화의 대표적인 영웅신.
***** 일본 신도의 개념에서 신이 가진 두 가지 성격(荒魂, 和魂) 중 온화하고 덕을 갖춘 측면의 신. 다른 이름의 신일 경우도 있다.

컬어지는 신이므로, 그러한 까닭에 이 신사는 우두천왕(牛頭天王)사*, 또는 단순히 미노와천왕으로 불리기도 한다.

이 작은 무덤이 바로 고즈카하라(小冢原)라는 지명의 발상지라는 이야기도 들었다.

필시 먼 옛날의 분묘나 무언가일 것이라고 모모스케는 생각한다.

'무덤이라. ……무덤일 테지.'

모모스케는 그렇게 확신한다.

그렇다.

모모스케는 생각한다.

이 일대에는 죽음의 그림자가 짙게 깔려 있다.

씻어내고 또 씻어내도 사라지지 않는 그림자다. 감추어도 배어 나오는 냄새가 있다.

무덤. 사원. 그리고 가설흥행장, 유랑극단.

유곽.

그 모두가 이계(異界)와의 접점, 이승과 저승의 경계에 위치해야 하는 것들이 아니던가.

그리고…… 처벌장.

처벌장이란 문자 그대로 처벌…… 사형을 집행하는 장소, 곧 형장이다.

사죄(死罪), 하수인(下手人)** 등의 참수형은 옥내에서 집행되나 참

---

* 신불습합으로 인한 스사노오의 별칭.
** 에도시대에 서민에게 내려진 사형은 경중순으로 하수인(下手人), 사죄(死罪), 화죄(火罪), 옥문형(獄門刑), 책형(磔刑), 거인형(鋸引刑)이 있었다. 참죄(斬罪)는 무사 신분 이상에 적용.

죄(斬罪)의 경우는 이 형장에서 참수가 집행된다. 이른바 공개 사형이다. 그리고 옥문의 경우, 옥내에서 참한 목은 이 형장으로 옮겨져 사흘 낮과 이틀 밤 동안 효수된다.

무참하기 이를 데 없다.

부처를 받들고 신을 섬기는 경건한 장소 바로 뒤에서,

창기와 흥청대며 유흥으로 날이 지고 새는 화류가(花柳街) 바로 옆에서, 공공연하게 사람이 살해당하고 그 시체가 효수되고 있는 것이다.

모모스케는 도리이 아래에 서서 형장이 있는 아사쿠사 산야마치 쪽을 바라보았다.

에도의 형장은 이곳 고즈카하라와 시나가와숙(宿)의 스즈가모리, 두 곳이다.

원래는 니혼바시 혼초에 설치되어 있었다고 하는데, 도쿠가와 이에야스의 에도 입성 즈음에 도리고에 신사 옆과 자이모쿠초로 나뉘었고, 자이모쿠초 형장은 스즈가모리로, 도리고에 형장은 쇼텐마치로 옮겨진 후 다시 쇼텐마치에서 고즈카하라로 이동했다고 한다. 무언가에 빨려들 듯 이동하고 있다.

점점 외곽으로 쫓겨나고 있는 것이다.

외곽 중에서도 외곽, 끝자락이다. 바로 앞의 다리를 건너면 센주고, 그곳은 에도 밖이다. 결국 이곳은 에도의 막다른 곳……. 경계인 것이다. 부정한 땅은 경계까지 밀려나고 말았다. 경계에 드리운 그림자가, 경계가 발하는 냄새가 그것을 끌어들인 것처럼 보이기도 한다.

모모스케는 다시 암담한 기분에 젖는다.

오늘의 목적지는…… 그 형장인 것이다.

등을 떠밀려 온 길은 아니다. 모모스케가 원해서 온 것이다. 가지 않는다 해도 누구에게 한 소리 들을 일은 없다.

허나…….

모모스케는 뜻을 굳히고 도리이에 들어섰다. 들어서기는 했으나 발걸음은 느릿느릿, 도무지 앞으로 나아가지를 않는다.

결국 모모스케는 그 발길 그대로 맞은편 찻집으로 들어갔다.

융단 위에 엉덩이를 붙이고서 문득 고개를 옆으로 돌리자,

화사한 색채가 시야로 쏟아져 들었다.

화려한 남보랏빛 기모노에 풀빛 겉옷.

노란 오비에 두루미 모양새의 머리꽂이.

복인형 그림이 붙은 고리짝.

갸름한 눈. 흰 살결.

붉고 자그마한 입술.

"오…… 오긴 씨……입니까?"

안면이 있는 여인…… 산묘회 오긴이었다.

산묘회란 기다유부시를 낭송하며 한손으로 인형을 부리는 여자 인형사를 말한다. 옆에 놓아둔 고리짝에는 가라코 인형이며 조루리 인형이 들어 있는 것이다. 모모스케는 올 이른 봄, 여행지인 에치고에서 이 아름다운 인형사와 만났다. 그뿐 아니라 얼마 전 고후에서도 얼굴을 마주했다.

물론 우연은 아니다.

이 오긴이라는 여인은 평범한 인형사가 아니기 때문이다. 이런저런 계략을 세워, 정당한 수단으로는 결코 이룰 수 없는 결과를 얻

는…… 그러한 일을 생업으로 삼고 있는 수상한 여인이다.

모모스케는 오긴의 동료 소악당들과도 우연한 계기에 깊숙이 얽히게 되었고, 그 기개에 끌렸던 것이었다. 세간에서 볼 때 결코 장하다 떠받들 만한 행위는 아니겠으나, 그들이 인의(人義)에 벗어나는 일을 하는 것도 아니다. 의적인 양하는 것은 질색하는 무리이므로 이러한 말을 하면 헛소리 말라며 호통을 들을지도 모르지만, '그것은 오히려 남을 돕는 일'이라고, 모모스케는 그렇게 인식하고 있다. 얼마 전에는 일부러 고후로 가서 기상천외한 작업을 거들기까지 했던 것이다.

"어머나." 잠시 시간을 두고서야 오긴은 모모스케 쪽을 보았다.

"……곰곰궁리 선생 아니셔요?"

아이들이 푸는 수수께끼처럼 곰곰이 궁리해야 할 문제를 고안하는 것이 현재 모모스케의 본업이다. 표면적으로는 작가 지망이라며 거창한 소리를 하기는 하나, 그러한 것을 써서 입에 풀칠을 하고 있는 게 현 상황. 그러니 그리 달갑게 들리는 호칭은 아니다.

그나저나 등 뒤에서 별안간 말을 건 것도 아닌데 말투며 표정이며 몹시 놀란 듯한 모습이다. 오긴이라는 이는 틈을 보이지 않는 여자로 여겼으므로 그 반응에 모모스케가 오히려 놀라고 말았다.

"오, 오긴 씨, 저어……."

"저어고 자시고, 선생, 이런 곳에 웬일이신지……."

귀를 간질이는 듯한 신비한 음색의 목소리다.

"그냥 뭐, 볼일이 좀 있어서요."

대충 대답했다.

"오긴 씨야말로…… 웬일입니까?"

"뭐어, 저기를 좀……."

오긴은 희고 가느다란 목을 뻗어 형장 방향을 가리켰다.

"……구경꾼이지요."

"아아, 그럼 마찬가지군요."

목적지는 같다는 뜻이다.

모모스케가 그렇게 답하자, 오긴은 눈을 가늘게 떴다. 눈초리가 발그스름하다. 화장 때문이 아니라 살결이 흰 탓이리라.

"마찬가지라니, 잘린 목 구경이슈?"

"뭐…… 그렇다고 할 수 있지요."

틀린 말은 아니지만 입에 올리니 몹시도 생생하게 느껴진다.

"효수는 오늘까지니까요. 오늘 가지 않으면 치워지고 맙니다. 뭐, 더없는 악취미입니다만 이것도 글쟁이의 본성이겠지요."

모모스케는 조청차를 주문했다. 오긴은 심드렁히 다리를 들어 올리더니, 그리고 다시 모모스케를 보았다.

"이제…… 갈 참이유?"

"이제 가는 참이지요."

"하지만…… 선생은 교바시에 사는 분이잖수. 그럼 강변을 따라 비탈길을 내려와서요, 나미다바시 건너 신초를 가로지르는 게 지름길일 텐데? 여기 미노와천왕을 지나지야 않지."

"뭐…… 그렇기는 합니다만, 좀 돌아서 오느라."

막상 닥치니 내키지가 않는다고 말하기는 어려웠다.

오긴은 한참을 돌아오지 않았냐며 그제야 아주 조금 웃었다.

"겁먹으셨수?"

"무서움, 두려움……보다는요, 전 아주 질색입니다, 잔혹한 광경."

본심이었다. 무참한 광경은 싫은 것이다. 오긴은 더 웃었다.

"질색이라니, 여러 고을을 돌아다니며 무시무시한 이야기를 수집할 정도의 괴담광 선생이? 괴담집을 개판한다고 그러지 않았수?"

"글쎄, 전 유령이나 요괴 부류는 무한히 좋아하면서도 피를 보면 아주 사색이 됩니다. 면도를 하다가 따끔 베이기라도 하면 소름이 확 돋을 정도의 새가슴이라 붉은 색을 보면 눈앞이 하얘지지요."

"어머나."

오긴은 더더욱 웃었다.

"그런 새가슴 양반께서 옥문 구경이라. 무슨 바람이 분 거유? 이토록 한참을 돌아 주저주저하면서, 그러고도 가겠다는 심산을 모르겠네. 내걸려 있는 것은 머리통이라고요."

"그야, 그게 평범한 목이 아니니까요. 아, 뭐니 뭐니 해도 그토록 세간을 떠들썩하게 만들었던 대악당, 이나리자카 기에몬의 목이 아닙니까."

지금······.

고즈카하라 형장의 3척 높이 옥문대 위에는 그 기에몬의 목이 내걸려 있을 터다. 이 희대의 악당은 열흘 전 오라를 받고 엄한 문초를 거친 후 옥문형에 처해졌다.

이나리자카 기에몬은 표면적으로는 향구사(香具師)*로 알려져 있다.

허나 명목만 그러할 뿐, 명확한 구역을 가진 평범한 향구사는 아니다. 기에몬이 수하에 거느리던 이는 행각 수도자, 떠돌이 예인,

---

* 노점 장사를 하거나 구경거리 등을 펼쳐 보이고 돈을 받는 소상인의 우두머리.

무숙자, 부랑비인(浮浪非人)*과 같은, 이른바 세속의 틀 밖으로 밀려난 자들이었던 듯하다. 기에몬은 봉행소나 단자에몬의 부랑비인 임시 검거 등의 정보를 사전에 입수하거나 주거 및 일자리 등을 알선하며 이런저런 편의를 봐주는 대신 그들을 통솔했을 뿐 아니라 다양한 형태로 수입을 착취했다. 원래 단속되었어야 할 무리를 거느리고 있었던 것이므로 그 실태는 명확히 파악하지 못하였다고 한다.

그것부터가 이미 비합법 행위이나, 기에몬이 악인인 까닭은 그러한 배하의 무리를 사람으로 취급하지 않았다는 점에 있다.

사회적 약자를 보호하는 듯한 얼굴로 최하층민들을 끌어들여서는 그 약점을 파고들어 자신의 악행에 도구로 이용했던 것이다.

소매치기, 들치기는 말할 것도 없고 공갈, 갈취, 납치에 밀무역, 강도, 미인계, 무허가 고리대금부터 불법 사창굴과 사설 도박, 끝내는 방화나 살인까지⋯⋯. 기에몬은 온갖 악행에 손을 댔다고 한다.

그럼에도 기에몬은 잡히지 않았다. 남북 양 봉행소는 물론이고 화도개방**까지 골머리를 앓으며 애를 먹었던 모양이다. 물론 본인의 거처를 도무지 알 수 없다는 점도 있었을 것이나, 자기 자신의 손은 전혀 더럽히지 않는 교활한 수법이 큰 이유였던 듯하다. 악행이 드러난 경우도 실행범은 항상 무숙자라, 기에몬에 이르기 전에 악행의 꼬리가 잘리고 마는 것이다. 많은 무숙자가 기에몬을 대신해 죽었는데

---

* 비인은 에도시대 사농공상보다 아래에 놓인 천민 계층. 떠돌이 예인이나 형장 잡역부 등의 일에 종사했다. 비인장 아래에서 관리를 받았으며, 도망친 자들은 무숙비인 또는 부랑비인이라 불렸다.
** 에도시대에 중죄로 취급되었던 방화, 도적질, 도박을 단속, 단죄하는 기구.

그 수는 헤아리기조차 어렵다고 한다.

무도한 이야기다.

이용당하는 자들도 기에몬에게 받은 은혜가 아예 없다고 할 수야 없겠으나, 그래도 목숨 바쳐 섬겨야 할 정도의 도의가 있었을 것이라는 생각은 들지 않는다. 최하층민들로서는 살아가기 위해 기에몬 같은 악당이라도 의지하지 않을 수 없는 고달픈 현실의 사정이 있었으리라. 단지 그뿐이었으리라고 모모스케는 생각한다. 기에몬이라는 사내는 그 약점을 쥐고 흔들었던 것이다. 이는 힘으로 제압해 강제로 착취하는 것보다 악질이리라.

기에몬이라는 자는 그러한 사내였다고 한다.

그러나 그 악당도 마침내 죗값을 치러야 할 때가 오고야 말았다. 교활하고 치밀한 속임수와 농간의 어디쯤에서 물이 샌 것인지는 명확하지 않으나, 일설에 따르면 관동팔주 천민들의 우두머리인 단자에몬이 마침내 인내심의 한계에 도달해 노여움을 드러낸 것……이라고 한다.

어찌된 일인지 별 검거 소동도 없이, 기에몬은 맥없이 잡혀 들어갔다.

그리하여…… 이틀 전에 시중(市中) 회시(回示)* 후 참수되었던 것이다.

"그러게요……."

오긴은 건성으로 대답하며 나른하게 물어왔다.

"그래서 선생은 그 대악당의 악한 낯짝이 어찌 생겨 먹었는지 구

---

* 죄상이 적힌 팻말 등을 들고 형장까지 공개 연행되는 것.

경하러 가겠다는 심산이유? 그리도 무리까지 해가면서?"

"뭐, 악한인지 아닌지 하는 점이야 저로선 상관이 없습니다."

"상관이 없다?"

"예에……. 제 관심은 또 다른 소문 쪽이니까요."

"소문이라……."

"오긴 씨도 알고 있지요? 기에몬이란 자는, 뭐라고 할까, 불사신이라지 않습니까? 죽여도 죽지 않는다는 둥, 아니, 죽고 또 죽어도 다시 살아난다는 둥, 그러한 풍문이 있었잖습니까. 참인지 거짓인지 모르겠지만 과거에도 두 번쯤 죽은 적이 있다며 떠벌리고 다녔다는 말까지 들었지요. 염라대왕을 위협해 되살아났다던가……."

그러한 소문이다.

'이나리자카 기에몬은 결코 죽지 않는다'는 것이다.

"그런 엉터리 이야기를 믿는 거유?"

오긴은 묻는다. 모모스케는 딱 부러지게 답하지 못한다.

"뭐, 저도 그러한 이야기를 믿지는 않습니다. 허나 그러한 소문이 있다는 것은 확실하니까요. 저는요, 오긴 씨, 딱히 옛이야기만 모으고 있는 것이 아닙니다. 게다가 이것도 세월이 지나면 옛이야기가 되지요. 전해 들으면 아무래도 원형이 손상되는 법. 세월이 흐르면 흐를수록 세부는 알 수 없게 됩니다. 그뿐 아니라 덕지덕지 살이 붙지요. 이야기의 씨앗이란 열매가 생기기 전에 수집해놓는 게 가장 좋다는 거지요."

"그게 글쟁이의 본성이유?"

"본성이라기보다 업이랄까요."

글쟁이의 업은 아니다. 모모스케 개인의 숙업 같은 것이다.

고와이 | 85

"지금 항간에는 풍문이 넘쳐나고 있으니까요. 그중에는 '효수 사흘째에 기에몬의 목이 눈을 뜬다, 그리고 화염을 토하며 어딘가를 향해 날아간다'라고 말하는 자까지 있습니다."

"그럼 완전히 요괴일세." 오긴은 어이가 없다는 듯이 말한다.

"예, 요괴지요." 모모스케는 답한다.

"기에몬은 이 세상 범백(凡百)의 법도를 어기며 살아왔습니다. 부처를 받들지 아니하고 법을 따르지 아니하고 도의를 저버리고 세상 이치를 무시하며, 정법(定法)이건 인륜이건 선조의 가르침이건 그 무엇이건 다 어겨온 무분별자이지요. 이러한 인간은 죽은 후에도 망념과 집착의 마음을 끊어내지 못한다고 합니다. 너무나 큰 망집이 무량의 형상으로 나타나 불법세법을 방해한다고 하지요."

"부처님이 오히려 벌벌 떤다는 얘기유? 한심도 해라."

오긴의 말이 이어졌다.

"부처님도 비빌 언덕이 못 되네. 응징할 수 없다면 깨우치든지 어쩌든지 해야 마땅한 노릇 아닌가? 현세의 중생을 못 구하는 거야 체념하겠지만, 적어도 죽은 사람 정도는 데려갔으면 싶네. 선인도 왕생하는데, 하물며 악인 운운하고 훌륭한 스님도 그랬잖수."

"음…… 그게 말입니다, 본시 부처의 가르침이란 불법을 받들고 불도에 매진하는 자를 구제해주는 것이란 말이지요. 허나 기에몬처럼 무자비, 무신심인 자는 아닙니다. 구제할 도리도 없고 교화도 되지 않을 터. 이는 요괴일 수밖에요."

"하지만 그런 극악한 놈이야말로 죽으면 곧장 지옥에 떨어질 거유. 되살아날 여유 따위는 없을 거라고요. 목숨 생생할 때 이미 화차(火車)가 데리러 와설랑은, 밥 먹고 있는 참에도 바로 뒤에서 죽기를 기다리고 있는 것이나 다름없잖수."

가시 돋친 어조다.

"바로 그 점입니다." 모모스케는 말했다.

"어떤 이는 이렇게 말하더군요. 기에몬은 생전에 무엇이든 다 무시하고 멋대로 내키는 대로 살아왔다. 온갖 규범을 어기고 모든 법에 맞섰으니 천연과 자연의 섭리 또한 거역할 것이다……라고 말이지요."

"흐음……." 오긴은 고개를 갸웃했다.

"그래서 되살아난다는 거유? 정말 비위 뒤집히는 이야기네. 반혼술이라도 부리나?"

"그러게나 말입니다. 그리고 확인된 것은 아니지만서도, 기에몬은 과거에 정말로 두 번 소생했다는 기록이 남아 있다고 하더군요. 미심쩍은 이야기다 싶기는 하지요. 뭐, 단순한 악인이라면 효수가 되든 책형을 받든 저야 상관이 없습니다만……."

"이쪽으로 이야기가 흐르면 이것은 아주 어엿한 괴담이잖습니까" 하고 모모스케는 말했다.

모모스케는 생강 맛이 도는 조청차를 흘려 넣고서 뜨거운 한숨을 토했다.

"게다가 이 정도로 유언비어가 퍼져나가고 소란까지 일고 있는 참이니, 괴담을 좋아하는 자로서야 전혀 알지 못한다며 버틸 수도 없는 노릇이지요. 이러다 혹시 평판대로 무슨 일이 생기면 그것을 기록해 놓지 않을 수도 없습니다. 써야 한다면…… 봐두는 것이 가장 좋으리라. 일단 그리 생각해서요."

"그게 글쟁이의 업이유?"

"뭐, 업이지요······."

"어쩔 거유?"

"예에······."

"싫은 기색인데." 오긴은 모모스케의 얼굴을 들여다본다. 본심을 꿰뚫어보고 있다. 모모스케는 흠칫 놀라 오긴의 얼굴을 마주 본다. 가까이에서 보니 선득하다. 각도에 따라서는 천진한 소녀로도, 또 요염한 아낙으로도 보인다. 신비한 여자다.

"그야······ 싫지요. 무엇보다 저러한 큰길에 시신을 내놓는 것 자체가 마뜩잖습니다. 우리 서민에게 본보기를 보여 높으신 분들의 위신을 단단히 다지려는 심산이겠지요. '어이쿠, 무섭다. 나쁜 짓은 할 것이 못 된다.' 그리 생각하라는 뜻일 겁니다······."

"기껏해야 구경꾼만 볼 걸요."

산묘회는 심드렁하게 말하더니, 훌쩍 모모스케의 옆자리를 벗어나 고리짝을 짊어졌다.

"나는 갈랍니다. 선생은 어쩔 거유?"

"가, 갈 겁니다. 간다고 했잖습니까."

모모스케는 부랴부랴 일어섰다. 지금 여기에 남겨진다면 모모스케는 거의 확실하게 기에몬의 목을 보지 않고 돌아가게 되리라.

"좀 기다려주십시오!"

모모스케는 잰걸음으로 오긴을 쫓았다. 오긴은 발이 빠르다. 대금을 치르는 사이에 획획 앞으로 가고 있다. 불러본들 멈추어주지도 않는다. 가까스로 따라잡아 나란히 서도 눈길조차 주지 않는다.

아무래도 낌새가 이상하다.

"어찌 이러시는지, 오긴 씨. 오긴 씨야말로 왜 효수된 머리를 보려는 겁니까?"

"구경꾼이라 했잖수."

"정말로?"

그렇게 보이지는 않는다. 두터운 친분은 아니지만, 모모스케도 사람을 보는 눈은 있다. 오긴은 좋아라 하며 효수 구경을 하러 갈 여자가 아니다. 거듭 물음을 던지자, 산묘회는 우뚝 걸음을 멈추었다.

"무, 무슨……?"

모모스케가 당황해 얼굴을 살피자, 오긴은 똑바로 앞을 응시한 채 툭 한마디를 던졌다.

"원한이 있어서 그래요."

"워, 원한? 기에몬에게요?"

"네."

냉기가 돈다.

형장이 보였다.

딱히 꼬집어 이렇다 할 만한 것은 없다. 공터다.

그 공터의 일각이 듬성듬성한 대울타리로 둘러쳐져 있다.

그 옆. 통나무 말뚝에 거적만 겨우 덮은 조악한 오두막이 눈에 들어온다. 그 안에서 단자에몬의 수하인 감시꾼이 밤낮 교대로 지키고 있을 터.

그 건물 오른쪽에는 게시판이 서 있다.

말뚝에 판자를 두드려 박은 것으로, 죄인의 성명, 출생지, 연령, 죄상, 형벌 등이 기입되어 있다.

그 뒤로는 주홍색 가로줄무늬의 모조(模造) 창 두 자루, 그리고 죄인 검거 도구인 쓰쿠보와 사스마타가 두 자루 세워져 있다. 이 창은 세간에서 후쿠시마 몰수의 창*이라 일컬어지는 유서 깊고도 불길한 창이라고 한다.

왼쪽에는 기다란 깃발이 걸려 있다.

튼튼한 화지(和紙)를 겹겹이 붙여 만든 깃발로, 여덟 자도 넘을 듯한 커다란 것이다. 잘 보이지는 않으나, 거기에도 죄인의 출생지나 연령 등이 시커멓게 적혀 있을 터다. 이는 회시를 할 때 행렬의 선두에 내걸렸던 것이다.

그리고.

너무나도 무덤덤하게…… 수목이나 벼이삭이나 집이나 돌이나 풀이 그곳에 있듯, 아무런 과시도 하지 않은 채 그것은 그곳에 있었다. 그곳에 있는 것이 지극히 당연하다는 듯.

석 자 정도 되는 조악한 나무받침 위에.

덩그러니 목이 얹혀 있었다.

단지 그뿐이다.

음울한 공기가 그득 메우고 있었느냐 하면 결코 그렇지 않다. 좀 기울어가고는 있어도 햇살은 맑고 환하게 내리쬐고 있다. '검푸르군.' 그것이 모모스케의 감상이었다. 그것 말고는 아무런 감정도 솟지 않는다. 무섭다, 기분이 나쁘다, 슬프다……. 그처럼 감상적인 기분에 젖지는 않았다. 구르지 않도록 목둘레에 도독이 흙을 다져둔 점도 무람없지만 우스꽝스럽게 느껴졌다.

---

* 일본의 세 명창 중 하나. 후쿠시마 마사노리가 도요토미에게서 하사받은 창을 실언에 의해 모리 도모노부에게 빼앗기다시피 넘겨주게 되었다는 데서 나온 이야기.

"또…… 마찬가지군."
오긴이 말했다.
"여전히 살 참인가……." 오긴은 그렇게 중얼거렸다.

2

그러나.

산묘회 오긴의 불길한 예언은 결국 적중하지 않았다.

이나리자카 기에몬의 목은 관례대로 사흘 낮과 이틀 밤 동안 형장에 내걸린 다음, 아무런 괴이도 드러내지 않은 채 치워졌다. 효수된 머리는 눈을 번쩍 뜨지도 않았고, 불을 토하며 날아가지도 않았던 것이다.

그로부터 거의 한 달쯤 지났을까. 항간에서 기에몬에 관한 소문, 기이한 유언비어는 싹 사라졌다. 예상된 일이기는 했으나, 모모스케는 어쩐지 헛물을 켠 듯한 기분이었다.

그런 이유 때문은 아니지만 모모스케는 기에몬의 과거에 대해 조사를 시작한 참이다.

과거에 있었던 두 번의 소생…….

아무래도 마음에 걸렸다.

정말 그러한 기록이 남아 있을까. 그것이 혹 사실이라면—소생한다는 부조리야 일단 가능성이 없는 일이기는 하나— 어째서 세 번째 소생은 없었는가. 목을 베었기 때문인가.

그러나.

모모스케는 오긴의 말이 못 견디게 마음에 걸렸다. 아무런 이야기도 해주지 않았으나, 오긴은 무언가 알고 있다.

여전히 살 참인가······.

오긴은 붉은 입술은 분명 그렇게 움직였다. 어찌 받아들여도 참수된 머리를 보고 흘릴 말은 아니리라.

게다가.

한층 더 이해하기 어려운 것은 바로 형장을 떠날 때 보인 오긴의 미심쩍은 태도다.

수긍이 가지 않는다. 반드시 무언가 있다.

한번 생각이 쏠리면 뒤로는 물러서지 못한다. 모모스케는 그러한 성격이기도 하다. 고집불통인 것은 아니다. 미적미적 떨쳐내지 못해 단념이 아니 되는 성격인 것이다. 다만, 물러서지 못한다고는 하나 무엇부터 더듬어가야 할지 방향조차 잡히지 않았다.

그러한 이유로 모모스케는 요 며칠간 자신의 방에 틀어박혀 그저 끙끙대며 생각에 생각을 거듭하고 있는 것이다.

교바시.

양초 도매상 이코마야의 별채······.

이곳이 모모스케의 거처다. 다다미 열 장짜리 방은 엄청나게 많은 서책으로 메워져 있다. 여러 지방을 돌아다니며 괴담과 기담을 수집할 때를 제외하면, 모모스케는 거의 이 쾨쾨한 방 안에 있다. 글쓰기를 하든가, 조사를 하든가, 문헌을 탐독하든가, 그중 어느 한 가지이다.

유익한 조사는 아니다.

괴담집을 쓰기 위한 준비다.

고생하여 수집한 각지의 괴담 기담을 모음집으로 엮어 개판한다. 그것이 모모스케의 당면 목표이다. 그러나 유감스럽게도 모모스케는 인기 높은 작가도 아니거니와 저명한 학자도 아니다. 그처럼 진묘한 야망은 좀처럼 뜻대로 이루어지는 것이 아니다. 현재 모모스케는 판원(版元)*에 간청해 아이들 대상의 수수께끼를 짓는 일이나 받고 있는 곰곰궁리 선생에 불과한 것이다. 수입은 거의 없다.

그러나 먹고살기에 곤궁할 일도 없다.

왜냐하면…….

모모스케는 고개를 든다.

본채 쪽은 활기가 넘친다.

책력은 이미 섣달이다. 이 집도 이럭저럭 장사를 하고 있으니 활기가 없는 편이 오히려 이상할 것이다. 더구나 이코마야는 에도 제일로 꼽히지는 않더라도 다섯 손가락 안에 들 것이라는 나름대로 큰 상점이다. 바쁘지 않을 리 없다. 아니, 이곳이 상가가 아니더라도, 세밑에 아무 일 없이 한가롭게 생각에 잠겨 있을 수 있는 팔자는 자신 정도일 것이라고 모모스케는 생각한다.

조금 열린 장지문 틈새로 매우 부산하게 오가는 고용인들의 모습이 보인다.

모모스케는 목을 움츠렸다. 많은 이가 이마에 땀을 흘리며 이리 허둥 저리 지둥 일하는 가운데 유일하게 빈둥빈둥 놀고 있는 것처럼 느

---

* 출판사.

껴져 참으로 처지가 옹색하다.

식객보다 마음이 편치 않다.

사실을 말하자면.

모모스케는 원래 이 이코마야의 후계자다. 다시 말해 이 상점은 모모스케의 소유……이기는 한 것이다.

허나.

모모스케는 상점 일을 하지는 않는다. 거들지도 않는다.

선대가 세상을 떴을 때 모모스케는 지체 없이 상점을 큰 행수에게 물려주고 퇴은―그야말로 퇴은―해버렸다. 매우 놀라워들 했으나 반대하는 자는 없었다. 아니, 반대할 수 있는 입장인 사람이 없었다. 모모스케는 양자다. 그리고 이코마야에는 상속받을 수 있는 가족도, 참견할 만한 친척도 없었기 때문이다.

모모스케는 빈궁한 선봉 조총부대 동심의 차남으로 세상에 태어났다. 그런데 생가의 살림살이가 여유롭지 못해 태어나자마자 이코마야의 양자로 들어가게 된 별종인 것이다.

허나 모모스케가 '무가 출신이니 장사 따위 할 수가 없다'고 생각해 일을 하지 않는 것은 결코 아니다. 무사는 자신에게 더욱 맞지 않는다고 생각한다. 애당초 모모스케가 자신의 근본을 알게 된 것은 장성한 후의 일이다. 모모스케는 상인의 아들로서, 상인이 되도록, 상인으로 길러졌다. '태생보다 자라난 바닥'이라는 말은 맞을 것이니, 그렇다면 모모스케는 뼛속까지 철저히 상인일 수밖에 없다.

그런데…… 이와 같은 몰골이다.

더없이 난감한 일이라고 생각한다.

그럼에도 자신이 장사에 맞지 않는다는 점은 스스로가 누구보다 잘 알고 있다.

맡았다가는 반드시 망한다. 대대로 이어온 이코마야의 간판을 양자인 자신의 대에서 말아먹을 수는 없다. 길러준 양부에게도 면목이 없다. 고용인들을 볼 낯도 없다.

그러하기에 물러난 것이다.

사리에 어긋난 고집은 아니리라. 그렇지만 노력조차 하지 않고 물러난 것은 비겁하다는 생각도 든다. 허나 재능이 없는 것은 어쩔 수 없다는 생각도 든다. 아무리 노력한들 사람은 하늘을 날지 못한다. 그와 마찬가지인 것이다.

물러난 이상, 모모스케는 점포에 신세를 질 생각은 없다. 그러나 상점 식구들은 지금도 모모스케를 도련님이라고 부른다. 상점의 주인부터 그렇게 부르는 것이다. 그리고 이래저래 살뜰히 챙겨준다. 도움을 받을 생각이 없다고는 하나, 밥벌이조차 하지 못하는 것이 현 상황이므로 집을 나가 공동주택에 살 수도 없다.

결국 모모스케는 밥벌레라는 이름을 감수하고 있다.

이 팔자, 식객보다 마음이 편치 않다. 멋쩍고 거북하기가 이를 데 없다.

성가시게 여기지 않는 점이 또 괴롭다. 명백히 애물단지 취급을 받고 있다면 달리 처신할 길도 있건만, 상점 식구들은 모두 모모스케에게 호의적이다. 이는 따지고 보면 주인부터 고용인 출신이므로 어쩔 수 없는 면이기는 하겠으나…….

모모스케는 본채 쪽 장지문을 살며시 닫았다.

도무지 주의가 흐트러져 배겨낼 수가 없다.

모모스케는 다시 서궤를 마주했다.

그때.

짤랑…….

방울 소리가 울렸다.

철지난 풍경(風磬)인가 싶었다.

'아니.'

뒤쪽이다. 설령 여름철이라 하여도 그런 곳에 풍경을 달아놓을 리 없다. 모모스케는 좌정할 새도 없이 벌떡 일어나 뒤편으로 난 장지문을 열었다.

그곳에는…… 백장속 사내가 서 있었다.

백목면 행자두건. 손에는 요령을 들고 있다.

"마, 마타이치 씨."

그는 부적 뿌리는 어행사 마타이치였다.

마타이치는 여러 고을을 돌아다니며 액막이 부적 파는 일을 생업으로 삼고 있는 불가사의한 사내다. 이자도 오긴의 동료 소악당 중 한 명이다.

그나저나 대체 어디로 침입했는지. 집 뒤편 출입구의 쪽문도 닫혀 있고, 정문으로 들어왔으리란 생각도 들지 않는다. 담을 넘기라도 한 것일까.

마타이치는 공손하게 머리를 숙였다.

"부디 용서해주시기를. 소생, 차림새가 이러한 까닭에 세간의 눈을 꺼리다 보니 이런 곳으로 실례하게 되었습니다. 인사가 늦었습니다만, 일전 난감한 일에 크게 도움을 주셔서 감사할 따름입니다. 뒷마무리에 시간이 걸려 돌아오는 게 늦었습지요."

"무, 무슨 말씀을. 저는 영문도 모른 채 그저 우왕좌왕했을 뿐인데요."

모모스케는 당혹스럽다. 정말 그 말 그대로였던 것이다.

"그나저나…… 마타이치 씨, 용케도 이곳을 아셨군요. 교바시라는 것 외에는 알려드리지 않았던 것 같습니다만……."

"별안간 들이닥쳐 폐가 되었는지요?" 마타이치는 송구한 얼굴로 말했다.

"다, 당치도 않은 말씀. 폐라니요. 그게 아니라…… 저는 말입니다, 글쟁이라 해도 아직 무명인 신출내기이니 이곳에 산다는 것은 아무도 모를 듯하여……."

모모스케가 펄쩍 뛸 듯이 부정하는 모습을 올려다보며 마타이치는 싱긋 웃었다.

"글쎄, 글 쓰시는 야마오카 선생 댁이 어드메에 있냐고 물어본들 누구 한 사람도 알지 못하더구면요. 허나 젊은 은거 도락가가 계시는 양초 도매상이라면 교바시 일대에서 모르는 이가 없습지요."

"맞는 말씀입니다."

모모스케는 웃으며 마타이치에게 들어오라 일렀다.

마타이치는 미천한 신분이니 여기로 족하다며 사양했다.

"아이구, 이런 날씨 아닙니까. 상대를 하는 저도 추우니까요. 실은 찾아와주셔서 매우 기쁩니다. 차 한 잔이나마 대접하게 해주시지요."

마타이치는 몸을 낮춘다.

"제발 봐주십시오. 이곳은 본채에서 이어지는 별채이잖습니까. 방으로 오르려면 본채로 들어갈 수밖에 없지요. 소생 같은 부랑배가 이런 대(大) 상점의 정문으로 들어선다면 간판에 흠이 가고 말 것입니다."

그도 그러하다. 허나 그렇다고 창으로 들어오라 할 수도 없는 노릇일 터.

모모스케는 별 수 없이 창 너머로 이야기를 나누기로 했다.

"뭐…… 별채살이라는 게 참 불편합니다. 말씀하신 대로 어디를 가려 해도 본채를 지나야 하니까요. 그럴 때마다 저는 살이 쑥쑥 내리는 듯한 기분이 들지요. 얼굴을 가리고 목을 움츠린 채 살금살금 출입하고 있습니다."

"말씀이야 그리하셔도 이곳은 자신의 상점. 그렇게까지 마음 쓰실 일은 없을 텐데."

"제 상점이라니요······. 당치도 않은 말씀입니다. 아버지가 살아 계실 때부터 이곳은 지금 주인이 꾸려가고 있었습니다."

양모가 타계한 후 점포를 유지하고 병상의 양부를 봉양했던 이는 큰 행수와 고용인들이었다, 자신은 무책임하고 무능력한 사내라고 모모스케는 말했다.

"돌아가신 아버지는 핏줄도 이어지지 않은 저를 참으로 아껴주셨습니다. 그런데 결국 이 꼴 아닙니까. 생부도 설마 이런 얼간이로 만들려고 저를 양자로 보낸 것은 아닐 테지요. 상가를 잇지 않겠다고 결심한들 무가로 돌아갈 수 있는 것도 아니고, 돌아간들 망한 가문을 일으켜 세우는 일이야 어림도 없으니까요. 저는 이중으로 불효자일 따름입니다."

마타이치는 오호라, 하고 작게 말했다.

"그렇다면 선생께서 이 별채에 살고 계시는 것은 재산에 미련이 있기 때문은 아니로군요."

"당연하지요."

그런 마음은 털끝만큼도 없다.

"제가 미련을 가지고 있는 것은 이 별채…… 아니, 호사가였던 선선대가 남기신 이 방대한 문서류입니다. 저는 이 먼지내 나는 서책 속에서 자랐지요. 이것과는 도저히 떨어질 수가 없습니다."

"어허, 정말이지 대단하군요." 마타이치는 방을 들여다보더니 기가 막힌다는 듯 그렇게 말했다.

"그런데, 선생……."

마타이치는 창턱에 팔꿈치를 짚고서 물었다.

"제가 잠시 에도를 떠나 있는 동안…… 뭔가 별일은 없었습니까?"

"별일…… 말입니까?"

마타이치 같은 자가 말하는 별일이란 과연 어느 정도나 별스러운 일일지 짐작이 되지 않았다. 모모스케가 머뭇거리는 사이 마타이치는 이어서 이렇게 물었다.

"그러고 보니 얼마 전, 이나리자카 기에몬이 효수되었다지요."

"예에……. 그, 그게 무슨?"

모모스케는 마타이치가 오기 전까지 바로 그 기에몬에 대해 줄곧 생각하고 있었다.

그러나 옥문형은 별일로 꼽을 만한 일은 아닌 듯싶기도 하다. 다섯 냥을 훔치면 목이 날아간다는 이 험한 시절, 매일이야 물론 아니더라도 참수된 목은 빈번하게 내걸리고 있다고 생각한다. 특히 마타이치처럼 음지의 업에 발을 들여놓고 있는 자들에게는 드문 일도 아니리라.

그렇게 말했다.

"아니, 그……."

마타이치는 거기서 일단 입을 다물었다.

"아하, 불사신…… 소문 말입니까?"

모모스케는 그제야 생각이 미친다.

죽고 또 죽어도 되살아난다는 소문이라면 분명 희한한 이야기일 것이다.

사실이라면 말이다.

마타이치는 즉답을 미룬 채 그저 지그시 올려 뜬 눈으로 모모스케를 보았다. 모모스케가 고개를 갸웃하자 마타이치는 "역시 그러한 소문이 돌고 있겠지요?" 하고 물었다.

"마타이치 씨도 알고 계십니까? 뭐, 갖가지 괴담색 짙은 미심쩍은 이야기가 수군수군 퍼졌습니다만, 결국은 아무 일도 일어나지 않았지요. 그것은 뭐…… 엉터리 이야기입니다. 기에몬이라는 자는 아주 경지에 이른 악당이니까요. 의문이 많으니 전설도 생겨날 수밖에요……."

모모스케가 알아본 한 기에몬이라는 사내에 대해 판명된 것은 지극히 적다. 잡힌 후 효수되기 전까지 엄한 문초를 받았다고 듣기는 하였으나 출생지도, 신원도, 확실한 연령조차 밝혀지지 않은 채 형이 확정되고 말았던 모양이다. 알림판이나 깃발에도 죄상과 형벌 외에는 아무것도 쓰여 있지 않았던 것이다.

"무엇 하나 밝혀지지 않은 만큼 풍문도 생기기 마련. 아직 한 달째이니 무어라 확실하게 말하기는 어렵습니다만, 아마 이대로 아무 일도 일어나지 않겠지요."

"오호" 하며 마타이치는 눈을 휘둥그렇게 떴다.

"아무 일도 일어나지 않는다……."

고와이 | 101

"일어나지 않을 겁니다."

모모스케는 굳이 단언한다. 다만 그것은 자신에게 이르듯 흘린 말일 뿐이다.

단언할 근거는 어디에도 없다.

"선생께서 그리 생각하시는 데에는…… 무언가 근거가 있으신지……?"

아니나 다를까, 마타이치는 지그시 눈을 올려 뜨고서 물어왔다.

이 사내, 교묘히 사람의 마음을 읽는 인물이다.

"근거고 뭐고……."

죽은 자가 되살아난다는 이야기란 보통은 덥석 받아들이지 못하지 않느냐고 모모스케는 대답했다.

"아니 믿습니다. 믿을 수가 없지 않습니까. 이치에 맞지 않아도 유분수지요."

"고금동서의 괴담에 정통하신 선생께서도 들으신 적이 없다…… 그러한 말씀이신지."

"삼도천을 건너다 말고 돌아온다, 이른바 가사상태에서 생환한다는 이야기는 많습니다. 그러나 기에몬의 소문은 다르지 않습니까?"

"그러한 이야기는 아닌 듯하더군요."

"항간을 떠도는 소생담의 대부분은 죽은 줄 알았는데 살아있었다 하는 것입니다. 사흘째에 되살아난 할아버지나 봉토를 밀쳐내고 무덤에서 나온 할머니 등 예가 없는 것은 아니지만요. 그 모두, 제 보기에는 의원의 진료가 틀린 것입니다. 매장이 지나치게 빨랐을 뿐이지요. 완전히 숨통이 끊어지고…… 정말로 죽었는데, 그런 다음에 되돌아온다면 그것은 망령이나 원혼이라고요. 허나 이 경우는 망령도 아니고 소생이잖습니까. 이를테면 반혼술 같은 경우도 돌아오는 것은 영혼이지요. 육체와 더불어 살아 돌아온다는 것은 좀……."

"선생께서도 듣지 못하셨는지요?"

"대륙 쪽에는 그러한 류의 이야기가 있는 모양이지만, 그 어느 경우나 소생한 사체는 살아있는 인간이 아닙니다. 괴물이지요."

"괴물이라……." 그렇게 말하더니 마타이치는 속내가 있는 듯한 한마디를 더 던졌다.

"뭐, 괴물이기는 할 테지요."

"무슨 의미입니까?"

"괴물 같은 놈이다……. 그런 뜻이지요."

"그야 저도 그리 생각은 합니다." 모모스케는 대답한다.

"허나 아무리 괴물 같은 인물이라도 목과 몸통이 뚝 떨어졌는데 되살아나는 일이란 천지가 뒤집힌들 있을 수 없지 않습니까. 효수의 원조로 일컬어지는 천하의 대역적 다이라노 마사카도만 해도, 석 달 동안 썩지 않고 눈을 부라린 채 몸만 있다면 목을 이어 붙여 다시 한 번 전쟁을 하겠노라는 소리를 발했다고 전해집니다만, 그럼에도 되살아나지는 않았지요. 대륙의 오자서(伍子胥) 또한 마찬가지. 분리된 수급은 기껏해야 웃는 것이 고작입니다.《신오도키보코(新御伽婢子)》 등에 머리만 남고서도 살아있는 여자의 이야기가 실려 있으니 예가 없는 것은 아니지만, 어느 경우나 원상태로 회복되지는 않습니다. 목을 붙여 되살아나는 것은…… 무리지요."

"무리란 말입니까?"

"무리입니다. 그러하기에 관부(官府)에서도 목을 쳐서 효수하는 것이지요. 우리나라는 형벌로써 전통적으로 목을 베어왔습니다. 그것은 부활을 막는다는 의미도 있을 테지요."

"오호라……."

마타이치는 납득이 되었는지 아니 되었는지 알 수 없는 대답을 한다. 모호하다.

"이유가 뭘꼬……."

오긴과 마찬가지다.

"오긴 씨도 그렇고 마타이치 씨도 그렇고, 기에몬 이야기에 들어가면 영 기색이 이상하군요."

"오긴……?" 여태까지와는 다르게 마타이치는 반응을 보였다.

"오긴이 무어라 했습니까?"

"아니, 기에몬에게 원한이 있다던가."

"원한이라니……. 선생, 어디에서 만나셨는지?"

모모스케는 한 달 전의 형장 구경 이야기를 했다.

이야기를 풀어놓을수록 마타이치의 얼굴은 심각하게 바뀌어갔다. 모모스케는 그 변화의 의미를 헤아리지 못했기에 어찌해야 할지도 몰라, 좌우지간 마지막까지 이야기를 계속했다.

"그 녀석, 기에몬의 목을 본 것입니까……."

마타이치는 억양 없이 물었다.

"예에. 그러니까, 원한이 있다 하는 말뿐, 소상한 이야기는 듣지 못했습니다만."

"그리고 또 무어라 하였습니까?"

"예에, '여전히 살 참인가…….' 그 한마디만."

"여전히 살 참인가……."

마타이치는 되풀이했다.

"의미는 모르겠더군요. 또 되살아난다…… 부활할 참인가 하는 의미 쪽일까 싶었습니다만, 그렇다고 보기에는 오긴 씨의 언사가 영 아니라는 생각이 듭니다."

"흠."

마타이치는 의미심장하게 콧소리를 냈다.

"그리고, 그 후로 어찌하였습니까?"

"아아……."

그때 오긴은 뚫어져라 머리를 보고 있었고, 모모스케가 어떤 질문을 해도 대답하지 않았다. 그리고…….

"예, 관리가 왔지요. 순시나 뭐 그런 것이겠지만, 그 관리의 모습을 보자마자……."

얼굴빛이 변했다…….

그렇게 보였다. 아니, 관리의 모습이라기보다 그 관리의 얼굴을 본 순간이라고 하는 편이 나을까. 모모스케는 그 찰나, 그렇지 않아도 흰 오긴의 얼굴이 더욱 창백해졌던 것을 똑똑히 기억하고 있다.

"관리?"

"예에. 아마 기에몬을 잡아들인 사사모리인가 하는 북 봉행소의 여력(与力)*이 아닌가 싶은데, 오긴 씨, 그자의 얼굴을 보더니 새파랗게 질려 어디론가 스윽 사라져버렸지요. 뭐, 오긴 씨에게 이런저런 사연이 있을 것이라 생각했기에, 저는 그대로 뒤도 쫓지 않았습니다만."

"사사모리라……." 어행사는 그렇게 말한 다음 턱을 문질렀다.

---

* 무사의 직급 중 하나.

"그것은 어떻게 아셨습니까?"

"무엇을요?"

"순시하러 온 관리의 이름 말입니다."

"아하. 음, 자백하자면, 궁금해서 기에몬에 대해 좀 알아보았습니다."

"조사하신 겁니까?"

"조사했다지만 신빙성 없는 소문 말고는 알아낸 것이 없습니다. 잡아들인 이가 북 봉행소의 여력 사사모리 긴조 님이라는 것, 료고쿠의 작은 요리점 밀실에 잠복잠닉하고 있었다는 것, 도적과 은밀히 만나고 있던 참에 일망타진된 듯하다는 것. 그 밖에는 아무것도 밝혀지지 않았지요. 좀 전에도 말씀드렸지만, 여기저기 박힌 알림판에도 죄상만 주절주절 늘어놓았을 뿐, 중요한 사항은 아무것도 적혀 있지 않으니까요. 뭐, 나중에 알아낸 것이라 하면 사사모리라는 여력의 이마에 커다란 사마귀가 있었다는 정도입니다. 순시하러 온 관리에게도 커다란 사마귀가 있더란 말이지요. 그러니 동일인물이겠다 싶더군요. 단지 그뿐입니다."

"사마귀…… 말입니까?"

"복사마귀라 하는 것이겠지요. 이마 한복판에 있으니 잘못 보지는 않았을 겁니다."

마타이치는 입을 다물어버렸다.

모모스케는 조금 경계한다.

방심할 수 없는 사내다. 이 어행사, 언변으로 상대의 흉중에 비집고 들어선다. 깨달았을 때, 이미 상대는 이 사내의 의도대로 휘둘리고 있는 것이다. 물론 본심도 알지 못하고 진정도 헤아릴 수 없다. 그러한 까닭에…….

 이 사내, 마타이치는 '잔머리 모사꾼'이라는 별명까지 갖고 있다.

 잔머리 모사꾼이란 결코 좋은 의미가 아니다. 허점을 찾아내 파고들거나 농간을 부리고 감언이설로 사람을 속인다는 뜻이다. 결국 잔머리 모사꾼 마타이치는 말이 무기인 것이다.

 그러한 마타이치가 말을 멈추었다. 경계해서 나쁠 것은 없다.

 마타이치는 그대로 잠시 머리를 숙이고 있었으나 이윽고 고개를 들었다. 평소의 얼굴이다.

 "선생……."

 "어, 어찌 그러시는지?"

 "단벌 홑옷에 이 중대가리는 어찌 보아도 여름철 행색. 걸식 어행사에게 섣달 바람은 역시 찹니다요. 잠시만 안으로 들여보내……주시겠습니까?"

 모모스케가 어안이 벙벙해 건성으로 답을 하자마자, 마타이치는 몸을 스윽 낮추더니 시야에서 사라졌다.

 얼마 지나지 않아 장지문이 스윽 열리고 마타이치가 들어왔다. 본채와 별채를 잇는 복도로 들어왔으리라. 손에는 짚신을 들고 있다.

 "괜찮으신지요?"

 "예에……. 비, 비좁습니다만."

 모모스케는 허둥지둥 문서와 종이다발 무더기를 밀쳐내고 바닥을 드러내 앉을 자리를 만든다. 이 방에는 방석도 없다. 거치적대는지라 전부 본채로 옮겨 치워버린 것이다.

 마타이치가 앉았기에 모모스케는 차라도 부탁하려고 엉거주춤 몸을 일으켰다.

어행사는 짤막한 동작으로 모모스케의 움직임을 막았다.

"어허, 마음 쓰지 마시기를."

"하지만."

"현관을 지나지 않은 객이 있다는 것은 묘할 텐데요."

그도 그렇다.

"실은, 선생······."

마타이치는 목소리를 낮추었다.

"오긴은 떠돌이 예인. 소생은 보다시피 거렁뱅이 중 차림새를 하고 있습지요. 출생지는 있어도 신원보증인은 없는 몸. 이른바 무숙자올습니다."

"저는 그러한 점, 개의치 않습니다."

그런 말이 아니라고 마타이치는 말했다.

"기에몬의 이야기입지요."

"아아······."

기에몬이라는 사내는 방랑비인을 수하로 삼고 악행을 저지르던 사내다.

어행사는 좀 전까지 자신이 머물던 창 쪽을 보았다.

"표면이 있으면 이면이 있고, 낮이 있으면 밤도 있는 법. 바깥쪽에서는 전혀 모습이 보이지 않는 기에몬도 안으로 들어서면 잘 보이지요. 기에몬은 소생들, 소악당 패거리 사이에서는 모르는 자가 없는 무서운 존재였습니다."

"오호, 그러하군요. 그럼, 저, 마타이치 씨도 면식이 있습니까?"

훗, 하고 마타이치는 웃었다.

"그러니 사소하게라도 얽혀 있으면 한도 생길 법하지요. 오긴도 그 길에 몸담은 지는 오래됐습니다."

그야 그러하리라. 오긴이라는 여자, 과연 몇 살인지 외모로는 가늠할 수 없으나, 그럼에도 그 행동거지는 여간내기가 아니다.

"그런데……."

마타이치는 얼굴을 가까이 댄다.

"기에몬은."

"기에몬은?"

"정말로…… 과거에 두 번 죽었습지요."

"예에?"

모모스케는 소리를 질렀다.

그리고 잠시 생각하고서야 가까스로 마타이치의 말을 알아들었고, 이어 그 얼굴을 보았다. 진지한 얼굴이다. 하기야 모모스케 같은 인물이 바다에 천 년 산에 천 년 나누어 산 미륵삼천 잔머리 모사꾼의 얼굴빛을 읽는 일 따위, 애당초 불가능한 이야기이기는 하겠으나.

"저, 정말입니까?"

마타이치는 고개를 끄덕였다.

"그것도…… 두 번이나."

"두 번이나?"

"목이 베여 죽었습니다."

"설마…… 그럴 리가."

모모스케는 말문이 막혔다.

"믿어지지 않습니다. 맙소사……. 게다가 목을 쳤다는 것은…… 처형당했다는 뜻입니까?"

마타이치는 고개를 끄덕였다.

"그렇습니다. 두 번 다 효수에 처해졌지요. 처음은…… 십오 년 전. 그리고 딱 십 년 전에 한 번 더."

"그, 그럴 리가요. 관아에서 같은 사람을 몇 번이고 처형한답니까? 있을 수 없는 일입니다. 죽은 이를 잡을 수 있는 방도도 없고, 잡았다 한들 죽은 사람에게는 심판을 내릴 수가 없지요. 더구나 몇 번이나 목을 날릴 수 있는 방도란 없습니다."

"허나…… 사실인지라."

"증거는 있습니까?"

"증거고 자시고, 직접 보았습니다." 마타이치는 그렇게 말했다.

"그러니 믿고 말고 할 것도 없으나, 선생의 입장에서야 믿지 못하시는 것도 당연지사. 허나 선생, 이것만은 사실입니다. 조사해보면 아실 테지만……."

"조사라니, 맙소사. 공식적인 문서라도 남아 있다는 말입니까?"

"당연히 있겠지요. 봉행소에도 분명 조서가 남아 있을 것입니다. 그러한 것은 아니 버리지 않습니까. 십오 년 전은 북 봉행소, 십 년 전은 남 봉행소가 담당했습지요."

"그, 그야 사실이라면 버리지 않겠지만, 그렇다고 해도 대체 어떤 조서가 남아 있단 말입니까? 그러한 문서, 관아라 한들 쓰려야 쓸 수가 없지 않습니까? 같은 죄인에게 극형 판결을 두 번이나 내리다니 터무니없습니다. 무리지요. 한 번 처형되었으나 되살아났기에 다시 죽였다, 그렇게 적혀 있기라도 하다는 말인지……."

"그게 아니라."

마타이치는 손을 들어올린다.

"아마…… 기록상에는 동성동명의 다른 인물이라든가, 그런 식으로 처리되어 있겠지요. 어쨌건…… 이나리자카 기에몬은 나이도 출생지도 아니 밝혀지지 않았습니까."

"오호."

그것이 혹 동일인이라 해도, 동일인으로 확정할 수 있는 요소는 아무것도 없다는 뜻이다. 별개의 인물로 다룬다면 법적인 처리도 가능하리라.

"허나……."

모모스케는 납득이 가지 않는다. 그것은 곧, 다른 인물이어도 무방하다는 의미나 다름없다.

"그렇다면 그것은…… 혹 누가 대신한 것은 아닙니까? 대역을 내세워 오라를 받게 했다든지."

"그것도 아닙니다."

"어째서 아닌지요? 달리 생각할 수가 없는데."

"유감스럽게도 처형된 기에몬은 이나리자카 기에몬이 틀림없었습니다. 십오 년 전에도, 그리고 십 년 전에도 형장에 내걸린 목은 어느 것이나 이나리자카 기에몬이었습니다."

"그, 그럴 수가……."

그렇게 말도 아니 되는 일이 있을 수 있느냐고 모모스케는 말했다.

마타이치는 정면으로 모모스케를 응시했다.

"그렇게 말도 아니 되는 일이 있습니다."

"허나 그렇다면, 그렇다면 이나리자카 기에몬은 사람이 아니라는 이야기가 됩니다. 목을 베어도 되살아난다면 그것은 마물이지요."

"그렇습니다." 마타이치는 시선을 돌리지 않은 채 말한다.

"기에몬은 사람이 아닙지요."

모모스케는 말문이 막혔다.

"마타이치 씨……. 진심입니까?"

"예에, 물론 소생은 잔머리 모사꾼이올습니다. 교설(巧說)에 청산유수, 세 치 혓바닥으로 한세상 헤쳐가고 있습니다만, 엉터리 거짓말만은 늘어놓지 않습지요. 이것 한 가지는 진실. 그 목을 베어본들 기에몬은 죽지 않습니다. 기에몬을 죽이는 일은 불가능하지요. 그래서 놈은 이토록 긴 세월 동안 어둠의 세계에서 권세를 누릴 수가 있었던 것입니다."

"허나."

"기에몬은 말입니다, 그러하기에 약한 자들에게는 그야말로 고와이*. 이루 말할 수 없을 만큼 무시무시한 대상이지요."

"고와이라……."

"죽지 않는다는 것은 어찌 보면 그 무엇보다 강합니다. 그 무엇보다 두렵지요. 어떠한 수로도 벌할 도리가 없습니다."

그야 그러하리라.

"한없이 거듭된다는 것은 무서운 일. 탐욕과 집착의 무간지옥입지요. 생각하기에 따라서는 죽지 않는 기에몬 자신이 가장 두려울지도 모르겠지만 말입니다."

마타이치는 그렇게 덧붙였다.

그도…… 그러하리라는 생각이 든다.

"그, 그 무한순환의 고리를 끊을 수는 없습니까? 그렇게는……."

"방법은 있습니다. 다만 좀처럼 할 수가 없는지라." 어행사는 그렇

---

* 일본어로 '무섭다'라는 뜻.

게 대답했다.

"못한단 말입니까?"

"못하지요. 기에몬으로 인해 눈물을 쏟은 자는 부지기수입니다. 끔찍한 꼴을 겪는 자들이 꼭 시정(市井)의 백성만은 아니지요. 졸개로 이용당하는 무숙인들만 해도 약점 잡혀서 목숨이 팔리게 된 것이나 마찬가지니까요. 때문에 기에몬의 숨통을 끊어놓고 싶다고 바라는 자는 많습지요. 허나…… 누구도 하지 못했습니다."

"어렵습니까?"

"어렵지는 않으나…… 할 수가 없는지라."

마타이치는 무릎 위의 시주함에서 부적 한 장을 꺼냈다.

"우선, 범백의 마를 불살라 없애는 다라니 주법이 응축된 이 부적을 기에몬의 이마에 붙입니다."

마타이치는 부적을 들어보였다. 큼지막한 부적이다.

"그리고 붙인 채로 사흘 낮 사흘 밤을 기다려 그대로 목을 벱니다. 그동안 이 부적은 절대로 떼어내어선 아니 됩니다. 붙인 채로 베어야 하지요. 그렇게 벤 목은 즉각 불태워버리는 것입니다."

"불태운단…… 말입니까?"

"소멸(燒滅)시키는 것이지요." 마타이치는 말했다.

"간단한 일이나, 이게 참, 해낼 수가 없습니다. 소생은 이렇게 부적을 가지고 있지만 기에몬에게 붙일 방도가 없고, 붙인다 한들 사흘 낮 사흘 밤이나 놈을 꼼짝달싹 못 하게 할 재주도 없는지라. 그뿐 아니라 목을 쳐내는 험한 일, 나랏일을 수행하는 처형인이나 평판 자자한 흉적 참수인 마타주로가 아닌 한 꿈도 못 꿀 일이지요."

"예에……."

"그리고 높으신 분들은 목을 베어도 죽지 않는 악당이 이 세상에 있다는 황당무계한 이야기, 믿지 아니하지요. 소생같이 미천한 자의 말에 귀를 기울일 어진 관리 나리도 없고요. 결국 잡혀 들어가도 그저 효수에 처해질 뿐. 그러니……."

되살아난다. 그렇다면.

"그, 그럼 이번에도…… 또다시?"

"예에. 어쩌면 이번만은…… 정말 끝이라 생각하고 있었습지요. 허나 선생의 이야기를 듣자하니, 딱 한 번 더 기에몬이 되살아나주지 않으면 아니 되게 생긴 듯합니다."

마타이치는 그렇게 말을 맺었다.

3

얼마 지나지 않아…….

정말 나쁜 소문이 들려왔다.

기에몬이 되살아났다는 소문이다.

어떤 자에 따르면 베어낸 수급이 한 달을 지나자 섬광을 발하고 간방(艮方)*으로 날아갔다더라, 또 어떤 자에 따르면 어드메인가 이나리 사당에서 몸과 목이 붙었다더라, 대부분은 그 방면의 이야기, 한마디로 괴담이었다.

또 기에몬인 듯한 사내가 요시와라 유곽의 이층에서 아래를 바라보고 있었다는 둥, 우에노 대로에서 기에몬을 빼다 박은 인물과 스쳐 지났다는 둥, 그러한 이야기도 많았다.

모두 다 기에몬 본인임은 틀림없으나, 머리가 백발로 변했다느니, 눈이 새빨갛게 변했다느니, 안색이 흙빛이었다느니, 하나같이 그럴

---

* 팔방의 하나. 정동(正東)과 정북(正北) 사이 한가운데를 중심으로 한 45도 각도 안의 방향.

싸한 각색이 더해진 유언비어뿐이다. 각각의 증언은 조금씩 다르지만, 어느 경우라도 되살아난 기에몬이 목에 목도리를 두르고 있다는 이야기는 반드시 나왔다.

분리된 머리와 몸체, 그 연결 흔적을 감추고 있다는 것이다.

이쯤 되면 이미 요괴다.

그 방면의 기괴한 풍문이란 도저히 덮어놓고 믿을 수야 없으나, 그 한편으로 무언가 좋지 않은 일…… 악행, 간계가 은밀히 횡행하고 있다는 풍설도 같은 시기에 모모스케의 귀에 들려오고 있었다.

갈취, 협박, 편취, 사기, 수면 하에서 이루어지는 악질적인 공갈……. 그러한 사건은 좀처럼 표면화되는 일이 없으므로 떠들썩하게 법석이 일지는 않았으나, 그 전부가 이나리자카 일당의 수법과 동일하다느니, 기에몬의 이름으로 이루어지고 있는 것이라며 수군거렸다.

그러나.

하나같이 확증이 결여되어 있다. 어찌되었건 풍문에 불과한 것이기는 하다. 일단은 식은 소문의 불씨가 남아 있다가 다시 과열되었을 뿐이라는 가능성이 있었던 것이다. 모모스케는 이야기를 반쯤 흘려들었다. 조사도 진척이 없어 모모스케의 가슴속에는 꺼림칙한 느낌만 남았다.

……되살아난다.

참수당한 자가 목을 이어 붙이고서 되살아난다.

그런 일이 과연 있을까. 모모스케는 이 세상에 불가사의가 존재한다고 생각한다. 그럼에도, 그럼에도 역시 그 이야기는 믿기지 않았다. 호리요괴라도 목을 베면 소멸하지 않는가.

실로 가공할 악덕에 대한 집착이 천연과 자연의 섭리마저 뒤엎고 말았다는 것일까.

오랜 옛날의 전설에 있는 다마모노마에*, 백면금모(白面金毛) 구미호가 죽고 나서도 독기를 발하는 살생석으로 변한 것처럼 악한 마음이 엉기고 또 엉겨 살(肉)을 얻었다……. 그러한 이야기일까.

믿을 수 없다. 모모스케는 그렇게 생각한다.

……허나, 바로 마타이치가 토한 말이다.

마타이치는 모모스케와 다르다. 세상에 불가사의는 없다고 생각하는 사내다. 모습이야 승려 차림을 하고 있으나 이 모사꾼은 철저하게 신심이 없는 사내다. 사실, 마타이치와 행동을 함께 하고 있으면 모모스케까지 그러한 기분에 젖게 될 정도이다.

그런 마타이치가,

소문이 아니라고 하는 것이다.

그 말을 생각하면 모모스케는 섬뜩한 기분이 든다.

어디선지 모르게 나쁜 소문이 들려올 때마다.

모모스케는 목둘레에 빙 돌아가며 붉은 흉이 그어진 사내의 모습을 어김없이 떠올리지 않을 수 없었다. 물론 그 사내의 목 위는…….

바로…….

검푸른 옥문대에 놓인 머리다.

무어라 표현할 길 없는 꺼림칙한 기분이었다.

모모스케는 절로 별채에 틀어박히게 되었다.

이리저리 조사해보니, 대륙에서는 죽은 후 움직이는 시체를 강시

---

* 헤이안시대 말기, 도바 천황을 홀린 구미호가 변한 절세 미녀.

라 이르며 괴물로 취급하고 있다는 사실을 알게 되었다. 강시는 죽은 송장이라는 의미로, 사망자이기는 하나 유령은 아니다. 이는 형상만 사람일 뿐 이미 그 성질은 사람이 아니며, 곰 같은 괴력으로 사람을 습격해 먹어치운다고 한다. 불태워버리는 것 이외에는 물리칠 방법이 없고, 오직 도가(道家)에서 만든 부적만이 이를 봉인한다고 한다.

이마에 부적을 붙이면 강시의 움직임이 멈추는 모양이다.

마타이치가 말하는 방법이 합당할지도 모르겠다고 모모스케는 생각했다.

북 봉행소의 순찰동심, 다도코로 신베가 이코마야를 방문한 것은 그러한 와중. 날은 섣달하고도 중순이었다.

별안간 순찰동심 나리가 왔다는 알림에 모모스케의 얼굴은 하얗게 질렸다 벌겋게 달아올랐다 오락가락했다.

게다가 그 관리는 주인이 아니라 모모스케의 이름을 콕 집어 면담을 청했다는 것이다. 모모스케는 '관리가 주인을 잘못 알고 있는 것 아니냐'라고 몇 번이나 부르러온 점원에게 물었다.

딱히 켕길 만한 행동을 한 적은 없다. 그러나 세인의 눈을 기피하는 소악당들과 교류가 있다는 점은 분명한 데다, 무엇보다 모모스케는 자신이 보편적 시선으로 보자면 쓸모없는 밥벌레라는 사실에 적잖이 배덕감을 가지고 있다.

관리는 불편했다.

도련님, 도련님, 하고 본의 아닌 호칭으로 몇 번이나 불린 후에야, 모모스케는 마지못해 굼적굼적 본채로 향했다.

자리에는 주인인 기사부로…… 전 큰 행수와 그 아내인 다키가 대기하고 있었다. 장식단을 등지고 상당히 이채로운 면모의 무사가 앉아 있다. 모모스케가 머뭇머뭇 장지문을 열자 기사부로는 더욱 깍듯하게 "선대 주인의 자제…… 모모스케이옵니다"라고 소개했다.

"이분은 핫초보리*의 다도코로 님입니다. 무언가…… 도련님께 할 말씀이 있다시는데……."

"할 말씀이…… 있으시다고요?"

"주인장, 이제부터는 내밀한 이야기에 들어가오. 참으로 미안하오만, 자리를 피해주시지 않겠소?"

다도코로는 엄정히 그렇게 말했다.

주인 부부가 자리를 뜨자 한층 더 바늘방석이 되었다.

모모스케의 눈길은 방바닥과 다도코로의 얼굴을 오락가락했다.

실로 특이한 풍모의 동심이다.

몹시도 얼굴이 길다. 턱도 길다. 눈만은 부리부리하게 크고, 그 위의 여덟팔자 눈썹이 기묘한 형태로 꺾여 있다. 한번 보면 잊지 못할 면상이다.

그러나…… 옷차림은 영 볼품이 없다.

겉옷도 주름투성이에 매무시도 칠칠치 못하다.

면도는 대충대충 하는 듯하고, 상투도 살짝도 흐트러졌다.

아무래도 외양은 전혀 개의치 않는 성격인 모양이다.

참으로 후줄근하다.

시정 봉행소 동심이라면 여타 하급무사와 달리 수입도 좋고 위세도 거하다는 것이 세평이다. 배콧자리 훤하게 살쩍까지 밀어내고, 단

---

* 에도시대, 시정 봉행소의 여력과 동심이 주로 거주하던 지역.

출히 틀어 올린 은행잎 상투, 문장 박힌 검정 겉옷 허리춤에 말아 넣고, 가로누운 칼자루에 소매 끝 살풋이 없어……라고 노래로 불릴 정도로 세련된 모습. 장군 행차 시에도 그 평복 차림이 허용될 만큼 멋스러운 것으로 알려져 있다. 그러나 멋스러워야 할 평복 차림도 이런 식이면 게으른 자가 단순히 하의를 잊고서 입지 않은 듯하여 이만저만 꼴불견이 아니다.

모모스케가 "저어" 하고 말을 건넨 것과 동시에 다도코로도 "실은 말일세" 하고 운을 뗐다.

모모스케는 할 말이 궁해 고개를 숙이고, 다도코로는 처진 입을 삐끔거렸다.

"그것 참, 무어라 말을 해야 좋을지……. 에이, 성가시구먼. 격식 차리는 것은 내 성격에 아니 맞아."

동심은 옷 뒷자락을 걷어 올리고 책상다리로 앉았다.

"단도직입적으로 말하지. 나는 자네의 형 야마오카 군파치로와는 동문인데……."

모모스케의 친형은 하치오지 천인동심이다.

모모스케와 달리 매우 반듯하며 검술도 상당한 실력이라고 들었다.

동문이라고 하는 이상, 같은 도장에 다녔다는 의미일까.

다도코로는 구마사와 도장이라고 말했다.

"뭐, 한참 전의 일이지. 허나 지금도 막역하게 지내고 있네. 달에 한 번은 왕래를 하는 사이고. 그도 왜, 나와 마찬가지로 융통성이 없는 벽창호잖은가. 죽이 맞는 게지. 그래서…… 자네에 대해선 이래저래 듣고 있다네."

"예에……."

무엇을 어떻게 듣고 있는지. 형 군파치로는 다도코로의 말대로 융통성이 없고 올곧은 사내이다. 어찌 설명을 했을는지.

"자네…… 화서(和書)*와 한서에 정통하고, 미신, 속신, 의례, 신앙 등에 통달했으며, 고금동서의 기괴한 일에 관하여 일가견을 가지고 있다지 않는가."

다도코로는 그렇게 말했다.

"게다가 여러 고을을 만유하며 항설기담을 수집하고 다닌다고 누누이 들었네. 사실인가?"

"예에, 뭐어" 하고 모모스케는 대답한다. 거짓은 아니지만, 필요 이상으로 과대평가를 받아도 난감해진다.

"자신의 아우지만 상당한 박학. 초야에 묻어두기에는 아까운 식자라고 군파치로가 말하더군."

"쓸모없는 잡학입니다."

"무얼 그리 겸손을. 하치오지의 노뎃포 퇴치 시에도 크게 활약을 했다지 않나. 나도 조서를 읽어보았다네."

다도코로는 입을 일그러뜨렸다. 웃고 있는 것이다.

"저어, 그래서……."

"어허. 그리 착잡한 얼굴 하지 말게나. 나는 말이지, 북 봉행소의 순찰동심 중에서는 미운털이 박힌 몸일세. 편히 대해주게."

그렇게 말한들 '그리하지요'라고 답할 수야 없는 노릇이리라.

"딱딱한 것은 질색일세. 실은 말이지, 그 방면의 사정을 이리저리 고려해서 하는 말인데, 모모스케."

---

* 일서를 뜻하는 말.

어느 방면에 대해 어떻게 고려하는 것인지 알 수가 없다. 다도코로는 눈썹을 더욱 꺾었다.

"모모스케, 모모스케라 불러도 되겠나……?"

호칭을 말하는 것이리라. 모모스케는 그저 "예" 하고 깍듯이 답했다.

"그리 깍듯이 대하지 말라고 일렀건만. 아무튼, 모모스케……."

긴히 의논할 것이 있다며 다도코로는 목소리를 낮추어 말했다.

"의논 말입니까?"

"의논이라고 할지, 지혜를 빌리고 싶구먼. 다름이 아니라, 요즘 들어 세간을 떠들썩하게 하고 있는…… 이나리자카 기에몬에 대해서 일세."

"기에몬에…… 대해서?"

물론 알고 있을 것이라며, 동심은 콧물을 훌쩍대더니 한층 더 자세를 무너뜨렸다.

"바로 그, 목이 붙어 되살아났다 하는 다분히 요괴스러운 이야기지. 뭐, 어디까지가 사실인지는 모르나……."

그 대목에서 다도코로는 급작스레 불안해 보이는 표정을 지었다.

"……그게 사실인가?"

모모스케는 피식 웃는다.

그러한 것이었나.

"나리도 참 짓궂으십니다. 설마하니 소인을 시험해보고 계시는 것이옵니까?"

"시험이라."

"예에. 봉행소 나리나 되시는 분께서 그러한 유언비어를 진담으로 받아들이시리라는 생각은 아니 듭니다. 나리께서는 그처럼 사람의 마음을 미혹하고 세상을 혼란케 하는 속되고 고약한 언설을 다잡는 입장에 계시지 않습니까. 그러니……."

모모스케는 슬쩍 얼굴을 살핀다. 다도코로는 의외였던 모양이다.

"아니, 아닐세. 그것은 그것, 이것은 이것이라고. 그저 다잡기만 한다면 자네에게 의논하지는 않지. 아무튼 어떠한가, 모모스케. 그처럼 기괴한, 목을 이어 붙여 되살아나는 요괴가 존재하는가?"

"없습니다."

모모스케는 또다시 단언했다.

"어디를 뒤져보아도 그러한 기록은 없습니다. 저의 견식이 얕을지도 모르겠습니다만."

"그러하군" 하고 다도코로는 눈썹을 반대 방향으로 일그러뜨렸다.

"무슨 문제라도?"

"으음."

특이한 풍모의 동심은 팔짱을 끼더니, 이윽고 머리를 싸쥐었다.

"실은…… 어쩌 기에몬이 살아있다네."

"뭐, 뭐라고요?"

모모스케는 자신도 모르게 큰소리를 냈다. 그러나 다도코로는 진지한 얼굴 그대로였다.

"하, 하오나."

"게다가…… 게다가 말이지, 모모스케. 그놈은 정말로, 정말로 세 번이나 효수되었음에도 그러하단 말일세."

"예에."

대체 어찌 돌아가는 일일까 하며 다도코로는 얼굴을 잔뜩 찌푸렸다. 모모스케가 오히려 묻고 싶을 정도다.

"저로선 믿기지 않습니다만."

"봉행소 내에서도 믿는 자는 없네. 아니…… 그렇다기보다 다들 보고도 아니 본 척하고 있지. 그러니 차라리 불가사의한 전례라도 있는 편이 속 시원하겠다, 그리 생각하는 걸세."

"그러하시군요. ……하오나."

"처음은 십오 년 전일세. 그리고……."

"십 년 전입니까?"

"맞네. 잘 알고 있구먼. 그리고 지난달. 당연지사, 더없이 경직된 봉행소에서 그러한 부조리가 통할 리도 만무. 기록에는 별개의 인물로 처리되어 있지. 허나 이름은 물론이고 수법이며 죄상이며, 완전히 동일하다는 것은 사실일세."

"하오나 나리."

동심은 다도코로로 족하다고 했다.

"그럼 다도코로 님, 그것은 역시 별개의 인물로 생각할 수밖에 없지 않겠습니까……."

마타이치는 별개의 인물이 아니라고 했으나…….

"나도 그렇게 생각했네. 예를 들어 이것이 야쿠자의 경우라면 이대, 삼대로 대를 거듭할 수도 있겠지. 기에몬의 이름을 계속 습명(襲名)해가는 경우야 있을 테니 말일세. 허나."

"허나…… 무엇인지요?"

"기에몬은 번듯한 조직을 아니 가지고 있었네. 그 점이 놈의 교묘한 구석이지. 많은 무숙인을 자유자재로 부리니 대규모 일도 해치우지만, 이나리자카 기에몬은 항상 한 명. 때문에 좀처럼 아니 잡히는 게야. 남북 양 봉행소, 화도개방, 아울러 단자에몬까지 적으로 돌리고도 태평스레 악행을 저지르지. 허나 그것은 곧, 기에몬에게는 뒤를 이을 만한 자가 없다는 뜻일세. 있다고 한다면…… 멋대로 자처하고 있는 것뿐이라는 이야기가 되지. 한데."

"한데, 무슨?"

"잡아들여 얼굴을 확인케 하잖는가? 그럼 이놈이고 저놈이고 틀림없는 기에몬이라고 증언을 한단 말일세. 아니, 증언했다고 기록되어 있지. 얼마 전도 마찬가지였네. 이 사내에게 오랫동안 가혹하게 시달려왔다, 틀림이 없다, 그리 주절대더라고. 이게 대체 어찌 된 일인가?"

본인이라는 말인가.

"그뿐만이 아닐세. 사실…… 기에몬은 문초 시에 출생지도 신원도 이야기를 했다네."

"그렇습니까? 그러나 죄상을 적은 알림판에는 아무것도……."

다도코로는 쓰지 못했다고 말했다.

"굳이 쓰지 않았다는 말씀이신지?"

"쓰지 않은 것이 아니라, 쓸 수가 없었던 것일세. 어찌하여 쓸 수 없었는지 아는가? 답은 간단하지. 놈이 이야기한 신원의 인물은 이미 십오 년 전에 죽었기 때문일세."

"예? 그렇다면 얼마 전 효수된 기에몬이 첫 번째 기에몬과 똑같은 출신 이력을 읊었다는 말씀이신지?"

"그렇다네. 놈이 말한 경력은 십오 년 전 효수된 기에몬의 조서에 기록된 그것과 완전히 동일한 것이었지."

다도코로는 언짢은 듯 그렇게 말하더니 입을 여덟팔자로 꺾었다.

"자, 잠깐만 기다려주십시오, 다도코로 님. 그렇다면 첫 번째 기에몬의 신원은……."

"물론 알고 있네. 이나리자카 기에몬. 단자에몬의 수하로 아사쿠사 신초에 있는 공사숙(公事宿)* 중개인이었던 사내지."

"공사숙이라……."

"그렇다네. 이는 공표되어서는 아니 될 일이나, 십오 년 전의 기록에는 분명 그렇게 기록되어 있지. 십오 년 전이라 하면 나는 견습 동심. 허나 그 사건은 똑똑히 기억하고 있네. 공사숙이라 함은 향촌에서 상경한 자들이 머무는 객사이기는 하나, 단자에몬 관아나 봉행소에서 재판이나 문초가 있을 때 그 절차를 이래저래 돕던 곳이기도 하지. 무숙인이나 천민들 출입도 잦다네. 기에몬은 그 위치를 교묘히 이용한 게야. 약점을 잡고 편의를 보아주며 악행에 이용을 했다고. 약한 처지의 사람을 궁지에 몰아넣어 자기 뜻대로 부리다니, 용서 못할 놈이 아닌가! 어어!"

다도코로는 심하게 분개하며 입에 거품을 물었다.

"나, 나는 그러한 놈을 용서할 수가 없네. 야, 약한 자를 등쳐먹는 놈은 아주 질색이라고."

"그 마음은 충분히 이해가 갑니다. 하오나."

"오오, 이야기가 옆으로 샜구먼" 하며 다도코로는 자세를 고쳤.

"십오 년 전 체포의 대략적인 경위인데, 뭐, 그처럼 직권을 남용한 악랄한 소행이 무언가 우연한 계기로 드러났지. 그 악행의 전말이 당

---

* 소송을 위해 서민들이 묵는 여관으로, 이 여관의 주인이나 관계자는 에도 막부의 인가를 받은 변호사이기도 했다.

시의 단자에몬에게 알려지게 되었고, 그야말로 역린을 건드린 게야. 당연한 일일 터. 단자에몬은 당장 기에몬 포박 지시를 내렸으나 그것을 사전에 눈치챈 기에몬은 도주. 많은 추격자를 따돌려가며 도주극을 벌인 끝에 야나기바시의 요정에 숨어들었지. 거기서……."

"거기서?"

"기에몬은, 음, 자포자기했는지 무참하게도 요정 주인의 딸을 참살했다네. 그래서 봉행소의 오라를 받았지. 뼛속까지 썩어빠진 놈일세. 허나 그대로 처리했다가는 단자에몬의 면이 아니 서지. 하지만 봉행소의 기강도 세워야 할 터. 그래서 좀 전에도 말했네만, 기에몬의 신원과 그 외 여러 사정은 일절 공표되지 않은 걸세. 모든 것을 덮어둔 채로 기에몬은 참수된 게지. 그럼에도 불구하고……."

"오 년 후…… 십 년 전입니까?"

"그렇지."

다도코로는 앞에 있던 차를 단숨에 들이켰다.

"나는 궁금해져서, 십 년 전 건에 대하여 남 봉행소에 문의를 해보았네. 그랬더니……."

"완전히 동일한 경력이 쓰여 있었다?"

"바로 그렇다네. 당시에도 옥신각신했던 듯하이. 조서에는 이렇게 기록되어 있더군. 이자, 전 단자에몬 배하 이나리자카 기에몬으로 자처하며 악행을 거듭. 그 죄상은 명명백백하나…… 동인(同人)은 오 년 전 북 봉행소에서 단죄되었으며 그 내용 기록을 보아서도 확실하다. 그렇다면 별개의 인물일 터……."

"별개의 인물이란 말입니까?"

"별개의 인물일세. 그러나 이번에 효수가 된 기에몬도 또다시 같은 공술을 하고 있단 말이지. 연령도 정확히 들어맞더구먼. 십오 년 전이 마흔. 십 년 전이 마흔다섯. 그리고 이번에 처형된 기에몬은 동년(同年) 쉰다섯일세. 그리고 무엇보다…… 지워지지 않는 신체의 특징이 셋 모두 보란 듯 일치하고 있다고. 그것도 실로 보기 드문 특징이 말이지. 이는 우연일까."

기에몬은 사람이 아닙지요.

목을 베어본들, 죽지 않습니다.

이것 한 가지는 진실.

"사실……입니까?"

"자네도 그리 생각하나?"

"아니, 하오나……."

"사실이라면…… 사실이라면 손 쓸 방책은 없겠는가?"

다도코로는 그것이 알고 싶다고 말했다.

"손 쓸 방책 말입니까?"

"그렇다네. 만약 그것이 사실이라면, 그러한 요물이란 봉행소에서 감당할 수 있는 물건이 아닐 터. 허나 상황은 일각을 다투고 있네. 실은 말이지……."

다도코로는 몸을 앞으로 기울이더니 비정상적일 만큼 눈을 휘둥그렇게 떴다.

"지금부터 하는 이야기는 발설하면 아니 되니 그 점을 마음에 새기고 들어주길 바라네만…… 어젯밤, 문초를 담당했던 필두여력 사사모리 긴조 님이 납치당했다네."

"뭐, 뭐라고요!"

모모스케는 엉거주춤 몸을 일으켰다.

"범인은 기에몬일세. 아니, 정확히는 기에몬으로 자처하는 자, 라고 하는 편이 나을지도 모르겠군."

"허나 사사모리 님이라 하면 이번에 기에몬을 잡아들인 여력님이 아니십니까? 분명 대단한 검의 고수라고 들었습니다만……."

"맞네. 사사모리 님은 문초관 여력 중에서도 으뜸가는 실력, 북 봉행소에서도 다섯 손가락 안에 들 분이지. 더구나 수하와 짚신 몸종 등 젊은 종자들을 거느리고 귀택하는 도중에 습격을 받았다고. 알림이 있었을 때도…… 누구 하나 믿지 않았을 정도지."

모모스케는 답을 하려야 할 수가 없다. 소동(小童)이나 처녀가 아니다. 그처럼 강한 무사를 대체 어찌 납치할 수 있다는 것일까.

"수행하던 종자들의 말에 따르면 다리 밑에서 별안간 더러운 입성의 자들이 무더기로…… 뭐, 어린것의 말이니 표현이 변변치 못하나, 한마디로 상투도 틀지 않았으며 누더기를 걸친 녀석들이었다는 모양인데, 그러한 무뢰배가 몇십 명이나 우르르 튀어나와…… 이것도 뭐, 그러한 느낌이었다는 말일세. 그러더니 글쎄, 순식간에 눈앞이 가로막혔고, 제정신을 차렸을 때는 여력님만 사라지고 없었다, 이리 고하더군."

"그게 대체……."

"뭐, 섣달에 들어선 이후로 유랑가녀가 사사모리 님을 미행했다느니 묘한 걸승이 어정댔다느니 하는 이야기는 있었네. 모두 기에몬의 소문에 편승한 풍문일 것이라고 생각했지만 말일세."

"정말로 납치당하고 만 것입니까?"

"오늘 서장이 도착했네."

"기, 기에몬에게서요?"

"기에몬에게서 왔다네. '감히 세 번이나 목을 베었겠다? 보복은 반드시 하고 말겠다.' 그러한 내용일세. '사사모리는 죽었으니 탐색에 나서보았자 허사. 효수도 책형도 나 기에몬에게는 무력하다'라고 적혀 있더군. 이, 이토록 발칙한 이야기가 어디에 있나!"

다도코로는 다시 흥분했다.

모모스케는 그제야 생각이 미친다.

이 다도코로라는 인물, 관리 중에서는 드물기 그지없을 정도의 정의한이 아닐까. 그것도 더없이 처세에 서투른 정의한이다. 시정 순찰 동심 중에서 미운털이 박힌 몸……이라 함은 그러한 뜻이리라.

아니나 다를까, 봉행소 녀석들은 글러먹었다며 다도코로가 투덜대기 시작했다.

"그 무용지물들은 중대한 사태임을 눈곱만치도 이해하지 못하고 있네. 생각해보게나. 하필이면 다른 사람도 아닌 문초관 필두여력이 납치당했다고. 이는 있어서는 아니 될 일. 예사 사태가 아니란 말일세. 이러한 무법을 방치해둔다면 기강을 세울 수가 없지. 봉행소의 불명예, 나아가서는 시정을 펼치지 못하게 될 것일세. 상부의 위신에도 타격을 줄 일이지."

아니 그러하냐며 다도코로는 입에서 침을 튀겨가며 역설했다.

"그런데…… 녀석들은 글렀다고."

다도코로는 그렇게 말하더니 이번에는 고개를 푹 숙였다. 열혈한 인 까닭에 냉대를 받고 있는 것이다. 이런 식이라면 봉행소 내에서도 겉돌고 있음이 틀림없다.

현명한 자는 항상 풍파가 이는 것을 꺼리기 마련이고, 견실한 자는 온건함을 가까이하는 법이다.

현명하고 견실한 관리가 대부분을 차지할 봉행소와 같은 곳에서야 옳다고 해서 격하게 주장하거나 옳지 않다고 해서 엄하게 규탄하는 자세를 견집하는 자는—그것이 아무리 옳다 하여도— 어리석은 자라는 낙인이 찍히는 것이 고작이다.

"누구 하나도 기에몬이 살아있다고 생각하는 자가 없네. 십오 년 전, 십 년 전은 고사하고 한 달 전의 재판에 관련된 자조차 인정하려 들지 아니한다고."

동심은 그리 접어서 될 일이겠냐며 모모스케에게 다가앉았다.

"이보게, 모모스케. 기에몬이 실로 불사신이라면…… 잡아들인들 어찌할 도리가 없다고 생각지 아니하나? 효수나 책형도 소용이 없다고. 그 이상의 형은 없지. 거인(鋸引)형*에 처한들 무의미할 터. 그 밖에는 유배를 보내든가, 평생 옥에서 나오지 못하도록 하든가……. 허나 목을 베어도 죽지 않는 자는 이미 사람이 아닐 것이라고. 그렇다면 투옥하는 일조차 허사일지도 모르지 않는가. 더욱이 그토록 악행을 저지른 자를 그리 가벼운 형에 처해서야 기강이 아니 서지. 그렇다면……"

그렇다면.

높으신 분들은 목을 베어도 죽지 않는 악당이 이 세상에 있다는 황당무계한 이야기, 믿지 아니하지요.

소생 같이 미천한 자의 말에 귀를 기울일 어진 관리 나리도 없고요.

'예 있지 않은가.'

---

* 에도시대 서민에게 내려진 사형 중 가장 무거운 형이다. 공개 처형으로, 톱으로 집행되며, 존속이나 주인 살해죄 등에 적용.

"다도코로 님." 모모스케는 특이하게 생긴 동심을 올려다본다.
"불사신 기에몬, 죽일 방도가 있습니다."
모모스케는 그렇게 말했다.

4

 다도코로를 일단 돌려보낸 후, 모모스케는 마타이치가 있는 곳으로 향했다. 한시라도 빨리 마타이치를 만날 필요가 있다고 생각했기 때문이다. 그렇지만 그 떠돌이 여행사가 얌전히 집에 있으리라는 생각은 들지 않았고, 애당초 모모스케는 마타이치의 거처를 정확히 알지 못했다.
 모모스케가 일단 찾아간 곳은 고지마치였다.
 마타이치는 고지마치의 염불장옥이라는 허름한 공동주택에 기거한다고 한다.
 그러나 어디가 잔머리 모사꾼의 처소인지, 모모스케로서는 도저히 알 수가 없다.
 다만 같은 공동주택에 패거리가 한 명 더 살고 있다.
 마타이치와 연락을 취하고 싶을 때는 이 사내를 만날 수밖에 없다.
 그 인물, 이름은 신탁자 지헤이라고 한다.
 전 도적이라는 과거를 가진 험상궂은 얼굴의 노인으로 변장 연기의 달인이다.

모모스케는 수채를 덮은 널빤지를 넘고 좁은 골목을 가로질러 지헤이의 집 문을 두드렸다.

"뭐요?" 하고 냉랭한 대답이 들렸다.

뻑뻑한 문을 열자, 자그마한 체구의 노인은 무언가를 치우는 참이었다. 며칠 전에는 농부 차림새를 하고 있었으나, 이번에는 장색(匠色)* 같은 모습이다.

노인은 모모스케에게 일별을 던지더니 "어어" 하고 야박한 인사를 한다. 그 손에는 바늘 같은 것을 쥐고 있다. 아무래도 문신을 하는 도구인 듯하다. 장색처럼 보인 것은 그 때문이었다.

"일전에는 고생 많았수다."

지헤이는 그렇게 말했다.

"슬슬 올 때가 됐다 싶었지."

"그렇습니까……."

모모스케는 문간에 우두커니 선 채 그렇게 답했다.

무엇을 근거로 모모스케의 내방을 예감했다는 것인가.

그런 말을 들었음에도, 어째 들어가기 껄끄러운 분위기이기도 하다.

지헤이는 부랴부랴 도구를 치우고 있다. 모모스케는 무어라 말을 건네야 할지 망설였다.

"지헤이 씨, 문신도 합니까?"

결국 시답잖은 것을 묻고 만다.

"나는 뭐든 합니다요."

---

* 손으로 물건을 만드는 일을 업으로 하는 사람.

짐작대로 퉁명스러운 대답이다.

그보다 얼른 들어오라며, 노인은 이쪽을 돌아보았다. 몹시 언짢은 표정이나, 이것이 평소의 얼굴임을 모모스케는 알고 있다.

그래서 잠자코 들어선다.

"저어…… 마타이치 씨는 지금……?"

"마타 공은 오긴과 함께 있수다. 그 계집애가 일을 그르치게 되면 우리까지 위험하니."

"또…… 무언가 작업을?"

"흥. 이 세밑에 성가셔 죽을 지경이라고. 하지만…… 뭐, 이번만은 어쩔 수가 없지. 오랫동안 곪아온 농을 덜어내려면 지금밖에 없으니 말요."

지헤이는 모모스케가 알아듣지 못할 푸념을 늘어놓더니 누덕누덕한 방석을 내밀었다.

"뭐요? 어째 어두운 얼굴이구먼. 팔자 늘어진 도락가면 극락잠자리다운 표정을 지으란 말요. 우리 같은 가난뱅이와 달리 먹고사는 데 곤란할 일도 없을 텐데."

지헤이는 언제나 이렇게 진지한 얼굴로 악담을 퍼붓는다. 어디까지가 본심인지 알 길이 없다.

"유감스럽지만 고추좀잠자리에게는 계절이 가혹해서요. 겨울철은 난감합니다."

모모스케가 가볍게 받아치자 노인은 아아, 하고 신음하듯 말하더니 몸을 옆으로 틀었다.

"참, 마타 공에게 부탁을 받았지. 선생이 원하는 건…… 저것 아니요……?"

울툭불툭 뼈마디 돋은 손가락이 밥상 위를 가리킨다.

그 가리키는 끝으로 눈길을 던지자, 문진 아래에 눈에 익은 다라니 부적이 놓여 있었다.

"반드시 가지러 올 테니 전해달라, 그리 말하더구먼."

"예에……."

용의주도하다. 아무래도 잔머리 모사꾼은 앞으로의 상황 전개를 완벽히 파악하고 있었던 모양이다. 모모스케는 몸을 뻗어 문진을 치운 후 부적을 손에 들고 바라보았다.

튼튼해 보이는 화지(和紙)다. 유려한 묵흔(墨痕)의 알아보기 어려운 붓글씨. 주문이 적혔으며, 그곳에 크고 작은 붉은색 인장이 찍혀 있다.

손에 드니 보기보다 크다.

"잘은 모르겠소만, 사용법은 간단하다더구먼. 아교를 그 부적 뒷면에 듬뿍 칠해서 상대의 여기……."

지헤이는 자신의 미간을 가리킨다.

"여기에 철썩 붙이라더구먼."

"이마에 붙입니까?"

대륙의 요물과 동일하다.

지헤이는 그렇다고 대답한다.

"그리하면 적은 그 이상 못 움직인다더구먼. 뭐, 상대가 정말로 고와이일 때만 그렇다…… 하는 말도 덧붙였지만 말요."

"고와이?"

"음. 듣자하니 요괴의 이름이라 합디다. 나는 그런 이름의 요괴, 들어본 적이 없소만. 마타 공의 이야기로는 이 세상에 미련이 철철 넘치는 망자를 그리 부른다더라고. 뭐, 어차피 마타이치의 재주인 실없는 소리겠지."

"실없는 소리라고요?"

"실없는 소리지. 어행사인지 인두겁인지 몰라도, 하여간 향냄새 풍기는 입성만 걸치면 하는 소리까지 맛이 가거든. 망령이고 요물이고 털끝만큼도 믿지 않는 주제에 말이야. 불상을 녹여서 팔아 처먹은 놈이 누군데. 얼마 전까지 부적으로 궁둥짝을 닦고 경문으로 코를 풀었다고, 그놈의 자식은 말이지."

지헤이는 구시렁구시렁 투덜대며 일어서더니 화로 위의 쇠주전자에서 다관에 더운물을 부었다.

분명, 마타이치도 지헤이도 그러한 일에는 냉담하다. 패거리는 담대하게 일을 벌이기는 하지만 부조리는 인정하지 않는 것이다. 그러나 모모스케는 그들처럼 단칼에 선을 긋지 못한다. 세간의 법도에 얽매여 있는 처지이니 만큼 세상사가 더욱 모호하게 보이는 것이리라.

지헤이는 이 빠진 찻종에 더운물인지 찻물인지 모를 액체를 부어 쑥 내밀었다.

"마침 한탕 마친 참이니 느긋하게 있다가 가시오. 살바람이 좀 추울 테지만……."

모모스케는 한쪽 뺨으로 웃으며 찻종을 받아들었다.

"그런데 지헤이 씨는 요즘 항간에 떠들썩한 이나리자카 기에몬을 알고 계시는지요?"

일단 화제는 그것밖에 없을 터.

"본 적이 없구먼" 하고 지헤이는 대답했다.

"아주 성가신 상대거든. 나는 엮이지 않으려고 애썼지. 허나 선생,

어째서…… 그런 걸 묻는 거요?"

"아니…… 마타이치 씨도 오긴 씨도 알고 있는 것 같기에 혹시나 싶었습니다. 오긴 씨 입에서는 원한이 있다는 말까지 나와서."

"원한이라……."

마타이치와 같은 반응이다. 그러나 이어지는 말은 상당히 달랐다.

"그렇겠지. 마타 놈은 일단 미뤄놓더라도, 오긴 녀석으로서야 한 서린 한마디쯤 당연히 뱉고 싶어질 거라고."

지헤이는 실로 언짢은 표정을 지었다. 모모스케는 그게 대체 무슨 뜻이냐고 물었다.

몹시도 알고 싶다. 오긴 같은 여자에게도 인간적인 한이 있단 말인가. 물론 있기야 하겠으나.

지헤이는 다시 한 번 흥 하고 콧소리를 냈다.

"오긴이란 계집은 말요, 그것이 그리 보여도 고생이 참 많았다고. 어쨌거나 원래는 이 시궁창에 뒹구는 듯한 생활과는 연이 없었을 계집이니."

"예에……."

"그 녀석은, 선생, 일류 요정의 딸이었소." 지헤이가 말했다.

"일류 요정……이요?"

"으음. 어렸을 적에는 애지중지 갖은 보살핌을 받으며 고이 자란 아가씨였지. 다도에 꽃꽂이에 읽고 쓰기며 노래, 춤, 악기에 이르기까지, 배우고 익히기도 얼추 다 시켰다고 하더구먼."

"예에……."

모모스케는 약간이지만 놀란다.

소악당들은 하나같이 자신들의 과거에 대해서는 입이 무겁다.

그뿐 아니라 그것은 묻기 껄끄럽기도 하다. 마타이치 일당과 어울리게 된 이후, 모모스케는 무얼 감추고 있는가 하는 점에 가장 신경을 썼다. 이야기를 나누고 있을 때조차 어디까지 끼어들어도 될지 늘 망설임이 앞서는 것이다.

그런데…….

이리도 쉽사리 이야기를 들어버려서야 맥이 탁 풀릴 법도 하다.

"뭐, 그래도 무엇 하나 부족함이 없었다고 할 처지는 아니었던 듯하지만."

지헤이는 거기서 이 빠진 찻종을 입으로 가져가 목을 축였다.

"오긴에게는…… 아비가 없었소."

"돌아가셨는지?"

"아니, 애초부터 없었소. 그 녀석은 아비 없는 자식이었다고. 그…… 오긴의 모친 되는 이가 그 요정의 무남독녀였는데, 이이가…… 뭐, 사내와 눈이 맞았고, 아니나 다를까 배가 불렀지. 허나 사내 쪽은, 뭐, 그렇고 그런 게요."

"불성실한 남자……였습니까?"

"아니, 들은즉슨 서로 진심으로 연모했다고 하더구먼. 허나 선생, 세상에는 넘을 수 없는 벽이라는 게 있지 않소."

"넘어서는 아니 되는 벽…… 말입니까?"

"암. 이를테면…… 선생은 어찌 구른들 우리하고야 다르지. 근본을 따지자면 무가 출신이고, 지금도 번듯한 상점의 젊은 은거인. 형님께서는 동심 나리잖소."

"예에. 허나."

"나는 죄인이고 무숙인이오. 장적(帳籍)도 없고 가족도 없지. 아무리 가까워진다고 한들 넘지 못할 선이 있다고. 어헛."

지헤이는 모모스케의 말을 막았다.

"하고 싶은 말이야 있겠지만, 그것이 이 세상의 법도요. 불평 늘어놓아야 소용이 없지. 오긴의 양친도 뭐, 그런 연유로…… 가약을 맺지는 못했다고 하더구먼."

신분 차이라는 것인가.

신분이 높은 무사 — 이를테면 하타모토(旗本)*의 아들이라든가 — 였으리라. 모모스케는 그렇게 생각했다.

"한데" 하고 지헤이는 침울한 목소리를 냈다.

"뭐…… 편모라고는 해도, 오긴 녀석은 큰 상점의 금지옥엽. 조부모도 있고, 유모도 있고, 고용인도 많았지. 행복했을 거요. 허나 행복이란 말이지, 선생. 언제나 별안간 깨지는 법이라고."

"깨진다……."

'듣고 싶지 않다.'

한순간, 모모스케는 그렇게 생각했다.

그런 이야기를 들어도 할 수 있는 일은 아무것도 없다.

그저 서글퍼질 뿐이다. 허탈해질 뿐이다.

지헤이는 탁하고 작은 눈으로 모모스케를 매섭게 노려보았다.

"들을 거요?"

"아, 저어…… 듣겠습니다."

모모스케는 대답했다.

"오긴이 열인가 열둘인가, 그쯤 되던 해에 겪은 일이라더구먼. 모

---

* 전쟁에서 주군의 깃발을 지키는 무사단을 말한다. 장군의 최측근이자 고급 무사.

친이 오긴의 눈앞에서…… 살해당한 거요."

"그, 그것은……."

그것은 혹시.

"기에몬의…… 소행이 아닙니까? 혹 오긴 씨의 생가라는 곳은 야나기바시의……."

"맞소. 짐작대로요. 역시 잘 알고 있구먼. 십오 년 전의 일이지. 오긴의 모친은 기에몬에게, 기에몬이라는 '수법'에 살해당한 거요."

그 머리는. 그 검푸른 효수된 머리는.

어머니의 원수였던 것인가.

그런가. 그럼.

허나.

그렇다면.

여전히 살 참인가.

그 말은 어떤 의미를 가지는 것인가.

여전히 살 참이냐는 말은 그 머리를 향해 던진 말인가.

"그럼 오긴 씨는……."

오긴은 대체 어떠한 마음으로 그 효수된 머리를 바라보았을까. 눈앞에서 모친을 잃은 자의 마음이라니, 모모스케로서는 알 도리가 없다. 상상도 되지 않는다. 그뿐 아니라 그 범인, 그것도 형장에 내걸린 머리를 바라보는 심정이라니…… 끝끝내 알지 못하리라.

더구나…… 그 원수는…….

"기, 기에몬은."

여전히 살 참인가.

"기에몬은 되, 되살아납니다."

"흥." 지헤이는 무시하듯 콧방귀를 뀐다.

"되살아난다느니 만다느니, 그깟 일은 모르오. 나와는 상관도 없고."

"허나, 그럼 오긴 씨는……."

"그것도 평범한 계집은 아니거든. 그런 일은 선생이 걱정할 바가 아니지."

"그건 그렇습니다만, 그래도……."

"좀 기다리쇼."

지헤이는 느릿느릿 일어서더니 부엌에서 탁주로 보이는 것을 가지고 왔다. 그리고 헹구지도 않은 찻종에 부어 벌컥 들이켰다.

"오긴이란 녀석은 말요, 그것이 그래 봬도 아주 만만치 않은 계집이라고. 선생 같은 이의 잣대로 헤아려서는 안 되지."

"그렇기는 합니다만……. 아니, 그것은 물론 충분히 알고 있습니다. 허나 오긴 씨에게 기에몬은 부모의 원수이잖습니까?"

"원수지."

"그렇다면."

"한데, 오긴 녀석…… 그 원수를 한 번 갚았다고."

"예?"

"복수를 했다는 소리요" 하고 지헤이는 화난 듯이 말했다.

"……뭐, 단 한 번이지만 말이지. 보통은 그걸로 끝인데."

"대, 대체 무슨 뜻입니까?"

"듣고 싶소? 듣고 싶다는 얼굴이구먼. 허나 선생은 여염사람이니…… 맨 정신인 상태에선 들려줄 수 없다고."

지헤이는 탁주를 쑥 내민다.

모모스케는 쭈뼛쭈뼛 찻종을 내밀었다.

"오긴의 생가인 요정은 말요, 기에몬 사건에 말려든 탓으로 삐걱거리게 돼버렸는데, 곧 주인도 훌쩍 세상을 뜨고 안주인도 병으로 쓰러지더니 얼마 못 가 죽고 말았다더라고. 그래서 요정도 남의 손에 넘어가버렸지. 어어어 하는 사이에 오긴은 천애고아가 되고 만 거요."

"그랬군요……."

"그렇다더구먼. 허나 생각을 한번 해보라고. 아직 코나 찔찔 흘리는 어린 계집애가, 그것도 세상 풍파를 접한 적도 없이 고이고이 자란 아이가 말이지, 별안간 외톨이로 남겨졌다고. 그런 어린애가 혼자 몸으로 살아가려면 이만저만 고생이 아니었을 거요."

당연히 그럴 것이라고 모모스케도 생각한다. 청천벽력 같은 일을 겪고, 그런 처지에서 도대체 어찌해야 희망을 버리지 않고 살아갈 수 있을지. 겁 많고 게으른 모모스케로서는 도저히 생각조차 할 수가 없다.

"오긴은 말이지. 그래도 비관하지 않고 다기차게 살았소……."

그 녀석은 강한 계집이라고 지헤이는 말했다.

그러나. 아무리 강하다고 해도 그 그늘에 얼마나 깊은 갈등이, 비관이, 인내가 있었을지 타인이 헤아릴 수 있는 것은 아니리라. 모모스케는 오긴의 얼굴을 떠올린다. 그리고 슬픔에 사로잡힌다.

"허나 선생, 하늘이 무너져도 솟아날 구멍이 있다는 말은 그르지 않았던 게요. 그러한 오긴을…… 거두어준 사내가 있었단 말이지."

"거두었다?"

지헤이는 첩실로 들인 것은 아니라고 말했다.

"어린아이잖소. 첩실로 삼은 것은 아닐 테지. 흑심은 없었을 거라고. 무슨 심산인지는 모르겠소만, 그 사내는 길바닥을 헤매던 오긴을 데려와 전처럼 호강하며 살게 했지."

"어찌 그런…… 선행을?"

"그야 뭐. 허나 선생, 역시 세상일이란 그리 술술 풀리지는 않는 법이라고."

"술술 풀리지 않다니, 무슨 뜻입니까?"

"그러니까, 오긴을 거둔 사내라 하는 자가 어지간한 똘마니라면 이름만 들어도 오줌을 지릴 만한…… 물밑 세계의 거물, 대악당이었거든. 팔자라는 건 있다고, 선생" 하고 툭 뱉더니 지헤이는 탁주를 내밀었다.

모모스케는 됐다며 조심스럽게 손짓으로 거절했다.

"그런 악당이 어째서…… 어린아이를?"

"글쎄. 측은지심이 들었는지, 속죄할 참이었는지, 어떠한 심산이었는지는 모르겠소. 다만 그 악당은 굳이 오긴을 이 길로 끌어들이려 한 것은 아닌 듯하더구먼. 여염사람으로 키워 시집이나 보내자, 그리 생각한 것으로 보이는 구석이 있지. 허나 그런 생각, 물러 터졌다고. 서당개 삼 년에 풍월을 한다…… 그러지 않소."

"오긴 씨도 그럼……."

"그러니 다 팔자지."

지헤이는 자작으로 술잔을 비웠다.

"태어날 때부터 그 계집은 그렇게 사나운 팔자를 타고났던 게요. 그렇게라도 생각하지 않으면…… 나 같은 놈도 살기 싫어진다고. 인간이란, 타락하고 싶어서 타락하는 놈은 없지. 누구나 바르게 살자고 생각한다고. 허나 악운이 들러붙어버리면 발버둥을 친들 발악을 한들 벗어날 수가 없는 게요."

지헤이는 어두운 눈빛을 한다.

"오긴은 결국 이쪽 인간이 되었지."

모모스케는…… 섬뜩해져서 눈길을 피한다.

"다만 그 녀석은 서서히 물들다 그리 된 건 아니오. 그 계집은 그런 여자가 아니라고. 아마도 오긴은 모친의 원수를 갚고 싶었던 것일 게요."

"복수를 위해……."

"이건 본인에게 들은 게 아니라서 사실인지는 모르겠소. 허나…… 그 마음을 헤아렸는지, 아니면 달리 청이 들어왔는지, 오긴을 거둔 사내…… 등명(燈明) 고에몬은 얼마 후 기에몬에게 손을 댔지."

"오호. 그렇다면…… 십 년 전 기에몬이 두 번째 오라를 받았던 것은 그분, 오긴 씨의 양부가……?"

"맞소."

지헤이는 갈라지고 낮은 목소리로 그렇게 말했다.

"그 무렵…… 나는 도적 일에서 손을 씻고 몸을 숨기고 있던 시기라 소상히는 모르지만 말요. 이나리자카 기에몬이란 놈, 악당 패거리에게는 눈엣가시였다고."

"눈엣가시? 악당에게 말입니까? 봉행소가 아니라?"

지헤이는 그렇다고 대답했다.

"악당 측에서 보자면 거북하기 그지없을 수밖에. 무얼 하든 간에 껄끄럽고 힘들어지니. 게다가 악당이란 말요, 틀 밖으로 밀려나 사람 대접 못 받는 자가 대부분이라고. 그러니 기에몬 같은 놈은 아주 질

고와이 | 145

색이지. 동업자의 밥이 되는 것이나 마찬가지거든."

악당을 이용물로 삼는 악당이라는 것인가.

그렇다면 기에몬은 선악 쌍방을 적으로 돌렸다는 이야기가 된다.

"말이야 그렇지만, 정말로 피해를 입는 쪽은 일반 백성, 그리고 기에몬에게 약점을 잡혔던 부랑자들이지. 아사쿠사의 단자에몬 어르신도 분통을 터뜨리고 계셨을 것이고, 비인장(非人長) 어르신과도 말썽이 있었던 듯하더구먼. 그러니 정업(正業)으로 먹고 사는 여염사람들은 물론, 향구사도 야쿠자도 고무네*도 자토**도, 누구나 기에몬을 못마땅하게 여기고 있었을 거라고. 의뢰할 만한 이야 수도 없지. 수락할 이가 없었을 뿐. 그래서 결국 움직인 것이 오긴의 양부인 고에몬이었다, 단지 그뿐일지도 모르겠소. 허나 그때 일을 도운 녀석이 잔머리 모사꾼이었다고 들었지."

"마타이치 씨가 말입니까?"

"그놈은 소악당이라도 언변이 좋잖소. 그때는 아직 신출내기 병아리였을걸. 이름을 팔고 싶었던 것일 수도 있지만, 소상한 사정은 모르오. 그 녀석은 자신에 대해 말을 하지 않으니."

마타이치가 그리도 옛날부터 기에몬과 관련이 있었다면…… 당연히 소상할 수밖에 없다.

그러나.

기에몬은 죽지 않았던 것이리라.

아니…… 죽었음에도 되살아난 것이다.

---

* 에도시대 시정에서 잡다한 기예로 쌀을 구걸하던 걸인.
** 비파, 샤미센 등을 연주하며 돈을 벌던 맹인.

"잔머리 모사꾼이 과연 어떠한 덫을 놓았는지, 고에몬이 어떻게 움직였는지, 그건 모르겠소. 허나 기에몬은 오라를 받고 효수에 처해졌지. 일단 복수는 이루어진 게요. 그리고 마타 놈은 그때 고에몬과 약속을 했다고 하더구먼."

"약속…… 이라고요?"

"으음. 고에몬은 이렇게 말했다더라고. 자신에게 무슨 일이 생기면 오긴을 부탁한다……."

"부탁이라면? 여염사람으로 돌려보내라?"

"멍청하기는. 이 세계에 발을 들여놨는데 고이 나가지겠소?"

모모스케는 가슴이 철렁한다.

"게다가 오긴의 처지쯤 되면 아주 목까지 푹 잠겼지. 여염사람으로 돌아갈 수 있을 턱이 없잖나. 다만, 악당에게는 악당의 도(道)라는 것이 있다고. 그 도리만은 어기지 마라, 못 어기게 해라…… 그러한 뜻일 테지."

"기에몬처럼 극악무도한 길에는 빠지지 마라?"

"그런 게지."

지헤이는 별 같잖은 소리가 다 있다고 말한다.

"시답잖아서, 원. 악당은 결국 악당이라고. 악행에 좋고 나쁜 게 있을 턱이 없잖나. 도리고 나발이고 없지. 그리 생각지 않소?"

"예에, 뭐" 하고 모모스케는 변변치 못한 대답을 했다.

지헤이의 은인이자 장인이기도 한 노적(老賊) 노뎃포 시마조는 그 시답잖은 악당의 도라는 것을 믿고, 끝내 관철한 인물이라고 한다. 훔칠지언정 무도(無道)하지는 마라. 보편적으로는 조리가 서지 않는 그 신념 때문에 지헤이는 아내와 딸을 잃었다. 그러하기에…….

지헤이의 험한 독설 이면에 과연 어떠한 심정이 숨겨져 있을지, 모모스케로서는 헤아리기조차 어려운 것이다.

"뭐, 아무렴 어떠랴. 한데 정확히 칠 년 전, 고에몬은 에도에서 모습을 감추고 말았지. 그래서 마타 놈은…… 그 인간과 한 약속을 지켜야 하는 게요."

"의리 한번 끔찍하지" 하고 지헤이는 말했다.

그리고 다시 한 번 자신의 찻종에 술을 따랐다.

"아이고, 넌더리나는구먼. 칙칙한 옛이야기는 하는 사람까지 기분이 처진다고. 알겠소, 선생?"

'더는 파고들지 마라…….' 지헤이의 눈빛은 그렇게 말하고 있다.

"마타이치 씨는…… 그럼?"

오긴을 타이르러 간 것이리라. 오긴은 십 년 만에 원수 기에몬의 효수된 머리를 보고 그 부활을 확신했을 것이다.

여전히 살 참인가.

그러한 의미였던가.

"오긴 씨는……."

복수를…….

콰당, 하고 소리가 났다.

지헤이는 커다란 쥐새끼라고 중얼거린다.

그리고서 기민하게 모모스케를 본다.

"선생." 지헤이가 낮은 목소리로 부른다.

"기에몬이란 적, 댁들 여염사람에게는 보이지 않소."

"보이지 않는다?"

마타이치도 외부에서는 보이지 않는다고 말했다.

"보이지가 않지. 보이지 않으니 더듬더듬 쑤셔보고 싶기도 하겠지만, 그래도 쑤셔서는 아니 될 일. 선생은 깊이 파고들어선 아니 된다는 말이오. 그것은 건드리지 말아야 할 대상이니."

지헤이는 으름장을 놓는다.

"이보쇼, 선생. 세상에는 건드려서는 아니 될 대상이 있는 게요."

"건드려서는 아니 될 대상……이라고요."

"그렇소. 보아서도, 들어서도 아니 되지. 들쑤셔서도 아니 될 일이오. 건드리자마자 재앙이 덮칠 무시무시한 대상이란 게…… 있소이다, 선생."

지헤이는 거기서 반침 쪽으로 시선을 옮겼다.

"그러니, 선생."

"예, 예에."

"경솔한 행동은 금물이지. 우리 역시 마찬가지요. 어떠한 사정이 있을지라도, 어떠한 심정을 품었을지라도, 섣불리 손댈 수 없고, 또 그래서는 아니 된다고. 우리는 기껏해야 소악당일 뿐. 그처럼 시커먼 대상은 건드리지 못해. 오긴도…… 지난 십 년간 줄곧 감내해왔을 거라고. 그런데 이제 와 새삼……."

지헤이는 찻종을 응시했다.

"새삼스레."

미련도 원망도 속절없지 않느냐고 지헤이는 말한다.

"오긴도 상황 분별이야 하고 있을 테지만, 만에 하나라는 게 있으니."

과연 그럴까. 오긴은 일부러 기에몬의 목을 보러 갔었다. 그리고,
원한이 있어서 그래요.

고와이 | 149

똑똑히 그렇게 말했다.

"미련이 없는 것은 아닙니다" 하고 모모스케는 말했다.

"물론 미련이야 있겠지. 원통하고 분통도 터지겠지. 그렇다고 뭘 어쩌게."

"어쩌다니요……. 이대로 두고 보아도 될 일입니까?"

이대로 족하다고 지헤이는 말했다.

"착각하지 마쇼. 우리는 의적이 아니라고. 관리도 아니지. 그저 하찮은 무숙인일 뿐. 대의명분과도 정도(正道)와도 상관이 없수다. 땡전 한 푼도 생기지 않는 건수는 판을 벌이지 않는다고. 기에몬 같은 괴물에게 손을 대봐야 다치기만 할 뿐이니."

"하지만 지헤이 씨. 그럼…… 오긴 씨의 원한은 대체 어떻게 되는 겁니까?"

이대로는 석연치 않다. 납득이 되지 않는다.

"이대로 가만히 있을 셈입니까?"

"가만히 있지 않으면 어쩌라는 게요?"

지헤이는 모모스케를 노려본다.

"선생. 우리 같은 따라지는 말이지, 하나같이 자랑할 만한 과거 따위, 가지고 있지도 않소. 마타 녀석도 그렇고 나도 그렇고, 구중중하고 칙칙한 인생이지. 버리고 싶다는 생각이야 해도 떠올리고 싶어지는 적은 없수다. 하지만 오긴 녀석은 다르지."

"다르다……?"

"오긴은 말요, 그 녀석은 적어도 반듯한 기억이라는 것을 조금이나마 가지고 있다고. 그러니 더더욱 집착이 솟고 한도 남는 게지."

"그렇지요. 그러니 더욱……."

"글쎄."

지혜이는 힘없이 대답했다.

"······보통은 그렇지, 선생. 그렇게 비참한 심정, 아예 없는 게 낫지. 원망하는 마음, 슬픈 마음은 없는 편이 나을 거라고."

"그렇지요. 그렇다면."

"허나 그러한 집착이야말로 사람다움의 증표일 수도 있지 않나, 나는 그리 생각한다오."

"집착이······ 사람다움의 증표?"

"으음. 그 집착 때문에 오긴이 악당으로서 끊임없이 번민하는 것은 틀림없소. 허나 그러하기에, 그것이 없어지면 그 녀석에게 있는 사람다움의 근본마저 사라지는 게 아닐까 싶어서."

지혜이는 고개를 숙였다.

"그러면 그 당찬 계집도 우리와 똑같이 되어버리지 않을까, 나는 그렇게 생각할 뿐이라오."

지혜이는 그렇게 말을 맺었다.

모모스케는 크게 갈등했다.

"허나······ 허나 이대로는 너무도 참담하지 않습니까. 그것은 역시 궤변입니다. 무숙인이든 누구든 원통함을 풀고 싶어하는 것은 당연하지요."

"그럴지도 모르지."

"그럼."

"허나 상대가 기에몬이니 복수할 도리가 없잖소. 생각해보라고. 놈은 죽이고 또 죽여도 아니 죽지 않았느냐, 이 말이지, 선생. 댁이 그렇게 말을 했다고."

"그것은……."

죽여도 죽지 않는 집착. 고와이.

'그래서 마타이치는…….'

모모스케는 품속의 부적을 확인했다.

'이 부적을…….'

6

 북 봉행소의 미운털 동심 다도코로 신베가 불사신 요괴 이나리자카 기에몬을 네 번째로 잡아들인 것은 다도코로가 모모스케의 거처를 방문한 후 사흘째 되는 날이었다.

 신속한 체포였다.

 모모스케가 건넨 다라니 부적이 효험을 발휘한 것이다.

 모모스케는 지혜이의 공동주택을 나온 후 어찌해야 할지 상당히 갈등했으나, 결국 핫초보리의 동심조 관택으로 향했다. 다도코로와 한 약속을 지키기 위해서다. 운이 좋아 그 여행사와 만나게 된다면 기필코 마를 물리치는 부적을 얻어 반드시 전해드리러 오겠다고, 모모스케는 다도코로에게 약속했다.

 마타이치와는 만나지 못했으나 부적은 손에 넣었다.

 그러나 부적을 구하기는 했어도 모모스케는 주저했다.

 이도 저도 다, 지혜이가 기에몬에게 손을 대는 것을 아무래도 반대하는 듯했기 때문이다.

 그 마음은 안다. 그러나 모모스케는 지치도록 갈등한 끝에 역시 이

대로 두고 볼 수는 없다, 그렇게 판단했던 것이다. 모모스케는 이대로 괜찮을 리 없다고 생각하기로 했다.

그것이 마타이치의 뜻이기도 한 것처럼…… 모모스케에게는 느껴졌기 때문이다.

왜냐하면 마타이치가 지헤이에게 부적을 맡길 때 부적의 용법을 알려주기는 했으나, 그 부적을 어떠한 목적에 쓰는지는 전하지 않았기 때문이다. 당연히 그 부적은…… 기에몬이란 존재를 멸하기 위한 주구(呪具)다. 그러나 어행사는 지헤이에게 요괴 고와이를 퇴치하는 부적이라는 말밖에 전하지 않은 듯했다. 부생(復生)에 회의적일 뿐 아니라 일을 벌이는 데에도 소극적인 지헤이에게 혹여 사실을 이야기한다면, 그 부적은 십중팔구 모모스케의 손에 전해지지 않을 터……. 그러한 모사꾼의 뜻을 모모스케는 민감하게 알아챈 것이다.

다도코로의 관택은 바로 알았다.

다도코로는 크게 기뻐하며 모모스케를 안으로 들였다.

모모스케가 보기에 살림살이는 상당히 궁핍한 듯했다. 외관은 둘째 치고 안은 지헤이의 공동주택과 별 차이가 없었으며, 게다가 놀랍게도 다도코로는 홀몸이었다. 세인이 놀려대기를 홀아비살림은 뭐가 몇 말이라고들 하지만, 정말이지 그 말 그대로의 살림살이였다. 하인도 없고 드나드는 허드레꾼조차 없는 모양이었다. 풍모가 신통치 않은 것도 무리는 아니다.

모모스케는 다라니 부적을 다도코로에게 건넨 후, 지헤이에게서 들은 그 사용법을 극진하고 정중하게 전했다.

다도코로는 반신반의하면서도 지극히 진지하고 성실하게 모모스케의 이야기를 들었다. 그리고 크게 감사했다

다도코로의 이야기에 따르면 이번 여력 납치사건에 대한 봉행소 내의 각 반응은 대략 다음과 같은 것이었다고 한다.

먼저 이번 사건은 기에몬 소문에 편승, 그 이름을 사칭한 누군가의 장난이라는 것이다. 이는 그럴 듯하면서도 역시 있을 수 없는 일이리라. 장난으로 여력을 납치하지는 않을 것이라고 다도코로는 말했다. 모모스케도 그렇게 생각했다.

다음으로…… 여력 실종과 기에몬 명의의 범행성명문은 무관한 것으로 보는 자도 많은 듯했다. 여력의 실종을 알게 된 누군가가 수색의 교란, 또는 골탕을 먹이기 위해 서장을 보냈다는 견해다. 그러나 납치한 자들이 많은 수의 하층민이었다는 증언도 있으니, 이를 무관하게 보기는 어려울 것이라고 다도코로는 말했다. 그것도 지당한 말이리라. 그러한 무리를 부릴 수 있는 이는 단자에몬이나 비인장…… 혹은 기에몬 정도이기 때문이다.

그 외의 나머지는…….

가당치도 않은 풍문을 맹신하여 두려움에 떠는 얼간이 놈들뿐이라며 다도코로는 한탄했다. 설령 불사신 요괴라 하여도 천하를 어지럽히는 무도한 놈, 법을 어기는 발칙한 놈은 잡아들여 처단하는 것이 동심의, 봉행소의 본분이 아닌가, 하고 긴 얼굴의 가난뱅이 동심은 열변을 토했다.

지당한 말이다.

좌우간―환생의 불가사의를 믿을지 말지는 별개로 치고― 십오 년 전, 십 년 전의 두 사건과 지난달의 효수, 그리고 이번 사건을 관련지어 생각하는 자는 봉행소 내에 전무했다고 한다. 다도코로는 크게 탄식했다.

꺼림칙하게 일치하는 조서 하나만 해도, 우연으로 치거나 혹은 무언가의 실수로 처리해야 한다며 누구 하나 상관하려 들지 않았다고 한다.

'어찌되었건 무관할 턱이 없다!'

다도코로는 외쳤다.

그리고 기에몬이 결단코 용서하지 못할 악당이라는 사실도 분명하다고, 동심은 침을 튀기며 역설했다.

그도 지당한 말이다.

오긴의 신세를 알고 난 이후, 모모스케는 한층 더 그러한 마음이 강해져 있었다

기에몬만 없었다면…….

오긴의 어두운 운명도 어쩌면 달랐을 수 있지 않은가. 아니…… 오긴뿐만이 아니다. 기에몬의 마수에 걸려든 자는 하늘의 별만큼 많다고 들었다. 그 사람들 모두가 기에몬 하나 때문에 오긴과 마찬가지로 인생을 망쳤다고 한다면…….

생각만 해도 슬퍼지지 않는가.

진상은 자신이 밝히겠다. 다도코로는 그렇게 말했다.

한 술 더 떠 '봉행소 내에서 고립되어 있을지라도, 단 한 명의 수하조차 지원이 없을지라도, 이 부적만 있으면 일당백이다. 설령 홀로 남을지라도 결코 포기하지 않고 간적 기에몬을 보란 듯이 포박하여, 이번에야말로 그 숨통을 끊어놓겠다' 하고, 북 봉행소의 으뜸가는 미운털은 호언장담했다.

모모스케는 그 기개에 감명을 받아, 아무쪼록 조심하시라고 고했다.

건드려서는 아니 될 존재…….

기에몬은 불가침 괴물이라고 한다. 동심은 대담하게 웃었다.

'평범한 도적이라면 말할 것도 없고, 혹여 그자가 진실로 요물이라고 해도 이 부적으로 봉인하여 끝장을 내겠다'라며 다도코로 신베는 모모스케에게 굳게 약속했다.

그러나.

아니나 다를까, 봉행소에서 다도코로의 이야기에 귀를 기울이는 자는 단 한 명도 없었다고, 모모스케는 나중에 들었다.

듣자하니 이 다도코로 신베라는 인물은 뇌물과 선물을 격하게 싫어하고, 공무에 매진하는 나머지 부업을 할 여유도 없으며, 낙이라 하면 바둑을 두는 것뿐이라는, 뼛속까지 철저한 고지식쟁이라고 한다. 뒷돈을 챙기지 않고 부업도 하지 않는다는 자세는 본디 칭송받아야 마땅한 일일 테지만, 무릇 만사에는 한도라는 것이 있는 법. 다도코로는 그 한도가 없었다는 것이다. 한도가 없으므로 소외되고 미움받으며 배척당한다. 그러한 까닭에 시집올 이도 없고 하인도 둘 처지가 못 된다.

그러한 인물이라 했다.

봉행소 내에서도 다도코로에게 협조하는 자는 없었던 모양이다. 지옥의 재판도 무엇 나름이라고, 봉행소라 하여도 떡값과 흥정이 버젓이 통하는 게 세상물정. 버젓이 통하기에 원활하게 굴러가는 경우도 있다. 무엇을 하여도 정면 돌파, 물밑교섭에 연이 없는 다도코로 같은 사내가 조직을 자유롭게 움직일 수 있을 리 만무하다.

그런데…….

밀고가 있었던 것은 모모스케가 부적을 건넨 날로부터 이틀 후의 저녁이었다고 한다.

유랑가녀였다고 한다.

밀고자는 다음과 같이 고했다고 한다.

'기에몬은 네즈의 이나리 사당에 숨어 있다.'

'목을 이어 붙여, 한 달은 자유롭게 움직이지 못한다.'

'기에몬 자체는 오히려 약해져 있는 것이다.'

'움직이지 않고 남을 조종하고 있을 뿐이다.'

'물론 홀로 있다.'

'해치우려면 지금밖에 없다.'

지금밖에 없다.

진지하게 받아들인 이는 다도코로뿐이었다. 신기료장수와 유랑가녀 일은 비인들의 저잣거리 생업이기도 하다.

즉, 밀고하러 온 이는 그러한 신분인 것이다.

그런 자가 단자에몬 관아나 비인장의 거처가 아니라, 굳이 시정 봉행소에 뛰어들었다.

그러니 아무 일 없는 것으로 볼 수는 없다, 다도코로는 그렇게 주장했다.

장소까지 지목하였으므로 전혀 근거가 없는 이야기는 아닐 것이다. 사실이거나, 그렇지 않다면 함정이거나, 둘 중 하나다. 이 정보를 무시하는 것은 상식을 벗어난 처사로 볼 수밖에 없다. 설령 함정이라 하여도……

가지 않는다는 건 계책이라 할 수 없을 터.

허나 다른 이들은 그야말로 냉담했다고 한다.

그야 당연할 것이다. 무엇보다 그 밀고는 기에몬이 목을 이어 붙여 되살아났다는 것을 전제로 한 내용이기 때문이다. 그 정보를 신뢰한다는 것은 봉행소가 기에몬의 재생을 일단 인정한다는 이야기가 될 수도 있다.

그렇게 하지는 못할 터.

그런 일은 있을 수 없다는 것이 나랏일을 맡은 자의 입장이다. 풍문에 휘둘려 경망하게 움직일 수는 없다. 거창하게 나섰는데 헛걸음질로 끝난다면 개망신이 따로 없다. 더구나 그것이 함정이기라도 하다면, 그래서 무언가 불상사가 생기기라도 한다면, 봉행소의 위신은 그야말로 땅에 떨어져버리게 된다.

그러나 아무리 미심쩍은 정보일지언정 만에 하나라는 것이 있다.

부활 운운은 차치하더라도, 기에몬을 자처하는 누군가가 모종의 이유—이를테면 병이나 부상 등—로 그 장소에서 오도 가도 못하는 상황에 처했다든지 하는 경우는 있을지도 모른다. 그리고 그자가 여력 납치에 무언가의 형태로 관련된 자일 가능성도 전혀 없다고는 단언할 수 없다. 그렇다면 이는 천재일우의 호기라는 이야기가 되는 것이다.

이것이 다도코로 출동의 대의명분이 되었던 듯하다.

관아로서도 완전히 무시할 수는 없었을 것이다. 그렇지만 역시 인원을 대거 투입할 수도 없었던 모양이다.

아무도 상관하지 않았기에 말리는 이도 없었다고 다도코로는 말했으나, '이번 일은 가고 싶어하는 바보한테 맡겨두자'라는 판단도 있었던 듯하다. 출동은 어디까지나 다도코로의 판단, 관아는 그것을 마지못해 용인했을 뿐이라는 모양새로 해두면 설령 헛걸음질로 끝나더라도 다도코로 개인의 책임이 된다. 함정이었을 경우라도 걸려

드는 이는 다도코로뿐이다. 미운털 혼자 목숨을 잃을 뿐이라는 이야기가 된다.

무엇이 어찌 되었건.

다도코로는 수하 두 명과 저잣거리의 딴꾼 한 명을 거느리고 곧바로 네즈로 향했다고 한다.

문제의 이나리 사당에 도착한 것은 저녁 무렵이었다고 한다. 평소에는 분명 사람이 없을 이나리 사당에 훤하게 등이 켜져 있었으며, 그 안으로 사람 그림자가 보였다고 한다.

다도코로는 기척을 죽이고 가까이 다가가 격자문 너머로 사당 안 상황을 살폈다.

'좌선이라도 하고 있는 듯했다. 꼼짝달싹하지 않았다'라고, 후일 다도코로는 술회했다. 어쨌거나 일반적인 상태로는 보이지 않았다고 한다.

다도코로는 안에 앉아 있는 자가 미동조차 하지 않는 것을 확인, 돌입하기로 결의했다. 수하 두 명은 좌우로 배치, 딴꾼이 격자문을 열어젖힌다는 계획이다. 다도코로는 열 수가 없었던 것이다. 왜냐하면 다도코로는…… 아교를 듬뿍 칠한 다라니 부적을 오른손에 들고 있었으므로.

혹여.

안에 있는 자가 기에몬이 아니라고 해도…… 이마에 부적을 붙이는 것뿐이라면 수습도 어렵지 않으리라. 칼로 베는 것은 아니기 때문이다.

혹여.

기에몬이 둔갑요괴가 아니라서 부적의 효력이 없다고 해도……

이마에 부적을 붙일 수만 있다면 뒤처리는 간단하다. 저항해본들 시야가 막혀 있다. 양 옆구리에 봉을 찔러 넣어 결박하는 것도, 급소를 지르는 것도, 최악의 경우 베어버리는 것도 가능하다.

그리고.

기에몬이 진실로 불사신의 요괴라면······.

반드시 부적의 효험이 있을 것이다. 다도코로는 그렇게 생각했다. 유언비어와 풍문은 에누리를 감안해 들었어도 모모스케의 이야기만은 전면적으로 신뢰한 것이다.

딴꾼이 천천히 문에 손을 갖다 대고,

다도코로는 부적을 들고,

"기에몬, 오라를 받으라!"

그 탁한 목소리가 신호가 되었다.

거세게 문이 열리자, 다도코로 신베는 부적을 한껏 내밀고서 사당 안으로 들어섰다.

안에 있는 사내는 당혹한 듯했으나, 역시 움직이지 않았다고 한다. 움직이지 않았다기보다 움직일 수 없는 상태였을 것이라고 다도코로는 말했다.

이마에 부적을 붙이는 순간,

사내는 으으, 하고 신음했다고 한다.

그럼에도 달아나지 않았으며, 일어서는 일조차 없었다. 그저 몸을 경련하고 있었을 뿐이라고 한다.

"마물이었던 게지."

다도코로는 그렇게 모모스케에게 말했다.

그렇지 않다면 이마에 종이쪽을 붙였을 뿐인데 꼼짝 못하게 될 리가 없지 않느냐는 것이다. 다도코로는 여전히 앉아 있는 사내를 포승으로 묶은 후, 그 상태 그대로 덧문짝에 실어 번소(番所)로 옮겼다.

물론 부적은…… 떼지 않았다.

사내는 무얼 어쩌든 완전히 무저항. 움직이지도 말하지도 않았다. 미세하게 떨고 있었을 뿐이었다고 한다. 얼굴은 부적에 가려졌으나 두발 모양과 차림새, 체격은 전달 옥문에 내걸린 기에몬과 거의 일치했다고 한다. 다만…….

사내는 목에 천을 감고 있었다고 한다. 천을 벗기자 목둘레에 붉은 선이 나타났다. 그 붉은 선을 보자마자 수하들은 떨었다. 이놈은 기에몬이다, 되살아난 기에몬이 틀림없다…… 하는 결론이 난 것이다. 번소는 어수선해졌고, 이윽고 봉행소에서 많은 여력과 동심이 들이닥쳤다.

누구나 당황하고 있었으며, 침착한 이는 오직 다도코로 한 사람뿐이었다고 한다.

문초관의 문초가 시작되었으나, 사내는 무얼 물어도 아무 대답도 하지 않았다. 그리하여 결국 사내는 알몸으로 벗겨졌다.

지워지지 않는 신체의 특징을 확인하기 위해서이다.

그것은…… 머리에 해골을 이고 있는 여우 문신이었다.

희귀한 문양이다. 게다가 그것은 등이 아니라 배에 새겨져 있었다.

문신은 있었다.

그 순간…… 봉행소의 견해는 바뀌었다.

북 봉행소 제일의 미운털 동심은 그 단계에서 일약 용맹 과감한 체포의 명인으로 올라선 것이다.

신속하게 동원된 대량의 포리와 딴꾼이 네즈 일대를 이 잡듯 샅샅이 수색했다. 그러나 면밀한 수색의 보람도 없이 사사모리 긴조는 끝내 발견되지 않았다. 다만, 사사모리의 소지물―인롱이며 무기며 옷가지 등―만은 사내가 다도코로에게 포박당한 이나리 사당 뒤편 덤불 밑에 고스란히 묻혀 있었다고 한다.

에도 시가는 난리법석이 났다.

효수로도 죽지 않던 요괴 기에몬 네 번째 포박. 동심 다도코로 신베의 대공훈. 요괴를 혼자 몸으로 체포……. 가와라반(瓦版)*은 그런 소식을 요란하게 써댔다.

이렇게 되면 봉행소 쪽도 물러서지는 못한다.

그리하여 다도코로의 지시에 따라 이나리자카 기에몬은 얼굴에 부적을 붙인 채로 참수되었고, 그 머리는 즉시 불태워졌다.

---

* 에도시대에 천재지변, 화재, 살인 등의 사건을 속보기사로 다루던 유료 인쇄물.

6

얼마간은 모모스케도 분주했다.

봉행소는 불가사의한 미신을 공공연하게 인정할 수 없는 입장이므로, 처형된 자는 신원불명의 사내이며 죄상은 여럿 납치살해로 공표하였다. 따라서 다도코로나 모모스케를 대대적으로 치하하는 일은 없었으나 협력에 감사한다는 취지의 통보가 내밀하게 전달되었으며, 모모스케에게도 약소하나마 포상금이 하사되었다. 쓸데없는 풍설을 흘리지 말라는 의미였을지도 모른다. 실제로도 그러한 언급이 에둘러 전달되었다.

이렇게 되자 평소에는 곰곰궁리 선생에게 냉담했던 판원들이 언제 그랬냐는 듯, 기에몬 포박의 전말을 써달라며 일제히 모모스케의 거처를 찾아왔다. 그러나 봉행소의 통첩도 있었기 때문에 모모스케는 모두 거절했다. 모모스케는 그저 자신의 필첩에 요괴 고와이에 대해 기록했을 뿐이다.

다도코로 신베는 이 사건으로 항간의 주목을 일신에 받게 되었으나, 그렇다고 살림살이가 핀 것도 아니고, 아내를 얻은 것도 아니며,

또 봉행소 내의 입장이 나아지는 일도 없었던 듯하다.

성격이 그러하니 이는 어쩔 도리가 없다.

다도코로 본인은 그럼에도 만족스러운 듯했다.

다만 여력을 무사히 구출하지 못한 일은 유감이라고, 미운털 동심은 모모스케에게 말했다.

형 군파치로는 우제(愚弟) 모모스케가 맹우(盟友) 다도코로의 큰 수훈에 공헌했다면서 희색만면, 주연을 마련했다.

어느 정도 사정을 아는 군파치로는 어행사도 초대하기를 희망했다. 여름 소동이 있었을 때 군파치로는 마타이치와도 대면을 했던 것이다. 이번 사건에도 그 어행사가 관여하고 있다는 것은 쉽게 짐작할 수 있었으리라.

그러나 정작 중요한 마타이치의 모습은 어디에도 없었다.

이리하여 야마오카 모모스케는 여느 사람들처럼 이래저래 부산한 세밑을 보내게 되었다.

다만.

모모스케가 그 왁자한 북새통을 마음속에 한 점 근심도 없이 보낸 것은 아니다. 마음에 걸리는 일은 있었던 것이다.

바로 오긴이다.

형장에서 헤어진 뒤로 오긴과는 만나지 못했다.

가까스로 진정한 복수가 이루어진 지금, 그 산묘회가 어떠한 심경일지…… 모모스케는 더없이 마음에 걸렸다.

기분이 후련해졌을 것인가. 아니면 슬픔이 사라지지 않았을 것인가.

혹은 신탁자 지헤이가 우려했던 것처럼…….

이윽고 새해가 밝았다.

북적대는 정월이 찾아왔다.

평소에는 술을 거의 즐기지 않는 모모스케도 도소주(屠蘇酒)*로 얼마간 거나한 기분이었다. 고을 수호신께 예를 올리고, 세배를 돌고, 사자춤과 칠복신춤의 장단이나 주인 부부의 외동딸이 타는 거문고 소리를 들으며 모모스케는 그저 멍하니 보낸 것이다.

정월 보름의 일이다.

모모스케는 오랜만에 별채에 틀어박혔다.

몹시도 서책이 그리워진 것이었다.

서탁을 마주하고 매캐한 향기를 들이마신 바로 그 순간.

짤랑.

방울 소리가 울렸다.

"어행봉위!"

"마타이치 씨……!"

모모스케는 허둥지둥 일어나서 약간 주저하다, 이윽고 뒤쪽으로 난 창을 열었다. 현관 쪽은 아닐 터.

짐작대로…… 뒤쪽에는 백장속 어행사 마타이치,

그리고 아리따운 기모노 차림의 산묘회 오긴이 기다리고 있었다.

"오긴 씨도?"

오긴은 고개를 숙인 채 인사를 했다.

---

* 설날 아침에 마시는 술로, 나쁜 기운을 물리치는 도소가 첨가되어 있다.

마타이치는 깍듯이 예를 다해 말했다.

"좀 늦었습니다만, 새해 인사를 드리러 찾아뵈었습니다. 사실을 아뢰자면…… 예 있는 오긴과 소생은 선생께 꼭 드려야 할 말씀이 있사옵니다."

"잠시 시간을 내어주실 수 있으시겠습니까?" 어행사는 그렇게 말했다.

"섭섭하게 무슨 말씀이시랍니까. 저는 세밑부터 꽤나 찾아다녔습니다."

"어허."

마타이치는 한쪽 무릎을 꿇고 한 손을 땅에 짚고서, 고개를 들지 않은 채 대답했다.

"보시다시피 빌어먹는 중의 차림새. 소생은 부정하고도 미천한 자이니 정초에는 아무래도 꺼려지실 것입니다."

"전혀 그렇지 않습니다."

"천만의 말씀. 그러하옵니다." 마타이치는 얼굴을 들었다.

모모이치는 덜컥 가슴이 내려앉는다.

지헤이의 말을 떠올린 것이다.

모모스케와 눈앞의 두 사람 사이에는 분명하고도 확고하게 선이 그어져 있다. 그것은 신분이나 계층의 차가 아니다. 그 차이는 이른바 각오와 같은 것이다. 세상을 마주하는 자세가 다르다. 모모스케와 같은 사내에게는 압도적으로 그 각오가 부족한 것이다.

"이번 일…… 정말 고맙습니다."

마타이치는 그렇게 말하고 다시 머리를 숙였다.

"무, 무슨 말씀. 고개를 드십시오. 마타이치 씨에게 인사를 받을 이유는 없습니다. 모든 것은 마타이치 씨 덕분이 아닙니까. 저는 아무것도…….”

모모스케는 오긴을 보았다.

갸름한 얼굴. 자그마한 붉은 입술. 커다란 눈의 초리가 발그스름하다.

미모의 인형사는 그저 다소곳이 자리하고 있다.

"그렇지 않습죠." 마타이치의 말에 모모스케는 퍼뜩 정신을 차린다.

"이번 작업에 선생께서는 빠질 수 없는 분이었습니다."

"자, 작업?"

"예. 북 봉행소의 다도코로 님은 최적의 인재였는데, 그분이 선생의 혈연인 군파치로 님과 동문이었다니 실로 행운이었습죠. 결국 다도코로 님을 전면에 내세울 수 있었던 것도 선생 덕분입니다."

"저, 전면에 내세우다니…… 마타이치 씨!"

‘설마.’

"예에" 하고 마타이치는 대답했다.

"이번 일, 전부 잔머리 모사꾼이 꾸민 한판 놀음극이옵니다."

"뭐, 뭐라고요? 맙소사, 그럼?"

"이나리자카 기에몬은 십오 년 전에 죽었습니다."

"십오 년 전?"

‘맙소사. 그렇다면.’

"어, 어찌 돌아가는 것입니까? 그럼 어디까지가 거짓이고……. 설마, 전부 거짓입니까?"

"앞서 아뢰지 않았습니까. 소생은 무책임한 거짓말은 아뢰지 않습니다."

"허나, 마타이치 씨."

"미리 모든 것을 아뢰지 않았다는 점은 사실. 그러나 선생을 속인 것은 아닙니다. 그 증거로 이렇게 찾아뵙고서 머리통을 조아리고 있는 것이지요."

"설명……해주시겠습니까?"

마타이치는 고개를 끄덕였다.

"이나리자카 기에몬은 맨 처음 조서에 적힌 대로 천민들의 우두머리이신 단자에몬 님 배하의 공사숙 중개인이었습니다. 다만 인품은 다르지요. 의리 있고 인정이 두터운 까닭에 의지하는 자와 따르는 자가 꼬리를 물고 이어져, 무숙인과 천덕구니들이 문전성시를 이룰 만큼 덕 있는 분이었습니다."

"그게 무슨……."

"그러나."

마타이치는 말을 이었다.

"그 인품을 이용하려고 작심한 악당이 있었던 게지요. 자리의 성격상, 기에몬은 공사인의 내밀한 사정을 알게 됩니다. 또한 신뢰를 받고 있으니 이것저것 털어놓는 자도 많지요. 허나 모여드는 무리는 하나같이 세간을 꺼리는 신분의 자들뿐. 늘어놓는 이야기도 음지의 생업에 관한 것들. 그리하여 기에몬의 거처에는 어느새 많은 비사(秘事)가 쌓이게 되었던 것입니다."

"그것을 이용해 악행을?"

"그러하옵니다. 이들이 무사나 상인, 혹은 양민이었다면 보통은 공갈을 하게 되겠지요. 허나 공갈해본들 상대는 하층민. 금전을 가지고 있지 않습니다. 그렇다면 악행에 부려먹자······."

"하지만 그리 뜻대로 풀린답니까?"

"놈은 인질을 잡았던 것입니다. 시키는 대로 하면 잘 보살펴주고, 죄도 과오도 눈감아주겠다. 허나 저항하면 엄벌에 처할 뿐 아니라 부모와 자식을 죽이겠다······."

"그건 너무하지 않습니까. 게다가 아무리 약점을 잡고 있다 한들, 그놈 역시 같은 무숙인 아닙니까?"

"아닙니다" 하고 마타이치는 말했다.

"그 생각을 해낸 이는 무사. 놈들은 소생들을 사람으로 보지 않지요."

"무, 무사?"

적은 무사였나.

"공사숙을 드나드는 시정 봉행소 관리였습니다."

"아아······."

시정 봉행소와 단자에몬은 밀접한 관계이다.

단자에몬은 관동 팔주에 거하는 천민들의 우두머리······. 비인, 길거리 예인, 원숭이 조련사 등 천민 신분의 총괄자이다. 신분은 낮지만 권세는 높다. 봉행 친견도 가능하다.

천민이라 해도 사농공상의 틀에 들지 않을 뿐, 사람이라는 사실에 격차는 없다. 쉽게 이야기하자면 직업이 다를 뿐, 그들을 업신여길 연유 따위는 어디에도 없다고 모모스케는 생각한다. 허나 그들이 일반 백성과 다른 지배 체계에 속해 있다는 것만은 틀림없다. 이는 결국 나라 안에 또 다른 나라가 있는 것이나 마찬가지다. 그러한 사정은 막부도 분명히 인식하고 있다. 표면적으로 업신여기는 척하여도,

단자에몬은 매년 막부에 이래저래 상납을 하고 있으며, 막부 또한 노무(勞務)를 할당하고 있다. 그들 없이 에도의 행정은 성립되지 않는다.

봉행소도 정보 교환을 위해 당연지사 단자에몬의 거처로 출입하게 되는 것이다.

허나…….

"봉행소 관리가 흑막인 것입니까?"

"끔찍한 이야기이지요." 하고 마타이치는 말했다.

"기에몬을 믿고 찾아오는 자는 하나같이 단자에몬의 그늘에도 들지 못하는 따라지 인생. 이 세상에 자신의 편이란 한 명도 없는 것이나 마찬가지인 무리이지요. 놈은 그런 이들을 자신의 탐욕과 이득을 위해 이용해먹고서 가차 없이 버렸습니다."

"허나…… 그 기에몬 씨는 덕이 있는 분이었잖습니까. 그렇다면 어째서 그러한 사내의 말을 고분고분 따랐던 것일까요? 그만한 인격자라면 그런 무도를 용납할 리 없을 터. 단호히 거절할 수도, 적발할 수도 있지 않았습니까?"

"그리할 수 없었습니다."

"어째서."

"역시…… 인질이 잡혀있었던 게지요."

"인질."

"처와 아이. 그것도 법도로 금한 처자였습니다."

"법도로 금한?"

"기에몬은 신분 차이가 있으면서도 상가의 딸과 정을 통하고, 자식을 낳았던 게지요. 그 봉행소 관리는 그것을 빌미로 기에몬을 옥죄었습니다."

"예?"

"사실이 드러나면 그 처와 아이는 물론, 친족 전체에 누를 끼치게 되지요. 기에몬 씨는 진심으로 여인을 사랑했습니다. 아이도 소중히 아꼈지요. 때문에 고분고분 따를 수밖에 없었던 것입니다."

"자, 잠깐만 기다려주십시오. 그것은……."

"전…… 이나리자카 기에몬의 딸입니다."

오긴은 그렇게 말했다.

"아무리 인덕이 있다 하여도, 어떠한 자리에 있다 하여도, 기에몬은 단자에몬의 지배하에 있는 자. 결코 일반 백성과는 가약을 맺을 수 없는 몸이지요. 용납받지 못할 사이인 것입니다. 세간의 눈을 피해 한 달에 한 번도 만나지 못했습니다. 그래도……."

오긴은 거기서 말을 멈추었다.

"……다정한 아버지였습니다."

"기에몬 씨는…… 예 있는 오긴의 친부는 말입니다, 선생. 결국 참다못해 움직이려 했지요. 더는 견뎌낼 수 없었던 겝니다. 이 이상 약자를 먹이로 삼는 짓은 용납지 않겠노라, 그 봉행소 관리의 극악무도한 행태를 단자에몬 님께 알리겠다 결심했지요. 허나……."

마타이치는 어조를 바꾸었다.

"그놈은 기에몬의 배반을 한 걸음 빨리 알아채고 선수를 쳤습니다. 세상을 떠들썩하게 하고 있는 극악한 악행은 모두 이나리자카 기에몬의 소행이라며 단자에몬에게 고했지요. 그뿐 아니라 놈은 더욱 악랄한 수단으로 나왔습니다."

"악랄이라니……. 그것은 혹 오긴 씨의……?"

마타이치는 말없이 고개를 끄덕였다.

"그것은…… 그것은 기에몬 씨의 배반에 대한 보복이었습니까?"

"아닙니다. 이 또한 주도면밀한 덫의 일부분이었지요. 기에몬 씨는 누명을 쓴다 해도 달아날 인물이 아닙니다. 정정당당하게 그 심판을 받고 자신의 결백을 밝히려 했을 것입니다. 허나 상대가 너무나 막강하여 혹여 큰일을 당할지도 모르고, 그렇지 않아도 당분간 신병은 구속됩니다. 그래서……."

"만나러 간 것입니까?"

아내와 딸…… 오긴을.

마타이치는 고개를 끄덕였다.

"이번 생의 이별이 될지도 모르니까요. 추격자를 따돌리고 만나러 갔을 테지요. 그런데 적은 바로 그런 점을 노렸습니다. 약점을 노리는 것이 놈의 수법. 그래서……."

"그래서…… 그래서 오긴 씨의 모친께서는……."

오긴의 눈앞에서.

"살해당했습니다" 하고 마타이치는 말했다.

"그리고 놈은 그 죄까지 기에몬에게 덮어씌웠습니다. 놈은 말이지요, 봉행소에서 문초를 하겠다고 주장했습니다. 단자에몬에게 재량을 맡기고 싶지 않았던 것이지요. 단자에몬의 두터운 신뢰를 받는 기에몬 씨가 문초를 받는 자리에서 사실을 고하면 단자에몬 님은 분명 그것을 믿으리라고, 놈은 그리 생각했지요. 그렇게 되면 자신의 몸이 위험할 터. 허나 기에몬이 양민을 죽였다고 하면…… 이는 즉각 시정 봉행소에서 다루게 됩니다. 그리되면 살리는 것도 죽이는 것도 자유로우니까요."

"그런 이유로……."

"그런 이유로 내 어머니는…… 목을 베이고 말았습니다."

오긴은…… 스윽, 고개를 숙였다.

"그리고 아버지도, 진짜 이나리자카 기에몬도 효수되어 내걸리고 말았지요. 상점도 기울어 저는……."

그 이후는 지혜이에게 들었다. 모모스케는 안타까운 감정에 휩싸인다.

마타이치는 오긴에게 시선을 던졌다가, 다시 모모스케를 바라보았다.

"이야기는 이것만으로 끝나지 않았습니다. 얼마쯤 지나 기에몬은…… 되살아난 것입니다."

"바로 그 점입니다."

모모스케는 슬픈 감정을 털어낸다.

"그것은 대체 무슨 의미입니까. 진실로 되살아난 것입니까? 마타이치 씨는 거짓을 말하지는 않는다고 했으나…… 그와 더불어 기에몬은 사람이 아니다, 죽일 수가 없다는 말씀도 하셨습니다. 그러한 부조리가 실제로 있었다는 말씀이십니까?"

있었던 것이다.

마물이었던 게지.

목을 이어 붙여 되살아난 요괴는 다도코로 신베의 손에 잡혀 퇴치되지 않았나.

"그럼…… 아니……."

그럴 리 없다. 무엇보다 기에몬…… 오긴의 부친은 자연의 섭리를 거스르고 되살아날 만한 무분별자가 아니지 않은가. 억울한 처우에 대한 원통함이 집착으로 변해, 이 세상에 머물기라도 한다는 것일까.

"원념…… 때문입니까?"

"그것은 아닙니다. 기에몬은 원한 어린 말이나 늘어놓는 망령 부류가 아니지요."

그럴 것이다. 이 세상에 망령이 있는지 없는지, 모모스케는 그에 대해 판단하기 어려우나, 혹 그것이 망령이었다 해도 그처럼 전대미문의 요물이 되지는 않으리라. 무릇 망령이란 육체를 가지지 못한 존재일 터이고, 애당초 그것은 한을 풀기 위해 나타나는 법이다. 살아있는 인간을 수족으로 부리며 악행을 저지를 까닭도 없는 것이다.

"그러나, 그러나 말입니다, 저는 모르겠습니다. 망령도 아니고 사람도 아니라 하면 이해할 도리가 없지요. 사람이라면 목이 날아갔는데 되살아날 리 만무하지 않습니까. 죽지요."

"예. 오긴의 부친, 공사숙 중개인인 기에몬은 목이 잘려 죽었습니다."

"그렇다면."

"그 이후의 기에몬은…… 사람이 아닌지라. 이나리자카 기에몬이란……."

술책이었다고 마타이치는 말했다.

"술책이라 함은?"

"말 그대로…… 술책이옵니다. 떨거지 따라지 인생들의 약점을 잡고, 뜻대로 부리며 악행의 극을 다하는…… 그 술책의 이름이 이나리자카 기에몬이지요. 그 술책을 부렸던 사내야말로 진정 대악당인 것입니다."

"그자가…… 바로 그 봉행소 관리입니까?"

마타이치는 깊숙이 고개를 끄덕이고서 눈을 감았다.

그리고 "교활한 놈이었지요" 하고 한마디 툭 뱉었다.

"허나 마타이치 씨, 기에몬 씨를 효수해버린 이상 그 술책이란 것도 접을 수밖에 없잖습니까? 무슨 수로……."

"보통은 접게 되겠지요. 허나 놈은 달랐습니다. 망념과 집착에 사로잡힌 무분별자란 말입니다. 일단 편하게 단물 빠는 재미를 들이면 그 꿀맛을 도저히 잊지 못하게 된다더군요. 도저히 미련을 끊어내지 못하는 것입니다."

미련을 끊어내지 못한다……. 바로 고와이가 아닌가.

마타이치는 눈을 뜨고 얼굴을 들었다.

"그 무렵…… 기에몬이 재판을 받았을 무렵은 말입니다, 부랑자, 건달, 따라지, 대명천지를 떳떳이 걸을 수 없는 무리 사이에서는 기에몬의 이름을 모르는 자가 없는 상황이었지요. 놈은 바로 그 점을…… 그 봉행소 관리는 이용했던지라."

"이용하다니, 무슨 수로 이용한답니까? 기에몬 씨는 이미 죽었는데요."

"간단한 일……. 이를테면 어느 날 갑자기 기에몬 명의로 서찰이 날아듭니다. 효수된 사내로부터 서찰이 온 것만으로도 놀랄 일이나…… 그 글에는 이렇게 적혀 있지요. 네놈의 비밀을 알고 있다. 순순히 명에 따르지 않는다면 어찌될지는 잘 알고 있을 것이다."

"그것은…… 이전까지와 동일하지 않은지?"

"예. 아주 똑같지요. 놈은 이전까지 써먹었던 악행의 술책에서 살아있는 기에몬만을 뺀 것입니다. 그러고도 만사가 잘 굴러갈 수 있을 만한 술책을 만든 것이지요."

술책…….

"그럼 기에몬이란 사람은 없었다는 말씀인가요?"

"그렇습니다. 그러한 자는 이 세상에 없지요. 이는 선생, 풍문전설 부류를 교묘하게 구사하는, 실로 정교하고 세밀한 술책인 것입니다."

"그, 그러한 일이 과연 가능할까요?"

"가능하겠지요. 이전까지 공갈당하고 협박받은 무리는 두려움에 떨었습니다. 상대가 그 누구든, 설령 그것이 이름뿐인 대상이라도, 협박받고 혹사당한다는 사실에 변함은 없지요. 소문은 소문을 부르고, 기에몬은 소문 가운데에서 되살아났습니다. 아시겠습니까, 선생? 사람은 죽일 수 있어도, 술책은 죽이지 못하지요."

"아아."

기에몬은 사람이 아니다, 죽일 수 없다는 말은 그러한 뜻이었던 것이다.

"그래도 말입니다, 십 년 전, 소생은 어떤 이의 부탁으로 한 사내와 손을 잡고 이 술책을 깨부수려 했습니다. 한데 이게 어려웠지요. 왜냐하면 상대의 얼굴이 보이지 않았던지라."

"얼굴…… 말입니까?"

"기에몬이란 술책을 만든 사내……. 오긴의 어머니를 죽이고 진짜 기에몬을 형장으로 보낸 사내가 누구인지, 어디에 있는지, 그것을 전혀 알 수 없었던 것이지요."

"공사숙에 출입하는 봉행소 관리 아닙니까?"

"그런 이라면…… 몇이나 되지요."

"마타이치 씨 실력으로도 가려낼 수 없었단 말입니까?"

예에, 하고 마타이치는 말했다.

"그리고 소생은 일을 그르쳤지요."

"그르쳤다 함은?"

"적은…… 소문을 좌지우지하는 사내입니다. 더구나 먹잇감을 쓸어 담기 위해 펼쳐둔 그물망도 크지요. 항간의 수상쩍은 이야기는 곧장 귀에 들어갑니다. 우리의 움직임은 고스란히 샜지요. 적은 우리가 만만치 않다는 것을 알자마자 즉각 기에몬의 실체를 표면에 드러내고 봉행소로 잡아들이고 말았습니다. 이리 되면 더는 손을 대지 못하지요."

"허나 그자는 가짜가 아닙니까?"

"이는 말이지요, 선생. 가짜가 아닙니다. 좀 전에도 말씀드렸다시피 기에몬이라는 사내는 존재하지 않습니다. 애당초 진짜는 없지요. 그놈은 기에몬이라는 술책 중에서 기에몬의 몸뚱이 역을 담당하던 사내. 어디 출신의 누구인지는 모르지만, 외부에 알려지기로는…… 진짜였던 것입니다."

본인인지 확인을 시켜보면 누구나 진짜 기에몬이라 증언했다고 다도코로는 말했었다.

"이는 참 타격이 컸습니다."

"어째서입니까?"

"이나리자카 기에몬은 역시 살아있었다고 많은 자가 믿어버렸기 때문입니다. 되살아났는지, 대역인지, 그것은 알 수 없어도 기에몬은 정말로 있다, 그렇게 선전한 것이나 다름없지요. 그리고 그놈이 효수에 처해지고, 이후 또다시……."

"되풀이……."

"예. 공포는 한층 더 격화되지요. 인지를 초월한 그 무언가로 사람을 얽어매는 것. 이는 폭력으로 속박하는 것보다 위력이 큽니다. 그러니 기에몬이란 형상도 있고, 이름도 있고, 내력도 있고, 영향력도 있습니다. 다만 이 세상에는 존재하지 않을 뿐……."

"이러한 것을 요괴라 하지 않습니까" 하고 마타이치는 말했다.

"그래서 소생은 기에몬에게서 손을 뗐습니다. 기에몬이라는 술책을 만든 장본인의 얼굴이 보이기 전까지는 이리 건드리고 저리 쑤셔도, 무얼 어찌 해도 적이 뜻하는 바이니까요."

"실마리는 없었습니까?"

"단 한 가지."

"그건 대체……."

마타이치는 오긴 쪽으로 고개를 돌렸다.

"아아…… 그렇군요. 오긴 씨는……."

오긴은 보았던 것이다.

"그래요. 나는…… 어머니를 죽인 사내의 얼굴을 보았지. 어찌 잊겠어. 그 얼굴은 절대로 잊힐 리 없지……."

오긴은 허공을 응시했다.

"이 녀석, 그 사실을 내내 감추고 있었습지요. 말하면 목숨을 잃게 된다고 죽은 조부모님이 입을 봉해 놓으셨던지라. 진짜 범인은 관리, 범인으로 몰린 비인은 아버지다……. 그런 소리야 입이 찢어져도 할 수가 없을 것이라고요."

그러하기 마련이리라.

안타까운 일이지만 어찌 해보지 못할 벽이었으리라.

허나 그렇다면…….

"잠깐만 기다려주십시오. 그럼……."

마타이치는 희미하게 웃었다.

"그 후…… 기에몬은 활개. 지난 십 년간 놈은 악행의 극을 다했지요. 그 누구도 손대지 못했습니다. 그런데 그 기에몬이 십 년이 지나 별안간 잡혔다지 뭡니까? 이상할 수밖에요. 오긴은 말입니다, 혹 기에몬이란 술책을 만든 인물이 무언가 실수로 오라를 받은 것이 아닐까, 그렇게 생각하고……."

"얼굴 확인차 간 것이지요. 하지만 그 얼굴은 아닙디다. 분명 돌아가신 아버지와 아주 조금 용모가 비슷하긴 했지만, 어머니를 죽인 그 관리와는 생판 딴 인물이더란 말이지요."

여전히 살 참인가.

기에몬의 몸통 역할을 맡은 자를 희생물로 삼고 술책을 보존하여 세 번째 악행을 거듭할 참이더냐. 그것은 그러한 의미였던 것이다.

"짐작건대…… 기에몬 역을 맡은 사내가 욕심을 냈거나 지긋지긋해진 것일 테지요. 그래도 그놈은 가짜가 아닙니다. 십 년이나 진짜로 내세워 부려먹고는 별안간 사람을 바꿀 수야 없는 것이니까요."

세간의 눈에는 그놈이 진짜인 것이다. 별안간 얼굴이 바뀌어서야 위험할 터.

"갈아치우려면 벨 수밖에 없지요." 마타이치는 그렇게 말했다.

오호라. 잡아들여 죽이면 그만이다. 다른 인물을 내세워도 조직은 온전히 유지할 수 있다.

"그래서 일부러 잡히게 한 것이군요."

"아니지요. 그래서 잡아들인 겁니다."

"아!"

모모스케는 그제야 술책의 전모를 이해하게 되었다.

"그, 그럼, 그때 그 형장에서 오긴 씨는……."

오긴은 천천히 고개를 끄덕였다.

"왔더군요, 그놈이. 나는 그곳에서 평생 잊지 못할 얼굴을…… 증오스러운 원수의 얼굴을 똑똑히 보았던 것입니다."

문초관 필두여력 사사모리 긴조…….

"사마귀……입니까."

오긴은 그렇다고 대답한다.

"그 낯짝만은 절대 잊지 못하지요. 그 낯짝은 어머니의 목을 날려버린 그때의 관리 놈 얼굴입니다."

"허나 여력이 그러한 짓을……."

"네……. 당시 사사모리는 고작 죄인 명부와 호적부 정리나 작성하던 일반 동심이었습니다. 그런 치가 문초관 필두여력이 되었을 줄은 소생도 꿈엔들 몰랐지요. 놈은 오긴의 아버지를 형장으로 보낸 후, 우연히 공석이었던 여력의 자리를 돈으로 샀다고 합니다. 게다가 데릴사위로 들어가 이름까지 바꾸었지요."

"참으로 주도면밀한 사내인지라" 하고 마타이치는 말했다.

"예 있는 오긴은…… 혼자 복수를 할 작정이었습니다. 허나 아무리 허세를 부려본들 이 녀석은 암여우, 기껏해야 소악당. 감히 봉행소 여력님께 맞서다간 무사할 리 만무하지요. 도리어 당하는 게 고작. 그러니……."

오긴은 눈을 감았다.

마타이치는 모모스케를 올려다본다.

"선생께서 그 자리에 함께 계시지 않았다면, 그리고 그 일을 소생에게 알려주시지 않았다면 소생은 틀림없이 때를 놓쳤을 것입니다. 놈의 술책이 먼저 부활해버리면 더는 손쓸 도리가 없는지라 무얼 어찌하든 한발 늦게 되지요. 선수를 친 것은 선생 덕분입니다."

"그럼…… 항간에 소문이 다시 나돈 것은……."

"그것은 소생이 퍼뜨렸습니다. 사사모리는 당혹했지요. 어떤 자가 자신의 술책을 흉내 내었다고 생각했을 것입니다. 이러한 술수 대결은 먼저 당황하는 쪽이 패합니다. 놈은 결국 꼬리를 드러냈지요. 진짜는 바로 이쪽이란 듯 움직이기 시작한 것입니다."

"그제야, 그제야 얼굴이 보였지요." 여느 때와 달리 마타이치의 미간에 주름이 잡혔다.

"그 후의 이야기는 이미 알고 계실 터. 소생은 사사모리를 납치해 진위를 추궁했습니다. 뭐, 십 년 전 기에몬 처치를 부탁했던 쪽에 조력을 청하기는 했습니다만……. 그랬더니 싱겁기 이를 데 없이, 놈이 곧바로 전모를 불어버립디다. 아주 벌벌 떨더니만, 미주알고주알 다 토해내더구먼요. 허나……."

"허, 허나?"

"처형은 소생들에게 주어진 몫이 아니지요. 소생도, 놈에게 부모를 잃은 오긴조차도 무숙인에 불과할 따름. 남을 심판할 입장이 못 됩니다. 사람을 베고서도 당당히 활보할 수 있는 것은 오로지 관부뿐. 이놈만은 관(官)의 손을 빌려 목을 베어야 조리가 서지 않겠나, 그렇게 생각했던 것입니다. 예전, 오긴 아버지의 머리가 효수된 그 옥문대에 똑같이 내걸어야겠다고 말이지요."

"그럼 그 부적은……."

사사모리의 얼굴을 가리기 위해서였나.

뒷면에 아교를 듬뿍 칠해.

이마에 붙입니다.

붙인 채로 사흘 낮 사흘 밤을 기다려 그대로 목을 벱니다.

벤 목은 즉각 불태워버리는 것입니다.

주술이나 미신이 아니었던 것이다. 그러나 그렇게 하지 않으면 기에몬은 제거할 수 없다. 사사모리는 술책을 만든 장본인이기는 하나 기에몬 본인은 아니다. 얼굴을 가리지 않으면 기에몬의 형상이 남는다. 이름이 남는다. 사사모리를 치지 않으면…… 술책이 남는다.

간단한 일이나, 이제 참, 해낼 수가 없습니다.

마타이치는 그렇게 말했다. 분명 그러할 것이다. 모모스케는 생각한다. 이는 단순히 악당 사사모리를 죽이기 위한 작업이 아니다. 기에몬이라는 술책 — 이 세상에 미련이 넘치는 사자(死者) — 고와이를 물리치고 정화하기 위한 대규모 작업인 것이다.

모모스케는 망연히 어행사를 보았다.

"처음부터…… 마타이치 씨는 그것까지……."

"용의주도한 상대와 맞설 때는 그 몇 배로 용의주도하게 나가지 않으면 패하고 말지요. 뭐, 선생께서는…… 송구스러운 마음이었습니다만."

"그, 그건 상관없지만……. 그럼 지헤이 씨도?"

"아아, 그 썩을 영감은 신뢰하지 않는 편이 낫습죠. 아 글쎄, 선생께서 찾아가셨을 때 그 영감 공동주택의 반침 속에는…… 사사모리 놈이 있었다니까요."

"뭐라고요!"

마타이치는 웃었다.

"지울 수 없는 증거……. 배에 있는 여우 문신, 그리고 목둘레에 그어진 붉은 선. 그건 전부 그 영감이 새긴 것입니다."

"아아……."

그때 지헤이는 그것을 새기고 있었나.

반침 속에 고와이가 있었던 것이다.

"내친 김에 말씀드리자면요, 사사모리는 그 영감이 조합한 독을 마셨습니다. 잘은 모르지만 뱀에 복어에 생약을 섞어 만든 것인데, 족히 보름은 마비되는 독이라더군요."

"고약한 영감이지요" 하고 마타이치는 말했다.

"그러니, 선생……."

"알고 있습니다."

알고 있다.

마타이치도, 오긴도, 지헤이도, 결국 저편의 인간이라는 뜻이리라. 너와는 사는 세계가 다르다. 그러니 깊숙이 발을 들여놓지 마라. 마타이치는 그렇게 말하고 싶은 것이 틀림없다. 미리 모모스케에게 모든 것을 설명해주지 않는 것도 무언가 일이 터졌을 때 누를 끼치지 않겠다는 소악당들의 배려이리라. 당연한 일이다. 알고 있었던들 도움이 되었으리라는 생각은 들지 않는다. 모모스케는 여염사람인 것이다.

그러하기에 모모스케는 반쯤 속는 것이나 다름없는 꼴을 당하여도 놀라기는 하나 노여운 마음은 들지 않는다.

그것은 어쩔 수 없는 일이다.

하지만.

"그래도 들어오지 않으시겠습니까?"

모모스케는 그렇게 말했다.

"오긴 씨가…… 추위에 떨고 있으니까요."

오긴은 얼굴을 돌린 채 아주 가늘게 떨고 있었다.

마타이치는 그 모습을 흘깃 보더니, "그럼 따뜻한 차나 한 잔 얻어 마실까요"라고 말했다.

히노엔마

그 얼굴 곱다 하여도

참으로 무서운 물건이니

밤이면 밤마다 나와 사내의 정혈을 빨아들여

결국에는 목숨을 앗아간다

회본백물어 · 도산진야화 / 제1권 · 2

1

 모모스케가 간다에 있는 책장수 헤이하치의 점포를 찾아간 것은 바람도 뜨듯해지기 시작한 5월 중순이었다.

 점포라고는 하여도 공동주택의 일각일 뿐, 번듯하게 차려놓은 것은 아니다.

 책장수란 발로 걸어다니며 장사를 하는 이른바 등짐장수이므로, 본시 가게는 필요가 없다.

 그러나 책장수는 물품을 파는 여느 행상과는 좀 다르다. 상품을 지고 돌아다니기는 하지만, 주된 객은 거의 정해져 있다. 단골 거처를 돌며 요망하는 책을 빌려주고 그믐날에 대금을 회수하는 방식이다. 여느 장수들처럼 목청 높여 물품을 팔러 다니지는 않는 것이다. 책은 팔아치우는 것이 아니라 사흘 기한으로 빌려준다. 요청만 있으면 어떠한 책이라도 가져다준다. 빌려주는 것이므로 상품은 곧 자신의 손에 돌아온다. 새로운 책만 취급하는 것은 아니므로 재고도 어느 정도 껴안고 있게 된다.

 그러므로 헤이하치의 방은 책 천지다.

다만, 똑같은 책 천지라도 모모스케의 한적한 거처와는 달리, 헤이하치의 방은 어딘지 모르게 화려하다. 빛깔이 있기 때문이다. 모모스케의 골방에 있는 것은 이른바 기록, 고문 종류지만 헤이하치의 거처에는 책뿐 아니라 풍속화에 춘화, 안경집 등도 있다.

그러한 물품들은 빌려주는 것이 아니라 판매한다.

책장수에게 안경집이라니 참으로 생급스럽다는 인상을 주는데, 한마디로 눈이 나빠서야 책을 읽을 수가 없다, 고로 안경도 소중히 다루자는 의미이다. 다만, 안경 자체는 고가의 물건이기도 하고 초보자가 팔아치울 수 있을 만한 상품도 아닌 까닭에 취급하지 않는 듯, 그 결과 안경을 보호하는 갑을 취급하게 되었다고 한다.

지난달, 모모스케는 이즈까지 먼 걸음을 했다.

탕치를 하러 간 것이 아니므로 비교적 빨리 돌아왔으나, 그 출타 중에 헤이하치가 교바시의 모모스케 집까지 찾아왔던 모양이다. 식구들의 말로 헤이하치의 방문을 알게 된 모모스케는 무슨 일인지 궁금하였기에 곧장 찾아가보았으나, 그때는 헤이하치가 집을 비우고 없었다. 먼 곳을 여행 중인 듯했다.

헤이하치는 에도뿐 아니라 경계의 바깥, 이웃하는 여러 지방 등도 돌고 있다. 시골로 갈수록 확실히 책을 구하기 어렵다. 신간이 환영받는다는 이치야 모르는 바도 아니다. 그러나 여행이란 돈이 들기 마련이다. 거금의 노자까지 들여가며 그토록 먼 곳을 도는데 과연 이문이 남을까, 라는 의문이 든다. 반쯤은 도락 삼아 돌고 있을 것이라는 의심도 하고 있다.

소리 내어 부르자, 문간으로 사람 좋아 보이는 둥근 얼굴이 쑥 튀어나왔다. 입 주위로 듬성듬성 덜 깎은 수염이 붙어 있다. 그럼에도

야비한 인상은 주지 않는다. 동안인 것이다.

"아이쿠, 모모스케 선생……. 이거, 딱 좋은 참에."

헤이하치는 그렇게 말했다.

"좋은 참……입니까? 저한테는 그리 보이지 않습니다만. 맛있는 것이 당도했다든가 고운 여인이 있다든가, 그런 일도 없는 듯하고."

틀린 말은 아니라며 책장수는 정겹게 웃었다.

"딱 반 시진 전에 돌아온 참이라."

"오호."

"아 글쎄, 지금 마침 교바시의 댁으로 찾아가려고 하던 참이었다우. 자칫 길이 어긋날 뻔했지. 발바닥 땀나도록 노닥거리는 책장수……가 될 처지였구면. 그래서 딱 좋은 참인 게지요."

"에이, 그쪽의 좋은 참이었군" 하고 모모스케는 말한다.

"그런데 그리 바쁜 책장수께서 저 같은 사람에게 무슨 용무가 있으신지요? 노랑이 책장수일수록 가진 게 많다고 하듯, 유감스럽게도 책은 빌려줄 만큼 차고 넘칩니다. 빌릴 일은 없습니다만."

"그것도 틀린 말은 아니군" 하고 헤이하치는 말한다.

"모모스케 선생에게 빌려줄 생각은 않는다우. 실은, 모모스케 선생, 다름이 아니라, 늘 하던 바대로 이상야릇한 이야기를 몇이나 거두어왔기에 나누어드릴까 하고. 뭐, 그런 게지요."

"오호."

모모스케는 여러 고을의 괴담과 기담을 수집하고 있다. 이곳저곳 스스로 돌아다니며 모으는 것도 좋아하지만 남에게 그 방면의 이야기를 듣는 것도 매우 좋아한다.

책장수는 영주 저택의 안채나 요시와라 유곽 등, 통상 일반 백성은 거의 출입이 어려운 곳에도 비집고 들어가 장사를 한다. 안채의 하녀나 창기, 학자에 번사(藩士)* 등 신분과 성별을 불문하는 객을 접해야 하므로 당연히 지방 출신 인물들과도 교류가 있다. 그런 만큼 진기한 소문도 많이 듣고 오는 것이다.

작년, 모모스케는 신세를 지고 있는 판원에서 이 헤이하치를 알게 된 이후 상당히 많은 이야기를 그로부터 얻고 있다. 최근에는 헤이하치 스스로 모모스케가 기뻐하는 모습이 재미나는지, 아니면 구경꾼 근성을 타고났는지, 에도를 벗어난 곳까지 가서 이야기를 거두어 오곤 한다.

"어떤 이야기입니까? 어디를 도셨는지?"

"뭐, 여러 가지가 있습니다요. 지가 이번에는 장사가 아니라 풍물유람 차 도읍 근방을 돌고 왔단 말이지요. 그런데 선생, 이번만은 맨입에 털어놓지는 않을 거라우. 의논할 일도 있으니……."

"일단 들어오시구랴" 하고 헤이하치는 모모스케를 안으로 이끌었다.

퀴퀴한 먼지내에는 익숙하다.

헤이하치는 감색 앞치마를 둘둘 뭉치더니 책 사이에 푹 찔러 넣었다. 모모스케도 조심스레 엉덩이를 내려놓는다. 시선은 자신도 모르게 서명(書名)을 쫓고 만다.

"뭐어, 서쪽이라고는 하지만 거기서 거기인 이야기가 많은지라, 모모스케 선생의 귀에는 시시하게 들리겠지만서도……."

"상관없습니다. 이야기의 분포를 아는 것도 중요한 일이니까요. 뭐

---

* 각 번의 영주를 섬기는 무사를 말한다.

든 알려주시지요."

모모스케는 허리춤에 달린 필첩을 넘기고, 붓통에서 붓을 꺼내 그 끝을 핥았다. 이미 취재 태세에 들어가 있다. 정말 괴짜라며 헤이하치는 어이없다는 듯 말했다.

"음, 이번에 가장 솔깃할 이야기는 서쪽의 한 작은 번에 퍼진 불온한 풍문인데……."

"불온하다고요?"

"불온하다마다요. 벌써 몇이나 사람이 죽었으니."

"사람이……."

모모스케의 얼굴이 어두워진다.

불가사의한 이야기는 매우 좋아하지만, 잔혹한 이야기는 전혀 좋아하지 않는다.

사람이 죽는 것은 싫다. 얼마 전에도 모모스케는 여행지에서 머리가 없는 무참한 시신을 셋이나 보았다. 아주 치가 떨리도록 넌더리가 났다.

"그게 또 얼마나 무참한지" 하고 헤이하치는 말한다. 그쪽 이야기는 됐다며 모모스케는 손을 들어 보였다.

"……저는 베고 자시고 하는 이야기를 좋아하는 것이 아닙니다."

"그야 알고 있지요. 지도 그런 쪽은 좋아하지 않는다우. 하지만 요즘은 참으로 시절이 흉흉한지라, 선생. 아 왜, 여기 에도에서도 작년인지 재작년인지, 잇따라 처자가 납치되어 난자당한 사건이 있었잖수."

"있었지요" 하고 모모스케는 냉랭하게 대답한다.

"납치라 하면 금전이 목적. 그렇지 않으면 원한, 앙심, 질투, 시기라는 게 세상의 통념. 이야기도 그런 식으로 줄거리를 쓰잖수. 그런데 작금은 그렇지도 않다 이거지."

"뭐, 그렇지요."

작년에 일어난 그 사건은 범인의 의도를 도무지 알 수 없는 사건이었다. 금품 요구고 뭐고 아무것도 없었다. 원한 문제로 보이지도 않았다. 주군의 명에 따른 처벌이나 시참(試斬) 같은 것도 아니었다. 그저 죽이기 위해 죽인다는 느낌밖에 들지 않는다고, 당시에는 아주 떠들썩했다. 모모스케의 기억으로는 비슷한 사건이 삼 년 전에도 분명 일어났다. 확실히…… 에도는 흉흉한 것이다. 그러나 흉흉하다고는 해도 날이면 날마다 밤낮없이 사람이 살해당하는 것은 아니다. 그 정도로 끔찍한 칼부림 사태는 좀처럼 일어나지 않는다. 다만 에도의 경우, 시골과 달리 드문드문 그처럼 잔학한 사건이 섞이게 된다. 그러한 사건은 두드러지기 때문에 결과적으로 전부가 피비린내 나는 인상이 된다. 또 그러한 사건일수록 꼭 결말은 흐지부지하기 마련이다. 때문에 뒷말이 오래 이어지고 살도 붙는 것이다.

작년의 사건도, 삼 년 전의 사건도, 모두 미해결이다.

"그것은 특별한 경우지요."

모모스케가 그렇게 말하자, 헤이하치는 "그야 특별한 경우겠지만" 하고 반박했다.

"그건 좋아서 하는 짓일 걸요."

"뭐, 좋아서 하는 짓이겠지요."

사람에게 해를 가하는 것만도 보통은 주저하기 마련이지 않은가. 살해에 그치는 것이 아니라 한술 더 떠 난자를 하다니, 모모스케로서는 도저히 상상조차 할 수 없는 일이다.

"뭐, 헤이하치 씨의 말대로 살벌한 시절이니까요. 허나 그러한 일에 대해서는 시절 탓으로만 돌릴 수야 없을 테지요."

"시절 탓이 아닌데요" 하고 헤이하치는 말했다.

"아무래도 천성 같은 것이 아닐까요?"

"천성이라니…… 어째 흘려듣지 못하겠군요. 사람이라면 누구든 그처럼 섬뜩한 소행을 저지를 심성을 가지고 있다, 헤이하치 씨는 그런 말씀입니까?"

"그야 아니겠지요" 하고 동안의 책장수는 의뭉스러운 표정을 지었다.

"뭐, 지 같은 놈이야 태생이 일단 미천하니 말이우. 선생하고는 달리 품성이라는 게 없거든. 그러니 코흘리개 시절에는 꽤나 잔인한 놀이를 했다고요."

"잔인한 놀이요?"

"예, 뱀의 생가죽을 벗기거나 벌레의 다리를 뜯어내고. 지금 돌이켜 보면 어째서 그런 짓을 했는지, 무엇이 재미있었는지 도통 알 수가 없단 말이지요. 하지만 그때는 즐거웠다우. 선생도 했지요?"

"뭐, 조금은요. 허나 헤이하치 씨, 아이들은 무분별하기 마련이잖습니까."

"어른도 다를 바가 없을걸요" 하고 헤이하치는 말한다.

"세 살 버릇 여든 간다지 않수. 세상에는 오만 사람이 다 있다고요. 유아 취향이니 남창이니, 남색 정도야 지금 세상에는 당연하잖수. 빨간 속치마만 보면 몽롱해지는 어르신이며, 여자 목을 조르지 않으면 일도 못 치르는 무사며."

"뭐, 성벽(性癖)은 각양각색이겠지요. 허나 그러한 면은 남에게 피해야 아니 주지 않습니까."

종이 한 장 차이라고 헤이하치는 말했다.

"들은 이야기인데, 정분을 나눌 때마다 상대 남자의 피를 빨지 않고는 못 견디는 성격의 여자나, 불 난 것을 보지 않으면 흥분이 안 되는 여자까지 있답디다. 그리되면 성벽이라고 해도 남한테 피해를 끼치지 않고서는 만족을 못하지. 그러니 말이우, 작년의 노두참살처럼 잔인무도함을 즐기는 성벽인 분도 있기는 있겠다 싶은데. 다만 그게 유행을 해버린다면 난감한 노릇이지요."

"그러한 것에 유행이 있을까요?"

"있다마다요." 헤이하치는 동그란 얼굴의 동그란 눈을 부릅떴다.

"지 생각인데, 이건 유행병 같은 것이 아닐까요? 옛날하고 달리, 요즘은 말(言)에 발이라도 달린 듯하쟎우. 금세 퍼지지. 따라해보고 싶어질지 어떨지, 그야 알 수 없지만서도, 전염되는 게 아닐까요? 아 글쎄, 선생, 도읍 쪽은 지금 전전긍긍이라고요."

"도읍에 노두참살이라고요?"

"예. 지가 신세를 진 도읍의 판원에서 들은 이야기로는 교토와 오사카를 합해 칼을 맞은 자가 열은 족히 될 거라 합디다. 필방(筆房) 딸에 국수집 영감, 그리고 실 상점 아가씨. 하나같이, 허어, 이마가 두 쪽으로 쩍 갈라져서는……."

"으으, 그만!"

모모스케는 눈을 가느스름히 뜨며 노골적으로 언짢은 표정을 지었다.

상상만으로도 소름이 끼친다.

"헤이하치 씨, 당신은 그런 이야기를 제게 들려주고 싶었던 것입니까? 싫다고 하지 않습니까."

책장수는 피식 웃더니 검지로 뺨을 긁었다.

"아니, 그게 아니라요. 이거 뭐, 발각 뒤집히기만 했지 범인이 오라를 받을 기색은 도무지 없는지라, 아무래도 위험하다, 일단 목숨부터 부지하고 볼 일이다 싶어, 지는 총총히 도읍에서 나왔단 말이지요. 한데 돌아오는 길에 또……."

"또 노두참살입니까?"

헤이하치는 고개를 끄덕였다.

"그러니 유행하고 있는 거라고요. 도카이도(東海道)*로 곧장 돌아왔으면 좋았을 것을 도중에 옆길로 빠져서 어디를 들러버리는 통에."

"어디를 가셨는지?"

"호리코시 고개에서 샛길로 빠져 좀 멀찍이 돌았지요."

늘어진 팔자다. 평생토록 여행은 해볼 수도 없는 가난뱅이가 대부분이건만……. 모모스케는 거기까지 생각하고서 자신과 자신의 처지를 일고(一顧), 남의 일이 아님을 깨닫고 자중했다. 헤이하치의 경우는 일단 스스로 벌어서 먹고살며 노는 것이다. 수입이 없음에도 어정어정 나돌아다니는 만큼, 모모스케가 훨씬 더 변변치 못하다는 이야기가 되리라.

"단고와 와카사의 경계 끝자락에 기타바야시 번이라는 작은 번이 있는데요……."

"그러한 곳에 가셨던 것입니까?" 하며 모모스케는 놀랐다. 말이 좋아 우회일 뿐, 헤이하치는 상당히 묘한 행로를 거쳐 에도로 돌아온

---

* 에도시대 다섯 가도 중 하나. 에도에서 교토에 이르는, 주로 태평양 연안으로 난 길.

모양이다. 책장수는 "그게 다 선생의 보탬이 되려 그리 한 겁니다" 하며 미소를 지었다.

"제게요?"

"암요. 사실을 아뢰자면, 지는 기타바야시 님의 에도 저택에 출입을 하고 있는데요, 그곳 행랑채에서 묘한 소문을 들었기 때문에 그 확인 차 들렀던 거라우."

"예에. 허나 저를 위해서라는 말은 수긍이 아니 가는데……."

"선생이 반기리라 생각했던 거지요."

"반갑지 않습니다. 노두참살이잖습니까?"

"그건 노두참살이 아니라우. 그걸 노두참살이라 한다면 사자는 고양이, 이무기는 지렁이가 되고 말지."

"그리 끔찍합니까?"

"배를 가르고, 목은 치고, 거죽까지 훌떡……."

"그만, 제발 그만하십시오" 하고 모모스케는 얼굴을 손으로 덮었다. 정말 싫은 것이다.

그러나 헤이하치는 얼굴을 더 바싹 갖다 대고 뺨을 실룩이더니 이렇게 말했다.

"그 범인이 요괴라고 해도…… 귀 막고 안 들으실 거유?"

"요괴?"

"저주랍디다." 헤이하치는 품에서 꼬깃꼬깃 접은 종이를 꺼냈다.

"모모스케 씨를 따라 적어서 남겨놓기는 했는데, 아니, 좀처럼 기억할 수가 없더라고요. 어디 보자. 시치닌(七人)미사키의 저주라던가?"

"시치닌미사키라?"

참 의외의 이름이 튀어나왔다고 모모스케는 생각했다.

"별난 이름이지요." 하고 책장수는 웃었다.

"일곱이나 있는 것도 아닐 텐데."

"당연히 일곱이 있습니다."

"알고 계신 거유?"

"알고 있지요."

마음먹고 여러 지방의 괴담을 모으기 시작한 지 오 년. 모모스케는 상당한 지식을 축적하고 있다.

"그것은 도사 일대에서 말하는 액신(厄神)의 일종 같은 것입니다. 맞닥뜨리게 되면 죽는다는…… 뭐, 재앙을 내리는 귀신이지요. 불의의 사고로 세상을 하직한 망자를 묻지 않고 연고가 없는 상태로 방치해두면 이것이 된다고도 합니다."

"연고가 없는 송장이 그리되는 것입니까?"

"뭐, 미사키라 함은 성불하지 못한 영……이라는 의미일까요. 야마(山)미사키, 가와(川)미사키라는 말도 있는데, 이는 산에서 죽은 자, 강에서 죽은 자라는 뜻으로 해석할 수도 있으나, 지방에 따라서는 산신과 수신의 권속, 사역신이라고도 하니 단순히 악령과 같은 존재로 여겨버리는 것은 경솔한 생각이지요. 미사키 신앙이란 좀 더 복잡하고 심오한 것이잖습니까. 뭐, 어쨌거나 사람에게 불행을 가져오는 마(魔)임은 틀림없지요."

"일곱이나 되는 거유?"

"시치닌미사키는 일곱이 있습니다. 한 사람을 앙화로 죽이면 일곱 중 하나가 성불. 그러나 앙화를 입어 죽은 자가 새롭게 한패로 가세하니 수는 줄지 않지요."

"골치 아프구먼요."

"아니, 아니, 이는 한 사람당 일곱이라는 설도 있습니다. 자신이 죽은 그 장소에서 일곱 명의 인간을 앙화로 죽이지 못하면 부처의 자리에 오르지 못한다는 말도 있으니까요. 그러한 것이 일곱."

"칠칠, 사십구 인이 죽는구먼."

"그 사십구 인이 일곱씩 패를 지어 또……."

으아, 하고 헤이하치는 얼굴을 찌푸렸다.

"어마어마한 새끼치기일세. 이거 걷잡을 수 없이 불어나는 형국 아니우? 그곳은 작은 번이라서요, 그런 식으로 가면 새해가 밝기 전에 영민과 번사, 그리고 번주에 이르기까지 목숨을 잃고 말겠구먼요."

"허나" 하고 모모스케는 고개를 갸우뚱했다.

"기타바야시 번은 와카사의 산속에 있잖습니까? 도사와는 너무 많이 떨어져 있지요."

"다른 요괴일까요?"

무어라 답을 할 도리가 없다. 무엇보다 요괴가 실제로 사람을 죽이는 일이란 있을 수 없다.

"글쎄요. 헤이하치 씨, 그 만고에 쓸모없는 끔찍한 짓이 시치닌미사키의 소행이다, 그 고을에서는 그리 일러지고 있습니까?"

"아니, 그런 것 같기는 한데요." 책장수의 말은 영 시원스럽지 못하다.

"지는요, 아까도 말했다시피, 맨 처음엔 하인들의 쑥덕거림을 들었단 말이지요. 작년 말의 일인데, 아 글쎄, 요괴가 저주로 죽였다지 뭡니까. 저주로 죽이다니 심상치가 않다, 전해에는 일곱이 죽었다더라, 저주를 내리는 것은 시치닌미사키라는 귀신이라나 뭐라나……. 시치닌미사키란 이름, 에도 언저리에서는 귀에 설잖우. 그래서인지 살짝 호기심이 동하더라고요."

"그래서 샛길로 빠져가면서까지?"

방랑자가 따로 없다.

"가서 봤더니 역시 저주였습니까?"

헤이하치는 한쪽 뺨을 실룩이며 웃었다.

"뭐, 방금 말했다시피 사람이 죽기는 했더구먼요. 지가 들어가기 전날에도 한 명이 당했고……. 한데, 뭐니뭐니해도 시골이잖수. 도회지와는 연이 없는 촌무지렁이들뿐이라 돈주머니도 안 열리고 입도 안 열리더라고요. 타관바치인 지한테는 입도 뻥끗 않는데다, 장사 쪽도 영 시원찮아서."

"구슬려삶기의 명수인 헤이하치 씨의 솜씨로도 실패했단 말입니까?"

으헷헷, 하며 헤이하치는 이마를 쳤다.

"그 별명은 그만 봐주셔. 뭐, 올해 들어 셋이나 죽었다는 것만은 확실한데요, 그 외는 허탕. 영민들은 겁에 질려 있고, 어찌 그리 음산하던지. 그저 저주다, 저주다, 그 소리만 합디다."

"저주로 사람이 죽는다는 것은, 글쎄요……."

모모스케는 피식 웃었다. 모모스케 머릿속의 둔갑요괴는 결코 그러한 존재가 아니며, 또한 창작이라 하여도 그래서는 아니 된다는 것이 모모스케의 생각이다.

"무엇보다 요괴는 거죽을 벗기거나 배를 가르지 않습니다."

"별로 반기지 않으시는구랴" 하며 헤이하치는 목덜미를 긁었다.

"모모스케 씨를 기쁘게 하려고 명소도 명물도 없는 곳에 일부러

들렸건만."

"제 취향은 좀 더 불가사의한 이야기 쪽입니다. 요물이 나온다고 다 반색하는 것은 아니지요. 잔혹한 이야기는 좀……. 예, 바로 이러한……."

모모스케는 벽에 걸린 판화를 가리켰다. 무뢰한이 버드나무 아래에서 처녀를 살해하고 있는 잔학한 그림이다. 무참화(無慘畵)의 일종이리라.

"이러한 쪽은 이미 세상에 범람하고 있으니까요. 새삼스레 제가 쓸 것까지도 없지요. 명인은 많이 있을 터이고."

"있지요" 하고 헤이하치는 희색을 띠며 말했다.

"뭐, 이런 걸 반기는 객도 많거든요. 그래서 지는 유행이라고 생각한단 말이지요. 허나 그렇다면, 모모스케 선생은 유행물에는 관심이 없다, 그러한 이야기겠구랴."

참 오지랖이 넓기도 하다.

"불가사의한 이야기라……."

헤이하치는 눈썹 양끝을 팔(八) 자로 내리더니, 짤막하게 뜸을 들인 후 아아, 하고 말했다.

"여우가 시집을 왔다는 이야기를 들었는데요."

"여우의 혼인 말입니까?"

모모스케는 눈을 휘둥그렇게 떴다가 곧 실눈으로 바꾸었다.

"해가 비치고 있는데 비가 쏟아졌다, 그런 이야기는 아니겠지요?"

모모스케는 일부러 미심쩍어하는 표정을 지어 보였다. 헤이하치는 "아이쿠, 눈치채셨구랴" 하며 너스레를 떤다.

"그건 농담이고요. 십이삼 년 전, 그 기타바야시 영내에 대대로 살아온 집안의 아들이요, 산에 쓰러져 있던 여자를 데리고 와서 색시로 삼았다는 이야기라우."

"그래서요?"

"그게…… 참. 혼례복 차림에 거금을 가진 상태로 쓰러져 있었다더구먼요. 한데 신원은 모르고요. 그런 여자를 데리고 돌아와 그대로 색시로 삼았다나."

모모스케는 생뚱맞은 이야기라며 말했다.

"혼례복을 입고 있었기에 그대로 아내로 삼았다는 이야기입니까? 흡사 아이들에게 들려주는 옛날이야기잖습니까."

"미인이었겠지요. 게다가 지참금까지 가졌으니까요. 여자에게 어떤 사정이 있었는지는 모르지만, 뭐, 측은지심이 정으로 바뀌었을 테지요."

"측은지심이 정으로? 그래서 그 후는?"

"그래서 뭐, 일 년쯤은 금실 좋게 살았다나. 그런데 일 년이 지날 무렵부터…… 그 집 주변에 괴이한 불이 보이기 시작했답니다."

"괴이한 불이라 함은?"

"여우불이라 하나요? 뭐랄까, 여기저기에 폭, 폭, 밤마다 불이 솟는 거지요."

"인광(燐光) 같은 것입니까?"

"아니, 그냥 여우불요. 그러다 집에서도 원인을 알 수 없는 불이 났답니다. 참말로 큰일 났다며 끄고 있는 사이에 그 색시가 사라져버렸다는, 불가사의한 이야기지요."

"그게 불가사의하달 수 있을는지……."

"여자는 여우였다, 여우가 되찾으러 왔다, 뭐, 그렇게 마무리되는

지라."
 아무래도 모모스케가 혹할 만한 이야기는 아니다.
 "그보다 헤이하치 씨, 뭔가 부탁할 일이 있다 하시지 않았습니까?"
 모모스케가 화제를 바꾸자 헤이하치는 "맞다, 맞다, 바로 그 얘기 말인데요" 하고 몸을 내밀었다.
 "아무래도 거두어온 이야기는 마음에 들지 않으신 듯하니, 한잔 대접할까요."
 "됐습니다" 하며 모모스케는 단칼에 자르듯 손을 들어 보였다.
 "참, 선생은 단것을 좋아하시지" 하며 헤이하치는 피식 웃는다.
 그는 모모스케가 술을 못 마신다고 생각하는 것이다.
 허나 모모스케가 술을 못하는 것은 아니다. 오히려 여느 사람보다 곱절은 좋아한다. 단지 남들 앞에서는 가급적 술을 아니 마시려 할 뿐이다. 게다가 단것이라면 사족을 못 쓰는 입맛이기에, 일반적으로는 술을 못하는 자로 여겨지고 있는 것이다. 그러나 그것은 그 나름대로 괜한 술자리에 억지로 어울리느라 난감할 일도 없고, 술을 못하는 이로 오해를 받는다 한들 손해 볼 일도 딱히 없다. 그래서 굳이 부정은 하지 않도록 유의하고 있다.
 헤이하치는 술을 못하는 분은 대접이 참 어렵다며 혼잣말을 늘어놓은 후 스윽 일어서더니, "그럼 경단이라도 드시겠습니까? 아니다. 저기 모퉁이에 떡집이 있는데, 그곳의 만주가 맛납지요. 만주를 내도록 하지요"라고 했다.

2

헤이하치의 부탁이란, 대부분을 생략하고 간단히 말하자면 사람을 찾는 일이었다.

책장수는 여자 한 명을 찾아주었으면 한다고 말했다.

여행에 익숙하다고는 하나, 모모스케는 헤이하치보다 훨씬 발이 좁다.

모모스케의 생업은 글쓰기다. 이는 오로지 방에 틀어박혀 있기 마련이다. 책장수와 달리 유곽이며 상가며 도박장 같은 사람이나 이야기가 모일 만한 장소에 출입하는 일도 일절 없고, 게다가 능수능란하게 대인관계를 끌어가는 재주도 가지지 못했다. 모모스케의 정보원이란 대부분이 서책이고, 여기저기 돌아다니며 이야기를 듣기는 해도 모모스케의 경우는 옛날이야기나 전승 쪽이 전문이다. 사람 찾기의 적임자라는 생각은 도저히 들지 않는다. 허나.

그런 점은 헤이하치도 충분히 알고 있다. 헤이하치가 믿는 구석은 모모스케가 아니라, 모모스케의 등 뒤에 있는 패거리다.

헤이하치는 알고 있는 것이다.

모모스케가 웬만한 수로는 다루지 못할 발칙한 패와 교류가 있다는 사실을…….

세상에는 정정당당히 정면으로 맞서 싸워서는 해결이 나지 않는 일이 있다.

옳건 신중하건 잘 풀리지 않는 일도 있다. 어차피 세상은 그러한 법이다.

그것은 모모스케도 그렇게 생각한다. 약한 자만 피눈물을 쏟는다든가, 악이 판치는 세상이라든가, 그처럼 틀에 박힌 말에는 전혀 동조할 수 없으나, 그럼에도 어찌해볼 도리가 없는 일이란 역시 엄연히 있기 마련이다.

그 패거리는 그처럼 어찌해볼 도리가 없는 일을 어떻게든 해결하는 것을 생업으로 삼고 있다.

아무리 사방팔방 다 막힌 상황이라 할지라도 이 술수, 저 술수, 꼼수에 비장의 수를 구사하고, 앞으로 뒤로 온갖 책략을 펼쳐 어떻게든 해결해버린다. 당연히 비합법적인 행위를 하는 적도 있으며, 그렇지 않더라도 세간을 속이게는 된다. 칭송받을 만한 일은 아닐지 모른다.

아니, 어떠한 경우든 밥벌이로 하는 일이므로 선악이나 옳고 그름, 강자와 약자는 상관이 없다. 한마디로 그저 부탁받은 일을 수행할 따름이며 대의명분은 없다.

그럼에도 그들은 악당은 아닌 것이다.

그것이 친분을 맺은 모모스케가 방관자로서 갖고 있는 견해다. 물론, 해가 비치는 곳에 당당히 있을 수 없는 무리라는 것은 틀림이 없으나, 그들은 결코 도리에 어긋난 짓은 하지 않는다는 생각도 든다. 그토록 감쪽같이 세상을 속여 넘길 수 있다면 잇속도 원하는 대로 챙길 수 있을 텐데⋯⋯. 그리 생각하는 적도 왕왕 있으나, 일당의 살림살이는 하나같이 먹고살기에 급급한 형편이다. 폭리를 탐하는 경우도 없다. 천한 신분을 부끄러워하는 기색도 없다.

굳이 말하자면 소악당⋯⋯이라 할까.

모모스케는 여행지에서 맞닥뜨린 한 사건을 계기로 그 소악당들과 친분을 가지게 되었고, 무슨 인연인지―어쩌다보니 그렇게 되었다고는 생각하나― 최근에는 그 작업까지 거들고 있다. 얼마 전 이즈에 다녀온 것도 그 때문이다.

헤이하치는 모모스케가 그 일당과 접촉하고 있다는 것을 어디선가 냄새 맡고 온 듯했다.

모모스케는 헤이하치에게 발설한 기억이 없다.

"끼리끼리는 통합지요" 하고 헤이하치는 말했다.

그리고 "소문 자자한 잔머리 모사꾼에게 다리를 놓으려니 이만저만 고생이 아니라서요"라며 보탰다.

그렇게 돌아가는 법일까.

⋯⋯잔머리 모사꾼.

잔머리 모사꾼이란 상대의 허점을 파고들거나 꼼수를 부려 덫에 빠뜨리는 이를 말한다. 그다지 칭찬이라 할 수 없는 그 별칭을 가진 사내⋯⋯ 잔머리 모사꾼 마타이치야말로 소악당들의 중심인물이다. 헤이하치는 그 마타이치에게 일을 부탁하고 싶다는 것이다.

마타이치는 확실히 정체를 알 수 없는 사내이기는 하다. 항간의 풍설에 따르면 이 마타이치, 속이고 홀리고 어루꾀고, 달래고 부추기고 추어올리고, 어르고 뒤흔들고 간살을 부리는 등 별의별 언설을 펼쳐 담판을 뜻대로 이끈다고 한다.

모모스케도 늘 농락당하고 있는 처지다.

그러나.

헤이하치의 청에 모모스케는 솔직히 당혹했다.

모모스케는 마타이치가 어디에 살고 있는지, 어떻게 해야 만날 수 있는지, 어떻게 연락을 해야 하는지, 정확히는 아무것도 모르기 때문이다. 우연인지 어떤지 모르지만, 마타이치는 언제나 적절한 시기에 훌쩍 모모스케 앞에 나타난다. 때문에 불편을 느낀 적은 없었으나, 곰곰이 생각해보면 모모스케 쪽에서 다리를 놓은 전례는 없는 것이다.

게다가 마타이치는 얼마 전 이즈에서 곧장 서쪽 지방으로 향했을 터다. 그 후로 날이 흘렀으니 돌아와 있을 만한 시기이기는 하나, 돌아왔으리라는 보장은 어디에도 없다. 고용살이 신세도 아니므로 빨리 돌아와야 할 이유가 전혀 없기 때문이다. 마타이치의 표면적인 생업은 여러 고을을 돌아다니며 액막이 부적을 파는 것이므로, 도중에 장사를 하며 돌아오는 경우라면 언제 에도에 도착할지 도저히 알 길이 없다.

그럼에도 모모스케는 헤이하치가 빌다시피 사정사정하는 통해 마지못해 알았다고 대답한 후에야 그 집을 나섰다.

모모스케는 어쩔 수 없이 고지마치로 향했다.

고지마치 염불장옥······. 그 허름한 공동주택이 거처라고 마타이치는 말했다. 그러나 몇 번을 찾아갔어도 모모스케는 마타이치가 살고 있다는 낌새를 포착하지 못했다. 모모스케의 느낌만으로는 그 잔머리 모사꾼이 그곳에 살고 있는지 어떤지조차 심히 의심스러운 설정이다.

다만, 그 공동주택에 마타이치의 동료 중 한 명인 신탁자 지혜이라는 노인이 기거하고 있다는 사실은 틀림없다. 지헤이는 한때 도적이었다는 험한 과거를 가진 인물로, 무엇을 생업으로 삼고 있는지 전혀 알 수 없으며, 마타이치 이상으로 정체 모를 영감이다. 지헤이를 만나게 된다면 혹여 마타이치의 동향을 파악할 수 있을지도 모른다. 모모스케는 그렇게 생각했던 것이다.

그러나 지헤이의 집은 텅 비어 있었다.

이리 되면 더는 방법이 없다.

모모스케는 잠시 그 단출한 빈방을 바라보며 고심했다. 이 빠진 밥공기며 누더기이불 등이 남아 있는 것을 보면 이사한 기색은 없다. 그럼 기다리고 있으면 돌아오려나. 그렇게 생각했다.

아무 말 없이 들어와 있어도 따져들지는 않으리라. 조심성이 많은 악당이므로, 문단속조차 하지 않고 외출했다는 것은 내보여도 곤란한 물건이 없다는 뜻이다.

모모스케가 그렇게 판단하고서 한 발 들여놓았을 때 덜컹덜컹, 이웃집의 문이 열렸다. 지저분한 얼굴이 쑤욱 튀어나온다. 도저히 번듯한 업으로는 보이지 않는 차림의 사내였다.

모모스케는 몹시 당혹스러웠다.

"영감태기는 나가고 없소."

그 사내는 낮은 목소리로 말했다. 모모스케는 내밀었던 발을 거두어들인다. 몇 번 찾아오기는 했으나 공동주택의 주민과 맞닥뜨린 적은 없었다.

"아, 저어, 좀 들어가서 기다릴까 싶어서요."

"반년은 안 돌아올 거라고 주절대던데. 혹시 당신, 여기서 살 참이쇼? 뭐, 별로 상관은 없소만. 영감태기, 집세를 한꺼번에 내놓고 가서

히노엔마 | 209

집주인만 신났지. 할망구 몰래 유곽에 들락거리고 있다니까."
"예에……."
그렇게 오래는 기다리지 못한다.
"그게…… 저, 저는 교바시의 야마오카라고 하는 자인데, 수, 수상한 자는 아닙니다."

그야 보면 안다고 사내는 말했다.
"나 같은 놈한테 이름 댈 필요 없수다. 들은들 기억도 못하니까."
"그렇습니까? 그, 그게, 사실, 제가 지헤이 씨를 찾아온 것은 아닙니다. 저어, 이 공동주택에…… 마타이치 씨라는 스님이 살고 계시지 않은지요?"
"마타 공 말이군. 마타 공은……."
"있습니까?"
"여태까지 한 번도 못 봤는데."
"역시 못 보셨군요."
사내는 공동주택을 둘러본다.
"그 자식은 지금쯤……."
오카바쇼에 있지 않을까 싶다고 사내는 말했다.
"오카바쇼? 그, 그런 유곽에 대낮부터 말입니까?"
"객은 아니고. 그 자식은 길거리 창부나 싸구려 색줏집 논다니에게 유난히 인기가 많단 말이지. 이맘때쯤이면 십중팔구 아나카나 곤냐쿠지마 일대의 가게에 박혀서 술이나 처먹고 있지 않을까."
"마타이치 씨가……."
"씨? 씨라. 그런 놈한테 씨 자를 다 붙이는구먼."
사내는 크게 웃었다.

"그 마타이치 님 말요. 그 자식이 뒤치다꺼리는 잘하거든. 창기들한테는 엄청나게 인기라고. 말발로 세상을 헤쳐가고 있으니, 뭐. 계집들은 덕분에 살았다느니 목숨을 구했다느니 하며 산부처를 보는 양 주절댄다고. 속여서 팔아치우고 있는 것뿐이다 싶은데 말이지. 팔자 늘어진 놈이라니까."

사내는 밉살스러워 죽겠다는 듯 악담을 쏟아내더니 "그럼 이만" 하며 문을 닫았다.

모모스케는 어찌할 바를 몰라 그 자리에 못 박혀 있다가, 아무래도 이대로는 뾰족한 수가 없다고 생각을 고쳐먹고서 일단 야나카에 가보기로 했다.

야나카에는 절이 많다.

메이레키시대의 대화재*로 많은 사원이 야나카로 옮겨졌기 때문이다. 감응사, 전생암, 대원사, 장안사 등 사원불각 순례를 좋아하는 모모스케로서는 다른 유곽보다 발걸음하기 편한 장소였다.

오카바쇼는 비합법 유곽…… 사창굴이다. 묵인되고 있다지만 공공연하게 영업할 수 있는 것은 아니다. 해가 있는 동안은 한산하다. 모모스케는 어느 정도 마음을 놓는다.

소매라도 잡아끌면 어쩌나 싶었던 것이다.

모모스케는 숙맥이다. 그러한 쪽에는 전혀 면역이 없다. 나이도 먹을 만큼 먹었건만 색과 인연이 없어도 너무 없다.

'자, 그럼.'

어찌 해야 할까. 그러한 곳으로 보이는 건물이 있기는 하나 한 채

---

* 1657년 에도에서 발생한 대화재.

한 채 들여다보며 살필 수도 없는 노릇, 물어보려도 어찌 말을 꺼내야 할지 떠오르지 않는다.

모모스케는 팔짱을 끼고 스윽 하늘을 올려다보았다.

짤랑.

요령 소리…….

돌아보자, 맞은편에 비스듬히 자리한 유녀옥 이층의 철단(鐵丹) 격자, 그 사이사이로 백장속 사내의 모습이 보였다.

"마타이치 씨."

백목면 행자두건에 홑옷……. 어행사 차림의 마타이치다.

모모스케는 뛰어간다. 몹시도 마음이 놓였다.

"마타이치 씨, 찾아다녔습니다."

"소생을…… 찾아다니셨단 말입니까? 오카바쇼에 모모스케 선생이라니, 이것 참, 별스러운 풍경이다 싶은뎁쇼. 그나저나 만만치 않구먼요. 용케 이곳을 다 알아내시고……."

"그야 뭐……."

소 뒷걸음에 쥐 잡은 것이나 마찬가지다.

"들어오시겠습니까?"

"돼, 됐습니다."

"에이, 여랑이 사람 잡아먹지는 아니합니다. 지극히 심성 고운 이들뿐입지요. 그리 정색할 것 없다니까요. 그보다 선생, 그런 곳에 뻣뻣이 서 있다가는 애먼 봉변만 당하실 겁니다. 이 일대의 호객꾼은 악질인지라."

그 말을 듣고 시선을 내리자, 가가호호의 틈새로 많은 시선이 모모스케에게 쏟아지고 있는 것처럼 느껴지기 시작했다. 더는 배겨낼 수가 없다. 모모스케는 부리나케 마타이치가 있는 가게로 달려가 발을 젖히고 들어섰다. 계산대의 포주 할멈이 매섭게 노려보았다.

"저어."

어이쿠, 하는 마타이치의 목소리가 들렸다.

"그분은 이 몸의 귀한 손님이신데……."

유녀들에게 둘러싸인 마타이치가 계단 위에서 보고 있었다.

"오로쿠 씨, 미안하지만 잠시 동안 이층 좀 빌립시다. 자, 선생, 들어오시오."

웬 비리비리한 말라깽이 손님이 다 오셨네, 마타 씨의 귀한 분이라니 무슨 말이래, 하며 유녀들이 한마디씩 던진다. 모모스케는 호기심 어린 시선을 받으며 경직된 몸으로 계단을 올랐다.

마타이치는 무슨 심산인지 쌔물쌔물 웃음 지은 채 간드러지는 손짓으로 모모스케를 불러 방 안으로 들이더니, 유녀들을 향해, "승부는 다음에. 자리 좀 비워주지 않겠나"라고 말했다. 화투를 치고 있었던 모양이다. 유녀들은 까르륵대며 목소리를 높였다.

"어머나. 옆구리를 찌르고 또 찔러도 눈썹 하나 까딱 않는다 싶더니……. 아휴, 마타 씨, 이쪽이었던 거유?"

"아, 아닙니다! 맙소사……."

모모스케는 펄쩍 뛰며 부정했지만, 마타이치는 그저 웃기만 하며, "엿보지들 마셔!"라고 하더니 장지문을 닫았다.

"마타이치 씨, 이래서야……."

마타이치는 별로 걱정할 필요 없다며 옷자락을 걷어 올리고 앉았다.

"소생에게 그쪽 기호(嗜好)는 없습니다."

히노엔마 | 213

"그야 당연히 그렇겠지만, 아무래도 오해를."

"아아, 오카바쇼는 격이 낮은 곳인지라."

마타이치는 유쾌하게 웃었다.

"이런 곳에서 점잔을 떨어봐야 별 소용없습니다, 선생. 좀 전의 무리는 다들 사연이 있어서, 소생이 이 가게에 주선한 이들이지요. 매매꾼 노릇은 마뜩잖지만, 세상에는 별의별 사람이 다 있으니까요. 창기조차 될 수 없는 자도 있습지요. 그보다……."

무슨 일로 오셨냐고 물으며, 마타이치는 맨바닥에 놓여 있던 물 잔에 차를 따랐다.

"예, 그게 말입니다……."

잔머리 모사꾼에게 의뢰가 들어왔다는 말은 하기 껄끄럽다.

잔머리 모사꾼이란 찬사가 아니라 욕이다.

"음, 제게 손을 좀 빌려주실 수 없을까 해서."

"다름 아닌 선생의 부탁이라면, 저야 물불 가리지 않고 어떠한 일이라도 기꺼이 합지요. 자, 무얼 도와드릴까요?"

"예, 사람 찾기를 좀……."

"궁리 선생께서 사람을 찾으신다고요?" 마타이치는 의외라는 표정을 지었다.

"제가 사람을 찾는 것이 그리도 의아합니까?"

"아니, 딱히 이상할 바야 없지만…… 선생은 살아있는 인간은 상대하지 않는 분이다, 멋대로 그리 생각하고 있었던지라."

그 말대로 모모스케는 서책만 상대하며 사는 듯한 면이 있다. 퀴퀴한 곰팡내나 풍길 뿐, 그 일상생활에서 산 자의 냄새는 맡을 수 없을지도 모르겠다.

"짐작하신 대로 제가 찾는 사람은 아닙니다. 실은 아는 이에게 부탁을 받아서요. 부탁받았다지만, 절 믿고 그리한 것은 아닙니다. 그 지인은 말이지요……."

마타이치는 많이 묻지는 않겠다고 했다.

모모스케는 한시름 놓는다. 참으로 설명하기 어려운 사정이기는 한 것이다. 헤이하치가 어떻게 마타이치에 대해 냄새 맡고 왔는지, 모모스케는 캐내지 못했기 때문이다. 무언가 물어온들 소상히는 답할 도리가 없다.

"그럼 단도직입적으로 말씀드리겠습니다만…… 오와리의 부호가 여인을 찾고 있다는 이야기입니다."

"오와리?"

"예에. 나고야에 있는 수운(水運) 중개상인데……."

직접 들은 것은 아니다. 전부 한 다리 건너 들은 이야기다. 모모스케는 '중개상이라고 하는데'라고 고쳐 말했다.

그런 다음 허리춤에 달린 필첩을 넘긴다. 들은 이야기임을 내보이기 위해서이기도 하다.

"예에, 이름은…… 가네시로야 교에몬이라는 사람입니다."

"가네시로야라……. 갑부로군요." 마타이치는 턱을 문질렀다.

"거상에 들어가겠지요. 허나 웬만한 재력가와는 차원이 다릅니다. 점원으로 시작해 출세를 했는데, 젊은 시절부터 근면성실하고 맡은 일도 평소의 행실도 솔선수범. 그 보람이 있어 데릴사위로 들어갔고, 주인으로 자리 잡은 후에도 자신에게 엄격하고 아랫사람들에게는 후하며 부단히 정진 노력하여 일립만배(一粒萬倍)의 부를 이룬 걸물이라고 합니다. 인자불우(仁者不憂)한 인품에, 그야말로 군자삼락 중한 가지도 빠지지 않는 생활이었다고 합니다."

"……이었다?"

"……예. 지금은 다르니까요. 쇠락하고 말았습니다. 상점이 망한 것은 아닌 듯하니, 사람 됨됨이가 망가진 것이지요."

모모스케가 그렇게 말하자 마타이치는 흐음, 하고 콧소리를 내더니 기묘하다는 눈빛을 지었다.

"사람 됨됨이가 망가졌다는 말은 무슨 뜻인지."

"말 그대로 사람 됨됨이입니다. 살림 형편이 아니라 생활 태도가 망가졌다는 뜻이지요. 절로 머리가 수그려질 만큼 근면했던 인물이 눈을 의심할 정도로 무절제하게 변했습니다. 하루 종일 아무것도 하지 않고 그저 술만 마실 뿐. 장사 쪽은 아들이며 행수가 그럭저럭 이어가고 있는 모양인데, 애당초 주인의 재각(才覺)과 인품에 의존해 장사를 해온 듯한 면이 있잖습니까. 그러니 장사 쪽도 잘 풀리지는 않는 듯합니다."

"오호라" 하며 마타이치는 쌓아둔 화투를 한 장 뺐다.

"사람이 변해버렸다는 말씀."

"그렇습니다. 단순히 칠칠맞지 못하게 변했다면 나이 탓일까 하는 생각도 들겠지요. 게다가 오랜 세월을 목석처럼 지내온 분이니 그 반동으로 방탕 삼매경에 빠졌다고 한다면 이해 못할 바도 없지요. 허나 그게 아닌 것입니다. 교에몬 씨는 완전히 얼이 빠지고 말았다고 합니다. 한때는 식음도 감해 눈은 퀭하게 패이고 뺨은 홀쭉. 현재 옛 모습은 흔적조차 없다고 하더군요."

"보고 온 것은 아닙니다만" 하고 모모스케는 못을 박았다.

"그거 참, 큰일일세" 하고 마타이치는 말했다.

"병환은 아니로군요. 마음의 병, 정신의 병. 누군가를 보고 싶어하는 마음이 간절해 그리되고 말았다는 것일까요?"

"명답입니다."

이야기가 빠르다.

"교에몬 씨는 죽도록 보고 싶어하는 사람이 있다고 합니다."

"죽도록 말입니까?"

"죽도록이라고 하니 호들갑스럽게 들리지만, 식욕까지 없어질 정도니까 과장은 아닐 테지요. 너무도 간절히 보고 싶어서 한 번 만나기 전까지는 죽어도 눈을 감을 수 없다고, 그 마음을 버팀목 삼아 살고 있는 상태라고 합니다."

"여자……입니까?"라고 마타이치는 물었다.

"여자입니다"라고 모모스케는 답했다.

"교에몬이라는 인물은 뜬소문 하나 없는 착실한 분이었다고 합니다. 이름난 큰 상점의 주인씩이나 되면 일단 첩실 한둘쯤이야 있다는 것이 통념. 그렇지 않더라도 화류계에 염문 하나쯤은 뿌린 과거가 있기 마련이지요. 한데 없습니다. 아무것도 없습니다. 이십오 년 전에 반려를 먼저 떠나보낸 이후 십오 년 동안 여색은 전혀 가까이 하지 않았답니다. 여자라는 이름이 붙은 것이라면 암코양이 한 마리조차 가까이 하지 않았다지요. 너무도 꼿꼿해, 아드님은 어딘가 편찮은 데가 있는 게 아닐까 걱정까지 했을 정도라 하는데……."

"거참 배부른 걱정일세. 절조가 굳다고 걱정을 하다니, 어째 거꾸로구먼."

"뭐, 그렇기는 하지만요. 그래서 차근차근 물어보니, 이 교에몬 씨, 재산을 송두리째 날리기라도 할까 싶어 근신했던 모양입니다. 아니,

인색해서 그리 생각했던 것은 아닌 듯합니다만……."

"자식이나……."

마타이치는 손에 들고 있던 화투장을 따닥 하고 놓았다.

"손자에게 남길 재산을 생판 모르는 남에게 빼앗기게 될 수도 있다, 그리 생각했던 것이로군요."

"그런 듯합니다. 뭐, 유흥에 그치면야 그보다 더 좋을 수는 없겠으나, 아무래도 경험이 없으니 어느 선이 적당한지 모른다고나 할까요. 즐기면 즐기는 대로 정이 생기고, 정에 얽히면 또 미련도 남지 않습니까? 아이라도 생기게 된다면 그것은 그 나름대로 또 귀엽게 느껴질 테고, 자칫 잘못해 후처라도 들이게 된다면 그때야말로 뒷일이 성가시다, 하고 말입니다. 자신의 아들도 나이가 찼으니 머잖아 손자도 생길 테고, 그렇게 되면 자자손손, 후처와 엎치락뒤치락 다툼이라도 생기는 것은 아닐까……. 그러한 기우와 염려가 있었던 것입니다. 뭐, 다 있을 법한 이야기니까요. 굳이 집안싸움까지 무가(武家)의 흉내를 낼 것은 없다고 생각하지만, 요즘 들어서는 상가(商家) 쪽의 후계자 다툼이 훨씬 더 많으니까요. 그 마음은 이해가 됩니다. 그런데……."

모모스케는 무릎에 손을 짚고서 몸을 앞으로 숙였다.

"십 년 전이라고 하더군요. 그러한 교에몬 씨에게 여자가 생긴 겁니다."

"오호……."

"교토 여자였다는 모양인데, 출신은 물론 어떠한 경위로 알게 되었는지는 저도 소상히 듣지 못했습니다. 그 이전에 잘 몰랐던 모양이더군요."

"도읍의 여자란 겁니까?"

"말투가 교토 말씨였다고 하더군요. 곱고 나긋한 말솜씨에 행동거지도 고상했다고……. 뭐, 미인이었을 테지요. 그러나 스스로 염려하고 있었다시피, 도락의 선은 알지 못하셨던 모양입니다. 빠지고 또 빠지고 아주 푹 빠져서 결국 후처로 들이겠다고 결심을 한 것입니다."

마타이치는 다시 한 번 오호, 하며 무릎을 세웠다.

"아주 홀딱 반했구먼요. 진심일세."

"진심이었지요. 허나 일은 그리 순조롭게 풀리지 않았습니다. 아들과 행수 이하 고용인 일동이 일단은 반대했으니까요."

"나쁜 여자였군요."

"아니, 나쁜 여자라 할 만한 구석도 없었던 모양이지만요."

"그럼 역시 후계자 문제입니까?" 하고 마타이치는 물었다.

"그게 그렇지 않습니다."

"아니라고요?"

"아닙니다. 그 아들이란 사람은 에이키치라는 이름이라 하더군요. 이 사람이 상인에는 어울리지 않을 정도로 욕심이 없는 인물이라더군요. 일단 외동아들이라고 합니다만, 후계자 문제도 말입니다, 만약 부친이 후처를 얻어 그 여자에게 아이가 생긴다면 자신은 물러나겠다, 그런 말까지 했다고 하더군요. 아드님은 아직 홀몸이었지요. 자신이 살림을 차리는 날이 오면 따로 가게든 뭐든 내달라……. 그런 기특한 말까지 했답니다. 그러나 재산이 아쉽다는 이야기는 아니지요. 그 전까지는 염문 따위 단 한 번도 없었던 까닭에, 과연 단번에 결정해도 되는 것일까, 그러한 염려였을 테지요. 그런 이야기라면 저도 그리 생각할걸요."

"흠."

마타이치는 행자두건을 스르륵 풀었다.

"허나, 선생. 그러한 일은 경험이 많다 적다의 문제가 아닐 겝니다. 얼굴 한 번 못 보고 출가해 삼십 년을 함께 하는 사람도 있는가 하면, 한눈에 반해 오십 년을 해로하는 부부도 있다고요."

"그도 그럴 테지요" 하고 모모스케는 대답했다.

애정을 주네 받네 하는 이야기는 도대체가 불편하다.

"이래저래 일은 있었던 듯하지만, 마타이치 씨 말씀대로 주위의 반대에는 설득력이 없었던 것이지요. 여자 쪽은 소극적이랄까, 얌전히 아무 주장도 하지 않았던 듯한데……. 하긴 뭐라 말할 수 있는 입장도 아니었겠지요. 허나 교에몬 씨는 한발도 물러서지 않고, 결국 억지로 혼사를 결정하고 말았습니다. 그렇게 되면 어쩔 수가 없지요. 부친이 하는 말, 주인이 하는 말이니 대들 수가 없으니까요. 상점 문제가 있기는 하나, 이도 저도 다 나중의 일이니 후계자 운운은 뒤로 미루자. 일단은 경사스럽게 혼례부터……. 그런 식으로 마무리됐습니다."

거기서 모모스케는 뜸을 들였다. 마타이치는 싱긋이 웃는다.

"그리 잘 풀리지는 않았던 게로군요."

"잘 풀리지 않았습니다. 상견례도 마치고, 꽃가마도 들어오고, 자, 경사스러운 혼례잔치다, 하는 바로 그날에 신부가 사라져버렸습니다."

"사라졌다?"

"없어지고 말았다는 얘기입니다. 연기처럼 사라져버렸어요. 그러자 당연지사, 가네시로야는 천지가 발칵 뒤집힌 것처럼 난리법석이 났지요. 고용인들이 총출동해 찾으러 다녔다고 합니다. 관아에도 신고를 하고, 큰 상금까지 내걸고서 찾았습니다. 그래도 찾지 못했어요. 아주 흔적조차 없어지고 말았지요."

오호라. 감탄하듯 한마디를 던지며, 마타이치는 세우고 있던 무릎을 눕혀 책상다리를 했다.

"그 사라져버린 새아씨가 그리워, 노대인은 사람이 변하고 만 게로군요. 그리움이 사무쳐 나날이 수척해지고……. 그리 흘러가는 겝니까?"

"맞습니다. 맨 처음 일 년은 필사적으로 수소문하고, 이듬해 일 년은 눈물로 지냈지요. 그러는 동안 점점 쇠약해지니 아들도 고용인들도 속수무책. 뭐, 아무리 힘겨워도 그래본들 상사병, 머지않아 잊게 되리라, 장사일로 복귀하면 기운도 찾으리라고 생각해 당분간 용태를 지켜보고 있었는데, 이거 참, 도무지 호전되지 않는 겁니다. 오히려 점점 악화되었다고 하는데……."

마타이치는 눈을 가늘게 뜨고 쌓아둔 이불을 곁눈으로 보았다.

"그거 큰일일세."

"큰일이지요. 그리고 한때는 식음도 전폐했다, 뭐, 그러한 일도 있어서 말이지요."

"그래서……."

어행사는 모모스케의 얼굴을 스윽 본다.

모모스케는 시선을 획 피한다.

"그 신부를 찾아달라, 그 말씀입니까?"

"예에."

"만나서 어쩌겠다는 것일까요? 자신을 버리고 달아난 여자 아닙니까?"

마타이치는 심드렁하게 말했다.

"어떠한 연유가 있었다 한들, 그 여자는 떠날 때 가네시로야의 간판에 먹칠을 한 여자, 주인을 개망신시킨 여자가 아닙니까? 만난다 한들 어찌 되지도 못할 텐데요. 설마 십 년이나 지나 다시 합친다는 이야기는 아니겠지요?"

"글쎄요……."

모모스케는 남녀 간의 미묘한 심리를 알지 못한다. 알지는 못하지만, 그리되기란 어려우리라 생각한다.

다시 합치지는 못하리라.

달아났다면 그 나름대로 이유가 있을 테고, 더욱이 혼례씩이나 올리는 자리에서 달아났다는 상황이라면 그만한 각오가 있었기에 감행했을 것이다. 어쨌거나 그런 상황에서 달아나버린 이상, 어찌 손을 써도 소용없는 일이라고 생각한다. 원만히 재결합하지는 못하리라.

게다가 십 년이나 지난 상태다. 십 년이란 세월은 길다. 그것이 상처라면 깊기는 해도 차차 아물 것이다. 그러나 사람과 사람 사이의 골이란 아무리 시간이 흘러도 깊게 패일지언정 메워지는 일은 없을 듯이 느껴진다. 아니, 세월이 흐르면 흐를수록 거리는 멀어지는 법이 아닐까.

다만…….

"다만 말이지요."

마타이치는 웬일로 궁금해하는 표정을 보였다.

"실은……."

에도에서 보았다.

'여자는 에도에 있습니다.' 헤이하치는 그렇게 말을 했었다.

"재작년, 가네시로야의 고용인들이 일 관련으로 에도에 나왔을 때에 그 여자를 보았다고 하더군요."

"에도에 머물고 있었다?"

"예. 그게 말이지요, 실은 희한한 일인데, 그 여인, 어떤 신분인지 판단하기 어려운 옷차림이었다더군요."

"판단하기 어렵다니⋯⋯ 대체 어떤?"

"예에. 어딘가 출가한 듯한 행색은 아니었던 모양입니다. 무가, 상가를 불문하고 부인 마님의 차림은 아니었다고 합니다. 그렇다고 고용인으로 보이지도 않고. 다만 미천한 행색은 아니었던 듯, 외려 화려하게 차려입고 있었다고 합니다. 그것도 결코 길거리 창부나 유녀 부류, 이른바 논다니는 아니었다는 것이 그 고용인의 말입니다."

"화려한 차림새라⋯⋯."

마타이치는 다시 턱을 문질렀다.

"예에. 어떠한 차림새인지, 제 머릿속에 떠오른 것이라고는⋯⋯ 이를테면 오긴 씨와 같은 예인 정도입니다만, 그 부분은 분명치 않습니다. 다만 그 목격담을 들은 후로, 겨우 몸을 추스르기 시작했던 교에몬 씨는⋯⋯."

정신을 놓아버렸다는 것이 헤이하치의 말이었다.

모모스케는 말을 옮기고 있다. 헤이하치가 한 말 그대로는 전해지지 않는다.

모모스케는 믿어지지 않는 것이다. 그런 일로 과연 제정신을 잃게 될까.

히노엔마 | 223

헤이하치의 이야기를 곧이곧대로 받아들이자면 그 이후 교에몬의 행동은 명백히 상식을 벗어나 있다.

어찌 들어도 실성이라는 평을 내릴 도리밖에 없다. 그러나…….

세상에는 견뎌내지 못할 만큼 괴로운 일도, 한없이 슬픈 일도 많다. 정신의 균형이 무너질 정도로 연정에 애태우는 일도 있으리라는 생각은 든다. 허나 교에몬의 경우는 과연 그럴까. 애틋하게 생각하는 이와의 이별은 분명 괴로운 일이다. 그러나 자식을 앞세운 부모, 반려나 정혼자를 잃은 이……. 그러한 경우에 있는 자가 하나같이 실성을 하느냐 하면 결코 그렇지는 않는 것이다.

교에몬은 처자와 사별한 것도, 부모가 살해당한 것도 아니다. 기껏해야 달아난 첩실을 만나고 싶은 것뿐이 아닌가. 그런 이유로 미친단 말인가.

더욱이 교에몬은 사리분별이 분명한 대 상점의 주인이다. 나이 차지 않은 어린아이도 아니고, 분별도 있고 체면도 있는 나이 지긋한 어른이 색사에 그 정도까지 망가지게 되는 것일까. 세상사에서 이르기를 색도(色道)는 맹목이라고들 하지만, 그것도 상대가 있을 때의 경우일 것이다. 연모의 상대가 사라져버린 후에도 여전히 깨지 못할 꿈에서 헤매게 되는 것일까.

모모스케는 입을 다문다.

"그게, 좀."

"아, 예에" 하고 마타이치는 몇 번 고개를 끄덕였다.

"상당히 좋지 않은가봅니다?"

"예에. 뭐, 그야말로 실성한 듯이 보고 싶다, 보고 싶다는 타령……. 저로선 도저히 이해하기 어려운 이야기입니다만. 울고불고,

게다가 밤이면 밤마다 거리를 헤매기도 한다더군요. 그것도 야경꾼처럼 골목 안이나 막다른 골목 같은 데를 말입니다. 잃어버린 고양이를 찾기라도 하듯 여자의 이름을 부르며 헤매고 다닌다고 하더군요. 낮에는 낮대로 영문을 알 수 없는 품목에 돈을 써대기도 하는 등 갈피를 잡을 수가 없답니다."

"돈을 쓴다는 건 대체 무슨……?"

"아, 그게, 연일 방물전이나 포목전을 전전하면서 옷이며 빗이며 머리꽂이 등을 닥치는대로 사들이고 그런다는군요. 그것도 모자라 목재까지 사들였다나요."

"목재 말입니까? 목재라니, 좀 알 수가 없는데……?"

마타이치는 미간을 좁혔다. 당연히 그럴 것이다. 모모스케도 이해할 수 없었기 때문이다.

"그렇지요? 그것도 하나하나 정성들여 꼼꼼히 살펴가며 사들였다고 합니다. 이는 상당한 액수가 되겠지요. 무엇이든 다 가족에게도 점원들에게도 비밀이었나본데, 당연히 들키지요. 그래서 주인의 낭비가 순식간에 점포 내에 알려져 난리법석이 났지요. 옷이나 방물까지야 뭐, 이해 못할 바도 없지만, 목재에 이르면 도저히 제정신으로 보이지 않지요. 이건 어찌된 까닭일까요, 마타이치 씨?"

"글쎄요. 소생이야 목재상에서 무언가를 산 적이 없어서 헤아리기가 어렵군요."

"그렇지요? 이해하기 어렵고말고. 뭐, 가네시로야 사람들도 이해 못했습니다. 아무리 부자라지만 써도 될 금액이라는 게 있잖습니까. 그래서 주인에게 다그쳐 물어봤더니, 교에몬 씨는 대답할 말이 없다며 외려 큰소리를 쳤다고 하더군요. 그런 다음 에도와 오사카에서 인부와 목수를 불러들여 결국 으리으리한 건물을 세워버렸다고 합니다."

"건물을 말입니까?"

마타이치는 고개를 갸우뚱했다. 이 대단한 어행사에게도 희한한 소행으로 비춰진 것인가.

"건물입니다. 그 여인을 맞아들이기 위한 건물인 듯하더군요."

"신혼집이라는 얘기입니까?"

"아마도 그렇겠지요. 뭐, 궁궐처럼 으리으리한 저택이라더군요. 그리고 준비는 다 됐으니 하루라도 빨리 여자를 찾아내라고 고용인들에게 명령을 했답니다. 여자를 찾아 이리 전해달라 일렀답니다. 채비는 다 갖추었다, 이번에야말로 원대로 해줄 수 있다……. 이런 말을."

"오호."

마타이치는 감탄하듯 숨을 흘렸다.

"원대로."

그리고 이어 "원이라" 하고 뱉더니, 모사꾼은 고개를 갸우뚱하게 기울인 채 생각에 잠겼다.

"그렇게 전하면 여자는 반드시 돌아온다, 교에몬 씨는 그리 말했다 합니다. 하긴 뭐, 저택까지 지었으니 받아들일 준비는 확실히 만전이겠지요. 허나 상대는 혼례날에 달아났습니다. 효과가 있으리라는 생각은 들지 않지 않습니까. 이번에는 원대로 하겠다는 말도 어째 좀……."

미련이 넘친다.

"그런 다음에 말이지요, 여자를 데리고 올 때까지 나는 여기서 한 걸음도 나가지 않겠다며, 교에몬 씨는 그 저택에 틀어박혀 두문불출하게 되어버렸다고 하더군요."

"칩거입니까."

"예. 기행 끝에 농성인 것이지요. 점포 식구들도 난감하기 이를 데 없다며, 뭐, 이건 실상 기이하지 않습니까. 그런 일이 과연 있기나 할까요?"

"있지 않을까요?" 하고 마타이치는 말했다.

"사모의 정에 애태우다 몸마저 사르더라. 기요히메는 뱀의 몸으로 변했다지 않습니까. 연정의 행로에 적당한 선이란 없습지요. 그래도 보통 대단한 일은 못 벌이는 법입니다. 끙끙 앓기만 할 뿐. 그 노대인의 경우는 유감스럽게도 전이 많아 저지르고 말았던 게지요."

오호라.

이도 저도 다 돈이 없어서는 할 수 없는 일뿐이다. 혹 가난뱅이였다면 아무리 하고 싶어도 할 수가 없다. 마타이치의 말대로 그저 끙끙 앓다가 끝을 냈으리라. 교에몬에게는 웬만큼 분별력도 있었을 터이나, 그와 동시에 이리저리 발악해볼 여유도 넉넉히 있었던 것이다.

결국은 돈이 있었기에 벌어진 불행이라는 것인가.

"그러니 역시 이는 재결합이네 복연이네 하는 이야기가 아닐 테지요. 그 아드님으로서는 좌우지간 교에몬 씨가 제정신으로 돌아오기를 바랄 겝니다. 일단 본인을 만나기만 하면 교에몬 씨의 마음도 제자리를 찾아 진정될 것이다, 아들은 그리 생각하고 있으리라 봅니다. 만나보고서도 허사라면 허사인 대로 족하다……. 뭐, 허사이긴 하겠으나, 어찌되었든 이대로 생사의 기별도 몰라서야 애가 탈대로 탄 마음이 진정되지 않을 것이다. 그런 이야기겠지요."

"그리 잘 풀리지는 않을 겝니다" 하고 마타이치는 말했다.

히노엔마

"의원님도 백약이 무효라지 않습니까. 색도 지옥은 밑 빠진 독입지요, 선생. 한 번이 두 번, 두 번이 세 번 되어 지옥행. 만나지 못하면 애가 타는 법, 만나면 헤어짐이 괴로운 법, 헤어지면 미련이 남는 법인데 그토록 그리움이 사무친다면 이는 매듭짓기가 이만저만 어렵지 않겠습니다. 쌓이고 쌓인 미련을 끊어내는 것은 쉬운 일이 아닙니다요."

"그렇습니까……."

모모스케는 정색했다.

"뭐, 그것을 어떻게든 하는 것이 모사꾼의 본분이겠지만서도. 다만 말입니다, 선생."

마타이치는 다시 화투를 한 장 뺐다.

"사랑하는 여인을 어떻게든 만나고 싶다. 찾아주었으면 한다. 귀에는 그럴싸하게 들리는 이야기입지요. 허나, 이것은 만난다고 끝날 이야기가 아닙니다요. 붙여놓든가 떼어놓든가, 좌우지간 결판을 내지 않으면 그야말로 수습이 아니 되는 이야기입지요. 절연이든 중신이든, 사람과 사람 사이의 연을 다루자면 그 나름대로의 각오가 필요합니다. 소생의 세 치 혓바닥으로 생사가 결정되고 마는 경우도 있습니다."

그럴 것이다. 반했다, 빠졌다, 한마디로 그치지만, 무언가 하나가 엇갈리면 큰일이 되기도 할 것이다. 물론 모모스케로서는 헤아리기 어려운 영역이기는 하지만.

"소생은 절절히 느끼고 있습니다"라고 마타이치는 말했다.

"절절히 느낀다 함은?"

"예에. 모사꾼은 사람을 속이는 것이 생업입니다. 허나 속인다고는 해도, 원망의 대상이 되어서야 업을 이어갈 수 없지요. 속이고 달래는 것도 방편. 꽃이 피지 않는 메마른 땅을 이 술수 저 술수로 어름어름 달래고 갈아엎어 꽃을 피워야 비로소 모사꾼이지요."

"그것은 알고 있습니다."

"그렇습니까?" 하고 마타이치는 말했다.

모모스케에게는 알 리가 있겠느냐는 말로 들렸다. 하지만…… 마타이치는 웃었다.

"행복이란 말입니다, 선생. 어딘가에 둥둥 떠다니는 것이 아닙니다. 지금 여기에 있는 것이지요. 다만 그것을 행복으로 느낄지 어떨지에…… 달린 것이겠지요. 사람은 모두 꿈속에서 살고 있습니다. 그렇다면 악몽만 꾸는 것은 아니라고, 소생은 그리 생각하지요. 전부 꿈이라면 거짓도 거짓임을 알기 전까지는 진실. 하지만 거짓이 진실로 변해……."

마타이치는 자신의 삭발머리를 만졌다.

"해를 끼치는 일도 있지요."

"해……를?"

해?

"자아."

마타이치는 뽑은 화투장을 눈을 내리깔고 보았다.

"그런데 소생과 선생의 친분을 냄새 맡은 놈은 어디 사는 누구인지?"

손바닥 안……이었다는 것인가.

"마타이치 씨, 저어."

"맨 처음 아뢴 대로, 다름 아닌 선생의 부탁이니까요, 소생은 기꺼이 받아들이겠습니다. 다만 이야기의 출처만은 알아놓고 싶습니다. 에도가 넓다 하여도 선생과 소생의 사이를 알고 있는 녀석은 그리 없을 터."

"그, 그렇습니까?"

"선생은 마지막 패니까요."

마타이치는 그렇게 말하고서 화투패를 놓았다.

오동*.

어떠한 의미인지 모모스케는 알지 못했다.

"누굽니까? 부탁한 녀석."

"예에, 그게."

모모스케는 헤이하치에 대해 설명했다. 말하기 껄끄러웠을 뿐, 본인으로부터 함구해달라는 말이 있었던 것은 아니다. 마타이치는 다 들은 후 책장수였냐고 중얼거렸다. 그리고 무언가 납득하고, 다시 이야기를 시작하듯 찾는 여자의 이름을 물었다.

"시라기쿠(百菊)라 하더군요."

모모스케가 그렇게 알리자, 어행사는 매우 무서운 표정을 지었다.

"시라기쿠라……."

"아, 아십니까?"

마타이치는 대답하지 않고, 잠시 이리저리 생각을 하듯 허공에 시선을 던지고 있더니 "그 여인…… 교토 여자이지요"라고 말했다.

"맞습니다만, 그게 무슨……?."

"참으로 골머리가 썩겠군." 모사꾼은 작은 목소리로 말했다.

---

* 일본에서는 오동이 12월을 뜻한다.

"골머리?"

"아니, 무어라 할까. 그 여자가 혹 소생이 알고 있는 시라기쿠라고 한다면, 소상한 이야기는 아래에 있는 오로쿠 씨에게 듣는 편이 빠릅지요."

"오로쿠 씨라면 아까 그……."

"예. 험상궂은 얼굴의 할망구지만 사람을 잡아먹었다는 이야기는 여태껏 못 들었으니, 안심하시길. 소생은 당장 좀 짚이는 구석을 찾아가보겠습니다."

마타이치는 그렇게 말하고 일어섰다.

3

"시라기쿠……."

오로쿠는 그렇게 말하며 얼굴을 찌푸렸다.

"그, 도읍에서 내려온 시라기쿠 말씀이신가?"

"예에" 하고 모모스케는 정색을 했다.

오로쿠는 화려하기는 하나 결코 고급스럽지 않은 옷을 아무렇게나 칠칠맞지 못하게 입고, 불이 지펴지지 않은 화로 앞에서 담뱃대를 문 채 담배를 피우고 있다.

"마타 놈이 나한테 물어보라 하던가?"

"오로쿠 씨에게 묻는 편이 빠르다고……."

"그래서, 그 마타 놈은 어디로 갔는지?"

오로쿠는 건성으로 물었다.

"마타이치 씨는 짚이는 구석을 찾아보겠다고……."

"짚이는 구석?"

오로쿠는 고개를 갸우뚱했다.

그리고 코에서 연기를 뿜어내고선, "또 성가시기 짝이 없는 일을 꾸며대는구먼" 하고 말했다.

그야 그럴 것이다.

"시라기쿠는 말이지, 총각. 어디 보자…… 일, 이, 삼…… 그래, 팔 년 전쯤까지 요시와라 담보에 있었지. 창기라고."

"창기……."

작년에 시라기쿠를 목격한 가네시로야의 고용인은 몸 파는 여자가 아니었다고 증언했다 한다.

그렇다면 잘못 보거나 짐작이 틀렸다는 이야기일까.

"팔 년 전까지라니 그러네" 하고 오로쿠는 말한다.

"지금은 아니라는 말씀이신지?"

"지금이야 어찌 됐는지 모르지. 내가 아는 것은 옛날 일이라고. 그 계집…… 뭐, 미색이지. 곱고 하얀 게 살결도 함치르르하니, 아주 백옥이야. 얼굴도 기품이 흘러서, 나 같은 게 봐도 고귀한 느낌이 들더라고. 사내들이 좋아하는 여자란 천한 것들이 많지만, 고것은 기품이 있었거든. 말하고 싶지는 않은데, 타고난 본은 숨길 수가 없는 법이려나."

"고귀한 집안의 태생입니까?"

"공가(公家)* 태생이거든, 그 계집."

오로쿠는 화로 테두리를 담뱃대로 탕 하고 두들겼다.

"공가……라고요?"

"호리카와 아무개 귀인의 씨앗이라는 소문이었지. 뭔가 까다로운 예법을 소상히 알고 있었거든. 그 왜, 뭐라고 하지 않나, 그……."

---

* 조정에 출사하던 가문.

"유직고실(有職故實)* 말입니까?"

"나야 모르지만서도. 뭔가 유식해 보이는 것을 이래저래 알고 있더라고. 자랑은 아니지만, 이몸은 갈봇집 출생에 낳자마자 개골창에서 씻겼다는 뼛속까지 철저한 천출이거든. 무얼 들어본들 알아듣지도 못하지."

껄껄대는 목소리로 오로쿠는 웃었다.

"그런데 그 공가의 규수가 어째서 그렇게……"

"요시와라 기녀가 되었냐는 말이구먼? 간단한 얘기지. 내가 팔았어."

"팔았단 말입니까?"

놀랄 거야 없지 않냐며 오로쿠는 의아한 얼굴로 모모스케를 응시했다.

"뭐, 문제라도 있수?"

문제 같은 건 없다.

단지 모모스케가 생활하는 곳과 오로쿠가 사는 곳에 다소의 차이가 있을 뿐이다. 오로쿠는 화로 옆에 놓인 술병을 집더니 "오해는 말아주시게" 하고 말했다.

"딱히 거둔 계집을 팔아치워 짭짤하게 번 건 아니라고. 나는 땡전한 푼 받지 않았으니까. 자랑은 아니지만, 이 구렁이 오로쿠 님은 시골처녀를 속여서 푼돈이나 챙기는 악랄한 짓은 않지. 원망이 남잖나. 그년은…… 처음부터 날짜가 아니었어."

"날짜?"

---

* 조정이나 무가에서 이어오는 의식, 복식과 여러 행동 규범.

"여염사람 말이야. 구 년 전 이 언저리로 흘러들었을 때, 그년은 이미 사내들 소매를 끌고 있었다고."

"그랬단…… 말입니까?"

그렇다면 오와리에서 행방을 감춘 후, 입에 풀칠하기가 어려워 몸을 팔기 시작했다는 얘기가 되는 것일까.

가만히 있었다면 큰 상점의 아씨 마님이라는 꽃가마가 기다리고 있었건만.

창부로 전락하면서까지 달아나고 싶었던 것인가.

교에몬도 미운 털이 단단히 박힌 모양이다.

"아니, 아니라고."

오로쿠는 손을 저었다.

"아니라…… 하심은?"

"댁이 말하는, 시라키쿠와 노대인의 혼담이란 십 년 전 일이잖나. 십 년 전이라면…… 그 계집은 열여덟이지. 시라키쿠의 말로 유녀가 된 것은 열여섯이라고 했거든. 노대인과 알고 지내기 훨씬 전부터 시라키쿠는 유녀였던 게라고."

"그렇습니까."

"시라키쿠는 나니와 오사카의 신마치*에 있었다더구먼. 엄청나게 인기가 많았다나. 뭐, 이것은 제 입으로 한 말이니 사실인지 어쩐지는 알 수 없지만서도, 어쨌거나 말은 그렇다고. 오사카에 있었던 것은 일 년 정도였던 모양이니, 아마도 그 후에 오와리로 흘러들어간 것일 테지. 거기서 노대인이 어리바리 창부를 샀다가 열이 올라서는

---

* 일본 3대 유곽으로 일컬어졌던 오사카 최대의 공창 지역.

결국 낙적까지……. 그리 이야기가 흘러간 게 아니려나."

오호라, 그렇다면 있을 법한 이야기이기는 하다.

"어쨌거나 시라기쿠는 유녀였다고."

오로쿠는 끌끌, 하고 혀를 찼다.

"막돼먹은 계집이었어. 아무리 기량이 좋다 한들 어디에서고 멋대로 장사를 할 수 있는 게 아닐 텐데 말이야."

"막돼먹었단…… 말입니까?"

"막돼먹었지. 토박이에게 일언반구 말도 없이, 인사도 없이 객을 잡아끌었어. 뭐, 자신의 기량, 몸뚱이 하나로 세상 살아가겠다는 근성은 감탄할 만하다고 생각하지만서도. 객을 뺏긴 쪽은 못 참지. 댁의 이야기를 믿자면, 오와리에서 에도까지 쭈욱 그런 식으로 길을 왔을 테지."

일 년 걸렸다는 이야기가 된다.

"아무리 천해도 말이야, 밥벌이로 삼고 있으면 제 영역이라는 게 있다고. 길거리 창부한테도 있는 법이거든. 경우를 벗어나면 얻어터지지. 시라기쿠는 에도에서도 금세 말썽을 일으켰어. 오만 데서 말이야."

"예에."

"거한 쌈판이었어. 그 계집, 배짱이 이만저만 두둑한 게 아니야. 왈짜패 상대로 아주 대활극을 벌였다더만. 그 가는 팔로 대여섯 명을 조지는 통에 그 바닥 야쿠자한테 잡혀 옥에 갇혔는데, 내가 넘겨받아 와서 챙겨준 게야."

오호라……. 잘 들어보니 악행이 아니라 친절이다.

"처음에는 여기서 돌봐주려고 했지."

나이를 알 수 없는 여주인은 자신의 가게를 둘러본다.

"내놓을 만했거든. 시라기쿠가 그 당시 나이가 열아홉인가 스물 안팎이었는데. 그리 젊지는 않아도 그걸 보완할 만한 기량이었지. 간판 창기로 내세울까, 뭐, 그리 생각한 것은 사실이지. 그런데 아이쿠, 이야기를 듣자하니 웬만큼 괜찮은 지체 아니신가. 그렇다고 이목구비가 빠지면야 쓰려야 쓸 도리가 없지만서도. 기량은 좋고 격이 다르다 싶은 생각이 들어서. 원래 신마치에서 날리던 계집이면 오카바쇼의 갈보로 끝내기는 아깝고말고. 그래서 나는 안으로 들여보낸 게지."

안이란 곧 요시와라 유곽을 이른다.

안이든 밖이든 하는 짓이야 다를 바 없으니 말이지, 하고 여걸은 관자놀이를 누른다.

"어차피 몸을 팔 거면 비싸게 파는 편이 좋잖나. 박색이나 추녀면 팔고 싶어도 팔리지를 않으니까. 뭐, 달리 할 만한 것도 없고, 할 마음도 없고, 본인이 몸 팔아 살아가겠다고 핏대를 세우니, 그럼 윗물에서 노는 편이 낫잖나. 그리 생각하지 않소?"

모모스케는 고개를 끄덕이며 숙인다.

"밑바닥 신세로 끝내지 않을 줄은 알았지, 그 아이한테는 사람을 사로잡는 힘이 있었거든. 내 눈이야 확실하지. 짐작대로 시라기쿠는 금세 격자여랑(格子女郎)*으로 올라섰고 단골객도 생겼어. 어쩌면 다유(太夫)**로……. 그런 말도 있었다고."

---

* 높은 지위의 유녀. 다유 다음.
** 영주나 고급 무사 등을 상대하는 고급 유녀.

"다유라. 아주 대단하군요."

되지 않았어, 오로쿠는 거칠게 대답했다.

"되지 않았다?"

"되지 않았소. 시라기쿠 다유란 이름을 어디 들어봤수?"

그렇게 물어본들 모모스케는 하나도 모른다. 이런 쪽 사정은 전혀 아는 바가 없다. 팔 년 전으로 거슬러 오르면 더더욱 모를 수밖에. 그 무렵이면 모모스케는 아직 세상 물정 모르는 애송이다.

"시라기쿠는…… 그 참, 툭하면 객하고 다퉜어."

"다퉜다 하심은?"

"그년, 타고난 마성인 건지, 사내를 못쓰게 만들어."

"못쓰게 만든다?"

"그렇다니까. 맛이 좋았는지 기량이 좋았는지, 여자인 나야 전혀 알 수가 없지만서도. 객이 붙으면 붙는 대로 다들 포로가 돼버리더라고. 사내가 얼이 쏙 빠지고 말았지."

"얼이 빠진단 말입니까?"

"뭐…… 유곽은 말이지, 풍류로 노는 데라고. 진심에 빠지는 촌뜨기는 가서는 안 되는 곳이라고. 그런데 말이지, 그 시라기쿠를 상대로 삼으면 천하의 난봉꾼도 못쓰게 돼. 죄다 진심으로 빠져선 그 계집 궁둥이만 쫓아다니게 된다고."

"아."

교에몬도 그러했던 것인가.

"그런 계집이 있기는 하지" 하고 오로쿠는 말했다.

"뭐, 부럽기도 하고. 창기라도 반해주는 이가 있다는 것은 기쁘고 말고. 다만, 열정에도 한도라는 게 있다고. 재차 부르지 않는 것은 객의 수치라며 줄기차게 찾아가는 건 좋지만, 날마다 밤마다 그 지경이면 쩐도 몸도 배겨내질 못한다고. 그런데 시라기쿠의 객으로 온 날에는 이미 혼이 쏙 빠진 상태이니 아주 필사적이지. 하지만 진심이 되면 될수록 시라기쿠는 냉대할 수밖에 없을 거라고."

"단골은 고맙기 마련 아닙니까?"

"그러니까 한도에 따라서지. 이쪽은 장사 아닌가. 독점하려 들면 감당이 안 되지. 아무리 인기가 있다고 한들 몸뚱이는 하나. 몸뚱이 갈라서 상대할 수도 없는걸. 그래도 봐야겠다, 내가 첩으로 들이겠다, 팔자 고쳐주겠다 하면서 난리법석. 면도칼 휘두르며 날뛰는 얼간이가 몇이나 나왔지. '안'에서 칼부림 난동은 금기라고. 한두 번이야 괜찮겠지. 심하게 이어지면 시라기쿠 자신의 탓이 되고 말잖소. 좋지 않은 소문이 퍼지지."

"그렇겠군요." 하고 모모스케는 감탄했다.

"한데, 그렇게 팔자 고쳐주겠다고 나서는 자가 많았다면 말입니다, 누군가 그…… 손님 중에서 말이지요."

"서방을 고르지 않았냐…… 그 말인가?"

"예에. 여염사람으로 돌아가버리면."

"그리하지는 못했어" 하고 오로쿠는 쌀쌀맞게 말했다.

"못했단 말입니까?"

"그러다 팔 년 전이지."

오로쿠는 찻잔에 술을 따라 단숨에 들이켰다.

"시라기쿠는 사라져버렸어."

"사라졌다?"

또 사라졌단 말인가.

"발을 뺀 것입니까?"

"발을 뺐다고 할지. 시라기쿠는 말이야, 빚은 없었거든. 제가 자신을 팔았으니까. 몸값도 화대도 고스란히 모아두었을 테고, 유곽으로서야 짭짤히 챙겼을 거라고. 다만, 화재 때문에."

"화재라 하시면, 그……."

"쪼끄마한 불이야. 정신 팔아먹은 단골객이 불을 붙여버렸어. 처음에는 이불 따위가 그을릴 뿐이었던 모양인데, 그런 일이 몇 번쯤 이어졌거든. 시라기쿠는 완전히 두 손 들었지. 그러다 결국 큰불이 나고 말았어."

"그것도…… 객이 놓은 불입니까?"

"그럴 테지, 뭐. 범인은 숯검정이라서 누구인지 알려야 알지도 못했지만."

화재라…….

"자칫 잘못하면 대화재라고. 다행히 딴 데로 번지지는 않은 듯하지만, 기루 한 채가 홀랑 다 타버렸어. 불이 꺼지고 소동이 진정됐을 때, 시라기쿠는 사라지고 없더라고. 시체는 없었거든. 죽은 건 아니지. 사라진 거야."

"사라지다니……. 책임을 느낀 걸까요?"

"불이 싫었던 게지." 난폭하게 그 한마디를 뱉고서 오로쿠는 다시 한 잔을 따른다.

술의 향기가 모모스케의 코에 닿는다.

"불이 싫어서, 불이 질색이라 도망간 게야. 나는 그리 생각해."

술 냄새 풍기는 숨을 토하며 그렇게 말한 다음, 오로쿠는 옆으로 고개를 돌려 술을 들이켰다. 흰 목이 물결친다.

"불을 싫어했단 말입니까?"

"글쎄. 그 시라키쿠라는 년은 말이지, 지금 생각해보면 딱한 계집이긴 했지. 자신이 싫고 말고에 상관없이 주위가 미쳐 돌아가거든. 그래도 미치게 만드는 건 자신이니까 자업자득이지만서도. 그런 팔자인 것일 테지."

오로쿠는 그렇게 말하고 다시 술잔을 비웠다.

"팔자입니까."

"팔자지. 그렇게 생각해야 덜 억울할 거 아닌가. 누구든 좋아서 불행해지는 건 아니라고. 그 계집은 말이지……."

그리고 오로쿠는 한참이나 뜸을 들이더니, "그 계집은 병오(丙午)생*이야"라고 했다.

"병오생입니까?" 하고 모모스케는 거듭 말했다.

"어째 납득이 되지 않나 보네" 하며 오로쿠는 달려들었다.

"납득이 되지 않을 것은 없습니다만……."

"뭔가 하고 싶은 말이 있나본데?"

"아니, 그러니까 그러한 부분은……."

뭐라고 해야 할지. 오로쿠는 찻잔을 탕, 하고 화로 위에 놓았다.

"타고난 운명 따위는 없다, 그 말씀이신가?"

"그리 말하지는 않겠지만, 그것은 미신입니다."

"그런 거야 이미 알고 있네" 하고 오로쿠는 말한다.

병오생 여자는 사내를 잡아먹는 마성이라고 한다.

---

* 히노에우마, 병오생 여성은 기가 드세 남편을 죽인다는 속설이 일본에 널리 퍼져 있다. 그리고 병오년 사주에는 불(火)이 두 개나 들어 있다.

히노엔마 | 241

미신이다.

근거도 없는 미신이다.

병오란…… 십간십이지를 조합한 책력에서 육십 년에 한 번 돌아온다.

십간이란 갑을병정무기경신임계, 십이지는 자축인묘진사오미신유술해다. 이를 조합하면 육십 쌍이 된다. 이것이 차례대로 돌아오는 것뿐인 것이다.

무언가 어찌 된다는 일은 없다.

공식적인 책력부터 이 근방에 뿌려지는 허술한 책력까지, 대개 이것은 기입되어 있다.

점술이나 주역책 등을 보면 올해는 무슨 해이므로 어찌된다는 둥 저찌된다는 둥, 툭하면 화재가 많네 풍작이네 흉작이네, 그러한 글이 마치 진실인 양 기입되어 있기도 하다.

모모스케에게는 그저 사이비로 보일 뿐이다. 이러쿵저러쿵 과거의 예를 들며, 그것은 무슨 해였기 때문에 일어난 사건이라든가, 이 녀석은 이 해에 태어났기 때문에 이런 일을 저질렀다든가, 그 이유를 또 그럴싸하게 해설하고 있는 것도 있지만 모든 것은 훗날 붙인 해석일 뿐이다. 어떤 식으로든 갖다 붙일 수 있는 것이다.

이러한 점술은 모두 거짓이다.

단, 모모스케는 그 전부를 부정하지는 않는다. 십간십이지도 음양오행에서 나온 것이다. 그러한 점술도, 그러하기에 전혀 근거가 없는 것은 아니다.

오행설은 천지를 목화토금수의 다섯 원소로 분해한다.

각각에 양과 음을 할당해 다시 십간으로 나누는데, 병(丙)은 곧 양

화가 된다.

또 오행설은 동서남북과 중앙, 다섯 방위에도 목화토금수를 할당한다. 십이지 또한 방위에 할당되는데, 오가 나타내는 방위는 남이며, 남은 불의 방위인 것이다.

병오는 오행에 비추어보자면 불과 불, 이라는 이야기가 된다.

화기에 화기가 겹쳐지는 병오년에 화재가 많다고 일컬어지는 이유다. 허나 진짜 음양오행설은 그처럼 간단한 것이 아니다. 하물며 병오생 여성이 사내를 잡아먹는다는 말은 속설이라 하기에도 분에 넘치는 소리다.

왜냐하면 이것은 말장난인 것이다.

병오는 히노에우마(火の之馬)……. 말은 불이 난 것을 보면 미친다. 미친 말은 사람을 잡아먹는다. 고로 병오년생 여자는 드세고 남편을 차 죽일 듯 거동을 한다는 것이다.

이렇게 되면 음양오행과는 전혀 관계가 없다.

그러나 이 이상야릇한 속설은 묘하게 설득력을 얻어 유포되고 있다.

그것은 그 대화재의 장본인, 오시치 탓이다. 사내에게 미쳐 팔백여덟 마을을 불사른 열녀 오시치는 병오생이었다. 그렇게 전해지고 있는 것이다.

허나 보아하니 그 또한 훗날 붙은 해석이다. 이야기의 전개가 지나치게 잘 맞아 떨어진다. 정말 그러했다고 해도 그런 것은 아무런 이유가 되지 못한다.

애당초 오시치의 전설은 입에서 입으로 전해지던 이야기가 가부키가 되어 퍼진 것이다. 전해지는 내용의 대부분이 창작이다. 명확하게 된 부분은 혼고의 청과전 딸이라는 점뿐. 불을 지른 원인도, 부모의 이름조차 뚜렷하지 않다. 오시치의 생년 또한 다른 설이 몇 가지나 있을 정도다.

그럼에도 누구나 오시치가 병오생이라고 한다.

의심하지도 않는다.

어리석다고 생각한다.

그 말대로 오시치라는 처녀는 미쳤을지도 모른다. 그러나 오시치가 미친 것은 병오와는 무관. 그것을 억지로 이어 붙인 것도 어리석지만, 그것을 근거로 병오생 여자가 남자를 죽인다고 단언하는 것은 더욱 더 어리석은 짓이리라.

본말전도라는 말을 붙이기에도 분에 넘친다.

그것을 이유로 혼담을 물리치는 것은 더 없이 어리석은 일이다.

그럼에도 그러한 일은 있는 법이라고들 한다. 병오생 여인은 받아 주는 혼처도 없다고 한다.

모모스케는 괴이와 불가사의는 좋아하지만, 그처럼 부조리한 미망(迷妄)은 매우 혐오한다.

"하찮은 미신일 뿐입니다." 모모스케는 한 번 더, 이번에는 강하게 말했다.

"아, 알고 있다니까 그러네" 하며 오로쿠도 매몰차게 답했다.

"그런 거야 당연히 미신이지. 댁이 씩씩댈 것까지도 없다고. 누구나 알고 있어. 다들 알고 있으면서 하는 소리라고. 트집을 잡아 차별하고 싶은 거라고, 사람들이란 그래. 어쨌거나 시라기쿠가 병오생이라는 건 사실이거든. 그래서 그 계집, 겪지 않아도 될 몹쓸 꼴을 겪어 왔어. 그것도 사실이지."

"겪지 않아도 될 몹쓸 꼴……입니까."

"그래."

오로쿠는 거칠게 대답하고서 모모스케를 노려보았다.

"똑같은 처지로 태어났어도 불행한 꼴 겪지 않고 평생을 보내는 자야 당연히 있겠지. 하지만 그렇지 않은 자도 있거든. 행과 불행에 그리 큰 차이란 없어. 사소한 거라고. 아주 작은 엇갈림으로 길도 흉으로 바뀌는걸. 병오생이란 불행을 부르기에는 충분한 차이일 거라고."

모모스케가 당혹스러워하자, 오로쿠는 야단을 치듯 이렇게 말을 이었다.

"한번 생각해봐. 존귀한 분의 핏줄께서 왜 창기 따위가 됐겠어."

"이도 저도 다…… 병오생이기 때문이라는 말씀입니까?"

전부 다 그렇다는 말은 아니라고 하며, 오로쿠는 몸을 틀었다.

"듣자하니 그 계집, 여기저기서 몹쓸 꼴을 당했더라고. 뭐, 창기라면 많든 적든 비슷한 신세이긴 하지만서도……."

"병오생이기 때문에 더 그렇다는 말씀입니까?"

"더 그렇지야 않겠지. 어쨌든 그 기량이잖나. 질투에 투기에, 그야말로 이래저래 일이 많을 거라고. 나도 말이지, 이 나이 먹고서도 젊은 애들 보면 샘이 날 때가 있어. 그래도 샘을 내본들, 분통 터뜨려본들, 이기지 못하는 걸 무슨 수로 이기겠어. 그럴 때는 병오생이라는 게 이유가 되어버리는 게지."

아아.

그것은 그러하다.

미신이든 속신이든, 이용하는 자에게는 아무래도 상관없는 일인 것이다. 설령 부당한 이유라도 공격할 구실이 된다면 개의치 않으리라.

때문에 그러한 것은 사라지지 않는 것이다.

모모스케는 얼굴이 굳는 것을 느낀다. 그것이 현실인 것이다.

미신이다, 근거가 없다, 소리 높여 말을 할수록 허무해지는 느낌이다.

그 노대인에게서 달아난 이유도 대충 그런 게 아니겠느냐고, 오로쿠는 성의 없이 말했다.

술과 분 냄새가 났다.

4

 모모스케가 헤이하치와 나란히 센슈를 찾은 것은 그로부터 한 달 후의 일이다.

 마타이치로부터 서신이 도착했던 것이다.

 센슈 끝자락에 료준이라 하는 은둔승이 있사옵니다.

 그 승려, 시라기쿠의 과거를 알고 있나이다.

 오와리 가네시로야에서 기다리겠사옵니다……

 간략한 내용이었다. 그 승려를 만나 이야기를 들어라, 그후 마무리를 짓겠다, 그러한 의미로 모모스케는 이해했다. 언제나 그렇듯 마타이치가 무슨 생각을 하고 있는지는 알 수 없었으나, 무언가 계획하고 있으리라. 그것을 실행하기 위해서는 그 은둔승이란 자의 이야기가 필요한 것이다. 일단 헤이하치에게 알렸다. 타고난 오지랖 헤이하치는 크게 기뻐하고 흥분하며, 가가로 나서려던 예정까지 바꾸어 동행하겠다고 말을 했던 것이다.

 교토 쪽 집들은 외관이 으리으리하다.

 에도 거리와는 인상이 크게 다르다. 지진, 화재, 홍수에 언제 무너져도 상관없도록 만드는 에도의 허술한 집과는 애당초 그 구조가 다르다.

더불어 돈이 있는 것이다. 호화로운 것이다.

그러한 교토 지방에도 궁핍한 곳은 있다.

서찰에 적혀있던 장소…… 그 은둔승의 초암은, 거의 사람이 살 곳으로는 보이지 않았다.

지붕은 무너져 풀이 무성하고, 빼곡한 이끼에 덮여 있었다.

안에서 나온 승려도 사람으로 보이지 않는 차림새였다. 모모스케의 얼굴을 보자 승려는 다박수염에 덮인 궁상스러운 얼굴을 일그러뜨리며 웃었다.

"자네, 에도 교바시에서 오셨나?"

"예에, 저는……."

"들었소, 들었소" 하고 승려는 말했다.

"뭐, 누추한 데지만…… 보면 아시겠구먼. 들어와본들 바깥과 다를 바 없지만서도, 뭐, 이래 봬도 일단은 암자니. 들어오시게."

들어가도 어디 앉을 곳은 없었다. 다다미는 썩고 마르고를 거듭한 결과인지, 무엇인지 알 수 없는 물건이 되어 있었다. 그러나 료준이 개의치 않고 앉았기 때문에 어쩔 수 없이 모모스케도 헤이하치도 그곳에 앉았다.

"시라기쿠 때문이지?" 하고 료준은 말했다.

"그건 말이지…… 내가 아직 신마치 요코초 뒷골목에 있었던 무렵이니까, 이래저래 십이 년 전 일이구먼. 내가 이래 봬도 원래 무사였거든. 생각한 바가 있어서 머리 깎고 출가를 했지. 그런데 수행도 싫증이 나서, 뭐, 오래 지속을 못하는 품성이겠지. 해서 속세를 떠나 은

둔하게 된 게요. 아, 내 이야기는 아무래도 상관없겠구먼. 한데, 이래 봬도 꽤 의지하는 이들이 많았다고. 시라기쿠도 날 믿고 의논하러 온 아이지."

"의논을…… 말입니까?"

"그래. 그 녀석, 꽃 같이 고운 처녀였다고. 아주 눈이 휘둥그레질 정도였지. 나도 승적에만 들지 않았으면 엎어져버려, 그랬을 거라고."

"예에."

모모스케는 헤이하치의 얼굴을 본다. 헤이하치도 모모스케를 보고 있었다.

료준은 껄껄 웃었다.

"시라기쿠, 그 아이는 쬐만할 때부터 춤이며 샤미센이며 배우면서 자랐다고 합니다. 뭐, 그 무렵 상가의 딸이라 하면 귀인이나 공가의 부름을 받을 수 있도록 다도며 꽃꽂이며 재주를 익히게 해 입신을 도모했지요. 이건 남한테 전해들은 말인데, 시라기쿠는 무얼 해도 첫 번째였다고 하더구먼. 또 한 명, 다쓰다라는 처녀가 있었답디다. 이 처녀도 뭐, 시라기쿠 못지않은 기량이었다고 하는데, 시라기쿠는 어찌 된 까닭인지 머리 하나 만큼은 차이가 났다나. 그건 태어난 본이 다르다고, 그렇게 말들을 했답디다. 그 아이는 호리카와 귀인의 씨앗이거든. 그래서 꼭 그런 것은 아니겠지만서도, 뭐, 태생이 아니라 시라기쿠의 재량이라 생각하지만……. 태생도 좋고 이목구비도 훌륭하다 해서, 시라기쿠는 다른 처녀들보다 빨리, 열넷 나이로 서쪽 지방의 영주 댁에 고용살이로 들어갔다는구먼."

료준은 눈이 부시다는 듯한 표정을 지었다.

"미인이란 참, 팔자도 박복하지. 시라기쿠는 손을 타고 말았어. 그런데 그 일이 발단이 되어 옥신각신 다툼이 벌어지고 말았지. 결국 내보내겠다는 명이 떨어져 고향으로 돌아오고 말았다더만."

"손을 탔다면 나리의 눈에 들었다는 것이잖습니까. 그런데 어째서 쫓겨나고 말았던 것이지요?"

"질투지" 하고 료준은 짧게 대답했다.

"여느 여자였다면 상관없는 일이었을 테지. 허나 시라기쿠는 역시 빼어났던 게야. 큰 마님인지 작은 마님인지 뭔지 모르겠지만서도, 시라기쿠의 미모가 두려워졌던 게 아닐까. 아이쿠, 나으리가 정말 푹 빠지는 게 아닐까…… 하고 말이지."

미모에 위협을 느꼈다는 것인가.

"시라기쿠는 트집을 잡히고, 내쫓기고 말았어."

"그 트집이란……."

병오생이라는 점이냐며 모모스케는 물었다.

"뭐, 그렇지. 화재였어."

"화재…… 말입니까?"

또 화재다.

"안채에서 불이 났지. 투기야 화르륵 낸다고 해도, 진짜로 불을 내면 큰일 아닌가. 어느 정도로 탔는지는 모르겠지만, 뭐, 그래서 화재가 난 것은 그 여자가 화기를 두르고 있기 때문이라고, 그런 식으로 몰렸을 테지."

"그래서 추방된 것입니까?"

"음. 돌아가자 돌아간 대로…… 또 화재였어."

시라기쿠가 돌아가자마자 생가에 불이 났다고 료준은 말했다.

그 화재로 집안 재산을 잃고 세상 체면도 나빠져서, 사내를 죽이고 화기를 불러들이는 병오생 여자라며, 시라기쿠는 도읍에서 쫓겨나 오사카로 흘러들어가 유녀가 되었다고 한다.

"신마치라는 곳은 에도로 치면 요시와라지요. 오사카에서 '안'이라고 하면 신마치를 말하거든. 시라기쿠는 평판이 자자했지. 그 무렵 아직 열일곱 안짝 아닌가. 더불어 그 기량이라고……"

잘 놀고 색 즐기는 한량들이 드나들어, 고작 반년 만에 시라기쿠는 오라는 데 부지기수인 간판 유녀가 되었다고 한다.

그리고 한 단골객이 생겼다.

"아주 큰 상가의 아들이었어. 밤도 없고 낮도 없이 드나들어서, 뭐, 그리 열나게 들이대니. 시라기쿠도 젊었을 테니, 특히 더 깊은 관계가 되고 만 게야. 그리되니 하루라도 만나지 않고서는 못 견디지. 사랑에 빠지는 것이란 바로 이를 가리키는 게지. 이 사랑, 영원히 변치 말자고 서로 맹세를 했다더구먼. 그런데……"

"사내는 마음이 변하고 말았어" 하고 승려는 말했다.

별안간 발길을 뚝 끊었다고 한다.

변심한 것인가. 아니면.

"처음부터 유흥이었던 것일까요?"

"그렇게 고상한 이야기였다면 고생은 아니 하지. 객이 진심인지 아닌지야 창기도 알아보는 법이라고. 그 젊은 객은 진심이었어. 허나 사내란 멍청하고 박정한 법이지. 그 사내에게 끌렸던 여자는 더 멍청했을지도 모르지만. 그래도 사소한 일로 식을 바에는 아예 서방처럼 굴지를 말았어야지."

"사소한 일?"

"그렇다니까. 사소하고도 사소한 일, 색향에서 노는 자들에게는 대수롭지도 않은 일이거든. 알겠나?"

료준은 모모스케를 검지로 가리켰다. 모모스케는 "글쎄요" 하고 응수했다.

"이보게, 그 젊은 객에게 혼담이 들어왔던 게지."

"혼담…… 말입니까?"

"좋은 혼처였을 테지" 하고 스님은 말했다.

"젊은 객의 가업은 목재상이었어. 혼담의 상대는 교토에 있는, 같은 목재상이었다더구먼. 그럼 장사에 있어도 좋은 혼처지. 게다가 혼담의 상대, 이게 또 시라기쿠 못지 않은 절색이었다지. 당연히 갈등되지. 나라도 갈등할 거라고. 하지만 갈등해본들, 저울에 올려본들, 뒷수습이라는 게 있지 않소."

매듭을 짓는 방식을 말하는 것이리라.

그것이 최악이었다고 료준은 말했다.

"최악……이라 하심은?"

"결국 똑같았던 게야."

"똑같았다니……. 설마 화재입니까?"

맞다고 하며 스님은 눈을 가늘게 뜬다.

"시라기쿠 주변에서 말이지, 작은 화재 소동이 이어졌지."

요시와라와 동일하다.

모모스케는 다시 한 번 헤이하치를 보았다.

"또…… 병오생입니까" 하고 헤이하치는 말했다.

"그렇지. 병오생이지. 독한 이야기라고. 이보게, 자네…… 병오생 여자라고 하면 말이야, 은나라 주왕을 태워 죽인 달기에, 유왕을 꼬드겨 주나라를 멸망시킨 포사처럼 어째 못된 여자만 떠올리게 되지만서도, 태어난 해와는 아무 상관도 없을 거라고. 그처럼 사람을 현혹하고 해를 가져오는 악녀는 말이지, 천마파순(天魔波旬)이지. 그래서 그러한 것을 나는 연(緣)의 마라고 써서 히노엔마(飛緣魔)라고 하지요. 병이고 오고 관계가 없어. 오행이 아니라 부처님의 가르침 쪽이야."

"히노엔마라……."

모모스케는 몸을 내밀고서 필첩을 펼친다.

"음. 히노엔마지요. 날아오는 마연(魔緣)이라는 뜻이지요. 곧 불법에 맞서 깨달음을 방해하는 악한 존재, 악마인 게야. 악마이니 사내든 계집이든 상관이 없을 터인데, 이게 말이지, 히노엔마, 엔쇼뇨(緣障女)라고, 어느새 여자로 자리를 굳히고 만 게지."

"여성은…… 불도의 방해가 된다는 말씀입니까."

"그렇지. 석가모니의 깨달음을 방해한 마라(魔羅)도 여자의 형상으로 나왔다고 하지 않소. 번뇌라는 이야기겠지만, 참 알 수가 없어. 그거야, 어쩌다 석가모니께서 남자였을 뿐이라는 이야기가 아닌지. 혹 여자였다면 악마도 남자의 모습으로 유혹을 하지 않았으려나. 나는 그리 생각하네. 허나 내가 수행한 절의 스님은 끔찍한 말씀을 하시더군. 여자가 홍백분을 바르는 것을 화장이라고 한다. 그건 곧 둔갑해 꾸미는 것이니, 색에 현혹되어 여자가 시키는 대로 하는 동안은 아름답게도 흥미롭게도 느껴지는 법이나, 결코 혹하여 탐닉해서는 아니 된다. 여인의 성은 모두 비뚤어져 있는 까닭에 이에 마음을 빼앗겨서는 집안과 나라마저 잃는다……라고 말이지."

스님은 참으로 지독하지 않냐고 말하며 색 바랜 입술을 핥았다.

"여자란 참 좋은 것인데 말이지. 뭐, 부처님도 중생을 구한다지만,

여인에게는 참 엄한 말씀을 하신다니까. 여인금제라는 게 있지 않소. 여자는 부정하다, 그런 말씀을 한단 말이지. 나는 그 점이 싫다니까."

"나는 여자를 존경하고 있다오" 하며 료준은 이 빠진 입을 벌렸다.

"허어, 그래도 여인이라고 해도 여러 사람이 있으니. 여인은 지옥에서 보낸 사신이라는 말이나 외면사보살 내심여야차라는 문구는 맞는 적도 있지."

그게 무슨 말이냐고 헤이하치가 모모스케에게 물었다.

"외양은 자비로운 보살과 같으나 속마음은 악귀처럼 무섭다. 그러한 의미입니다. 아마 화엄경의 한 소절이지요."

"그렇지 않네" 하고 료준이 말했다.

"뜻은 맞네만, 화엄경에 그러한 구는 없소이다. 보물경이라고 하는 사람도 있지만, 여기에도 없는 듯하더구먼. 이것은 경문의 구절이 아닌 게요. 뭐, 누군가가 만들어낸 것이지."

그런 줄은 모모스케도 몰랐다. 속설을 신뢰하고 있었던 것이다.

"아무려면 어떻겠소" 하며 노승은 웃었다.

"설령 어디의 아무개가 만들었다 하여도 진실이라면 그것으로 족하지. 경문도 근원을 따지자면 누군가가 만든 것이니 말이오. 어찌되었거나, 뭐, 무서운 여자도 있기는 하나 비열한 것은 꼭 여자만이 아니다. 그런 말이지."

"그렇기는 합니다만…… 저어……."

시라기쿠의 이야기다.

오, 하고 료준은 무릎을 쳤다.

"그러니 말이오, 히노엔마라는 것은 원래 그러한 의미이니 여자에 관해서도 태어난 해의 간지 따위와는 관계가 없소이다. 물론 불과도 관계가 없지. 다만 히노엔마가 불의 염라와 통하고 있다는 것으로, 불의 염라, 곧 화염지옥의 염라대왕인 거지. 그렇게 연관을 짓는 경우도 있어. 있기는 하나 그런 점, 시라기쿠와는 아무런 상관이 없는 일이지. 더구나 불을 내다니, 엉터리도 이만저만이 아닌 게야."

"그렇군요" 하고 건성으로 대답을 하며 모모스케는 필첩에 료준의 이야기를 기록했다.

모모스케가 알고 있는 병오년 미신과는 빛깔이 다른 해석이었기 때문이다.

어쨌거나 엉터리이기는 할 터이나.

히노엔마……. 별난 조합이라고 생각했다.

모모스케는 필첩을 덮는다.

"그 엉터리 이야기가 시라기쿠 씨의 운명을 뒤틀어놓았다, 그런 말씀입니까?"

"운명이라는 말은 싫지만서도" 하며 료준은 기묘한 표정을 지었다.

"뭐, 그대로 된 게지. 근거도 없는 이야기이건만, 시라기쿠는 단지 병오생일 뿐인데 불의 계집이다, 병오생이다, 정을 통하면 빨리 죽는다고들 말이지. 화재도 너 때문이 아니냐는 풍문이 참."

억울한 꼴, 이유 없는 구박.

여기저기서 몹쓸 꼴을 겪어왔다고 오로쿠는 말했었다.

사실이었던 듯하다.

"뭐, 그렇게 끝도 없는 소문이 돌아서, 그저 색향에서 노는 것뿐이라면 능력의 하나로 쳐주겠지만 그런 애물단지 여자를 상대해선 아니 된다고 부추기며 부모와 친척이 억지로 기루 출입을 금지시키고 아들과 시라기쿠를 갈라놓았다……. 뭐, 표면적으로는 그렇게 이야기를 했지……."

실상은 다르다는 어조다.

"그렇지 않았던 것입니까?"

그야 뭐, 하고 파계승은 여운을 드리웠다.

"시라기쿠는 말이지, 그럼에도 참 한결같았어. 주위에서 어떤 눈으로 쳐다보아도 그저 그 나리를 믿었어. 그래서 솟구치는 그리움을 담아 몇 통이나 편지를 썼지. 하지만 죄다 돌아온 게야. 봉투도 열리지 않은 채. 시라기쿠는 몹시 갈등하고 애 끓이다 마침내 머리칼을 자르고 손가락을 잘라 그 젊은 서방님께 보낸 게야."

"손가락을?"

"모르시나?" 하고 료준은 이마의 주름을 폈다.

그리고 새끼손가락을 세워 모모스케의 얼굴 앞에 들이댔다.

"다, 단지(斷指) 말입니까?"

"음. 손가락을 건다는 것은 아이들 놀이가 아니라고. 연모하는 상대에게 자신의 마음을 전하기 위해 머리카락이며 손가락을 보내는 것이 유곽의 풍습이지. 몸은 다른 이에게 맡겨도 마음은 서방님 것이다, 그러한 의미지. 성의의 증표라고."

참으로 치열한 증표가 다 있다 싶다.

그러나 옆에 있는 헤이하치는 그다지 놀라는 기색도 없다. 그렇다면 이것은 색향 화류계에서는 흔한 일인지도 모른다. 모모스케는 어째 섬뜩해진다.

"그래도 젊은 객은 돌아오지 않았지. 나쁜 소문은 날이 갈수록 부풀어갈 뿐. 그래서 시라기쿠는 울면서 내게 왔던 게지. 나는 딱한 마음에 이래저래 의논도 하고 알아보기도 했다네. 그랬더니……."

스님은 듬성듬성한 눈썹을 일그러뜨렸다.

"그랬더니, 이게 참 기도 차지 않는 이야기더구먼. 뚜껑을 열어보니 이 일이…… 허, 전부 그 젊은 객이 스스로 하고 다닌 짓이더라고."

"하고 다니다니, 불을 질렀단…… 말입니까?"

"그렇다니까."

"어째서 또?"

"사실은 알지 못하네. 허나 내 생각에는 말이지, 역시 시라기쿠를 끊어내고 싶었던 게 아닐까 싶네."

"그렇다고…… 어째서 불을 지른 건지."

"바로 그 점일세." 스님은 마른 나뭇가지 같은 손가락으로 다시 한번 무릎을 쳤다.

"젊은 객 말이지, 그놈은 너절한 사내였어. 혼담 때문에 마음이 흔들렸다는 것은 이해가 돼. 백옥 살결의 유녀와 좋은 혼처의 아가씨, 콕 집어 택할 수 없다는 것도 웬만큼 이해할 수 있어. 그래도 말이지, 그건 어떻게든 흘러가는 일이라고. 혼담을 내치지 못해도 시라기쿠는 유녀야. 유흥으로 딱 치부를 해도 되지 않았겠느냐는 말이지. 그걸 못해서 그래. 결단을 못 내리는 게지. 순 무골충이라고."

"새아씨도 원하지만 시라기쿠 씨의 살결도 잊지 못했다, 그런 말씀이로군요."

헤이하치가 알 만하다는 얼굴로 끼어들었다.

"욕심이 과했던 것이겠지요, 그 젊은 객. 거기에다 미련이 철철 넘치는구먼요. 자기 손으로는 도저히 싹둑 끊어낼 수가 없으니 시라기쿠 씨 쪽에다 이래저래 헤어지지 않으면 안 될 이유를 갖다 붙였다.

그렇게 된 것이구먼요."

스님은 대답 없이 주름투성이 얼굴을 더욱 구깃구깃하게 만들었다.

"너무하는구먼" 하고 한 번 한탄하고서 헤이하치는 말을 이었다.

"불을 지르고 병오생의 나쁜 소문을 퍼뜨리면…… 가족 중 누군가가 따져 물을 것이고, 싫어도 갈라놓을 것이다. 잘만 풀리면 시라기쿠 씨 쪽에서 물러날지도 모른다. 그런 마음이었던 게 아닐까요. 아니, 틀림없이 그럴걸요."

그것이 진실이라면, 어찌 그리 못난 사내가 다 있을까.

모모스케는 어이가 없다는 듯 그렇게 말했다.

료준은 히죽히죽 웃었다.

"뭐, 그런 마음도 있었을 게요. 허나 그렇다면 자네들도 마찬가지지. 불이야 지르지 않을지 모르지만서도, 이래저래 자신에게 이유를 갖다 붙여 아무것도 못하고 있는 게 아니시오."

모모스케는 대꾸할 말이 없었다.

"나 또한 마찬가지지" 하고 스님은 말했다.

"무얼 하려도 결심이라는 건 어려운 법이지. 누가 결정해주는 것은 무엇보다 편하고, 선택할 길이 줄어들면 그것도 편해지는 법. 허나 그 젊은 객…… 세이하치라고 하는데 말이오, 이 양반은 더 악질이었던 게야."

"화재 소동을 헤어지는 이유로 삼았던 것만이 아니었습니까?"

"그렇다니까. 헤어지기 어렵다며 불을 지르지 않았소? 그걸로 잊고 단념하라, 그짓만 했으면 그나마 다행이었다고. 아니, 시라기쿠로서야 누명을 쓰게 되는 것이니 다행이고 자시고 할 것도 없지만도, 그래도 그것은 그대로 접어질 일이지. 멍청한 사내가 트집 잡으며 사라졌을 뿐인 일. 그런데 말이지, 세이하치라는 사내는 자신이 떠나는 것만으로는 성에 차지 않았던 게야."

"대체 무슨 짓을 한 것입니까?"

"아, 글쎄, 한마디로 시라기쿠와 헤어지는 것은 좋지만, 그 후 시라기쿠가 다른 남자에게 안기는 것이 싫었던 거라고. 그래서 집요하게 불을 질러 시라기쿠가 '안'에 있을 수 없도록 하겠다, 유곽에서 쫓아내겠다는 심산이었어. 당치도 않은 소리지."

"맙소사……"

"너무하고말고. 사내란 변변찮은 생물이야. 부처님의 가르침도 한쪽으로 치우쳤어. 여자가 남자를 망치는 마성이라면 남자는 여자를 먹이로 삼는 악귀, 축생이라고. 창기라 해도 연약한 여인네라고. 그 순정을 마구 짓밟아대서야……"

료준은 주먹으로 무릎을 쳤다.

모모스케는 생각한다.

오로쿠의 말대로, 억울한 이유로 멸시와 구박을 받고 배신당해 내쫓기며 전전한 끝에 시라기쿠는 교에몬과 만난 것이다. 그렇다면 순순히 정을 받아들이지 못했다고 해도 어쩔 수 없는 일일지도 모른다. 혼례날에 달아난 것은 교에몬을 싫어해서 저지른 일은 아닌 것이다.

도저히 믿을 수가 없었던 것이리라.

사내의 마음을.

"뭐, 진상을 알았다 한들 소문의 불은 꺼지지 않지. 시라기쿠는 마성이라 매도당하고, 결국 신마치에서 내쫓기듯 나오고 말았어."

"그래서……"

오와리까지 흘러들었던 것인가.

노승은 몇 번쯤 고개를 끄덕이더니, "허나 이보게, 악한 짓은 할 게 못 된다네" 하고 신묘하게 말했다.

"세이하치는 얼마 못 가 저세상으로 갔어."

"세상을 떴단 말입니까?"

"죽었지. 그것도 혼례식 중에 죽었어."

"혼례식 중에?"

"그렇다니까. 혼례 올리는 중, 이번에는 진짜로 큰 화재가 생겼어. 불을 지른 겐지 어쩐 겐지는 밝혀지지 않은 듯하나, 아이쿠, 어마어마한 대화재라. 객도 엄청 많았던 듯하니 아주 난리법석이 났지. 가게도 저택도 다 타버렸어. 엄청 많이 죽었다더구먼. 세이하치도, 새 아씨 마님도…… 숯검정이었다더구먼."

"화재……라."

혼례식 중의 화재. 이는 무슨 우연의 일치인가. 노승은 몇 번쯤 고개를 저었다.

"나는 말이지. 그것은 시라기쿠의 한 서린 불길이 아닌가, 그리 생각했다네. 아니, 솔직히 말하면 시라기쿠가 불을 지른 게 아닐까 하는 생각도 했었지. 그럼 시라기쿠도 살아있지는 못하리라고…… 그리 생각했다고. 그런데 이 무슨, 살아있다는 이야기가 아닌가."

"어떤 목숨이라도 죽어서야 아니 되지만 말이지" 하고 노승은 유쾌하게 웃었다.

6

 가네시로야의 재산은 모모스케가 상상했던 규모를 까마득하게 웃도는 것이었다. 주인…… 아직 정식으로 물려받은 것은 아니나, 에이키치는 헤이하치와 이미 친숙한 듯, 별안간 방문한 미심쩍은 풍모의 사내 둘을 의심조차 하지 않고 맞이하며 크게 환대해주었다.
 넓이가 짐작조차 되지 않는 광대한 객실의 한가운데로 안내를 받자 모모스케는 매우 황송했다.
 모모스케도 에도에서는 웬만큼 큰 가게에서 생활하고 있다.
 그러나 모모스케가 사는 별채는 다다미 열 장도 채 되지 않는다.
 규모가 너무나 달라 비교조차 되지 않는다.
 몸 둘 바를 모르겠다.
 헤이하치는 이미 익숙한 응대인 듯 좀 전부터 마루 너머로 보이는 뜰에 대해 설명을 술술 하고 있었는데, 모모스케의 귀에는 들어올 리만무하다. 한 귀로 들어왔다 한 귀로 빠져나가버린다.
 흘깃 시선을 던져보니 정말이지 훌륭한 정원이다.
 볕이 좋아 장지문도 활짝 열어두었던 것이다.

"저깁니다, 모모스케 씨. 저것이…… 주인 나리가 두문불출 하고 있는 저택입지요."

정원 둘레에 줄지은 훌륭한 송림 너머로 커다란 건물이 보인다.

"어떻습니까, 엄청나지요? 웬만한 무가 저택보다 훨씬 더 커요. 저게 말입니다, 그 시라키쿠 궁(宮)이올습니다. 저런 걸 세우려면 대체 돈을 얼마만큼 들여야 할까요. 소부(小富)라면 닮고 싶지만, 이 정도에 이르면 언감생심 농을 칠 엄두도 나지 않는구면요. 입만 쩍 벌어질 뿐이에요."

"아아……."

모모스케로서는 애당초 실감이 나질 않는다. 방석에 앉는 것도 참 오랜만이다 싶을 정도다. 그 방석 역시 고급스러운 것이다.

눈에 힘을 준다.

보이는 것은 정말 큰 저택이었다.

게다가 호화로워 보였다. 고급스럽게 노송으로 세운 것이리라. 지붕까지 노송으로 깔았다. "이만한 사치를 내질러버리는 노대인을 냉대했으니 시라키쿠라는 여자도 평범한 여자는 아니겠지요" 하고, 책장수는 감정을 실어 말했다.

"이야기를 듣자 하니 딱한 처지이긴 했습니다만, 드세기도 하겠지요. 그나저나, 선생."

헤이하치는 몸뚱이채로 모모스케 쪽을 돌아보았다.

그는 그 나름대로 가시방석인지도 모른다.

"뭐, 그…… 오로쿠 씨라고 했나요? 그 유곽의 여주인과 지난달 파계 화상의 이야기를 더해서, 시라키쿠 씨의 과거는 대충 알았지만 말이지요, 정작 중요한 현재에 이르러선 이거, 전혀 아는 점이 없지 않습니까?"

"아는 바가 없지요."

"잔머리 모사꾼 양반은 어떻게 마무리를 지을 참일까요?" 하고 헤이하치는 팔짱을 꼈다.

"설마…… 본인을 데리고 오는 것은 아니겠지요?"

"글쎄요."

마타이치가 무슨 생각을 하는지, 모모스케는 손톱만큼도 알지 못한다. 그러나…….

단 한 가지 마음에 걸리는 점이 있었다. 그 여행사가 언제 어떤 식으로 나타날 것인가. 그것은 전혀 예측할 수 없는 일이지만, 그것만큼은 마타이치가 오기 전에 확인해놓아야 하리라……. 모모스케는 그렇게 생각하고 있었다.

눈앞의 차가 완전히 식어버렸을 무렵, 교에몬의 아들이 나타났다. 수행하는 자들이 줄줄이 따라올 줄 알았는데, 에이키치는 혼자였다.

"이리도 먼 길을 발걸음해주시다니 황송하기 그지없습니다" 하고 에이키치는 깊숙이 머리를 숙였다.

모모스케는 엉거주춤 몸을 일으킨다.

이분은 그렇게 예를 차리고 나오는 것을 어색해하는 분이라며 헤이하치가 말했다.

"작가를 지망하는 선생이라서요. 뭐, 이래저래 쓰잘데기없는 것을 훤히 꿰뚫고 계시는 괴짜 양반이지요. 부디 고개를 들어주시지요, 에이키치."

에이키치라고…… 헤이하치는 몹시 친밀하게 불렀다.

에이키치는 스윽 고개를 들고 "그런가, 헤이하치 씨" 하고 말했다.

"모모스케 씨, 에이키치와 지는 말입니다, 벌써 이십 년 지기이올습니다. 이분이 에도에 봉공 수업하러 나왔을 때부터, 뭐, 악동 패거리였지요. 안심하시길……."

헤이하치는 빙긋이 웃었다.

"이분이 지금이야 이리도 큰 상점의 주인님이지만요, 지가 알고 지내던 무렵에는 아직 새파란 점원이었습지요."

그렇게 말하는 헤이하치 씨도 코흘리개 악동이었지 않냐며 에이키치 역시 쾌활하게 파안대소했다. 덕분에 자리는 단숨에 누그러졌다. 헤이하치라는 사내는 남을 편하게 해주는 재주가 뛰어나다. 띄워주기 달인이라는 별명을 가졌을 정도다.

"아버지는……."

그리고 에이키치는 본제에 들어간다.

"아직 저곳…… 저 시라기쿠 궁에서 두문불출이십니다. 건물이 완성되었을 무렵부터이니 이미 꼬박 일 년 이상이 될 것입니다. 한 번도 나오시지 않았습니다. 술은 딱 끊었으나, 갖다드리는 식사도 반은 남기는 상태고……. 얼굴을 얼마간 뵙지 못했습니다. 사후방(伺候房)…… 그렇게 부르고 있는 방이 있는데…… 그 안으로 들여주시지는 않습니다."

"목욕…… 같은 것은……?"

"예에. 목욕은 당신께서 몸소 지펴 하시는 듯합니다."

예사롭지 않다고는 하나, 폐인 같은 생활은 아닌 듯하다.

"가구 같은 살림살이와 침구 등은 호화로운 것을 들여놓았으니 생활에 불편은 없습니다. 그러한 일면에서 딱히 걱정은 없지요. 그냥 두어도 될 만한 일이기도 합니다만……."

그리 할 수도 없는 노릇이리라.

그리 할 수는 없는 노릇이지 않냐며 에이키치는 말했다.

"친척 쪽에서는 죽었다 생각하라는 자도 있어서, 소인도 반쯤은 포기하고 있습니다. 허나 소인은 이대로 아버지가 그 괴이하기 이를 데 없는 고대광실 안에서 스러져가는 것을 차마 보지 못하겠습니다. 자화자찬이기는 하나, 아버지는, 가네시로야 교에몬은 훌륭한 분이 었습니다. 소인은…… 상인으로서 아버지를 존경하고 있습니다. 그러하기에……."

에이키치는 고대광실을 바라본다.

"저 건물이 보이는 것이 소인으로서는 일단 괴롭습니다. 사정을 모르는 자는 으리으리한 저택이라고 감탄하나, 아는 자라면 모두 비웃고 있습니다."

막대한 허비.

생각지 못할 낭비다.

"돈이 아까워서 하는 말이 아닙니다. 아버님이 축적하신 자산이니 아버님이 쓰는 것은 당연지사. 허비도 괘념할 바가 아닐 것입니다. 아버님이 다 쓰겠다 하시면 그것은 어쩔 수 없는 일. 다만…… 저로서는 그것이 아버님의 진의에 따른 쓰임새로 보이지가 않는 것입니다."

대체 얼마가 들었을까.

대관절 무엇이 교에몬 정도의 인물을 그렇게까지 몰아세웠던 것일까.

"그분이, 시라기쿠 님이 행방불명이 되신 이후, 아버님은 한때 술로 지새다가 자리보전까지 했을 정도였습니다만…… 그것까지는 이해가 됩니다. 세간에 얼굴을 들지 못할 만큼 큰 망신을 당하고서 막을 내린 늘그막의 사랑입니다. 무릇 상처도 깊으리라고 동정도 갔습니다. 그런데 상당한 일시가 지나고, 겨우 몸을 추스르려는 그 찰나에……"

시라기쿠를 보았다는 소식이 날아들었던 것이다.

"그 이후 아버님은 정말, 저희들이 도저히 이해할 수 있는 범위가 아니었습니다."

"충의로 알려준 고용인을 원망할 수는 없습니다만" 하고 에이키치는 힘없이 웃었다.

소탈하고 반듯한 사내인 듯하다.

"실례입니다만……"

모모스케는 말을 고르며 조심조심 물었다.

"두세 가지 여쭙고 싶은 것이 있습니다."

"말씀하십시오" 하고 에이키치는 말했다.

"작은 주인께서는 그 시라기쿠라는 여성을 직접 만나신 적이 있습니까?"

"그야…… 아랫사람들에게 선도 이미 보였으니, 몇 번쯤 만났습니다만."

"말씀을 나누신 적도?"

"물론 있습니다. 기품 넘치는 교토 말투를 쓰시더군요. 몸가짐도 고상하고, 기품이 있는 분이라고 느꼈습니다만."

"그럼 나쁜 인상을 품게 되신 것은 아니군요."

"전혀 그렇지 않습니다." 에이키치는 의외로 그렇게 말했다.

"모친이라 하여도 소인보다 훨씬 젊으시지요. 아름다운 분이셨고,

악한 사람으로 보이지도 않았습니다. 뭐, 소인에게 사람을 보는 눈이 있는지 없는지는 알 수 없습니다만."

"허나 작은 주인께서는 시라기쿠 씨가 후처로 들어오시는 것에는 반대하셨다고 들었습니다만."

"아니, 헤이하치 씨에게도 말씀을 드렸습니다만, 아버님은 뼛속까지 철저한 목석. 색도에는 풋내기입니다. 부자이지만 그 점은 소인도 마찬가지이기에 잘 알고 있지요. 한때 마음의 들썩임에 사로잡혀 결정할 일은 아닐 것이라고, 그리 말렸을 따름. 주저할 일도 없고 후회도 하지 않는다, 그리 말씀하셨기에 그렇다면, 하고 받아들였을 따름이라."

그것은 들은 바 그대로다.

"그럼…… 예, 작은 주인께서는 시라기쿠 씨의 이력을 알고 계십니까?"

"알지 못합니다."

에이키치의 표정이 살짝 흐려졌다.

"그것은 묻지 마라……. 부친께서 그리 말씀하셨습니다. 인품과 본은 무관하다. 그것은 소인도 그리 생각하고 있기에."

"묻지 않으셨습니까?"

"어렴풋이 짐작은 하고 있었습니다. 당당하게 드러낼 신분이라면 숨길 일도 없지요. 묻지 말라고 하시는 이상, 어떤 사연이 있으리라 싶어……."

"예에."

시라기쿠가 창기 출신이라 말을 할지 말지, 모모스케는 크게 망설였다.

"아버님 또한 일개 점원에서부터 시작하셔서, 천한 신분에서 현재의 위치까지 본인의 재능으로 치고 올라온 인물이십니다. 그런 아버님이 총애하시는 분이니 설령 미천한 신분이라 하여도 소인은 놀라지 않을 것이고, 꺼려할 이유도 없습니다. 그것은 상점 식구들도 마찬가지이지요."

"창기 출신이었던 듯합니다." 모모스케는 작은 목소리로 그렇게 말했다.

"오사카의 신마치 유곽에 있었다는 점까지 알아낸 상황입니다. 듣자 하니 호리카와 귀인의 핏줄이라 들었습니다만, 여러모로 불행이 겹쳐…… 몸을 파는 신세로 전락했다고 합니다."

"그렇군요."

에이키치는 눈을 감았다.

"그렇다면 그 당시의 상황을 알 듯합니다. 그 무렵…… 새로운 선박 두령께서 취임하셔서 이래저래 접대라 할지, 쉽게 이야기하자면 향응을 강요받았다고 할 수 있지요. 아버님께서는 하루가 멀다 하고 유곽에 오가셨습니다. 그래서…… 알게 되었을 테지요."

본인이 나서 놀았던 것은 아니란 말인가.

알면 알수록 성실한 인물이었던 듯하다.

살결에 미치고 몸을 탐닉한 만남이 아니라, 애처롭고 딱한 처지에 동정한 것이 시작이었을지도 모른다.

"그럼…… 혹시 여기에 계신 가네시로야의 여러분은 시라기쿠 씨가 병오생이라는 사실도 알지 못하셨다, 하는 이야기겠군요."

"병오생이었습니까?" 하고 에이키치는 묘한 목소리를 냈다.

"그분이…… 병오생이었단 말입니까?"

정말 몰랐던 모양이다.

"예에. 그해에 태어난 것이 일신의 불행, 시라기쿠 씨에게 일어난 수없는 재앙의 원인은 근거도 없는 미신에서부터 나온 것인 듯합니다."

"전혀 알지 못했습니다" 하고 에이키치는 말했다.

"아니, 알았다고 한들 소인도 상점 식구들도 그러한 헛소리를 진담으로 받아들일 일은 없습니다만……. 아버님은 당연히 알고 계셨을 테고."

"그렇습니까……." 모모스케는 생각에 잠긴다.

"그렇다면 원인 모를 화재가 났다는 일은 없었던 것이로군요."

"예에……."

에이키치는 그 순간 숨을 삼키고 생각에 잠기더니, 이윽고 오, 하고 탄성을 질렀다.

"아니, 그 무렵 분명 몇 번이나 원인 모를 화재가 있었습니다."

"있었단 말입니까?"

"예에. 광이며 토담이며, 몇 번이고 타올랐습니다. 뭐, 큰 사고에 이르지는 않았습니다만……. 그나저나 참으로 잘 알고 계시는군요. 소인도 잊어버렸을 정도인데."

불은…… 났단 말인가.

"실은 말이지요……."

모모스케는 시라기쿠의 반생을 짧게 이야기했다.

"시라기쿠 님은 화재를 이유로 사는 곳에서 내쫓겼다는 말씀입니까?"

"그렇습니다. 뭐라 말할 수 없을 만큼 비열한 이야기입니다만, 시라기쿠라는 분은 그러한 이유로 교토와 오사카, 그 후 오와리까지 흘러들었을 테지요. 그리고 에도에서도……."

요시와라의 화재……. 시라기쿠는 지금 어디에 있는 것인가.

"아니, 병오생이라는 것을 이유로 그 여인은 가는 곳마다 끔찍한 처우를 받아온 것입니다. 그러니 이곳에서 달아난 이유도 어쩌면……이라고 생각했습니다만."

그렇지는 않은 듯하다. 알지 못해서야 이유를 갖다 붙일 도리도 없는 일이다.

그렇다면 이곳에서는 시라기쿠가 병오 미신 때문에 박해를 받았다는 사실은 없다고 생각해야 하리라. 더구나 화재가 있었다고 하나, 그 화재와 시라기쿠를 연결 지어 생각하는 자가 없었다고 하는 점이 가장 큰 증거다. 이 땅으로 국한해 말하자면, 시라기쿠는 화기를 두른 마녀로 멸시당하지는 않았다는 이야기가 된다. 그렇다면 역시…… 교에몬의 친절을, 진심을 믿지 못했다는 이야기가 될까. 불행한 삶에 몸이 익숙해져버렸다고 한다면…….

그것은 너무나 슬픈 이야기다.

아니…….

"마지막으로 한 가지만 묻겠습니다."

모모스케는 몸가짐을 바로 했다.

확인해두어야만 할 것이다.

"시라기쿠 씨의 왼손…… 새끼손가락은 있었습니까?"

"예……?"

에이키치는 문자 그대로 눈이 화등잔만 해진 표정을 지었다.

단지.

유곽의 풍습.

성의의 증표.

"시라기쿠 씨의 왼손 새끼손가락은…… 잘리고 없었습니다만."

모모스케는 다시 한 번 물었다.

"그렇지는 않았습니다."

에이키치는 그렇게 말했다.

헤이하치의 눈이 휘둥그레졌다.

"어, 어찌 된 것이지요?"

모모스케는 품속에서 팔짱을 끼고 다다미 테두리를 바라보았다.

"이게 대체 어찌 된 겁니까, 모모스케 씨?"

"료준 씨를 믿는다면, 시라기쿠 씨는 손가락을 잘랐다는 이야기가 되지요. 허나."

"허나라니요, 모모스케 씨."

"오로쿠 씨도 손가락 이야기는 하지 않았습니다. 이는 딱히 해야 할 이야기도 아니니, 오히려 일부러 이야기하지 않았나 생각했습니다만…… 지금 생각해보니 그 언변에 그 점을 언급하지 않은 것이 오히려 묘하군요."

"그렇다면……."

"대체……."

그 여자.

"그 여자는 대체 누구인지……?"

짤랑.

그 순간…….

방울 소리가 바람을 타고 들어왔다.

자리의 세 사람은 동시에 뜰로 눈길을 던졌다.

연못가에 백장속 사내가 서 있었다.

"마, 마타이치 씨."

"엉?"

헤이하치는 목을 쭉 내민다.

에이키치는 의아한 표정을 짓다가 곧 크게 당혹해했다.

"대, 대체 어디로 들어오신 것입니까? 여기에 이르려면……."

"보시다시피 천한 차림이올습니다. 이처럼 훌륭한 점포의 현관을 더럽혀서는 아니 된다고 분별을 하여, 무례를 범하는 줄은 알면서도 뜰로 이렇게 실례를 하였습니다."

마타이치는 스윽 몸을 숙이고 무릎을 세운 후 일례했다.

"소생은 액막이 부적을 뿌리고 다니는 것을 생업으로 삼고 있는 떠돌이 어행사이온데, 마타이치라 하는 어중이이옵니다."

"당신이 마타이치 씨……."

헤이하치도 크게 놀란 듯, 몇 번이고 빈번하게 모모스케 쪽을 보았다.

"찾으시는 여인…… 찾아냈사옵니다."

마타이치는 그렇게 말했다.

에이키치는 오오, 하는 탄성과 함께 일어서서 마루로 나섰다.

"그럼 시라기쿠 님은 어디에?"

"예에."

마타이치는 천천히 고개를 들었다.

"안타까운 일이오나 그분께서는 이미 이 세상 사람이 아니옵니다."

"도, 돌아가시고 말았다는 말씀이십니까?"

"그것은 요시와라 화재의 때……입니까?"

모모스케가 그렇게 말하자, 마타이치는 "아니올습니다" 하고 말했다.

"그럼……."

"선생께서 짐작하신 그대로이올습니다."

마타이치는 매섭게 모모스케를 응시했다.

"마, 맙소사."

"무슨 말이오, 무슨 말이오" 하며 에이키치가 다가온다.

"무엇을 짐작했단 말이오?"

"아니……."

어찌 그럴 수가.

그리 당치도 않은 일은 없다. 그렇다면…….

"예, 선생의 생각 그대로이올습니다."

마타이치는 말했다.

"시라기쿠 님은 십이 년 전…… 오사카 목재상 구누기야 삼대 세이하치의 혼례날에, 세상을 원망하며 불을 놓고 많은 사람들을 길동무로 하여 불에 타 죽고 말았던 것입니다."

"무엇이라!"

에이키치는 부들부들 떨었다.

"그, 그럴 수가. 그럴 일은 없습니다. 그것은."

"그것은 사실."

마타이치는 단칼에 받아넘겼다. 에이키치는 그 기세에 눌려 침묵했다.

"시라기쿠 님은 십하고도 이 년 전에 분명히 돌아가셨습니다. 십이 년 전, 구누기야 세이하치는 시라기쿠 님의 순정을 농락하고, 진심을 짓밟고, 그것도 모자라 결국 자신의 망집을 이루기 위해 악평을 퍼뜨려 치욕을 주고 능멸한 끝에 그 땅에서 쫓아내었습니다. 깊은 상처로 몹시 원망을 하던 시라기쿠 님은 세이하치가 혼례를 올리던 밤, 잔치자리에 불을 놓았던 것입니다."

"불을……."

"예……. 자신의 인생 고비고비에 훼살을 놓아온 불을, 시라기쿠 님은 복수의 도구로 삼았던 것입니다. 그리하여 그 불로써 자신의 박복한 생에 막을 내렸던 것이지요."

"아니, 허나 그리하여서는……."

"무슨……?"

"그것은 십이 년 전의 일이 아닙니까?"

"그렇지요. 그럼 그 후의 일은……."

"아, 아버지와 해로하기로 했던 그분은……."

그 여자는 대체 누구인가.

"그것은…… 히노엔마이올습니다."

"히, 히노엔마……."

에이키치는 털썩 주저앉았다.

히노엔마…….

모모스케는 일어선다.

"히, 히노엔마라 함은?"

"히노엔마란…… 사람의 행로, 깨달음에 해를 끼친다는 악한 존재, 악귀·요괴의 족속이올습니다. 십 년 전, 이 집에 찾아온 여인은 사람이 아니며, 이 세상의 존재도 아니며, 이곳 주인의 자비심 깊은 마음에 비집고 들었던…… 무시무시한 마연이올습니다."

"사, 사람이 아니라니."

"그러하옵니다. 사람이라면 아무리 기량이 뛰어난들, 아무리 애교가 넘친들, 그토록 미칠 듯이 사내를 포로로 삼을 수야 없을 터. 그러한 미색, 그러한 아름다움은 이 세상의 것이 아닙니다. 분별도 처세도 갖춘 이 상점의 주인과 같은 걸물께서……."

마타이치는 등 뒤의 고대광실에 시선을 던진다.

"저처럼 오랜 세월을 앓고 계실 정도로 마음의 병이 심하시지 않습니까. 이는 마에 현혹되었다고 볼 수밖에 달리 생각할 여지가 없습니다."

"그것은 그러하지만……." 에이키치는 힘없이 모모스케 쪽을 보았다. 마타이치는 말을 이었다.

"대륙에서는 망집음욕을 남기고 귀적에 든 자는 혼백이 이 세상에 머물러 산 자와 정을 맺는다 하였습니다. 죽은 자와 맺어진 자는 음기가 다할 때까지 그 정기를 빼앗겨 결국은 죽음에 이른다고 합니다. 남녀 사이에는 산 자로서 넘지 못할 벽이라는 것이 있사옵니다. 마물에게는 그것이 없지요. 그래서 빠져나오려고 해도 그 바람을 이루지 못합니다."

그 말대로, 한서에 그러한 이야기는 여기저기에서 보인다.

그러나.

"그러나 마타이치 씨, 시라기쿠 씨는 이곳을 떠난 후에도……."

"그것도…… 전부 마물."

"그럼 오로쿠 씨가 돌봐주었던 시라기쿠 씨도, 요시와라 단보에 있었던 시라기쿠 씨도…… 전부 마물이란 말입니까? 유, 유령이 객을 잡았다는 말씀인지."

"그렇습니다. 이곳의 경우도 요시와라의 경우도, 모두 남자를 미치게 만들고 화기를 발하며, 그 후에 흔적도 남기지 않고 그림자조차 없이 사라져버리지 않았습니까. 사람이 펼칠 수 있는 재주가 아닐 것이옵니다."

어찌 그런 일이…….

"시라기쿠 님은 생전, 매정한 사내들에게 더없이 치욕을 당하고 불의 재앙을 가져오는 씨앗이라며 단죄받았습니다. 그 한은 깊기 그지없지요. 죽은 후, 지옥의 업화를 거느리고 정도를 방해하는 마연이 되어 근심 어린 세상을 방황하고 계신 것입니다. 이곳의 주인어르신께서는 안타깝게도 자비심이 깊었던 까닭에……."

짤랑.

"가련한 마연을 끌어들이고 말았던 것이옵니다."

"마연."

"그랬단 말인가……." 에이키치는 두 손으로 땅을 치며 경직했다.

"그, 그분은…… 이 세상 사람이 아니었단 말인가."

"십 년 전, 그 여자가 이 댁을 떠난 이유는 단 한 가지. 주인 어르신의 신심이 곧고 깊었기 때문, 이곳 여러분들이 정진하고 있었기 때문, 그리고 무엇보다 이 댁의 기운이 강했기 때문이올습니다. 허나……."

"허나, 무슨……?"

"나쁜 연분은 좀처럼 끊어낼 수 없는 것이올습니다. 이 상점의 식솔들이 에도에서 시라기쿠를 보았다고 하는 것은…… 십 년이 흘러 가네시로야의 운기도 바뀔 때가 찾아들었다는 것이겠지요. 요괴는 절기가 바뀌는 시기에 솟아나는 법이라는 것이 통념이지요."

"다시…… 그 히노엔마가 이 가네시로야를, 아버지 교에몬을 노리고 있다, 그런 말씀이신지?"

"그렇습니다."

마타이치는 일어선다.

그리고…… 하늘을 우러러보았다.

"오늘밤은 보름이올습니다. 마성의 존재가 어지럽게 날아다니는 밤. 한번 끊어진 연이…… 다시 이어진다면 그것은 오늘밤."

"오, 오늘밤이라니."

"아무쪼록 조심하십시오."

"어, 어떻게 해야 되는지……?"

에이키치는 신발도 신지 않고 구르다시피 뜰로 내려가 마타이치에게 매달렸다.

"무, 무슨 일이 일어나는 것입니까?"

"재앙이……."

"재앙이라 하심은?"

"남방의 기운이 흐트러져 있습니다. 화난(火難)의 상이 저택 안에 가득 차 있사옵니다."

"화난……. 화재인가?"

"그리고…… 저 고래등 같은 집 주위에는 무시무시한 액귀(縊鬼)가 엉겨 있습니다."

"액귀라는 것은……?"

"부정한 죽음으로 사람을 이끄는 악한 귀신."

"아⋯⋯ 아버님!"

"아버니임" 하고 에이키치는 소리를 질렀다.

"어, 어행사 양반, 소인에게 쏟아질 재앙이라면 소인이 어떻게든 하겠습니다. 소인이 죽어서 될 일이라면 아까운 목숨도 아닙니다. 허나 이 상점에는 많은 식구들이 있습니다. 그 각자에게 가족도 있지요. 화재는 아니 됩니다. 혹 이곳이 불탄다면⋯⋯ 이 일대가, 아니, 성 밑 마을 전부가 위험합니다. 게다가 설령 저러한 모습으로 전락하였다 하여도 부모는 부모. 소인은 호락호락 아버지를 잃을 수는 없습니다. 어행사 양반⋯⋯."

마타이치는 목에 걸고 있던 시주함에 손을 집어넣어 부적 몇 장을 내밀었다.

"이 부적은 불을 막는 효험이 있는, 황신을 물리치는 영험하기 그지없는 호부입니다. 이러한 부적을 저 고래등 같은 집을 둘러싸는 모든 건물의 문에 붙여 주십시오. 화기가 덮친다면 일단은 저곳이겠지요."

마타이치는 다시 고대광실을 가리켰다.

"저 고대광실은⋯⋯ 일부러 마를 불러들일 것처럼 지어져 있사옵니다."

"아아⋯⋯."

분명 그것은 시라기쿠를 맞아들이기 위해 지어진 것이다.

에이키치는 부적을 받아들고 품에 꼭 끌어안았다.

"이것으로 난은 피할 수 있겠지요."

마타이치는 그 모습을 잠시 보더니, "그것만으로는 불충분하옵니다" 하고 말했다.

"불충분……하다니?"

"그것은 어디까지나 화난을 막는 것. 이웃에 누를 끼치지 않도록 하는 것 정도의 효험밖에 없습니다. 유사시를 대비해 불을 잡을 준비도 하시는 편이 낫겠지요. 그리고."

마타이치는 다시 시주함에서 다른 부적을 꺼냈다.

모모스케의 눈에도 익숙한 부적이었다.

에이키치는 고개를 든다.

"이것은 범백의 사악한 기운을 막고 마를 불태우는 다라니 부적이옵니다. 이것을…… 저 고대광실의 출입구에 붙여주십시오. 그리하면 화기가 저 건물에서 밖으로 나오지는 못할 것이옵니다."

"허나…… 그리하면 아버지는, 아버지의 목숨은 어찌……."

에이키치는 더욱 더 매달린다.

"아버지는 저곳에서 아니 나오고 계십니다. 그렇게 한다면 아버지는…… 아버지는 불에 타 죽고 말지 않습니까!"

염려하시는 대로 주인 어르신의 목숨불은 꺼져가고 있을 것이라며 마타이치는 냉혹하게 뱉었다.

"시라기쿠 님…… 아니, 히노엔마의 집념은 가히 깊고도 깊습니다. 어중간한 준비로는 사라지지 않을 터."

"손쓸 도리가 없다는 말씀이신지?"

"없지는 않습니다."

"어찌해야 하겠소?"

돈으로 될 일이라면 무엇이든 하겠습니다, 아니 어떠한 일이라도 하겠습니다, 하고 에이키치는 격한 어조로 말했다.

"한심한 이야기이기는 하나 소인은 미숙하기 그지없는 몸. 이 상점에는 아버지가, 교에몬이 필요합니다. 예전 아버지 인품을 따르는 자도 많지요. 이런 일로, 이런 일로 돌아가셔서는 발을 뻗고 잘 수가 없습니다. 그러니 소인이……."

소인이 대신 죽는 편이 세상을 위한 일이라는 생각까지 하고 있습니다, 하고 에이키치는 말했다.

"스님……."

"마음은 잘 알겠습니다만, 안타깝게도 소생은 부적이나 뿌리고 다니는 한낱 걸식승. 법력도 영험도 없습니다. 고승이나 수험자에게 부탁하려도 시간이 부족합니다. 그러니 남은 수단은 주인 어르신 자신의 불성을 각성케 하는 것."

"불성…… 말입니까."

"예. 불가에서 이르기를, 불성은 살아있는 존재 모두가 갖추고 있는 덕. 이곳 주인 어르신은 강한 운기를 가지신 듯하니, 그렇다면 본인에게 갖추어진 불성을 각성케 한다면 어쩌면 마연을 내칠 수 있을지도 모릅니다. 우선 그것을 주인 어르신께 고해야 할 것입니다."

"그런 말…… 아버지께서 믿으시리라 생각지는 않습니다."

"믿고 말고는 별개의 문제이지요. 이야기할 수 있다면 모든 것을 있는 그대로 소상히 알려야 할 것입니다. 그 후는."

"후는."

"기도하는 수밖에 달리 방법이 없습니다" 하고 마타이치는 말했다.

짤랑, 요령이 울렸다.

6

그날 밤은 어두웠다.

바람은 잔잔. 그렇다고 찌는 듯 덥지도 않았으며, 허나 결코 지내기 편하다고는 하기 어려운, 무어라 표현하기 어려운 밤이었다.

어둠이 짙다.

모모스케는 그러한 느낌이 들었다. 스멀스멀 서늘한 기척이 등 뒤를 어루만지고 스치고, 바짝바짝 배 속이 타들어가는 듯, 명백히 좌불안석인 기분이기는 하였으나, 그럼에도 담대함이 자리하고 있었다.

불가사의하게 조용한 밤이었다.

에이키치는 마타이치의 조언대로 당장 시라기쿠 궁의 대기실로 향했고, 시라기쿠에 대하여 알게 된 사실을 소상하게 아버지 교에몬에게 전했다.

교에몬은 동요하지 않았다고 한다.

시라기쿠가 이미 고인이라는 사실을 알렸음에도 놀라거나 부정하지도 않았다고 한다. 노하거나 슬퍼하지도 않고, 납득이라도 한 듯 그저 한마디, "그러한가"라고 말했다고 한다.

"아버지는 처음부터 그분이 피안의 존재임을 알고 있었는지도 모르겠습니다." 에이키치는 모모스케에게 그렇게 이야기했다.

시라기쿠가 이 세상의 존재가 아님을 알았단 말인가.

죽은 자임을 알고서 정을 주었다는 것인가.

그렇다면 역시 그것은 해서는 아니 될 일이리라. 모모스케는 그렇게 생각한다. 생사의 구별을 잃어버린다면, 사람은 어딘가 모르게 삶을 지속할 수 없게 되는 것이 아닌가. 잘 생각하면 그것은 몹시 애매한 것이지만, 애매하기에 분명한 선을 그어두지 않으면 아니 되는 것이기도 한 것이다. 모모스케는 그러한 생각을 하고 있었다.

가네시로야의 고용인들은 전원, 요괴의 출현에 대비했다.

들통이며 대야에 물을 채우고, 쇠갈고리도 준비했다.

물론 그것은 전부 마가 가져오는 재액…… 화재에 대비한 준비물이다. 가네시로야 정도가 되면 고용인들의 수도 대단해서, 원 안에 금(金) 자가 들어간 겉옷을 입은 자들이 담을 따라 줄지은 모습은 그야말로 장관이었다. 조심이라기보다 경호에 가까운 느낌이다.

그러나 생각해보면 이 삼엄한 모습도 모두 그 여행사의 입에서 나온 말에 따른 것이다. 고용인들 전부가 하나같이 요괴의 내습을 믿는 것으로 생각되지는 않았으나, 그렇다 해도 대단한 것이라고 모모스케는 생각한다. 입 하나로 세상을 살아가는 모사꾼의 실력 발휘라 해야 할까.

모모스케는 반신반의였다.

마타이치는 어설픈 말은 하지 않는다.

있는 그대로 늘어놓지 못한다는 것일 뿐, 불가사의를 자유자재로 다루는 언설의 이면에는 반드시 다른 진실이 숨어 있다는 것이 모모스케가 여태껏 마타이치와 함께 해오며 학습한 것이다.

그러하기에.

모모스케는 생각한다.

시라기쿠가 이미 이 세상에 없다는 것은 사실일 것이다. 그러나 시라기쿠라 자칭하는 다른 한 여자가 존재했다는 것도 사실이리라 생각한다.

죽은 자가 큰 점포의 주인과 정을 통하고 혼례를 올리며, 다른 창기와 싸워 토박이 야쿠자에게 붙잡히고, 유곽에서 객의 소매를 끈다는 일은 역시 있을 수 없는 일이다.

누군가가 속이고 있었던 것이다.

그것은 틀림없다.

그렇다면.

오늘밤에 누군가가 온다.

무엇이 온다는 것일까.

이 어마어마한 태세는 무엇을 대비해 준비하는 것일까. 마타이치의 성격상 쓸모없는 일은 하지 않을 터.

모모스케는 뜰에 눈길을 던진다.

이미 칠흑의 어둠에 둘러싸여 있는 그곳에 떠오르듯이 어행사의 하얀 모습이 보이고 있다.

무슨 일이 벌어지는 것인가.

모모스케는 마른침을 삼켰다.

모모스케 곁에는 헤이하치와 에이키치가 앉아 있다. 등 뒤에는 식솔장 이하 점포 식솔들이 줄지어 대기하고 있다. 그 전원이 어두운 하늘을 뚫을 듯 서 있는 시라기쿠 궁의 검은 위용을 잠시도 눈을 떼지 않은 채 응시하고 있었다.

안에는 오직 교에몬 한 사람.

호부며 고용인들로 열 겹, 스무 겹으로 둘러싸인 이 고대광실을 찾아올 수 있다고 한다면 그것은 역시 사람이 아닌 존재…… 마물 이외에는 없으리라.

이리도 많은 사람이 있는데 전혀 소리가 나지 않는다. 모두 숨을 죽이고 있는 것이다. 가끔 의복이 바닥을 스치는 소리가 스윽 하고 들릴 뿐이다.

별이 흘렀다.

"왔군."

마타이치가 짧게 말했다.

그리고 모모스케는 자신의 눈을 의심했다.

시커먼 위용, 지금은 그 자재가 노송이라는 사실조차 알 수 없는 동산만큼 거대한 지붕 위에.

사람이 서 있었다.

"저, 저것은!"

여인이다.

흐늘흐늘 흰 옷을 입은 여인이다.

"시……시라기쿠."

웃음소리가 들린 것처럼 느껴졌다.

들릴 리 없다. 거리가 너무나 멀다.

모모스케는 몸을 내밀어, 앞으로 나와 뜰에 내려섰다.

에이키치도, 헤이하치도, 고용인들도, 잇따라 뜰로 나왔다.

여인은 요사스럽게 인광을 발하고 있었다.

사람은 아니다.

무언가가 다르다.

……저것은.

살아있는 존재가 아니다.

확신하는 순간 모모스케는 찬 물벼락을 맞은 것처럼 오싹했다. 그리고 모두가 몸을 움츠렸다.

여인은 서서히 그 윤곽을 뚜렷하게 드러내기 시작한다.

무언가에 비치는 것처럼, 그 새하얀 얼굴이 떠오르고.

이윽고 뺨에 연지를 칠한 듯…….

살아있는 것인가.

아니다. 저것은…….

"불이다."

마타이치가 말했다.

"불이…… 붙어 있습니다."

술렁거림이 물결처럼 퍼져나갔다.

타닥타닥 무언가 터지는 소리가 들리고 있다.

"불이…… 불이 났다!"

여자의 얼굴을 붉게 물들이고 있는 것은 진홍빛 불길이었다.

시라기쿠 궁은 이미 안에서부터 불타기 시작했다.

불길의 혓바닥은 천장을 뚫고 지붕을 태우며 하얀 마물의 뺨을 비추고 있는 것이었다.

"아아……."

한숨도 비명도 아닌 소리가 울려 퍼졌다.

마물은 눈앞에서 화염에 감싸였다.

활활, 암흑의 밤하늘에 연기를 토하며 마물은 불타올랐다.

불타고 있음에도 그것은 미동조차 하지 않고 화염의 의복을 두른 채 모모스케 일행을 내려다보고 있다.

후후후후후.

웃고 있다.

비명소리가 들렸다.

고용인들이 그제야 사태를 파악한 것이다. 어행사의 말은 진실이었다.

마물을 감싼 불은 곧 큰 지붕으로 옮겨 붙었다. 그리되자 타기 쉬운 노송목 지붕이 날름거리는 불길에 뒤덮이기까지는 그리 많은 시간이 필요치 않았다. 숨을 삼키는 사이, 지붕 위는 화염의 바다로 변했던 것이다.

밤하늘이 지옥 가마솥의 뚜껑을 연 것처럼…….

붉게 물들었다.

눈 깜짝할 사이였다.

"아…… 아버지!"

에이키치가 달려갔다. 모모스케도 뒤따른다.

꼼꼼히 건조시킨 고급 자재가 눈앞에서 화기를 빨아들이고 불길을 토하며, 고대광실은 삽시간에 불덩어리로 변했다. 열기, 타는 냄새, 연기, 굉음.

"아, 아버지!"

화르르르르르.

아아…… 이리도 아름다울 수가.

고대광실은 업화에 싸여 있었다.

에이키치의 검은 등이 보인다. 고대광실의 입구. 고대광실의 주위에는 호가 파여 있고, 입구를 향하여 돌다리가 뻗어 있다. 에이키치는 그 다리 위에 뛰어올랐다.

모모스케는 주저했다.

불의 기세가 엄청났던 것이다.

뺨이 얼얼하도록 뜨겁다.

그 자리에 못박힌 모모스케를 지나쳐, 몇몇 고용인들이 에이키치에게 매달렸다.

"주인님……! 가시면 안 됩니다!"

"어리석은 것. 너희들의 주인님은 저 안에 계신다. 나는…….'

"아니오. 당신이 주인님이십니다. 이 점포는 지난 십 년 동안 당신 덕분에……. 당신이야말로……."

"듣지 않겠다. 듣지 아니하겠다. 아버지를…… 아버지를 이대로……!"

다리 위에 사내들이 뒤엉켜 있다.

모두 주홍빛으로 물들어 있다.

폭죽처럼 불티가 쏟아져 내린다.

지붕이 크게 기울고, 하늘에 불기둥이 치솟았다.

대들보가 불에 타서 내려앉은 것이다.

마물이…… 서서히.

추락해가는 모습이 보였다.

후후후후.

웃고 있다. 저것은…… 사람이 아니다.

짤랑.

요령 소리…….

전원이 소리가 나는 쪽을 보았다.

맞은편 다리의 기슭, 무너져가는 고대광실 앞에 누군가 웅크리고 있었다.

그 앞에 마타이치가 서 있었다.

"어행봉위!"

엉엉, 엉엉, 소리 높여 오열하며 그 사내…… 가네시로야 교에몬은 털썩 고개를 숙였다.

7

해시에 타오르기 시작한 시라기쿠 궁은 거의 이 각 정도 타기를 지속하다 축시에는 완전히 사그러들었다.

호화의 극치를 다한 시라기쿠 궁은 그야말로 형체도 없이, 말끔하게 타버리고 말았다.

부자재도 가구도 쉽게 타는 것들뿐이었는지 정말 무엇 하나 남기지 않고 타버려, 불탄 자리는 흡사 공터처럼 변해 있었다.

마타이치가 건넨 호부의 효험인지, 그렇지 않으면 미리 엄중하게 주의를 기울였던 보람이 있었던 것인지 번지는 불 하나 없이, 본채인 가네시로야와 주위의 집들에는 피해가 전혀 없었다.

바람이 없었던 점, 주위를 둘러싸듯 호로 격리되어 있었던 점, 소나무 등의 수목이 그것을 포위하듯 심어져 있었던 점 등 좋은 조건이 겹쳤다는 것도 다행스러운 점이었던 듯했다.

그뿐 아니라, 단 한 명도 사망자는 나오지 않았다.

교에몬도 얼굴 일부와 등 따위에 화상을 입기는 했으나, 모두 경상이고 결국 무사했던 것이다. 작은 주인님의 운기(運氣)가 주인 어르신을 구한 것입니다. 어행사는 그렇게 말했다.

관리도 많이 몰려왔으나, 결국 처음 불이 난 원인은 알아내지 못했다고 하였다.

원인불명의 화재인 것이다.

에이키치는 물론, 대행수를 비롯해 가네시로야의 고용인들은 입을 모아 하늘에서 마물이 날아와 불을 놓았다고 증언했다. 모모스케도 그렇게 말했으나, 아무래도 그 증언은 받아들여지지 않았던 듯하다. 물론 마물의 시신 따위야 나올 리도 없었다.

그러나 그날 밤의 상황을 돌이켜보건대 방화의 의혹만은 없다고 추정되었다.

문초 결과 교에몬의 실화로 모든 상황은 막을 내리고, 교에몬은 상부로부터 매서운 질책을 받았다. 불이 번지지는 않았으나, 화재를 내어 세상을 어지럽힌 죄는 가볍지 않다.

그러나 자칫 삐끗했다면 목숨을 잃을 뻔한 참이었으므로 질책 정도로 끝나는 것은 다행이라 하지 않을 수 없을 것이다.

살아남은 교에몬은 마치 악귀가 떨어져 나간 듯 마음을 고쳐먹고, 가족과 고용인들에게 자신의 가벼운 행동을 몇 번이고 사죄했다. 그리고 정식으로 아들 에이키치에게 자리를 물려주겠다고 선언했다. 물론 친족 고용인 일동, 이론은 일절 없었던 듯하다. 그 전까지도 실질적으로 주인은 에이키치였던 것이다.

교에몬은 은거하고 후견인이 되고, 재가(在家)하는 몸으로 불문에 들어가, 남은 인생 시라기쿠의 극락왕생을 계속 빌겠다는 것으로 되었다.

깔끔하게 주인이 된 에이키치는 헤이하치와 모모스케, 특히 마타이치에게는 크게 감사하고 상점 전체가 대접을 한 후에 감사의 표시라며 사례금까지 듬뿍 건네주었다. 모모스케도 헤이하치도 여비만으로 족하다며 고집했으나, 웬일로 마타이치는 순순히 받아들었다.

듣자하니 상당한 돈이 드는 성가신 일을 수락했기 때문이라고 했다.

그렇게 모모스케 일행은 가네시로야를 뒤로 했던 것이다.

"그만큼 호화로운 건물을 세우고서, 단 하룻밤에 태워먹고서도 눈 하나 꿈쩍하지 않으니…… 진짜 대단한 재산입니다요."

헤이하치는 고개에 서서 그렇게 말했다.

"하지만 지는 아직 모르겠습니다. 그게 정말 마물이었을까요?"

모모스케는 마타이치를 본다.

"무언가…… 작업을 하셨습니까?"

마타이치는 싱긋이 웃었다.

"지붕 위에 있던 그것은…… 오긴의 인형입니다."

"인형!" 하고 헤이하치는 머리 위에서 목소리를 발했다.

사람으로 보이지 않았던 것도 무리는 아니다.

그것은 애당초 혼이 없는 물건이었던 것이다. 불길에 싸여도 표정 하나 바뀌지 않고, 비명도 몸부림도 없이, 그 모습 그대로의 얼굴로…… 아마 흔적도 없이 전소되고 말았을 것이다. 그렇다면.

그때 작게 들렸던 여자의 웃음소리는…….

"오, 오긴 씨도 와 있었습니까?"

오긴은 마타이치의 동료 소악당으로, 인형사를 생업으로 삼고 있는 여자다.

모모스케는 주변을 둘러보았다. 이 패거리, 어디에 숨어 있을지 도저히 모를 노릇이다.

"오긴은 벌써 출발했습니다." 마타이치는 웃으며 말했다.

"아와지까지 가야 해서요."

"아와지시마…… 말입니까?"

"그 인형은 소생이 선생 일행의 앞에 나섰을 때 이미 설치해두었던 것이온데, 오긴 녀석이 높은 곳은 질색이라며 투덜투덜 주절댔지만요."

"허, 허나…… 보이지 않았습니다만."

"그렇지요?" 하고 모모스케는 헤이하치에게 동조를 구한다. 헤이하치는 그저 입만 쩍 벌리고 있을 따름.

"낮에는 보기가 힘듭니다. 흰 옷에 얼굴도 희니까요. 게다가 어두워지면 어슴푸레 빛이 나는 유약을 발라두었습니다. 어두워진 후에는 계속 보였습니다만, 뭐, 누구도 그런 곳에 그런 물건이 있을 것이라는 생각은 아니 하지요. 주의해서 보는 녀석이 없었던 겝니다."

듣고 보니 맨 처음 알아차렸던 이는 마타이치였다.

왔군…….

목소리를 내어 사람들의 주의를 지붕에 집중시켰던 것이다.

그렇다면……

"설마…… 마타이치 씨, 불을 놓은 것도……."

"엉뚱한 소리 마십시오, 선생" 하고 마타이치는 과장되게 부정했다.

"방화 같은 무서운 짓은 하지 않습니다요. 그것은 소생의 솜씨가 아니지요. 고대광실에 불을 놓은 것은 교에몬 씨 본인입니다."

"뭐라고요?" 헤이하치가 소리를 질렀다.

"어, 어째서 교에몬 씨가…… 스스로 태워버렸다는 것입니까? 그럼 교에몬 씨는 시라기쿠 씨의 죽음을 알고 뒤따르려 자, 자해를?"

"아닙니다. 잘 들으십시오, 두 분. 그 건물은 처음부터 태우기 위해 세운 것입니다."

"무……무슨."

무슨 소리를 하는 것일까.

"그렇지 않았다면 소생도 그런 무모한 작업은 하지 않습니다. 자칫하면 큰불이 나고 마니까요. 그 불타오르는 모습, 아주 보기 좋을 정도였지 않았습니까? 남의 땅에는 불티 하나 튀지 않았으니까요."

"하긴…… 분명히 그렇기는 했지요."

불이 번지지 않았던 것은 소화 덕분도 호부의 영험도 아니었단 말인가.

모모스케가 묻자, 마타이치는 그건 진짜 조심스러웠다고 했다.

"아무리 주도면밀한 작업이라도 만에 하나라는 것이 있으니까요. 조심하는 것보다 더 나은 것은 없습니다. 호부야 애당초 효험이 없지만, 유사시에 불끄기는 필요하지요. 다행히 일이 잘 풀렸지만, 혹 바람이 불기라도 했다면 어떻게 되었을지 소생도 알 수가 없습니다. 뭐, 어젯밤의 상황에서는 불을 끌 단계까지도 이르지 않았던 듯합니다만."

"알 수가 없군요."

"모르시겠습니까?" 마타이치가 말했다.

"그 건물은, 선생, 사전에 아무리 불타올라도 외부로 불이 번지지 않는 구조로 세워졌습니다. 해자도 소나무도 다 계산된 것이지요. 화재가 일어나도 바깥에 피해가 가지 않도록 주의에 주의를 거듭해 도면을 그린 것이 틀림없습니다. 그것이 교에몬 씨의 양심이었기에."

"양심? 더더욱 모르겠습니다. 교에몬 씨는 어째서 그런 건물을."

마타이치는 갑자기 어두운 눈빛을 했다.

"모든 것은 시라기쿠를 위한…… 것입니다."

"시라기쿠 씨?"

"그렇다기보다 선생께서 짐작하신 대로 시라기쿠의 이름을 사칭한 여자, 아니, 시라기쿠 행세를 한 여자를 위한 일이었을 겝니다."

"시라기쿠 씨는 역시 가짜였군요!"

"그건 모를 일입니다, 모모스케 씨" 하고 헤이하치가 말했다.

"저로서는 도통 모르겠네요. 어째서 시라기쿠가 가짜라는 얘기가 되는지?"

"그야 헤이하치 씨, 시라기쿠 씨는 신마치 시절에 손가락을 자르지 않았습니까. 허나 오와리 이후의 시라기쿠 씨에게는 손가락이 어엿이 있었던 듯했지요. 손가락이 돋아날 일이야 없지 않습니까."

"하, 하지만 그것은…… 마물이지 않습니까. 그렇다면."

"마물이라니…… 대체."

모모스케는 마타이치에게 결론을 재촉했다.

그러나 마타이치는 고개를 돌린 채 아무 말도 하지 않았다.

"그것은 다른 사람입니다. 그렇게 생각하는 게 보통 아닙니까."

헤이하치는 "그렇군, 그렇겠지요" 하고 중얼거렸다. 마타이치의 술수에 완전히 넘어간 상태다. 일반적으로 마물이라는 말이야 믿지 않을 터.

"다른 이로 뒤바뀐 것입니다."

"어디서, 언제 뒤바뀐 것인지?"

"그것은 알 수 없지만…… 뒤바뀌었다면 구누기야의 혼례식 밤이겠지요. 그때밖에 없습니다."

"으음. 허나…… 누구로 뒤바뀐 것입니까?"

"소생은……."

마타이치는 눈이 부시다는 얼굴로 먼 곳을 바라보았다.

"칠 년 전에 그 여자를 만난 적이 있습니다."

"그…… 시라기쿠와?"

"이름 같은 것이야 대는 사람이 임자이지요. 가짜고 진짜고 없습니다. 소생이 만난 이는 교토 말씨를 쓰는, 시라기쿠라 자칭하는 여자였을…… 따름이라."

"칠 년 전이라 하면 요시와라의 화재 후의 일이군요. 그럼 그 여자…… 마타이치 씨가 만난 시라기쿠 씨는 이미 유녀의 몸은 아니었군요."

"유녀가 아니라……."

무뢰배였다고 마타이치는 말했다.

"무뢰배라…… 함은?"

"그 무렵 시라기쿠는 기쿄라는 여자와 손을 잡고 위험한 생업으로 생활하고 있었는데……."

"위험한 생업?"

"여자가 할 수 있는 위험한 생업이라 하면, 꽃뱀이라든가?"

헤이하치가 알 만하다는 얼굴로 끼어들자, 마타이치는 그렇게 미지근한 것이 아니라고 대답했다.

"그럼 공갈이라든가……."

"뭐…… 웬만한 악한 짓은 빠지지 않았지요. 허나 둘 다 나쁜 병이 있었습니다."

"병?"

"시라기쿠가 손을 잡았던 기쿄라는 여자는 남의 피를 보는 것이 더없는 즐거움이라, 참으로 난감한 여자이지요."

"피…… 말입니까?"

마타이치는 미간에 주름을 모았다.

"예. 한편 시라기쿠 쪽은…… 타오르는 불을 좋아했지요."

"좋아했다? 싫어한 것이 아니라?"

"예, 좋아했습니다. 남자에게 안겨도 별 감흥을 느끼지 못하나, 불을 보고 있으면…… 황홀경에 빠진다고 합니다. 잘은 모르겠으나 몸의 중심이 녹아드는 듯하다고 하는데, 타오르는 불길이 크면 클수록 열락을 느끼는, 참으로 까다로운 성격이라고 하더군요. 둘 다 공갈이 위협으로 끝나지 않고, 속이고 뜯어내고 뼈까지 뽑아 결국에는 죽이고, 피를 빨고 태워 죽이고 마는 것이지요."

"그, 그것은."

헤이하치는 마타이치를 가리키며 "백호 오쿄와 주작 오키쿠?"라고 말했다.

"알고 계십니까?" 하고 마타이치는 묻는다.

"드, 들은 적이 있습니다. 사내의 생피를 들이키고, 불옷을 입혀 태워 죽이는 희대의 악녀라고 들었습니다만."

듣고 보니 헤이하치는 예전, 그러한 성벽의 여자가 있다고 말했었다.

"그 주작 오키쿠가 바로…… 시라기쿠지요."

"악녀란 말입니까."

다시 모습을 바꾸었다.

혼례날에 사라진 새아씨, 토박이 야쿠자 상대로 큰 싸움을 벌이던 길거리 창부, 절세의 미모를 자랑하는 요시와라의 유녀, 남자 때문에 애 태우는 박복한 아가씨, 이유 없는 박해를 받아온 병오생 여자.

그리고 인간 세상에 못된 해를 끼치는 히노엔마.

사내를 불태워 죽이는 악녀.

시라기쿠라는 여자의 얼굴은 도무지 고정되지 않는다.

"그, 그랬단 말입니까? 그럼, 시라기쿠라는 여자는 몇 번이고 화재를 겪는 사이에 불을 좋아하게 되고 말았다든가, 그런 이야기입니까?"

"그렇지 않습니다."

"마타이치 씨, 설마, 시라기쿠 씨는 병오생이라서 화기를 좋아한다. 마타이치 씨답지 않게 그런 말씀을 하지는 것은 아니겠지요."

"그처럼 허튼소리는 아뢰지 않습지요. 애당초…… 원래 시라기쿠 씨는 어떤지 모르지만, 주작 오키쿠는 병오생이 아닙니다."

"아."

그렇다.

다른 이인 것이다.

"두 번째 시라기쿠는…… 병오년 이듬해 태생이지요. 교토 시라카와 목재상 시라키야의 딸, 다쓰다. 그것이 두 번째 시라기쿠의 정체이올습니다."

"예?"

그 이름은 료준에게 들었다.

"그 사람은 아마도 시라기쿠 씨의……."

"소꿉친구지요. 함께 춤을 배우고 노래를 배우고 샤미센을 켠 사이올습니다."

"그 다쓰다가…… 시라기쿠로 변신했다는 말씀?"

"예. 옛날이야기니까요. 확실한 것은 알지 못합니다. 허나 소생이 들은 바에 따르면 다쓰다는 시라기쿠를 몹시도 미워했던 듯합니다."

소꿉친구를 미워하다니, 어째서 그런 것일까.

"자질도 대등. 기량도 대등. 어디를 어떻게 봐도 무엇 하나 처지지 않을 텐데 반드시 차이가 나고 만다. 그것이 이유였지요."

"차이가 나다니……."

"알았다. 그야 시라기쿠가 귀인의 핏줄이라는 이야기로군요. 태어난 본만은 아무 노력해도 당해낼 수가 없지."

헤이하치가 그렇게 말하자 마타이치는 눈을 가늘게 떴다.

"뭐, 사실 그런 점이야 아무래도 상관없는 것이지요. 사람이 잘나고 못나고에 태생이고 핏줄이고는 상관이 없지요. 이길 수 없다면 이길 수 없는 만큼의 이유가 있습니다. 허나 다쓰다라는 여자는…… 그 무렵 아직 어린 소녀였습니다만, 그러한 점을 몰랐던 게지요."

"시라기쿠 씨가 주위로부터 인정을 받는 것은 귀인의 씨앗이기 때문이다. 다쓰다라는 사람은 그렇게 단정해버렸군요."

"그렇겠지요" 하고 마타이치는 말했다.

"시라기쿠 씨가 자신보다 빨리 영주 댁으로 봉공을 가게 되자 다쓰다의 투기는 불타올랐습니다. 손을 탔다는 이야기가 들려오자 그 투기는 더더욱 강해졌지요. 허나…… 거기서."

"시라기쿠 씨에게 예기치 못한 불행이 쏟아졌다는 것이군요."

나리의 총애를 받은 시라기쿠는 그 미모가 두려움을 낳아, 병오생 여자라는 낙인을 받고 영주 저택에서 추방되고 말았던 것이다.

시라기쿠 자신에게는 아무런 책임도 없는 일이다.

"그…… 영주 저택에서 내린 매정한 낙인, 시라기쿠 씨의 삶뿐 아니라 다쓰다의 삶마저 바꾸어버렸으니. 다쓰다는 이렇게 생각했을 겁니다. 귀인의 씨앗은 무슨 얼어죽을. 그 계집은 병오생이다……."

"오호라……."

그때까지 다쓰다라는 여자는 시라기쿠가 대접을 받는 것도 태어난 본이 좋기 때문이라고 생각하고 있었던 것이다.

그러나 마찬가지로, 태어난 본이 사람을 구렁텅이에 밀어넣는 일도 있음을 다쓰다는 깨닫고 만 것이다.

그뿐만이 아니라고 마타이치는 말했다.

"시라기쿠의 생가에 불을 지른 것도 다쓰다였지요."

"마, 맙소사."

헤이하치는 마타이치 앞으로 나선다.

"허나 시라기쿠 씨는…… 말하자면 실각해 돌려보내진 것 아닙니까. 그렇게 불행의 낙인을 찍을 필요는 없지 않습니까. 다쓰다가 그렇게까지 미워했던 것인지?"

"다쓰다는 시라기쿠 씨가 주위의 동정을 사는 것이 마음에 들지 않았던 게지요. 연민의 정을 한 몸에 받고 있는 시라기쿠 씨가 다쓰다에게는 참을 수 없을 만큼 역겹게 느껴진 것입니다."

"예에."

"병오생 미신……. 그런 것이야 누구나 알고 있는 것이지요. 사람이란 말입니다, 알고 있으면서 이용을 하지요. 싫은 녀석에게는 매섭게 대하고 모난 돌에는 정을 내리칩니다. 딱하게 느껴지면 동정을 해보입니다. 시라기쿠란 아가씨는 뭐, 사람들에게 사랑을 받는 성격이었습니다. 그러한 아가씨가 몸에 흠이 나고, 더구나 부당한 이유로 돌팔매질당하며 돌아왔다. 이것은 딱하게 생각할 수밖에 없지요. 주변 사람들은 일제히 동정했습니다. 그러한 미신을 내세우는 것은 너무한 이야기라고…… 그렇게 된 것이지요."

"그것이 마음에 들지 않은 것이군요."

"그랬을 테지요. 허나 이것이, 미신이 아니라 사실이라고, 그렇게 되면 이야기는 또 달라지지요. 때문에 다쓰다는…… 불을 질렀습니다. 이것도 병오생 시라기쿠 때문이라는 소문을 퍼뜨렸지요."

모모스케는 옷깃을 세웠다.

어떠한 괴담보다 무서운 느낌이 들었기 때문이다. 그 무렵은 다쓰다도 시라기쿠도 아직 열예닐곱의 처녀가 아니었는가.

"다쓰다의 의도대로 악평이 퍼지고, 시라기쿠는 마을에서 쫓겨나 유녀로 전락하게 되었지요. 허나 악한 짓은 못하는 법. 그때 지른 불은 다쓰다 자신의 난감한 버릇까지 깨우고 말았던 것입니다."

난감한 버릇…….

불을 좋아하는 성벽인가.

"한편 시라기쿠 씨는 불행한 처지에도 굴하지 않고 유녀로서도 이름을 날렸습니다. 단골이며 낙적해주겠다는 객도 많이 나타났지요. 소문은 교토까지 흘러들었습니다."

다쓰다의 마음속에 질투의 불길이 다시 타올랐다는 것인가.

"아무리 평판 자자하다 한들 결국은 유녀. 아무리 대접을 해준들 창기와 객에는 변함이 없습니다. 다쓰다는 그렇게 얕보고 있었겠지요. 허나…… 시라기쿠에게 진심으로 서로 사랑하는 상대가 생기고 말았습니다."

"구누기야의 세이하치로군요."

"예. 다쓰다로서야 이것은 용납할 수 없는 일. 그래서 다쓰다는 시라기쿠의 사랑에 제동을 걸었습니다. 그래서 정인을 빼앗았지요."

"그럼…… 세이하치에게 들어왔던 혼담의 상대라 하는 것이 바로 다쓰다?"

"예. 구누기야는 센슈의 목재상. 한편 다쓰다의 생가는 교토의 목재 도매상 시라키야. 나쁜 이야기가 아니지요. 다쓰다는 세이하치에게 한눈에 반했다며…… 거세게 부모에게 말을 했겠지요. 구누기야로서야 좋은 혼처. 유녀와 바람이 나는 것보다야 훨씬 낫지 않습니까. 들어보니 다쓰다는 혼례 전에 구누기야에 들어가 그쪽 부모도 홀려놓았다고 하더군요."

아무리 편지를 보내도 봉투조차 열지 않은 채 돌아왔다.

머리를 자르고 손가락을 잘라 보내도…….

"전부 다쓰다가 버린 것입니다. 구누기야의 사람들은 모두 다쓰다 편이었으니까요."

"그럼 신마치 유곽의 작은 화재 소동도……."

"다쓰다가 벌인 일."

"료준 씨는 세이하치가 저지른 짓이라고……."

"세이하치에게 시켰던 겁니다."

"시켰다?"

마타이치는 고개를 끄덕였다.

"세이하치도 바보가 아닙니다. 자신이 놓인 상황 정도야 분별하고 있었겠지요. 다쓰다와 연을 끊는다는 것은 가게를 나와야 한다는 것. 재산을 전부 버리고 시라기쿠를 택하여본들, 동반자살 정도밖에 길은 없지요. 그 화상은 세이하치가 결단을 하지 못했다고 생각하고 계신 모양입니다만, 소생은 그리 생각하지 않습니다. 세이하치의 마음은 이미 정해졌을 터. 하지만 시라기쿠 쪽은 단념하지 않고, 다쓰다로서는 세이하치의 마음 따위, 아무래도 상관없는 일이었으니까요. 요컨대 시라기쿠가 몹쓸 꼴을 겪게 만들고 싶은 것뿐이었습니다. 그래서…… 다쓰다는 귀띔을 한 것입니다."

불을 질러라.

그래서 내쫓아라.

허나.

"허나 마타이치 씨, 저는 다쓰다라는 사람의 생각을 모르겠습니다. 생각해보세요. 시라기쿠 씨를 용케 쫓아내게 되었다 치고, 그 후 자신은 좋아하지도 않는 남자와 혼례를 올려야 하지 않습니까. 그렇게 사람을 미워하는 마음만으로, 그 상대에게 끔찍한 꼴을 입게 할 목적만으로…… 혼처를 정할 수 있을까요? 저로선…… 손해라는 생각이 듭니다만."

"다쓰다에게는 세이하치와 연을 맺을 마음 따위는 털끝만큼도 없었던 겝니다" 하고 마타이치는 말했다.

대체 무슨 말인가.

아니.

"잠깐만요."

그렇다.

시라기쿠를 차버린 매정한 사내는 혼례날에 불에 타 죽은 것이다.

그 친족과 새색시와 함께…….

"혼례날 밤에 다쓰다는…… 새아씨는 죽지 않았다는 것입니까?"

"예. 그날 밤 죽은 사람은 소생이 뜰에서 아뢴 대로 시라기쿠 씨라."

이미 이 세상 사람이 아닙니다.

시라기쿠 님은 구누기야 세이하치의 혼례날에 불에 타 죽었습니다.

"허나, 그것은 어떤 계획인 것입니까? 시라기쿠 씨가 혼례날 밤에 복수하러 온다. 더구나 방화를 한다. 다쓰다는 예지력이라도 있었던 것입니까? 그런 일은 시라기쿠 씨 말고는 알 수 없는 일이 아닙니까? 그것이 확실하지 않다면……."

그렇지 않고서는…….

"유감스럽지만 그것도 다릅니다." 마타이치는 말했다.

"시라기쿠 씨는 마음을 바꿀 만한 분이 아니었던 듯하니까요. 더구나 관계가 없는 사람까지 끌어들여 죽이는 악랄한 짓은 하지 않지요."

"그럼……."

"불을 놓은 것은 바로 그 다쓰다입니다."

"새아씨 자신이……."

"다쓰다는 처음부터 그럴 생각이었던 게지요. 세이하치 같은 얼간이와 부부가 될 마음 따위는 전혀 없었습니다. 그리고…… 시라기쿠 또한 살려둘 마음이 없었던 게지요."

"마지막에는 모두 태워 죽이겠다?"

"시라기쿠의, 병오생 탓으로 하겠다는 심산입니까?"

헤이하치는 망연자실한 표정을 지었다. 지독하다.

끔찍한 이야기다.

"그럼, 시, 시라기쿠 씨는 속아서 나왔던 것입니까……?"

"무슨 수를 썼는지는 모릅니다. 어쩌면 시라기쿠 씨는 사랑하는 정인의 상대가 소꿉친구였다는 것을 알고 모든 것을 용납하겠다, 그 축하의 한마디를 하러 갔던 것일지도 모르지요."

그것은 너무도 슬프다.

그러나 시라기쿠는 아무것도 몰랐음에 틀림없다. 자신에게 쏟아진 불행의 배후에 그 모든 것을 꾸민 자가 있다는 것은 꿈에도 생각지 못했을 테고, 더구나 그것이 소꿉친구인 다쓰다라는 것은 그야말로 생각지도 못했을 일이리라.

그렇다면······.

"그러니까요."

마타이치는 작은 목소리로 말했다.

"시라기쿠 씨는 역시 한이 골수에 사무쳐, 악귀나찰로 전락해 복수를 했다. 그렇게 생각해주는 편이 위안이 될 수밖에요."

"히노엔마이올습니다."

"그 후는 선생이 짐작한 그대로입니다."

아아.

그리하여 다쓰다는 시라기쿠가 되었던 것이다. 유년 시절부터 한없이 따라잡고 싶어 어쩔 줄을 몰랐던 시라기쿠를, 마침내 따라잡고서······ 대신 차지한 것이다.

이 세상에서 더없이 무시무시한 방법으로.

"시라기쿠가 된 다쓰다는······ 타오르는 잔치자리를 보고서, 달아나지 못해 불에 타 죽는 많은 사람들을 보고서, 죄의식도 측은지심도 공포도, 아무것도 느끼지 못했음이 틀림없습니다. 그 계집, 그저 열락에 취했던 게지요. 즐거워서, 기뻐서, 어쩔 줄을 몰랐던 겝니다."

맙소사······.

"그 후 다쓰다는…… 아니, 시라기쿠는."

"그 여자는 빈틈없는 여자입니다. 가게의 돈을 지닐 수 있을 만큼 들고 나갔습니다. 그리고 새아씨 차림 그대로 모습을 감추었지요. 아마…… 말을 썼을 겝니다. 그리고 갈 수 있는 곳까지 달아났습니다. 말을 버리고, 산길을 달려 도착한 곳이 와카사의 산속이지요."

"예에?"

헤이하치가 소리를 질렀다.

"그것은……."

산속에서 거금을 가지고 쓰러져 있던 새아씨.

"예. 십이 년 전, 와카사 산속에서 거둔 여우 각시란 바로 다쓰다입니다. 다쓰다는 소동이 잠잠해질 때까지 그 땅에서 살기로 했던 것일 테지요. 허나 병이 도졌습니다."

"화재입니까."

여기저기에서…….

밤이면 밤마다 불이 나서…….

"억누르기 어려운 방화의 병이지요. 그러나 교토나 오사카와 달리 시골이니까요. 눈에 띄는 것이지요. 하지만 욕망은 억누를 수가 없고. 다쓰다는 참다 참다 못해……."

"이곳…… 오와리에."

"교토에도 오사카에도 돌아갈 수야 없으니까요." 하고 마타이치는 말했다. 그 말대로 얼굴을 아는 이가 있는 땅으로는 돌아갈 수 없으리라.

"뭐, 손쉽게 살아가기에는 몸을 파는 일. 그래서."

"가네시로야의 주인과 알게 된 것이로군요."

"가네시로야는…… 더없는 돈줄. 드센 다쓰다는 온갖 속임수와 농간질을 동원해 감쪽같이 속였음이 틀림없지요. 유흥에 익숙지 않은 벽창호를 속이는 것이야 간단한 일. 이윽고 교에몬 씨는 몸도 마음도 빼앗기고 말았습니다. 허나."

"허나?"

불 지르는 병이 도졌냐며 헤이하치는 말했다.

"억누를 수가 없었던 것일 테지요. 다쓰다…… 아니 시라키쿠는 남의 눈을 피해 가게 주위에 불을 놓기 시작했습니다. 가게 식솔들은 설마 새롭게 마님으로 들어오려는 분이 하는 짓일 줄은 모르지요. 그러나 단 한 사람, 그것이 누구의 소행인지 간파한 사람이 있었습니다."

"교에몬 씨로군요."

"맞습니다. 허나 그 주인장, 정이 깊은 분이라서요. 교에몬 씨는 다쓰다의 소행을 알고서 그것이 병임을 알아챈 것입니다. 그래도 그분은 내쫓지 않았지요. 오히려…… 더욱 정을 쏟았습니다."

"자비를…… 베풀었다 함은?"

"멈출 수가 없다면 도리가 없지. 다만 남에게 피해를 끼쳐서는 아니 된다. 그러니……."

"설마…… 그렇다면."

마타이치는 고개를 끄덕였다.

"만약 혼례날에 다쓰다가 달아나지 않았다면 교에몬 씨는 분명 이렇게 말했겠지요. 더는 걱정할 필요 없다, 병이라면 도리가 없지, 그만두지 못한다면 하도록 해라. 누구의 눈을 꺼릴 필요도 없이 마음껏 태우도록 해라. 네가 아내로 들어온다면……."

"아아!" 모모스케는 소리를 질렀다.

"불을 지르기 위한 건물을 만들어주마……."

그래서 그렇게.

그렇게 된 일이었단 말인가.

막대한 낭비에는 의미가 있었던 것이다.

"소생의 생각에 교에몬 씨는 병에 대해서도 파악하고 있었고, 혼례날까지 시라기쿠에게는 입을 다물고 있지 않았을까요."

"혼례날에 고했다, 그 말씀?"

"그러함을 충분히 알고, 그 병까지 함께 너를 받아들이겠노라고, 그렇게 말할 생각이었을 테지만……. 그러한 괴짜 영감이 있으리라는 생각은 보통 하지 않지요. 태연히 남을 속이는 자야 사람을 믿는 것이 서투른 법이니. 불을 지르는 병이 알려진다는 것은 옛 악행의 폭로로도 이어지기 마련. 그래서 시라기쿠는 그대로 달아난 것입니다."

혼례날에 사라졌다.

"교에몬 씨는 후회했습니다. 그분은 시라기쿠가 얼마나 악독한 짓을 저질러왔는지, 그런 것이야 모릅니다. 다만, 도저히 방화를 멈출 수 없는 딱한 병을 가진 여자라고, 그리 받아들였을 것입니다. 불 지르는 병을 제외한다면, 시라기쿠는 청초하고 겸허한 미인으로 통하고 있을 테니까요. 교에몬 씨로 보자면 시라기쿠는 허황된 병을 수치스럽게 여겨 스스로 물러났다고, 그리 생각했음이 틀림없습니다."

"그렇게 되겠군요."

그렇게 생각하리라.

"그만큼 교에몬 씨는 괴로울 수밖에 없습니다. 시라기쿠의 병을 구할 수 있는 자는 자신밖에 없다. 그 주인장은 그리 생각했던 것입니다."

그야 그럴 것이다.

불을 지르는 병에 걸린 여자를 위해 태우기 위한 저택을 세워줄 수 있을 만한 자는 달리 없을 것이다. 그것이 나을 수 없는 병이라면 달리 구할 수 있는 자는 없다는 이야기가 된다.

"허나…… 그것은 누구에게도 말하지 못할 일이기도 하지요. 단지 자신의 말이 부족했다…… 구할 수 있는 여자를 구하지 못했다고 교에몬 씨는 크게 후회했습니다. 내버려두면 병이 도질 것이다. 그렇다면 혹 지금쯤 어디선가 잡혀 있을지도 모른다. 그렇게 생각하니 밤에도 잠을 잘 수 없는 것입니다. 방화는 당연히 사형. 화형이 기다리고 있지 않습니까. 만약 그렇게 되면 자신이 시라기쿠를 죽인 것이 된다. 그렇지 않아도 아끼고 사랑하는 여자니까요. 그러니 이는……."

상사병이 아니다.

십 년…… 그러한 상태가 지속되었던 것이다.

그리고…….

"시라기쿠가 살아있음을 알게 된 것이군요."

"예. 그래서……."

준비는 다 됐으니.

이번에야말로 원대로 할 수 있으니.

이제야 의미를 알았다. 그것은 미련에 넘치는 말이 아니었던 것이다.

원이란 불을 지르는 것. 준비는 그 건물을 말하는 것.

마음껏 태울 수 있는 건물을 세웠으니 돌아오라.

"그래서…… 그 작업인 것입니까."

"단지 시라기쿠가 죽었다고 알려본들 당연히 믿지 않지요. 그래서 선생께 부탁해 그때까지 파헤친 시라기쿠라는 박복한 여자의 인생을 하나로 묶은 후, 그리고……."

"히노엔마를 내세웠다."

"예. 실은 그 전날 밤……. 아직 고용인들이 경계하기 전에 그 건물에 몰래 오긴을 들여보내 머리맡에서 이런 말을 하게 하였습니다."

교에몬 님, 내일 밤 돌아오겠사옵니다.

불이…… 보고 싶사옵니다.

"아아…… 그래서."

교에몬은 에이키치로부터 시라기쿠의 죽음을 들었을 때 놀라지도, 부정하지도 않았다고 했다. 알고 있었던 모양이라고 에이키치는 말했으나, 그것은 전날 꿈에 시라기쿠가 머리맡에 서 있었기 때문인 것이다. 역시 살아있지는 못했구나, 하고 납득했다는 것이리라.

가련한 여자에 대한 공양의 마음이었을까. 아니면 불을 좋아한 여자의 망령을 환대하는 환영의 불이었을까. 그것 또한 아니라면 참괴(慚愧)의 염을 억누르기 어려워 자신도 함께 따라갈 작정이었던 것인가.

교에몬은 전날 밤 오긴 씨의 말을 그대로 받아들여, 시라기쿠가 찾아온다는 밤, 자신의 손으로 불을 놓았던 것이다.

사전에 불이 번지지 않도록 설계된 건물이었다면 망설임이야 없었으리라.

그러나.

"교에몬 씨는……."

교에몬을 구할 수단은 단 한 가지. 교에몬 자신의 불성을 깨우는 것이라고 마타이치는 말했다. 이 경우의 불성이란 자비심도 참회하는 마음도 아닐 터. 살겠다는 기력……. 그야말로 살아가고자하는 마음을 가리키는 것이다.

그리고 교에몬은 사는 길을 택한 것이다.

"위험한 길이기는 했지만요" 하고 마타이치는 말했다.

"주인장이 반드시 나올 것이라 소생은 믿고 있었습니다. 죽음은 아무것도 낳지 못한다는 것을 그분은 알고 있을 터. 남의 죽음을 애통해하는 마음을 가진 자, 쉽사리 죽지는 않는 법이라."

"어행봉위."

그때의 요령 소리로 교에몬의 마음속에 똬리를 틀고 있던 마연은 불에 타 사라졌을 것이다. 마연을 불러들이는 건물과 함께 시라기쿠 또한 불에 타 사라진 것이다.

"십이 년 전에 죽은 시라기쿠 씨는 여태껏 누구의 공양도 받지 못했습니다. 아무도 그 불행한 죽음을 애도하는 자가 없었지요. 그러나 앞으로는 다릅니다. 그 주인장……. 남은 평생 그 사람을 계속 생각할 테지요."

마타이치는 그렇게 말했다.

진짜 시라기쿠와 교에몬은 실상 단 한 번도 만난 적이 없다. 그러나 좀 전 마타이치가 말한 대로, 모모스케가 조사하고, 그리고 알렸기에…… 교에몬의 마음속의 시라기쿠와 십이 년 전에 불에 타 죽은 시라기쿠는 하나로 이어진 것이다. 그러기 위해, 오로지 그 하나만을 위해 마타이치는 모모스케를 끌어들인 것이리라.

악연은 끊겼다.

"마타이치 씨."

모모스케는 앞서 가는 마타이치를 불러 세운다.

"다쓰다…… 두 번째 시라기쿠는, 저어, 지금……."

모모스케가 묻자 마타이치는 돌아보지 않은 채 대답했다.

"악녀 시라기쿠……. 지금은 기타바야시 영내에 있습니다."

"기, 기타바야시…… 말입니까?"

기타바야시란 지난달 헤이하치가 방문했던, 무참한 노두참살이 횡행한다는, 단고와 와카사 끝자락의 작은 번이 아닌가. 시치닌미사키의 저주인가 뭔가가 있다고 하는 무시무시한 장소가 아니었던가.

그곳에…….

"헤이하치 씨." 마타이치는 돌아본다.

"예" 하고 헤이하치는 예를 차린다.

"헤이하치 씨에게 나에 대해 알려준 이는 혹시…… 기타바야시 번의 영내에 사는 늙은 인형사가 아닙니까?"

"예, 맞습니다" 하고 헤이하치는 더욱 정색했다.

"과, 과연 모사꾼 양반이시구려. 숨길 수가 없다니까. 하지만 어떻게 알았습니까? 그분이 저한테 '자신에 대해서는 말이 필요 없다, 누구에게도 발설치 마라'라고 단단히 함구령을 내리셨기 때문에 여기 모모스케 씨한테도 한마디도 하지 않았는데요."

마타이치는 싱긋이 웃었다. 모모스케는 따져 묻는다.

"뭡니까, 헤이하치 씨. 그분은…… 대체 누굽니까?"

"봐주쇼, 모모스케 씨. 숨기고 싶지 않지만, 함구하라는 명을 받은 신세라고 할지, 딱히 이야기할 만한 연이 있는 것도 아니라고요. 섭섭하게 생각지 말아주쇼. 아니, 성 밑 마을 외각에 작은 암자를 짓고 살고 있는 실력 출중한 괴짜 인형머리 수선사가 있다는 풍문을 들었는데요, 이야기꺼리가 있을 만하다 싶어 찾아가본 겁니다. 그뿐이라서."

"그곳에서 가네시로야 이야기를 한 게로군요."

"예에. 아니, 어찌 그리 빠른지, 무엇이든 다 훤히 꿰고 계시군요. 그 참, 아이쿠, 얼마나 말수가 없는 분이신지…… 이야기자리를 이어가려고 생각하자니, 무엇이든 다 지껄이는 게 지 성격이라서 말입니다……."

"무, 무슨 말입니까, 마타이치 씨?"

모모스케는 물었다. 속사정이 더 있단 말인가.

"무슨 말이고 개코도 있지도 않습니다." 마타이치는 말했다.

"그 영감은 소생과 긴 세월을 알고 지낸 사이인데, 이름은 등명 고에몬이라고 하지요."

"예? 그 이름은 분명…… 오긴 씨의 의붓아버지……."

작년 초겨울에 들었던 이름이다.

"예. 이분께서 기타바야시 영내로 갔다는 말을 듣고서 바로 느낌이 왔지요. 그 영감탱이, 그런 시골에 있으면서도 여전히 귀 하나는 밝구먼. 아마 지난번 기에몬의 자초지종을 듣고서 야마오카 모모스케라는 이름을 쑤셔봤음이 틀림없습니다. 하여간 방심을 할 수가 없군."

마타이치는 씁쓸한 표정을 지었다. 그리고 아무래도 이것만으로 끝나지 않겠다며 중얼거렸다.

"더 이어진다는 말씀입니까?"

"뭐, 이어진다는 생각이 틀림없을 겁니다. 허나 그 전에 소생에게는 해야만 할 일이 있지요. 이것이 까다롭기 짝이 없는 큰일이라서 말이지요. 참, 선생……. 죄송하지만 이후, 아와지까지 함께 좀 가주지 않으시겠습니까?"

"제가요? 무얼 하는데요?"

"너구리 퇴치이올습니다."

마타이치는 그렇게 말하고서 능글맞게 웃었다.

후나유레이

서해에 출몰하니,

다이라 가문의 혼령이 벌이는 일이라고

전해진다

회본백물어 · 도산진야화 / 제3권 · 25

1

 야마오카 모모스케가 산묘회 오긴과 함께 사누키 지방에 발을 들여놓은 것은 바람도 상당히 차가워진 겨울 초입, 아직 날도 밝지 않은 시각의 일이었다.

 모모스케는 얼마 전, 모사꾼 마타이치가 수락한 별스러운 연극 일을 돕기 위해 아와지 섬까지 불려갔다.

 참으로 기묘한 체험을 했다.

 그곳에서 두 달 정도를 보내면서 그 대규모 작업도 무사히 마치고, 모처럼 이곳까지 왔다는 핑계로 시코쿠로 건너가기로 했던 것이다.

 모모스케는 여러 지방의 괴담과 기담을 수집하고 있다.

 그러한 모모스케에게 시코쿠 일대의 풍속은 매력적이었다. 다행히 모사꾼에게 수고료를 받아 주머니도 든든했으므로 가만히 돌아갈 마음이 들지 않았다. 팔십팔 개소 순례라도 하며, 느긋하게 탕에 몸이나 담그며 얼마간을 보내겠다, 그러한 심산이었다.

 간이 커져 있었던 것이다.

 어차피 주머니를 채우고 있는 것은 공돈이니, 노잣돈이 허전해질 때까지는 늘어진 팔자라고 대범하게 작심하고서 여행객을 자처하고 나선 것이다.

본시 모모스케는 금전에 집착하지 않는 성격이다.

도저히 상가에서 자라난 것으로는 여겨지지 않을 정도로 무관심하다. 물려받아야 할 가게도 행수에게 양보할 정도의 사내이므로 이러한 점은 어쩔 수가 없다.

그런데 오긴이 동행하겠다고 나섰다.

이 오긴이라는 여자, 모사꾼의 보조를 할 만큼 만만치 않은 인물이기도 하므로 당연히 웬만한 술수로 다룰 수 있는 여자가 아니나, 그렇다고 해서 추하고 억센 족속은 아니다. 비쳐 보일 듯 희고 고운 얼굴로, 에도에서도 좀처럼 구경하기 어려운 미모. 진짜 나이는 알지 못하나, 보기에 따라서는 열일고여덟 처녀로도 보이고, 또 스물일고여덟의 물오른 아낙으로도 보인다.

생업은 인형사다.

어쨌거나 모모스케 따위와 어울릴 여자는 아니다.

모모스케는 자신의 풍채가 변변치 않음을 누구보다도 잘 알고 있다. 풍류도 없고 고리타분함으로 무장한 위인이 여자와 동행하는 여행이라니, 이보다 더 어울리지 않을 수가 있으랴. 그것도 젊고 아름다운 처자라면 더더욱 이상하다. 일단 그림이 묘하다.

게다가 아무래도 긴장을 하고 만다.

어울리지 않는 동행이다. 아무리 생각해도 묘한 여행이다.

그래도 가고 싶다며 나서는 통에 완강하게 거절하지 못한 채, 결국 유유자적 혼자 여행하겠다는 야심을 포기했다. 신경 쓸 필요는 딱히 없었지만, 이 야마오카 모모스케라는 사내, 좌우지간 여자 다루기에

무지하다.

그나저나 오긴이 왜 동행하겠다는 말을 꺼냈는지 모모스케는 도무지 알 수가 없었다. 오긴은 모모스케보다 훨씬 여행길에 익숙할 터이고, 홀로 하는 여행을 불안하게 생각할 만한 여자도 아니다. 강도든 불한당이든 자유자재로 가지고 놀아버릴 만큼 배짱이 두둑하다. 겁 많은 모모스케 따위와 함께 있어봐야 득이 되는 일은 분명 없을 것이다.

설마 연모의 정을 품게 되었다는 일이야 없을 터.

모모스케는 한순간 그렇게 생각한 자신을 한심하게 생각했다. 그것만은 있을 수 없는 일이다. 절대로 없다.

그 후, 모모스케는 아와지를 나서는 배에 타다가 탁 하고 무릎을 쳤다. 오긴은 원래 상가의 딸이었던 듯하나, 지금은 집도 절도 없는 방랑예인이다. 신원이 분명한 모모스케와 행동을 같이 하면 이래저래 편리할 것이다. 모모스케는 일단 에도에서도 유명한 양초 도매상의 젊은 은거인이다.

결국 이용당했을 뿐이었다.

모모스케는 혼자 몰래 웃고, 그리고 안심했다. 자신의 역할이 명확해졌기에 안심한 것이다. 그렇다면 사정은 알 만하다. 여전히 긴장은 되나, 필요 이상으로 신경을 쓸 필요는 없다. 입장은 지극히 명료하다.

그럼에도 여행은 길벗 나름이란 말이 있듯 행로 중의 오긴은 실로 싹싹하여, 아와에 도착할 무렵 모모스케는 이 기묘한 여행에 아주 완전히 익숙해지고 말았다.

듣자하니, 오긴은 도사에 볼일이 있다고 했다.

뭔가 알아볼 일이라도 있는 것이리라. 이 패거리는 무얼 꾸미고 있는지 도무지 알 수가 없다. 그러나 모모스케는 굳이 아무것도 묻지 않았다.

마타이치나 오긴 일행과는 어차피 사는 세계가 다른 것이다. 그 점은 모모스케도 분별하고 있다.

그리고 모모스케는 도사에도 가보고 싶다고 생각하던 참이었다.

마음에 걸리는 것이 있었기 때문이다.

시치닌미사키.

맞닥뜨리면 목숨을 잃는다고 전해지는 도사 지방의 칠인일조 요괴다. 모모스케는 그 저주의 신에 관한 이야기를 도사의 번사에게서 처음 들었다. 흥미로운 이야기라고 생각했기에 도사 일대의 사정을 아는 자들을 찾아가 듣고 기록해두었다. 그런데 사람에 따라 이야기가 다르다. 전혀 다르지는 않지만 확실하지가 않다. 올 여름에는 친하게 지내는 책장수 헤이하치가 같은 이름의 요괴에 대한 소문을 우연히 듣고 오기도 했는데, 그에 이르러서는 완전히 다른 이야기였다.

우선 장소가 다르다.

헤이하치가 이야기를 거둬온 곳은 와카사 끝자락이다. 도사와는 심히 떨어진 곳이다. 미사키 신앙이라는 것은 그 나름대로 넓게 분포되어 있을 것이나, 시치닌미사키만 보면 어떨까. 그렇게 멀리 떨어진 곳에 똑같은 요괴가 존재할 수 있는 것인지, 모모스케는 미심쩍었다.

그와 더불어 그 땅—기타바야시 번 영내—에서는 실제로 시치닌미사키의 저주로 사람이 몇이나 죽었다고 한다. 먼 옛날의 이야기가 아니다. 지금 현재의 이야기이다. 더구나 저주를 받은 자는 차마 눈 뜨고 못 볼 정도로 무참한 죽음을 맞았다는 것이 헤이하치의 말이다.

저주란 불행을 관리하기 위한 방편이라고, 모모스케는 생각하고 있다. 어떠한 행동을 하면 저주가 내린다며 금지하는 것은 위험을 피하기 위한 방편이다. 이를 저주 때문이라고 해석하는 것은 불의의 사고나 병마에 대한 두려움을 물리치기 위한 방편이다. 사고도 질병도 돌연 덮친다. 이는 원래 피하지 못할 종류인 것이다. 그러나 저주로 판단되면 피할 길도 따라오게 된다.

그러므로 저주로 죽은 자의 대부분은 사고사나 병사에 의한 것이다. 이것은 시치닌미사키 또한 마찬가지이다. 모모스케가 수집한 한, 그것을 만난 자의 사인은 익사, 혹은 열병이었다.

그런데 그 고을에서는 난도질에 거죽이 벗겨지고 목이 날아가 무참하게 죽는다는 것이다.

수긍이 가지 않았다.

원래 미사키란 선봉(先鋒)의 의미라고 한다. 그렇다면 전조로서 찾아드는 산신이나 수신이 거느리는 권속을 이르는 것이다. 이는 신령과 같은 존재일 경우도 있으나 구마노의 야타가라스, 야와타의 하토 등과 마찬가지로 작은 동물일 경우도 있다. 대부분은 이리나 여우와 같은 짐승인 듯하다. 물론 쑥 내민 끝이란 뜻의 곶(사키)과도 관련이 있을 것이다. 한자를 다른 식으로 바꾸거나 '온자키'로 읽는 경우도 있다. 미사키여우 등은 빙의하는 종류다. 그렇다면 빙의와도 관련이 있다.

어쨌거나 간단한 것은 아니다. 때문에 알기 어려운 존재이기는 한 것이다.

다만, 모모스케가 수집한 몇 가지 예로 유추해보건대 도사를 중심으로 한 지역에 한하자면 그것은 원통한 죽음을 맞은 자의 한을 풀지 못한 혼…… 즉 성불하지 못한 악한 존재의 의미로 받아들이는 편이 납득이 간다. 그것도 격심하게 재앙을 내리는 영, 저주의 신이다.

실제로 비젠 미마사카 일대에도 미사키 신앙이 널리 퍼져 있는 듯, 빙의나 금기와 깊이 관련된 불길한 양상을 나타낸다고 들었다. 그곳에서는 미사키라고 하면 이리와 같은 짐승을 가리키는 경우도 있으나, 동시에 악한 신령과 같은 존재를 가리키는 경우도 있다고 한다.

단, 이 경우는 죽은 자의 혼령이 미사키가 되는 것이 아니라, 죽은 자가 이 미사키에 빙의된 경우에 그 혼이 악한 존재가 되어 저주를 내린다는 추가 설명이 붙는 듯하다.

복잡하다.

다만, 그 미사키 중에서도 시치닌미사키라고 할 경우는 또 양상이 달라진다.

미사키 신앙과는 거리가 멀어도, '시치닌어쩌고'라는 이름의 요괴는 실제로 전해지고 있다.

이요 지방에는 시치닌도교(七人同行)라는 요괴가 나온다. 이는 네거리 등에 나타나며, 맞닥뜨린 사람을 집어던지거나 죽인다고 한다. 같은 땅 이요에는 시치닌도지(七人童子)라는 것도 있는데 이 또한 마찬가지로 심야에 네거리에 나타나며, 맞닥뜨리면 죽는다.

사누키에는 시치닌도시(七人同志)라는 것이 나온다. 이는 간엔시대에 농민 폭동으로 처형된 일곱 명의 동지라고 한다. 비 오는 날에 도롱이 차림으로 나타나며, 만나면 메슥거리게 된다고 한다.

시치닌미사키의 경우는 강이나 물가, 해상 등 물에 관련된 장소에 많이 나온다고 일컬어진다. 그 경우 익사자가 저주를 내리는 것으로 인식되는 듯하다. 해난을 입은 자가 저주를 내린다는 것이라면 이는 세상에서 말하는 후나유레이(船幽靈), 요컨대 물귀신 부류에 가깝다.

더더욱 복잡하다. 때문에 모모스케는 한번 현지에 가서 직접 이야기를 수집해보고 싶었다. 안절부절 못할 정도로 호사가의 피가 끓었던 것이다.

도사에 가는 것은 바라던 바였던 것이다.

그러나 모모스케와 오긴은 직접 도사에 들어가지는 않았다.

아와에서 열흘을 지낸 후 오사카 고개를 넘어 사누키로 들어갔다.

이유는 단 한 가지.

수상한 사내를 따돌리기 위해서였다.

먼저 알아챈 쪽은 오긴이었다.

얼굴까지 가려지는 삿갓에 손등토시와 각반, 행장 차림의 낭인이다.

모모스케 일행이 탄 배에 그 사내도 타고 있었다.

모모스케는 깨닫지 못했으나, 오긴은 그 사내를 아와지 섬 안에서 몇 번쯤 보았다고 한다.

연극 작업이 한창 벌어지고 있던 중이다. 당연히 신경이 쓰일 수밖에 없었으리라.

그 사내가 언제 아와지에 들어왔는지, 그것은 알지 못한다.

그러나 마타이치 일당이 깔아놓은 덫이 완성되기를 기다리기라도 했다는 듯 섬을 나섰다는 것만은 틀림없다. 긴 시간이 걸리는 작업이었으므로, 이는 실로 부자연스럽다.

더구나 사내는 마치 뒤를 쫓듯 모모스케 일행이 탄 배에 올라탄 것이다.

그것뿐이라면 우연일 경우도 있다.

그러나 문제는 아와에 도착한 다음부터였다.

사내는 모모스케 일행과 같은 객사에 묵었다.

그리고 그곳에서 움직이지 않았다.

모모스케 일행도 움직이지 않았다. 아니, 사내의 동향을 파악할 때까지 움직일 수 없었던 것이다.

다행히 모모스케도 오긴도 급한 예정이 있었던 것이 아니다. 때문에 모모스케는 얼마간 객사를 거점으로 돌아다닐 수 있는 범위에서 근처의 신사, 불당이나 유적 등을 순례했다. 오긴 쪽은 딱히 용무가 있는 것이 아니었으므로 아와 인형을 물색하거나 대로에 서서 장사를 하고 있었던 듯하다.

허나 무사 또한 객사에서 움직이지 않았다.

매일 이른 아침부터 외출은 하는 듯했으나, 돌아온다.

며칠이 지나도 나설 낌새가 없다. 마치 모모스케 일행이 움직이는 것을 기다리는 것처럼 보이기도 했다. 의심스럽게 여긴 오긴이 한번 미행해보았더니 어째 이곳저곳 돌며 슬금슬금 무언가를 묻고 다니고 그러는 듯, 그 거동이 더없이 수상쩍다.

넌지시 객사 종업원에게 물어보았더니 적당한 시기를 보아 도사까지 갈 것처럼 말을 하고 있다는 모양이다.

적당한 시기를 본다는 구석이 또 몹시 수상쩍었다. 모모스케와 오긴은 배 안에서 행선지를 정하고자 의논을 한 바 있다. 굳이 감출 일도 아니었으므로 소리를 죽였던 것은 아니다.

다 들렸음이 틀림없다.

그렇다면.

진의는 알 수 없다.

그러나 오긴은 물론이고 모모스케도 지금은 털면 먼지가 나올 몸. 사내의 정체가 무엇이든 쑤시거나 찔러오면 난처해질 것은 틀림없다.

무슨 일이든 조심하는 것이 가장 낫다.

그래서 의논한 끝에 모모스케와 오긴은 행선지를 사누키로 바꾸었다. 그리고 이른 아침에 불쑥 객사를 나섰던 것이다. 모모스케로서는 시코쿠 전체를 가능한 한 느긋하게 구석구석 돌고 싶었으므로 행선지를 사누키로 바꾸는 것에 대하여 일절 이의가 없었다. 오긴의 용무라는 것도 딱히 급한 일은 아닌 듯했다.

"선생과 함께라면······."

오긴이 말했다.

"조금은 번듯한 여행이 될 줄 알았건만, 이래서야 평소와 똑같잖아. 하여간 대로를 활보하지 못할 팔자를 타고난 모양이네요."

도움이 되지 못해서 면목이 없다며 모모스케는 머리를 숙였다. 무어 사과할 일이 있냐며 오긴은 말한다.

"선생이 사과를 하시니 몸이 쪼그라들겠수. 선생 혼자 몸이라면 무슨 트집을 잡더라도 태연할 수 있잖우. 내가 같이 있는 통에······."

"아아, 날이 밝기 시작했다"라며 오긴은 동쪽 하늘을 먼눈으로 보았다.

"아무렴 어떻습니까, 오긴 씨. 아와에서 이 오사카 고개를 넘어 사누키로 들어간다는 것은 겐페이전(源平戰)이 있었을 때, 미나모토 요시쓰네와 같은 여정이니까요."

"겐페이라."

오긴이 미간을 찌푸렸다.

"아주 먼 옛날이야기 아니우."

"예에. 수영 이 년 규슈로 쫓겨간 다이라 가문은 안덕제를 봉하고, 다시 도읍을 목표로 밀고 올라와 사누키의 야시마에 진을 쳤지요. 그래서 미나모토 요시키요를 미즈시마에서 토벌하는데, 이듬해 이치노타니 대첩에서 패해 다시 야시마로 퇴각합니다. 그 이듬해, 그것을 추격해 치고자 요시쓰네가 세쓰에서 야시마로 향하는데, 시기 탓에 큰 폭풍우를 만나 가쓰우라에 상륙, 이 오사카 고개를 넘어 야시마로 향했지요."

"어머나, 어디서 이런 강석사(講釋師)*가 나오셨나" 하고 오긴은 웃었다.

"일단은 작가를 지망하고 있으니까요. 게다가……."

게다가.

멸망한 다이라 가문은 후세에 진정 많은 괴이를 초래했다. 이치노우라를 비롯한 대첩의 땅에는 다이라 가문의 원통함을 아는 자들이 수많은 괴이를 전했다. 또한 다이라 가문의 잔당들은 여러 지방에 점점이 흩어져 세상의 눈을 피해 조용해 살며 수많은 일화를 남겼다. 이른바 낙오인 전설이다.

그리고 시치닌미사키 또한 다이라 가문의 원령으로 설명되는 경우도 많다.

모모스케가 그렇게 말하자 오긴은 오호, 하고 목소리를 냈다. 길을 가며 꽤 많은 이야기를 들려주었기 때문에 웬만큼 소상히 알게 된 것이다.

---

* 노래와 이야기를 들려주는 것을 업으로 하고 있는 사람.

"다이라 가문이라면 게가 아닐까요?"

"게……도 있습니다만, 다양하답니다. 들었던 바로는 다이라 기요모리 출가를 갓파의 시조로 전하는 지역도 있을 정도니까요. 다이라 가문 낙오인들의 혼령이 시치닌미사키가 되었다고 해도 충분히 납득이 가지요."

"역시 물에 빠져 죽었나?"

"그게 좀 다릅니다. 제가 들은 이야기로는, 그것은 멧돼지를 잡는 덫에 떨어져 죽은 일곱 명의 다이라 가문 낙오인이라고 합니다. 도사의 오가와라는 곳에서 회자되고 있는 모양이지만요. 이는 육지에 나오지요. 그리고 시치닌미사키는 아닙니다만, 해상에 나오는 요괴로 후나유레이라는 것이 있지 않습니까? 그것도 다이라 가문의 원령이라는 소리가 있지요."

"배의…… 귀신인 거유?"

"아니, 망자선이라든가 유령선이라 함은 배 자체가 귀기를 띠고 나타나는 것이지만, 후나유레이라는 것은 대부분 익사자가 집단으로 나타납니다. 히키유레이(引幽靈)나 소코유레이(底幽靈) 등으로 불리기도 하지만, 요컨대 물로 끌어들여 죽이려고 하는 물귀신이지요. 배를 전복시키려 합니다."

"무시무시한 귀신이네요." 하며 오긴은 모모스케를 흘깃 보았다.

"뒤끝이 안 좋은걸."

"안 좋지요. 게다가 완력이 아닙니다. 흔한 경우로, 우선 표주박을 빌려달라고 합니다."

"표주박이라면, 국자를 말하는 거유?"

"예. 배에는 커다란 국자를 실어둔다는 모양이더군요. 그것을 빌려달라고 하는 겁니다. 이때 절대로 빌려주면 아니 됩니다. 행여 빌려줘버리면 그것으로 연거푸 파도를 퍼 올려 배를 가라앉혀버린다는 모양입니다."

"끔찍이도 싫네" 하고 오긴은 가는 눈썹을 찡그렸다.

"나는 그런 식으로 질퍽질퍽대는 게 아주 질색이유. 아무리 자신이 험한 꼴을 겪었다고 해도 다른 이까지 함께 데려갈 것은 없잖우."

"그러게요" 하고 모모스케는 대답한다.

"허나 그러한 분별을 하지 못하기에 망자인 것입니다. 사려와 분별이 있어 말이 통한다면 산 사람과 다를 바가 없지요. 사령(死靈)이라는 것은 분별이 거의 사라지고 없는 법입니다. 남은 것은 한밖에 없지요. 때문에 후나유레이들은 배를 전복시켜 익사자를 늘리는 것이 목적이 아닙니다. 그저 한결같이 배에 물을 퍼 올리는 것만이 목적이지요."

"헛일 아닌가?"

"헛일이지요. 허나 무위든 뭐든, 망자라는 존재는 몇 번이든 같은 일을 되풀이합니다. 그래서 이것은 맞닥뜨리는 일 자체가 불행한 것이지요. 피할 방법은 하나밖에 없습니다. 밑이 빠진 국자를 건네는 것입니다."

"그런 물건이 정말 있수?"

"큰 배에는 대체로 준비되어 있다고 하더군요. 이것을 건네면 망자는 그것으로 물을 퍼 올립니다. 물론 퍼지지가 않지요. 때문에 배는 가라앉지 않습니다. 하지만 물을 푼다는 행위만은 할 수 있으니, 그것으로 망자는 납득하고 사라진다고 합니다."

"허무하여라."

"예에. 시치닌미사키의 경우는 한 명을 죽이면 한 명이 성불한다고 일컬어지고 있습니다. 하지만 후나유레이의 경우는 영원히 성불하지 못하지요. 뭐, 이 후나유레이도 다이라 가문의 원령이라고 하더군요. 그 방면 책에 따르면 망집의 포로가 된 다이라 가문을 딱하게 여긴 한 법사가 시아귀(施餓鬼) 법회를 크게 열었고, 그 이후 이러한 괴이는 끊어졌다고 나와 있습니다만."

"이러나저러나 허무하잖수" 하고 오긴은 거듭 말했다.

"하지만 선생."

"어찌 그러시는지?"

"그런 것일지도 모르지. 인생이란 말이우, 입에 풀칠하려고 일을 하는 건지, 일을 하기 위해 먹고 있는 건지, 가끔 헷갈리게 되잖우. 모두 마찬가지로, 밑 빠진 국자로 물을 푸며 만족하고 있는 것인지도 모르지. 그러니까……."

시치닌미사키보다 낫다며 오긴은 말을 맺었다.

자신이 성불하기 위해 남을 끌어들이는 짓을 하는 것보다 그저 같은 행위만을 되풀이하는 무간지옥이 차라리 낫다는 의미일까.

그럴지도 모르겠다고 모모스케는 생각했다.

고개의 샛길은 풀이 무성하고 추웠다.

딱 일 년 전, 모모스케는 지금처럼 오긴과 나란히 걸었다. 그때는 고즈카하라의 형장으로 향하고 있었다. 그리고 그때 형장에 효수되어 있던 머리를 둘러싼 기묘한 사건에 관여하고서, 모모스케는 오긴의 슬픈 과거를 안 것이다.

모모스케는 그 하얀 목덜미와 귀밑머리를 본다.

사실 이 처자는, 원래대로라면 그럭저럭 유복한 상가의 딸로 평온하게 살고 있었을지도 모를 일이다.

멀리서 종소리가 들렸다.

'기온정사의 종소리인가.'

정말 제행무상의 울림이다. 모모스케는 귀를 기울였다. 그때.

바스락대는 풀 소리.

별안간 섬뜩한 기운이 모모스케를 덮쳤다.

이어 정말로 서늘한 살기가 목을 겨누었다.

날붙이.

쿵 하고 오긴이 모모스케를 밀쳐, 두 사람은 구르다시피 길가로 이동했다.

모모스케는 엉덩방아를 찧는다. 오긴은 몸을 뒤집어 자세를 잡는다.

대도를 손에 든 기묘한 풍모의 사내가 서 있었다.

털가죽을 걸치고, 덩굴 같은 것을 허리에 감고 있다.

길가의 덤불에서 튀어나온 그 사내가 등 뒤에서 모모스케의 목에 날붙이를 들이댔던 것이다. 재치를 발휘한 오긴이 구해주지 않았다면 어떻게 됐을지 알 길이 없다.

모모스케는 자신의 목을 손으로 문질렀다.

이어 서벅서벅 발소리를 내며 나무 뒤에서 몇인지 사람 그림자가 튀어나왔다. 다들 비슷한 풍모다.

"무엇을 찾고 있나!" 하고 사내는 위협했다.

"아무것도 찾고 있지 않은데."

오긴이 대답했다.

"거짓말 마라. 아와에서 건너온 수상쩍은 놈이 우리에 대해 묻고 다닌다는 소식은 이미 알고 있다. 목적이 뭐냐!"

사내는 칼을 겨누었다.

오긴은 자세를 낮추고, 목에 걸린 상자를 가슴 앞으로 내밀었다.

허나, 아무리 오긴이 이런 일에 이골이 났다고는 해도 중과부적. 싸워서 이길 수 있는 상황이 아니라는 것은 일목요연했다. 모모스케는 갈라진 목소리를 발했다.

"저, 저는 수상한 자가 아닙니다. 저는 에, 에도의 교바시에 있는 양초 도매상 이코마야의 은거인인데, 모, 모모스케라고 합니다. 이 사람은······."

모모스케는 오긴을 보았다.

"누, 누이 오긴입니다."

나이는 알지 못한다. 자신보다 많을지도 모른다. 허나 외모는 어찌 보아도 모모스케가 더 삭았다.

누구든 마찬가지라고 사내는 말했다.

"우리에 대해 쑤시고 다니는 자, 우리에게 관여하는 자는 누구든 살려둘 수 없다. 이것이 선조로부터 전해져 내려온 우리 일당의 법도다."

"법도인지 나발인지 모르겠지만, 기억에 없는 것을 어쩌라고? 안타깝게도 우리는 에도 토박이라고. 너희들 같은 촌뜨기와 인연이 있기나 하겠어?"

얼버무리려 해도 소용없다며 맨 처음 튀어나왔던 사내가 버럭 고함을 쳤다.

"그럼 묻겠는데, 양초상의 은거인과 그 누이가 이러한 시각, 이러한 장소에서 대체 무얼 하고 있는 건가?"

"보고도 모르시나. 사누키로 빠져나가려 하고 있는 것이지."

"과연 그럴까?"

사내는 칼의 날 끝을 오긴에게 겨누었다.

"반듯한 자라면 반듯한 길을 갔을 텐데?"

"말 참 많구나. 여러모로 사정이 있다고. 이래 봬도 에도에선 살포시 알려진 오긴 누님이지. 촌뜨기 멀대에게 이러쿵저러쿵 잔소리 들을 이유는 없어."

오긴은 매섭게 사내를 노려보았다.

사내는 조금 주춤했다.

"계집…… 너."

"왜?"

"넌 대체 누구냐?" 하고 사내는 망연하게 말했다.

"몇 번을 말해야 알아먹을 건데? 당신, 귀는 제대로 붙었나? 나는……."

"정말로 에도에서 왔나?"

"끈질기기도 하네!"

"무슨 일이냐, 간조!" 하며 등 뒤의 사내들이 외친다.

간조라고 불린 사내는 두세 걸음 물러나더니,

"이, 이 계집의…… 용모가……"라고 했다.

"용모가 어떻다는 건가?"

"가, 가에데 님을……."

"헛소리 마라. 잘못 본 거다."

폭도들의 움직임에 균열이 생겼다.

그 틈에 오긴이 뛰어나간다.

"선생!"

모모스케는 다리가 펴지지 않았다.

"네 이놈!" 하고 외치며 사내가 다가온다.

대도가 내리꽂혔다.

흉인이 바람을 가르는 소리가 난다. 눈앞이 새하얘지고, 이어 강한 충격이 있었다. 이젠 죽었다며 머리를 싸쥐고 엎드려 손가락 사이로 살펴보니, 오긴이 상자를 들고서 응전하고 있었다. 칼이 엄습하기 직전, 오긴이 모모스케를 밀쳐낸 것이다.

오긴은 간조라 불린 사내와 대치하고 있었다.

간조는 정안세(正眼勢)다. 외양에 어울리지 않게 검술을 익힌 모양이다.

오긴은 후쿠스케 그림이 그려진 작은 상자를 내밀고서 정면의 사내와 간격을 두고 있다.

그 주위를 역시 칼을 든 몇 명이 둘러싸고 있다. 오긴은 움직이지 않는다. 그러나 오긴을 둘러싼 원은 슬금슬금 좁혀들어간다.

"오, 오긴 씨!"

"달아나셔, 선생. 이런 산속에서, 게다가 까닭 없는 누명으로 목숨을 잃어서야 억울하지! 그리고 선생을 눈앞에서 잃게 되면 마타이치 녀석을 볼 낯이 없다고."

"하, 하지만······."

"어서 가시라니까. 나라면 걱정 없수. 이래 봬도 난······ 일당십쯤이야 문제없도록 단련받았거든."

오긴은 어서 가라고 외친 후, 상자를 간조에게 집어던졌다. 살기에 찰나의 동요가 인다.

오긴은 그것을 간파하고서 몸을 돌려 품속의 호신도를 뽑았다.
그 순간…… 폭도의 안색이 순식간에 변했다.
"이, 이년, 그, 그 단도는……."
다음 순간, 피보라가 일었다.

2

정말 한순간의 일이었다.

모모스케 일행을 둘러싸고 있던 다섯 중 셋이 소리도 없이 쓰러지고, 모모스케를 덮쳐들었던 한 명 역시 칼을 휘두를 틈도 없이 땅 위로 엎어졌다. 모모스케의 눈앞에는 그저 암갈색 하의가 가로막고 있을 뿐, 하의 옆으로 대도를 고쳐 잡고서 뒷걸음치는 폭한 중 마지막 한 명…… 간조의 모습이 보였다.

"양민을 상대로 괴악한 칼을 휘두르다니 가당키나 한 일인가. 원한다면 졸자가 상대하도록 하겠다."

쩌렁쩌렁 울리는 목소리였다.

간조는 잠시 오긴을 응시하고 있었으나, 이윽고 몇 걸음 물러나더니 마치 짐승 같은 움직임으로 사라졌다.

짤각 하고 날밑 울리는 소리가 났다.

납검 소리다.

간조의 등을 눈으로 쫓던 오긴이 스윽 일어서서 모모스케가 있는 쪽으로 얼굴을 돌렸다. 아니, 모모스케를 본 것은 아니다.

돕고자 뛰어든 사내의 얼굴을 본 것이다.

모모스케는 천천히 눈길을 위로 올렸다.

"다, 당신은……."

모모스케 앞에 우뚝 서 있던 사내는 바로 그 삿갓 낭인이었다.

낭인은 쓰러져 있는 폭한에게 흘깃 눈길을 주었다.

"모두 하나같이 아주 손에 익은 솜씨인 듯하오. 살기가 상당했던 까닭에 관대하게 처리할 여유가 없었지. 살생은 저어하나, 그대들을 구하기 위해서는 어쩔 수 없었소. 봐주었더라면 나나 그대가 죽었을 것이오."

낭인은 시신 앞에서 합장했다.

"고, 고맙습니다. 저, 저어."

"이놈들은 산적 부류가 아니오. 그대들이 표적이 되었으나, 원래라면 나였소. 그런데 아무래도 착각을 한 모양이오."

"착각이라 함은?"

"이놈들은 어제부터 그 객사를 주시하고 있었다오."

"주시?"

"물론 그대들에게는 영문 모를 일일 것이오. 놈들이 주시한 자는 졸자. 그러나 그대들을 나와 한패로 속단했을 테지."

"한패로요?"

"그렇소. 졸자는 감시받고 있는 것을 알고 있었기에 밤을 지새우며 밖의 상황을 살피고 있었으나…… 그대들이 객사를 나서는 것과 동시에 한 명만 남기고 기척이 사라졌던 것이오. 날도 밝기 전에 나섰으니 의심을 샀을 터. 혹여 잘못되어선 아니 된다고, 살피고 있던 한 명을 따돌리고 그대들의 뒤를 쫓아온 게요."

낭인은 그렇게 말하고서 오긴을 보았다.

"그건 나도 실수했네" 하고 오긴은 얼굴을 돌렸다.

"감시당하고 있었던 것은 알았지만, 미행은 알아차리지 못했지."

"말하지 않았소. 이놈들은 상당한 실력. 알아차리지 못하는 것이 당연지사."

오긴의 표정이 흐려졌다.

"그래서…… 이놈들은 대체 정체가 뭘지요? 그보다……."

오긴은 낭인을 예리한 눈빛으로 쏘아보았다.

"댁은 뉘시오?"

"졸자 말인가? 졸자는……."

낭인은 동쪽 하늘을 처다보았다.

오긴은 거리를 좁힌다.

"목숨을 구해주신 차에 이런 말을 하고 싶지는 않지만 말이지요, 우리가 표적이 된 것도 무사 나리 때문이라고 하지 않았습니까요. 그럼 그쪽부터 자신을 밝힌들 천벌이 내리지는 않지 않을까 싶네요."

"그것은 그러하나 장소가 좋지 않군. 이런 곳에 서서 이야기를 나누고 있어서야 목숨이 몇이나 있어도 부족할 게요. 이놈들에게는 한패가 있소. 게다가 산에는 익숙할 터. 어디인가 다른 장소로 옮기는 편이 좋겠군."

무사는 좌우를 둘러보았다.

"사누키로 가시는 것도 일단 다시 생각해보는 편이 좋을 게요."

분명 그럴지도 모른다.

실로 한패가 있다면 살아남은 간조가 알릴 것이다. 당장은 살게 되었으나, 모모스케 일행의 누명이 풀린 것은 아니다. 아니, 오히려 이 낭인에게 도움을 받은 일 덕에 그 의심은 결정적인 것으로 변하지 않았는가.

그렇다면.

모모스케도 오긴도 간조에게 사누키로 빠진다는 것을 고했다. 적이 그 말을 믿고 말고는 차치하더라도, 추격자가 따라붙을 가능성은 높다고 할 수 있을 것이다.

"객사에 돌아가는 것도 산속에 있는 것도 위험하오. 일단 아와로 돌아가 어디에 몸을 숨기는 것이 상책일 것이오."

기후도 좋지 않다며 낭인은 덧붙였다.

실상, 날이 밝았음에도 주위는 아무리 시간이 지나도 어둑어둑하니 컴컴했다.

모모스케는 그제야 일어섰다.

일각쯤 말없이 걸었다.

오긴은 명백히 경계하고 있었다.

당연하다. 위험한 순간에 구해준 것은 사실이지만, 그것과 이 낭인이 신뢰할 만한 인물인지의 여부는 전혀 별개의 문제다. 말하는 내용 또한 곧이곧대로 받아들여도 될지 어떨지 알 수 없다. 분명 낭인은 그 패거리를 베었으나, 그렇다고 해서 아까 그 패거리와 이 낭인이 밀통하고 있지 않다는 단언을 내릴 수는 없으리라. 모모스케는 요즘 매우 주의 깊게 변했다. 그것도 마타이치 일행의 작업을 보았기 때문임에 다름 아니다.

이래저래 시간이 흐르는 사이에 하늘은 더욱 어두워지고, 운 나쁘게도 투룩 투룩, 물방울이 뺨과 정수리를 때리기 시작했다.

이 상황에서 젖는 것은 실로 낭패라고 생각했다.

삿갓을 쓰고 좀 더 나아가자 건물이 보였다.

보아하니 사당인 듯하다.

빗발도 굵어지기 시작했으므로, 모모스케는 그곳에서 비를 긋자고 제안했다.

조촐한 지장당이다. 다만 내부는 의외로 넓었다. 세 사람이 들어가고도 아직 여유가 있다. 중앙에 안치된 지장존 주위에는 제단 같은 시렁이 만들어져 있고, 소원을 적은 판이나 공양물이 복잡하게 놓여 있다. 기도 같은 것을 벌이는 자가 있을지도 모르겠다.

들어가자마자 본격적으로 쏟아졌다.

격자문으로 비가 들이쳤으므로 모모스케는 제단 옆으로 이동해 삿갓을 벗었다.

낭인도 삿갓을 벗고, 품에서 수건을 꺼내 손과 발을 닦았다.

"졸자는…… 시노노메 우콘. 보시다시피 생계가 막막한 낭인이오. 오 년 전쯤, 그때까지 녹을 받고 있던 동쪽의 한 번이 소멸되는 통에 말이지. 그 이후 먹고살기 딱하게 빈둥거리는 몸이오."

낭인…… 우콘은 그렇게 말하고 고쳐 앉았다.

모모스케는 한순간 주저했으나, 솔직히 말했다.

"저는…… 야마오카 모모스케라고 합니다. 괴담집을 개판하기 위해 여러 지방을 돌며 기담·괴담을 듣고 있습니다. 이쪽은……."

"나는 오긴이우."

모모스케가 소개하기 전에 오긴은 짤막하니 그렇게 말했다.

"보시다시피 산묘회고."

모모스케는 덜컥 놀란다. 맨 처음 오긴과 만난 것도 역시 비를 긋기 위한 오두막 안이었던 것이다.

"자, 이유를 말씀해주실까요." 하고 오긴은 말했다.

"동쪽 고을의 낭인께서 어찌하여 이런 곳에 있는 것인지요? 봉록 무사 자리라도 찾고 계신가?"

"으음……."

우콘은 자세를 바로 했다.

정한한 이목구비의 사내이다. 나이는 마흔 전 정도일까. 나쁜 인상은 주지 않았다.

"이것은 원래라면 발설이 엄중히 금해져 있는 일이오만, 공연히 휘말리게 만들고 말았으니 졸자가 아는 것은 전부 말씀드리도록 하겠소이다."

"발설 금지입니까?"

"그렇소."

잘 들으시라며 오긴이 말했다.

"나리는 우리의 정체를 확인한 것이 아니지 않습니까? 이 선생은 또 몰라도, 나는 보시다시피 떳떳한 몸이 아닙니다."

"알고 있소."

우콘은 움직이지 않았다.

"그러한 시각, 그러한 장소를 지났소. 그대들도 어찌 되었건 켕기는 구석이 있는 자일 게요. 졸자 또한 마찬가지. 소상히 묻지는 않겠소."

"신뢰한다는 말씀이신지?"

"신뢰하고 말고도 없을 터. 옷깃만 스쳐도 인연이라고 하지 않소. 그대들에게 누설한 탓에 나의 몸에 재난이 퍼부어진다면 그것 또한 졸자로서는 부덕의 소치라 할 수 있을 터이니."

"미련이 없으시구려. 그렇다면 들어보도록 하지요." 오긴이 시원시원하게 말했다.

"졸자는 어느 번의 밀명을 받고 누구를 찾고 있었소."

"나 원. 결국은 얼버무리려 드는 거 아뇨." 오긴이 입을 삐죽 내밀었다.

"산왕권현(山王權現)*의 사자도 아니고, 어느 누구라고만 해서야 알 수가 없지. 도대체 낭인이 무슨 까닭으로 번의 밀명을 받는지. 그런 엉터리 이야기는 못 듣겠수."

"그리 심하게 재촉하지 마오."

우콘은 소매의 물기를 짜낸 후 마룻바닥에 앉았다.

"털어놓자면 긴 이야기요. 양민인 그대들은 알 수 없겠으나, 무사라 하는 자리는 융통성을 발휘할 수 없는 불편한 자리라서 봉록 무사로 있는 번이 소멸되어버리면 정말 먹고살기가 버거워지지. 그렇다고 칼을 버릴 결심도 하지 못하니 참 어려운 일. 졸자도 내자를 끌어안고 생계가 끊어져 난감한 경우를 겪고 있던 참이오."

"허나…… 나야 잘은 모르지만 말이지요, 나리의 실력이라면 봉록 무사 자리쯤이야 골라잡을 수 있지 않은지? 아까 그 패들도 내가 미처 가늠하지 못할 정도로 노련한 자들이었는데, 그런 자들을 나리는……."

우콘은 반듯한 눈썹을 찌푸리며 자조하듯 웃었다.

"태평연월에 검을 쓸 수 있다 한들 무슨 도움이 되겠소. 검의 실력이 아무리 출중하여도 봉록 무사는 언감생심이지. 지금 세상에는 어

---

* 산악신앙과 신도, 천태종이 융합한 신불습합의 신.

후나유레이 | 341

디에 가더라도."

"만사는 쩐인 거유" 하고 오긴은 말했다.

우콘은 다시 한 번 웃었다.

"사실 그대로 말하자면 백번 지당한 말이오. 슬픈 일이나, 유사시 기댈 수 있는 것은 돈, 그리고 연줄이지. 모아둔 금전도 없고, 봉록 무사를 알아봐주는 지인도 졸자에게는 없다오. 그러한 것이 없기에 졸자는 처와 둘이서 걸인과 마찬가지의 차림으로 여러 지방을 떠돌게 되고 만 것이오. 부끄러운 이야기지. 지금은 와카사 외곽 한 번의 영내에 눌러앉아 살고 있소."

"와카사 외각…… 말입니까?"

마음에 걸렸다.

"그것은 혹…… 기타바야시 번이 아닌지?"

"알고 계시오?"

책장수 헤이하치가 시치닌미사키에 관한 소문을 듣고 온 땅이다.

"기타바야시 번?"

오긴이 눈을 가늘게 떴다.

'아.'

그리고 모모스케는 떠올린다. 그 땅에는 오긴의 의부인 등명 고에몬이라는 인형사가 살고 있다고 한다. 그에 대해서는 오긴도 마타이치로부터 듣고 있음이 틀림없다.

오긴은 머리에 붙은 물방울을 털며, "꽤나 변경의 땅에 눌러앉았구먼요. 에도에는 가지 않았던 겁니까?"라고 말했다.

"흘러 흘러 마지막에는 에도……라고들 하지. 에도는 분명 먹고살기에 곤란을 겪지는 않는 곳. 졸자의 벗 또한 몇이나 에도에서 살고 있소. 다만 아무래도 졸자의 성격에는 아니 맞는 것 같소."

과연 그럴까, 하고 모모스케는 생각한다.

에도는 확실히 습하고 복잡하며, 결코 살기 편한 땅은 아니다. 에도에서 태어나 에도에서 자란 모모스케는, 그럼에도 에도는 편리한 곳이라고 생각한다. 그와 더불어 무사의 의지나 자부심이라는 것이 모모스케로서는 이해되지 않는다. 근본을 따지면 무가 출신임에도 불구하고 전혀 이해할 수 없는 것이다. 그나저나 무엇이 좋아 그러한 변경에 정착을 한 것인가.

"기타바야시 번은…… 듣기로 작은 번이라더군요."

빈궁한 영주라고 우콘은 말했다.

"무어, 특별히 그 땅이 마음에 들었기 때문은 아니오. 그저 움직이려도 움직일 수 없게 되고 만 게지. 얼마 전, 내자가…… 회임을 해서……."

"그것은……."

오긴의 표정이 변했다.

"경사가 아닙니까?"

우콘은 오오, 하는 작은 탄성과 함께 온화한 미소를 지었다. 모모스케는 거짓말을 못하는 사내라고 생각했다.

"함께 한 지 십 년, 자식 복이 없었소. 때문에 실로 기뻤으나…… 이 꼬락서니로는 배내옷조차 제대로 살 수가 없지. 그래서…… 뭐, 어떻게든 봉록 무사처가 없을까, 우연히 알게 된 번사에게 타진을 해 본 것이오. 졸자가 할 수 있는 것이란 아무것도 없고, 검술에 다소 소양이 있을 뿐. 지금까지는 이야기도 제대로 들어주지 않았기 때문에 단념하고 있었으나, 그런데 어찌된 일인지 성사가 되어서 성대가로

(城代家老)*님을 직접 뵈옵게 되었던 거요."

"굉장한 일이잖수." 오긴은 탄성을 올렸다.

"아아, 그래서인가. 나리, 그 실력을 인정받으신 거네."

"맞소. 졸자는 가로님에게 밀명을 받았소. 그 명을 완수하면 봉록 무사가 된다, 그러한 이야기지."

오호라, 하는 말과 함께 오긴은 다리를 편다.

"봉록 무사 자리가 걸린 밀명입니까요. 하지만 묘하네. 작은 번이라고는 해도, 그 집안에 무사 나리들은 엄청 많을 텐데. 아무리 실력이 출중하다고 해도 낭인에게 선뜻 부탁을 하는 법일까?"

우콘은 지당한 말이라고 했다.

"내놓고 할 수는 없는 일이라서. 뭐…… 사람을 찾는 일이지."

"사람 찾기라. 그래서…… 대체 누구를 찾으시려는 거유? 나리, 얼마 전까지 아와지에 계시지 않았습니까요."

오오, 하고 우콘은 무릎을 쳤다.

"듣고 보니 그대들도 아와지에서 들어왔구먼. 그럼 이야기하기도 편하겠군. 얼마 전 세상을 떠들썩하게 했던 너구리 소동을 알고 있을 터."

알고 있는 정도가 아니다.

그 너구리 소동이란 마타이치 일당의 일생일대 대규모 작업을 이르는 것이다. 물론 오긴도 관여되었으며 모모스케도 한 발 담그고 있다.

"졸자는 그 너구리를 쫓아 아와지로 들어간 것이라네."

---

* 에도시대, 성을 가진 지방 영주의 으뜸 가신으로, 정무를 총괄하는 직책.

"너구리라니……."

"노두참살이지" 하고 우콘은 말했다.

"사실을 고하자면 기타바야시 영내에서 얼마 전부터 노두참살이 횡행하고 있네. 게다가 단순한 노두참살이 아니지. 도저히 사람의 소행으로는 보이지 않는, 그야말로 무참한 모습이라네. 남녀노소 가리지 않고 살해당한 데다 범인은 전혀 잡히지를 않아 영민도 떨고 있지. 그중에는 저주라고 하는 자도 있는 정도고."

그것은 책장수 헤이하치가 말했던 시치닌미사키 이야기이다.

"저주라고 함은…… 대체 어떤 저주를 말씀하시는지?"

"그것은 알지 못하오. 졸자는 신참자이기에 그 땅의 고사 등은 알지 못하지. 다만 일반 백성은 물론 번사 중에도 저주나 재앙이라며 두려워하는 자가 있는 모양이더군."

"무언가 들은 이야기가 있으신가" 하고 우콘은 모모스케에 물었다.

"소문입니다만" 하고 모모스케는 대답했다.

"저는 알고 지내는 책장수에게 들었습니다만, 그 책장수는 기타바야시 번의 에도 저택에서 귀동냥으로 들었다고 하더군요."

사실 헤이하치는 소문의 진원을 확인하러 현지까지 가기도 했으나…….

"역시 에도 쪽에까지 근거 없는 소문이 퍼지고 있군."

우콘의 표정은 심각하게 변했다.

"소문……이란 말입니까?"

"그렇다네. 영내에서 노두참살이 발생하고 있는 것은 사실. 그러나 그것을 재앙이나 저주라며 필요 이상으로 법석을 떤다면, 그게 근거 없는 소문이 아니고 무엇이겠소. 이처럼 악한 풍문은 백해무익이지.

기타바야시와 같은 작은 번으로서는 바람직한 것이 아닐세. 이것이 막부의 영주 감찰관 귀에 들어가기라도 하면, 경우에 따라서는 번의 존망에 영향을 끼치는 사태에 이를 수도 있지."

"과장이 심하시군요. 설마 재앙이 있다 한들, 막부도 폐번에 처하지는 않을 것입니다."

모모스케가 말했다.

"그렇지 않네."

우콘은 부정했다.

"하찮은 풍문이라 해도 인구에 회자되면 눈에 띄지 않는가. 눈에 띄면 미심쩍은 점이 없음에도 의혹을 사게 되지. 의혹을 사게 되면 반드시 무언가 약점을 잡히게 된다는 말일세. 세게 두들겨 먼지가 나지 않는 번은 어디에도 없으니 말이야. 특히 기타바야시처럼 곡식 수확량이 적고 빈궁한 작은 번은 어떠한 사항이든 눈에 아니 띄는 것이 중요하지."

세상사 그런 것이리라.

그 말대로 막부는 이래저래 트집을 잡아 번을 폐하거나 영지를 분할하려 들고 있는 듯하다. 그러한 움직임이 있다는 것은 모모스케도 알고 있다.

막부와 여러 번의 관계란 의외로 아주 미묘한 것이다. 번의 경영이 잘 풀리지 않는 곳은 막부에 대한 공헌도가 낮아지므로 역시 문제고, 잘 풀리면 풀리는 대로 영주가 힘을 과하게 키우는 것은 바람직하지 못하다는 결론이 나는 것이다. 고을이 풍요로워 힘을 기르면 막부에 대한 모반의 우려가 대두되기 때문이다.

그래서 막부는 여러 번의 동향에 눈을 빛내고, 무언가 일이 있을 때마다 폐번이라는 수를 슬쩍슬쩍 내보이는 것이다. 폐번은 효과적이다. 반체제적인 움직임을 견제할 수 있으며, 영지를 몰수해버리면 막부의 수입원이 되기도 한다.

일석이조인 것이다.

다만 그것은 어느 정도 규모가 있는 번에 대한 시책일 터. 기타바야시 번처럼 생산성이 낮은 작은 번은 솔직히 아무래도 상관이 없지 않나, 모모스케는 그렇게 생각한다. 막부에 칼끝을 겨눌 정도의 힘은 없을 터이고, 영지를 몰수해보아도 아무런 득이 없기 때문이다.

모모스케는 의문의 눈길을 던진다.

"그 땅에는 악한 전례가 있다네."

우콘은 이어 말했다.

"악한…… 전례라고 하셨습니까?"

"그 일대는 기타바야시 가문이 통치하기 이전, 한때 막부의 직할지였던 모양일세. 그렇다 하는 것도 먼 옛날, 거의 백 년 전의 일인 듯하네만, 그 땅을 다스리던 영주가 불미스러운 일을 저질러 가문은 단절되고 영지는 몰수라는 명을 받았다고 하네."

"불미스러운 일이란?"

"번주의 실성……이라 들었네. 실성한 이후에 어떤 불미스러운 일이 있었는지는 알지 못하네만, 실성한 이유라고 하는 것이……."

"재앙입니까?"

"그런 듯하네" 하고 우콘은 말했다.

"무슨 재앙인지는 정말 알지 못하네만, 그때도 영민이 상당수 죽었다고 하더군. 그러한 전례가 있는 까닭에 가로께서는 매우 염려를 하고 계신다네. 그와 더불어 현재의 번주께는 적자가 아니 계신 듯하네. 기근 등도 있어서 번의 재정도 어렵고. 조심하는 게 제일가는 상책이지."

"그렇군요. 허나 그렇다면…… 아아, 한시라도 빨리 범인을 잡아들여 그 재앙의 소문을 진정시키겠다는 것입니까?"

"그 이유도…… 있네."

우콘이 여운을 풍겼기 때문에 모모스케는 얼굴을 찌푸렸다.

모모스케의 심중을 헤아렸는지 우콘은 곧 말을 이었다.

"이것은 말일세, 야마오카 공. 애당초 어떤 자의 모략이 아닐까 하고, 가로께선 그리 생각하고 계시네."

"모략이라 함은?"

"가문에 해를 끼칠 자의 모략이라는 뜻이지. 성 밑 마을에서 사건을 일으켜 못된 풍문을 퍼뜨리는……."

"예에."

은근한 수법이기는 하다.

허나.

아무런 힘도 가지지 못한 자가 영주에게 맞서려 한다면 그 정도의 일밖에 못할지도 모른다. 그리고 그 정도의 일이라 하여도 이는 의외로 효과적이었다……라는 결론에 이를 터.

"그래서, 그렇다고 한다면 범인으로 짐작되는 이는 이미 있다고 가로께서 말씀하셨네. 졸자는 그 인물을 찾아내라는 명을 받은 것이고."

"찾아내어 죽이라. 그 말씀인 거유?"

오긴이 말했다.

"그렇지 않소. 모든 것은 추측에 불과할 뿐. 그분과는 무관할지도 모르지. 그렇다면 또 나름대로 다른 방책을 세워야 하겠지. 완전히 별개의 인물일 경우도 있지 않겠나. 그러니 좌우지간 찾아내는 것이 선결이다, 그 말이지."

"그 사람이 내놓고 찾을 수 없는 분이우?"

"그렇소. 원래라면 그러한 식으로 의심하는 일조차 허락되지 않는 위치에 계신 분인데……."

"누구유?"

"선대 번주 정실의 아우님일세."

우콘은 그렇게 말했다.

"번주 정실의 아우……. 그분이 기타바야시 가문에 원한을 품고 있다는 말씀입니까?"

우콘은 어두운 눈으로 지장보살을 보았다.

"적반하장격인 원한이라고 가로께선 설명하셨지. 선대 번주 기타바야시 요시마사 공은 오 년 전쯤 병사하셨는데, 그 정실 마님께서 주군의 뒤를 쫓아 천수각에서 몸을 던지셨다고 하더군."

"천수각에서?"

처절하다.

"그런데 그것이 모살이다, 일부에서 그러한 소리가 나왔던 모양일세. 이리 말을 하는 것도 말일세, 현 번주에게 가독(家督)을 물려줄 제에 선대 정실께서는 심히 반대하셨던 모양이더군. 어찌된 일인지, 선대 정실께서는 현 번주이신 단조 가게모토 님을 꺼려하고 계셨다고 들었네. 현 번주께서는 요시마사 공의 아우에 해당하시는데, 이분이 선선대 요시토라 공의 측실에서 낳으신 아들이라더군. 그 때문인지도 모르겠네."

"권력……다툼입니까."

"실상 다툼은 없었을 테지. 다투려 해도 상대가 없으니 말일세. 선대 번주께도 적자가 계시지 않았기 때문에 현 번주가 가독을 잇는 것은 지극히 정당한 일이었네. 선택의 여지는 없지. 다만 선대 정실 마님께서 혼자 반대를 하신 것으로, 이는 아무리 싫다고 해도 받아들여지지는 않지. 허나, 싫어했을 뿐 아니라, 그 이유로 세상을 뜨고 말았기 때문에 측근이나 추종자들로서는 좋은 낯빛을 하고 싶지 않은 것도 당연할 터. 보기에 따라서는 현 번주의 탓으로 돌아가셨다고 받아들이지 못할 것도 없네."

"그래서, 복수입니까?"

"복수라고 말씀하시나……." 우콘은 말을 흐렸다.

"정실 마님의 측근들도 그리 어리석지는 않지. 일의 이치 정도는 알 터이니, 성내의 그러한 확집은 곧 진정되었다고 하네. 다만 정실 마님의 아우 되시는 분께서 행방불명되신 걸세."

"행방불명이라니……. 작은 번이라고는 해도 어엿한 영주의 마님이므로, 그만한 가문이 아닙니까. 그 아우께서 행방불명이라 하심은……."

"사정은 복잡하지. 마님의 가문은 이미 없다네."

단절된 것인가.

"선대 정실 마님은 이곳, 시코쿠 출신일세."

우콘은 그렇게 말하고 사당 안을 찬찬히 둘러보았다.

"시코쿠는 네 고을을 몇몇 번이 다스리고 있지. 아와지와 이곳, 아와는 하치스카 공이 다스리시는 도쿠시마 번. 사누키는 다카마쓰 번과 마루가메 번. 이요는 마쓰야마 번, 우와지마 번을 비롯해 방계를 포함하면 여덟 번으로 이루어져 있네. 도사는 야마노우치 가문이 다스리는 고치 번이고. 실은 말일세, 이 도사와 사누키 사이에 지금은 없는 작은 번이 있었다네. 그 이름은 고마쓰시로 번이라고 하지."

들은 적 없는 이름이다.

"시코쿠의 영주 대부분이 그러하듯이 고마쓰시로 가문도 비주류 영주에 쌀의 수확량도 일만 석에 못 미치는, 기타바야시 번 이하의 작은 번이었던 모양일세. 요시마사 공의 정실 마님께서는 이 고마쓰시로 번의 아씨라네. 아씨라고 하여도 측실의 손이긴 했던 모양이네만."

정실이다 측실이다, 복잡하기 이를 데 없다.

때문에 모모스케는 무가가 성격에 맞지 않는 것이다.

"이름은 가에데 아씨라고 하지."

"가에데……."

어디선가 들은 이름이다.

"가에데 아씨의 부친, 당시의 번주 고마쓰시로 다다노리 님께서는 그 가에데 아씨밖에 자손이 아니 계셨다고 하네. 정실 마님은 일찍이 세상을 뜨셨다는 모양일세. 본시라면 데릴사위를 들이는 것을 생각하게 될 터이나, 나이도 젊고 측실의 아이라는 점도 있어서인지 사위를 들이지 않고, 마찬가지로 아우이신 다다쓰구 님께 가독을 물려주겠다고 결단을 내리셨다 하더군. 그러나 어찌 잘못 되려 했는지, 그렇게 정하자마자 측실 마님이 다시 회임을 하시고 사내아기를 생산하셨지. 측실의 아이라 하여도 이 아기씨는 적자에 족한 자격을 지닌 분. 적자가 있다면 아우에게 가독을 물려줄 필요는 없다는 얘기가 되지. 그러나 순서가 뒤바뀌고 말아서……."

"시기가 좋지 않았군요. 그래서 다툼이 일은 거유?" 오긴이 말했다.

"이 일도 다툼은 없었던 모양일세. 얼마 후 번주께서는 돌아가셨다고 하는데, 약정도 되어 있기에 가독은 순순히 다다쓰구 님이 물려받으신 모양일세. 번주의 자리는 무탈하게 물려받으셨으나 그 후에 난제가 기다리고 있었던 게지. 선대 번주 측실의 두 자손의 처우를 어찌할지가 문제가 되었지. 아씨 쪽은 일단 출가를 하시면 되지만 그 아우 되시는 분은 소홀히 대할 수도 없을 터. 차기 번주로 정한다는 수도 있기는 하였을 터인데······."

"그야 잇고 만 이상은 자신의 아이에게 물려주고 싶을 테지. 형님 첩의 자식에게 영주 나리 자리를 넙죽 넘겨주고 싶지 않고말고."

"그러할 테지. 거기서 문제의 씨앗이 생겨난 것일세."

"참으로 난감하군요."

"난감한 일이지" 하고 우콘은 말했다.

"측실······ 가에데 아씨의 모친 되시는 분은 원래 향사의 딸이었다고 하는데, 이러한 다툼을 싫어하셨던 모양일세. 다툼이 일기 전에 어린 아기씨를 데리고 모습을 감추었던 걸세."

"그래서 행방불명?"

"그렇다네. 다만 가에데 아씨는 남겨졌지. 딸만이라도 어엿한 집으로 출가해주었으면 하고 모친께서 생각하신 것일 테지."

"그 아씨가 기타바야시 가문으로 출가한 것입니까?"

그럼 번주의 자리가 첩복인 아우에게 상속되는 것을 거부한 이유도 왠지 알 것 같은 기분이 든다. 역시 번주였던 부친의 동일한 결단이 자신의 모친을 불행에 빠뜨린 것은 틀림없는 사실이기 때문이다. 당연히 싫었으리라.

그리고 천수각에서 몸을 던져 죽은 것인가.

"그렇군요. 때문에 기타바야시 가문에 해를 끼칠 자가 있다고 한다면 그 아우님밖에 없다, 그런 이야기로군요. 아우님 입장에서 보자면 기타바야시 번은 누나를 죽음으로 내몬 원수라고……."

"거듭 말하네만, 이는 어디까지나 추측일세. 가에데 아씨의 아우님이 노두참살에 관련되어 있다고 단정할 수는 없지. 생사 여부조차 미심쩍은 분이시니 말일세. 그리고 이를 테면…… 이를테면 말일세, 작금 교토와 오사카를 떠들썩하게 만들고 있는 노두참살도 같은 자의 소행이라 한다면 이는 무관하며, 그저 실성한 자의 흉행이라는 이야기가 될 터."

"그래서 당신은……."

"그렇다네" 하고 우콘은 대답했다.

"그러하기에 교토 일대를 피로 물들인 노두참살범이 단슈에 나타났다는 이야기를 듣고서, 졸자는 당장 아와지로 향했던 것일세. 길을 가는 도중이기도 했고. 그래서 섬으로 건너가 이래저래 조사해보았네. 그러나 이는 헛수고였네."

"너구리의 소행이라는, 참으로 우스운 일" 하고 우콘은 말했다.

"믿어지지가 않더구먼. 여러 고을을 흘러 다니다 보면 너구리와 여우의 둔갑 이야기라는 것도 아니 듣는 것은 아니나, 그토록 명확한 이야기는 처음이었다네. 그럼에도 졸자는 마지막까지 의심하였기에 끝까지 일의 마무리를 지켜보자고 마음먹었으나, 그처럼 기이한 전말이 될 줄은 솔직히 몰랐다네. 허나 그쪽 일이 확인된 이상은 역시 그분을 찾을 수밖에 없다고 생각하여, 졸자는 이 시코쿠로 건너온 것일세."

시기가 일치할 수밖에 없었다.

일을 매듭지은 것은 당연히 모모스케 일행인 것이다.

"그럼 무사 나리께서는 그 고마쓰시로 번에…… 아니, 그 번은 이미 없군요."

"결국 고마쓰시로 가문은 다다쓰구 공의 대에서 끊겼지. 자손을 생산하기 전에 급서하셨으니. 졸자가 돌아다니며 물어본 바에 따르면 저주에 살해당했다고 하는 자도 있었네."

"저, 저주?"

"그렇다네. 저주일세. 듣자하니 모습을 감춘 다다노리 공의 측실, 가에데 아씨의 모친은 그러한 힘을 가진 음사사교를 믿는 일족 출신이라 들었다네."

"그러한 힘이라면 주살(呪殺) 말씀이지요?"

우콘은 고개를 끄덕였다.

"믿어지지가 않지. 허나 이 땅에는 그처럼 음양사와 같은 불가사의한 술법을 부리는 술자가 많다고 하네. 내놓고 발설하지는 못할 일이기는 하지만 말일세. 더불어 이 일대는 야시마나 단노우라에 가깝다는 점도 있어서 다이라 가문의 낙오인 마을 등도 많을 터."

"많이…… 있었던 듯합니다만."

"그 낙오인들이 산에 머물며 미나모토 씨가 멸망하기를 기원했다는 이야기도 졸자는 제법 많이 들었다네. 때문에 실제로 저주나 재앙 같은 불가사의한 현상이 있는지의 여부는 차치하더라도, 그처럼 신앙과 같은 것은 엄연히 남아 있을 터이고, 그러한 것을 지금까지 전하는 자들도 실제로 있다는 걸세."

그것도 사실이리라.

그러하기에 너구리 연극도 효력을 발휘한 것이다.

"그래서 행방을 감춘 측실 마님이나 어린 자제께서 몸을 의탁한다고 한다면 역시 그 뿌리를 찾으러 갈 법하지 않은가, 졸자는 그리 생각한 것일세."

그래서 찾으셨냐고 오긴이 물었다.

"찾지 못했네. 다만 그 일족에 대한 소문은 들었지."

"그것이 그 패거리란 말씀이십니까?"

"맞네. 조금 의중만 살피려 했을 뿐인데 즉각 반응이 왔네. 때문에 무언가가 있는 것만은 틀림없다는 것일세."

"정체가 뭐람."

"도사의 가와쿠보 일족이라고……."

"가와쿠보라고?"

오긴은 기이한 표정을 보였다.

모모스케는 전에도 이 얼굴을 본 적이 있다.

그것은.

일 년 전인가.

오긴의 출신에 관한 사건 발단의 날, 형장의 효수된 머리 코앞에서 역시 오긴은 이러한 표정을 짓지 않았던가.

이름밖에 알지 못한다고 우콘은 말했다.

"아무래도 아와와 도사의 경계, 쓰루기 산 근방에 사는 자들인 모양이더군. 그 일대는 옛 고마쓰시로 번의 영지 근처이니 틀림이 없을 테지. 다만 소문은 소문. 향구사라고도, 목기장이라고도, 엽사라고도 들었네. 배를 타고 모노베 강을 내려와 도사 만으로 나가 험한 일을 하는 해적이라고 말하는 자도 있었지. 도무지 확실하지가 않네. 두려워하고 있는지, 정말 알지 못하는지, 그저 돌아다니며 묻는 사이에……."

"감시를 당하였다?"

"그렇지. 감시당한 게지."

"오호라, 놈들이 단순한 촌뜨기가 아니라는 말씀이슈?"

"그렇게 되는 것일 테지. 그리고 그대들이 습격을 받았으니 예사로운 자들이 아니란 것만은 확실할 터. 그런데 놈들이 그대들을 덮칠 제에 무언가 고하지는 않던가? 무언가 했던 말이 있다면, 대체 무슨 소리를 하던가?"

우리에 대해 쑤시고 다니는 자, 우리에게 관여하는 자는 누구든 살려둘 수 없다.

이것이 선조로부터 전해져 내려온 우리 일당의 법도다.

그 사내들은 그렇게 말했다.

"법도라……." 우콘은 고개를 갸우뚱했다.

"역시 무언가 비밀을 가진 자들이기는 하군."

모모스케는 오긴을 훔쳐본다.

온 사방이 거뭇거뭇한 사당 안에 풀빛 겉옷이 유독 겉돌고 있다. 비쳐 보일 것처럼 얼굴빛이 희다. 마친 생인형 같다.

이 계집의 용모가.

가에데 님을.

"맞아. 가에데 님이다."

"가에데……라고, 그리 말하였나?"

"예, 분명히 그렇게 들렸습니다."

"가에데 아씨가 어떻다고 말을 하던가?"

"아니, 그저 오긴 씨의 얼굴을 보더니……."

모모스케는 오긴의 안색을 살폈다.

"그 한마디. 가에데 아씨라고."

"뭣이?"

우콘은 오긴의 얼굴을 응시했다.

그때까지는 어찌되었건 시선을 피하고 있었던 것이다. 정면으로 여인의 얼굴을 보는 것은 예에 어긋난다는 생각이라도 하고 있었던 것일까. 그렇다면 그 마음, 모모스케로서는 충분히 이해가 간다.

"오긴 씨가…… 혹시 그 가에데 아씨와 닮은 것은 아닐까요?"

그렇다는 이야기가 될 것이다.

오긴은 아무 말도 하지 않았다.

평소라면 엉뚱한 말씀은 하지 마시라는 한마디쯤 했을 터이다.

모모스케는 불안해졌다.

"뭐, 오긴 낭자가 가에데 아씨와 닮았는지의 여부는 알지 못하나, 그들…… 가와쿠보 백성이 고마쓰시로 번과 무언가 관련을 가지고 있었다는 것은 틀림없을 걸세. 그리고 번이 없어진 지금도."

"지금도 분명…… 있지요."

오긴은 고개를 옆으로 돌린 채 그렇게 말했다.

"있다? 그렇다면……."

"가에데 아씨의 아우도 여전히……."

우콘은 깊숙이 고개를 끄덕였다.

"살아있을 가능성이 있다는 것이지."

"어쩌실 겁니까요, 무사 나리께서는?"

"그렇다는 것을 알았으니 졸자는 도사로 가야 할 테지. 놈들이 기

후나유레이 | 357

타바야시의 괴사에 관련이 있건 없건, 졸자는 확인을 하도록 명을 받았으니 말일세."

 우콘이 그렇게 말했을 때 사당 문이 열렸다.

3

들어온 것은 좀처럼 나이를 알 수 없는 사내였다.

몹시 노쇠한 것처럼도 보이고, 그렇지 않은 것처럼도 보인다. 찢어진 종이우산을 쓰고 들일용 옷과 같은 초라한 의복 위에 희고 기다란 겉옷을 걸치고 있다.

사내는 의외로 날카로운 목소리로 말했다.

"놀랄 것 없소이다. 나는 이 사당의 당지기, 분사쿠라고 하는 자요. 아침부터 엄청나게 쏟아지기에 비라도 새지 않나 싶어서 보러왔을 뿐이지."

"실례가 많았소" 하고 우콘이 자리에서 일어서려 하자, 됐다고 하면서 분사쿠는 말렸다.

"딱히 화를 내고 있는 것은 아니오. 비를 만나면 비긋기야 당연한 일이지. 그런다고 노하시는 지장님도 없지. 그렇지만 놀랐습니다요" 하고 분사쿠는 말했다.

"나는 또 목 없는 말이라도 온 줄만 알았다고."

"목 없는 말?"

모모스케는 자신도 모르게 몸을 내민다.

"그게 대체 뭡니까?"

"아아, 그게 말이지, 아산의 산에서 내려오는 요괴지. 이 근방에는 칠천신, 칠지장이라 해서, 하늘님이 일곱에 지장님이 일곱 있지. 목 없는 말은 워낭을 울리며 시치닌도시(칠인동자)라는 요물을 데리고 이 일곱 천신님과 지장님을 돈다고 하지요."

"시, 시치닌도시를 데리고 다닌다…… 하는 말씀입니까?"

"나도 소리만이라면 들은 적이 있지. 방울 소리."

"오호."

그런 것이야 아무래도 상관없다며 분사쿠는 말했다.

"그보다 이런 곳에 있으면 한기가 들 텝쇼. 비긋기라면 우리 집으로 오시지 않을라우? 억지로 오라지는 않겠지만, 몸 정도는 덥힐 수 있는데."

"그것은 실로 고마운 말인데……."

우콘은 모모스케 쪽을 보았다. 모모스케는 오긴을 본다.

오긴은 긴 눈초리의 눈으로 분사쿠를 보고 있었다. 분사쿠는 무언가 움켜쥐는 듯한 손놀림을 보이고, 다시 그것을 휘두르는 듯한 동작을 보였다.

"이렇게."

그리고 분사쿠는 울음과 웃음이 뒤섞인 듯한 얼굴이 되었다.

"짤그랑, 짤그랑, 하는 소리는 납니다요. 말 방울은 원래 딸랑딸랑, 하는 데 말입죠. 이렇게 구슬픈 소리로 짤그랑, 짤그랑. 얼마나 겁이 나는지. 목 없는 말이라는 것은 어쨌거나 요물이니."

"아이쿠, 무섭겠네" 하고 오긴이 말했다.

"이런 사당에 있으면 온다고요."

흐음, 하고 오긴은 웃는다.

"그보다 당신, 우리 이야기를 엿들었지?"

"뭣이!"

우콘이 한쪽 무릎을 세웠다.

"이번에는 나리께서 미처 간과하지 못한 듯하구먼요. 한번 보시지요, 이 아재가 젖은 모습. 그냥 걸어왔다면 저리 적게 젖을 리가 없지."

헛허허, 하고 분사쿠는 소리를 내어 웃었다.

"들었소, 들었소. 정분을 나누는 중이라고 생각을 했다고. 그랬는데 그저 비에 젖은 생쥐일 뿐이었지. 그것도 전부 다 들리지 않았다고. 쏟아지는 비에. 하지만 끝자락 쪽은 들렸지. 당신들…… 가와쿠보 놈들과 엮인 모양이더구먼."

짤각, 하고 우콘이 칼의 날밑에 손을 대었다.

"그만두셔."

오긴이 제지했다.

"괜한 살생이 될 거유, 나리."

"그렇지. 괜한 짓이라오. 나 같은 놈이야 살아있는 것만으로도 괜한 짓이니. 이런 늙은이를 베어본들 피도 안 나온다고. 노기 부리는 것보다 목숨이 소중하지. 그놈들은 귀도 빠르지만, 다리도 빠르지."

"아, 알고 계시오?"

"알고 있소이다. 나는 말이지, 원래는 도사에서 도망쳐 나온 도주 백성이라오. 그러니 갈 테면 어서 갑시다요. 빗속에 늙은이를 세워두어서 허리가 아프다고. 내가 아는 것을 말할 테니……."

후나유레이 | 361

분사쿠는 다시 한 번 울음과 웃음이 뒤섞인 듯한 얼굴을 보였다.

분사쿠의 집은 매우 허름했다.

집이라기보다 헛간이다. 지장당보다 조금은 넓으나 별 차이가 없다. 마룻바닥에 거적을 깔았을 뿐, 세간이 없어 한층 더 썰렁해 보인다. 게다가 여기저기에 비가 새고 있었으므로 지붕만 보았을 때는 지장당 쪽이 더 훌륭하다 할 수 있다.

다만 사당과 달리 널문과 격자문이 있고, 한가운데에는 화로가 마련되어 있어 탄이 새빨간 빛을 내고 있었으므로 확실히 따뜻했다.

"나는 도사의 니로 근처의 작은 장원에서 농사꾼으로 지냈지. 허나 게으름뱅이로 태어나는 통에 일하는 게 싫어서 도망쳐 나왔다오. 한때는 산속에서 산…… 뭐, 나무꾼이지. 그 한패로 들어가기도 했지만, 길게 가지를 않아서 아와까지 내려온 게요. 그 이후로 별로 일도 안 하고……."

분사쿠가 말했다.

"니로는 어느 지방 근처입니까?"

"그 왜, 이곳 아와에서 남쪽으로 쭉 가면 쓰루기 산이라고 있잖소? 그 산을 넘어 도사 쪽이지."

"그, 그곳은……."

"맞소. 내가 한때 신세를 진 산적이라는 게 가와쿠보 패지."

"그게 사실이오?" 하고 우콘은 말했다. 그리고 쑥 내민 얼굴로 모모스케를 보았다.

"야마오카 공, 이는 어찌된 우연인 것이지. 이 또한 하늘의 계시인가." 우콘은 흥분된 목소리로 말한다.

"뭐, 염려할 시간에 실천하는 것이 쉽다고들 하니까요."

하늘의 계시는 없다.

모모스케는 신비한 힘의 개입에 관해서는 몹시 바라기는 하나…… 역시 회의적이다. 잘 풀리는 것도, 나쁘게 풀리는 것도, 모든 것은 우연인 것이다.

그러나 모모스케는 요즘 들어 그 우연조차 믿을 수 없게 되었다. 우연이라고 생각했던 일이 마타이치나 오긴이 깔아둔 함정이었다는 것이 지금까지 몇 번이나 있었는지 알 수가 없기 때문이다. 어디까지가 우연이고 어디까지가 의도적인 것인지, 옆에서는 전혀 구별되지 않는다. 우연을 부릴 수 있다면 그것이야말로 진정 괴이이다.

댁들은 구보 가문이란 것을 알고 있냐며 분사쿠가 물었다. 구보라고 하여도 여럿이다. 어디의 구보 가문인지 우콘이 되묻자, 산사태로 멸한 구보라고 분사쿠는 답했다.

"산사태…… 아아."

모모스케가 목소리를 높이자, 알고 있느냐며 우콘이 곧바로 반응을 보였다.

"산신의 재앙으로 전멸한 마을이 있다고 도사의 지인에게 들었습니다. 조금만 기다려주십시오."

모모스케는 짐 속에서 필첩을 꺼냈다. 모모스케는 기이한 이야기를 들을 때마다 그곳에 기입한다. 고금동서의 기이한 이야기를 낱낱이 써두겠노라 하는 심산이다.

"어디 보자……. 아, 있군요. 도사 지방 모노베 강 상류 구보 마을 소실의 건. 이것이로군요."

"그렇소. 알고 있었구려. 모노베 강은 도사의 동쪽, 아와 쪽에서 한가운데를 지나 도사 만으로 흘러드는 강이지. 요시노 강에 버금가는 도사의 강일세."

그것은 알고 있다고 우콘이 말했다.

"그 한참 상류 쪽, 가미니로 강 부근에 니로 향이 있는데, 그곳에에도 중기까지 구보라는 향사가 살고 있었다고. 향사라고 해도 여타 향사와는 다르지. 백찰(白札)*이었거든. 권세가 대단했지."

"어디 보자……."

모모스케는 필첩을 넘긴다.

"그 구보 가문은…… 제가 들은 바에 따르면, 다이라노 기요모리의 아우, 단노우라에서 전사한 다이라노 노리모리의 차남 구니모리의 자손이라고 전해진다……고 하는데, 단노우라에서 패주한 구니모리가 아와 지방의 이야야마로 도주해, 후일 하치스카 가의 눈에 들어 구보다니에 살게 된 것이 그 시초다……라고."

"이야라고 하면 쓰루기 산보다 훨씬 더 서쪽. 사누키라도 요시노 강의 상류 쪽이지. 그 근방에는 다이라 일족이 깔렸다고."

분사쿠는 그렇게 말하며 몸을 좌우로 흔들었다.

"뭐, 구보의 선조가 다이라 가문인지 어떤지는 알 수 없는 일이고, 아무래도 상관이 없지. 발에 차이는 게 다이라 가문의 후예니까."

그래서 그다음은 어떻게 들으셨냐며 분사쿠가 물었다.

모모스케는 다시 필첩을 넘긴다.

"으음……. 후에 천하가 다시 어지러울 때, 그 구보 일족은 지방 경계선를 넘어 도사의 니라 향으로 쳐들어가 당시의 영주 야마 씨를 치고 그 땅을 자신들의 영지로 삼았다……라고. 그 후 구보 가문은 시

---

* 도사 번 무사 계급 중 하나로, 큰 공을 세운 무사.

코쿠를 제압한 조소가베 모토치카와 혼인 관계를 맺거나, 다시 고치 번의 번주 야마노우치 가즈토요를 섬기기도 했다……. 아주 대단한 가문이로군요."

"그렇지. 구보 가는 아와와 도사의 경계를 지키는 역할을 맡고 있었다더구먼. 백찰이라 하면 향사보다 격이 더 위니까."

"그 구보 가가 재앙으로 멸족되었다는 말씀이신가" 하고 우콘이 말했다.

"허나, 그 구보 가가 다이라 가 잔당의 자손이라면, 원래 재앙을 입는 것이 아니라 재앙을 내리는 것이 이치에 맞지 않겠소? 한을 남기고 세상을 뜬 자들의 자손이 어찌 재앙을 입는다고 하시오?"

"무슨 재앙인지, 그건 모로오. 허나, 무사 나리. 당신들 무사는 재앙이라 하면 여한이나 원통함을 들지만, 그건 아니지. 재앙을 내리는 것은 사람이 아니라고."

"사람이 아니라 하심은……?"

"재앙이라는 것은 사람의 재량으로는 어찌할 도리가 없는 악한 것이지. 사람이 이리저리 손 쓸 수 있는 게 아니란 말이오. 산도 재앙을, 강도 재앙을 내려. 골짜기도 초목도 재앙을 내린다고. 천지만물 모두가 해를 끼치는 악한 살(煞)을 가지고 있지. 사람도 물론 재앙을 내리지만, 여한이네 원통함이네 하는 것은 사소하기 그지없어. 그야 다이라 가문도 재앙을 내릴지 모르지만서도, 혼자서는 어찌 하지 못해. 다이라 가는 다이라 가 전부가 재앙을 내려야지. 한둘이 귀신으로 나타나봤자 그깟 유령 따위, 전혀 무섭지 않거든. 악한 기운은 고여서 재앙을 낳는다고. 사람의 악념이란 것은 묻으면 그만이지만, 들이나 산에 고이는 해로운 기운이야 사람은 어찌할 수가 없다고. 산천이 지벌을 내린 거여."

"산이나…… 강이?"

"구보 가의 당주는…… 무언가 금기를 범했다고 들었습니다만."

"맞소. 구보 겐베라는 사람이었다고 하는데, 참 간덩이 부은 사내였다고 하더구먼. 이 겐베가 톱장이인가 목기장이인가 하고 함께 도도로가마에서 공천류를 했다더라고……."

"도도로가마라 함은?"

"도도로는 폭포, 가마는 못인데, 겨울의 폭포나 못을 통틀어 그렇게 부르지. 첫째 가마, 둘째 가마, 셋째 가마가 있는데, 대단한 기세로 떨어지는, 뭐, 용소(龍沼)지. 아주 대단한 곳이라고. 물밑에는 이무기가 살고 있다고도 하고, 그 근처에서는 희한한 일이 끊이지 않는 마소(魔所)라고 볼 수 있지. 수신께 제를 올려 강의 잡귀를 떨쳐내지. 그렇게 접하는 장소라고."

신성한 곳이라는 뜻일까.

"공천류라고 하는 것은 공금류라고도 하는데, 쇳가루에 산초 껍질이며 회토 따위를 조합한 맹독을 강에 흘려보내 강 속의 생물을 송두리째 죽여버리는 거칠기 짝이 없는 고기잡이법이여."

"독을 푼 것입니까?"

"그렇지. 그런데 겐베 씨는 겁도 없이 도도로가마에서 그 짓을 했거든. 당연히 잡히지. 고기가 얼마든지 잡혔을 테지. 허나 당연히 동티가 나고 말았다고. 묘한 곳에 버섯이 돋고, 못의 물이 핏빛으로 물드는 흉사가 잇따라 일어났는데, 어린아이가 별안간 사라지기도 했다더구먼. 끝내는……."

"대규모 산사태가 일어났다는 거지요?"

"폭우에 태풍, 지진이 겹쳤지. 그래서 산이 무너져 내린 게야. 아주 엄청났다고 하더구먼. 강을 막아버릴 정도의 어마어마한 산사태라고 들었어. 구보 촌은 구보 일족과 그 가신, 머슴들이 하룻밤 사이에 모조리 흙덩이 밑으로 사라지고 말았던 게여."

"그것이 사실이오?"

우콘이 물었다. 모모스케가 대답한다.

"이야기를 들었을 때 좀 조사해보았습니다만, 기록으로 남아 있는 듯하니 사실이겠지요. 재앙인지 아닌지의 여부는 별개입니다만, 과거에 그러한 재액이 실제로 있었고, 그 장소에 구보라는 일족이 살고 있었다는 것은 사실이겠지요."

모모스케가 그렇게 대답하자 그때까지 잠자코 듣고 있던 오긴이 분사쿠에게 물었다.

"그…… 구보 가의 생존자가 가와쿠보라는 거유?"

"그건 아니고. 지금도 구보 촌이라는 곳은 있는 모양인데, 구보의 피는 끊어졌구먼. 친족은 몇몇으로 갈라져 살고 있는 듯하지만 하나같이 본가의 계통은 아니거든. 전멸한 구보 가의 가독은 겐베 씨의 숙부의 아들이었다는 모양인데, 그것도 이 대째에서 끊겼단 말을 들었지."

"구보 가는 완전히 단절된 것입니까? 그렇다면 그 가와쿠보라는 사람들은?"

"가와쿠보는 말이지, 먼 옛날 구보가 지방 경계를 넘어 니라 향에 쳐들어왔을 제에 나뉜 패라 하더구먼."

"분열한 것입니까?"

"분가했다는 것이오?"

모모스케와 우콘은 거의 동시에 물었다. 가문에 집착이 없는 모모스케에게 분가라는 발상은 없다. 모모스케와 같은 인물로서는 단순한 분열에 불과한 것이다. 분사쿠는 잠시 생각하더니 대답했다.

"분가……라 하는 것과는 다른 듯싶구면. 일족이라고 해도 각양각색이잖소. 겉으로 나오는 것을 싫어한 자가 있었을 테지."

"겉이라 하심은……?"

"글쎄, 뭐, 니라 향 일대는 깊은 산중인 것치고는 물도 풍부하고 전답의 작황도 좋은 곳이거든. 그러니 농사짓고 안주하기에는 아주 좋은 땅이라고. 농사꾼이면 쳐들어가 빼앗고도 싶어질 거라고. 허나 말이지. 농사지을 마음이 없다면 어떨까. 이야에 있던 구보 가가 왜 쳐들어왔는지는 모르겠지만서도, 그 무리가 진실로 다이라 가문의 후예라고 한다면 그 본분이라는 것은 무얼까. 무얼 위해 멀리 달아났던 것일까."

당연히 가문의 부흥을 기치로 내걸었을 것이라고 우콘은 말했다.

"멀리 달아나 힘을 기르고, 그리하여 증오해 마지않는 미나모토 가문에 반격을 하겠다고 생각했기에……."

"아하." 모모스케는 탄성을 질렀다.

"니라 향으로 옮겨가 살게 된 구보 가의 사람들은 영화를 자랑하던 우두머리 무가(武家) 일족의 후예가 아니라, 단순한 향사로 전락해버렸다는 것이군요. 그래서 수긍치 못하는 자가 있었다고……."

우콘은 눈을 가늘게 떴다.

"수긍하지 못하다니 이해가 아니 되는군. 무사라 하여도 먹지 않으면 살아가지 못하지. 어떠한 숙원이 있다 한들 그 뜻만으로 이루어지는 일은 없소. 그러니 낙오인의 대부분은 흙을 갈고 야인의 처지를 감수하며 숙원성취의 도래를 기다리기 마련이 아닌가."

"그렇지 않지요" 하고 모모스케는 말했다.

"구보 가는…… 후일 조소가베 가문과 혼인을 맺거나 야마노우치 가문을 섬기기도 한 모양인데, 그것은 어디까지나 어엿한 향사로서 활약의 장에 나서려 했다, 라는 이야기겠지요. 다이라 가문 재흥의 숙원이란 것이 조금이라도 있었다면 과연 그러한 움직임을 보였을까요? 야마노우치 가는 본시 다이라 가문의 가신이었던 일족인데, 결국 요리토모에게 항복한 일족이기도 하다는 말이지요."

"충신, 두 명의 군주를 섬기지 않는다……인데."

우콘은 미간에 주름을 잡았다.

복잡한 심정이 드는 것이리라.

이 낭인은 지금 두 주군을 섬기지 않기 위해 동분서주하고 있는 참이다.

"우콘 님 말씀대로 숙원성취라는 목적이 있어 그 수단으로 향사가 되었다면 좋았을 것입니다. 허나 구보 일당은 그것이 아니지 않습니까. 그…… 니라 향으로 쳐들어간 무렵부터……."

"그 시점에 숙원은 사라져버렸다는 것인가."

그것이 일반적이라고 모모스케는 생각한다.

우콘의 말대로 아무리 비원이나 숙원을 내세워도 배는 부르지 않기 때문이다.

허나.

"그러한 생활을 떳떳하게 여기지 않고 낙오인 후예로서의 긍지를 견지하고자, 보신을 위해 향사로 전락한 구보 일당으로부터 이탈한 자가 있었다……. 그런 말씀."

분사쿠는 책상다리를 하고서 몸을 흔들고 있다.

"글쎄, 나야 무사가 아니니 잘은 모르오. 다만, 그 무리는 지키는 것이 있다고 말을 하더라고. 게다가 말이지, 굳이 구보 무리를 나쁘게 말할 생각도 없다고 하더구먼. 자신들은 전답 일구기가 싫었던 게 아니다, 그 지켜야 할 것을 맡았기에 어쩔 수 없이 나뉘었다, 그렇게 말을 하더구먼."

"지켜야 할 것?"

"무언지는 모르고" 하며, 분사쿠는 시치미 떼는 표정을 지었다.

"그 지켜야 할 것이라는 것은 향사로 살기에는 필요치 않은 것이었다더구먼. 아니, 오히려 방해가 되는 것이었겠지. 그러니 내다버리자, 아니, 버릴 수 없다는 이야기로 갈리고, 그래서 몇몇이 구보에서 나뉘어 모노베 강의 본류로 옮겨, 그리고 강의 더 위쪽으로 옮겨갔던 게지."

향사로 살기에는 방해가 되는 것.

'대체 무엇일까.'

"그 비밀이라는 것을 지키기 위해 그들은 지금도 아까 같은 일을 벌이고 있는 것이오?"

우콘이 묻자 분사쿠는 웃었다.

"아니오."

"무엇이 아니라는 것이오? 졸자가 가와쿠보 일가에 대해 묻고 다닌 까닭에 여기 계신 두 분이 습격을 받았소. 좀 전, 자칫 목숨을 잃을 뻔했단 말이오."

"가와쿠보 일가는 산에서 내려오지 않는다고."

"허나, 분사쿠 공."

공은 참아달라고 분사쿠는 말했다.

"공이 아니라 그저 영감이라고. 이보슈, 가와쿠보 일가는 무슨 일이 있든 산속에 있지. 사람 수도 지금은 이미 서른 명쯤 되지 않으려나? 그러니 무사 나리가 마을에서 아무리 돌아다니며 물어봤자 그런 것을 무슨 수로 알겠어. 그리 귀동냥이 빠른 것도 아니고. 아참, 댁들을 덮친 놈들은 뭘 가지고 있던가?"

"칼입니다."

의심할 바 없는 대도였다.

"그렇지? 가와쿠보 녀석들은 칼 같은 거야 가지고 있지 않구먼. 내가 신세를 진 것은 벌써 삼십 년쯤 전의 일이지만서도, 그때는 없었다고. 톱질해서 나무 깎는 손재주로 세공품을 만들어 몰래 도사나 아와, 사누키로 나가서는 그걸 팔아 벌어먹고 살았지. 마을사람들하고도 얼굴 마주치지 않도록 하고 있고. 돈도 없지. 산칼이나 톱은 가지고 있지만 대도 같은 것은 없다고."

"그럼…… 녀석들의 정체는 무엇이란 말인가."

우콘은 험한 표정을 지었다.

"하지만 졸자는 가와쿠보에 대해 묻고 다녔을 뿐이오. 다른 자에게 목숨을 위협받을 만한 이유는 없지. 그것은 야마오카 공도 마찬가지일 터."

물론 모모스케에게는 목숨을 위협받을 이유 따위는 없다. 게다가.

"게다가 놈들은 가에데 아씨의 이름을 입에 올리지 않았습니까. 그렇다면……."

"그렇지. 놈들은 가와쿠보와 연고가 있는 것으로 보이는 자의 이름을 입에 올렸소."

"글쎄올시다. 요즘 톱장이나 살생인* 차림새를 한 놈들이 빈번하게 못된 짓을 하고 있다고……."

"못된 짓이라 하심은?"

"집 털어가는 강도에 노상강도……. 산적이지. 도사 쪽에서는 갑주를 입고서 해적 같은 짓까지도 한다는 모양이더구먼."

바로 그것이라고 우콘은 말했다.

"졸자가 들은 것은 그 소문이오. 그 해적의 정체가 가와쿠보 일가라고……."

"그런 말을 하고 있단 말이우? 이곳 아와 사람이? 허어, 그런 것으로 되어버린 건가."

분사쿠는 우는 듯 웃는 듯한 얼굴로 팔짱을 꼈다.

"오호라."

"어째서 그런 말씀을 하시지요?"

이 사내, 뭔가 알고 있다.

모모스케는 그렇게 생각했다. 그러나 분사쿠는 곧바로 화제를 돌렸다.

"아니, 글쎄. 이보시오, 젊은이. 보아하니 여러모로 박식한 듯하구려. 후루소마라는 요괴, 알고 계신가?"

"모릅니다."

"이게 말이지, 니라 근처에 나오는 요물인데, 나도 어렸을 때 자주 들은 이야기라고. 나무꾼이 산에서 나무를 베고 있을 때에 말을 걸어 온다고. 옆으로 넘어갈 때는 가로로 간다아, 아래로 쓰러뜨릴 때는

---

* 수렵이나 어로를 생업으로 삼고 있는 천민 계급.

거꾸로 간다아, 하면서 고함을 친다고. 후루소마라는 것은 말이지, 그 소리만 난다고. 그래서 우지지직, 나무가 쓰러지는 소리가 들려. 그래도 가보면 아무것도 없다니까."

흔한 환청 종류다.

소라키가에시. 덴구다오시. 부르는 명칭은 다르지만 여러 고장에서 일컬어지는 괴이다.

"이건 말이지, 아까 말한 도도로가마의 끝에 서 있었던 커다란 하야키 신목을 베어, 그 재앙으로 죽은 일곱 톱장이(시치닌 코비키)가 하는 소행이라고 일컬어지지."

"일곱……입니까?"

"일곱이야. 그 신목은 장정 넷이 팔을 벌려야 둘러 안을 수 있을 정도로 커다란 거목인데, 어이쿠, 그걸 베기 위해서 마을사람이 나무꾼을 일곱 명 샀다고 하더구먼. 그런데 이게 참, 켜고 또 켜도 하룻밤을 새고 나면 원래대로 되어버리는 거야. 의뢰인에게 혼날 것을 걱정한 일곱 사람은 나무를 켤 때 나오는 톱밥을 전부 태워버렸다고. 그러면서 이레 낮 이레 밤 동안 계속 베었지. 그래도 나무는 쓰러지지 않고 끼릭끼릭 울기만 하다가 사흘을 더 베고 나서야 쓰러졌다는데, 쓰러지는 것과 동시에 그 일곱 사람이 모두 죽어버렸다더구먼."

"그 일곱 사람이 후루소마의 정체라는 말씀?"

"그리 들으며 자랐지. 그런데 이거, 실제로 들린다니까. 설겅설겅 하고 나무를 켜는 소리나, 쿵쿵 하고 나무를 베는 소리, 허이잇 하고 외치는 소리. 나도 몇 번이나 들었지. 하지만 답을 해서는 아니 된다고. 그것은 후루소마의 목소리라고 들었어. 하지만……."

분사쿠는 이마에 주름을 잔뜩 잡았다.

"마을을 나와 산에 들어가고서야 알았지. 그것은 가와쿠보 일가의 목소리인 거여."

"아아……."

'그렇군.'

"허나, 착각을 하시면 곤란한데, 후루소마라는 것은 역시 사람이 아니라 요물이야. 하지만 후루소마의 소리를 내고 있는 것은 가와쿠보 일가 사람이지."

'오호라.'

모모스케는 납득했다. 가와쿠보 일가라는 것은 원래 없는 것으로 되어 있는 사람들이다. 마을사람들과는 원래 교류가 없어 마을의 그 누구도 제대로 알고 있지는 못한 자들이므로, 불가사의한 소리의 정체가 그 가와쿠보 일가라고 설명을 해봤자 아무런 설득력도 없다.

그뿐 아니라, 그런 자들이 실제로 바로 옆에 살고 있다는 사실은 당사자인 마을사람들로서는 두려운 일인 것이다. 요괴와 신령 부류라면 기원하여 진정시킬 수도 있을 것이나, 사람이라면 그렇게 할 수도 없다. 자칫 잘못하면 생활에 해를 가하는 위협이 될 수도 있는 것이다. 그렇다면 요괴라고 설명하는 편이 마을의 질서를 유지하기에 오히려 낫다.

"요괴가 마침내 도적이 되어버린 것이라고 생각해서 말이지" 하고 분사쿠는 말했다.

"세상이란 점점 변해가겠지. 허나 가와쿠보 녀석들은 변했을 리 없구먼. 가와쿠보 일가는 그런 짓은 하지 않아. 내가 그 사당을 보러 가는 도중, 날붙이를 들고서 낯빛 변한 사내들이 달려가는 모습을 봤기 때문에 댁들이 그 녀석들한테 쫓기는 줄을 알았지. 하지만 이보시오, 그놈들은 가와쿠보 일가가 아니오."

"그렇게 된 것이었군……."

우콘은 심각한 얼굴을 했다.

"그렇다면 가와쿠보 일족이 저주로 사람을 죽이는 술법을 쓴다는 소문은……."

"그거야 이 일대에서는 당연지사지."

"당연지사?"

모모스케는 어차피 부정할 것이라 생각했으므로 크게 놀랐다.

"당연지사라니, 저주로 죽인단 말입니까?"

"뭐, 죽인다는 것이야 그다지 내놓고 벌이지는 않는 일이지만. 할 수야 있겠지. 보통이라고."

"누구나 할 수 있습니까? 설마 노인장도?"

"나는 아니하지. 성가시고" 하며 분사쿠는 손을 저었다.

"한데, 마을 쪽에는 음양사도 있고 기도사도 있거든. 이 일대에는 어느 마을이나 무당이 몇씩 있다고. 많은 곳은 집집마다 있다니까. 이 무당이 집안이나 고을의 제사를 주관하지. 절기마다 제를 올려. 이리 해서 병도 고치고 위난도 피할 수 있다고. 마찬가지로 저주를 내릴 수도 있지. 해로운 기운의 근본이 되는 저주를 보내는 거야."

"그러한 종교라도 있습니까?"

"종파가 아녀. 종파 쪽은 어엿하게 절이 있잖은가. 모두 반듯하게 신앙하고 있지. 그렇게 의심스러운 것과는 달라. 그러니 당연지사인 거고."

모모스케는 우콘을 보았다. 우콘도 모모스케를 보고 있었다.

"한 가지만 더 여쭈어보겠소. 노인장은 삼십 년 전에 가와쿠보 일가의 당에 있었다고 말씀하셨는데, 그 당시 가와쿠보 일족은 고마쓰시로 번과 관련을 가지고 있었는지?"

분사쿠는 고개를 가로로 저었다.

"그 반대지."

"반대……라 하심은?"

"고마쓰시로 성으로부터 일절 관계가 없을 것이라는 말을 들었다더구먼. 사정은 모르겠고."

"관계가 없을 것이다……라는 것은 관계가 있었다는 얘기로군요. 그런 소리, 아무도 모르는 외부와 교류를 끊은 마을에 대해 할 말이 아닌데."

"그럴지도 모르지만, 나는 몰러."

"모른다니, 좀 그렇지 않습니까? 가와쿠보 백성에 대해서는 근처의 마을사람들조차 소상히 알고 있지 못했을 터이건만. 그런데 어째서 성으로부터 그런 대접을?"

"아, 글쎄 모른다고." 분사쿠는 말했다.

"게다가 어째서 지금 가와쿠보 놈들이 도적이라는 소문이 퍼지는지도 모른다우. 이보시오, 그리도 알고 싶으면 가서 직접 물어보면 되겠구먼."

"가서?"

"만날 수 있소?"

우콘이 옷깃을 바로 했다.

"가와쿠보 사람들을 만날 수 있소?"

"그야 가면 만날 수 있지. 아무도 위치를 알지 못할 뿐. 길도 약간 험하고. 곰이 아니니 머리부터 씹어 먹지는 않을 것이구먼."

"허나…… 비밀이란 것이…….."
"그야 알려주지 않을 일은 알려주지 않지. 그래도 맞닥뜨린다고 살해당하는 일은 없다고."

맞닥뜨리면 죽는다. 그것은 시치닌미사키다.

"가실 거유?" 오긴이 말했다.

"예?"

"나리는 가시겠지. 사관이 걸려 있으니."

"물론일세. 가서 확인하겠네."

"나도 갈 거유."

오긴은 그렇게 말했다.

"가다니? 오긴 씨, 당신은……."

"나는 그러기 위해 왔어요, 선생."

"뭐라고요?"

모모스케는 그야말로 진심으로 놀랐다.

그런 이유로 왔다며 오긴은 말했다.

"우콘 나리, 우연이란 정말 무서운 거네요. 나는 말이죠, 도사의 가와쿠보란 녀석들에게 볼일이 있어, 일부러 이 선생께 딱 달라붙어 시코쿠까지 건너왔수. 아까 나리의 입에서 그 이름을 들었을 때는 이 날고 기는 오긴 누님도 얼마나 놀랐던지."

분명 오긴은 도사에 볼일이 있다고 말을 하기는 했으나, 그렇다 치더라도…….

"그 가와쿠보에 무슨 볼일이 있으시죠?"

다이라 가의 잔당이다. 게다가 여태껏 고립을 견지해왔다고 하므로, 뼛속까지 철저한 낙오인들이다.

오긴은 잠시 귀밑머리 몇 가닥을 만지작거리고 있었으나, 이윽고 마음을 먹은 것처럼 모모스케를 보더니 "선생은 알고 계시잖우" 하고 말했다.

"길바닥에서 헤매던 날 거두어 기르고, 재주를 가르쳐준 사내에 대해……."

"고에몬 씨라고 했던가요."

"예. 등명 고에몬."

말로만 들은 이름이다.

다만, 모모스케는 오긴 본인의 입으로는 그 이름을 들은 적이 없었다. 그 이름은 언제나 예기치 못한 곳에서 모모스케에게 날아들었다. 분명 예사 인물은 아니리라. 마타이치나 오긴과 마찬가지로 모모스케 따위의 생각은 미치지 못하는 곳, 어둠의 주민인 것이다.

고에몬이라는 인물은, 듣기로는 그 바닥에서는 유명한 인물이었다고 한다. 웬만한 아전 등은 이름만 들어도 벌벌 떨 정도의 사내라고, 마타이치의 동료인 신탁자 지혜이는 모모스케에게 이야기했다. 고에몬은 몇 년 전쯤 불현듯 에도에서 모습을 감추고, 지금은 기타바야시 번, 즉 우콘의 고용주의 영내에 살고 있다고 들었다.

"고에몬이란 사람은 알 수 없는 인물이지. 정체가 무언지, 무슨 생각을 하는지, 딸이나 다름없이 키운 나도 알 수가 없었다니까."

모모스케는 깜짝 놀란다.

오긴답지 않은 독백이다.

"고에몬은 말이지, 드러내놓은 얼굴은 인형사지. 원래는 무사였다고도 하고, 원래는 목기장이였다고도 하고, 그게 아니라 연화사(煙火師)였다고도 하고. 그런 소문만 줄줄이 들렸지만, 결국 사실은 알 수가 없었어. 이면의 얼굴 또한 도둑도 아니고 야쿠자도 아니거든. 그런데 그 인물은 에도의 밤을 거머쥐고 있었다고. 그런데 팔 년 전에 훌쩍 사라져버렸어……."

오긴은 눈을 감았다.

"표면적으로는 상부의 눈총을 받았기 때문이라는 말들을 하고 있지만, 그럴 리가 없거든."

"상부의 눈총을 받았다?"

"뭐, 팔 년 전…… 표면적인 생업으로 부탁받아 만든 무참 생인형*이 료코쿠에서 평판이 좋았는데. 선생이라면 알고 계시지 않을까? 생지옥 칼부림 인형전."

"아아……."

그 생인형 전람은 모모스케도 보았다.

이 세상의 것으로는 보이지 않을 만큼 정교하게 만들어져 있었다.

연극이나 독본 등으로 익숙한 칼부림이야기의 명장면을 살아있는 자로 착각할 정도의 정교한 생인형으로 재현한다는, 여러 모로 공을 들인 전시물이었다.

"그 무참 인형이…… 고에몬 씨가 만든 것이었습니까? 그것은 정말 잔혹한 데다 너무나 잘 만들어진 것이라 공서양속(公序良俗)을 문란케 한다는 징계를 받아 흥행주는 규모 반감, 인형사는 열흘간 쇠고랑형에 처해지지 않았는지?"

"예. 그것이 모습을 감춘 이유라고 사람들은 말하더라고. 하지만 모습을 감추어야 할 이유가 되지는 못하잖우. 그러니……."

---

* 사람 모습을 닮은 사람 크기의 인형.

그것은 그러하리라.

열흘만 참으면 끝날 일이다.

"사라진 이유는 알 수 없지. 다만 내가 딱 하나 아는 것이 있지. 고에몬이 도사 출신이라는 것. 그리고 고에몬의 진짜 이름은……."

모모스케는 오두막 바깥에 주의를 기울였다.

오긴이 이제부터 하는 말은 들어서는 안 될 것처럼 느껴졌기 때문이다.

비는 아직 그치지 않았다.

"가와쿠보 고에몬이라고."

오긴은 그렇게 말했다.

"가, 가와쿠보……."

우콘이 으음, 하고 신음소리를 냈다.

그랬단 말인가. 그렇다면 오긴은 도사에…….

"오긴, 당신은……."

"그렇지 않수, 선생" 하고 오긴은 말했다.

"난 말이유, 고에몬을 아버지로 생각하지는 않는다고. 은혜는 입었지만 정은 없지. 하지만 난 분하다고."

"분하다?"

"그 인간은 자신의 얼굴을 보이지 않은 채 사라져버렸거든. 무슨 일이 있었는지는 몰라도, 나한테 한마디도 없이 말이야. 그저 모습을 감추고 싶었다면 떠날 때 나한테도 무언가 말을 했을 거라고. 그런데 이게 뭐지. 고에몬은 모사꾼 자식한테만, 모습을 감추기 몇 년이나 전부터 자신이 사라질 것을 예고하고 있었단 말이지."

'자신에게 무슨 일이 생기면 오긴을 부탁한다.' 고에몬은 마타이치에게 부탁했다고 한다.

그리고 사전에 다짐을 받은 것인지, 아니면 조사해서 알게 된 것인지는 모르지만, 마타이치는 고에몬이 있는 곳을 알고 있었던 듯하다. 그리고 오긴은 아무래도 그것을 몰랐던 모양이고.

"못마땅한 거유." 하고 오긴은 말했다.

"그래서 죽어버렸다, 그런 얘기라면 '멋대로 성불이나 하라지' 하고 말겠지만, 고에몬은 혼자 촌구석에 틀어박혀 살금살금 뭔가를 벌이고 있다고. 사라졌으면 아예 얼씬을 말 일이지, 슬쩍슬쩍 우리 앞에 얼굴을 드러내놓는 것은 뭐냐고……."

올 초여름…….

오와리에서 마타이치 일당이 벌인 연극도 따지고 보면 고에몬에게서 나온 이야기인 듯했다.

"그 왜……."

오긴은 감았던 눈을 떴다.

"내가 얼마 전, 인형 하나를 태워버렸잖우."

바로 오와리 작업에 쓴 것이다.

처녀 인형이었다.

"그건 고에몬이 만든 거유. 아니, 내 인형은…… 가라코도, 야만바도, 전부 고에몬이 만들었지."

그러했던가.

모모스케는 오긴의 연기를 제대로 본 적이 없다.

그러나 인형만은 가끔씩 보는 적이 있다.

잘 만들어졌다고 감탄했던 기억이 남아 있다.

"아와지의 이치무라 단장한테 조루리 인형을 하나 얻었는데, 좀처럼 손에 붙질 않아서 말이우. 그래서 그 고에몬이라는 인간에게 만들어달라 하려고 마음을 먹었지. 그런데 아무 일 없이는 만날 수가 없잖우."

"그게 무슨……."

"나도 이 바닥에서는 다른 별명을 가진 여자라고. 이제야 계신 곳을 알았습니다, 참으로 오랜만입니다, 하며 어슬렁어슬렁 갈 수야 없지. 얼굴을 마주하기 전에 고에몬의 꼬리를 꽉 잡아주고 싶다고."

"꼬리라 함은?"

"고에몬은 말이지, 선생, 혼자 뭔가 큰 건수를 물고 있는 것이 틀림없다고."

"큰 건수…… 라고요?"

"그렇다니까. 그것도 꽤나 위험한 건수지. 그래서 그 인간은 내게 아무 말 없이 사라졌을 테지. 내가 알면 손을 댈 것이 틀림없다, 손을 대면 걸림돌이 된다, 그렇게 생각한 거라고."

오긴의 가느다란 눈썹이 일그러졌다.

"하지만 오긴 씨, 만약 그렇다고 해도 그것은 당신을 끌어들이고 싶지 않다는 얘기가 아닙니까?"

"같은 말이지" 하고 오긴은 말했다.

"우습게 보인 것 같아서 못마땅하다고. 그래서 난……."

거기까지 말한 오긴은 "나리" 하며 우콘을 본다.

우콘은 잠자코 있다.

모모스케는 당혹스럽다.

이윽고 우콘은 무거운 입을 열었다.

"졸자는 오긴 낭자에 대해 아무것도 모르오. 따라서 연유까지는 헤아리기 어려우나 무언가 복잡하게 얽힌 사정이 있으리라는 것만은 알겠소. 허나 위험은 있을 터."

"이 아배가 괜찮을 것이라고 말을 했잖우."

"아니, 설령 가와쿠보 사람들을 대면하는 일 자체가 위험한 일은 아니라고 하여도, 가와쿠보 마을의 동정을 살피는 일에 관한 한 아무래도 탐탁지 않게 여기는 자가 있는 듯하니 말이오. 그리고 그놈들은 몹시 다혈질인 듯하지 않소. 실제로 그대들도 그러한 자객의 습격을 이미 받은 터. 깊게 파고드는 것은 위험하오."

"그 사내들의 정체는 뭘까요?"

그것은 모르겠다고 말하며 우콘은 닫은 격자문 밖을 보았다.

비는 계속 내리고 있다.

짤랑.

희미하게 방울 소리가 들렸다 싶어, 모모스케는 귀를 기울였다.

들리는 것은 빗소리뿐이다.

"무사 나리께……."

오긴이 말했다.

"무사 나리께 무사의 긍지가 있듯, 저희들 반편에게도 악당의 의지가 있으니……."

짤랑.

우콘은 가만히 오긴을 보았다.

"길을 가도록 하겠어요."

"알겠소. 야마오카 공은……."

어찌 하시겠느냐는 물음에 모모스케는 곧바로 답할 수가 업었다.

관심은 있으나 목숨은 아깝다. 위험한 길을 간다는 것이라 해도 이

전과는 다르다.

여태까지는 밑밥을 까는 쪽이었던 것이다. 게다가 모모스케는 줄곧 마타이치나 그 동료들의 보호를 받았다. 허나 이번은 밑밥을 까는 쪽도 아니고, 영문도 모른 채 목숨을 위협받는 입장이다. 더구나 누가 목숨을 보장해줄 것도 아닌 것이다. 그러나…….

"제가 걸림돌이 되지 않는다면."

그렇게 답했다.

잠깐, 잠깐, 하고 분사쿠는 말했다.

"가는 것은 개의치 않지만, 그 차림은 안 될 말이지. 너무 눈에 띈다고."

아니나 다를까 그 웃는 듯 우는 듯한 얼굴로 그렇게 말한 후, 당지기는 오두막 구석에 놓여 있던 고리에서 무언가를 끄집어내었다.

그것은 지저분한 백장속이었다.

"하나, 두이, 서이. 오오, 마침 세 벌이 있구먼. 길바닥에 쓰러진 순례승의 옷이지만서도. 이제 삿갓만 쓰면 대충 섞여들 수 있겠지. 이 고장에 순례자라면 쓸어다 버릴 만큼 있지."

짤랑, 짤랑…….

환청이 들린다.

"어허, 목 없는 말이 온 것 같구먼……."

분사쿠는 그렇게 말했다.

4

 순례자 차림으로 모습을 바꾼 모모스케 일행 세 사람은 그 후 약 두 달 동안에 걸쳐 느긋하게 이동했다.
 적의 정체를 알지 못하므로 진중하게 움직이는 것보다 나은 책략은 없다는 판단이다. 오해가 있기는 하였으나, 우콘의 동향을 즉시 포착했던 적의 움직임은 상당한 것이었으니 각오해야 하리라. 변장했다고 해서 결코 간파당하지 않으리라 볼 수도 없고, 그렇다면 이미 감시당하고 있을 가능성도 있었던 것이다.
 때문에 우선 눈가림을 위해, 모모스케는 정말로 신성한 명소를 돌며 상황을 살피기로 한 것이다.
 동행이인(同行二人).
 나무대사편조금강(南舞大師遍照金剛).
 바람도 없고 신심도 없는 사이비 순례자는 절을 돌았다.
 아와 지방은 시코쿠 팔십팔 개소의 입구다.
 나루토에 있는 첫 번째 명소 지쿠와 산령산사를 시작으로, 스물세 번째 히와사, 의왕산 약왕사까지, 발보리심의 도장이라 일컬어지는 스물세 개의 절이 아와 영내에 있다.

느긋하게 전부를 돌면 보름 가까이 걸리게 된다.

모모스케는 '태평하게, 혹은 유유하게'라는 가장 중요한 부분만 제외하고서, 당초의 바람대로 팔십팔 개소 순례를 하게 된 것이다.

사찰을 돌며 조금씩 정보를 수집했다.

아와에서는 이렇다 할 수확이 없었다.

단지 도적에 대한 소문은 많이 들었다.

그것도 해적 소문이다.

모모스케 일행은 바다를 따라 도사로 향한 것이다.

일부 예외를 제외하면 팔십팔 개소는 대부분 향리에 있고, 산악지역에는 거의 없다. 산이 위험하다는 판단도 물론 있었으나, 그렇지 않더라도 명소를 따라 길을 간다면 경로는 저절로 바닷가를 더듬어 가게 되는 것이다.

그러나 이는 크게 우회하는 것이기도 했다.

도사 지방에 들어간 후에도 여전히 명소를 따라 나아간다고 하면 무로토 곶을 빙 돌아가게 되는 것이니, 이는 시간이 걸릴 수밖에 없다.

스물네 번째 절, 수행의 도장으로 일컬어지는 도사 지방의 팔십팔 개소 중 첫 명소, 무로토 산 호쓰미사키사는 그 이름대로 무로토 곶의 선단에 있다.

그곳까지는 구불구불한 해안이나 어촌이 있을 뿐, 절이고 자시고 아무것도 없다. 다행히 자객의 습격을 받는 일도 없고, 춥기는 하나 풍광은 수려했으므로 모모스케는 종종 자신의 긴박한 상황을 잊었다.

무로토를 넘으면 도사 만이다.

도사 만 내측을 따라 아키까지는 거리를 두고 세 명소가 흩어져 있다.

더 나아가 그다음…… 스물여덟 번째 명소인 법계산 대일사에 이르러서야 가까스로, 모모스케 일행은 모노베 강 하구 부근에 도착하게 되었다.

그러나 그곳은 도착지가 아니다.

모모스케 일행이 가고자 하는 곳은 하구가 아닌 것이다. 목적지는 모노베 강의 훨씬 상류다.

그러한 연유로 모모스케 일행이 모노베 강을 거슬러 오를 준비를 시작한 것은 10월하고도 중순의 일이었다.

도사 지방 내에서는 가와쿠보 백성에 관한 풍문이, 묻지 않아도 빈번하게 귀에 들어왔다.

다이라 가문의 잔당.

배를 부리는 해적.

심산에 사는 흉적.

둔갑요괴들의 정체.

인가에 사는 양민을 위협하는 이방인.

마을마다 입을 모아 그런 것을 속삭이고 있었다.

정식으로 물으며 돌아다닐 것도 없이, 그 이야기들은 잡담처럼 회자되고 있었다. 아니, 잡담이 아니다. 아와에서는 단순한 소문이었던 것이 도사에서는 생생한 실화로 이야기되고 있었던 것이다. 실제로 어떤 자는 목숨을 잃고, 또 어떤 자는 재산을 빼앗겼다고 한다. 가족의 목숨을 빼앗긴 자도, 배를 약탈당한 자도 있었다. 전부 가와쿠보의 소행으로 단정되고 있었다.

악명 높다는 것은 그야말로 이런 경우를 말한다.

무거운 금속이 발하는 소리와 천이 끌리는 듯한 소리가 동시에 들렸다.

우콘이 대도를 허리에 꽂은 것이다.

"그나저나 도사에 들어온 이후 듣는 이 악평은 과연 어찌 생각해야 할지……."

우콘이 칼을 허리에 찬 것은 두 달 만의 일이다. 순례자의 모습으로 칼을 차고 있는 것은 이상하다며 분사쿠에게 돈을 주고 맡겨두었던 것이다.

무로토 곶 근방에서 서찰을 보내 몰래 전달받았다.

오긴의 생각이었으나, 후일 돌이켜보면 이 얼마나 대담한 책략이었는지. 초면에, 그것도 정체도 모르는 사내에게 무사의 혼을 맡긴다는 것 자체가 무모하고, 신분도 알지 못하는 자로 하여금 고을 경계선을 넘어 그것을 운반케 한다는 것도 무모하다. 그러나 분사쿠라는 자도 신기한 사내로, 이 까다로운 일을 두말없이 받아들였고, 그것도 별 어려움 없이 해치우고 만 것이다.

물론 우콘은 백장속에서 원래의 무사 차림으로 옷을 바꾸어 입었다.

여기서부터는 눈가림이 먹혀들지 않는다.

의지할 수 있는 것은 우콘의 검 실력뿐이다.

게다가 명소가 없는 길을 순례자가 걷고 있으면 더욱 눈에 띈다.

"그야 뻔한 거지. 누가 일부러 퍼뜨리고 있을 거유."

오긴은 화려한 산묘회 의복을 차려입지 않고, 간소한 남장이다.

허리에는 단도를 차고 있다.

"무슨 목적으로?"

"글쎄요. 하지만 소문뿐 아니라 실제로 많은 피해가 나오고 있는 듯하잖우. 그렇다면 그건 소문을 퍼뜨리는 녀석들이 벌이고 있다는 얘기가 되겠지. 그럼 이건 어중간한 작업이 아닌 거라고……."

산이나 산길에서 이형의 존재에게 습격당했다.

수상한 배가 강을 내려갔다.

후나유레이가 배를 가라앉혔다.

실제로 목숨을 잃은 자나 무서운 꼴을 겪은 자가 많다. 전해들은 말이 아니라 당사자의 입으로 체험담을 늘어놓고 있는 것이므로, 이는 부정할 도리도 없다. 모모스케도 여러모로 기묘한 이야기를 듣고 있으나, 이만큼 직접적인 괴이담을 듣는 것은 처음이었다.

"실제로 강도질 같은 험한 짓을 하는 무리가 있다는 말인가? 그것이 다 가와쿠보 사람들에게 누명을 씌우려 하는 일이란 것인가?"

우콘은 삿갓을 쓴다.

"그렇다면 성공이네요. 그게 전부 가와쿠보 사람들의 소행이라고 다들 믿고 있잖우. 의심하는 자도 없는 듯하고."

"의심하지 않지요." 모모스케는 말했다.

모모스케는 추위에 익숙하지 않아 두터운 우의를 조달하고, 달라붙는 속바지 위에 바지를 껴입었다. 무기는 가지고 있지 않다. 회검 정도는 가지고 있는 편이 좋겠다는 생각도 하지만, 아무래도 성격에 맞지 않는다. 품속에 날붙이가 있다고 생각만 해도 왠지 배 속이 서늘해지는 듯한 꺼림칙한 기분이 든다. 그래서 생각 끝에 그만둔 것이다.

어째서냐고 오긴이 묻는다.

"발생하고 있는 것은 모두 노상강도나 침입 강탈, 혹은 해적과 같은 노략질이잖습니까. 그것뿐이라면 어디에나 있는 도둑이며 살인자 이야기와 다를 바 없는데, 이 일대에서는 현재 빈발하고 있는 사건에 전부 요괴를 갖다 붙이고 있지요."

"요괴를 갖다 붙인다?"

"그렇습니다. 길에 출몰하는 강도는 모두 칠인조. 해상에 나오는 무리는 갑주를 입고 있고, 집단으로 나타나선 일단 국자를 건네라고 하지요. 이는 시치닌미사키나 후나유레이로 위장하고 있는 것입니다. 게다가 이것들은 모두 다이라 가의 원령으로 일컬어지는 요괴입니다. 나오는 장소도, 나가토노 지방에 많이 나온다는 후나유레이를 제외하면 모두 다이라 가와 연관이 있는 전설의 땅 바로 옆이지요. 이는 토박이라면 누구나 요괴라고 생각하지요. 인간으로는 생각지 않습니다. 허나 지금 세상에 요괴라는 것은 그야말로 설득력이 없지요. 우콘 씨도 아와지의 너구리 소동을 곧이곧대로 받아들이지는 않으셨지요?"

우콘은 고개를 끄덕였다.

"시신이 너구리로 변할 때까지는 믿지 않았지."

"그렇지요. 보통은 그렇습니다. 실제로 눈으로 보아도 반신반의하는 것이 솔직한 심정이겠지요. 그래서 다음으로, 정체는 역시 사람이라는 소문을 퍼뜨리는 것입니다. 항간을 떠들썩하게 하는 둔갑요괴는 예전부터 다이라 가의 낙오인이라고 수군댔던 가와쿠보 사람이다…… 하고."

"오호라."

마타이치 일행이 펼치는 연극과는 정반대인 것이다.

마타이치가 펼치는 함정 또한 어느 것이나 요괴를 내세운다. 못 다한 미련이나 안타까운 마음, 억울함, 분통, 질투, 투기, 슬픔이나 증오까지, 온갖 괴로운 현실이 모두 요괴의 소행으로 마무리되어 원만하게 매듭지어지고 마는, 마타이치의 일은 대부분 그러한 작업이다. 그러나 이 작업을 수행하는 것은 만만한 일이 아니다.

이번 소동은 그 반대이다.

요괴의 소행으로 볼 수밖에 없을 정도로 무법하고도 잔학한 사건을 일으켜, 그 죄를 남에게 덮어씌우려 드는 것이리라. 누가 무슨 목적으로 벌이고 있는지는 모르나 방법이 참으로 비열하다고 모모스케는 생각한다.

"뭐, 가와쿠보 사람들의 진실한 모습이라는 것은 거의 인구에 회자되지는 않았을 테지만, 산에 그러한 자들이 살고 있는 듯하다는 것만은 누구나 다들 알고 있었습니다. 그렇지요?"

"이름까지는 몰라도 그러한 인식은 있었을 터이지."

"있었습니다. 이 일대에는 낙오인 전설이 많고, 가와쿠보 촌처럼 고립은 되지 않았어도, 실제로 향사가 되어 촌민에 동화되어 살고 있는 낙오인의 후예도 많지요. 우리 같은 타관 사람은 실감할 수 없으나 토박이들로서는 굉장히 쉽게 받아들여지는, 현실감을 가진 이야기니까요."

"범인으로 꾸미기에는 더 없이 적절한 자들이다, 그 말인가?"

"그렇겠지요" 하고 모모스케는 말했다.

"게다가 그저 전설이라면 이렇게 잘 풀리지는 않을 테지만, 가와쿠보 사람들은 실제로 존재하고 있습니다. 외부와의 접촉을 일절 끊은 사람들이 여전히 남아 있다. 이 끔찍한 작업을 하고 있는 진범들에게는 더없이 좋은 조건이지요. 전설로 꾸며 악행을 저지르고, 그 죄를 덮어씌우는 일에 이토록 적합한 사람들은 없을 겁니다. 일단 실제로 있으니, 여차하면 잡아들이게 하는 경우도 가능해지지 않습니까."

"잡아들인다, 라……." 우콘은 고개를 갸우뚱했다.

"일부러 사람들의 마음을 미혹시켜놓고 자신의 편에 맞는 마무리를 준비해두는 것은 위정자들이 하는 짓 같아서, 저는 좋아할 수가 없군요."

"이해가 아니 되네."

우콘은 왼손에 토시를 끼며 다시 한 번 고개를 갸우뚱했다.

"방금 야마오카 공이 한 이야기는 거의 정곡을 찌르고 있을 터이나, 그럼에도 졸자는 수긍이 아니 가는군. 만약 그렇다면, 이는 악행이 우선이라는 그림이 되지 않는가. 도적이 자신의 죄를 덮어씌우기 위해 가와쿠보 백성을 이용했다, 혹은 가와쿠보 백성에 대해 아는 어떤 자가 그것을 이용해 악행을 저질렀다……."

"그런 이야기가 될까요?"

우콘은 오른손 토시를 든 채 멈추어 섰다.

"아무래도 졸자로서는 그 반대인 듯한 기분에서 벗어날 수가 없네."

"그 반대라 하심은?"

"졸자는 어째서인지, 이 모든 일은 가와쿠보가 우선이라는 생각이 든다네."

"우선입니까?"

"그러하네. 수많은 악행은 모두 덧붙인 듯한 느낌이 든다는 이야기일세."

듣고 보니 그 말 그대로다.

이 악랄한 수법은 아무래도 상당히 규모가 크다. 그러나 그 크기에 부합될 만한 이득이 어디에도 보이지 않는다. 해적과 산적 흉내를 내어 얼마큼의 이익을 볼 수 있는지는 알 수 없으나, 그래봐야 뻔한 수준이라는 생각도 든다.

범인이 될 자를 따로 내세워두었다고 해도 흉행 현장에서 실수를 하면 거기서 끝이고, 준비해둔 진범인 가와쿠보 백성이 잡혀버리면 이 힘한 밥벌이는 그것으로 끝이다. 안전하다면 안전할지도 모르겠으나.

수지가 맞는다는 생각도 들지 않는다.

우콘이 일어섰다.

그때.

"기다리시라, 기다리시라" 하는 소리가 들렸다.

드륵, 장지문이 열리고 흰 겉옷을 입은 작은 사내가 들어왔다. 채비를 끝내고 막 출발하려던 바로 그 순간에, 먼저 돌아갔을 분사쿠가 어째 사색이 된 얼굴빛으로 돌아온 것이었다.

"잠깐 기다리시라."

"무슨 일이신가?"

"알리러 왔구먼."

분사쿠는 그렇게 말한 다음 붉어진 뺨을 겉옷 소매로 덮더니, 허억, 하고 숨을 토하며 자신의 얼굴을 데웠다.

"어째 큰길이 어마어마하다오."

후나유레이

"어마어마하다니, 대체 어떤……?"

"알아차리지 못하셨소?" 하며 분사쿠는 엉덩이를 내려놓았다.

"일단 앉으시오. 참 바쁜 양반들이구려. 큰길에 사람들 왕래가 많아졌다고. 모르겠소? 열 내는 것도 좋지만, 눈앞을 잘 살피지 않으면 다친다고."

오긴이 곧바로 창가로 다가가 바깥 동정을 살폈다.

"뭐기에……."

"무슨 일인가?" 우콘이 묻는다.

"아배 말이 맞네. 관리도 있수."

"관리라? 무슨 일이 있는 것인가?"

"방이여, 방" 하고 분사쿠가 말했다.

"나야 그 왜, 별로 얼굴 떳떳하게 들고 다니지 못하는 몸이라, 큰길 나서기 전에 한 대 빨면서 시기를 살피고 있었다고. 그랬더니만 사람이 점점 불어나는 거라. 관리도 있고. 나가려야 나갈 수가 없게 돼서……. 뭔가 싶었는데, 저쪽 골목 어귀에 방이 붙었는데, 사람들이 엄청 모여 있더라고."

"방……?"

무슨 방이냐고 오긴이 재촉했다.

"포고문이라고 하나? 나야 까막눈이니. 하지만 모여든 자들이 이구동성으로 가와쿠보다, 가와쿠보다, 그러지 뭔가. 후나유레이는 가와쿠보라면서."

"뭣이!"

우콘은 자신이 보러 가겠다고 말하자마자 토시를 한쪽만 한 채 튀어나갔다. "참 위세가 거한 낭인이로세. 의욕이 넘치는구먼" 하며 분사쿠는 허실허실 웃었다.

"그런데 노인장은 용케 오셨군요."

모모스케는 납득이 가지 않는 것이다.

각 고을 경계에는 번소가 있다. 모모스케나 우콘처럼 어느 정도 신원이 보장된 자라도 그리 쉽게는 지날 수 없다. 호적부에서 제외된 오긴 같은 자에 이르면 정당한 수단으로는 도저히 통과하지 못한다. 분사쿠 역시 원래는 도주한 백성이라고 했다. 현재의 생활을 비춰보아도 호적부에 기입되어 있는지 여부가 몹시 의심스럽다. 그런 인물이 태연히 왕래하고 있다.

그러나 분사쿠는 모모스케의 의심 따위는 어디 바람이 부나 하고 흘리고, 역시 우는 듯 웃는 듯한 표정으로 "에이, 목 없는 말을 타고 온 게요"라고 말했다.

농담을 하는 것인지, 시치미를 떼는 것인지, 알 수가 없다.

찰나, 바람에 실려 작게 방울 소리가 들린 듯하기도 했다. 그것은 물론 잘못 들은 것이다. 목 없는 말이라는 어감이 가져온 착각이리라.

얼마 지나지 않아 우콘이 심각한 얼굴로 돌아왔다.

"서둘러야 하겠소. 즉시 출발하세."

무슨 일이냐고 모모스케가 물었다.

"고치 번의 선박봉행* 세키야마 효고가 방을 내걸었네. 영내에서 빈발하고 있는 흉사는 괴이가 아니라, 전부 산중에 사는 가와쿠보 당이라는 발칙한 무리의 소행이다, 라고 말일세."

"서, 선박봉행이?"

---

* 에도시대의 관직명으로, 군용 선박 관리나 해상 순시를 담당했다.

"그렇다네. 오랜 세월을 영내에 살면서도 연공 상납금 등은 일절 내지 않으며, 노역을 거부한 채 과역을 피해, 그렇지 않아도 영민의 생활을 위협하는 악랄한 소업은 용서하기 어려우니, 머지않아 토벌하리라……. 그리 적혀 있었네."

"토벌 말이우?"

"그렇다네. 봉행소가 인정해버린 이상, 이는 이제 어찌할 도리도 없지. 가와쿠보 백성이 설령 결백하다 하더라도 도주에 성공할 길은 없을 것일세. 아무리 따뜻한 땅이라고 해도 이런 계절이지 않나. 산에 사는 자들이라도 산중에서 농성조차 할 수 없을 테지. 그렇다면 일망타진당하거나, 맞서면 참수. 자칫하면 몰살이지."

"그렇게 되면……."

우콘의 임무는 끝나는 것이 아닌가.

찾는 이가 그 안에 있는지 여부만 안다면 일단 기타바야시 번으로부터 받은 밀명은 완수할 수 있을 것이다. 행방불명인 인물에 해당하는 이름을 확인할 수만 있다면 그것으로 족한 일이다. 이름이 없다면 없는 대로 그뿐이고, 있으면 있는 대로 그 이상 우콘이 움직일 필요는 없다. 잡혀 들어간다 해도, 토벌에 목숨을 잃는다 해도, 그 이상의 악행은 벌이지 못할 것이기 때문이다. 굳이 제 발로 나서서 위험한 길을 갈 필요는 없는 것이다.

그러나 우콘은 가만히 있을 생각은 없는 듯했다.

"우콘 님."

"야마오카 공, 자네가 무슨 말을 하려는지 알고 있네. 허나, 졸자는 차치하더라도, 이래서는 오긴 낭자의 용무를 마치지 못하게 되지 않는가. 게다가 만약 이것이 누명이라고 한다면 이대로 내버려둘 수는 없을 터. 속히 알리러 가야……."

"나리……."

우콘은 오긴을 보지 않고 오른쪽 토시를 끼며 "이것은 하찮은 무사의 오기일세"라고 말했다.

산길은 험하고 고생스러웠다.

드문드문 있는 마을에 들르는 것은 불가했다. 이미 관리의 모습이 보였기 때문이다. 필시 의심을 사서 추궁당하고, 그리되면 잡힐 것은 틀림이 없었다.

산길을 더듬으며, 몸을 감춘 채 밤낮을 불문하고 올랐다.

강의 물보라는 몸을 에듯이 차갑고, 물은 소용돌이치고 우르릉거리며 흘렀다.

눈으로 보기에는 바로 앞인 듯함에도 불구하고 계곡을 내려와 늪지를 건너고 절벽을 기어오르지 않으면 갈 수 없는 험소도 많았다.

"허이허이 십리라고들 하지."

나설 때 분사쿠는 그렇게 말했다. 허어이, 하고 부르면 허어이, 하고 답이 돌아오는데, 그 정도의 거리라면 가깝게 느껴지기 마련이나 실제로 가면 십리는 된다. 그러한 의미의 말이라고 한다.

아침에는 안개가 자욱했다.

강 수면에 깔리는 안개와 산주름에서 피어오르는 안개가 눈에 보이는 전경 일대를 하얗게 덮었다.

밤은 유난히 어둡고 유난히 찼다. 그리고 정체 모를 목소리가 들렸다.

모모스케는 처음으로 실감했다.

산은 무섭다.

그저 두렵다.

산의 거대함 앞에서 인간의 생각 따위는 모래알처럼 작다.

아무리 깊은 원한도, 아무리 큰 슬픔도, 이 압도적인 존재감의 한 가운데에 있는 한 몹시 작은 것처럼 느껴지는 것이다.

나흘째에 모모스케 일행은 산허리에 훌륭한 계단 논을 가진 마을에 당도했다. 그곳이 구보―과거 대붕괴가 있었던 곳인 듯했다. 이러한 장소라도 사람은 의연하게 살아갈 수 있는 법이구나, 모모스케는 그러한 생각을 했다. 그것이 지극히 당연한 풍경이었기 때문이다.

풍요로운 자연의 은혜와 그곳에 사는 사람이 있을 뿐이다.

기이한 경치 따위는 어디에도 없었다.

좀 더 오르자 눈이 휘둥그레질 만한 못이 보였다.

도도로가마다.

모모스케는 확신했다.

청렴하다.

그리고 엄격하다.

그리고…… 불길함도 품고 있다.

그저 장엄한 경치가 아니다. 선하든 악하든, 그곳은 사람을 거부하는 힘을 가지고 있었다.

그대로 니라 강 상류를 수원까지 거슬러갔다.

똑바로 올라 시라가미 산을 넘으면 모노베 강의 원류 근처가 나온다.

그 너머는 쓰루기 산이다.

닷새째에 이르러 모모스케의 피로는 한계를 넘었다.

다리가 후들거려 휘청 넘어지는 찰나에 잡은 덩굴이 뚝 끊어졌다.

한순간 의식이 날아가고, 다음 순간에는 실족한 상태였다.

더는 안 되겠다고 느꼈다.

그러나 신기하게도 두렵지는 않았다.

굳이 말하자면 편안한 마음이었다.

짤랑, 하고 소리가 났다.

아아…… 목 없는 말인가.

아니, 이 소리는…….

마타이치인가.

짤랑. 짤랑. 요령 소리는 사방에서 들렸다.

누가 모모스케를 둘러싸고 있는 것인가.

와우우웅. 불교의 성명(聲明) 같은 소리가 머리에 울려 퍼지고…… 충격이 몸을 덮쳤다.

쿠웅.

얼마나 정신을 잃고 있었을까.

의식을 차리니 모모스케는 종이 고리짝 안에 있었다.

무어가 무언지 알 수 없다. 사방이 하얬다.

흰 종이다. 단순한 종이가 아니다. 공을 들인 것이었다.

다양한 형태로 가위질되어 있고, 여러 가지를 본뜬 듯하다.

인형처럼도, 짐승의 얼굴처럼도 보였다. 신의 모습 같은 것인지도 모른다.

모모스케가 그것이 지극히 특수한 형태의 고헤이*라는 것을 깨달

---

* 신전에 올리거나 신관이 불제에 쓰는, 막대기 끝에 가늘고 길게 자른 흰 종이나 천을 끼운 것.

은 것은 눈에 익은 흰 얼굴이 금줄을 헤치고 들어왔기 때문이다. 고헤이가 흔들흔들 흔들렸다.

"선생! 모모스케 씨!"

"아아."

목소리가 나오지 않았다.

오긴에 이어 우콘이 결계 안으로 들어왔다.

'결계.'

그렇다. 모모스케가 누워 있던 장소는 금줄과 고헤이로 네모나게 구획된 신역 안이었던 것이다.

"여기는……."

"이 제단은……."

"제단?"

모모스케의 주위에 공물 같은 것이 흩어져 있다.

산허리에서 굴러 떨어진 모모스케는 제단에 처박혀 멈춘 듯했다.

"비슷한 것을 아랫마을에서도 보았는데……."

"허나, 아무리 그래도 이런 곳까지 매달려 오지는 않을 테지. 지도를 봐서는……. 이런 지도가 맞을지 어떨지는 모르지만, 여기는 모노베 강의 최상류에 있는 베후와도, 니라 강의 구보와도 상당히 떨어져 있어요. 이미 아와 지방과의 접경에 가깝지."

짤랑.

짤랑.

짤랑.

짤랑.

"요령 소리가……."

환청이 아니다. 분명히 요령 소리다.

사방에서 목소리가 들렸다.

"그대들은…… 누구요?"

"산신의 제단에 들어와 무엇을 하는 것이냐?"

"우리는 산에 사는 백성이다. 두렵다면 썩 사라져라!"

"지벌이 내릴 게다. 지벌이 내릴 게다. 몸가짐을 바로 하고 어서 신역에서 나와라."

"히나고의 결계가 깨지면 미사키가 공물을 노린다."

"두려워하라. 두려워하라."

"두려워하지는 않는다!" 우콘이 말했다.

"졸자는 보슈 낭인 시노노메 우콘. 이자들은 에도 교바시에 사는 야마오카 모모스케와 에도 무숙인 오긴이라 하는 자요. 여러분들은 가와쿠보 일당으로 짐작이 되는군. 우리는 까닭이 있어 여러분을 만나뵈옵고자 먼 길을 왔소."

술렁대던 기척이 사라졌다.

그 순간, 사방에서 사람의 그림자가 나타났다.

"말씀대로 우리는 가와쿠보라 이름하는 자요. 그러나 우리의 이름을 아는 자는 그리 많지 않을 터……."

거기까지 말하고서 사내는 숨을 삼켰다.

"다, 당신은……!"

6

그곳은 마을이 아니었다.

그리고 가와쿠보라는 것은 사람의 이름도 아니었다.

그것은 단순히 집단을 나타내는 명칭에 불과했다.

구보라는 성도 일당이 이야의 구보다니를 점거, 그곳에 정착한 점에서 유래하고 있으니 근본을 따지자면 지명인 것이다. 구보 성을 쓰기 시작한 그때부터 다이라 잔당은 혈연을 버리고 지연을 취했다는 이야기가 되리라. 원래, 도주한 자가 다이라노 구니모리뿐일 리도 없을 터이고 가신도 수많이 있었을 것이므로, 그 자들이 구보다니에서 구보라 자처하고 구보 마을을 만든 것이다.

가와쿠보 사람들도 구니모리나 그 혈연의 자손이 아니라 가신의 후예라고 한다. 결국 구보로 자처하는 집단에서 나와 강을 따라 이동하며 살았던 자들이 자신들을 가와쿠보라고 불렀을 뿐이었다는 이야기가 된다.

정착하지 않는 자들이므로 마을이라 부를 것도 없었고, 성도 원래는 모두 다르다고 한다.

가와쿠보 촌이라는 마을은 없고, 때문에 가와쿠보 백성이라 부를 자도 없다. 가와쿠보 가라는 집도 없으며, 가와쿠보라는 성을 가진 자도 없는 것이다.

그것은 굳이 말하자면 가와쿠보 당이라 해야 할 만한 것이었다.

역설적이지만, 성 밑 마을에 나붙었던 고지문의 표기가 옳았다는 이야기가 된다.

가와쿠보 당은 한곳에 정착하지는 않는다고 한다. 때문에 그들의 주거는 일정 기간을 살면 철거, 다른 곳으로 이동할 수 있도록 되어 있다. 구멍을 파고, 나무를 짜 맞추고, 낙엽이나 건초 등으로 덮은…… 모모스케도 본 적이 없는 이상야릇한 주거지였다. 상석에는 역시 기묘한 제단이 있다. 중앙에는 일단 주거용 화로 같은 것이 파여 있고, 그 주위에는 거적이 깔려 있다. 구석에는 고리짝이나 서탁, 소반 등 어울리지 않는 세간이 놓여 있다. 모두 하나같이 상당히 낡은 것이다. 겐페이시대의 물건으로는 보이지 않았으나 백 년 이상은 지난 것처럼 보였다.

가와쿠보 당의 수장은 다로마루라는 노인이었다.

성은 없다. 구보를 나왔을 때 성은 버렸다고 다로마루는 말했다. 가와쿠보의 사내는 그 이름만 대대로 계승된다고 한다. 성씨도 근본도 관계없다며, 나이 지긋한 낙오인의 후예는 이야기했다.

"그렇다면 가와쿠보 분들은 다이라 가문 재흥을 숙원으로 삼고 계신 것이 아닙니까?"

우콘이 물었다.

화로를 끼고 우콘과 다로마루가 마주하고 있다.

모모스케는 우콘의 오른쪽에, 오긴은 왼쪽에 앉아 있다. 다로마루의 등 뒤에는 사내 넷이 정좌하고 있다. 모두 늙었다. 입구 바로 밖에는 십여 명의 사내들이 더 대기하고 있었으며, 이자들은 약간 젊다.

"물론이지" 하고 다로마루는 말했다.

"우리는 다이라 가의 낙오인이지만, 우리 중에 다이라의 피를 이은 자는 없소이다. 재흥이 가능할 리도 없지. 우리는 그저 이어져 내려온 비밀을 지키기 위해 산에 살고 있는 것이오. 이미 무사도 아니지. 그저 산사람이오."

우콘은 기묘한 표정을 지었다.

전설에 따르면 비밀을 지키기 위해 뽑힌 첫 가와쿠보 당은 남녀를 합해 오십 명 정도였다고 한다. 그것이 현재는 불과 열다섯 명이라고 한다.

외부와 격리된 폐쇄집단을 오래 유지하는 것은 매우 어렵다. 근친혼이라도 하지 않는 한 몇 대가 지나지 않아 단절되어버리기 때문이다. 가와쿠보 사람들의 경우, 본류도 아닌 구보 촌에서 신부를 데려오거나 구보 촌을 통하여 다른 마을에서 신부를 데려오기도 했던 모양이다.

의외로 열려 있었던 것이다. 구보 촌이라는, 외부와 통하는 창구를 가지고 있었던 것이 몇백 년 세월에 걸쳐 가와쿠보 당의 존속을 가능케 한 최대의 이유였으리라.

그러나 그것도 머잖아 이룰 수 없게 된다. 대규모 산사태로 구보 촌이 소실되고 말았기 때문이다. 구보 본가가 단절된 이후는 외부와 그러한 관계를 유지하는 것도 불가능해지고, 이후 가와쿠보 당은 정말 고립의 역사를 걷게 된 것이라고 한다.

현재 남은 열다섯 명은 전원 사내라고 한다.

다시 말해, 모모스케 일행의 주위에 있는 자들이 가와쿠보 당의 전부라는 이야기가 된다.

분사쿠는 현재 서른 명을 넘지 않았을까, 하고 말했다. 삽십 년 전에는 아직 그만한 인원수를 유지하고 있었으리라. 열다섯 명이라는 수는 분사쿠의 예상을 훨씬 밑도는 머릿수이나 여기에는 이유가 있는 듯, 분사쿠가 잘못 파악한 것은 아닌 듯하다.

우선 가와쿠보 사람들은 나이 찬 처녀들을 마을사람들에게 팔았다고 한다. 다이라 가의 피를 이은 탓인지 어떤지, 가와쿠보 처녀들은 어딘가 모르게 기품이 있어 비싸게 팔린다는 이야기였다.

그리고 젊은이도 마을로 내려보냈다고 한다.

"어째서입니까?"

이래서는 단절되고 만다.

"이제 우리가 존재할 의미가 없기 때문이오."

다로마루는 그렇게 말했다.

"모르겠습니다."

우콘은 더욱 심각한 얼굴이 되었다.

"여러분의 본분은 본류의 재흥이 아니라, 그 비밀의 유지란 것에 있지 않으시오?"

"그렇소."

"그렇다면 방금 그 답은, 그 비밀을 지키는 의미가 없어졌다는 식으로 들렸소이다만."

"말씀하시는 그대로요."

다로마루는 털끝만큼의 동요도 없이 그저 담담하다.

등 뒤의 네 명도 미동조차 없다. 오히려 가장 흔들리고 있는 자는 우콘인 것이다.

"졸자는 도저히 모르겠소. 여러분은 지금까지 몇 백 년에 걸쳐 그 비밀을 지켜오시지 않았소이까?"

"그렇소."

"그 비밀이 무언지…… 아니, 그것은 묻지 않겠소. 허나 이것만은 말씀해주시기 바라오. 여러분은 지금까지 무얼 위해 그것을 지켜오셨는지."

"처음에는 역시 가문을 위해서……였다고 생각하오." 다로마루는 대답했다.

"우리의 선조와 그 주인, 구보 사람은 자신들의 힘으로는 재흥을 이룰 수 없다고 생각했소. 때문에 성을 바꾸고 향사로 사는 길을 택했지. 이는 이 나름대로 숭고한 일이오. 그러나 다이라 가의 혈통은 곳곳마다 남아 있소. 언젠가, 어디에선가, 누군가가 봉기하여 부흥의 횃불을 올릴지도 모르지. 그때 그것을 밑거름으로 쓰고자, 그 목적으로 그것을 우리에게 맡긴 것이지. 그러나 그것은 일어나지 않았소."

다로마루는 말을 계속 이었다.

"이윽고 시절은 변하여, 그것은 말이지, 가치가 없는 것이 되고 만 게요."

"가치가 없어졌다?"

"그렇소. 무가치하게 변했지. 이미 지킬 가치도 없는 것이오."

"그게 무슨……?"

"그것은 말이지, 먼 옛날에는 대단한 것이었던 모양이오. 우리의 선조가 하치스카 가문에서 우대를 받아 구보노쇼에 사는 것을 허락받은 것도 그것이 있었기 때문이지. 조소가베도 그것에 눈독을 들여

구보에 접근한 것이고."

"하치스카도, 조소가베도?"

"그렇소. 그것은 먼 옛날, 그만한 가치가 있는 물건이었소. 그러나 그것은 다이라 일족을 위해 쓰는 것이지. 간무, 닌묘, 문토쿠, 고코 등 다이라 가는 모두 천자의 피를 이어받은 집안이오. 조소가베…… 그 일족은 도래인이고, 하치스카는 오와리 호족의 후예지. 그러한 자들을 위해 그것을 쓸 수는 없는 일. 그것으로 생계를 세우려 하는 것은 가문에 먹칠을 하는 것이나 마찬가지. 그러하기에 구보는 하치스카에서 나와 정당한 향사로서 농사를 지어 생계를 꾸리려 했던 것이지. 그것을 세상살이의 수단으로 쓰지 않고 괭이 하나로 살아가는 것이야말로 우리의 충성이었던 게요."

'대체 무어란 말인가.'

모모스케는 생각을 거듭한다.

그것은 아마 무기나 기술이리라.

그러나 하치스카나 조소가베까지 욕심을 낼 정도의 무기란 대체 무어란 말인가.

"그 시절, 그것은 위험한 것이었을 테지."

다로마루는 말했다. 모모스케는 묻는다.

"지금은 위험하지 않다는 말씀이신지?"

지금도 위험하다고 우두머리는 대답했다.

"다만, 이미 쓰임새가 없소. 아니, 써서는 안 될 것이지. 그리고 어쩌면 그것은 이미 귀한 것이 아닐지도 모른다, 우리는 그렇게 생각하고 있소이다."

"그래서 지킬 의미가 없어졌다고 말씀하셨는지?"

다로마루는 고개를 끄덕였다.

"때문에 젊은이를 풀어주었던 게요. 다만, 그렇다고 해서 우리까지 들로 내려갈 수야 없는 노릇. 우리도 이미 나이를 먹었으니 살날이 그리 많지도 않을 터. 우리 열다섯이 단절되면 그것도 단절될 터이지."

"그것으로 족하네" 하고 다로마루는 등 뒤의 자들에게 확인하듯 말했다.

"그러하옵니다" 하고 등 뒤의 자들도 대답했다.

"언제 고마쓰시로와 같은 자가 나올지 장담할 수 없으니 단절되는 편이 좋지."

등 뒤의 늙은 사내가 그렇게 말했다.

"고마쓰시로……. 바로 그것입니다."

우콘은 꼿꼿이 바로 앉았다.

"졸자는 여러분과 고마쓰시로 번과의 관계를 묻고 싶소."

"고마쓰시로는 우리가 지키는 비밀을 욕심낸 마지막 번이오."

"고마쓰시로도 그랬단 말씀이시오?"

"그렇소. 조소가베가 망하고, 우리 가와쿠보는 그 비밀을 간직한 채 산에 틀어박혔고, 구보 가는 향사로 자립해, 많은 자들이 그것을 잊었소. 그리고 몇백 년의 세월이 흘렀소. 그런데 텐메이시대*, 구보 가의 당주인 미나모토 효고 님이…… 우리 가와쿠보의 본거지를 찾아오셨지."

"미나모토 효고라 하면 바로……."

---

* 연호의 하나로, 1781년부터 1788년까지의 기간을 가리킨다.

도도로가마에 독을 풀어 재화를 초래, 일족을 멸망케 한 당주의 이름이다.

"텐메이시대라 하면 온 나라가 대기근을 겪은 해였다고 하는데, 물론 산속에서 지내고 있는 우리로서는 생활이 크게 바뀌는 일이 없었으나 전답을 다루는 자에게는 큰 고생이었지. 도사도 많은 비로 큰일을 겪었다고 하더구먼."

텐메이시대, 이 나라는 천재이변에 따른 심각한 기근에 시달리고 있었다. 분화나 냉해, 오랜 비 등으로 인하여 초래된 흉작과 그에 따른 폭동이 빈발했다. 그 책임을 물어, 권세를 자랑하던 당시의 노중(老中)* 다누마 오키쓰구가 실각했다. 이른바 텐메이의 대기근이다.

"구보도 크게 고생했다고 하더군. 그 시절, 구보 가는 야마노우치 가를 섬기는 백찰 향사였지. 당주인 미나모토 효고 님의 평은 그리 좋지 않았소. 향민을 압제하여 부려먹기만 하는 오만한 인물로 그려지고 있지. 그러나 사실은 그렇지 않소. 미나모토 효고 님은 향민들의 궁핍을 보다 못해 우리에게 비밀을 공출하도록 제안한 것일세."

"그 비밀을 판다는 것이오?"

"그렇소. 그 매입처가 고마쓰시로 번이었소. 그러나 싸게 팔아서야 아무 도움도 되지 않지. 구보 촌 향민 전체의 굶주림을 견딜 만한 돈을 받지 않으면 의미가 없지 않소. 그러나 상대도 말뿐이고, 거금을 낼 수야 없는 처지. 고마쓰시로는 이 시코쿠 중에서도 가장 가난한 번이었으니 말이오."

---

* 에도 막부의 최고위직. 이만 오천 석 이상의 영주 중에서 선출되며 정무를 총괄한다.

"바로 그 점입니다만."

우콘이 말을 잘랐다.

"어찌하여 고마쓰시로 같은 곳을 택한 것인지……? 주군의 혈통인 야마노우치 가나 원래 관련이 있었던 하치스카 가라면 고마쓰시로와는 비교도 아니 될 만큼 큰 번이 아니오?"

"큰 번에는 팔 수 없소. 그것은 위험하오."

"위험?"

다로마루는 잠시 팔짱을 낀 채 화로의 불을 보고 있었다.

그리고 똑똑히 말했다.

"이제 와서 새삼 감출 것도 없지. 우리가 지키고 있는 비밀이란…… 화약이오."

"화약……."

너무나도 허망한 비밀의 고백이었다.

그러나.

"자, 잠깐만 기다려주십시오."

모모스케는 견디지 못하고 끼어들었다.

"그 비밀은 겐페이시대부터 지켜오고 계신 비밀이지요?"

"말씀대로 그렇소만."

"하지만 그것은 너무나 멋 옛날인데요. 겐페이의 전쟁은 지금으로부터 칠백 년이나 전의 일입니다. 아무리 생각해도 그런 시대에 화약 같은 것이 있을 리……."

그러하기에 그것이 거대한 비밀이었던가.

그리고 그것이 지금은 귀한 물건이 아닌 것이다.

"있었던…… 것입니까?"

"우리도 그리 오래 살고 있는 것이 아니오. 옛일은 전해들을 뿐이지. 그러나 화약 제법은 분명히 우리 일족에 대대로 전해지고 있소. 그뿐이 아니라 그 화약을 사용한 무기의 제법도 더불어서 말이오. 비화창이라고 하지."

"그것은 '나는 불의 창'이라는 것이군요. 그 무기는 당의 고문서에 나와 있습니다. 그러나……. 아니, 시대가 맞지 않습니다. 너무나 이릅니다……."

아니.

그러한 것은 있었으리라.

조총도 실제 전래는 항간에서 일컬어지는 것보다 훨씬 빨랐던 듯하니까.

"그처럼 무시무시한 물건을 큰 번에 팔 수는 없었소. 우리는 세상이 혼란스러워지는 것을 바라고 있는 것이 아니지. 그것은 다이라 가 일족을 위해 남겨두었던 것이고, 애당초 우리의 선조도 사용하지 않았을 정도의 물건이니 말이오. 사용하는 자가 쓰면 천하가 뒤집힌다. 그러나 고마쓰시로 정도의 작은 번이라면 설령 그것을 가지고 있다 한들 아무것도 못하지 않소. 당면한 위기가 더욱 중대하다고, 미나모토 효고 님은 생각하셨을 테지."

"당면한 위기가 더욱 중대하다……?"

우콘이 거듭 말했다.

"그렇지. 우리 입장에서 보면 구보는 원래 본가이니 따랐던 거지. 그리고 보수는 원대로 낼 테니 위력을 보이라는 고마쓰시로 측의 요구대로 우리가 지키는 것의 위력을 몇백 년 만에 보이게 되었는데……."

"예? 그럼……."
"맞소. 결국 실패였지. 산은 무너지고, 구보는 멸족했지."
"그럼 그…… 산사태라는 것은……."
"그것은 비화창의 오발이었지."
다로마루는 간단하게 말했다.
"비화창이 그토록 엄청난 것이었습니까?"
마을 하나를 날려버릴 정도의 위력이라는 이야기가 된다.
"말하지 않았소, 위험한 것이라고. 그것은 말이오, 화약을 날리는 무기란 말이오. 탄을 날리는 것이 아니지. 화약 자체를 날리는 것이라고. 착탄하는 순간에 파열하는 구조지."
"그것은……."
사실이라면 전대미문의 엄청난 무기다. 다시 말해 발사용 화약과 폭약, 양쪽의 조합 방법을 전수했다는 이야기가 될 것이다. 분명 다로마루의 이야기대로 화약 자체는 이제 드문 물건이 아니다. 그러나 그 기술은…….
"그, 그것은 지금도 위력적인 무기가 아닌지……?"
사용했다면 다이라 가는 멸족하지 않았을지도 모른다. 모모스케는 그런 몽상을 했다.
"그러하기에 무용지물이라 하는 것이오."
다로마루는 모모스케의 몽상을 떨쳐낸다.
"수백 년간 우리는 그것을 사용한 적이 단 한 번도 없었소. 아니, 애당초 그것은 겐페이시대라는 먼 과거부터 금기였던 게지. 사람이 쓸 것이 아니라고 봉인되어 있었던 물건인 게요. 어찌하여 그렇게 일컬어져왔는지, 우리는 그때 몸으로 실감한 게지."

"사람이 쏠 것이 아니다…… 그 말입니까."

"그렇소. 그러한 물건을 쓴다면 더는 인간의 전쟁이 아니지. 쓰면 전쟁에는 이길 거요. 허나 그것은 무의미한 승리일 뿐."

다로마루는 그렇게 말했다.

"무의미하다 하심은?"

우콘은 수긍이 가지 않는 모양이었다.

"이를테면, 그것으로 미나모토 일족을 멸할 수 있었다고 하더라도 무의미하다는 말씀이시오?"

"무의미할 거요."

다로마루는 온화한 어조로 대답했다.

"잘 들으시오. 다이라 가 일족이 미나모토 가에게 패하고, 그 잔당이 미나모토 가를 다시 굴복시킨다. 여기에 무슨 의미가 있소? 우리는 벌써 옛날에 숙원을 버렸으나, 애당초 숙원이란 무어란 말이오? 미나모토 가 일족 토벌이 아니라 다이라 가 재흥이지 않소? 이 비화창으로 가문 부흥이 이루어지겠소? 이루어지지 않을 터. 이는 사람을 해치고 물건을 부술 뿐인 도구지. 그렇게 이겨도 백성은 따라오지 아니할 터."

"백성이라 하심은?"

"백성은 백성이지. 그대는 무사인 듯하구려. 그럼 묻겠소만, 무사란 무어요?"

"그것은……."

우콘은 즉답할 수 없으리라. 모모스케는 그렇게 생각했다.

"망설일 것은 없소. 허리에 칼 두 자루를 차고 계시지 않소. 무사는 전쟁을 하는 자요. 그럼 어찌하여 전쟁을 하는가? 자신을 위해서인가? 가문을 위해서인가? 도를 위해서인가? 모두 틀렸지. 그것은 모두 무사의 논리일 뿐. 전쟁이라 함은 무가를 위해서 있는 것이 아니지. 싸우기 위해 벌이는 전쟁 따위는 없소. 전쟁이란 백성을 위해 하는 것이잖소? 백성이 등을 돌리면 전쟁을 하는 의미가 없지 않겠소이까?"

우콘은 미간에 주름을 잡고 눈을 감았다.

"살기 위한 전쟁이라면 의미도 있을 터이나, 죽이기 위한 전쟁에 우리는 의미를 찾지 못한 것이오. 때문에 우리 선조는 숙원이라는 것을 버리고 농사꾼이 되었던 것이라 생각하오. 구보가 택한 길은 옳았다고 생각하고 있소."

우콘은 말없이 고개를 숙였다.

다로마루는 몇 번인가 고개를 끄덕였다.

"원래라면 그때 이런 비밀을 버렸어야 했다고 생각하오. 그러나 우리는 우리가 가지고 있는 비화창의 진짜 공포를 몰랐던 게요. 줄곧 모른 채 그저 지키기만 했소. 사용한 적이 없었으니. 때문에…… 그때도 반신반의하기는 했다오. 그러나 그것은 생각 외로 무시무시한 물건이었소. 산은 무너지고, 본가는 멸하고, 우리는 길바닥을 헤맸소. 역시 결코 써서는 아니 될 물건이었던 게요."

"그래서 고마쓰시로 번은…… 무어라고?"

"욕심을 냈지" 하고 다로마루는 말했다.

"그러나 우리는 팔 목적을 잃고 말았소."

구보 촌은 소멸하고 만 것이다.

모든 것은 구보 촌의 백성을 구하기 위한 수단이었다.

"협상은 결렬이지. 우리도 두 번 다시 쓸 마음은 없었소. 그것은 두려운 것이오. 우리가 지켜온 물건은 이 태평시대에는 가장 필요가 없는 물건이었던 게요. 그 무엇과도 바꿀 수 없는 대가를 치르고서야 우리는 그것을 충분히 깨달았던 게요. 그저 산중에 있으니 비밀을 영구히 지켜내고, 그대로 소멸할 작정이었지. 그러나 고마쓰시로는 단념하지 않았소. 몇 년이 흘러도 단념하지 않는 게요. 그러다 위협하기 시작했소."

"위협이라고요?"

"그렇소. 고마쓰시로 영내에 살고 있는 이상 세금을 바치든가, 상납금을 바치든가, 노역에 나가든가 하라고 말을 했지. 정당한 변론이오. 실은 그전까지 우리와의 교섭을 맡았던 고마쓰시로 번 세키야마 쇼겐이라는 인물이 그 무렵 차석가로가 되었던 게요. 그래서 지금까지는 봐주고 있었으나 앞으로는 그리할 수 없다, 그러한 이유지. 순순히 비화창 제법을 알려주거나, 그렇지 않다면 명을 따르라는 게요."

바칠 돈 같은 건 없다며 다로마루는 말했다.

"우리는 땅을 가지고 있지 않소. 산중을 떠돌며 한 해에 몇 번쯤, 만들어 모아둔 나무 세공품을 팔아 칠백 년을 먹고살아왔소."

그러니 산을 내려가는 것도 농사꾼이 되는 것도 할 수 없다고, 노인은 강한 어조로 말했다.

"우리는 이미 산사람이오. 무사도 농사꾼도 아니지. 그러하기에 더더욱 비밀을 밝힐 수는 없는 게요. 그래서 텐메이시대의 사고로부터 십오륙 년 후, 우리는 어쩔 수 없이 동지 한 명을 사관으로 보내기로 했지. 비화창 제법은 건넬 수 없으나 화약 취급에 익숙한 자를 보내도록 하지요, 그런 의미로 말일세. 이미 삼십 년도 더 된 옛날 일이 되지만 말이오."

"그 인물……."

모모스케는 그 일성에 칠백 년 전의 몽상 속에서 별안간 현재로 끌어내려졌다. 오긴의 목소리였다.

"그 사내가 고에몬이로군요."

"그, 그렇습니까?"

다로마루는 고개를 끄덕였다.

그리고 오긴을 바라보며,

"그대는…… 고에몬의 딸이오?" 하고 물었다.

"피는 섞이지 않았지요. 저는 보살핌을 받았을 뿐입니다."

"그런가."

다로마루는 거무스레한 얼굴을 찌푸리고 다시 화로의 빨간 숯불을 응시했다.

"자네 말일세, 고에몬의 정혼자였던 처녀를 쏙 빼닮았구먼."

"고에몬의 정혼자?"

그렇단 말인가. 아니, 오긴은 고마쓰시로의 영애와 닮은 게 아니었던가?

"그 처녀는……?"

"치요라고 하지."

"치요?"

"그 호신도는 내가 치요에게 주었던 것일세."

"뭐라고요……?"

오긴은 단도에 손을 댔다.

"이곳의 처녀였나요?"

"그렇다네. 치요는 내 딸일세."

다로마루는 말했다.

"그래서 자네가 고에몬과 치요 사이에 생긴 딸인가, 그리 생각했던 것일세."

그리고 다로마루는 처음으로 쓸쓸하게 웃었다.

"고에몬은 언젠가 내 뒤를 이어 이 가와쿠보를 이끌게 될 사내였지. 우리 가와쿠보는 대대로 스무 집으로 이루어져 있었는데, 우두머리는 돌아가며 맡는 것이 철칙이었지. 그리고 그 우두머리에게 딸이 있을 경우, 피가 섞이지 않는다면 다음 우두머리와 가약을 맺는다. 이것도 규칙이었지."

우콘의 얼굴이 굳었다.

"그 고에몬 공이 고마쓰시로 번으로 갔다고……."

"그렇소. 고에몬은 그 무렵 갓 스물이 되었을 때였을 테지."

전 무사. 전 목기장이, 전 연화사. 고에몬을 둘러싼 소문은 모두 거짓이 아니었던 것이다.

"나는 고에몬을 보내기로 했을 때 한 번 각오를 했지."

다로마루는 묻지 않고 이야기를 이어갔다.

"그래서 이 가와쿠보에 속한 자들을 풀어주리라 생각한 게요. 치요도 무사의 처가 되는 편이 행복할 테고. 여기에 있어본들 무슨 소용이 있겠소. 산에서 사는 것보다 마을로 팔려가 창부가 되는 편이 나으니. 고에몬이 어엿한 무사가 되면 치요를 혼인시키고 이 가와쿠보를 해산하자. 나는 그리 생각하고 있었소. 비밀이고 뭐고 알 게 무어냐. 그렇게 생각했지. 그런데 그리 잘 풀리지는 않더구먼. 고에몬이 관직에 오른 지 삼 년이나 됐을 무렵인가……."

우콘은 몹시 어렵게 말을 꺼냈다.

"치요 님께 불행이 있었던 것이군요."

다로마루는 고개를 숙였다.

"짐작하신 대로요. 이제 때가 되었나 싶어서, 나는 치요를 하산시켜 고에몬이 있는 곳으로 보냈지. 그런데 하필이면 고마쓰시로의 영주 나리가 치요에게 한눈에 반하시고 만 게야."

"흔히 있는 일이지요." 하고 우콘은 말했다.

모모스케는 우콘의 어조가 부드러워지고 있는 것을 느꼈다. 이야기를 듣는 사이, 우콘은 다로마루의 인품에 대해 경의를 품기 시작한 것이 아닐까. 그것은 모모스케도 같은 기분이었다.

노인은 힘없이 고개를 저었다.

"거절할 수가 없었지. 고에몬도 치요도 격하게 거부했으나, 우리로서는 거절할 수가 없었던 게야. 거절하면 또다시 비밀을 밝히라며 추궁할 것이 틀림없었으니."

"흥."

오긴이 웃었다.

"영주 나리가 연적이니 상대가 나쁜 거잖우. 참으로 어이없는 일이네. 그렇지요, 선생?"

오긴은 모모스케를 불렀으나, 그 얼굴은 반대편으로 돌아가 있었다.

다로마루는 서글픈 눈으로 오긴을 보았다.

"고에몬은 꼼짝없이 끼인 게지. 어찌할 수 없는 것이오. 그러자 가로인 세키야마가 간계를 내어 치요를 잡아다가 기쁜 마음으로 영주 나리께 갖다 바쳤지. 치요는 욕보인 것이나 마찬가지로 희롱당하고,

결국 측실로 들어가게 되고 만 게야."

 노인은 억양 없이 이야기했으나, 그 심중은 과연 어떠한 것일까. 모모스케는 그 마음을 생각하자 몹시도 가슴이 아렸다. 모든 것이 자신의 딸 이야기인 것이다.

"고에몬은 괴로웠을 것이라고 생각하오. 우리와는 단칼에 연을 끊고, 가로 세키야마를 베고 번을 벗어나 모습을 감추었지."

 삼십 수 년 전의 이야기다.

 그 후 가와쿠보 고에몬은 에도로 흘러들어 어둠의 세계를 휘젓는 거물, 등명 고에몬이 된 것이다.

 다로마루는 화로를 보고 있다.

 오긴은 그 다로마루를 보고 있다.

 혈연관계는 없으나, 이 두 사람은 기이한 연으로 이어져 있는 것이다.

"그 치요 님은…… 어찌 되셨는지?"

 우콘이 물었다. 그 뒤는 우콘이 관련된 이야기가 되는 것이다.

 고에몬이 번을 벗어난 후, 치요는 아가씨를 낳았지.

"가에데…… 아씨로군요."

"그렇소. 세키야마의 죽음과 가에데 아씨의 탄생을 계기로 고마쓰시로 번은 우리 가와쿠보와의 연을 끊었지. 정실 마님께는 손이 없으셨던 듯하니, 대를 이을 아들이 태어날지도 모른다고 생각했을 것이야."

 오호라. 대를 이을 아들을 낳은 여인이 산사람 딸이어서는 분명 사정이 나빴을 것이리라.

 그래서.

"일절 관련치 마라."

분사쿠가 있었던 무렵의 일이리라.

"상처만 남은 무승부. 우리는 많은 것을 잃었으나, 원래의 생활을 묵인받게 되었소. 그러나 후사가 태어난 것은 그로부터 십 년쯤인가 후의 일이지."

"졸자는 그 후사를 찾고 있습니다" 하고 우콘은 말했다.

"아명 시로마루……. 살아 계시다면 이십 세의 나이라 들었습니다만."

"알지 못하오" 하고 다로마루는 말했다.

"시로마루 도령이 태어난 후 영주 나리가 돌아가시고, 그 뒤는 영주 나리의 아우님으로 결정되어, 치요는 시로마루 도령과 함께 성에서 내쫓겼다고 들었소만."

"이곳으로 돌아오시지는 않으셨는지?"

"돌아오지 않을 터. 돌아오면 우리에게 누를 끼치게 됨을 그 아이는 잘 알고 있었으니."

"그러했단 말인가……."

우콘은 생각에 잠긴다.

다로마루는 눈을 가늘게 뜨고 우콘을 바라보았다.

"나는…… 치요가 고에몬이 있는 곳으로 피신했으리라 생각하고 있었소. 허나……."

"그 사람은 죽었어요."

오긴이 말했다. 우콘이 고개를 든다.

"오긴 낭자, 무언가 알고 계시는지?"

"위폐가 있었어요."

"위폐라고?"

"고에몬은 자신의 집에 저것과 똑같은 제단을 만들었는데……."

오긴은 다로마루의 등 뒤를 가리킨다.

모모스케가 떨어져 처박힌 것과 아주 흡사한, 기묘한 위폐로 꾸며진 제단이다.

"거기에 위폐가 하나 있었지요. 뒤에 '속명 치요', 그렇게 적혀 있었어요."

"그렇다면……."

"위폐는 하나뿐. 아무리 악당이라도 사람은 사람. 위폐를 모실 기특함이 있다면 모자를 갈라놓지는 않았을 터. 만약 그 시로마루 님이라는 사람이 모친과 함께 죽었다면 나란히 두었으리라 생각하는데요."

"그러한가……." 노인은 신음하는 듯한 목소리를 발했다.

"치요는 죽었는가."

"'향년 삼십오'라고 적혀 있었던 것을 기억하고 있습니다."

"살아있었다면 오십을 넘었을 테지. 십오 년이나 전에 세상을 떴단 말인가."

"그러하군, 그러하군" 하며 노인은 등을 둥글게 말았다.

오긴은 애잔한 표정으로 그 모습을 응시한 후, 우콘을 보며 "미안하우, 나리……" 하고 말했다.

"숨기고 있었던 것은 아니우. 설마 그 위폐가 나리가 찾고 있는 분의 어머니 것인 줄은 꿈에도 몰랐던지라."

"원점으로 돌아가고 말았네요" 하고 오긴은 말했다.

헛고생이기는 했으리라.

"도움이 되지 못했구려, 낭인."

다로마루는 한 번 고개를 들어 머리를 숙였다.

"괘념치 마십시오, 노인장. 멋대로 쳐들어온 것으로도 모자라 예의 없이 따져 물어, 여러분께는 심히 불쾌한 일이었으리라 생각합니다. 신원을 알 수 없는 우리의 물음에 그 무엇도 감추지 않고 흉금을 털어 말씀해주셨으니 황감하기 그지없는 일……. 머리를 숙일 쪽은 졸자이옵니다."

우콘은 한 번 깊숙이 절을 하고, 그리고 머리만 들어 매섭게 다로마루를 바라보았다.

"덕분에 의문이 풀렸습니다. 가와쿠보 분들은 마을사람들이 생각하는 그런 분들이 아닙니다. 조금이라도 의심을 가지고 있던 것을 부끄럽게 생각합니다."

"마을사람들이…… 우리에 대해?"

"그렇습니다. 지금 여러분은 아무도 모르는 산사람이 아닙니다. 도사 지방뿐 아니라 이웃 지방인 아와, 사누키에 이르기까지 여러분의 소문이 넘쳐나고 있습니다."

"소문……이라 함은 어떠한 소문인지?"

다로마루가 물었다.

"모노베 강 상류 쓰루기 산 산허리에 사는 가와쿠보 당은 노상 떼강도와 같은 흉악한 짓을 벌이는 무뢰한으로, 최근에는 향리에 출몰하여 가택 강도, 해상에 나와서는 해적질의 소업을 벌이는 흉적이다, 라는 소문이옵니다."

"무, 무슨 말도 아니 되는……."

"예. 여러분을 만나 뵙고 졸자는 확신하였습니다. 이것은 함정이지요."

"함정이라."

"여러분을 노리고 있는 것입니다."

"노리다니…… 어찌된 일인 것이오? 어떤 자가 우리를?"

"상대의 정체가 무언지는 졸자도 알지 못하는 일. 그러나 여러분의 이름을 내세워, 여러분으로 변모한 괴한들이 실제로 향리에서 악랄한 행위를 일삼고 있습니다. 그리하여 마침내 얼마 전, 가와쿠보 토벌의 명이 내려졌지요."

"토벌이라."

그때까지 잠자코 있던 다로마루 뒤의 네 사람 사이에도 동요가 이는 듯했다.

"어찌하여 그런 일이."

"닷새 전쯤…… 고치 번 선박봉행 세키야마 효고 님이 고지문을 내거셨지요. 토벌군은 이미 이쪽으로 향하고 있을지 모릅니다."

"세키야마 효고라."

"알고 계시는지요?"

"그자는 고에몬이 벤 고마쓰시로 번 차석가로 세키야마 쇼겐의 아들일세."

"뭐라고요?"

그런가.

"그렇다면……."

"고마쓰시로 번이 폐번된 이후 세키야마는 고치 번에 빌붙어 가신으로 채용되었다, 그런 이야기인가."

"아니, 우콘 님."

모모스케는 흥분하여 끼어들었다.

"잘 들으십시오. 우리를 덮친 무리, 그것이 가와쿠보 사람들의 이름을 빌려 악행을 벌이고 있는 녀석들이라는 것은 우선 틀림없겠지요?"

그것은 틀림없을 것이라고 우콘은 답했다.

"졸자가 가와쿠보 여러분에 대해 조사하자마자 녀석들은 과민하게 반응을 했네."

"그렇지요. 거기서 한 가지 의문이 생깁니다. 그들은 오긴 씨의 얼굴을 보고 가에데 아씨와 닮았다고 했습니다. 아시겠습니까? 가에데……입니다."

그것에 무슨 의문이 드느냐고 우콘이 묻는다. 그러니까요, 하고 모모스케는 말을 이었다.

"한편, 여기 다로마루 씨는 오긴 씨가 따님이신 치요 씨를 쏙 빼닮았다고 말씀하십니다. 그렇다면 오긴 씨가 그 따님인 가에데 아씨를 닮은 것도 수긍이 갑니다. 치요 씨와 가에데 아씨는 모녀지간이니까요."

"닮은 것도 당연할 테지. 오긴 낭자의 용모는 쌍방을 닮은 것이겠지."

"허나, 이 가와쿠보 사람들은 오긴 씨를 보고 가에데 아씨를 닮았다고는 생각하지 않았다, 다시 말해 이곳 사람들은 가에데 아씨가 치요 씨와 닮았다는 것을 몰랐던 것입니다. 그렇지요?"

"우리는 가에데 님을 본 적이 없소."

다로마루는 그렇게 대답했다.

"그렇겠지요. 다로마루 씨조차 손녀에 해당하는 가에데 아씨의 얼굴을 알지 못하십니다. 그런데 그 패거리는 가에데 아씨의 얼굴을 확실하게 알고 있었다는 이야기가 되지요."

으음, 하고 우콘은 신음했다.

"치요 씨의 따님, 가에데 아씨의 얼굴을 아는 자는 지극히 적은 숫자임이 틀림없습니다. 가에데 아씨의 얼굴을 알고 있는 자란 대체 누구겠습니까?"

"옛 고마쓰시로 번의 사람인가!"

"맞습니다. 그렇지요. 그리고 그 선박봉행이 고마쓰시로 번 가로의 아들이라 함은……."

"고치 번의 선박봉행이 배후인물이라고, 야마오카 공은 말씀하시는 것인가!"

"생각해보면 그렇지 않습니까? 우리는 성 밑 마을 안팎에서 많은 이야기를 들었는데, 피해를 당한 사람의 이야기나 괴담 같은 이야기만 듣게 되었습니다. 그때는 탐색하고 있는 기색도 없었거니와 조사를 하는 듯한 낌새도 없었습니다. 그런데 별안간 토벌이라니, 묘하다고 생각하지 않으십니까?"

"세키야마의 아들이 어찌하여 이제 와서 우리 같은 사람을……."

다로마루는 그렇게 말했다. 바로 그때였다.

함성 같은 소리가 올랐다. 이어 많은 발자국소리가 주거를 둘러쌌다. 목조 오두막은 흔들흔들 흔들리고, 봉 형상의 물건이 널빤지 틈으로 잇따라 꽂혔다. 이어 입구 근처에서 큰소리가 들렸다.

"흉적 가와쿠보 당, 순순히 포박을 받으라!"

6

모모스케는 죄인 호송 가마라는 것에 처음으로 들어갔다.

잡힌 것이다.

가와쿠보 당의 오두막을 포위한 것은 고치 번이 파견한 백 명의 포리들이었다. 맞서는 가와쿠보 당은 기껏해야 열다섯 명. 모모스케 일행을 포함해도 이십을 못 다 채우는 소수다. 아무리 우콘의 실력이 출중한들, 이는 감당할 수 있는 것이 아니다. 아니, 그보다 가와쿠보 당은 애당초 싸울 만한 수단을 가지고 있지 않은 것이다. 분사쿠가 말한 대로 도검류는 대대로 가지지 않은 듯한 데다, 대부분이 고령이다. 모모스케가 판단하는 한, 지극히 온화하여 호전적인 성질은 일절 갖추지 않은 듯했다.

그들은 화약병기의 제조법을 알고 있을 뿐인 무리인 것이다.

때문에 다툼은 전혀 일어나지 않았다.

그저 다로마루가 '모모스케 일행 세 사람은 나그네이며 자신들과는 무관하다'고 주장했을 뿐이었다. 그러나 아무리 순종적이라 하더라도 포리가 흉적의 변명을 들을 리 만무하며, 그것은 모모스케도 우콘도 내심 각오하고 있었으므로 순순히 포승을 받았다.

그러나.

이것은 절망적인 전개였다.

일만분의 일도 살아날 가능성은 없을 것이었다.

적이 어떠한 심산인지는 도무지 알 수 없었으나, 그럼에도 적의 얼굴만은 보였다. 모모스케가 추량한 바대로라면 그것은 고치 번의 선박봉행인 것이다. 고치 번이라 하면 이십사만 일백여 석. 시코쿠에서 쌀 수확량이 가장 많은, 시코쿠에서 가장 큰 번이다. 양민에 무숙인에 낭인, 그리고 산사람이 무더기로 덤벼보았자 감당할 수 있는 상대가 아니다.

무죄고 유죄고 없다. 재판할 상대가 바로 적인 것이다.

절체절명이다.

그러나 모모스케는 마음을 고쳐먹었다.

가마에서 보이는 전경은 그래도 아름다웠다.

상당히 험한 길이므로 관리도 하인도 고생스러운 듯했으나, 가마에 들어 있으므로 편하기 그지없다. 다만 그들이 가마의 손을 놓으면 그대로 저승행이 될 듯한 절벽에 접어들었을 때만큼은 조금 두려웠다.

일행은 배후에서 모노베 강을 따라 이치우를 벗어나 내려가는 듯했다.

올라왔을 때와는 다른 경로다.

도중에는 작은 촌락이 몇이나 있다.

그리고 마을에 접어들 때마다 모모스케는 얼굴을 감추었다.

왜냐하면 마을사람들이, 아마도 총출동하여 보고 있었기 때문이다. 백 명 남짓한 관리가 올라가는 일은 마을이 생긴 이후 처음 있는 변사일 것이므로, 이는 당연한 일이리라.

다만 모모스케가 얼굴을 감춘 것은 많은 시선들이 수치스럽기 때문은 아니었다. 마을사람들의 눈에 공포의 빛이 생생히 떠올라 있었기 때문이다. 마을사람들에게 가마 안에 있는 모모스케 일행은 마을 밖에 있는 마물 그 자체인 것이다. 시치닌미사키가 잡힌 것이나 마찬가지다.

그 증거로, 여기저기에서 눈에 익지 않은 차림의 사내들이 기도하는 모습을 모모스케는 보았다.

온갖 색이 흔들리고 있다. 저 극채색은 삿갓에 입힌 장식인 것이리라.

결계를 펼치듯 늘어뜨려져 있는 것은 그 기묘한 형태의 위폐다.

그러고 보니 분사쿠가 말했었다.

이 일대의 마을들에는 그러한 제사를 총괄하는 무당이 많다고.

저것이 그것인가, 하고 모모스케는 멍하니 생각했다.

조용한 생활을 휘저은 미증유의 소란을 흉으로 판단한 결과인가.

부정한 것이 지나가는 흔적을 씻어내고자 하는 의미도 있을지 모른다.

휴식 없는 강행군이었다.

모모스케는 도중에 몇 번인가 의식을 잃었다. 잠이 들었다는 감각은 아니다. 공복과 피로로 의식을 잃었다는 감각이다. 그러므로 기슭 가까이까지 내려오는 데에 어느 정도의 시간이 걸렸는지, 모모스케는 알지 못했다.

뒤따르는 오긴은 어쩌고 있을까, 모모스케는 몇 번인가 생각했다.

그 꼿꼿한 여인은 가마 안에서도 바른 자세로 앉아 있을 것인가…….

모모스케는 고개를 돌렸다.

허나 오긴의 가마는 보이지 않았다.

어딘지도 알 수 없는 장소에서 내려져, 모모스케 일행은 하룻밤 옥에 투옥되었다.

오긴만은 여옥이었으나 남은 자들은 함께였다. 그러나 입을 여는 자는 아무도 없었으며 우콘 또한 묵묵히 있었으므로 모모스케 역시 아무 말도 하지 않았다.

식사도 나왔다. 하지만 모모스케는 배가 주렸음에도 불구하고 아무것도 넘기지 못했다.

그래서 물만 마시고 잤다.

짤랑, 짤랑, 요령 소리가 울려 퍼지는 꿈을 꾸었다.

목 없는 말이 시치닌미사키를 이끌고 걸어가는 꿈이었다. 구슬픈 듯 두려운 듯한 환청은 그럼에도 모모스케가 안심할 수 있는 음색이기도 했다.

하룻밤이 지나…….

모모스케 일행은 다시 포승에 묶였다. 재판정에 끌려 나가는 줄 알았으나, 데려간 곳은 마루가 깔린 큰 방이었다. 큰 방의 한가운데에 세 줄로 앉혀져, 네 모서리와 출입구에 감시병이 섰고, 그리고 한 식경을 기다렸다.

이윽고…… 별안간 감시병이 모습을 감추더니, 그 대신 예복을 차려입은 무사가 수행원을 이끌고 들어왔다.

그 수행 무사의 얼굴을 본 순간, 모모스케는 자신도 모르게 소리를 지를 뻔했다.

……간조.

잊을 수가 없다. 모모스케와 오긴을 덮친 폭도의 생존자, 간조의 얼굴이었기 때문이다.

모모스케는 오긴에게 시선을 던졌다. 오긴은 여전히 아름다운 자세로 앉아 있었으나, 시선을 느꼈는지 곁눈으로 모모스케를 흘긋 보더니 희미하게 미소를 지었다.

"머리를 낮추지 못할까!"

수행 무사가 고성을 내질렀다.

"이분은 선박봉행 세키야마 님이시다!"

다로마루가 스윽 머리를 숙였다. 일당이 그대로 따랐다.

모모스케도 급히 머리를 숙였으나, 당혹한 탓으로 별난 절이 되고 말았다.

"됐다. 얼굴을 들라. 이것은 정식 문초가 아니다."

세키야마는 그렇게 말했다.

그리고 다로마루 앞까지 다가갔다.

"그대가 가와쿠보 당의 두목이로군. 답하라. 직답을 허락한다."

"그렇습니다……."

다로마루는 머리를 들지 않은 채 대답했다.

"제가 가와쿠보의 우두머리 다로마루이옵니다."

"그러한가. 선친으로부터 들었다."

"그렇다면……."

"그렇다. 나는 그대들의 한패, 고에몬이라는 모반자에게 살해당한 고마쓰시로 번 차석가로 세키야마 쇼겐의 아들이다."

"그렇다면 이번 일은······."

그것과는 무관한 일이라고 세키야마는 말했다.

"죽음이란 죽은 쪽이 어리석지. 나의 선친은 어리석은 자였던 것이다."

"무······무슨 말씀을 하시는지."

"고마쓰시로와 같은 작은 번에 매달린 결과, 기다리고 있던 것이 무의미한 죽음이다. 그처럼 미래가 뻔한 번의 가로 따위가 되어서 무엇이 기쁜 겐지. 그 정도의 일로 희희낙락했으니 목숨을 잃게 된 것이다."

다로마루는 천천히 얼굴을 들었다.

"나는 그대들에게 원한 따위는 가지고 있지 아니하다. 덧붙여 말하자면, 고마쓰시로 번의 재흥이라는 어리석은 바람도 가지고 있지 아니하다. 이보게, 다로마루. 이 얼굴을 본 적이 없는가······?"

봉행은 수행들 중 한 명을 가리켰다.

"너, 너는 간조······."

다로마루의 여윈 목이 몇 번쯤 울렁거렸다.

마른침을 삼킨 것이리라.

"그렇다. 이자는 그대가 딸인 치요에 붙여 보낸 사내. 후일 구보타라는 성을 가지고 정식으로 고마쓰시로 번사가 되어 가에데 소저의 수호인이 된 사내. 지금은······ 나의 오른팔이지."

"오랜만입니다" 하며 간조는 웃었다.

"그, 그렇다면 네가······."

"주제를 알라!"

세키야마는 앞으로 나오려던 다로마루를 손에 든 부채로 강하게 저지했다.

"네놈은 죄인이다. 그런 자가 봉행의 측근에 대해 감히 그런 입을 놀리는가!"

다로마루는 다시 고개를 숙였다.

"잘 들으라, 다로마루. 지금 이 도사에는 풍기를 문란케 하는 수상한 소문이 횡행하고 있다. 시치닌미시키다, 후나유레이다, 다이라 가문의 원령이다, 하고 말이다. 어이없는 유언비어다. 그러나 난감하게도 실제로 피해가 나왔지."

너무나도 뻔뻔한 어조다.

모모스케는 몰래 세키야마를 노려보았다. 자신들이 벌인 짓이 틀림없는 것이다.

난감한 처지라고 세키야마는 말을 이었다.

"미신 종류라면 방치해두면 될 일이나, 선량한 영민이 목숨을 잃고 금품 재산을 빼앗기게 된다면 이는 엄하게 다스리지 않을 수 없는 노릇. 그러나 백성이란 어리석은 법이라 재앙이나 요괴라며 떨기만 할 뿐이지. 이 일에는 번주 야마노우치 공도 가슴을 앓고 계시는 참이다."

"우리는…… 무관하옵니다."

"그것은 말이지, 다로마루."

세키야마는 몸을 숙여 다로마루의 얼굴을 들여다보았다.

"우리가 정할 일이다."

"허나."

"말대꾸를 해봐야 소용없다. 잘 들으라, 다로마루. 영민들은 최근 들어 요괴의 정체가 가와쿠보 당이라 말하고 있다. 몇이나 죽임을 당하고 빼앗기자, 영민들은 이제야 자신들의 어리석음을 깨달은 모양이더군."

세상에 불가사의 따위는 없기 때문이라며 세키야마는 거들먹거렸다.

"유령이나 요괴라 하면 사람을 잡아 죽이기는 하여도 금품을 훔치지는 않을 터. 그렇다면 이는 사람이 벌이는 짓. 그러니 범인으로 생각되는 네놈들을 잡은 것이다. 이는 당연지사. 흉적 일망타진의 소식을 들으시고 영주 나리께서도 크게 기뻐하셨다."

세키야마는 그렇게 말한 뒤 접은 부채로 다로마루의 코끝을 찔렀다.

"허나 말이지, 다로마루. 나도 그대들과는 선친의 대로부터 이어져 온 오랜 친분이 있지 않은가. 소문이 퍼졌습니다, 잡아들였습니다, 사죄에 처하겠습니다, 라고 하는 건 좀 심한 것 같아서 말이야. 정식 문초 전에 이렇게 항변의 기회를 주는 것이다."

"그것이라면 아뢰겠습니다."

다로마루는 세키야마의 시선을 피하듯 얼굴을 아래로 향하고 말했다.

"먼저, 저기에 있는 세 명의 인물은 무관하옵니다."

세키야마가 시선을 던진다.

모모스케는 어깨를 움츠렸다.

"저 세 사람은 나그네입니다. 우리 일당과는 무관. 당장 풀어주시기 바라옵니다."

"그리할 수는 없다."

"어찌 하여……."

"이 낭인도, 양민도, 십중팔구 몰라도 될 일을 알고 있지."
"몰라도 될 일……."
우콘이 매서운 눈초리로 세키야마를 쳐다보았다.
"그리고 저 처자는 가에데 소저와 흡사하다고 하지 않는가."
오긴은 아무 말도 하지 않았다.
"허나……."
"잘 들으라, 다로마루."
항변은 고사하고 공갈이다.
"거래다."
"거래?"
"비화창의 제법을 알려주기 바란다."
"아닛!"
그것이 목적이었나.
허나 무엇을 위해.
"그 낯짝은 무어냐? 먼 옛날, 단 한 발에 마을을 날려버린 비화창 제작법을 토해내라고 말하지 않는가."
"어, 어디에 쓰시려고……."
"어디에 쓰느냐? 그야 당연히, 무기는 무기로 쓰지. 이봐, 다로마루. 네놈들처럼 몇백 년이나 산속에 틀어박힌 촌것들은 알 리가 없을 것이나, 시대는 발전하고 있다. 이 세상은 이러고 있는 동안에도 시시각각 변하고 있다. 당장이라도 바다 너머에서 이국이 쳐들어온다. 그리되면 이 나라는 어찌 되겠나? 활이나 조총으로 대포를 막을 수 있겠나? 한마디로 칼 두 자루 차고서 위세를 부릴 수 있는 시대는 이제 곧 끝나는 것이다."

"서, 설마, 모반을?"

"모반? 곧 그런 말은 통하지 않게 된다는 말을 하고 있는 것이다. 현재의 막부 조정에는 앞을 보지 못하는 멍청이들뿐이지. 알겠나? 잘 들으라. 그리고 잘 생각하라."

세키야마는 다로마루에게 얼굴을 더 바싹 들이댔다.

"비화창과 같은 강력한 무기가 있으면 도읍에 거하시는 천자님을 지키고, 얼빠진 막부를 치고, 기운이 쇠한 이 나라를 다시 세우는 일 또한 가능하다. 이것이 모반인가? 천자님을 정점에 모시고 국익을 지키기 위한 싸움을 일으키는 것이 모반이 되는가? 천만에, 이는 네 놈들이 바라는 바가 아닌가. 도쿠가와는 미나모토 씨란 말이다."

"그, 그것은……."

분명 도쿠가와 이에야스는 닛타 가의 시조인 닛타 요시시게를 자신의 시조로 정하고 있다. 요시시게는 미나모토 요시이에의 손자에 해당하는 인물이다. 그렇다면 도쿠가와 가는 미나모토 가의 피가 흐르는 일족이라는 이야기가 된다.

그것이 야마노우치 공의 뜻이냐고 다로마루가 물었다.

"고치 번 번주님의 뜻이냐고 묻고 있다."

세키야마는 웃었다.

"야마노우치 공은 무관하다."

"뭐, 뭣이라?"

"현재 이 번은 내정 재정비로 매우 혼란스럽지. 내부의 일로도 버거울 따름. 바깥으로 눈을 돌릴 여유 따위는 없다. 잘 들으라, 다로마루. 번 따위는 어찌 되든 상관이 없다. 좀 전에도 말했다시피 시대는 변한다. 혹 내게 힘을 빌려주겠다고 한다면 너희들의 숙원도 이루어진다는 이야기가 되지 않는가."

"숙원 따위는 없다."

"그렇군. 뭐, 그처럼 곰팡이 슨 것이야 아무래도 상관이 없지. 이는 그러한 거래가 아닌 것이다. 승낙인가, 아닌가? 승낙이라면 살려주마. 아니라면……."

몰살이다.

세키야마는 눈을 가늘게 뜨고 웃었다.

"거……."

다로마루는 거기서 차마 말을 못하고 모모스케와 오긴을 흘깃 보았다.

거절한다……. 그렇게 말하고 싶었던 것이리라. 그러나 거절하면 무관한 모모스케 일행까지 함께 저승으로 가게 된다. 그래서 주저한 것임에 틀림없다.

"왜 그러나? 칠백 년을 지켜온 비밀, 무덤까지 가져가고 싶을 정도로 아까운가?"

"비밀 따위, 이제는 아무래도 상관없다. 우리는 그 비밀과 함께 스러져갈 작정이었다. 허나……."

"허나, 무언가? 생각할 필요도 없는 거리라 생각한다만. 그렇지 아니한가, 간조?"

"두목."

간조가 다로마루 앞으로 나왔다.

"키워주신 분을 죽이고 싶지는 않지만……."

"가, 간조…… 너는……."

"그래. 답변에 따라서는…… 그래. 먼저 저 처녀를 죽일까."

간조는 다로마루를 응시하며 오긴 옆으로 다가가서는 짤각 하고 날밑을 풀었다.

"멈추라!"

다로마루가 외치는 그 순간, 쿵 하고 문이 열리더니 무사 하나가 발을 끌며 뛰어 들어왔다.

"봉행……!"

"무어냐? 무슨 일이더냐? 문초 중에는 입실을 엄하게 금지한다고 일렀거늘!"

"예! 허나, 여, 영주 나리께서……."

"영주 나리? 영주 나리께서 어찌 되셨단 말이냐?"

"영주 나리의 명이 있었습니다. 그, 그자들의 처형을 연기하라고……."

"뭐, 뭣이?"

세키야마의 얼굴이 순식간에 붉어졌다.

"어, 어찌 된 일이냐? 말해라!"

"그, 그게, 어젯밤에 후나유레이가 나왔습니다."

"후, 후나유레이?"

"어젯밤만이 아니라, 저어, 그 전날 밤도, 그 전날 밤도."

"그래서, 그것이 대체 어쨌단 말이더냐?"

"그러니까, 잡은 자들이 진실로 성 밑 마을을 떠들썩하게 만든 흉적이라면, 그런 자가 옥사에 갇힌 지금 그러한 요물이 나타날 리가 없다……. 그런데 흉적을 잡았다는 알림이 있었던 날 밤부터 매일 밤, 후나유레이가 가쓰라하마에……."

"그런 당치도 않은!"

세키야마가 입을 쩍 벌렸고, 그런 다음 간조를 노려보았다.

간조는 허둥지둥 칼을 거두었다.

"후나유레이라고? 후나유레이가 나타났다는 말이더냐?"

세키야마는 작은 목소리로 그렇게 말한 다음, 한 박자를 두고 격앙한 것처럼 말을 이었다.

"어, 어이가 없구먼! 그럴 리 없다. 그것은 무언가 잘못 본 것이다. 이놈들을 포박한 것을 모르는 어리석은 어부들이 떠들고 있는 것뿐일 터. 얼간이들이 고기잡이배나 무언가를 잘못 본 것임이 뻔하다."

"그게…… 영주님께서도 보셨습니다."

"영주님께서도?"

거짓말이다, 되도 않는 소리를 아뢰면 성치 못할 줄 알라며 세키야마는 강하게 말했다. 모든 것은 세키야마가 꾸민 일일 것이므로 당혹스러워하는 것도, 강하게 부정하는 것도 당연하다.

"다망하신 영주님께서 그러한 바다의 요물을 어떻게 보신다는 말인가?"

"그게…… 얼마 전에 도쿠슈 공으로부터 파발이 도달해……."

"하치스카 님이…… 무어라 하셨기에?"

"지난달, 아와 영내의 해역에 괴이한 배가 있었다. 나루토로부터 가모우다 곶, 아세비카하나를 통과하여 도사 만으로 향하고 있으니……."

"그럴 리가."

"이는 나가토 세토우치에서 일컬어지는 후나유레이이니 주의를 하라 하는 말씀이셨습니다. 시기를 같이 하여 아키의 해변에서 후나유레이의 소문이 퍼지고, 그리고 가쓰라하마에서는 매일 밤……."

"그, 그러니까 그것은 유령이 아니란 말이다."

"허나 사람의 소행이라 친다면 과연 어떤 자의 소행이냐, 영주님께서는 그렇게 말씀하십니다. 범인은 일망타진했다고 봉행께서 보고하신 참이므로……."

"지, 진짜란 말이더냐?"

"봉행께서도 아시고 계시지 않습니까. 지난달 아와의 너구리 소동……. 영주님께서 그 일에 대해 아와 님에게 듣게 되셨기에, 이는 방치할 수 없는 일이라는 말씀입니다. 그래서 만약 이 세상에 그러한 괴이가 있다 한다면, 잡은 자에게 모든 죄과를 덮어씌우는 것은 섣부른 실수일 것이라며……."

"헛소리!"

세키야마는 부채를 바닥에 내리쳤다.

"허나 이는 영주님의……."

"봉행 나리."

모모스케는 펄쩍 뒤집어질 뻔했다.

목소리를 발한 이가 오긴이었기 때문이다.

"후나유레이란 것은 정말 있사옵니다."

"다, 닥쳐라, 계집!"

"닥치지 못하겠습니다. 저 역시 제 목이 달려 있으니까요. 허나 영주님께서 그렇게 말씀하신다면, 좀 전 봉행께서 제시하신 거래라는 것도 성립하지 못하지 않습니까. 저희들을 죽일 수 없다는 이야기가 되면 이 사람들은 입을 열지 않을 것입니다."

세키야마의 얼굴이 시뻘게졌다.

"그래서 말씀이온데, 이러한 것은 어떨지요? 거래 대신…… 내기를 하는 것은."

"내기?" 세키야마는 잠시 어이없다는 표정을 지었다.

"무슨…… 내기더냐?"

"그러니까, 정말 후나유레이가 있다면 저희들은 무죄방면. 없다면 조건 없이 비화창의 제법을 넘긴다."

"뭣이라?"

"그래서 내기를 하는 것이옵니다. 오늘밤, 여기에 있는 전원을 포승으로 엮어 그 해변에 줄을 세우고, 그럼에도 무언가 괴이한 것이 나타난다면 그것은 여기에 있는 자들의 소행이 아니라는 이야기가 되지 않습니까?"

"허나, 이를테면…… 설령 무언가가 나타났다 하여도 그것이 진짜 후나유레이라고 단정할 수는 없지 않느냐?"

"유령이 아니라면 그 어떤 것이 나타나도 우리의 패지요."

그것은 불리하다.

모모스케는 말을 잃고 말았다.

진짜 후나유레이가 나타날 리 만무하다.

세키야마는 매우 불가사의한 표정을 지었다.

세키야마가 당혹해하는 것도 무리는 아닌 것이다.

오긴은 자신에게 지극히 불리한 조건을 제시하고 있는 것이다. 이는 무언가 속셈이 있을 것이라 의심하고 싶어지기도 하리라. 조건이 지나치게 좋다는 것도 생각해보아야 할 문제다. 특히 간계에 출중한 세키야마와 같은 인물은 더욱더 미심쩍게 받아들일 수밖에 없다. 행간을 읽고 싶어지기도 할 것이다.

고심 끝에 세키야마는 "잠깐" 하고 말했다.

"허, 허나…… 무엇으로 그것이 요물이라 판단한다는 말인가? 생각을 해보라. 요괴의 진위를 판단할 기준이 없잖은가?"

듣고 보니 지당한 말이다. 괴이를 괴이로 판단하는 것은 항상 주관인 것이다.

그러나 오긴은 단박에 그 난제에 답을 내고 말았다.

"영주님께 판단을 받는 것은 어떤지요?"

"여, 영주님께?"

"영주님께서는 한 번 이 후나유레이를 보셨잖습니까? 봉행께서는 그것도 잘못 보신 것이라 하시지만, 정말 잘못 본 것이라면 그 자리에서 바로 잡아들이는 것이 좋겠지요. 만약 그것이 사람의 소행이라면 포박을 할 수도 있겠지요."

그렇게 하는 것이 어떠하겠느냐며 오긴은 다로마루에게 얼굴을 돌렸다.

다로마루는 눈을 휘둥그렇게 뜨고 오긴을 보았다.

오긴은 빙긋이 웃었다.

"나는 틀림없이 죽은 치요 씨의 환생이에요. 그런 내가 하는 말이잖우. 들어주시겠지요, 두목님?"

다로마루는 엉거주춤 몸을 돌려 뒤에 앉아 있는 일당의 얼굴을 차례로 둘러보았다.

아무도, 아무 말도 하지 않았다.

노인은 음, 하고 무언가를 뱃심에 담아 "알겠소. 그 조건으로 하지"라고 말했다.

"저, 정말로…… 그것으로 족한 것이겠지?"

세키야마는 불그레한 얼굴 그대로 다시 한 번 다로마루의 얼굴을 들여다보았다.

"이 처자는 지금 매우 불리한 도박을 내걸었다. 오늘밤 아무것도 나오지 않으면 그 내기는 나의 승이다. 무언가가 나와도 진짜 요물이 아니라면, 그것도 나의 승이다. 아니, 설혹 무언가가 나오더라도 영주님께서 그것을 후나유레이로 인정하지 않으시면 그때도 나의 승인 것이다. 거듭 묻겠다만, 정말 그것으로 족한 것이렷다?"

"상관없다. 모두 이쪽의 패라 해도 족하다. 비화창의 비밀을 모두 전수하도록 하지. 허나."

다로마루는 세키야마를 향해 얼굴을 돌렸다.

"진짜가 나온다면……."

세키야마는 큰소리로 웃었다.

"용서하마. 용서하마. 진짜 후나유레이가 나오면 그 자리에서 용서해주마. 아이쿠, 가소롭구먼. 후나유레이라고? 어리석게도 그런 것을……."

실컷 웃은 다음, 세키야마는 급하게 정색을 하더니 알리러 온 무사에게 말했다.

"오늘밤, 영주님께서 나오시는 것은 가능한 게냐?"

"오, 오늘밤 말입니까?"

무사는 무엇이 어찌 되어가는지 모르는 듯했다.

세키야마는 쾌활하게 말했다.

"당장 입성하라. 그리고 영주님께 이렇게 아뢰도록 하라. '오늘밤, 후나유레이의 정체를 선박봉행이 밝히도록 하겠다.' 그렇게 아뢰면 영주님의 성격상 기꺼이 납시어주실 터. 간조!"

당장 채비를 하라며 버럭 소리치더니, 세키야마는 발소리를 내며 대청에서 나갔다.

사자로 온 무사와 간조는 잠시 얼굴을 마주 보고 있었으나, 곧 의논이 끝난 듯 급한 걸음으로 세키야마의 뒤를 쫓았다. 남은 무사도 무언가 석연치 않은 모양이기는 하였으나 봉을 든 하인이 많이 들어왔으므로, 문득 생각이 난 것처럼 수인을 다시 투옥하라고 명을 내렸다.

하인이 발자국소리를 내며 다가온다.

"오, 오긴 씨."

모모스케가 작은 목소리로 부르자 오긴은 "만약 진짜라면 저주를 받는데…… 저 봉행은 모르는 모양이셔"라고 말했다.

모모스케가 무슨 말을 하기 전에 오긴은 하인들에게 끌려 나가고 말았다.

모모스케는 그 등을 바라본 다음 다로마루를 보았다.

오긴은 무슨 생각을 하고 있는가.

이대로 가면 결국 그 봉행에게 크게 당할 뿐이다. 머지않아 칠백 년 간 지켜온 비밀이 밝혀지게 될 것이다. 그깟 물건, 누구에 털어놓은들 개의치 않지만, 어째 그 사내에게만큼은 털어놓아서는 아니 될 듯한 기분이 든다. 무언가 주절주절 늘어놓기는 했으나 그 수법이 졸렬한 것임은 변함이 없다.

왠지 분했다. 그렇게 생각하며 우콘을 보자 그도 심각한 얼굴이었다.

"무얼 어쩔…… 셈일까요?"

우콘에게 물을 문제가 아니다.

우콘은 으음, 하고 운을 뗐다.

"오긴 낭자의 본의는 졸자도 알 길이 없네. 그러나 야마오카 공, 잘 생각해보면 적어도 우리의 적은 선택 중에서 죽음이란 글자는 사라지고 없지 않은가. 그것만은 확실하지."

"아아."

그것은 분명 그러했다.

어떻게 굴러도 최소한 죽임을 당하는 경우만은 사라지고 없었다.

"봉행이 제시한 거래와는 조건이 상당히 다르지."

우콘은 그렇게 말했다.

그리고 모모스케 일행은 옥으로 이동되어 밤을 기다리게 되었다.

다로마루를 비롯한 가와쿠보 일당은 역시 아무 말도 없이 그저 정연하게 앉아 때를 기다렸다.

그들이 무슨 생각으로 오긴의 제안에 동의했는지, 그것은 모모스케로서야 알 길이 없었다. 어쩌면 그것으로 무언가 결단을 내리고 비밀을 털어놓기로 마음을 먹었을지도 모를 일이었다.

혹은 정말 후나유레이의 괴이가 일어날 것임을 믿었기 때문인지도 모를 일이었다.

혹은 진실로 오긴을 치요의 환생으로 생각한 것인가.

'그토록 닮은 것일까.'

모모스케는 오긴의 얼굴을 떠올리다,

아주 잠시나마 잠이 들었다.

꿈속에 여자가 있었다. 그것이 오긴인지, 가에데 아씨인지, 치요인지, 모모스케는 알 길이 없었다.

7

그리고 밤이 찾아왔다.

모모스케는 이상야릇한 고양감에 휩싸여 있었다.

기괴한 무대였다.

가쓰라하마.

끝없이 펼쳐진 칠흑의 하늘에 구멍이라도 뚫은 듯 수많은 별이 패여 있었다.

만약 별이 어두운 밤에 뚫린 구멍이라면 검게 가로막은 밤의 저편에는 반드시 광명이 있으리라.

그러나 이 밤하늘을 끝없이 빚어진 어둠으로 생각한다면, 밝은 낮의 하늘은 거짓 허울이다. 그렇다면 이 세상은 어두운 밤 가운데에 덩그마니 떠 있는 교룡(蛟龍)의 숨결 같은 것이다.

모모스케는 해상으로 돌출된 선창 위에 묶여 있다.

우콘도, 오긴도, 그리고 가와쿠보 당의 일원들도 마찬가지이다. 선창이라 해도 급조한 것이므로 발치가 몹시도 불안정하다. 얇은 널빤지 아래는 밤 못지않은 암흑이다.

한기가 해면을 달려 발치에서 기어오른다.

섣달의 바다다. 춥다.

해안에는 마찬가지로 급조된 높은 관람석이 마련되어 있다. 이쪽은 모모스케 일행이 묶여 있는 선창보다 훨씬 더 공을 들여 만들어져 있다.

관람석 위에는 호화로운 병풍이 둘러쳐져 있고, 사방등도 세워져 있다. 모모스케 일행이 있는 장소에서는 확인할 수 없지만 아마도 주단이 깔려 있거나, 상석에는 구색을 맞추어 이불이라도 준비되어 있으리라. 그 중앙에는 아마 번주 야마노우치 공과 번의 요직에 있는 신분 높은 무사 몇 명이 앉을 예정이기 때문이다.

그 관람석에는 횃불을 든 경호원들이 줄지어 서 있다.

장관일 정도다.

해안을 따라서도 많은 화톳불이 피워져 있다. 밤하늘로 뭉게뭉게 연기를 토하며, 수많은 불길이 벌겋게 활활 타오르고 있다. 그러나 아무리 빛을 낸다 하여도 밤의 어둠은 거대하다. 파도의 끝자락이 몽롱하게 떠오를 뿐, 해면은 그저 어둡다.

그 어두운 바다 위에는 배가 몇 척이나 떠 있다.

배에는 무장한 무사가 대기하고 있다.

가장 큰 배의 뱃머리에는 소방복으로 무장한 세키야마가 서 있다.

손에는 지휘채. 용맹과감, 전투에 임하는 무장 같은 자세다.

그 뒤로는 간조 이하, 세키야마 직속의 선박동심들이 무수히 대기하고 있다.

흡사 대첩이다.

비단족자에서 보는 겐페이전인 듯했다. 태평성대에 이러한 장면을 목격하리라고는, 모모스케는 생각하지도 못했다.

그러나 이 대첩은 사람을 상대로 하는 것이 아니다.

상대는 후나유레이인 것이다.

모모스케는 앞바다에 시선을 던졌다.

앞바다는 더욱 어둡고, 하늘의 어둠과 융합되어 구별이 되지 않는다.

명부로 이어져 있는 듯하다.

아니, 이어져 있다고 모모스케는 생각했다.

산도, 바다도, 명부로 이어져 있는 것이다.

우리는 그곳에서 와서 그곳으로 돌아가는 것이다.

짤랑.

명부에서 요령 소리가 들렸다.

짤랑.

짤랑.

세키야마가 몸을 내밀었다.

술렁술렁 동심들이 수런거리고, 이어 술렁거림은 해안을 따라 관람석 쪽으로 전해졌다.

"야마오카 공."

우콘이 작은 소리로 모모스케를 불렀다.

그때, 쑤와와 하고 무언가 불길한 것이 해면을 흘렀다.

우웅.

우웅.

우웅.

낮은 목소리가 들린다.

흐릿하게 허연 물체가 해상으로 떠올랐다.

"저게 뭐지? 어떻게 된 거야!" 곳곳마다 목소리가 터져 나왔다.

"버……법석 떨지 마라!"

세키야마가 고함쳤다.

"이 세상에 괴이란 있을 리 없습니다! 괴이를 일으키는 흉적은 이렇게 보다시피 이미 잡아들였사옵니다. 아무것도 걱정할 일은 없사옵니다, 영주님!"

세키야마는 뒤돌아보며 크게 외쳤다.

우우.

우우.

우우.

앞바다에서 무언가 압도적인 기척이 슬금슬금 몰려들어왔다. 호흡이 가쁘다. 모모스케는 숨을 삼킨다.

'……설마 진실로?'

훅.

바다 위로 푸른 불이 켜졌다.

부옇고 몽롱하게, 거대한 무언가가 떠올랐다.

"배, 배다!"

누군가 외쳤다.

그것은…… 배 모양을 하고 있었다.

짤랑.

어허, 어떤 일인가, 요시쓰네.

생각지도 못한 해변의 파도

목소리를 길잡이로 나서는 배의
목소리를 길잡이로 나서는 배의
도모모리가 가라앉는 그 꼴로
또 요시쓰네마저 가라앉히려
파도에 떠오르는
장도를 고쳐 잡고
파도 굽이치는 문장, 곁가지를 쳐내고 파도를 차고 올라
악풍을 맞잡고, 눈도 어두워 마음도 흐트러지니.

"이것은……."
"이것은 능악(能樂)*의 후나벤케이 노래다."
"후나벤케이."
배 위에 새하얀 사람의 그림자 셋이 떠올랐다.
노래는 어느새 으르렁거림 같은 것으로 바뀌고, 이윽고 신음소리 속에서 다른 소리가 들리기 시작했다.

바가지 내놔라.

그렇게 들렸다.
"후, 후나유레이다!"
모모스케의 외침이 신호가 되었는지, 사람들이 물러났다.
"어, 어리석은 놈! 두려워 마라! 저런 것은 만든 것이다. 시대는 변했단 말이다! 그만 눈을 떠라! 이 세상에 유령 따위가 있을쏘냐!"
세키야마는 절규했다.

---

* 일본의 가면 음악극.

그러나 동심들은 점점 물러났다.

바가지 내놔라.

바가지 내놔라.

바가지 내놔라.

"에이잇, 가소로운 것들!"

세키야마는 칼을 뽑았다.

그때였다.

슉 하는 소리가 났다.

새빨간 빛의 궤적이 세키야마의 이마를 관통했다.

이어 다시 한 발.

간조의 이마에도 빛줄기가 박혔다.

재앙을 받을지라.

재앙을 받을지라.

재앙을 받을지라…….

한층 더 큰소리가 났다.

배 위의 세키야마와 간조가 휘청 흔들리더니 바다로 떨어졌다.

그 순간 배 위의 병사들은 넋이 나간 듯이 창백해지고, 입을 모아 비명을 지르며 해안으로 물러나더니 육지에 닿자마자 배를 내려와 거의 구르다시피 관람석 쪽으로 도망쳐 사라졌다. 마치 바다 위의 배가 한 척도 없어질 때까지 기다린 듯, 후나유레이가 소리도 없이 관람석으로 다가온다. 뱃머리에는 하얀 유령이 서 있었다.

짤랑.

"어행봉위!"

유령은 그렇게 말했다.
화톳불이,
잇따라 꺼졌다.

8

 신탁자 지혜이가 부리는 배 위에서 모모스케는 넋이 빠져 있었다. 무어가 무언지 알 수가 없다.
 관람석으로 다가간 유령선은 야음을 틈타 오긴과 모모스케, 그리고 열다섯 명의 가와쿠보 일당 전원을 구출해냈다. 어어, 하는 사이의 일이었으므로 그 자리에 우콘이 혼자 남겨져 있다는 것조차, 모모스케는 전혀 깨닫지 못했다.
 배 위에는 어행사 마타이치와 분사쿠가 있었다.
 도무지 알 수가 없다.
 마타이치는 웃었다.
 "이번에는 선생도 고생 많으셨군요."
 "고생이라니…… 어떻게 돌아가고 있는 겁니까?"
 "어떻게 돌아가다니……."
 "미안하구려."
 분사쿠는 웃는 듯 우는 듯한 표정을 지었다.
 "이 인물은 제문 읊는 분사쿠라고, 소생의 옛 동료입니다요."

"맙소사. 그럼 오긴 씨도?"

"나는…… 몰라."

오긴은 멀리 떨어진 해안을 보고 있다.

해안은 난리법석일 터였다. 이 상황을 겪은 동심이나 하인들은 누구 하나 후나유레이가 가짜라고 생각하지 않는 듯하다. 그렇다면 그보다 멀리 떨어져 해변에 있었던 영주나 가신 일동이 의심할 리 또한 만무하다.

분사쿠는 연신 미안하다며 살갑게 웃었다.

"난 말이지, 마타 놈이 교토에 있었을 때 손을 잡았거든. 이쪽 오긴 언니와는 첫 대면이지."

"사람 잡아먹은 영감이라우." 오긴이 말했다.

"뭐…… 난 금방 눈치를 챘지만. 어디로 쳐다봐도 딱 보기에 수상쩍은 영감이잖우. 목 없는 말 좋아하시네."

분사쿠는 빙글빙글 웃으며 지장당에서 한 것과 마찬가지로 요령을 흔드는 흉내를 내었다.

모모스케는 앗, 하고 외쳤다. 그 흉내는 마타이치를 나타내는 것이었다.

"뭐유, 선생도 참 둔하네요" 하고서는 오긴은 얼굴을 갸우뚱하게 하여 곁눈으로 마타이치를 보았다.

"이 고약하기 짝이 없는 잔머리 모사꾼 녀석은 말이지, 줄곧 물밑에서 살금살금 움직이고 있었다고."

구해줬건만 입 참 이쁘게도 놀린다고, 마타이치는 말했다.

"구할 거면 구하는 대로 제대로 이어가는 게 있어야지. 마지막 한순간까지 한 번도 낯짝을 안 보이고……."

오긴은 마타이치를 노려보았다.

"일단 이것은 작업이 과하게 크지 않나. 번거로운 것도 정도가 있어야지. 구하려 했으면 조금 더 간단한 작업으로 나오셨어야지."

마타이치는 다로마루 쪽을 보았다.

"뭐니 뭐니 해도 이분들이 있었잖나. 소문도 너무 심하게 퍼졌고."

설명해달라며 모모스케가 말했다.

"마타이치 씨, 저도 이번만은 정말 죽었다 싶었습니다. 대체 어디서부터가 연극이었던 겁니까?"

"뭐, 소생은 그 무사…… 시노노메 우콘 씨인가? 그분의 움직임이 마음에 걸려서 선생 일행과 같은 배에 탄 이후 곧 뒤를 쫓았지요. 그랬더니 어째 시코쿠가 수상쩍더군요. 조금 쑤셔볼까 싶었지만 어째 선생 일행도 신경이 쓰이지, 그래서 이 분사쿠에게 연락을 취해서 지켜보게 했던 겁니다."

분사쿠는 머리를 긁었다.

"나는 정말 이 근방 출신이라고. 뭐, 이 사람들 거처에 있었다는 것은 거짓말이지만서도, 촌 태생은 맞지."

"이 인간은 정말 우연이지. 딱 안성맞춤인 녀석이 있었던 것입지요. 하지만 조사해보니 그 세키야마란 놈, 아주 악랄한 짓을 벌여서 말이지요. 소생이 조사한 것만 해도 사람을 스물다섯 명이나 죽였지 뭡니까. 더구나 그 소행 전부가 이 사람들을 덫에 빠뜨리기 위한 목적이었으니 비열하지요. 이런 자식은 용서해서는 안 되겠다 싶어……."

"장사해먹었군" 하고 오긴이 다른 쪽을 바라본 채 말했다.

"액을 털어내자며 돈을 긁어모았겠지."

이런 대규모 작업을 공짜로 할 수가 있겠냐고 마타이치는 대꾸했다.

"본전이 든단 말이다. 에도로 돌아가려던 이 고약한 영감탱이를 급하게 불러들여서 도적선을 조달시키고, 수부까지 고용했다고."

"성가셔 죽겠다, 이놈아."

지혜이는 욕을 퍼부었다.

"이봐, 오긴. 난 말이지, 오랜만에 주머니 두둑해져서 말이야, 한 많은 세상의 때를 털어버리려고 기슈에서 탕에 몸을 담그고 있었다고. 그런데 이게 뭐냐고. 다시 불러들여 혹사시키다니. 이래서야 완전히 옛날로 돌아가 한 많은 세상의 때를 덧칠한 꼴이라고."

지혜이는 과거에 도적이었다.

게다가 지혜이가 있던 패…… 박쥐 일당은 따지고 보면 세토나이의 해적이었다고 들었다.

그렇다면 이런 수법의 배 작업은 식은 죽 먹기라는 것인가. 그리고…….

"아아, 그럼 아까……."

그 빛의 궤적은.

"그건 혹시 노뎃포……?"

지혜이는 화난 듯한 얼굴로 웃었다.

"당연하지."

그것은 세토나이 해적 박쥐 일당에게 전해지는 환상의 무기다.

"그, 그것은 이미 이 세상에 없는 게 아닌지?"

"만들었지."

"만들었다?"

일반 대장간에서 만들어지기에 노뎃포인 거라고 지헤이는 말했다. 이 지헤이라는 악당은 물건 제조부터 짐승 길들이기까지, 얼추 대부분은 무엇이든 솜씨 있게 해치우는 인물인 것이다. 준비 기간이 두 달 이상이나 있었으니 그 정도는 쉽게 준비할 수 있었을지도 모른다.

"사람 마구 부려먹는 데는 도가 튼 잔머리 모사꾼이지." 지헤이는 투덜거렸다.

"요물을 부리는 재주꾼이지." 마타이치가 말을 받았다. 그리고 모모스케 쪽을 보더니, 어찌할 바 모르고 앉아 있는 산사람들 쪽을 다시 돌아보았다.

"어찌되었거나 이번 연극은 여기 있는 가와쿠보 분들을 지우지 않으면 막을 내리지 못하는 작업이라……"라고 말하여 마타이치는 머리를 싸맨 백목면을 풀었다.

"그 선박봉행이 깔아둔 덫을 그대로 홀딱 뒤집어엎어주어야 전체가 원만히 진정되는 작업이었소. 아시겠습니까, 선생?"

마타이치가 모모스케에게 물었다.

결국 이런 것이리라.

세키야마 일당은 언뜻 둔갑요괴의 소행으로 보이는 악행을 거듭하며 원대로 인심을 우롱해놓고서, '실은 이 녀석들 소행이었습니다' 하고 가와쿠보 사람들을 잡아들여서 대중의 면전에 끌어낸 것이다. 산사람은 원래 둔갑요괴의 영역을 짊어지고 있던 자들이기도 한 것이므로, 그 거짓은 설득력을 가지고 있었다. 결국은 영민도 영주도 그것을 믿었다는 것이 세키야마가 깔아둔 덫이다.

이 뛰어난 간계로 꾸며진 계획은 성공, 가와쿠보 사람들은 고스란히 세키야마의 손아귀에 떨어지고, 목숨과 비밀을 저울질할 수밖에 없는 상황에 몰린 것이다.

그것을 뒤집어엎는다.

결국 요괴의 정체는 인간이 아니라는 생각을 심어주는 것. 영주나 영민이 괴이를 실제로 일어나고 있는 것으로 생각하면 된다는 것인가. 아니, 그것만으로는 십중팔구 실패다.

가와쿠보 사람들 또한 진짜 요괴였다는 생각을 심어주는 것이야말로 진정 중요한 것인가.

"그렇습니다" 하고 마타이치는 말했다.

"이 사람들이 무관하다고 아무리 결백을 주장해본들 아무도 납득해주지 않습니다. 무엇보다 이분들은 정말 몇백 년이나 산에 살면서 이 세상의 어둠을 짊어지고 계셨던 분들이지요. 말하자면 진짜인 것입니다. 진짜가 어슬렁어슬렁 나와서는 안 되지요. 설령 진범이 잡혔다고 한들 요괴의 영역은 남으니까요. 이분들은 더는 예전 생활로 돌아가지 못합니다. 그렇다고 해서 평범하게 사는 길이 있지도 않지요. 백성들의 마음도 진정되지 않고. 허나……."

진짜 후나유레이가 나타났다면.

그리고 가와쿠보 사람들도 후나유레이와 함께 사라진다면.

그렇게 된다면.

"그리되면 뒷일은 기도뿐이지 않습니까. 어쨌건 잡은 범인을 포함해 모두가 진짜 요괴였다는 이야기이니까요. 그럼 소생이 짤랑, 요령을 울리고, 이 부적을 척 붙이면 영주도 영민도 안심이지요."

훌륭한 역전이었던 것이다.

"허나, 훗날을 생각해 잘 풀어가자면 일단 그 세키야마, 그리고 심복인 간조만은 입을 다물어주어야 했습니다. 살생은 본의가 아니지만, 이번만은 달리 손을 쓸 도리가 없었지요. 자칫 어긋나면 선생도, 오긴도……."

마타이치는 목 위에서 손을 가로로 그었다. 그렇다. 정말로 위험했던 것이다.

"서툴러." 오긴이 꾸짖는다.

"서투르잖아. 뭐야, 그리도 험한 짓, 잔머리 모사꾼이란 이름이 울겠군."

분명, 이번처럼 마타이치 일행이 직접 손을 더럽히는 일은 과거에는 한 번도 없었던 듯하다. 궁지로 몰아넣거나 함정에 빠뜨리거나 공멸이나 관아의 체포 등 방법은 그때마다 다양했으나, 모사꾼은 아무리 악한 상대와 맞붙어도 살생만은 하지 않았었다.

"네가 걱정됐던 거라고." 마타이치는 무심한 어조로 맞받아쳤다.

"누가 그 말을 믿겠누." 오긴이 말한다.

"뭐, 힘이 드는 것이야 평상시 그대로이지만요. 그리고 무엇보다 이 녀석, 진짜 후나유레이도 내세우지 않으면 안 되지요. 시간도 걸리고, 일손도 필요하고. 그래서 결국 이런 대규모 작업이 되고 만 것입니다. 뭐, 그 낭인께는 조금 안 된 마음이 들지만, 증인이라도 되어 주셔야 하니까요."

"증인…… 말입니까?"

"그 낭인은 사정을 전부 알고 있으니. 그럼에도 후나유레이는 신뢰했을 터. 이로써 전부 거짓이 됩니다. 산에 살던 다이라 가의 낙오인도, 그 사람들이 지켜온 비밀도, 그 모든 것이 다 환상 속으로 사라집니다. 그 낭인이 눈으로 본 것은 전부 꿈이 되지요……."

그 상황에서는 아무리 우콘이라도 그렇게 생각할 수밖에 없으리라.

아마도 우콘은 모모스케 일행이 배에 탔다는 것을 몰랐음이 분명하다.

증인이라.

모모스케는 잘 안다.

모모스케는 언제나 연극의 수순에 대해 알지 못한 채 괴이를 곧이곧대로 믿다가, 결국은 자신이 가담하고 있었다는 것을 나중이 되어서야 알게 되는…… 그러한 역할이었던 것이다. 다시 말해 우콘은 평소의 모모스케 역할을 맡았다는 얘기가 되는 것이리라.

"그 낭인은 아주 예리한 인물. 그래서 더 애를 먹어서 말이오. 그리고 말이지, 선생. 이번 일에서 나쁜 놈은 그 봉행이지 영주님이 아니라고. 그러니 이 번의 영주님께서는 어떻게 해서든 선인으로 남아주지 않으면 아니 되는 상황. 그래서……."

하치스카 공에게 사전 공작을 한 것이리라.

대담하게도 마타이치는 아와지에서 판을 벌일 때 도쿠슈 공에게도 은혜를 입혀둔 모양이었다.

그렇다고 노닥거린 건 아니라며 마타이치는 오긴을 향해 말했다.

오긴은 아직 해변 쪽을 보고 있다.

벌써 한참 전에 보이지 않게 되었건만.

"노닥거리지 않았어도 판 벌이는 품이 하수라고."

검은 어둠을 응시하며 오긴은 말했다.

"이렇게 위험한 길을 건너게 하다니. 내가 눈치채지 못했으면 어쩔 뻔했어?" 하고 오긴이 퉁명스럽게 말했다.

"그야 뭐, 너는 알겠다 싶었다고."

"흥. 덕분에 난 조마조마. 증거도 없으니 선생에게 털어놓지도 못했다고."

오긴은 흘깃, 모모스케를 보았다.

"미안하우, 선생. 잠자코 있을 생각은……."

"아아, 아닙니다."

언질을 받지 못하는 데는 익숙하다. 그리고 혹 알았다 한들, 모모스케는 여느 때와 마찬가지로 거치적대기만 했을 뿐이리라.

"전 아무런 도움도 되지 못하니까요."

"무슨 소리. 선생은 말이지요, 목숨이 걸리게 된다는 것을 아시고도 나와 행동을 함께 해주셨는걸. 마지막 한순간에 배의 선수에서 요령만 흔들었을 뿐인 이 인간하고는 천지차이라고요."

마타이치는 "난감하군" 하며 제법 자란 중머리를 쭈룩 훑었다.

"나야 어떻든 간에…… 양인(良人)인 선생에게 무슨 일이 생기면 어쩔 셈이었어?"

"그야, 뭐. 하지만 오긴."

"뭐."

마타이치는 조금 애잔하게, 그리고 어딘가 살가운 눈빛으로 모모스케를 보았다.

그리고 이렇게 말했다.

"이 선생이 양인이긴 하지. 허나 이 유령선에 타버렸다고."

"아……."

오긴은 눈을 동그랗게 뜨고 모모스케를 보았다.

"뭐, 뭡니까? 전 이 배에 타면 아니 되는 것입니까……?"

그때 모모스케는 깨달았다.

이전의 경우로 헤아리자면, 모모스케는 우콘과 함께 그 자리에 남겨졌어야 했다.

"저, 저는……."

"그렇게 되는 거지" 하고 마타이치는 말했다.

"그러니 선생도…… 그 무사가 보자면 소생들의 동료. 요괴 동료로 들어오신다는 이야기입지요."

마타이치는 다시 한 번, 이번에는 유쾌하게 웃었다.

지헤이가 웃었다.

"뭐, 타버렸으니 별 도리 없지. 여기서 내리라고 할 수도 없잖나. 뭐, 허둥댈 일이야 있나. '그때 요시쓰네, 조금도 당혹치 않고……'란 말이지"

"사공은 힘을 쏟으렷다으" 하고, 분사쿠가 노래 장단을 맞춰 말했다.

지헤이도 그 장단에 맞추어 "분부대로 하겠사옵니다으아" 하고 응대했다.

"에이에이, 에이에이, 올라탄 배, 지옥 끝까지라도 길을 가도록 바라봅시다요. 그런데 마타, 이 유령선, 어디로 돌릴 것이냐?"

"참, 그렇지."

마타이치는 다로마루 앞에 한쪽 무릎을 꿇고서 몸가짐을 바로 했다.

"다로마루 님이시지요?"

"그렇소, 다로마루요."

"인사가 늦었습니다만, 소생은 보시다시피 액막이 부적을 뿌리고 다니며 벌어먹고 사는 어행사 마타이치라고 합니다. 이번에 아무런 양해도 없이, 언질도 없이 이처럼 주제넘은 짓을 하였습니다. 먼저 사죄를 올리겠사옵니다."

다로마루는 침착한 목소리로 응했다.

"사죄할 일이 무어 있겠소. 이야기는 전부 다 듣고 있었지. 들어보니 그대는 우리의 말로를 걱정하신 듯하더구먼. 말씀대로 우리는 그 땅에 있어서는 사람이자 요물이기도 한 모양이오. 몇백 년의 세월이 그리 만든 일, 이는 인간의 힘으로 어찌하지 못하는 일이지. 그렇다면, 우리가 사람으로 살려 한다면 그 땅을 버릴 수밖에는 없을 터."

"그러실 거라 짐작하고 있었습니다" 하고 마타이치는 말했다.

"잘 알겠소. 그럼 우리는 어딘가 다른 곳에서 살아야지. 지켜내고 계승해온 것도, 다이라 가의 낙오인으로서의 오랜 세월도, 전부 버려야지."

"그것은 그 땅에 남을 테지요. 진짜…… 요물로."

으음, 하고 다로마루는 깊게 고개를 끄덕이더니 옆에 앉은 일당을 보며 "가와쿠보 일원은 이로써 흩어지기로 한다. 이의는 없겠지?"라고 말했다. 전원이 수긍했다.

"여러모로 폐를 끼친 듯하오. 일동을 대신해 인사를 드리리다."

"어허, 그럴 만한 일은 못 됩니다. 부디 고개를 드십시오. 그리고 이 유령선, 어디로든 뱃머리를 돌리겠습니다만."

"뭐, 천천히 생각할 시간을 주시지 않겠소?"

아다시피 칠백 년 만에 겪는 일이니 말이오. 그렇게 말하고 다로마루는 처음으로 쾌활하게 웃었다.

마타이치는 절을 한 번 한 후 오긴 옆에 섰다.

"넌 기타바야시로 가겠지……."

오긴은 어둠을 응시한 채 "가고말고"라고 대답했다.

"인형을 만들어달라고 해야 하니까."
"말리지는 않으마." 마타이치가 말한다.
모모스케도 나란히 밤바다를 보았다.
짤랑. 요령 소리가 바다를 건넜다.

사신 혹은 시치닌미사키

사신의 시선이 꽂힐 때는

필히 횡사의 재앙이 있으니

자해하거나 목을 매는 것도 모두

이 존재들이 일으키는 일이다

회본백물어 · 도산진야화 / 제1권 · 6

1

 야마오카 모모스케가 가가 지방의 오시오가우라에서 에도로 돌아온 것은 6월이 지난 무렵, 바람이 선선한 날의 오후였다.

 갈 때는 말과 가마를 이어 갈아타며 발걸음을 서둘렀고 체류 기간도 사나흘이라는 황급한 여행이었으나, 용무를 마치고 난 뒤에는 서둘러 돌아와야 할 이유도 없고 주머니도 그럭저럭 두둑한 처지여서 유람을 겸해 그럭저럭 느긋하게 돌아왔다.

 딱히 흥이 나는 여행이었던 것은 아니다. 둘러본다고 해도 사찰과 절경, 논다고 해도 산과 들과 강. 여자와 도박 같은 낌새는 일절 없이, 마시기는 마셔도 험하게 날뛰는 일도 없고, 기껏해야 느긋하게 탕에 몸을 담그고 평소보다 조금 더 맛있는 것을 먹을 따름.

 온천 요양과 큰 차가 없다.

 '그것도 어쩔 도리 없는 일.'

 모모스케는 그렇게 생각한다. 뭐니 뭐니 해도 길동무가, 보기에도 심하게 주름진 낯짝에 틀림없이 엉겨 있을 백발, 우는 아이도 그칠 험악한 얼굴인 신탁자 지혜이라는 이름의 노인. 그리고 다른 한 사람은 관동 지역에서 한 번쯤은 들음직했을 만한 예인으로, 금사 겉옷에 원통형 두건. 모습은 화려하지만 속은 빈털터리다. 이름은 주판꾼 도쿠지로.

이 두 사람에 모모스케가 가세한 면면을 보건대 산해진미나 아름다운 여인들이 기다리는 여행일 리 만무하다.

애당초 이 두 사람은 바른 길을 가는 사내들이 아니다.

차림새도 깔끔하고 단정해 어딘가 큰 점포의 주인풍이기는 하나, 지헤이라는 자는 한때 도적. 손을 씻었다고는 해도 털면 먼지가 날 몸. 관아에 붙잡히지만 않았을 뿐, 무숙인임에 틀림없다. 통행서도 가짜이므로 번듯한 길로는 다닐 수 없다. 설령 관소를 교묘하게 벗어나도 가도를 당당하게 걸을 수는 없다. 만약 불시에 숙소 검문이라도 당하게 되면 죄과가 없어도 잡혀갈 수 있다. 품속에 아무리 많은 금전이 있다 한들 눈에 띄는 행색은 삼갈 수밖에 없다.

지헤이는 잡곡 도매상의 은거노인으로 변장하고 있다. 한편, 모모스케는 양초 도매상의 젊은 한량이라는 신분이다.

정말 건전한 유람여행이었던 것이다.

한편 도쿠지로 역시 같은 부류이기는 하다. 이 사내, 여러 지방을 떠도는 곡마단 일단의 좌장임과 동시에 자신도 탄마술이라는 기이한 묘기를 익힌 방하사(放下師)*이기도 하다. 주판을 이용하는 환술은 절품이라고 하며, 그 알만 튕겨도 대점포의 금고마저 열릴 정도의 실력이라고 한다.

지헤이와 마찬가지로 올바르지 않은 일에도 손을 물들이며 살아

---

* 거리에서 곡예나 마술, 연극을 보여주던 곡마단.

온 이 사내. 세련된 차림새에서도 엿보이듯 원래는 여색에 환장하는 성격이라지만, 상황에 맞게 행동할 줄은 아는지 이번만은 점잖게 있는 모양이다.

 게다가 에도에서 다섯 손가락 안에 꼽히는 숙맥으로 자인하고 있을 정도의 모모스케다. 혀를 내두를 정도의 벽창호에게는 오히려 차분한 여행이었다.

 애당초.

 이번에 모모스케가 가가 언저리까지 나선 것은 잔머리 모사꾼 마타이치의 연극 일을 돕기 위해서였다. 가가 지방의 오시오가우라에 사는 마도위 갑부의 저택에 오랫동안 똬리를 틀고 있던 악당을 환술 섞인 연극으로 제거하고, 대신 행운을 불러들인다는 대작업…….

 모모스케는 그 일을 도왔다.

 마타이치라는 자는 여러 지방을 전전하며 액막이 부적을 뿌리고 다니는 어행을 생업으로 삼고 있다. 수상쩍은 사내다. 이 마타이치라는 사내, 잔머리 모사꾼이란 그다지 탐탁지 않은 별명을 가진 점에서도 알 수 있듯, 실은 단순한 부적 장사꾼이 아니다. 생각하기에 따라서는 지혜이나 도쿠지로 이상으로 정체를 알 수 없는 사내다.

 마타이치는 모모스케가 생각하기에 요괴를 부리는 자다.

 물론 진짜 요괴를 부리는 것은 아니다.

 이 사내, 이러지도 저러지도 못할 험한 세상의 속박을 이런저런 수법으로 풀어나가는, 실로 불가사의한 물밑 생업을 가지고 있는 것이다.

 그것은 기묘한 장사다. 정면으로 나서서는 어찌 해볼 도리가 없는 확집이나 한 가지 수단으로는 해결되지 않는 난제만을 다루고 있으므로 예사 방법으로는 풀리지 않는다. 그러므로 때로 정해진 도리에 벗어난 행동도 한다. 손수 손을 쓰는 일은 일단 없으나, 어쩔 수 없는 경우에는 사람을 해쳐야만 하는 일이다.

그럼에도 모모스케가 아는 한, 마타이치의 작업은 결코 세상에 악한 결과를 초래하지 않는다. 입부터 태어났다고 위세 떨며 공언하는 잔머리 모사꾼의 변설과 기상천외한 요괴 연극으로 모두가 원만하게 정리된다. 그것은 정말 훌륭한 솜씨다.

얼개를 모르는 자의 눈으로 본다면 모든 것이 이 세상의 존재가 아닌, 피안의 존재의 소행으로 비칠 수밖에 없으리라. 알고 있는 모모스케조차 속는다.

사태는 정리되나, 그 결과 요괴가 솟아오른다.

그런 까닭에 마타이치는 요괴술사인 것이다.

그것은 때로 우는 자를 달래고, 근심하는 자를 구하며, 교만한 자를 제압하고, 사악한 자를 처단하게 된다. 다만 마타이치는 의적이 아니다. 그것은 정이나 의분이 솟구쳐 벌이는 행동이 결코 아니다. 잔머리 모사꾼이 세상을 위해, 사람들을 위해 그러한 작업을 꾸미는 것은 아닌 것이다. 대의명분은 없다. 생업이므로 역시 돈을 위해서이다.

지헤이도 도쿠지로도 바로 그 마타이치의 동료다.

일당이라고 해도 되리라.

지헤이는 예전에 명인으로 불렸던, 유인 담당 도적이었던 듯하다. 변장과 연극의 명인으로 각양각색의 사기술에 능하며, 짐승을 부리는 특별한 재주까지 가지고 있다. 도쿠지로의 환술도 대단한 것으로, 고향 오가에서는 마법사라고 불렸다고 한다. 또 한 사람…… 오긴이라는 산묘회가 있는데, 이 인물도 마찬가지로 좀처럼 그 능력을 가늠할 수 없는 여자다.

하나같이 예사로운 무리가 아니나, 그럼에도 무숙인임은 틀림없다. 칼도 창도 가지지 못하고 돈도 신분도 없는 비력한 자들이 이렇게 적은 인원수로 때로는 영주마저 갖고 노는 듯한 짓을 한다.

정말 대단하다고 감탄할 뿐이다.

모모스케는 일 년 전, 어쩌다 우연히 이 소악당들과 인연을 맺게 되었다.

이래저래 지내는 사이 그 관계가 깊어져, 어느덧 모모스케는 그러한 일을 도울 정도까지 되었다.

단, 모모스케는 무숙자도 죄인도 아니다.

상가에서 자랐다고는 하나 원래는 무가 출신.

게다가 에도에서도 손꼽히는 대점포의 젊은 은거인이기도 하다.

모모스케는 매우 유복한 신분의 상인인 것이다.

본시 이 무리와 동류는 아니다.

마타이치 일행과의 사이에는 넘으려 해도 넘을 수 없는 벽이 있다.

다만 모모스케는 자신이 세상에 제대로 얼굴을 들 수 있는 부류의 사람이라고 생각지 않는다.

사람의 가치라는 것은 신분으로 정해지는 것도 아니며 금전으로 가늠되는 것도 아니라고 모모스케는 생각한다. 지난 몇 년간 마타이치 일행과 함께 많은 사람들을 알게 되자 그런 생각을 더욱 굳히게 되었다. 재산이나 성씨, 근본, 그러한 것은 그다지 상관없는 것이다. 그러한 의미에서 모모스케는 좀처럼 구제할 도리가 없는 몹쓸 사람이다.

무엇보다 모모스케는 현재 이마에 땀방울 맺으며 일하고 있지 않은 것이다. 일단 작가를 지망하고 있기는 하나, 아직 그 싹은 트지 않았다. 전국을 돌며 괴담과 기담을 수집하고 있는 것도 언젠가 괴담집을 개판하겠다는 발칙한 대망을 가진 까닭이기는 하나, 그것도 세간에서 보자면 편한 팔자를 이용해 그저 여기저기 오락가락하는 구제불능 반치기로밖에 비치지 않으리라.

구제불능.

그것이 모모스케가 자신에게 내리고 있는 평가다.

때문에 상대가 어떠한 신분을 가진 자라도, 설령 그 상대가 세속적으로 찬사를 듣지 못할 행위를 하는 소악당들이라 하여도, 모모스케는 그 이유만으로 내려다보거나 할 수는 없다. 아니, 오히려 모모스케는 그들 소악당들에게서 비집고 들어설 수 없는 일종의 거부감 같은 것을 의식하면서도 강한 동경이나 공감을 느끼고 있다.

때문에 청이 있으면 돕는다.

위험한 길이다.

허나 그것은 그것…….

모모스케는 반치기이면서 호사가인 것이다.

대점포의 주인 자리마저 내던진 채 불가사의를 갈구하고 괴이를 찾아 돌아다니는 특이한 사내다. 사람의 마음을 교묘히 부려 뜻대로 요물을 출현시키는 패거리에 흥미를 가지는 것은 당연한 흐름이었으리라.

괴담의 이면에 바로 그들이 있었다.

한편, 마타이치 일행으로 보아서도 신분이 확실한 모모스케의 신변은 이용가치가 있었으리라. 일반인이 한자락 걸침으로써 작업 방식도 확 바뀌게 된다. 모모스케는 얼마간은 자각하지 못한 채 극중 배우를 연기했다. 사정을 이해하기 전까지는 그야말로 무엇이 무언지도 몰랐다.

몰랐으나 모르는 대로 도움이 되었던 모양이다.

모모스케는 나름대로 자신의 의지로 움직이고 있는 것으로 여겼을 터이나, 결국 소악당들의 손바닥 위. 그들의 뜻대로 구르고 있는 것이 되는 것이다.

'이용당했다.' 알기 쉽게 말하자면 그러한 것이리라.

허나 모모스케에게 이용당하고 있다는 의식은 없다. 소악당들의 눈으로 보자면 모모스케 따위는 이른바 도구에 불과할지도 모른다. 게다가 그들에게 묻는다면 그 패거리는 반드시 그렇다고 대답하겠으나, 그럼에도 모모스케 자신은 그렇게 생각하지 않는다.

모모스케로 보자면 일이 있을 때마다 너는 양민이다, 자신들과는 사는 곳이 다르다며 잔소리를 듣는 것만으로 충분하다. 그것이 설령 방편에 불과했다 해도, 입맛대로 이용당하고 있다고는 생각되지 않았다.

스스로도 자신이 선량하다고 생각하기는 하지만, 실상 마타이치도 지헤이도 처음 얼마간은 모모스케를 끌어들이는 일에 매우 신중했다. 모모스케는 동료라기보다 객의 위치로, 항상 특수한 취급⋯⋯ 유사시에도 결코 누를 입지 않을 취급을 받았다.

일반인에게 작업 일부를 나누어 지게 하는 것은 위험하다는 소악당의 교활한 판단이었을지도 모르지만⋯⋯.

어느새 모모스케는 마타이치나 지헤이의 인품을 접하고, 어떤 상황에서 깊은 동요를 일으켜, 반쯤은 원해서 이 길을 택했다. 어쩌면 반치기인 자신이라도 조금은 도움이 된다고 생각되는 순간이 있기에…… 아니, 있을지도 모르기에.

마타이치 일행과 어울린 이후 상당히 변했다고 생각한다. 팔자 좋은 식충이라는 환경이 변한 것은 아니다. 세상의 인정을 받은 것도 아니다. 그렇다면 나이를 먹은 만큼 더 나빠졌다고 할 수 있으리라. 그럼에도 모모스케는 이전에 비해 자신의 식견이 상당히 넓어진 듯한 느낌이 들었다.

"마타이치 씨는 어떻게 된 걸까요……."

모모스케는 누가 묻지도 않았는데 그렇게 말을 흘렸다.

하치오지를 지난 부근. 에도는 이미 코앞이다.

하치오지에는 모모스케의 친형, 하치오지 천인동심인 군파치로가 살고 있다. 얼굴을 보이러 갈까 하는 생각도 했으나 일행이 일행이므로 보류했다.

"꽤나 급한 기색이었지요. 배로 돌아올지도 모른다고 했으니 에도에 돌아온 것은 아닐 겁니다."

"그 인물은 봉행소 나리들만큼 바쁘지……."

도쿠지로가 대답한다.

"뭐, 일이 끝나자마자 그 마도위 갑부의 말 중에서도 첫째 둘째를 다투는 명마를 빌려 파발마로 꾸민 후 출발했지. 마치 고명한 무사의 할복을 알리는 전령 같았다고."

마타이치가 빠진 여행이다. 몹시도 제각각인 삼인삼색, 공통의 화제 따위는 어디에도 없으므로 화제는 저절로 마타이치에 대한 것이 된다.

"마타 공 말이지, 녀석은 겁쟁이야."

지헤이가 말을 잇는다.

"한참 전에 모사꾼이 선수를 놓쳐 수세에 몰렸을 때 지독히 끔찍한 꼴을 당한 적이 있다더라고. 그 이후로 '발은 빠른 것이 최고다', 그렇게 생각을 한다니까. 같이 움직이는 이쪽 생각도 좀 하란 말이지."

모모스케는 "마타이치 씨도 실수를 다 합니까?" 하고 물었다.

"누구든 신출내기 무렵에는 하지" 하고 지헤이는 아무렇게나 대답했다.

"그 물건도 말이지, 예전에는 머리통 위에 상투 얹고서 무뢰배로 행세했었다고. 웃기지도 않지."

"상투 틀고 있는 땡중 어행사라니, 나는 상상도 안 되누만……."

도쿠지로가 말한다.

"교토 지방에 있었던 무렵인가?"

"아니. 나도 그 시절에 대해서는 모르지만, 그놈이 교토 지방에서 나온 것은 벌써 십오 년도 더 된 일이지. 어행을 시작한 것도 그 후고."

방하사는 그러냐며 납득한다. 모모스케는 흥미롭게 귀를 기울인다. 잔머리 모사꾼의 과거란 좀처럼 들을 수 있는 이야기가 아니다.

"그럼 그 무렵에는 아직 부적을 뿌리고 다니지는 않았구먼." 도쿠지로는 납득한 듯 말한다.

"마타 씨의 이름이 팔린 것은 뭐니 뭐니 해도 그 이나리자카 건부터였지. 아직 료고쿠 쪽에서 뭉그적대고 있던 내가 잔머리 모사꾼에 관한 소문을 들은 것이 분명 그때쯤이었다고 생각해. 그게 아마도……."

"십일, 아니……."

십이 년 전이라고 지헤이는 대답했다.

"용케도 기억하고 있군."

"내가 손을 씻은 다음의 일이라서 그렇지."

그렇게 담백하게 받아넘겼으나, 그런 지헤이가 도적을 그만둔 경위라는 것도 실상은 비참한 일이다. 모모스케는 희한한 감정에 내쫓긴다.

"그것을 계기로 마타 공은 교토 패거리와 연을 끊었지. 뭐, 적이 적이었으니 말이야."

그 이야기라면 모모스케도 알고 있다.

그때 마타이치가 손을 댄 상대는 에도의 밑바닥을 지배하는 진짜 요괴였던 것이다.

"마타 녀석으로 보자면 배수의 진이지. 상대는 누구나 두려워서 손을 대지 못했던 괴물이야. 한패에게 누를 끼치지 않도록 미리 연을 끊었을 터이지. 뭐, 손을 잡은 것도 거물이었으니 그런 큰 도박도 능히 할 수 있었을 테지만."

"고에몬…… 씨 말입니까?"

등명 고에몬…….

재작년 세밑, 모모스케는 그 이름을 처음으로 들었다. 그 이후로 그 이름은 모모스케의 주변에서 떠올랐다 사라지고, 사라졌다 나타나고, 주위를 맴돌며 떨어지지를 않는다. 그 사내는 산묘회 오긴의 양부이며 밑바닥 세계의 거물이자 도사 산중에 은신한 옛 무사단의 후예이기도 했다.

"그렇지."

지헤이는 그제야 모모스케에게 시선을 던졌다.

"고에몬은 대단한 사나이였던 것 같아. 어떤 이유가 있었는지 모르지만 신출내기 마타와 손을 잡았다 이거야. 싸움을 거는 상대도 거물, 같은 편으로 잡아둔 것도 거물. 잔머리 모사꾼은 일약 유명해졌지. 그런데 말이야……."

지헤이는 입을 씰쭉거렸다.

그때 마타이치는 이겼다.

그리고 패하기도 한 것이다.

"선생도 잘 알고 있을 테지만, 일단 마타의 손에 지옥으로 보내진 이나리자카 요괴는 그 후, 뭐, 살아 돌아왔지만 말이야."

마타이치는 강적을 미처 쓰러뜨리지 못한 것이 된다. 결국 그 건은 오랜 시간 후까지 꼬리를 끌었고, 완전히 마무리가 지어진 것은 그야말로 작년 봄의 일이었다.

"조심성 많은 마타 공이야. 손은 써두었을 테지만, 그래도 마음을 놓지 못했을 거라고. 고에몬 정도의 사내가 버티고 있었는데도 그 사단이 났으니."

지헤이는 흐흥, 하고 코웃음을 쳤다.

"마타 공이 어행사 흉내를 내기 시작한 것은 그 후의 일이라더군. 뭐, 길바닥에 쓰러진 어행사에게서 옷과 시주함을 벗겨 들고 눈동냥으로 익혀 부적을 찍었다던가 뭐라던가, 그렇게 뺑을 쳐댔지만 말이야."

"대체 왜……."

"그러니까 비인과 걸인을 수족으로 부리는 이나리자카 한복판으로 들어가 한방 먹일 참이었든가, 아니면 뭔가 속여먹을 계산이라도 있었을지 모르겠군."

도쿠지로는 "그렇군" 하며 다시 감탄하듯 말했다.

"허나 눈속임으로 치기에 그 차림은 너무 눈에 띄지. 어행은 겨울철 풍물이니까. 하지만 마타 씨의 경우에는 일 년 내내 그 모습으로 서쪽에서 동쪽으로, 벌써 십 년 남짓 그 차림새 아닌가. 일시적 위장이었던 참인데 마음에 들어버린 것이려나?"

"무슨 일이 있었을 테지" 하고 지헤이는 말했다.

"미운 털이 박히든, 목숨을 위협받든, 마타 녀석이 가만히 있을 성깔은 아니지. 중신이든 협박이든 그럭저럭 벌고 있긴 했겠지만, 그 무렵 무슨 일이 있었던 게야."

지헤이는 거듭 말했다.

"무슨 일이라는 건?"

"무슨 일이지. 나는 몰라. 그 녀석은 그 시기에 무슨 일에 발을 담그고 있었던 게야. 그래서 그 장례 차림새를 평생 풀지 못하게 되어버린 게지."

"평생…… 말입니까."

무슨 일이 있었다는 말인가.

지헤이는 모모스케보다 한 걸음 먼저 나간다. 그리고 고개를 들어 다보듯 하더니 "그놈이 말했지. 사신이 들러붙었다고" 하고 말했다.

"사신?"

"그거, 못 들어본 신일세" 하고 도쿠지로가 말한다.

"귀신, 수신, 산신, 농신, 복신, 악신, 새해신, 가난신 등 오만 가지 신령님이 다 있지만 사신은 거의 못 들어봤구먼. 그나저나 참 꺼림칙한 이름의 신령님도 다 있구려."

"알 게 무어야." 지헤이는 통박을 날렸다.

"녀석이 그렇게 말을 했을 뿐이야. 잔머리 모사꾼을 믿지 말라고. 어차피 입에서 나오는 대로 주절댄 게지."

"부처님의 가르침에 사마(死魔)라는 것이 있습니다만."

모모스케가 그렇게 말하자 "과연 궁리 선생은 박학하시구먼. 도적 영감과는 다르시구려" 하고 도쿠지로가 은근히 익살맞게 대꾸했다.

"그려. 네 말이 맞다, 이놈아. 모모스케 선생, 그건 어떤 신이오?"

"뭐, 귀동냥이니 소상히는 모릅니다. 불가는 죽음을 악마로 판단하지요. 악마란 수행을 방해하는 것이니까요. 그러니까 수행을 방해하는 네 가지 마(魔), 번뇌, 음욕, 오행, 오온을 가리킵니다. 사마(四魔)는 사마(死魔)와 통한다는 것이지요."

오호라, 하며 도쿠지로는 머리통을 끄덕였다.

"뭘 감탄하고 그래, 이 주판꾼 놈아. 선생, 당신도 그래. 그럴싸한 소리 늘어놓고 있지만, 그건 신령님이 아니지."

지헤이가 통박을 날리며 웃었다.

"지당하신 말씀. 이는 신령님이 아니지요. 뭐, 불가의 경우는 신이란 게 하나로 정착되지 않지만, 도가에서는 사람의 수명을 결정하는 신이나 임종 시기를 정하는 신이 있지 않습니까? 다만 이는 사신으로 불리지는 않죠. 글쎄요, 사신이라고 한다면······ 어디 보자, 액귀 같은 것을 말하는 것일까?"

"액귀······. '귀'라고 하는 것을 보면 이번에는 마물인가?"

"마물이지요" 하고 모모스케는 대답한다.

"원래 대륙의 존재이니 마물이라고 해도 사령(死靈)과 같은 것일 테지요. 이는 죽음으로 인도하는 존재입니다. 칼부림이 있었던 장소에서 비슷한 비극이 거듭되거나, 누군가 목을 맨 나무에 몇 번이고 사람이 매달려 있는 경우가 있지 않습니까?"

"그런 일이 있지" 하고 도쿠지로가 대답한다.

"목매기 쉬운 모양새의 나뭇가지라는 게 있는 게야."

"그럴지도 모르겠군요" 하고 모모스케는 대답했다.

"그러니 액귀란…… 죽음을 원하는 악념이라고나 할까요."

지헤이는 얼굴을 찡그렸다. 도쿠지로가 다시 묻는다.

"죽음을 원하다니, 그거 재수 없구먼. 선생, 그건 죽고 싶은 마음이 들게 만든다는 것인가?"

"예에. 악념을 지닌 채 스러진 자의 기는 그자가 마지막을 맞은 장소에 고이게 됩니다. 그리고 비슷한 악념을 지닌 자는 그 기에 호응한다더군요."

"유유상종이란 건가?"

"그렇지요. 사신은 인간을 나쁜 곳으로 끌어들이는 것입니다. 말려들어간 사람은 죽음을 선택하고 마는 거죠."

"악념이란 게 대체 뭔가?" 지헤이가 물었다.

"나쁜 마음……이랄까요? 대륙에서는 이를 목매달아 죽은 이의 악념이라고 합니다. 목을 매단 이가 다시 이 세상에 태어나기 위해 산 자를 끌어들여 목을 매게 하는 것이지요. 목을 매어 죽음에 이르게 하므로 액귀라고 하는 게지요."

"자신과 같은 꼴을 당하게 하는 것인가."

지헤이가 떨떠름하게 말했다.

"그렇습니다. 그렇게 하지 않으면 다시 태어나지 못한다더군요. 이를 액귀구대(縊鬼求代)라고 부른다고 합니다."

"다시 살아나고 싶으면 죽지를 말지."

지헤이가 그렇게 말하자 도쿠지로도 지당한 말이라며 대답했다.

"뭐, 그도 그러하지요. 하지만 죽은 이가 같은 방법으로 산 자를 죽음으로 끌어들이는 것은 종종 있는 일입니다. 그 왜, 근래 들어 제가 신경 쓰고 있는……."

"시치닌미사키 말인가?"

지헤이는 우뚝 걸음을 멈추었다.

"그것도…… 그러한 것인가?"

모모스케도 발을 멈추고, 이어 고개를 끄덕인다.

시치닌미사키.

모모스케는 그 기묘한 요괴의 이름을 근 일 년 간 여러 장소에서, 실로 빈번하게 들었다. 도저히 일반적인 요괴로는 보이지 않는데, 그 소문은 예기치 못한 국면에서, 상상도 못할 자로부터 비롯되는 것이다.

등명 고에몬의 이름과 똑같다.

그 점에서 모모스케는 기묘한 부합을 깨달았다.

시치닌미사키의 전승은 주로 도사 지방을 중심으로 전해져 내려오는 것이다.

그러나 아무리 생각해도 예상을 벗어난 장소에서 들려오기도 한다. 이를테면 와카사 외곽의 작은 번인 기타바야시 번에 시치닌미사키가 나온다는 이야기를 모모스케는 들었다. 더구나 그것은 큰 재앙을 내려, 실제로 몇이나 되는 사람이 죽었다고 했다.

등명 고에몬 역시 도사 출신이다.

그뿐 아니라 고에몬은 현재 기타바야시 영내에 거하고 있다고 한다.

'……우연인가.'

그렇다면 꺼림칙한 우연이라고 모모스케는 생각했다.

"시치닌미사키란…… 여러 종류의 것이 전해지고 있습니다만, 맞닥뜨리면 죽는…… 재앙신입니다. 이를테면 익사한 망자가 씌어 사람을 물에 빠져 죽게 하는 것이니, 이는 생각하기에 따라서는 사신이지요."

"물에 빠져 죽은 자가 물에 빠지게 하는 것인가……."

지헤이는 나눈 짐을 어깨에 다시 들쳐 메고 흠, 하고 신음소리를 냈다.

"미련이 깊구먼."

"그렇지요."

모모스스케는 작년 말의 도사 사건을 떠올린다.

그때 모모스케는 오긴과 함께 있었다. 역시 모모스케의 입에서 시치닌미사키 이야기를 들은 오긴은 지헤이와 마찬가지로 미련이 깊다고 하며 탄식했던 것이다.

자신이 끔찍한 꼴을 당했다고 타인까지 길동무를 삼을 것은 없지 않은가…….

그렇게 말했던가.

오긴과는 도사를 벗어난 이후로 만나지 못했다.

'벌써 반년 가까이 되어가나.'

그러고 보니 오긴은 그 기타바야시 번에 갈 것처럼 이야기를 했다. 물론 모모스케야 추궁할 수 있는 입장이 아니니 정확한 사정은 모르지만, 양부인 고에몬을 찾아갈 생각이었으리라. 고에몬의 대외적인 얼굴은 인형 장인이고, 오긴은 인형사다. 상한 인형 머리를 수리하겠다는 이야기를 했던 것도 같다.

시치닌미사키.

설마 맞닥뜨리는 일이야 없겠지, 하고 모모스케는 쓸데없는 걱정을 한다. 기타바야시의 시치닌미사키는 상당한 악질이다. 들은 바로는 맞닥뜨리면 참살당한다고 한다. 끔찍하게 난도질을 하거나 생가죽을 벗기기도 하는 듯했다.

그렇다면 기타바야시의 시치닌미사키는 상당히 끔찍한 꼴을 당한 망자라는 얘기가 되는 것인가.

산 자를 같은 경우에 빠뜨려서 죽인다면…… 그러한 결론에 이르게 된다.

아니.

모모스케는 그 소문의 진위를 의심하고 있다.

"유령이니 괴물이니 하고 믿어버리면 지헤이 씨 말씀대로입니다만……."

모모스케는 노인의 주름진 얼굴을 흘깃 훔쳐보았다.

모모스케가 보기에 이 패거리는 그러한 존재…… 유령과 원령, 여우와 늑대와 요괴를 전혀 두려워하지 않는 인종이다. 우선 머리에서부터 믿고 있지 않다. 마타이치는 신심·불심에 대하여 그럴싸한 주장을 늘어놓는 경우가 있지만, 그럼에도 몹시 철저한 무신심이라고 한다. 지헤이의 말에 따르면 잔머리 모사꾼은 부적으로 코를 풀고 경문으로 손을 닦는 무신심자로, 불상을 깨어 팔아치운 적도 있었다고 한다. 그 이야기를 반만 믿는다고 해도 상당히 불경스럽지만, 그것은 승려 차림새로 변장한 지금도 달라지지 않은 모양이다. 신불을 믿지 않는 자가 악귀나 원령을 두려워할 리 없다고, 모모스케는 그렇게 생각하고 있다.

지헤이는 삐죽거렸다.

"그래서 뭐요?"

"망혼도 요괴도…… 그러한 것은 이 세상에 없다고 생각한다면, 죽은 이에게 책임은 없다는 얘기가 되겠지요. 죽은 이가 저주를 내리지 않아도 죽는 자가 나오니."

"뭐, 그렇지" 하고 노인은 짧게 대답한 다음 다시 걷기 시작했다.

모모스케는 노인 앞으로 나아가서 이야기를 계속했다.

"이 경우는 '마음에 같은 악념을 지니고 있는 자'라는 것이 문제라고 생각합니다. 좀 전의 나쁜 곳 이야기도 말이지요. 일반 사람에게는 다소 기분이 으스스할 따름인 장소라고요. 그곳에 이른다고 이 사람 저 사람 모두 죽고 싶어지는 게 아니지요. 그러나 마음으로 죽음을 바라는 자에게 그곳은 특별한 장소가 된다는 말입니다."

"죽고 싶은 녀석에는 죽기 쉬운 장소로 보인다, 그 말인가?"

"그렇게 되겠지요. 그러니 칼부림이 있었던 장소에 마음속으로 죽음을 생각하는 자가 간다면, 그 즉시 그러한 기운을 느낀다는 것이지요."

오호라, 하고 도쿠지로가 말한다.

"결국 사신은 항상 자신의 마음속에 있다, 그런 말인가요?"

"그것은 아니겠지요."

"아니, 저야 어려운 것은 모르지만요, 모모스케 씨의 말은 알겠어. 다만, 그렇다고 하면 말이지, 그 마타 씨가…… 한참 전, 마음으로 죽음을 바라고 있었다는 이야기가 되지. 그건 아무래도 믿기가 어려운데."

"그럴지도 몰라." 몹시도 작은 목소리로 지헤이가 말했다.

뭐어, 하고 얼이 빠진 목소리로 도쿠지로가 반문한다.

"뭐라고 했소?"

"그럴지도 모른다고 했어. 그 무렵 마타 공은 속으로 좋지 않은 생각을 무던히도 쌓아놓고 있었을 거라고. 죽고 싶다는 생각을 했을지도 몰라."

"마타이치 씨가?"

도쿠지로와 마찬가지로, 모모스케 또한 잘 이해가 되지 않았다.

마타이치라는 사내는 항상 초연한 느낌이 있다.

무슨 일이 있어도 동요하지 않고, 두려운 것도 없는 듯 보인다.

어딘가 생사를 초월한 도인 같은 구석이 있는 것이다.

적어도 모모스케의 눈에 잔머리 모사꾼의 모습은 그런 식으로 비춰지고 있다.

그러나 지헤이는 그 마타이치를 겁쟁이라고 단언하고, 죽음을 바란 적도 있다……는 말까지 하고 있다.

모모스케는 왠지 불안해졌다.

"내가 마타와 만난 건 부슈의 산골짝이야. 난 그 무렵, 도적 일에서 손을 씻고 그곳에 몸을 감추고 있었지. 아니, 감춘 것은 아니겠군. 세상이 싫어졌고, 그럼에도 죽지는 못해서 말이지. 세상을 버린 사람인 듯 살고 있었어. 그곳에 놈이 찾아왔지."

지헤이는 모모스케에게 얼굴을 돌렸다.

"물론 지금 생각하면 정확히 고에몬이 에도에서 사라진 무렵의 일이었지. 마타 녀석은 말이지, 뭐랄까, 인적이 끊어진 폐가 앞에서 말이야, 얼간이처럼 멍하니 서 있었어."

모모스케는 의기소침한 마타이치의 모습을 상상할 수 없었다.

"나중에 알았지만, 아무래도 그곳은 녀석이 태어난 집이었던 모양이야."

나뭇가지에서 태어난 게 아니었냐고 도쿠지로가 말했다.

모모스케도 같은 생각을 했다.

"이보쇼, 아배. 설마 거기에 마타 씨의 모친이 있었다는 말을 하는 것은 아니겠지?"

"없었지." 노인은 무뚝뚝하게 대답했다.

"아무도 없었다고. 녀석의 가족은 마타가 아직 코흘리개였을 무렵 뿔뿔이 흩어진 모양이야. 그러니 녀석이 고향에 돌아간 것은 그 전에도 그 후에도 단 한 번, 그때뿐이었다고 하는데……. 내 쪽은 뭐, 치고 받고 하는 아수라장을 벗어나 농부 흉내를 오 년이나 내면서 거의 농군이 되어가는 참이었는데…… 녀석의 낯짝을 보자마자……."

지헤이는 그 순간 험한 표정을 지었다.

'피가 끓었다'라는 말이라도 하려는 걸까.

모모스케는 귀를 쫑긋 세웠다. 그러나 지헤에는 그에 관해서는 아무 말도 하지 않은 채, 이렇게 말을 이어갔다.

"그때 그 녀석은 어둡고 우울한 낯짝을 하고 말이지, 단 한마디…… '모두가 죽고 말아……'라고."

"모두가…… 죽는다?"

"으음."

지헤이는 그렇게 말을 했다며 반복했다.

"모두라니?"

"자신과 관련되는 자는 모두 죽고 만다, 그런 말을 내뱉었어. 하지만 누가 죽었는지 물을 수가 있어야지. 뭐, 잔머리 모사꾼의 일이 늦어서 내지 않아도 될 사람의 죽음을 내고 말았다, 그런 일일 테지. 그놈이 항상 선수에 목을 매는 것도 그것 때문일 거라고."

겁쟁이.

그럴지도 모른다.

모모스케는 마타이치의 뒷모습을 떠올렸다.

"이놈 괜찮을까 싶더라니까. 그야말로 당장이라도 목을 매지 않을까 싶은 기색이었으니까. 걱정이 되어 얼마간 보고 있었지."

"인정이 넘치시는구먼, 지혜이 나리."

도쿠지로가 농을 치며 희롱댄다.

"닥쳐, 주판알. 괭이 이마빡만 한 땅뙈기야. 죽어버리면 뒤처리가 성가시지 않나. 묻는 것이 도리인데다가 썩으면 냄새까지 난다고, 이 멍청아."

"농담도 통하지 않는데다 성급한 영감일세" 하고 도쿠지로는 유쾌하게 말했다.

"아무렴 어떻겠소. 허나 신탁자, 설마 그때 마타 씨가 대롱거리고, 그 목매단 인간을 구한 것이 아배여서, 그 일로 두 사람이 가까워지기 시작했다는 소리일랑은 입이 찢어져도 제발 하지 마시오. 목매단 인간을 구하는 게 아니라 그 발을 잡아당길 만큼 고약한 영감이, 목매달고 싶지 않아도 매달게 만들어버릴 만한 잔머리 모사꾼의 목숨을 구했다는 황당설은 우스꽝스럽기 짝이 없으니까. 지나가는 개가 배꼽 잡고 웃을 거라고."

"걱정할 일도 참 없네" 하고 지혜이가 밉살맞게 말했다.

"그런 듣기에도 기분 나쁜 일은 전혀 없었어. 그런 악당의 목숨을 구했다면 내가 아무리 선인이라도 지옥행이라고. 아니, 지옥의 염라대왕도 기가 막혀 하겠구먼. 여하튼 그런 이야기가 아니야."

지헤이는 거기서 히죽이 웃었다.

"그놈은 차분했다고. 그때 마타 공은 홀연히 모습을 감추었는데, 얼마 후 돌연 내가 눌러 앉아 살던 움막에 모습을 드러냈어. 내가 얼마나 놀랐던지. 어허, 그 다 죽어가던 놈이 갑자기 다시 나타났으니 아니 놀랄 수가 있나."

"유령이라고 생각하기라도 한 거요?"

"그렇지. 대략 어디선가 뒈진 게 아닐까 하고 걱정하던 나에게 휘리리리리, 귀신으로 나타났다고 생각했지. 민폐도 유분수라고 생각했다고. 일단 그놈은 사시사철 그 차림새니까 수의로 보이기도 하거든. 그런데 말이지, 이것이 아무래도 느낌이 다르더라고."

"어떻게 달랐는데?"

"떨쳐낸 것 같았어."

"깨달았나?"

"미륵삼천이 깨닫긴 뭘 깨달아."

"깨닫지는 않겠군."

"깨닫지 않지. 그때 그 자식, 이미 지금과 마찬가지였어. 재미있지도 우습지도 않은 낯짝으로 말이지, 내 집 뒤쪽에, 가소롭게 우뚝 서 있었다고. 그래서 그때 마타 녀석이 뭐라고 했을 것 같나?"

"글쎄."

"그 애송이, 한바탕 일을 벌일 테니 나더러 도우라고 내뱉었다고."

"일……이라."

"그렇다니까. '별명까지 얻은 유인의 명인이 산에서 밭이나 갈고 있다니 아까워서 왔다.' 그 자식, 내 낯짝도 정체도 알고 있더라고."

"아배의 얼굴이 알려져 있었군." 도쿠지로가 말하자, "멍청아, 내가 실수를 하기라도 했다는 것이냐?" 하면서 지헤이가 욕을 퍼부었다.

"이 몸의 둔갑은 하루 이틀 묵은 게 아니라고. 도적 패거리도 내 진짜 낯짝은 알고 있는 놈이 거의 없어. 상판이 드러난 적은 단 한 번도 없단 말이지. 게다가 그때 내 농군 모습은 변장이 아니었다고. 본판이었단 말이지. 그런데, 이게……."

"꿰뚫어봤구먼. 정말 얕잡아볼 수 없는 사내로군."

도쿠지로는 진지한 얼굴로 그렇게 말했다.

"그때……."

모모스케는 물었다.

"그럼 그때 마타이치 씨에게서 죽음을 바라는 마음, ……사신은 떨어져 나갔다는 것일까요?"

"그렇겠지." 지헤이는 다시 멈추어 서서 말을 이었다.

"살아도 한 목숨, 죽어도 한 목숨. 그렇다면 사는 것도 죽는 것도 다를 바가 없다나. 그런 헛소리를 뱉기는 했지만 말이지."

"별안간 달관했구먼. 그 녀석은 역시 깨달은 것이 아닐까."

도쿠지로가 그렇게 말하기가 무섭게 엄청난 매미울음이 울려 퍼졌다.

"어헛, 더워지겠군. 오전 중에 에도로 들어가지 않으면 쪄죽겠어."

지헤이의 발걸음이 빨라진다. "오랜만의 에도이건만" 하고 도쿠지로가 말한다.

모모스케는…… 마타이치에 대해 생각하고 있었다.

2

 에도에 들어와 도쿠지로와 헤어진 모모스케는 지헤이와 함께 고지마치의 염불장옥―지헤이의 거처로 향했다.
 딱히 볼일이 있었던 것은 아니다. 바로 교바시의 자택으로 돌아가고 싶지 않았을 뿐이다.
 게다가 염불장옥은 마타이치의 거처이기도 하다.
 그래본들 모모스케는 이 공동주택의 어디가 마타이치의 집인지 여전히 모르고, 물론 그곳에 살고 있는 마타이치의 모습은 본 적이 없다. 돌아와 있을 것 같지도 않았다. 그러니 마타이치를 만날 수 있을 거라 생각한 것은 아니다.
 그저 발걸음이 저절로.
 돌아가보아야 별 볼일도 없다. 점포 식구들은 모모스케에 대해 절대로 나쁘게 말하지 않고 오히려 매우 깊은 이해를 보여주나, 그럼에도 그곳은 결코 아늑한 장소라고 할 수 없는 것이다.
 그래서 모모스케는 지헤이에게 술을 하자고 청했다. 주당은 아니나 싫어하지는 않는다.

"날이 훤할 때 한잔 어떻습니까?" 하고 모모스케가 말하자, 지헤이는 여전히 불퉁한 얼굴로 웬일이냐고 했다.

"자네가 술을 청할 줄은 생각도 못했구먼."

"뭐, 무사 귀향을 축하하자는 것이지요."

지헤이는 눈을 가늘게 뜨며 큭 하고 짧게 웃었다.

"나는 일단 집으로 돌아가려 하는데, 그다음이라도 괜찮겠소?"

"물론 개의치 않습니다."

모모스케는 무언가 용무가 있느냐고 물었다. 도쿠지로가 마타이치를 평가하며 한 말대로, 이 무리는 의외로 바쁘기 때문이다. 동시에 여러 작업을 하고 있는 경우도 드물지 않다.

지헤이는 겉옷 소매를 좌우로 쭉 펼치며 말했다.

"별 건 아니고, 돌아와서까지 이 차림이면 불편해서 말이지. 단지 그뿐이네만."

작은 점포가 줄지어 있는 복작복작한 거리다.

잔심부름 소녀에, 사동에, 목간하러 가는 작부의 왕래가 부산하다. 여름이라 하기에는 아직 이른 날씨이기는 했으나, 햇살은 이미 여름의 그것이다.

모모스케는 처음으로 이 공동주택을 찾았을 때의 일을 떠올린다.

더운 날이었다.

'그때는.'

모모스케는 저녁 소나기를 만났다. 허둥지둥 골목으로 달려들어 비를 피한 그 장소가 바로 지헤이가 사는 공동주택의 지붕 아래였던 것이다.

꼬박 이 년이 지났다.

이어 모모스케는 생각한다. 자신도…… 조금은 변했나.

'아니, 나는 아무것도 변하지 않았군.'

그런 생각을 하며 판자지붕을 올려다본다.

"그리 멍하니 있다가는 도랑에 빠질 거요" 하고 지헤이가 말했다.

"공동주택에는 수채 덮는 널빤지 같은 으리으리한 물건이 없어. 이 날씨에도 질퍽거리누먼."

지헤이는 공동주택 입구에 멈추어 섰다.

모모스케가 들여다보니 노인의 작은 체구 너머로 지저분한 반라의 사내가 서 있는 것이 보였다. 본 적이 있는 사내다. 사내는 지헤이에게 형용하기 어려우리만치 묘한 표정을 짓더니 "어이구, 영감. 살아있었나?" 하고 말했다.

"어허, 이것 보게. 짤막한 다리가 붙어 있으니 아직은 살아있는 듯싶군. 나중에 죽으면 내가 관을 짜주지."

"뭐가 어째, 이놈아!"

지헤이가 욕을 퍼붓는다.

"도로스케, 이놈이 결국이 머리가 맛이 갔구먼. 먼저 관에 들어갈 것은 네놈이라고. 그런 곳에 멍청히 서 있지 말고 후딱 자신의 관이나 처 마련하라고."

"흥."

도로스케라고 불린 사내는 얼굴을 더욱 찌푸리더니, "하여간 입만 살아있는 영감이지"라고 말하고는 문을 드르륵 열고 골목으로 사라졌다. 그리고 그제야 모모스케는 생각이 났다. 방금 그 사내는 지헤이의 이웃에 사는 사내였다. 직업이 뭔가 생각했으나, 아무래도 관 짜는 일을 밥벌이로 삼고 있는 모양이다.

"뭐야, 저놈의 자식."

지헤이는 입 안으로 욕지거리에 가까운 말을 연신 중얼대면서 자신의 집 앞에 이르더니 우뚝……. 그렇다. 그야말로 우뚝 걸음을 멈추었다.

나란히 걷던 모모스케는 깜짝 놀라 몸을 뒤로 뺐다.

노인은 기민하게 입에 검지를 대더니 곧 그 손바닥을 모모스케에게 펼쳐 보였다.

움직이지 말라는 의미이리라.

모모스케는 숨을 멈추었다.

지헤이는 소리를 내지 않고 문 앞에 다가가더니, 문에 등을 대다시피 하며 안의 동정을 살폈다.

누군가 있다는 것일까.

지헤이의 품속으로 오른손이 파고든다.

품속에는 비수가 자리하고 있다.

"뉘신지요."

말하자마자 엄청난 속도로 문이 열리고, 노인은 몸을 숙이며 안으로 굴러들어갔다.

한순간 공기를 가르는 듯한 소리가 나더니 곧 정적이 찾아들었다.

모모스케는 침을 한 번 삼키고 다시 입구 앞에 섰다.

자그마한 노인의 등이 있었다.

집 안은 어둡다.

지헤이의 어깻죽지에 하얗게 빛나는 물체가 멈춰 있다.

그것은 대도의 칼끝이었다.

지헤이 씨, 하고 부르려 했으나 그 한마디가 나오질 않았다.

모모스케는 그저 당황스러워 한걸음 앞으로 나섰다.

지혜이는 전혀 움직이지 않았다.

그리고 지혜이와 대치하는 듯한 모양새로 한쪽 무릎을 세운 무사가 역시 미동도 하지 않은 채 굳어 있었다. 무사의 옆구리에는 지혜이의 비수가 바짝 닿아 있다.

그리고 무사의 칼은 지혜이의 목줄기에 들이대어져 있었다.

그것은 실로 종이 한 장 간격으로 멈춰 있었다.

"졌소."

지혜이는 비수를 스윽 거두어들인다.

무사도 입을 다문 채 칼을 거두어들였다.

"베지 않는 거요?"

"그대가 거두어들였기에."

"벨 수 있었을 터인데."

"무슨 소리. 그랬다간 같이 죽었을 테지."

"흥, 기다란 놈에게는 이기지 못하지. 내 연장은 짧잖소. 뻗기 전에 뎅겅 날아갔지. 어찌 멈춘 거요?"

"그것은……."

"우, 우콘 님!"

모모스케는 외쳤다.

"다, 당신은 우콘 님이 아니신지?"

"뭐라고?"

지혜이는 모모스케와 무사의 얼굴을 번갈아보더니, 아직도 굳어 있는 모모스케를 공동주택 안으로 끌어들이고 급히 문을 닫았다.

"어이, 우콘이라면 그 후나유레이 소동 때……?"

"마, 맞습니다. 그렇지요."

무사…… 시노노메 우콘은 천천히 고개를 끄덕였다.

시노노메 우콘…….

작년 말, 모모스케와 오긴이 아와에서 도사까지 이른 큰 소동에 관여했을 때 행동을 함께 했던 낭인이다. 아니, 생사를 함께 했다고 해도 과언은 아니리라. 모모스케로 보자면 구사일생이라고 해야 할 진귀한 체험이기도 했던 것이다.

'허나.'

모모스케는 어깨를 움츠렸다.

구조극이 펼쳐졌을 때, 우콘은 목숨을 구조받기는 했으나 아무런 사정도 모르는 채로 현장에 남겨지고 말았다. 모모스케도 잘 아는 바이나, 손 안의 패를 알려주지 않는 한 마타이치 일행의 작업은 불가사의한 둔갑요괴의 소행으로밖에 받아들여지지 않는다. 우콘의 입장에서 보자면 모모스케나 오긴도 요괴와 함께 사라지고 말았다는 것이 되므로, 결국은 요물이라고 판단하고 있을 가능성이 있다.

우콘은 아직까지도 모모스케가 이 세상의 존재가 아니라고 생각하고 있을지도 모른다.

"우, 우콘 님, 저어……."

"야마오카 공이신가. 역시 그대도…… 이승의 자였던 모양이군."

우콘은 그렇게 말했다. 어떠한 의미인지, 무엇을 생각하고 있는지, 어두워서 표정까지는 읽어낼 수가 없다. 우콘은 눈동자를 모모스케에게서 비켜 칼을 칼집에 넣었다.

그리고 한 번 심호흡을 하고서 지헤이에게 시선을 던지며, "이쪽은 지헤이 님이라고 하는 분이신가?" 하고 모모스케에게 물었다.

모모스케가 대답할 사이도 없이, 지헤이가 그렇다고 대답했다.

"그게 뭐 어쨌다는 거요?"

"그러하군."

우콘은 옷깃을 바로잡고 가만히 정좌를 했다. 그리고 칼을 자신의 정면에 두고 몸을 멀찍감치 물렸다. 적의가 없다는 의사표시이리라. 그리고 심히 무례를 저질렀다고 하더니 깊숙이 머리를 숙였다. 그러자마자 지헤이도 후우, 하고 숨을 토하더니 흙바닥에 털썩 주저앉았다.

"어허, 간담이 서늘했소이다. 이 나이에 불알이 쪼그라드는 일을 겪을 줄은 생각도 못했다고. 이 나리, 듣던 것보다 훨씬 솜씨가 뛰어나구먼. 그보다…… 이보시오, 대체 뭔 일이오? 어째서 당신이 여기에 있는 거요?"

"음……."

우콘은 머리를 숙인 채 신음소리를 내었다.

"사정이 있어 출타 중인 빈집에 멋대로 들어와 살고 있었던 것이외다. 이 무례, 아무쪼록 용서해주기를 바라오."

우콘은 한층 더 머리를 숙였다.

이웃집 관 짜는 사내가 지헤이가 죽었다고 오해한 것은 과연 그 때문이었나, 하고 모모스케는 납득했다. 다음으로 빌린 이가 살고 있다고 생각했으리라.

지헤이는 흥, 하고 콧방귀를 뀌었다.

"무례는 상관없소. 이 몸은 애당초 무사 나리의 예를 받을 만한 훌륭한 인물이 아니지. 내가 묻는 것은 그 사정이라는 것이오."

우콘은 비장한 표정을 지었다.

일단 술자리는 중지다.

모모스케는 지혜이가 받아온 물로 발을 씻고, 오랜 여행의 피로도 풀지 못한 채 소악당의 거처로 올랐다.

우콘은 야위어 있었다.

곧바로 우콘임을 몰랐던 것은 어두웠기 때문도, 의외였기 때문도 아니고 용모가 달라졌기 때문이라고, 모모스케는 그제야 깨닫게 되었다.

모모스케는 이 낭인과 상당히 오랜 시간 행동을 함께 했다.

이 사내, 실력은 분명 뛰어나리라. 검술과는 매우 인연이 먼 모모스케도 강하다는 것만은 넘치도록 충분히 알았다. 감도 예리하니 수완가이기도 할 것이다. 그러나 우콘이라는 사내는 타인이 그 무시무시함을 미처 느끼지 못하도록 만드는 인품을 갖고 있기도 했다.

우콘은 부정을 싫어한다. 그러나 그저 외골수일 뿐인 정의한은 아닌 듯했다. 세상사란 게 조리에 닿기만 한다고 좋은 것이 아님을 이 사내는 깊이 인식하고 있는 것이다. 그럼에도 우콘은 체념하거나 하지는 않았다. 아마도 정직할 뿐인 것이리라.

그 때문인지 조금은 어깨에 힘이 빠져 있어 쾌활하고 다가서기 편하다는 인상을, 모모스케는 가지고 있었다.

그런데…….

그야말로 흉상이다.

제멋대로 자란 머리, 야윈 뺨, 푹 꺼진 눈. 피부에서는 생기가 사라져 있다. 우콘을 감싸고 있던 친근감과 같은 기운이 모두 떨어져나가 그전까지 숨겨져 있던 무시무시함이 그대로 다 드러난 듯한, 그러한 풍모였다.

지헤이는 얼마간 묵묵히 그 초췌한 모습을 보고 있었으나, 이윽고 잠깐 기다리라고 하더니 밖으로 나갔다.

모모스케는 몸을 움츠린다. 무어라 던질 말이 없다. 어색하다.

그러나 다행히 지헤이는 정말 금세 돌아왔다. 오른손에는 작은 술병이 들려 있다. 짧은 시간이었으므로 술집에 다녀왔으리라는 생각은 도저히 들지 않는다. 아마 이웃집 사내를 위협했음이 틀림없다.

"맨정신으로 시작 못할 테지, 나리."

지헤이는 선반에서 이 빠진 사발을 꺼냈다.

우콘은 싸구려 술로 목을 축이며 여기에 이르기까지의 경위를 조금씩 털어놓았다.

모모스케 일행이 탈출한 후…….

모든 것은 요괴의 소행으로 판단. 짓지도 않은 죄로 오라에 묶여 끌려간 우콘에게는 그 자리에서 무죄 판결이 내려졌다고 한다. 번주의 눈앞에서 벌어진 일이다. 의심할 바도 없다. 그러나 우콘은 곧바로 풀려나지는 못했다. 번부까지 휘말린 대소동이었고, 사망자도 몇이나 나왔다. 우콘은 그 전말을 아는 유일무이한 산증인으로 남은 것이므로, 그것은 어쩔 수 없는 일이었으리라. 전대미문의 진기한 사건이다. 조서를 꾸미는 것도 쉽지 않은 작업이었을 것으로 생각된다.

우콘은 이래저래 거의 한 달간 번주의 저택에 발이 묶여 있었다고 한다. 옥에서는 나왔으나, 결국은 유폐된 것이나 다름없다. "정말 끔찍한 일을 겪으셨군요" 하고 모모스케가 말하자 "뭐, 대우는 좋았네"라며 우콘은 희미하게 웃었다.

"번주 야마우치 공은 의를 받들고 예를 중시하며 매우 신실하신 분이기에 친히 죄가 없다고 판단하신 이상, 졸자처럼 신분이 불확실한 자라 하여도 무법하게 대하시지는 아니 한다오."

우콘은 거듭거듭 그렇게 말했다.

그러나 아무리 후한 대접을 받았다고 해도, 무익한 취조에 응해 고분고분 나날을 보내고 있을 수는 없는 처지였을 터이다.

그 생각을 하자 모모스케는 조금이나마 책임감을 느꼈다.

우콘에게는 한시바삐 돌아가야 할 이유가 분명 있었다.

우콘은 도사에서 놀고 있었던 것이 아니다. 우콘은 어떤 인물로부터 밀명을 받았다. 은밀한 탐색을 한창 진행하고 있었던 것이다.

어떤 인물. 우콘은 기타바야시 번의 성대가로라고 말했었다.

'묘한 부합이 또 나타났군.'

모모스케는 뱃속 깊숙한 곳에 시커먼 응어리가 솟구치는 듯한, 지독히도 불길한 심기에 휩싸였다.

도사. 기타바야시.

그리고 시치닌미사키.

우연인가. 아니, 이것은 우연이 아니다.

왜냐하면, 우콘에게 내려진 밀명이란 기타바야시 영내에 빈발하고 있는 잔인한 노두참살 범인의 용의자를 지목하는 것이었기 때문이다. 다시 말해 그것은 시치닌미사키의 저주에 대한 탐색행이기도 했다는 이야기가 된다.

또한, 그 시점에서 범인으로 지목되고 있던 인물은 기타바야시 번 선대 번주의 정실 마님의 행방불명된 남동생, 시로마루였다. 그리고 기타바야시 번 선대 번주의 정실 마님이야말로 소문이 자자한 등명 고에몬과 동향 출신이자 고에몬의 정혼자이기도 한 치요 님의 딸, 가에데 아씨.

모든 우연은 엉클어진 인연의 실로 꽁꽁 묶여 있는 것이다. 여기저기 흩어져 있는 사소한 일들을 역으로 거슬러 올라가면 그 근원은 하나가 된다. 이것은 필연이다. 우콘도 모모스케도 그러한 인연의 실에 조종당하는 가련한 인형에 지나지 않는다.

시치닌미사키.

그것은 사신이다.

운명에 농락당하듯 기타바야시로 시집을 간 가에데 아씨는 남편인 선대 번주가 죽은 후 현 번주와의 격렬한 후계다툼 끝에 천수각에서 몸을 던져 죽었다고 한다. 기타바야시 번의 가로는 그 죽음에 원한을 갖게 된 동생이 기타바야시 가문에 복수하기 위해 영민들을 참살, 불길한 저주의 소문을 흘리는 것이라고 생각한 모양이다.

우콘은 그 솔직한 인품과 검술 실력 때문에 행방불명인 시로마루를 찾아내어 이번 일의 진위를 밝히라는 밀명을 받았다.

그 밀명을 성사시키는 것이 기타바야시 번에 임관하기 위한 조건이었다. 성공했을 때에는 반드시 관직을 하사하겠노라며 성대가로가 약속했다고 한다. 때문에 우콘은 어떻게 해서든 반드시 그 약조를 성사시켜야 했다.

우콘에게는 그럴 만한 이유가 있었다.

왜냐면 그때 우콘의 아내는 아이를 임신 중이었기 때문이었다.

모모스케가 보건대 우콘이라는 사내는 무사답지 않게—그것은 처자가 없는 모모스케의 편견일지도 모르지만—아내를 참으로 생각해주는 남자였던 것이다. 우콘은 여행 도중 혼자 남겨두고 온, 몸이 무거운 아내를 항상 걱정했다. 또한 아내에 대한 위로와 감사의 말을 몇 번이고 했었다.

게다가 화제가 아이 이야기로 넘어가면 실로 기쁜 미소를 떠올렸고, 길가에서 갓난아기의 모습을 볼 때마다 사랑스러운 시선을 던지곤 했다.

모모스케는 그 온화한 표정을 지금도 선명하게 떠올릴 수 있다. 아내가 자신의 아이를 가진 것을 이렇게나 솔직하게 기뻐할 수 있다는 것은 실로 부러운 일이라고 생각하기도 했었다.

한시라도 빨리 귀로를 서두르고 싶었음에 틀림없다.

한 달이나 발이 묶여 있었던 것은 실로 괴로웠으리라.

모모스케는 우콘의 옆얼굴을 바라본다.

그 표정은 어두웠다.

'아이는……'

시기상으로는 이미 태어났으리라.

지금 모습으로 보건대 우콘의 임관이 아직 이루어지지 않았다는 것은 명백했다.

'그렇다면 대체……'

뱃속의 불길한 응어리가 더욱 커졌다.

"간계에 빠지고 요마에 현혹되어 한때는 죽음까지 각오했으나, 인간의 지각을 넘어선 일이 발생한 덕에 졸자는 무사히 방면될 수 있었소. 반면에 그 어떤 성과도 올리지 못했지. 졸자는 시로마루 님의 생사조차 확인하지 못한 채 그대로 기타바야시로 돌아오게 되었소. 기타바야시 영내로 들어간 것은 3월 초순의 일이었지."

우콘은 눈을 가늘게 뜨고는 먼 곳을 바라보듯이 고개를 들었다.

"민심이 실로 흐트러져 있었네."

"그 말씀은……?"

"민심이 흉흉하다고 하는 것은 바로 그런 상태를 나타내는 것이라고, 바로 그때 알게 되었지."

우콘은 미간을 찡그리더니 다시 고개를 숙였다.

"기타바야시 번은 본래 유복한 번이 아니오. 영민은 얼마 되지 않는 척박한 전답을 나눠가지고 경작을 해서 간신히 생계를 잇고 있었지. 주요 재원은 산에서 얻고 있지만 이것도 그 양이 뻔한 것. 하지만 번주님은 아랫것들에게는 좀 엄격하신 분이라, 백성들은 항시 곤궁한 상황에 처해 있었네. 물론 그런 상황은 졸자도 전부터 알고는 있었소만 거기에 더해……."

"노두참살 말씀이옵니까?"

"그건 노두참살이 아니네." 우콘이 단언했다.

"노두참살이 아니라 하오면? 수법이 상당히 잔혹하다 들었습니다만."

"그런 게 아니오, 야마오카 공. 노두참살이라 하는 것은 맞닥뜨린 자를 베는 것이지. 하지만 그것은 말이지, 먼저 채어간다네."

"납치를 한단 말입니까?"

"그렇다네. 납치를 한 후에 마음껏 갖고 놀다가 죽음에 이르게 하고서, 다시 그 시신을 칼로 베고 능욕을 하는 것 같더군. 그래서야 노두참살이라 할 수 없지."

"죽인 후에 다시 상처를 입힌단 말입니까?"

"검시 보고서를 보건대 그렇다고 생각할 수밖에 없네. 시체를 훼손한 후 그 처참한 잔해를 들에 그대로 버리는 것일세. 이런 것은 귀축이나 하는 짓이지."

우콘의 무릎 위에 놓인 손이 부르르 떨렸다. 옷을 강하게 부여잡고 있다.

"전에 야마오카 공이 말한 것처럼, 백성들은 그것을 재앙이라 말하더군. 이 땅은 저주받았다며."

"저주란 말입니까?"

"졸자는 그 소문이 반쯤 사실이었다는 것을 이제 와서야 깨닫게 되었네."

"아니……?"

우콘은 손을 들었다.

"이 세상에 저주가 있는지 없는지는 졸자가 알 수 없는 법. 하지만 만약 흉악한 소망이 그 땅에 가득 찬다면, 그때는 그곳에 살고 있는 자들에게도 무언가 영향이 미치게 되는 법이지."

"흉악한 소망……?"

"거리 거리에 피비린내가 가득하고, 어느 순간 이웃의 팔이, 다리가, 목이 집 앞에 굴러다니고 있는 것이네. 먼 옛날의 일은 모르네만, 이 태평성대에 언제 자신의 목숨이 어찌될지 모르는 삶을 강요받고 있는 것이니, 그렇게 되면 사람의 마음도 일그러지지 않고는 못 배기겠지."

모모스케는 차마 입을 뗄 수가 없었다.

"야마오카 공. 사람이란 설령 아무리 힘든 상황에 빠지더라도 아주 작은, 정말로 아주 작은 희망만 있다면 열심히 살아갈 수 있다고, 졸자는 그리 생각하오. 백성들도 기근에 시달려 거의 먹지 못하는 해를 맞이하더라도 내년에는 어떻게든 될 것이다, 아니, 내년이 안 된다면 또 그다음이 있다고 기대할 수 있기 때문에 꾸준히 밭을 경작하는 게 아니겠소."

"그 말씀이 맞는 것 같습니다." 모모스케가 힘없는 목소리로 대답했다. 부평초처럼 이리 기웃 저리 기웃거리는 삶을 살고 있는 모모스케가 단언할 수 있는 말이 아니다.

"하지만 재액은 아주 작은 소망을 너무나도 간단하게 짓밟고 말더군."

"그리도 심각한 것이오?" 지헤이가 물었다.

"성 밑 마을을 통째로 뒤흔들 정도로, 그 저주란 것이 그리 참혹하오?"

"실로 끔찍했소. 그 정도일 줄은 솔직히 졸자도 예상하지 못했지."

우콘은 고뇌에 찬 표정을 떠올렸다.

"가로님께 명을 받아 여행을 떠났을 때는 상세한 상황까지는 알지 못했지. 하지만 영내에 돌아가 조서를 보고서는 할 말을 잃었소. 열다섯이 되지 않은 처녀가 몇 번이나 능욕당한 끝에 얼굴 거죽이 벗겨진 채로 강가에 버려졌고, 객사의 안주인은 목이 잘린 채 길가에 버려졌는데, 그 목은 방앗간 주춧돌 위에 놓여 있었다 하더군. 한두 달 꼴로 누군가가 꼭 희생되고 있는데, 그게 벌써 몇 년이나 계속되고 있소."

"그것 참 지독한 이야기군." 지헤이가 말했다.

"우콘 님. 몇 년이라 하셨는데, 그 사건은 정확히 언제부터 발생한 것입니까?"

"처음이 언제였는지, 그건 확실하지 않네. 하지만 적어도 오 년은 계속되고 있는 것 같더군."

"계속 말입니까?"

"그게, 아무래도 그 재앙이라는 것에 편승해서 사람을 죽이는 어리석은 자도 있는 모양이라……."

"아……."

그래서는 실로 사람들의 마음이 흐트러져 있다고밖에 할 수 없을 것이다.

"남을 원망하는 마음, 원수를 증오하는 마음이라는 것은 많든 적든 누구나가 가지고 있는 것일 테지. 졸자는 그리 생각하오."

그도 그럴 것이다.

남과 접하는 일이 극단적으로 적은 모모스케조차 자그마한 증오의 마음을 품을 때가 있다. 아니, 약하나마 살의의 불을 밝힐 때까지 있다.

"그렇다고 해서……." 우콘은 약간 말끝을 흐리며 말했다.

"그렇다고 해서 모든 사람이 미운 상대를 죽이느냐 하면, 그렇지 않다고 생각하오. 아니, 그래서는 안 되는 일이지."

우콘의 목소리에 힘이 실렸다.

"분명 세상은 이치에 맞지 않는 일들로 가득 차 있소. 참기 힘든 재액도 있을 테고, 용서할 수 없는 부실도, 참을 수 없는 슬픔도 있을 것이야. 어찌 되었든……."

순간적으로 격정이 드리워졌던 우콘의 목소리에서 다시 힘이 빠졌다.

"하늘을 원망하고 사람을 증오하는 마음은 악념이라 해야 할 것이야. 마음이 악한 것으로 가득 차 있는 것이지. 그리고 그 악한 것이 떠난다면, 마음은 깨끗해지는 것이 아니겠소?"

그럴지도 모른다.

사람의 마음은 움직이는 것이다. 영원불멸 사라지지 않는 원념 같은 것은 없다고 모모스케는 생각한다.

"그런데."

우콘의 말이 이어진다.

"그러한 잔학무도한 행위가 바로 옆에서 항상 일어나는 삶을 살고 있는 사람은 실로 간단히 남을 죽일 수 있게 된다오. 마귀가 마음 깊은 곳에 자리 잡게 된 건지, 아니면 두려움에 떨며 살아가는 동안에 불안감이 한계에 달해서 백성들까지 미쳐버린 것인지는 모르겠소."

"그리도 심합니까?"

우콘은 살짝 고개를 끄덕인다.

"심하지. 단 한 명의…… 아니, 하수인이 한 명이라 볼 수는 없지만, 그 몇 명인가의 마음이 흐트러진 자들 때문에 영내가 모조리 망가져버리고 말았소. 왕래하는 사람은 없고, 아이들이 노는 모습도, 여인들의 웃는 소리조차 사라져버리고, 이웃은 이웃을 의심하지. 최근에는 이곳저곳에서 폭동까지 일어나고 있는 것 같더군."

"폭동까지……."

우콘은 고개를 끄덕였다.

"백성들은 안 그래도 힘든 삶을 강요당하고 있는 것일세. 지금까지는 자그마한 소망을 내일에 맡기고 간신히 살아온 것이었겠지. 그런데……."

모모스케는 우콘의 말을 이제야 이해했다.

재액은 아주 작은 소망을 **너무나도** 간단하게 짓밟고 말더군.

그도 그럴 것이다. 밤사이에 아무런 이유도 없이 칼을 맞아 들판의 시체가 되어 있을지도 모르는 상황 속에서는 선량하게 살라고 하는 것이 무리다.

"소망을 잃은 소작인들은 괭이를 버리고, 밭을 버리고, 도주하는 자도 부지기수일세. 도당을 짜서 도적질을 하는 자들까지 있지. 상점이란 상점은 차례차례 습격해 창고를 부수고 불까지……."

"불까지 지른단 말입니까?"

"그렇소. 더구나 부자를 노리는 거라면 이해가 가지만, 무차별적으로 습격하고 있네. 그래서는 폭동이라 할 수밖에 없지."

우콘은 모모스케 쪽으로 고개를 돌렸다.

"그런 흉행이 왜 만연하고 있는지, 야마오카 공은 알겠소?"

모모스케는 그저 그 음울한 얼굴만 바라볼 뿐이다.

"백성들은 이제 도둑질이나 방화는 범죄다, 살인을 해서는 안 된다는, 그런 당연한 것조차 판단할 수 없게 된 것이야. 도둑질과 칼부림이 횡행하면 곤란한 것은 누구보다도 백성들일 터. 하지만 악행을 저지르는 자들뿐 아니라 악행을 당하는 사람들까지 그것이 나쁜 일이라는 것을 깨닫지 못하고 있지."

마비되어버린 것일까.

우콘은 빈 잔을 다시 채운다.

"아무리 세상이 흉흉해도 흔들림 없는 인륜이라는 것이 있을진대. 아니, 반드시 있네. 졸자는 그리 믿고 있지. 아무리 혼탁한 천하라도 기운이 가득차면 사람은 이윽고 바른 세상을 향해 가는 법. 하지만 그 반대는 없소. 사람이 길을 잃으면 세상이 삼베처럼 거칠어지는 것은 필연. 이걸 원래대로 돌리는 것은 쉽지 않지."

그리고 우콘은 토해내듯이 말했다.

"기타바야시 영내는 이제 이 세상의 지옥일세."

악념이 만연한 것인가.

흥행이 반복된 끝에 영내 전부가 악소(惡所)가 되어버린 것이리라. 악념을 품은 자가 그 기에 호응하여 죽음이 연속적으로 일어나는 것이다. 참으로 사신이 거하고 있는 것이나 마찬가지이리라.

모모스케는 부르르 떨었다. 싫다.

"그거, 듣기에도 심하군." 지헤이도 숨을 토하듯 말했다.

"그냥 놔두었다간 봉기가 일어나겠는걸."

"그렇다오." 우콘은 지헤이 쪽을 돌아보았다.

"가로님도 그것을 걱정하고 있지. 만약 봉기라도 일어났다가는 번이 멸망하고 말 것이야. 봉기한 백성들을 막을 기력도, 재력도, 지금의 기타바야시에는 없지. 설사 운 좋게 힘으로 누른다 해도 뒤처리가 불가능한 상황. 그렇게 되면 막부도 가만두지 않을 것이야. 폐번은 뻔한 일이지."

모모스케가 도사에서 들었을 때보다도 사태가 훨씬 심각해진 모양이다.

우콘은 그 당시에 이미 이 흥행이 번의 행정에 미칠 악영향을 걱정하고 있었다. 하지만 모모스케는 노두참살 정도로 폐번은 없을 거라며 대수롭지 않게 여겼었다. 그러나 이야기를 듣건대 이것은 실로 위험하다.

"하지만……"

우콘은 힘없이 말하고는 탁주를 비웠다.

"봉기는 일어나지 않을 걸세."

"어찌 그리 장담하누?" 지헤이가 입을 열었다.

"나리의 말씀은 잘 알겠소. 그리되어서는 어쩌고 자시고 할 도리가 없지. 하지만 아무리 손쓸 방도가 없는 상황이라도 모든 사람이 마음에 악념을 품는 건 아니지. 싫다, 싫다, 힘들다, 힘들다, 어떻게 좀 해줬으면 하는 마음이 커다란 일을 일으키는 경우는 있지만……. 백성들도 바보는 아니거든."

지헤이는 욕이라도 하는 것처럼 말했다.

"언제까지고 당하고 있지만은 않지."

우콘은 자신도 알고 있다고 말했다.

"지헤이 공 말씀대로 백성들 역시 의지도 있고 긍지도 있소. 지혜도 있을 것이야. 그러한 의미에서는 무사와 하나 다를 바 없지. 궁지에 몰린 쥐가 고양이를 문다는 비유처럼, 쥐도 궁지에 빠지면 고양이에게 이를 드러내는 일이 있다오. 그 어떠한 자라도 부당한 탄압에는 저항을 할 것이야. 허나 이번 경우만은 상황이 다르다네."

"어찌 다르오?"

"이를 드러낼 대상이 없기 때문이야."

으음, 하고 지헤이는 신음소리를 냈다.

"백성이 어찌하여 길을 잃고 말았는가 하면, 그것은 단 한 가지 이유, 범인이 잡히지 않기 때문이지. 잡히지 않을 뿐 아니라 흉행은 지금도 여전히 거듭되고 있네. 오 년을 넘길 정도로 오랜 기간에 걸쳐. 더구나 그 좁은 영내에서 말이야. 살인자가 죄 없는 이를 몇씩이나, 수없이 가지고 놀며 죽이고서도 벌을 받지도 않은 채 태연히 거리를 활보하고 있잖은가. 이는 보통 일이 아니오."

"아니겠지" 하고 지헤이는 대답했다.

"딸이 살해당했다, 부모가 살해당했다 해도…… 누가 죽였는지 모른다면 어느 놈을 원망해야 할지 모르지. 그런 얘기로군."

"그렇소이다……."

우콘은 잔을 놓았다.

"이것은 재앙일세. 가족이 살해당했는데 원망조차 하지 못하네. 원망과 한탄이 치솟아도 퍼부을 상대가 어디에도 없지. 두려움에 떨며 울 수밖에 없는 거야. 그러니 미칠 수밖에."

우콘은 어깨를 떨어뜨리고 고개를 숙였다.

음울한 얼굴에 그림자가 지자 더욱 어두워 보였다.

"마찬가지로 재앙이 악정이나 기근과 같은 부류라면, 그것은 영주에게든 번에게든 청원을 하면 될 일. 명확한 상대가 있다면 설령 힘없는 자라 하여도 항거할 길이 있으므로 그러한 활력도 생길 터이지. 그렇다면 봉기도 일어날 터이나……."

"범인이 잡히지 않는 것은 관리들이 멍청한 탓이다, 그렇게는 생각하지 않나? 미친개를 풀어두고 있는 것은 높은 양반들 아닌가. 창끝을 들이댄다면 우선은 무사가 아니냐고."

"그렇게는 생각하지 않을 것이야."

"하지만."

"범인은 사람이 아니니까."

'시치닌미사키.'

"저주입니까?"

우콘은 "저주요" 하고 반복했다.

"이 세상의 존재가 아닌 마물의 소행이라면 관리들을 탓할 수도 없을 터. 아니, 그 관리들이 먼저 떨고 있지. 백성들도 무사들도 마찬가지요. 관리들도 이미 범인을 잡겠다는 의지를 잃어버린 지 오래고, 상인도 자신의 몸을 지킬 기력을 잃어버렸네. 서로 의심만 할 뿐 그 어떤 약속도 할 수 없으니 봉기가 일어날 리도 만무한 것이지. 기껏해야 자포자기의 폭거로 빠질 뿐. 그것을 진압할 힘도 없는 것이야."

확실히 어지러워졌다. 아니, 저주를 받았다는 것이 이러한 상황을 더욱 불러들이고 있는지도 모른다. 모모스케는 그렇게 생각했다.

"토지가 저주를…… 받은 것일까요?"

"졸자는 그것까지는 모르겠네."

"분명…… 기타바야시 씨가 통치하기 이전에도 비슷한 일이 있었다고, 전에 우콘 님이 말씀하시지 않으셨습니까?"

그렇게 말했다.

"음, 실제로 무언가 있었던 듯하나 졸자는 소상한 사정을 모르네. 영민이 저주라고 하는 이유는 아무래도 범상치 않은 상황을 어떻게든 이해하고 싶기에 나온 방편일 터이지."

"저주라고 생각하기라도 하지 않으면 견뎌내지 못하는 게로군."

지헤이는 우콘에게 등을 돌리고 행등에 불을 붙였다.

원래 어둑했던 방은 이미 완전히 어둠이다. 노인의 뺨이 주홍빛으로 물들었다.

"허나, 그 지경까지 갔다면 저주라는 말을 꺼내봤자 진정이 아니 되지 않나?"

우콘은 대답하지 않았다.

"이보시오, 나리……" 하고 지헤이가 부른다.

"그 후…… 무슨 일이 있었던 게요?"

"으음."

우콘은 깜박이는 불빛으로부터 얼굴을 돌렸다.

"괴로운…… 일이네."

"괴로운 일이라."

우콘은 자신을 질책하듯 그렇게 말한 다음, "그렇소. 더없이……괴롭지"라고 말했다.

"우콘 님……?"

그늘 속의 낭인은 주먹으로 무릎을 쳤다.

"아내가…… 아내가 살해당했네."

시노노메 우콘은 짜내는 듯한 목소리로 그렇게 말했다.

"부, 부인께서……! 하, 하지만……."

"만삭이었네."

"맙소사."

모모스케는 눈앞이 정말 깜깜해지는 듯한 기분이었다. 분명 보이고 있는데, 바로 눈앞에 있는 우콘의 모습이 보이지 않았기 때문이다. 마음의 어둠에 침식당했다.

"졸자가 돌아간 날 이웃 처녀의 시신이 떠올랐소. 잔인한 수법으로 보아 편승한 폭주의 소행이 아니라 애초의 범인…… 아니, 저주인가. 저주로 죽은 듯했지."

사신이다.

사신의 소행이다.

"그 처녀는 말일세, 며칠 후에 혼례를 앞두고 있었다고 했네. 홀몸이 아니었던 아내는 평소 이래저래 신세를 지고 있었던 듯, 몹시도 슬퍼했지."

아내는 아직 사람으로서의 감정을 잃지 않고 있었다고, 우콘은 울먹이는 목소리로 말했다.

"허나 공동주택에 사는 이들은 이미 구제불능이었네. 아니, 그래서 구제불능이 된 것이지. 그 전까지는 경사가 있으면 축복하자는 마음이 있었으니 아직 희망에 가까운 것을 가지고 있었을 테지. 허나 그 희망의 싹이 꺾여버린 거야. 재앙이다, 저주다 하며 문을 닫고 장례조차 제대로 치르지 않는 꼴이었지. 약혼자조차 얼굴을 보이지 않았어. 졸자는 참을 수가 없었네. 일단 가로님께 뵙기를 청하고, 보고 겸 탐색 속행을 청했으나……."

"나리가 범인을 잡겠다고?"

"그렇소. 허나 승낙받지 못했지. 게다가 가로와 맺은 약정도 있고. 아니, 졸자는 실적을 올려 임관하는 것을 바라고 있었을지도 모르겠군. 허나."

허나. 그것이 아니 될 일이었다고 말하는 것처럼 우콘은 어깨를 부들부들 떨었다.

진동이 어둠을 타고 모모스케에게까지 이른다.

"졸자가, 졸자가, 범인을 잡겠다며 치기 어린 감정으로 돌아다니는 사이에 아내는, 료는……."

납치당하고…… 아이와 함께…….

"우콘 님."

"아내는…… 사라진 지 사흘 후, 멍석에 말려 다리 난간에 거꾸로 매달린 모습으로 발견되었네. 배가……."

"배가 갈라져 있었네."

우콘은 그렇게 말했다.

"배가……!"

산전수전 다 겪은 지혜이도 그 한마디를 토한 채 입을 다물었다.

그렇게나 무참한 일이 있어도 되는 것일까.

모모스케는 마른침을 삼킨다. 위장에서 쓰디쓴 것이 올라온다.

"아이는 여자아이였네."

우콘은 울고 있었다.

"틀림없이 사내아이일 것이라고 생각했지. 배가 그렇게 컸으니. 그래서……."

지헤이는 이 빠진 사발에 싸구려 술을 넘치도록 채우고, 우콘에게 불쑥 내밀었다.

"마셔."

우콘은 가만히 그것을 받아들고 단숨에 비웠다.

"졸자는 임관 따위, 대수롭지 않았네. 아니, 번도, 저주도 대수로울 바 없었네. 졸자는 그저 태어날 아이를 위해…… 그러기 위해……."

"그만하시게. 더 이야기할 것도 없소. 무엇을 어떻게 이야기한들 상처는 지워지지 않을 테니. 더구나 그런 상처는 아프지. 그러니 잊어버릴 리도 만무해. 그건 평생 짊어지고 가야 할 무거운 족쇄요. 범인을 죽인들 한은 풀리지 않아. 그러니."

익숙해질 수밖에 없다며 지헤이는 말했다.

모모스케는 떠올린다. 지헤이 역시 처자를 한꺼번에 잃은 과거를 가진 사내인 것이다.

"그래서…… 나리, 어째서 에도로 온 거요?"

"졸자는 하수인으로 몰렸네."

모모스케는 귀를 의심했다.

"범인의 하수인이라니, 그 무슨 바보 같은!"

"바보지" 하고 우콘은 말했다.

"허나 사실이오. 졸자는…… 적어도 아내를 포함해 둘 이상을 살해한 죄인으로 수배를 받고 말았네. 번 곳곳에 수배서가 붙었지. 항변할 사이도 없었소."

"부, 부인을 죽였다고?"

모모스케가 그렇게 말하자, 우콘은 크크크, 하며 몸을 떨었다.

그것이 자학적인 웃음에서 오는 움직임이라는 것을 모모스케는 바로 알아차리지 못했다.

"그렇다네. 졸자더러 만삭의 아내를 아이와 함께 베어 죽이고 거꾸로 매단, 짐승만도 못한 사내라고 하더군. 실성한 자이거나, 그렇지 않다면 악귀다. 아니, 악귀라도 그토록 무참한 짓은 아니한다."

크크, 하고 우콘은 숨을 흘렸다.

"몇 번이나 죽으려 했는지 모르네. 하지만 죽을 수가 없었지. 목숨이 아까웠던 게 아니오. 이 마당에 이르러 목숨이 걸림돌이 된다는 생각을 할 리도 없을 터."

"복수입니까?"

우콘은 고개를 가로저었다.

"좀 전에 지혜이 씨가 말씀하신 대로…… 처자식의 장례조차 치르지 못했네. 그래서……."

우콘은 그제야 고개를 들었다.

행등의 빛이 눈동자에 비치고 있다.

"그래서 졸자는 몸을 숨겼지. 그리고……."

"오긴을 만났군요."

지혜이는 무뚝뚝하게 말하고서 완전히 바닥난 술병을 던졌다. 술병은 바싹 마른 조악한 다다미 위에 투둑 떨어져 가장자리 가까이까지 굴러갔다.

"그 못된 년……. 무슨 짓을 한 게야."

"그것은 모르네."

우콘은 술병을 바라보고 있다.

"다만…… 놀란 것은 분명하지. 졸자는 오긴 낭자를 이 세상 존재로 생각하지 않았으니. 살아있으면서 저승으로 흘러들었나, 아니면 너무나 슬픈 나머지 환상을 보는 게 아닐까, 하고 생각했을 정도요."

우콘은 모모스케 쪽으로 얼굴을 돌렸다. 모모스케는 눈길을 피한다.

"지난 번 도사의 일은 오긴 낭자에게서 들었소. 믿기 어려운 일이나, 야마오카 공도 이런 모습인 것을 보니 그것은 진실이었던 듯하구려."

"그, 그게, 저는 말이지요……."

모모스케는 변명이 궁해 결국 머리를 숙였다. 무엇을 어떻게 이야기한들 아무런 변명조차 되지 않는다. 고개를 드시라며 우콘은 모모스케의 어깨에 손을 얹었다.

"오긴 낭자는 졸자를 위해 가짜 통행서까지 준비해주었소. 고마운 일이지. 졸자는 오긴 낭자의 인도로 기타바야시 영내를 벗어날 수 있었네. 그리고…… 오긴 낭자는 헤어질 때 이렇게 말했소이다. 마무리는 반드시 지을 테니, 에도의 염불장옥 지헤이의 집에서 기다리라고……."

우콘은 자신의 칼을 잡았다.

3

 간다 가지초의 책장수 헤이하치가 교바시 양초 상점 이코마야의 별채…… 모모스케의 집을 찾아온 것은 모모스케가 에도에 돌아온 지 사흘 후의 일이었다.

 모모스케의 예상을 까마득히 초월한 신속한 대응이었다.

 지헤이의 집을 나온 모모스케는 그 길로 헤이하치를 찾아가 조사를 의뢰했던 것이다.

 책장수는 서화에 정통할 뿐 아니라 일반인이 출입하기 어려운 장소에 드나들기도 하므로 안면도 넓고 귀도 빠르다. 게다가 헤이하치는 더없는 구경꾼이기도 하고, 구슬리기 달인이라는 별명을 가졌을 정도로 이야기를 듣고 대화를 이어가는 일에 명수이기도 하다.

 조사를 맡기기에는 최적의 인재인 것이다.

 헤이하치는 나이에 걸맞지 않는 동안을 활짝 피운 채, 인사도 하는 둥 마는 둥 품에서 만주 꾸러미를 꺼내어 모모스케에게 내밀었다. 헤이하치는 모모스케가 술을 잘 못 마시는 걸로 철석같이 믿고 있다.

"이건 료코쿠에서 사온 겁니다. 저야 달달한 거라면 뭐가 좋고 나쁜지 모르지만, 맛있다고 합니다."

"료코쿠에 갔던 겁니까?"

"가고말고요." 헤이하치는 의기양양하게 말했다.

"이래저래 많이 알게 됐지요. 무엇부터 이야기할까요? 뭐, 차근차근 다 풀어놓겠습니다. 그보다, 저어, 그 무사 나리는 어떻게 됐는지……?"

"우콘 님…… 말이로군요. 어떻고 자시고가 어디 있습니까. 가만히 몸을 숨기고 있겠지요."

"그…… 모사꾼과 한패의 집에 말입니까요?"

헤이하치는 마타이치가 가진 물밑 얼굴을 알고 있다.

"정말이지, 어찌 그리도 무참한 이야기가 다 있는지. 마누라와 자식을 잃고 말았는데 죄도 없이 연행된다면 참을 수가 없지요. 아무런 득도 없는데 말이지요."

"그렇지요. 참을 수가 없겠지요."

모모스케는 만주 꾸러미를 펼친다. 차 대접은 없다며 권하자, 헤이하치는 자신은 됐다며 손을 저었다.

"그런데 그 나리, 정말 어째서 그렇게 말도 안 되는 혐의를 받게 된 것입니까?"

"뭐, 그 언저리 사정은 나도 소상하게는 모릅니다. 다만 우콘 님은 범인 수색 중에 살해당한 이웃집 처녀의 약혼자에게 사정을 물었다더군요. 그리고 우콘 님이 만난 직후에 그 사내…… 요키치라는 기름 장수였다는데, 그 사내가 살해당했다고 합니다."

"역시 시치닌미사키입니까" 하고 헤이하치는 말했다.

"아니, 사신입니다" 하고 모모스케는 대답했다.

"그건 뭡니까?"

헤이하치는 눈을 휘둥그렇게 떴다.

"뭐…… 비유인 거지요. 요키치 씨를 해친 것은 도둑 부류가 아니었을까요? 그러한 폭도가 횡행하고 있다는 모양이니까요."

"그건 의심스럽군요."

헤이하치는 참으로 의심스럽다고 말하며 턱을 만지고는, 방금 전 먹지 않겠다고 한 그 입에 만주를 집어넣었다.

"의심스럽다……? 헤이하치 씨, 그건 대체 무슨 의미입니까? 그 요키치가 의심스럽다는 뜻인지요?"

"그런 건 아닙니다" 하고 헤이하치는 턱을 움직이며 대답했다.

"달기도 하군. 뭐, 전에 제가 갔을 때도 그 고을은 기이했으니까요. 흐으, 미적지근한 물에 맛없는 밥에 못 생긴 여자, 그렇게 삼박자가 갖추어진 꼴같잖은 곳이었어요. 활기가 없는데 어딘가 살기를 풍기고 있었다고요. 살인자가 잡히지 않는다는 이유야 있었겠으나, 뭐라 말하기 어려울 만큼 심란한 바람이 불어서 도무지 진정이 아니 됩디다. 그러니 날강도나 노상강도, 그러한 것이 분명 나올지도 모르겠지만, 그렇다고 해도 너무나 이야기가 척척 돌아가지 않습니까?"

"이야기가 척척 돌아간다는 뜻은?"

"그러니까요. 뭐랄까, 그 나리, 어째서 그 기름장수를 만난 겁니까?"

헤이하치는 집요하게 물었다.

"예에……. 우콘 님의 이야기에 따르면 말이지요, 살해당한 이웃 처녀…… 루이 씨라는 이름이었다고 하는데, 그 처녀에게 여동생이 하나 있었다고 합니다. 이 처녀는 가나 씨라는 이름이었다는데, 그 가나 씨가…… 자신이 범인을 봤다고 주장했지요."

"그 기름장수였던 겁니까?"

"그렇지 않습니다. 정확히는 살해한 범인이 아니라 납치한 패거리를 봤다고 해야 할까요……."

루이와 가나는 자매 둘이서 살고 있었다고 한다. 둘이 삯바느질을 생업으로 겨우겨우 살았던 모양이다. 루이가 납치된 것은 가나가 재봉점포에 바느질을 마친 옷을 납품하러 갔던, 단지 사반각*이라는 짧은 시간의 일이었다고 한다. 재봉점포에서 돌아오는 도중, 가나는 끌려가는 언니의 모습을 목격했다는 것이다.

"가마 밖으로 소매가 엿보였다고 합니다."

"소매?"

"예에. 이상하게 보였다나? 비어져 나온 듯한. 가나 씨는 그냥 타면 그런 식으로 늘어뜨려지지 않는다고 생각했다더군요. 이렇게, 앞으로 고꾸라지는 듯한 모양새가 아니면 그렇게 되지 않는다. 그래서 어쩌면 안에 쓰러져 있는 것은 아닌가 하고 눈에 힘을 주었는데, 그것이……."

"언니의 옷이었다……."

모친의 유품인 옷이었으므로 절대 잘못 볼 리가 없다고 했다 한다.

"그 가마를 앞에서 끌고 있었던 자가 귀갑문양의 옷을 입은, 신분이 높은 듯한 무사였다고 하더군요. 그래서 가나 씨는 언니의 시신을 부여잡고, 범인은 무사라며 목청껏 울부짖었다고 하던데……."

"하지만 들어주지 않았단 말이죠?"

---

* 약 십오 분.

"예. 그 누구도 귀를 기울이는 자가 없었던 모양이더군요. 뭐, 딱하다 싶기는 했을 터이나, 고귀한 신분의 무사가 범인이라니. 그런 아슬아슬한 이야기를 진담으로 받아들이는 자야……."

공동주택에 사는 자는 이미 구제불능이었네.

영내는 이제는 이승의 지옥일세.

우콘은 그렇게 말했다.

"그럼 그 요키치라는 자는……."

헤이하치는 방석을 바로잡았다.

"예에. 그 무사라는 자가 예전에 언니의 약혼자인 요키치 씨와 만나고 있는 모습을 보았다고, 그 처녀가 증언했다 하더군요."

오호, 하고 헤이하치는 목소리를 높였다.

"똑똑히도 기억하고 있군요. 몹시도 못생겨빠진 낯짝이었던 건가."

"얼굴은 당연히 몰랐을 겁니다. 뺨이 가려지는 두건이었다고 하니까요. 결정적인 것은 귀갑문양 옷이었지요. 삯바느질을 하고 있는 만큼 귀한 무늬를 예리하게 본 것이었겠지요."

오호라, 하고 헤이하치는 무릎을 쳤다.

"그래서 그 나리, 약혼자 놈을 콱 잡은 것이군요."

"그런 듯합니다. 우콘 님은 다른 지방에서 기타바야시로 옮겨왔고, 금세 여행을 떠난 데다 계속 도사에 있었던 것이니. 뭐, 그렇지 않아도 다른 단서는 전혀 없는 거죠. 나라도 일단은 그 요키치를 만날 것을 생각하겠지요."

"그야 나라도 그리 생각하겠네요. 그래서 그…… 기름장수는 나리한테 뭐라고 했답니까?"

"아주 집요하시군요, 헤이하치 씨."

모모스케는 만주를 집어 든다.

"요키치 씨는 귀갑문양의 옷을 입은 무사에 대해서는 기억하고 있었다 합니다. 다만, 그저 길에서 만났을 뿐이라고, 그리 말했다더군요."

"길바닥에서 말입니까?"

그건 한층 더 수상쩍군, 하고 헤이하치는 말했다.

'수상쩍다는 생각은 하나……'라고 우콘은 말을 했었다.

"그때 그 요키치 씨는 살해당한 루이 씨와 함께 걷고 있었다고 합니다. 아무래도 험한 일이 많다보니 공동주택 앞까지 데려다주고 나서, 루이 씨와 헤어진 직후에 그 무사를 우연히 만났다지요. 그런데 이름을 물어보았다더군요."

"별안간 이름을 물어보았다고요?"

"아니, 이름이라기보다 말이죠, 어어, 지금 그 여인, 매우 용모가 수려한 미인으로 보이는데 그분과 아는 사이신가, 하고 물어봤다더군요. 요키치 씨는 기분이 들떠 그 사람이 자신의 약혼자라고 자랑을 했다고 합니다."

요치키라는 이도 참 경박하고 경솔하다고 모모스케는 생각한다.

헤이하치는 세 번이나 수상쩍다고 말했다.

"수상쩍다고 하면 수상쩍기야 하겠지만, 있을 수 없는 일은 아니지요."

"뭐, 세상에는 도저히 없을 듯한 일이 곧잘 있으니까요. 그래서 그 나리도 모모스케 선생처럼 예, 알겠습니다, 하고 물러난 겁니까?"

"아뇨. 우콘 님은 요키치 씨의 언사가 너무나도 초연해서 마음에 들지 않았다고 합니다. 처가 될 사람이 살해당하고서 며칠 지나지도 않았는데 태연한 얼굴을 하고 있다는 점. 알다시피 우콘이란 분은……."

"끔찍하게 아내를 위했다지요" 하고 헤이하치는 쑥스러운 듯이 말했다.

"맞습니다. 그래서 요키치 씨를 추궁했지요. 길에서 우연히 만났을 뿐인 무사에게 떠벌일 정도로 자랑스러운 동행이라면서 어찌 그리 태연할 수가 있냐며 따져 물었지요. 장례에도 얼굴을 내밀지 않고, 원망하는 말 한마디는커녕 후회의 말조차 없는 것은 대체 어떠한 연유냐며……."

요키치는 이렇게 대답했다고 한다.

살아있다면 또 몰라도, 죽어버린 여자 따위에게 미련은 전혀 없습니다.

게다가 듣자하니 무참한 모습이었다고 하는데, 그렇게 꺼림칙한 것은 보고 싶지 않은데요.

"참말로 매정한 놈이구먼요."

헤이하치는 어이없어하는 듯했다.

"뭐, 그렇게 냉담한 반응은 그 요키치 한 사람뿐만이 아니라, 아무래도 현재의 기타바야시 번 전체의 풍조나 마찬가지인 것 같긴 하지만요. 우콘 님이야 당시에는 거기까지 깨닫지 못했을 테니, 어찌 그리도 무정하고 부도덕하냐는 생각을 했을 테지요. 상당히 힐책했답니다."

"오호."

"허나 요키치 쪽은 우이독경이었어요. 용무가 있으니 어서 보내달라는 말만 줄기차게 했다더군요."

"용무라면?"

"돈벌이라고 했다던가······."

"돈벌이라" 하고 헤이하치는 고개를 갸우뚱했다.

"들은 바로는 지금 기타바야시에 돈벌이가 될 만한 일이 있으리란 생각은 들지 않습니다만."

"무엇이었는지는 모릅니다. 하지만 우콘 님이 노발대발 화를 내니 요키치 씨는 진퇴양난, 돈을 벌면 한몫을 줄 테니 보내달라고 했다더 군요. 그게 탈이었지요."

"더욱 화를 돋우고 말았군요."

"그렇습니다만······. 뭐, 탈이 난 쪽은 우콘 님이었지요. 요키치에 게 노성을 퍼부으며 주먹을 날리고 말았다니까요."

사람 무시 마라.

네놈에게 돈 따위를 받을 이유가 없다. 그래선 루이 씨가 편히 눈을 감지 못할 거다.

우콘이 그렇게 말하고 요키치를 때려눕히자 요키치는 이렇게 대꾸했다고 한다.

말만 번지르르하시군요.

세상이란 어차피 돈이 최고라고.

죽은 사람이면 몰라도, 이쪽은 엄연히 살아있다고.

살아있는 이상은 먹고 살아야 한다고요.

아니면, 무사 나리께서는 밥 먹지 않고도 살아갈 수 있다는 겁니까.

우콘은 자신도 모르게 칼 손잡이에 손을 대고 말았다고 말했었다.

아내와 태어날 아이를 먹여 살리겠다는 이유만으로 마음가짐까지 꺾고서 임관이 되기를 바랐던 우콘에게는 가슴 속 깊이 박히는 말이 었으리라. 무사라고 하여도 먹지 않는 한 살아갈 수는 없음을 우콘은 실감했을 터이다.

 긍지나 의지만으로는 배를 불릴 수 없다. 처자를 안고서 처량하게 떠도는 입장에서는, 대의명분 따위는 손과 발을 묶는 굴레가 될 뿐이다. 요키치의 말대로 어차피 세상은 돈이라고, 그렇게 단념하지 않으면 살아갈 수 없다고, 시노노메 우콘은 몸으로 깨닫게 되었던 것이다.

 그런데······.

 "우콘 님은 길에서 요키치에게 노성을 퍼붓고, 때려눕히고, 결국 허리의 물건에 손까지 대고 만 겁니다. 많은 사람이 그 모습을 보고 있었지요. 그때 우콘 님은 분개심을 뱃속에 담고 요키치 씨를 풀어준 듯하지만, 안타깝게도 요키치 씨는 그 후 바로······."

 "살해당하고 만 것이군요. 그래서 그 나리는 의심을 사게 된 거고. 그러면 모모스케 선생, 요키치라는 경박한 자는 그 돈벌이의 준비인가 뭔가를 하러 갔다가 죽었다, 그렇게 되는 것이겠지요?"

 "그리되지요." 모모스케는 대답한다.

 "하지만 세상은 그리 생각지 않습니다. 요키치가 무슨 짓을 하려고 했는지 들은 자는 우콘 님뿐이니까요. 세상은 우콘 님이 요키치와 다툰 일밖에 모르는 겁니다. 그리고 요키치의 죽음에 이어 우콘 님의 부인이 죽었다. 시간 차이도 없이 곧바로 이어서 말입니다. 이런 말은 좀 그렇지만, 우콘 님이 의심을 받는 것은 어쩔 수 없다는 생각도 듭니다만."

 "일반적으로는 그리 생각하는 게 타당할 것입니다" 하고 헤이하치는 말했다.

 "그것이 여기 에도에서 벌어진 이야기라면 누구나 그런 식으로 생각을 하겠지요. 허나 일이 기타바야시가 되면 이야기는 달라질 겁니다."

"다릅니까?"

"생각해보세요. 살인과 도난이 횡행하고 있잖습니까. 더구나 몇 년이나 계속 말이지요. 이른바, 누가 어디서 살해당해도 결코 드문 일도 아니라는 이야기이겠지요. 다툰 상대와 마누라가 잇달아 죽었다고 해서 그렇게 당장 의심받는다는 건…… 저로선 납득이 안 가네요. 게다가 심문도 없이 즉각 수배잖습니까? 일이 지나치게 술술 잘 풀려나간다고 생각지 않으십니까?"

그것도 일리가 있다.

여기저기에서 흉행이 빈발하는 상황이라는 것은 요키치 건과 흡사한 사건이 그 밖에도 얼마든지 있다는 뜻이다. 더구나 참살 사건은 우콘이 영내로 넘어오기 이전부터 발생했고, 부인의 사건 또한 그 일련의 사건으로 바라보는 편이 앞뒤가 맞다.

오로지 우콘만이 의심을 받고 수배된다는 것은 기묘하다.

"함정에 빠진 것 아닙니까?"

"함정에 빠지다니…… 누구에게 말입니까?"

"그건 알 수 없지요. 여기에서 얼굴을 마주 보며 모자라는 머리를 굴려본들 별 뾰족한 수가 없다는 말입니다. 애먼 생각은 안 하느니만 못하죠. 그보다, 그 기타바야시의 저주 말입니다."

"저주에 대해서도 뭔가 알아낸 겁니까?"

헤이하치는 옆에 놓인 커다란 천꾸러미 속에서 필첩을 꺼내들었다.

"헤헤헤. 모모스케 선생을 흉내 내서 필첩에 적어왔지요. 장부가 아닙니다요."

헤이하치는 기쁜 듯 그렇게 말했다.

"음, 이야기를 들으며 기록을 하는 것도 아주 어려운 일이더구먼요. 모모스케 선생은 솜씨도 좋으셔."

"그런 것보다, 헤이하치 씨. 당신, 재앙의 정체를 알기라도 했다는 겁니까?"

재앙.

진정 재앙이 있단 말인가.

많은 사람이 죽었다는 것은 사실이다.

모모스케는 평소 저주나 재앙을 부정하지는 않으나, 도무지 수긍이 가지 않는다.

'저주로 과연 사람이 죽을까.'

우콘은 가로에게 사건의 탐색 속행을 청했을 때 조서의 필사본 같은 것을 받았다.

읽기도 전에 수배당하고 만 것이므로 아무런 도움도 되지 않았다는 이야기였으나, 모모스케는 이를 빌려서 자세하게 읽었다.

우콘은 석연치 않다고 말했으나, 기록상 첫 사건은 육 년 전에 발생했다.

다만 그 시점에서는 저주라는 세간의 평판은 아직 싹을 틔우지 않았던 듯하다. 처녀들만 납치해 배를 가른 채 버린 참혹한 사건이었다고 한다. 흡사 생간을 뽑아내기라도 한 듯······.

그렇게 적혀 있었다. 다만 피해자 수는 명기되지 않았다. 그 후의 사건, 즉 저주와의 관련성을 뒷받침하지 못했기 때문이리라. 또 그 시점에는 아직 전 번주가 살아있었기에 탐색에 임한 관리도 다른 자였던 듯하다.

 실제로 저주로 여겨지는 사건이 발생한 것은 그 이듬해의 일이다. 그 시점에서는 번주도 현 번주로 바뀌었다. 오 년 전 여름부터 이듬해 초봄에 걸쳐 참살 시신 일곱 구가 발견되었다.

 '일곱 명.'

 그 수가 나중에 시치닌미사키로 연결되는 것이다.

 다만, 어찌된 연유인지 그 후 꼬박 일 년은 아무 일도 일어나지 않았다. 그리고 삼 년 전 여름, 다시 비슷한 사건이 발생. 그때부터 저주의 소문이 일기 시작했다. 재작년 봄까지 역시 일곱 명이 죽고, 사람들의 마음이 황폐해져 편승하는 무리가 나타나기 시작한다.

 "저주라는 것은 말입죠……."

 헤이하치는 뜸을 들였다.

 모모스케는 몸을 쑥 내밀었다. 헤이하치는 "알았습니다, 알았다고요" 하고 거듭 말했다.

 "영주 살해의 불길한 전설입니다요. 아주 오래 전이죠."

 옛 흉사.

 그것은 우콘이 이야기했던, 그 땅에 남은 불길한 전설이 아닐까.

 헤이하치가 말을 이었다.

 "기타바야시는 전에 모모스케 선생이 말한 대로, 기타바야시 님이 다스리기 전에는 막부 직할지였습죠. 그렇게 아무것도 없는 촌을 어째서 막부가 먹었을까 하는 생각이 들었습니다만, 어쩔 수 없는 까닭이 있었던 겁니다."

 "어쩔 수 없다니?"

 "별안간 끊어져버렸던 겁니다. 혈통이. 그래서 뒤를 이을 자가 없어 가문도 번도 와해."

"막부 직할지가 되기 전의 일입니까?"

"맞아요, 맞아" 하고 헤이하치는 필첩을 넘긴다.

"남에게 설명한다는 게 쉬운 일이 아니구먼요. 직할지가 되기 전에 그 땅을 다스리고 있었던 것은, 기록에 따르면 미쓰가야 가문이었습죠. 이 가문은 대가 끊어졌어요. 그런데 그 미쓰가야 가문이 단절된 이유라는 게 어디에도 실려 있지 않아요. 번주가 별안간 죽고 말아서, 이하 생략."

"하지만 번주가 급서해 후계자가 없어도, 이를테면 양자를 들이든가 하는 방법이 있지 않습니까?"

"있을 테지요."

"혹 와해가 되더라도 영지를 분할하여 이웃 번에 병합시키든가, 무슨 방책이 있지 않습니까, 직할지라는 것은……. 이를테면 사도처럼 금이 나든가 말이죠. 뭔가 이익이 없으면……."

"금이 나온다는 소문이 있었던 듯하더군요."

"예?"

"금산입니다." 헤이하치는 싱글거리며 말했다.

"금산? 설마."

"물론 이건 소문입죠. 아마 밑도 끝도 없는 유언비어였을 겁니다. 그런 곳에 금이나 은은 없어요. 이 소문, 아까 모모스케 선생이 말한 대로 별안간 직할지가 되어버린 것에 대한 세간의 지레짐작이었을 테지요. 하지만 직할지가 된 것은 다른 이유가 있었기 때문입니다."

"참으로 뜸들이십니다" 하고 모모스케가 말하자, 헤이하치가 숨길 것 없다는 듯이 바로 말을 받았다.

"헤헤. 딱히 숨기는 건 아닙니다. 왜냐하면 그 이유란 것이 저주거든요. 저는 처음부터 그리 말했습죠."

"저, 저주가 있으니 막부는 다른 번에 병합도 하지 못했다는 것입니까?"

헤이하치는 고개를 끄덕이더니 만주를 또 하나 먹었다.

"닦달하는 건 아니지만 차가 있었으면 싶네요. 모모스케 선생은 용케 이리도 단 걸 태연히 드시는구려."

그렇게 말하는 헤이하치가 더 많이 먹고 있다.

"실은 말입죠……."

헤이하치는 우물우물 입을 움직였다.

"미쓰가야 번 말살의 전말이라는 게 아주 어마어마한 추문이더구먼요. 이것만은 위에서도 세상에 알리고 싶지 않았던 모양입니다."

"추문 말입니까?"

"예에. 그 미쓰가야 번의 마지막 영주, 이분이 원래는 양자였다고 하는데, 미쓰가야 가문이란 데가 아무래도 자식 복이 없는 일족이었던 듯싶더군요. 어디에서 양자로 들어왔는지, 그것까지는 알아보지 않았지만, 그 영주 나리가…… 실성하셔서 말입죠."

"마음의 병이군요."

"음사사교의 신도가 됐다나요."

"키리시탄* 말입니까?"

"아니오, 아니오" 하고 헤이하치는 손을 저었다.

"이것은 기록에는 없습니다. 에도 기타바야시 번 저택에 곤조라는

---

* 일본에 처음으로 전래되었을 무렵의 천주교를 이르는 말.

종놈이 있었는데요, 이자도 이미 호호 할아버지가 되었지만, 그놈한테 들었습죠. 그래서 뒷받침할 증거를 잡았지만요. 아무래도 사람의 생간을 뽑아먹는 험악한 종교였던 것 같더구먼요."

"그런 신심이 어디 있겠습니까?" 하고 모모스케는 말했다.

"글쎄요. 있을 듯싶은데요."

"아니, 없지요. 뭐, 옛 기록을 보면 여러 신심이 있습니다. 추잡한 것도 있고, 그중에는 잔혹한 것도 있지요. 허나 한 영지, 한 성의 주인이나 되는 자가 그런 유행신에 홀딱 빠지겠습니까?"

"전설입니다" 하고 헤이하치는 말했다.

"그런 말을 저한테 해봐야, 저는 잘 모르겠습니다. 전설이 그러하니 저야 어찌 할 도리가 없죠. 어쨌든 백 년 남짓 전의 일입니다. 기록에 없다면 진위야 알 수 없지요. 전설에 따르면 그 영주님은 음사사교에 빠진 것뿐 아니라 실성하여 흉포해졌다고 합니다. 성 안에서 가신들을 잇달아 죽인 끝에…… 결국 흙으로 된 옥에 갇히고 말았답니다."

"영주 나리를 옥에 넣었단 말입니까?"

"넣을 수밖에 없었겠지요. 목이 뎅겅 날아가니까요. 백성들의 눈도…… 영주 나리에게 백성들의 눈이라는 것도 이상한 이야기겠군요. 뭐, 막부나 다른 번에 대한 체면이란 것도 있을 테니 가두어두고 계속해서 숨겼겠지요."

'그렇다면 있을 법한 일인가.'

"그런데 그 나리가 틈을 노려 간수에게서 칼을 빼앗아 감옥을 빠져나가고 말았답니다. 아, 감옥을 뚫고 도주한 것이 아니라더군요. 전설에 따르면 그 감옥에는 탈출로가 있었다지 뭡니까."

"탈출로라고요?"

"짐작건대 천연 동굴이라도 이용해서 만들었던 게 아닐까요? 아무튼 문제는 그 후입니다."

헤이하치는 말끝을 흐리며 앉은 자세를 바꾸었다.

"그 나리께서요, 어디서 어떻게 벗어났는지 성 밑 마을로 나와서는 잇달아 영민을 참살했단 말이지요. 닥치는 대로, 뎅겅, 뎅겅……."

헤이하치는 손날을 치켜들었다.

"잠깐만요. 영주가 왜 영민을……?"

"아, 실성했으니까 그렇지요. 이유란 건 없어요. 그래서 실성이라고 하는 것일 테고."

모모스케는 상상한다.

백성들을 닥치는 대로 베어 죽이는 영주.

무어라 말할 수 없는 무참한 그림이리라.

실성한 영주는 흉행을 거듭…….

"그래서 어떻게 됐습니까?"

"죽었지요. 백성의 손에."

"영주 나리가 백성의 손에 죽었단 말입니까?"

모모스케는 입을 떡 벌렸다. 그런 일이 과연 있을까.

헤이하치는 눈썹을 만지며 "바로 그 점이 이 이야기의 수수께끼인데……" 하고 말했다.

"피 묻은 칼을 든 채 들판을 어슬렁대는 놈이니 더는 영주님으로 생각지 않았겠지요. 백성도 목숨은 아까우니까요. 그렇게 위험한 놈이 있다면 처치하는 것은 당연하다. 죽창에, 곡괭이에, 낫에……. 뭐, 어떠한 연장을 사용했는지는 모르지만요. 이렇게 푹, 저지르고 말았다. 그런데……."

"그자가 영주였다는 말씀."

그것이 사실이라면 이는 큰일이다. 경위가 어떠하든 영주가 영민의 손에 죽어버렸다면 그것은 분명 대단한 추문일 것이다. 번의…… 아니, 막부의, 아니, 무가의 위신에까지 관련되는 커다란 문제인 것이다.

"실제로 있었던 일입니까?"

"모르지요. 허나 실제로 미쓰가야 가문은 그 후로 딱 단절되고, 영지는 몰수되어 막부 직할지가 되어버렸습니다."

어떠한 이유가 있을지라도 영주가 백성에게 맞아죽다니, 전대미문의 불상사다. 폐문과 영지 몰수는 당연한 일이리라.

허나…….

"그래서, 무슨 저주가 내리는 겁니까?"

영주가 저주를 내린다는 것인가.

"그러니까……."

"백성이라니까요, 백성."

"영주 나리를 죽인 백성 말입니까?"

역시 궁리 선생은 이해가 빠르다며 헤이하치는 추켜세우듯 말했다.

"알지 못했다고는 하나, 죽여버린 자가 번주님이잖아요. 영주라고요. 실성을 했든 무얼 했든, 썩어도 영주란 말이죠. 죽여버리고서 멀쩡히 그냥 지날 리 없지 않습니까. 아시겠어요, 모모스케 선생? 우리 같이 천한 자들에게 영주란 구름 위에 있는 분들이라고요. 영주 행렬과 맞닥뜨린 일이 있습니까? 고개 들어 얼굴만 보아도 무례하다며 벌을 각오해야 한다고요."

그것은 말 그대로다.

"허나 한편으로…… 그처럼 광견 같은 자가 칼을 휘둘러대고 있는데, 그걸 그냥 둘 수도 없는 노릇이지요. 백성으로서는 추궁받을 이유가 없죠."

그것도 지당한 말이다.

"연유를 물을 리도 없고 심문도 없을 겁니다. 이건 무가의 위신을 걸고서라도 물러설 수 없는 일. 잘못한 쪽은 영주라도 백성을 용서하겠노라는 말은 죽어도 하지 못할 일일 테지요. 그러니까 손을 댄 백성은 전원, 그 즉시 단죄. 효수형이죠. 해서 그때 늘어선 목이…… 일곱."

"일곱이란 말입니까?"

"일곱이 덤벼들어 죽인 거지요. 아까도 말했다시피 백성들에겐 무기도 없고, 무예를 익힌 적도 없지 않습니까. 우르르 덤벼들어 죽일 수밖에요. 허나 이건 무참해요. 무참할 수밖에요. 그래서 그 일곱 백성이…… 저주를 내리는 거지요."

"그것이 시치닌미사키란…… 말씀?"

소문이 귀에 흘러든 지 일 년.

이제야…… 기타바야시 시치닌미사키의 얼굴이 갖추어졌다. 분명 서쪽 지역의 원조 시치닌미사키도 참형을 당한 다이라 가문의 잔당이라고 했던가, 소동을 일으켜 처형당한 백성이라고 했던가, 신역을 더럽힌 나무꾼이라고 했던가, 뭔가의 유래가 붙어 있었다. 기타바야시의 경우에는 그것이 없었기 때문에 납득이 가지 않았던 것이다.

시치닌미사키란 거의 대부분 살아있는 자를 사고사나 병사로 이끄는 존재이며, 참살이라는 명명백백한 살인에는 어울리지 않는다고 생각했었다. 저주로 사람이 참수당한다는 것은 이상하다고 생각한 것이다. 허나 이 경우, 사인은 그다지 관계가 없었던 듯하다. 요물이 사람을 참살하는 것이 아니라 요물이 사람으로 하여금 참살을 하도록 시키는 것이라고 생각하면 앞뒤가 맞지 않을 것도 없다. 악념을 품은 자가 나쁜 기운에 호응하여 악행을 저지르는 것이다. 그것을 저주라고 부른다 해도 문제될 것은 없으리라.

사신의 저주다…….

허나.

"헤이하치 씨, 그때의 일곱 백성이 대대로 그 땅에 저주를 내리고 있다, 그런 말씀이지요?"

"그렇겠지요" 하고 헤이하치는 시치미 떼는 듯한 얼굴로 말했다.

"뭐, 영주 나리의 칼에 죽은 백성도 귀신으로 나왔는지도 모르지만요. 어찌되었건 꺼림칙한 땅임은 틀림없지요. 뭔가 의심스러운 일이 있었던 게 분명해요. 하지만 뭣이랄까, 불상사가 드러나선 안 되지 않습니까? 얼마간 막부 직할지였던 건 그 때문이 아니었을까 싶어서 말이죠. 영주의 실수는 감추고 싶었겠지요."

……실수라.

듣고 보니 우콘도 이전에 그 땅을 다스리던 영주가 저주와 관련된 실수를 했다는 표현을 한 듯하다. 그런 악한 전례가 있었기 때문에 불필요하게 저주 소동이 퍼져서 피해가 크다고.

"아무리 감추고 있어도 유령이 튀어나와 폭로해버린다면 산통 다 깨지는 거지요" 하고 헤이하치가 말했다.

아니, 요물이 널리 알린 것이 아니다. 그 땅에 응축된 악념이 무언가의 형태로 후세에 계승되어 같은 악념을 품은 자에게 발현했다고 생각해야 할까.

그나저나, 아무리 억울한 죽음을 맞았다고는 해도 무력한 개인의 원념이 백 년을 훌쩍 넘도록 오랜 기간 계속되는 법일까. 숙원이나 대망 같은 부류조차 결국은 산산이 사라지는 법이다.

"하지만 헤이하치 씨. 실상 그러한 일이 있었을지도 모르나, 그것은 백 년이나 전의 일이잖습니까. 실제로 지금은 기타바야시 번이라는 다른 번이 되어 있으니. 그렇다면 저주는 일단 진정되었다고 봐야 할 터인데요."

"그야 그렇겠지요. 백 년 동안 줄곧 저주를 받고 있었던 것은 아닐 테지요. 그렇다면 아무도 그런 곳에 살지 못하지요. 요괴도 지쳐버릴 테고."

"그럼……"

"어째서 지금에 와서 다시 발생한 것이냐고 묻고 싶은 거지요?"

헤이하치는 이 말과 함께 모모스케의 코앞에 검지를 내밀었다.

"엄연한 이유가 있습니다."

"이유…… 말입니까?"

"뭐, 이건 저의 억측이지만요. 미쓰가야 번의 마지막 나리라는 분이 그 실성한 나리가 되지요. 그리고 기록을 거슬러 올라가면 이분의 이름이…… 어디 보자, 이거로군. 미쓰가야 단조 가게모토. 그리고 현 기타바야시 번주가 말이지요……"

"아……"

모모스케는 기억을 떠올린다. 우콘이 말했었다. 아마도…….

"기타바야시 단조 가게모토."

헤이하치는 싱긋 웃었다.

"같은 단조지요."

"같은 이름의 번주입니까?"

"이름이라기보다 관직 같은 게 아닐까요?"

"뭐어, 단조란 단조다이의 약자로 원래는 관직명이지요. 지방 영주를 감독하는 자리로 알고 있으니 상당히 신분이 높은 사람이 임명되었을 겝니다. 다만 지금도 있는지 없는지, 그것은 모릅니다. 있다고 해도 실권은 없는 명예직 같은 것이 아닐까 생각합니다만……."

그렇다면 촌구석 영주에게 주어질 이름은 아닐 터.

"예에. 어찌되었건 저는 말이지요, 이것이 저주가 돌아온 이유가 아닐까, 그렇게 보고 있습니다만."

앞뒤는 맞는 것으로도 보이나, 과연 그런 것일까. 모모스케는 고개를 갸웃했다.

"우연이겠지요."

"우연일 테지요. 허나 요괴 입장에서는 또 단조라고 받아들이겠지요. 옛 원한을 떠올리며 다시 저주를 내려주겠다고."

모모스케는 팔짱을 끼었다.

"그…… 현 번주님은 어떠한 분인지요?"

아, 예에, 하고 헤이하치는 필첩을 넘긴다.

"기타바야시 단조 님은 말이지요. 오 년 남짓 전에 번주가 되셨군요. 전 번주님은 형님이었는데, 이분이 날 때부터 병약했어요."

"듣기로는 병사하셨다던가……."

"잘 알고 계시는군요. 단조라는 나리는, 음, 말이 좀 그렇지만 첩실 소생이었다더군요. 그때까지 쭈욱 에도에 있었고, 뒷방 도련님 신세였다더군요."

"아아, 저도 측실의 소생이라는 말을 들었습니다. 다만 전 번주의 정실께서는 그 단조 님에게 가독을 물려주는 일에 맹렬히 반대하셨다던데."

전 번주의 정실이란 고에몬의 약혼자였던 치요 님과 도사의 고마쓰시로 번주와의 사이에 태어난 가에데 아씨. 기타바야시로 출가한 가에데 님은 가독 다툼의 알력 끝에 천수각에서 몸을 던졌다고 들었다.

"그렇습니까요? 저는 그 언저리에 대해선 들은 바 없어요. 현 단조 님이 어떠한 분이라는 것에 대해선 잘 모르지요. 아랫것들이야 옛날 이야기는 해도 현재 나리의 험담은 하지 않거든요. 다만……."

헤이하치는 옥외도 아닌데 주위를 주의 깊게 둘러본 다음 몸을 앞으로 숙였다. 모모스케 또한 저절로 몸을 앞으로 내밀었다.

"좀 재미있는 이야기는 들었습니다."

"재미있는 이야기라?"

"뭐, 재미있다고 할지 무어라 할지. 확증은 없으니 이 이야기야말로 단순한 우연일지도 모르지만 말이지요."

헤이하치는 다시 필첩을 넘겼다.

"어디 보자. 번주 단조 님은 권력 투쟁에서 밀려난 뒷방 도련님 시절의 추종자를 측근으로 내세우게 되는데요, 구스노키 덴조, 이이가 번주의 측근이지요. 그리고 호위 책임자이자 기타바야시 번사들의 우두머리인 가부라기 주나이. 이들이 뒷방 도련님 시절부터 단조 님의 총애를 받고 있는 심복들입니다. 그리고……."

지금부터가 중요하다고 헤이하치는 말했다.

"어찌된 연유인지 이 나리, 종자 대신 첩실 둘을 항상 거느리고 있다고 하더군요. 뭐, 우리가 취급하는 책에서 나리라는 자는 대략 색골이라는 것이 기본이지요. 그렇지 않으면 남색이고. 그러니 첩이 몇이 되건 놀랄 일은 아니지만, 이것이 말이지요, 모모스케 선생. 듣고 놀라시면 아니 됩니다. 그 첩실이, 믿기지 않지만 기쿄와 시라기쿠라는 이름이라더군요."

"예에. 그게 뭐 어떻다는 겁니까?"

모모스케가 물었다.

"아, 시라기쿠라고요, 시라기쿠."

그다지 드문 이름은 아니다. 모모스케는 그렇게 말했다.

"어허, 어째 머리가 잘 돌아가지 않으시는구면."

헤이하치는 좀 전과 정반대의 말을 했다.

"아, 그 왜, 얼마 전 오와리의 건 말입니다."

"오와리……라면?"

"희대의 악녀, 주작 오키쿠 말입니다."

"아아!"

모모스케는 자신도 모르게 소리를 질렀다. 그것은 오와리의 호상을 사로잡은 악녀의 별명이다. 사내를 손바닥 위의 장난감처럼 휘어잡고 정기도 뿌리 바닥까지 빨아들이며 쥐어짜내어, 문자 그대로 재가 될 때까지 태워버린다는 독부가 바로 시라기쿠로 자처하는 여자였다.

"그러고 보니 그때 마타이치 씨가 '시라기쿠는 지금 기타바야시 영내에 있다'라는 말을 했던가요. 하, 하지만 헤이하치 씨. 당신, 그 악녀가 하필이면 영주의 측실이 되었다는 말씀인지……?"

헤이하치는 고개를 끄덕였다.

"증거는 아무것도 없지만요. 그 왜, 가네시로야 상점 점원이 에도에서 시라기쿠를 봤을 때의 이야기, 기억하고 있습니까?"

그 이야기라면 똑똑히 기억하고 있다.

"화려한 차림새이나 무가의 규수도 아니며, 상가의 여인도 아니며, 하녀도 아니며, 장사치 여인도 아니며, 그러나 천박한 차림은 결코 아니었다던가."

그거라며 헤이하치는 손가락을 딱 울린다.

"듣기에 참으로 의아한 용모인데, 영주의 측실이라고 하면 그럴싸하다고 생각 않으십니까?"

영주의 측실이 평소 어떠한 차림새를 하고 있는지 모모스케는 알지 못한다. 그러나 천박한 모습을 하고는 있지 않을 터이고, 규수와 같은 모습으로도 보이지는 않으리라.

"이 측실을 단조 님도 크게 총애하시는 모양인데, 에도에 공무로 올 때도 반드시 데리고 온다고 합니다. 그러니 가네시로야의 점원이 에도에서 보았다는 것도 있을 법한 이야기지요."

"가능한 이야기지요."

모모스케가 그렇게 말하자, "그리고 말이지요" 하며 헤이하치는 확인을 하듯 말을 계속했다.

"얼마 전 모사꾼 형씨가 말했는데요, 한 칠팔 년 전 주작 오키쿠와 명성을 나라힌 하는 악녀가 또 한 명 있었는데요, 그 이름이 백호 오쿄입니다. 남자에게 들러붙어 생피를 빨아먹는 오쿄와 화염옷으로 불태워 죽이는 오키쿠. 제 기억으로는 분명 이 두 사람의 소문이 육 년 남짓 전에 뚝 하고 끊어져버렸지요. 오쿄에 오키쿠, 기쿄에 시라기쿠. 어떻습니까?"

헤이하치는 자신만만하게 얼굴을 들이댔다.

"악녀 둘이 영주 눈에 들었다는 겁니까? 허나 그 두 사람이 아무리 남자를 홀리는 데 용한 요녀라고 해도, 무슨 수로 그리 먼 지방 영주의 눈에 든답니까?"

"그야, 모모스케 선생."

헤이하치는 우습다는 듯 턱을 끌어당겼다.

"오쿄와 오키쿠가 나란히 악명을 떨쳤을 때라고 하면, 단조 님은 권력투쟁에서 멀리 떨어진 에도에 있었단 말입니다."

오호라……. 에도에서 눈에 들어, 단조가 가문을 이을 때 함께 기타바야시로 갔다고 생각하면 악녀들이 돌연 사라진 이유도 설명이 된다.

"그렇다면 단조 님은 속고 있다는 얘기가 됩니다만."

"그렇게 되겠지요." 헤이하치는 만족스럽게 말했다.

"천하의 악녀 둘이 덤벼들었는데, 못 버티지요. 그 증거로, 단조 님은 말이지요, 지금 병환 중이라고요. 그것도 상당한 중병 같습디다."

"근거는?"

"간단하지요. 모모스케 선생, 지금은 딱 참근교대(參勤交代)* 시기가 아닙니까. 그런데 단조 님은 아직 에도로 나오지 않았어요. 에도 저택에 근무하는 무리는 위에서 아래까지 난감지경이라고요. 위의 윗분에 관해서는 모르지만요, 아무래도 상부에는 급환이라고 알린 모양이더군요. 뭔가 냄새가 나지요."

---

* 에도시대 막부의 통치 강화를 목적으로 지방 영주들을 정기적으로 에도로 출사시키는 일.

헤이하치는 코를 비빈다.

"이대로 끝날 것이라고는 생각되지 않습니다만."

"오호라."

꺼림칙한 부합을 가진 단편이 불길한 모양새를 예상케 한다.

그러나 단편은 어디까지나 단편에 불과하다.

'무언가가 빠져 있다.'

모모스케는 생각한다. 그리고 오긴을 떠올린다.

오긴은 기타바야시에서 무엇을 하고 있는 것인가.

고에몬은 관련이 있는 것일까.

마타이치는 어디에 있는 것일까.

"선생, 선생" 하고 헤이하치가 부른다.

"어찌 그러시는지? 멍하게. 그보다, 저, 모모스케 선생. 그 인형사 고에몬 씨의 건에 대해서도 알고 싶어하시지 않았던가요?"

"아, 예에."

헤이하치는 작년 기타바야시에 들렸을 때 고에몬을 한 번 만난 적이 있다. 그러한 경위도 있어서, 모모스케는 겸사겸사 수수께끼의 사내 고에몬에 대해서도 알아봐달라고 부탁했던 것이다. 고에몬이 에도에 있었던 무렵의 소문이라도 남아 있지 않을까 생각했던 것이다.

헤이하치는 다시 만주를 집었다. 결국 모모스케보다 많이 먹고 있다.

"전 말이지요, 달랑 만주만 사러 료코쿠에 간 것이 아닙니다. 고에몬이란 사람이 물밑에서 뭘 하는 사람인지, 그야 노는 물이 다른 나 같은 놈이 알아볼 수 있는 것도 아니지만, 표면의 얼굴이라면 별개의 이야기지요. 인형사, 사카마치의 고에몬이라고 하면 아는 사람은 모두 알고 있다는 정도였으니까요."

"유명했습니까?"

"뭐, 그렇죠. 한참 전에는 마치 살아있는 듯한 머리를 만드는 것으로 평판이 자자했던 사내였다고 합니다. 고에몬이 만든 인형은 밤마다 말을 한다든가, 눈물을 흘린다든가, 그런 쪽의 시답잖은 이야기가 산더미 같지요. 하지만 뭐니 뭐니 해도 고에몬이라고 하면 구 년 전에 세간을 떠들썩하게 했던 생지옥 칼부림 인형전이지요. 모모스케 선생도 이야기하지 않았습니까?"

"아아, 그래서 료코쿠에……."

"맞습니다. 얼마 전에 그 말을 듣고 생각이 났는데, 그건 저도 봤습죠. 평판이 장난이 아니었으니까요. 흡사 살아있는 것 같았지요. 전 이삼일 뒷간에 가기가 무서웠던 정도라. 그 때문에 질책을 받아 고에몬 씨가 에도에서 모습을 감추었다는 말이 떠돌고 있지요."

"듣자하니 흥행주는 흥행 권리의 반을 박탈, 고에몬 씨도 오라를 받았다던가……."

양녀인 오긴이 한 말이다.

"그건 그렇게 되었지만 말이지요, 사실 그 이유가요……."

"풍기를 문란케 한다는 것이었지요?"

"뭐, 그것도 들어가지만…… 약간은 다르다는 것을 알아냈습니다요. 그냥 문란해진다는 정도가 아니라, 정말 문란해지고 말았다는 이야기를요."

"정말로 문란해졌다는 말씀은?"

"그 생인형은요, 그것은 지금 유행하는 무참화를 뺨치는 잔인한 것이었지요."

"그렇긴 했지요."

그것은 가부키 독본 등의 잔혹한 정경을 인형으로 만든다는 취향의 전시물 흥행이었다.

다만, 종종 있는 가부키의 명장면을 옮겨다놓은 듯한 미적지근한 것이 아니다. 진짜 아비규환을 재현한 사실적인 것이었다. 생인형이니 만큼 인위적이나 과장된 멋은 일절 없고, 그야말로 눈을 가리고 싶어지는, 피범벅이 된 신체의 칼부림이 정성스레 만들어져 있었다.

"그걸 보고서요, 흥분하고 감화되어 정말 사람을 푹 쑤셔버린 멍청한 놈들이 있었던 겁니다. 그것도 한두 명이 아니라 몇이나 죽었어요."

그러고 보니 당시 그러한 소문도 떠돌았던 듯하다.

물론 구 년이나 전의 이야기이다. 모모스케도 소상히 기억하지는 못한다. 그럼에도 그것이 소문이었다는 인식만은 똑똑히 가지고 있다. 이야기 자체는 떠돌았으나, 대소동이 일어나지는 않았기 때문이다.

"그건 아마도 입이 야물지 못한 자가 흘린 풍문이겠지요."

모모스케가 그렇게 말하자, 헤이하치는 "나도 그렇게 생각했었는데요" 하고 대꾸했다.

"그런데 사실이었답니다."

"하지만, 헤이하치 씨."

"어헛, 압니다. 그런 것치고는 그다지 크게 소동이 일지는 않았다, 모모스케 선생은 그리 말하고 싶은 것이지요? 가와라반에도 실리지 않았고, 봉행소의 고지에도 남아 있지 않다. 그런데 말이지요, 이건 실제로 있었던 일인 모양이더라고요. 그때도……"

헤이하치는 몸을 내밀고 진지한 얼굴로, "일곱이 죽었다고 합디다" 하고 음울한 목소리로 말했다.

4

헤이하치가 물러간 후, 모모스케는 때를 보아 핫초보리로 나섰다. 북 봉행소의 순찰동심 다도코로 신베를 찾아간 것이다.

모모스케는 가는 길에 술을 샀다. 평소 모모스케는 직접 술을 사는 경우가 없다. 물론 뭔가 선물로 지참하려고 한 것이었으나, 그러한 경우에도 대개는 과자 등을 산다. 다만 이때만은 단것을 살 마음이 들지 않았다. 만주를 질리도록 먹었기 때문이다.

다도코로는 모모스케의 형인 군파치로의 검술 동료다.

이 사내, 작금의 관리 중에는 드문 무골 정의한으로, 그렇기 때문에 봉행소 안에서는 따돌림을 받고 있다고 한다.

순찰동심은 봉록은 적지만 영주 저택에 출입도 하고 거리의 무리에게 뒷돈을 챙길 수 있어서 하급 관리 중에서도 가장 짭짤한 것으로 여겨지고 있다. 그 때문인지 대개는 세련되고 멋을 부리는 사내라는 인상이 강하지만, 다도코로의 경우는 완전히 글렀다.

시중드는 자가 없는 탓인지, 아니면 타고나기를 털털하게 타고났는지, 겉옷은 주름투성이에 머리는 몇 가닥 풀려 있고 수염은 면도

자국이 남아 있기 일쑤. 게다가 얼굴이 특이할 정도로 길다는 부록까지 있다. 그 때문만은 아니겠으나, 사십을 넘기고도 아직 정착을 하지 못하여 독신이다.

오히려 뇌물은 일절 받지 않고 부업도 전혀 하지 않는다고 하므로, 참으로 한심하기 이를 데가 없다. 궁하기 때문에 하인 한 명, 밥 짓는 계집 하나도 고용하지 못하는 지경이다. 이래선 아내를 맞을 수도 없다.

그러니 이를테면 선물로 생선 등을 사가지고 가도 오히려 난처하리라는 것이 모모스케의 생각이었다. 그 사내가 생선을 솜씨 있게 다듬으리란 생각도 들지 않는다. 궁리 끝에 선물을 술로 결정한 것이다.

그러나 모모스케는 어이가 없을 정도로 정직한 이 관리가 조금은 맘에 들었다.

세상과 교묘히 어울리지 못하는 서투름이 바람직한 것이다. 핫초보리 저택가에서 가장 후줄근한 집이 바로 다도코로의 집이다. 밖에서 봐도 한눈에 안다. 담장으로 들여다보니 다도코로는 마루 끝에 함을 내놓고 훈도시를 세탁하고 있었다. 영락없이 궁핍한 공동주택의 나이 먹은 부인들과 같은 모습이다. 정말 멋없기 그지없는 사내다.

모모스케가 소리를 내자 다도코로는 기다란 얼굴을 들고 휘둥그레진 눈을 훌떡 까뒤집고는 눈썹을 여덟팔자로 꺾고서 오오, 하고 외쳤다. 화를 내는 것도 놀란 것도 아니다. 반가운 모양이었다.

모모스케는 곧장 집 안으로 부름을 받았다.

다도코로는 크게 환영해주었다.

환영해주기는 했으나, 모모스케의 짐작대로 결국 차 한 잔도 나오지 않았다. 찻잎이 떨어진 모양이다. 아니, 정확히는 찾아내지 못했다고 해야 할까. 어딘가에 분명히 있을 것이라고 다도코로는 차통을 찾아다녔다. 서랍부터 부뚜막까지, 지겹도록 여기저기 찾은 끝에 벽장 속까지 찾으려 했으므로 모모스케가 만류했다. 그런 곳에 넣어둔 찻잎이라면 보나마나 곰팡이가 피었을 게 틀림없기 때문이다.

가까스로 자리에 앉아 무슨 용무냐고 물을 때까지 사반각은 걸렸다. 애당초 내객이 적은 집이리라.

"실은 다도코로 님께 간곡히 여쭈어보고자 하는 건이 있어서."

모모스케가 정색하고 그렇게 말하자 그만, 그만, 하며 다도코로는 다리를 편히 앉았다.

"내가 딱딱하게 구는 것을 싫어한다는 것은 자네도 잘 알고 있을 텐데. 모르는 사이도 아니고, 다도코로 님이라니. 어깨에 힘주는 건 그만하시게."

"하지만 저어, 상당히 여쭙기 어려운 일이라서."

"봉행소에 관해서인가?"

"구 년 전의 어떤 사건에 대해서입니다."

"구 년 전이라……."

"나리는 그때 이미 순찰동심이셨던 걸로……."

"음, 구 년 전이라면 나는 서른하나로군. 뭔가 좋지 않은 일이라도 있었던 건가?"

"료코쿠의 생인형에 관한 사건입니다만."

살인은 정말 있었는가.

모모스케는 그것이 알고 싶었던 것이다.

"생인형?" 다도코로는 어리둥절한 듯했다.

"가만. 음, 그건 그…… 잔혹한 그것이로군. 그것이라면 기억하고 있지. 그건 아마…… 그래, 흥행이 시작됐을 때는 북 봉행소가 당번이었지. 그래서……."

거기서 다도코로는 기다란 얼굴을 찌푸렸다.

"아앗."

"짚이는 구석이 있으십니까?"

"있어. 있네, 있어. 어디 있다뿐인가."

그리고 다도코로는 급속히 기분이 상한 듯했다.

모모스케가 어쩔 줄 몰라 하자, 다도코로는 딱히 자네에게 화를 내고 있는 게 아니라며 묘하게 변명 섞인 말을 했다.

"까맣게 잊고 있었는데, 음. 똑똑히 기억나고 말았군. 그러고 보니 그때도 나는 순찰동심의 자리를 반납하려고 생각했었지."

그것은 매번 그러한 듯했다.

부정이나 물밑 술수를 몹시도 싫어하는 것이다.

"어떠한 일이었습니까?"

"음, 그 꺼림칙한 전시물……. 뭐, 제작품 쪽은 지극히 잘 만들어졌으나. 나 같은 놈은 맨 처음 봤을 때는 진짜 시신을 전시해둔 줄로 아는 통에 자칫 큰 창피를 당할 뻔했지만 말이지. 도를 넘도록 잘 만들어졌었어. 그걸 보고서 말일세, 그게, 기묘한 기분에 젖어 사람을 해쳤다는, 나로서는 이해하기 어렵지만, 그러한 용서 못할 천하의 멍청이가 있었던 거지."

사실이었던 듯하다.

"역시 그러한 일이 있었던 겁니까?"

"있었지……. 흠, 자네가 물으려 한 것이 그 일이었던 건가. 그렇다면…… 아니, 그렇군. 그 일은 공표되지 못했었구먼."

다도코로는 기다란 턱을 내밀고서 바쁘게 비볐다.

"으음. 그건 은밀히 처리되었네만."

"아마 그렇겠지요. 가와라반은커녕 봉행소의 기록에도 남아 있지 않다고 들었습니다만, 저도 당시에는 단순한 소문이라고 생각했으니까요."

"그렇다면 함구령이 떨어졌는데도 소문만은 퍼졌던 게로군. 사람 입에 문이야 달 수 없다고 하니 말이야. 하긴, 숨기려 하는 쪽이 제정신이 아닌 게지"

"숨긴 겁니까?"

"결과적으로는 숨긴 것이 되지."

정말 사람이 죽었다면 설령 어떠한 사정이 있다고 해도 무언가의 형태로 공표해야 마땅하지 않은가. 은폐해버려도 될 일로는 보이지 않는다. 모모스케는 그러한 경우가 자주 있냐며 다도코로에게 물었다. 동심은 격하게 우울한 표정을 지었다.

"뭐, 많을 테지. 관리라는 자는 모두 근성이 썩어빠진 자들이니. 위신의 문제라거나 품위가 깎인다거나, 체면이네 명예네, 입만 열면 시답잖은 말을 주절대지."

"위신에 품위에 체면에 명예 말이지요. 그럼 그때는 대체 무엇이었습니까? 봉행소에 무언가 불리한 사정이라도 있었던 걸까요? 이를테면 범인을 잡지 못했다던가, 그러한 일입니까?"

"천만에."

동심은 턱을 좌우로 저었다.

"범인은 알아냈지. 단지 공공연하게 밝힐 수가 없었던 것이네."

"밝힐 수가 없었다니, 어째서……?"

답은 간단하다며 다도코로는 말했다.

"범인은 영주의 자식이었어."

"영주의 자제가…… 살인을?"

"그렇다네. 도저히 구제할 수 없는 썩을 놈이었어. 촌 영주의 차남과 그 수행 무사였지."

다도코로는 자신의 이마를 찰싹 때렸다.

"제길. 또 떠오르고 말았군! 상대가 무사면 어찌할 도리가 없어. 우리 순찰동심은 손을 댈 수 없다고, 거기까지는 말이지. 신분의 차이가 너무 컸어. 허나 모모스케, 죄 없는 양민을 닥치는 대로 멋대로 죽여놓고서 아무런 처벌도 없다는 것은 납득이 되지 않는다고."

"처벌이 없었습니까?"

"으음. 아니, 봉행소는 감찰관에게 똑똑히 보고를 올렸어. 허나 감찰관은 아무것도 하지 않더군. 잘 듣게, 모모스케. 자네들은 무사 계급 사람들이 사람을 쉽게 베는 것처럼 생각하고 있을 테지만, 그렇지 않다네. 그 어떤 신분의 자라 할지라도 칼부림 사태를 일으키면 즉시 붙잡히네. 붙잡힐 때, 그자가 무사라면 어느 가문인지를 추궁당한 뒤에 감찰관이 즉시 판결을 내리지. 가문에 흠집이 생기니 평범한 무사라면 살인 같은 손해 나는 짓은 아니라고. 책이나 연극과는 다르지. 양민이 훨씬 더 많이 사람을 죽여. 그런데 말이지……."

다도코로는 주먹으로 쾅 하고 다다미를 쳤다.

"그 범인에 한해서는 그냥 놓아주더군. 그게 대체 무슨 짓이란 말인가. 그리고 우리가 어찌하지 못하고 있는 동안에도 흉행은 멈추지 않고 내내 이어졌어. 그래서 난 개의치 말고 붙잡자고 진언을 했지.

감찰관이 움직이지 않는다는 것은 암암리에 봉행소에서 잡아달라는 의미가 아니냐고, 나는 그렇게 진언을 했네. 그러자 말이세."

입에서 거품을 뿜는다는 말이 있지만, 다도코로는 흥분하면 정말 거품을 뿜었다.

"거부당했습니까?" 하고 모모스케가 묻자, "거부야, 거부!" 하고 다도코로는 큰소리로 말했다.

"완강하게 거부당했지. 아니, 그런 눈으로 보지 말게, 모모스케. 나는 그래도 한 번은 녀석들을 잡았다고."

"자, 잡았단 말입니까?"

모모스케는 자신도 모르게 엉덩이를 들었다.

십 년 이상 땅바닥을 기다시피 하며 동심을 지속하고 있는 다도코로이므로 당연히 뭔가를 알고 있으리라 보고, 모모스케는 이곳을 찾아온 것이다.

아무래도 기막히게 적중한 듯하다.

잡았다고 말하며 다도코로는 입을 닦았다.

"비록 재판과 처벌은 못 내릴지라도 백주에 양민의 목이 날아가고 있는 장면을 맞닥뜨려서 말이야. 동심으로서 못 본 척 지날 수야 없지 않겠나. 상대는 셋, 우리는 졸자 한 명이 따라다닐 뿐이었지만 말이지. 그래도 나는 과감하게 싸워 일단 체포를 했다고. 포승줄은 묶지 못했으나 감옥에는 연행했지. 그런데 그놈의 자식."

흥, 하고 다도코로는 콧김을 뿜었다. 당신을 회상하며 또다시 분개했으리라.

"반성하는 기미 따위는 손톱만큼도 없더라고. 그 건은 무사의 즉결권을 사용했을 뿐이다. 뭐가 잘못됐냐고 나불나불 내뱉더군."

"무례(無禮) 즉참* 말입니까?"

"그렇지. 흥! 그런 무례 즉참이 어디 있나? 빌어먹을 놈. 애당초 무례 즉참이라는 것도 좀처럼 있는 일이 아니라고. 더구나 무례 즉참으로 신고한다고 해도 엄격한 조사가 있어. 무례든 비례든, 무사가 해이하게 발도하면 역시 처벌을 받게 되지. 나는 지난 십 년, 무례 즉참 따위는 단 한 건밖에 입회하지 않았어. 거듭 말하지만 요즘 세상에 사람을 베는 무사 따위는 있지 않단 말일세. 그런데 무어? 조사고 뭐고 못하는 동안에 얼굴이 새파래진 여력이 달려들어와 그냥 풀어줘 버렸지."

"여력님이?"

"어차피 감찰관에게서 무슨 말을 들은 게 틀림없어. 개처럼 꼬리나 흔들 뿐인 무리지."

"하지만 막부는 부정까지 강요하면서 여러 번이나 옹호할 입장은 아니지 않습니까?"

모모스케는 막부가 일이 있을 때마다 번을 밟아버리려 눈을 빛내고 있다는 듯한 인상을 가지고 있다.

그렇다면 그러한 불상사는 오히려 폭로하는 편이 이득 아닌가.

"거래지" 하고 다도코로는 말했다.

"감찰관도 대감찰관도 번의 약점을 쥐고 싶은 거지. 번주의 차남이 악행을 좀 저질렀다고 당장 밟아버리지야 못하지 않겠나. 그러나 그럴 때 은혜를 베풀어두면 후일 도움이 되지. 그러한 거래를 하는

---

* 하위 계급인 자가 무사 계급인 자에게 무례하게 행동했을 경우, 무사는 칼로써 이를 심판할 수 있다.

거라고. 허나 지체 높은 무사 나리든 영주 나리든, 악한 것은 악한 것이지. 인륜에 벗어난 행위를 저지른 이상은 누구든 벌을 받아야 하겠지. 영주라고 해서 용서를 받는다는 게 말이 되냐고. 아니, 이유도 모르는 채 죽임을 당한 자의 입장이 돼보라고."

다도코로는 분개했다.

이 사내, 대개 이런 식이다.

"나는 엄중하게 주의를 받고 열흘이나 칩거하게 됐어. 그동안 그 망할 자식은 얌전히 있나 싶었는데, 그 생인형을 보러 가서는 우쭐대며 사람을 죽여댔다고."

"그만두지 않았던 겁니까?"

어이가 없는 일이다.

"그만두지 않았어. 전혀 반성을 하지 않은 거지. 제정신이 아니라고. 이봐, 모모스케. 자네는 그 악취미스러운 전시물을 봤는가?"

봤다고 대답했다.

"그렇군. 그럼 그 인형 장식이 몇 막 있었는지 기억하나?"

"몇 막이라 하심은?"

"그게, 내용까지는 잊었지만 분명 유명한 칼부림 장면, 무참한 정경을 생인형으로 재현한 것이지 않나. 객이 오두막을 둘러보며 그것을 잇달아 보는 식으로 되어 있었을 터. 만들어놓은 정경은 전부 일곱이었지."

"일곱 종류……입니까."

"일곱 종류야. 뭐랄까, 낫으로 죽이고 창으로 죽이고 하는 것들이지. 놈들은 그걸 보고선 그대로 재현했다고."

"그, 그래서 일곱 명?"

그런 이유였나.

"얼빠진 봉행소도 이 일에는 난감해 하는 모양이었으나 섣불리 손을 대지 못하지. 그래서 어쩔 수 없이 그 원인을 제공한 흥행사 쪽을 아주 얄짤없이 단속을 했다……는 얘기지."

오호라. 들어보지 않고는 알지 못하는 법이다.

아래에는 엄격하게, 위에는 설렁설렁이라며 다도코로는 울분을 토했다.

"악취미라는 것만 빼면 그 흥행주에게는 죄가 없어. 허나 분명히 옥에 들어간 데다 흥행 권리도 반절에 처해지는 형을 받았지. 인형사도 투옥되어 쇠고랑 열흘이었던가? 나중에 감찰관 쪽에 줄을 대서 그 영주의 아들이 더는 살인을 저지르지 않게 해달라고 부탁, 감찰관은 이번 일을 우리가 조용히 덮는다는 조건으로 받아들였지."

공표할 수 없을 만도 하다.

"결국 한발 늦은 게지. 놈들은 일곱 번이나 살인을 저지르고 난 다음이었으니까."

모모스케는 암담한 감정에 휩싸인다.

"그래서, 그 영주의 자식은 도합 일곱 명을 죽이고 흉행을 멈추었습니까?"

으음, 하고 다도코로는 신음했다.

"꺼림칙한 기억을 떠올리게 하는군. 뭐, 분명히 한때 멈추기는 했지."

"한때라고 하는 것은 곧 재개했다는 뜻입니까?"

다도코로는 무슨 까닭인지, 낙담이라도 하듯 어깨를 축 늘어뜨리고 입가를 내린 후 그렇다고 대답했다.

"살인을 멈춘 것은 반성했기 때문도, 상부의 약이 효과가 있었기 때문도 아니었던 게지. 처음부터 목적은 일곱 살인이었던 거야. 유희가 끝났을 뿐이지. 재미있는, 또 다른 유희를 찾아내면 다시 원상복귀인 게야."

"유희?"

"유희지."

다도코로는 커다란 눈으로 모모스케를 바라보았다.

"이렇게 이야기하고 있자니 떠오르는군. 감옥으로 끌고 갈 때 그 사내의 눈"

"눈…… 말입니까?"

"그렇다네. 놈은 웃고 있었어. 얼굴에는 튄 피가 굳어 있었지만, 실로 유쾌해 보였다네. 그 눈. 그 정체를 알 수 없는 어둠과 같은 눈. 짐승의, 아니, 악귀의 눈인가. 그건 사람의 눈이 아니었지."

다도코로는 눈을 감았다.

"그건 사람의 목숨 따위, 때만큼도 여기지 않는 눈이었지. 아니, 그 사내는 자신의 목숨도 대수롭게 생각하지 않았을 것일세. 섬뜩한 일이지."

그것은 사신의 눈이 아닌가.

"뭐, 그렇지. 그놈은 그 뒤에도 잔혹한 짓을 종종 저질렀어. 허나 봉행소는 짐짓 모른 척했지. 아니 보고 아니 말하고 아니 듣기로. 그리고 그 이듬해, 녀석들은 도당을 결성했어."

"도당……."

"뭐, 여자 둘을 끌어들인 것뿐이나, 그 여자가 또 심상치 않아서 말이야. 다섯 명이 사신당(四神黨)이라 칭하며 이루 말할 바 없는 무참한 짓들을 저질렀지."

"사신?"

"네 신이라고 쓴다더구먼."

"네 신이란 말입니까?"

"아까 영주의 차남을 포함한 삼인조에 여자가 둘. 다섯이 있는데 어째서 사신인지, 난 잘 이해가 가지 않았지만 말이지. 이 사신당, 도당을 결성해 싸돌아다니며 이르는 곳곳마다 악행을 거듭했어. 공갈과 협박은 말할 것도 없고, 유곽을 휩쓸며 음란 소동, 돈이 떨어지면 강도질 흉내도 냈지. 대꾸하면 즉참이고."

"그런 자를 방치하고 있었단 말입니까?"

"하고 싶어서 한 게 아니라고."

다도코로의 입가에 다시 거품이 고였다.

"그때 내가 얼마나 애를 끓였는지 자네는 모를 것일세."

"사신 좋아하시네, 얼어 죽을 놈들!" 다도코로는 버럭 소리를 질렀다.

모모스케는 당황하여 대화를 바로잡는다.

"자, 자, 진정하십시오. 불쾌한 기억을 떠올리게 해서 죄송하기 그지없습니다. 얼마 전, 그 인형사의 소문을 들었고, 그 참에 구 년 전 풍문도 흘러들었을 따름. 그저 호기심에 불과할 뿐이고, 다른 뜻은 전혀 없습니다. 이에 아무쪼록 사죄드리겠습니다."

모모스케는 바닥에 이마를 댔다.

"이, 이봐, 모모스케. 고개 숙이지 말게. 자네가 사과할 일은 아니지 않은가. 미안하네. 평소의 나쁜 버릇이 나온 게지. 꼭 그 일에 대해서만 화가 치미는 것도 아닐세. 이러한 일은 늘상 있는 일이니 마음에 두지 말게."

아무리 비분강개하기 잘하는 성격이라지만, 매일 이러는 것은 문제가 있다.

모모스케는 몸을 일으켰다.

"그런데 다도코로 님. 그 사신당, 그 후에 대체 어떻게 되었습니까? 설마 아직 어딘가에서 악행을 거듭하고 있는 것은 아니겠지요? 그래서야 발 뻗고 잘 수가 없지요."

오륙 년 전에 모습을 감추었다고 다도코로는 말했다.

"오륙 년 전이란 말이지요?"

"그렇다네. 원래 번으로 소환되었다고 들었지. 영주의 자식과 수행 무사까지는 확실한데, 여자들도 데려갔는지는 알 수 없네. 하지만 모모스케."

다도코로는 그제야 진정이 된 듯 새우등이 되어 한숨을 쉬었다.

"그 후에도 말일세, 놈들의 소행이 아닐까 하고 짐작되는 사건은 일어나고 있네. 자네, 기억하고 있는가? 삼 년 전부터 재작년에 걸쳐 일어난 처녀 연쇄 살해."

"예에, 그건……."

기억하고 있으나 애매하다. 모모스케는 원래 피비린내 나는 이야기를 좋아하지 않는 성격이다. 가능한 한 잊으려고 하므로 정확한 시기까지는 기억하지 못한다.

"소상히 기억하고 있는 것은 아니지만, 처녀를 납치해 금전을 강탈하는 것도 능욕하는 것도 아니고, 그저 갈기갈기 난도질했다는 그 사건 말입니까?"

"그것일세. 일곱이 살해당했지."

"일곱……."

또 일곱이다.

"음, 일곱일세. 구 년 전과 사람 수가 동일했기에 똑똑히 기억하고 있네. 실은 사 년 전에도 비슷한 사건이 일어났으나……."

"아아, 듣고 보니……. 아니, 그것도 설마?"

"맞네. 살해당한 것은 일곱이었지. 그때는 사내나 노인도 죽었다네. 처녀만 죽은 것이 아니기 때문에 두 사건을 연계해 생각하는 자는 봉행소 안에 없었으나, 머릿수도 똑같고, 내가 본 바로 수법도 비슷했다네."

"수법 말입니까?"

음, 하고 다도코로는 비수를 꺼내 턱에 가져다 대었다.

"일단 행방불명이 되고, 그다음에 뭐, 이삼 일 후나 되어서 무참한 모습으로 발견되지. 그것도 그저 해치는 것이 아니니 말일세. 모두가 차마 보기 힘든 무참한 시신이었다고."

그것이 얼마나 비참한 송장이었는지는 모모스케도 짐작할 수 있다. 그 사건들은 모두 일어날 때마다 가와라반에 실렸기 때문이다. 특히 재작년의 처녀 살해 당시에는 반향이 커서 그림과 함께 실린 적도 있는 것으로 안다. 그렇기에 모모스케는 사건을 알 수 있었으나, 그렇다는 것은 재작년과 사 년 전의 사건에 관해서는 감찰관 쪽에서 압력이 들어오지 않았다는 증거이리라.

"다도코로 님은 그것도 사신당의 소행인 것으로 여기시는지요?"

"난 그렇게 생각하지만 말일세. 나의 의견은 받아들여지지 않았지. 나 자신, 이것은 오판일지도 모른다고도 생각했다네. 놈들은 그 무렵, 더는 어디에도 없었으니 말일세. 소문도 전혀 듣지 못했어. 결국

두 사건 모두 범인이 잡히지 않았지만……."

도무지 석연치 않다고 다도코로는 말했다.

"석연치 않다면?"

"그러니까, 그처럼 잔혹한 짓을 저지르는 놈이 그리 몇이나 있다는 생각이 아니 든다는 것이지. 사실 그러한 놈들이 흔히 있어서는 아니 되겠지."

"그럼 사신당이 몰래 에도로 돌아와 있을 가능성도 있다고 생각하십니까?"

"아니, 그렇지는 않을 터이지. 자네가 몰랐던 것처럼 지난 몇 년간 소문 하나 들려오지 않았으니 말일세. 지금은 에도에 없다고 생각하네. 있다면 그놈들은 반드시 소동을 일으킬 거라고. 의당, 두려울 대상이 아무것도 없으니 말일세. 멈출 수 있는 것도 전혀 없지. 허나 에도에 줄곧 살고 있지는 않다 하더라도 가끔씩 들르는 경우는 있을 것이네."

"사신당…… 말이지요."

가만.

"납치한 다음, 그저 난도질을 한단 말이지요."

그것은 노두참살자는 아니다…….

우콘은 그렇게 말했다.

그것은 말이지, 먼저 채어간다네.

납치를 한 후에 마음껏 갖고 놀다가 죽음에 이르게 하고서, 다시 그 시신을 칼로 베고 능욕을 하는 것 같다군.

그 처참한 잔해를 들에 그대로 버리는 것일세.

"서, 설마!"

모모스케는 소리를 질렀다.

어찌 그러느냐고 다도코로는 묻는다.

"아, 아니……."

기타바야시 번을 뒤흔드는 저주의 정체는 그 사신당이 아닐까.

이를테면 그 영주의 자식이라는 자가 우콘이 찾아다녔던 고마쓰시로 시로마루라면 어떨까.

아니, 그럴 일은 없다.

우선 시로마루는 차남이 아니다. 그리고 시로마루는 태어나자마자 일족 다툼에 휘말려 모친과 함께 실종된 상태다. 그것은 이미 이십 년 남짓 전의 일이라고 한다. 당연히 폐적 취급일 것이므로 구 년 전에 차남 신분이었다는 사실은 있을 수 없다. 더구나 고마쓰시로 번 자체가 이미 폐번이 된 상태인 것이다. 칠 년 전 가에데 아씨를 출가시킨 직후의 일이었다고 하므로 오륙 년 전에 있었던 일이리라. 그 시골 영주의 차남이라는 인물은 오륙 년 전에 고향으로 돌아갔다고 하므로, 그렇다면 그 시점에서 고향 자체가 이미 없다는 이야기가 된다.

그러나.

이를테면 수행 무사로 변신했을 가능성은 없을까.

뭔가가 다르다.

그 상상은 어딘가 무리가 있다. 실제로는 좀 더 간단한 얼개를 이루고 있을 것이라는 생각이 모모스케의 머리를 스쳤다.

"그…… 사신당 말입니다만."

"음. 그런데 모모스케, 그 사신(四神)이라는 것이 뭔가?"

모모스케가 질문을 미처 마치기 전에 다도코로 쪽에서 물어왔다.

"자네는 그러한 방면에 소상하지 않은가. 나는 잘 알지 못하네만, 결국 누구에게도 묻지 못하였네."

"사신이란 말이지요……."

모모스케는 설명했다.

동서남북을 다스리는 네 종의 신수(神獸)를 사신이라고 이른다.

동이 청룡, 서가 백호, 남이 주작, 북이 현무. 그 모두가 중앙을 지키는 영물이다.

이는 그 이름대로 청, 백, 적, 흑의 사색을 나타내며, 각각 춘추하동, 오행설에서는 목금화수에 해당되는 것으로 본다. 이 경우 중앙은 토(土), 색은 황으로 본다.

다토코로는 몹시 감탄했다.

"학식이 깊구먼. 무엇이라고? 백호?"

"흰 호랑이입니다. 그리고 청룡. 푸른 용이지요."

"주작이란?"

"주작이란 붉을 주에 참새 작자를 쓰지만, 이는 봉황을 이르지요. 현무란 거북을 뱀이 휘감고 있는 모습으로 표현됩니다."

"거북이로군."

"뭐, 거북이지요. 나란히 맞서는 쌍웅을 용호에 비하는 예가 있지 않습니까. 이는 원래 신수로 숭앙받았던 용과 호랑이에, 마찬가지 사령(四靈)으로 일컬어지는 기린, 거북, 봉황, 뱀을 더한 것으로 생각합니다. 천문학의 영향도 있는 듯합니다만, 뭐, 기원은 대륙의 것이지요."

"한가운데를 지키는 것인가?"

"예에. 대륙에서는 천자님의 영묘 등에 관을 지키는 형태로 사방에 그려져 있기도 합니다. 우리나라에서도 그러한 예는 있는 듯하더군요."

"오호라."

다도코로는 다시 턱을 어루만졌다.

"이제야 알겠구먼. 오랜 세월 목에 걸려 있었던 것이 뚫린 듯하네, 모모스케. 그놈의 측근 넷이 각각 사신이었다는 이야기로군. 흥! 사신은 무슨 얼어죽을. 그놈, 천자님으로 자처하고 다녔던 게로군."

아마도 그러하리라.

"고작해야 궁핍한 소번의, 그것도 첩실의 차남이 하늘 무서운 줄도 모르고 천자님을 자처하다니 건방지기 짝이 없구먼. 허나 확실히 그러하군. 지금 생각해보니 수행 무사 중 한 명은 승룡(乘龍)이 수놓아진 화려한 겉옷을 입고 있었거든. 또 한 명은 귀갑문양의 기이한 옷을 입고 있었지. 그것이 거북이었던 게로군."

"귀갑문양?"

'이 부합은 뭐지?'

"그렇지. 그것이 용에 거북이었다는 얘기야. 그리고 백호에 주작. 그리해서 사신이로군. 사람 우습게 보고서. 그래, 주작은 불을 다스린다 이거지. 그럴싸하군, 그래서 그 계집은 주작을……."

"주작의 여자?"

"음. 놈들 중 한 명이 유별나게 불을 좋아하는 성질의 계집이었지. 상습 방화 혐의가 있었다고. 그 계집은, 어디 보자. 칠 년 전쯤이었나? 별안간 니혼바시 일대에 나타났던 여자인데, 남자를 몇이나 유혹해, 하필이면 잇달아 불을 붙여 태워 죽였다는 혐의가 걸렸다만, 참으로 꼬리를 드러내지 않았어. 결국 검거하기 전에 녀석들과 한패가 되고 마는 통에 손을 댈 수 없게 되고 말았지."

"자, 잠깐만 기다려주십시오. 그것은……."

"주작 오키쿠로 불렸지. 아하, 성질에 따라 별명을 붙인 게로군."

시라기쿠다.

유녀였던 악녀 시라기쿠가 요시와라에 방화한 후 모습을 감춘 것은 헤아려봤을 때 구 년 전으로 일컬어지고 있다. 그 후, 마타이치가 만났을 때는 이미 주작 오키쿠로 자처하고 있었다고 한다. 그러니 틀림없으리라.

그렇다면.

"다, 다도코로 님!"

목소리가 날카로워진다.

다도코로는 별일이라는 듯이 입을 열었다.

"뭔가? 모모스케. 그리 당혹스러워하는 모습, 자네답지 않구먼. 주작 오키쿠가 어찌된 것인가. 설마 자네도 그 계집에게 걸려들었다고 하지는 않겠지."

농담할 때가 아니다. 이것은.

큰일이다.

"그, 그 사신당의 이름은 알고 계십니까?"

"뭔가? 아, 그러니까 그 주작 오키쿠, 그리고 또 다른 여자가 말이지, 남자를 갈아탈 때 반드시 목을 딴다고 소문이 났던 악녀인데, 살결은 희지만 남자를 잡아먹는다 해서 백호 오쿄로 불렸지. 그리고 그 영주의 차남은……."

"바, 바로 그 이름입니다."

"가만. 옛날이야기라서 말이지. 수행 무사가 아마도……."

모모스케는 허둥지둥 허리에 매달아둔 필첩을 넘겼다.

"그, 그것은 가, 가부라기 주나이와 구스노키 덴조가 아닙니까?"

다도코로는 놀란 모양이었다.

"맞네. 어떻게 알고 있는 건가?"

"그, 그것은 말이지요……."

그러하였던 것인가.

그런 일이 있어도 될 법한 것인가.

아니. 생인형 사건은 구 년 전.

사신당을 자처한 것은 팔 년 전.

그리고 에도에서 사라진 것은 오륙 년 전.

기타바야시의 저주는 오 년 전부터 일어나고 있다.

에도의 처녀 연쇄 살해는 재작년과 사 년 전.

작년에는 일어나지 않았다.

한편 기타바야시 번에선.

그렇다면.

일 년 간격.

참근교대다.

그렇다면.

"다, 다도코로 님. 그, 주모자, 영주의 차남, 사신당의 우두머리는……."

"기타바야시 도라노신이지."

다도코로는 그렇게 말했다.

6

모모스케는 당혹스러웠다.

상황은 낱낱이 번주를 가리키고 있다.

그렇지만 번주가 밤마다 죄 없는 영민을 베어 죽인다는 황당무계한 일이 실제로 있으리란 생각은 들지 않았다.

그렇다면.

흡사 백 년 전의 전설과 똑같지 않은가.

그렇다. 같은 것이다.

무엇보다 같은 이름이므로.

그것은 우연이다.

거기에 얽매여버리면 모든 것은 저주의 탓이 될 터이다. 그리되면 손을 써볼 여지도 없다. 그 토지는 사신이 들러붙은 불길한 장소, 악념이 응고된 저주받은 장소라고, 그렇게 생각할 수밖에 없기 때문이다.

과연 그것은 타당한 것일까.

그러나 그렇게 생각하지 않고서는, 이 상황은 도저히 납득할 수 있는 것이 아니다.

저주 소동으로 누구보다 곤란을 겪고 있는 것은 바로 기타바야시 번 자체다.

이대로 가면 폐번 결정이 내려지는 것은 명약관화한 일이다.

아니, 명령을 기다릴 것까지도 없으리라. 그렇지 않아도 영민은 공포에 떨며 사람의 마음이 철저히 흐트러져, 영내는 현재 공황상태에 있는 듯하다. 재정도 파산 직전이라고 한다. 어찌어찌 폐번되지 아니한다고 해도 이미 고을의 모양새를 이루고 있지는 않은 것이다.

번주가 과연 자신의 번을 짓밟아버리려고 할까.

그런 일은 없으리라. 그렇다면 모순이다.

모모스케는 이해가 되지 않는다. 보통 경우라면 절대 있을 수 없는 일인 것이다.

그런 한편, 단조를 범인으로 보는 편이 쉽게 수긍이 되는 사항도 몇 가지나 있다.

우선 선대 번주의 정실인 가에데 아씨…… 아니, 가에데 님이 단조의 입성을 집요하게 거부했다는 점이다. 만약 가에데 님이 단조의 소행과 성질을 무언가의 계기로 알았다면, 당연히 뭐가 뭐라도 거부했으리라고 생각한다. 다만 가에데 님이 그것을 알 수단이 있었는지의 여부는 완전히 불명이다.

또 한 가지.

우콘의 처우다. 가나의 목격 정보에 있었던 귀갑문양의 무사가 번주의 측근인 구스노키 덴조일 가능성은 매우 크다. 그렇다면 우콘은 번주의 비밀에 육박했었다는 이야기가 되리라. 요키치를 살해하고 그 죄를 우콘에게 뒤집어씌움으로써 방해물을 일소하려고 했다면,

유별나게 신속했던 우콘 수배의 의문도 풀린다.

헤이하치가 끊임없이 수상쩍다고 했던 것은, 사정까지 알지는 못해도 그러한 물밑사정을 냄새 맡았기 때문은 아닐 것인가.

그리고 오 년 이상이라는 장기간에 걸쳐 범인이 잡히지 않는다는 현 상황이야말로 무엇보다 큰 증거이기도 하다. 모든 것을 번주의 소행으로 생각하면, 잡히지 않는 것은 오히려 당연한 일이라고 할 수 있으리라.

다만 그 경우, 기타바야시 번 가로의 행동만은 이해부득이라고 하지 않을 수 없게 된다. 우콘에게 고마쓰시로 시로마루의 수색을 의뢰한 자는 바로 그 가로라고 한다. 우콘이 탐색 속행을 청했을 때에도 그때까지의 조서 등을 건네 편의를 도모하고 있다.

'모르는 것인가.'

영주님이 범인이라는 사실을 안다면 그처럼 헛된 일은 하지 않을 터.

'당연한가.'

가로까지 알고 있다면 경우에 따라서는 번 전체의 범행이라는 이야기도 되리라.

그것이야말로 상식의 궤를 완전히 벗어난 이야기다. 더욱더 있을 수 없는 일.

결국 사신당은 여전히 존속하고 있다고 생각해야 할 것인가. 중심 인물이 번주의 자리에 앉았을 뿐 다섯 명의 흉적은 옛날 그대로, 본능이 시키는 대로 악행을 계속하고 있을 뿐인가.

그렇다면 동기는 없다.

잔인한 행위도 성벽(性癖)으로 부를 수밖에 없다.

주작 오키쿠, 시라기쿠는 화기를 매우 좋아하는 성벽을 가지고 있다고 한다. 그 여자는 설령 어떠한 처지에 이르더라도 그 욕구를 억누를 수는 없었다고 한다. 그 결과 시라기쿠의 인생은 불길이 수놓아진 기구한 운명이 되고 만 것이다. 그렇다면 기타바야시 단조라는 사내는…….

단조라는 사내는 죽음을 좋아하는 성질을 가지고 있다는 이야기가 될까.

단조는 살육과 파괴로 수놓아진 생을 원하는 사내일지도 모른다.

그렇다. 그것은 악념과 악의를 양식으로 살아가는 자다.

그렇다면 단조는 사신 그 자체가 아닌가.

모모스케는 몹시 번민했다.

우콘이나 지헤이에게 이야기할지의 여부에 대해서도 몹시 갈등했다.

과거의 악행은 차치하더라도 현재 기타바야시에서 발생하고 있는 것에 관해서만이라면, 그것이 단조 일당의 소행이라는 증거는 일절 없기 때문이다.

그리고 현지에는 오긴이 있다.

관련이 없는 일이라고 해도, 그 오긴이 보고도 그냥 지나칠 거라는 생각은 들지 않는다. 아니, 우콘의 보고를 듣는 한, 모른 척할 수 있는 상황도 아닐 것이라는 생각이 든다. 쫓기는 우콘을 보호하고 탈출을 도왔다는 점만 보더라도, 오긴이 기타바야시에서 발생하고 있는 심상치 않은 사건에 대해 무언가 손을 쓰고자 움직이고 있는 것은 틀림없다고 보인다.

어쨌든 오긴은 결말을 내겠다며 우콘에게 똑똑히 선언했었다.

마타이치의 동향은 전혀 파악되지 않으나 오긴과 합류했을 가능성이 높다. 더구나 기타바야시에는 고에몬도 있다. 그들이 움직이고 있다면 모모스케가 나설 차례는 없다.

……허나.

책장수 헤이하치가 모모스케 앞에 나타난 것은 모모스케가 번민하던 나머지 염불장옥으로 가려고 하던 바로 그때의 일이었다.

문을 너머 큰길로 나선 바로 그때.

큰 짐을 짊어진 그 책장수는 십자로에서 얼굴을 쑥 내밀며 모모스케에게 큰소리를 내질렀다.

"잠시만 기다려주시오! 아아, 다행이다. 모모스케 선생, 여기에 계셨구먼."

"아니, 보시다시피 지금 막 출타하려던 참입니다만."

잠시만 기다려달라고 헤이하치는 말했다.

"무슨 일입니까?"

"아니, 난 방금 기타바야시 님의 에도 저택에 다녀오는 길입니다. 그런데."

숨이 넘어갈 듯 달려왔으리라. 헤이하치는 숨이 턱에 차 있었다.

모모스케는 일단 헤이하치를 가게 안으로 불러들였다. 별채에서는 차도 나오지 않으므로 안채를 지나 그 근처에 있었던 점원에게 차를 가져오도록 일렀다.

헤이하치는 차를 단숨에 비우고 크게 한숨을 토했다.

"대체 무슨 일입니까? 기타바야시에 무슨 일이 있었습니까?"

"아니, 그게 아무래도, 오늘 아침 일찍 고향에서 사자가 도착해서요. 그 때문에 저택이 위로 아래로 난리법석입니다."

"아, 그러니까 무슨 소동입니까?"

"망령이 나왔다고."

"망령?"

대체 어떻게 된 것일까.

모모스케의 예상을 뒤엎는 전개다.

"무, 무슨 망령입니까? 백 년 전에 처형된 백성의 망령입니까, 아니면 최근에 죽은 영민의 망령입니까?"

"그게 말이죠."

헤이하치는 다시 한 번 찻잔을 비웠다.

"미사키 고젠 님이라고 합니다."

"미사키 고젠?"

예에, 하고 헤이하치는 고개를 저었다.

"그게 뭡니까."

"예에. 그걸 잘 모르겠지만, 이게 참, 상당히 엄청난 망령이랍디다."

"엄청난 망령이라니, 대체 뭡니까?"

"아니, 고젠 님은 스스로 저주의 신이라고 말씀하셨다고 하는데요. 한마디로 망령이겠지요."

"뭐, 그럴 테지만, 허나 어째서 돌연 그런 것이?"

전혀 이해가 되지 않는다.

"갑작스럽지는 않은 듯하더군요. 뭐라고 할까요. 마침내 나왔다, 결국 올 것이 왔다는 느낌이었으니까요. 예상된 일이 아니었을까요?"

"그러니까 그것은 누구의 망령인 겁니까? 망령이라고 하는 이상, 이전에는 살아있었던 누군가라는 말이지 않습니까?"

"내 생각에는 아마도 천수각에서 몸을 던진 선대 번주의 정실 마님이 아닐까 싶더구만요."

"가에데 님 말인가요?"

"예."

"어떻게 그것이 가에데 님의 망령이라고……?"

"그러니까, 변사의 반응으로 눈치를 챈 것이지요. 뭐, 법석이 나고 서, 이래저래 목소리는 들려오지 않습니까. 옆에서 마구 쏟아지는 목소리를 듣다 보니 아, 그렇구나, 하고 눈치를 챈 것이지요."

"그렇다고 한다면……. 허나, 어째서 미사키 고젠이지요? 가에데 님의 망령으로 족하지 않습니까. 일단 시치닌미사키는 어떻게 되고요?"

"그것은 자신의 권속이라고, 고젠 님이 말했다더구먼요. 미사키 고젠 님이란 한을 풀지 못한 사령, 날뛰는 혼령을 다스리는 미사키의 여왕님이라는 의미라고 하지 않습니까."

시치닌미사키를 거느린 미사키의 여왕…….

"그 방면에 대해서는 저야 잘 모르지만 말이지요. 호호 할아버지 곤조에게 캐물었는데, 그 고젠 님은 맨 먼저 가로님의 머리맡에 나타났다고 하더군요."

"가로님이란 말입니까? 번주님이 아니라?"

"번주가 아니랍디다. 바깥부터 한 명씩 알리려는 심산일지도 모르겠군요. 성대가로 가시무라 효에 님의 관저에 '한스럽다……' 하면서 나오셨다, 그리고 예언을 하셨다고 하더군요."

"예언?"

예언을 하는 것은 신불 부류라고 모모스케는 말했다.

"그러니까 저주의 신이겠지요. 예언이 아니라면 예지몽이라고 할까요. 무슨, 거듭거듭 성 밑 마을을 뒤흔들고 있는 저주 어린 재앙은 모두 자신의 소행이라고, 그렇게 선언하셨다던가?"

"저주는 자신의 소행이라고, 그렇게 말했다는 겁니까? 가에데 님이?"

"아니, 정확히 그렇게 말씀하셨는지는 모릅니다. 그러한 의미의 말을 했다고 하더라고요. 머리맡이었으니까요. 그리고, 나는 풀지 못한 한이 있으니 저주를 진정시키고 싶으면 제사를 올리라든가, 그러한 말을 했다고 합니다."

그런 일이 과연 있을까.

그것이 환몽이 아니라면.

······사람의 짓인가.

번주 앞에 나타나지 못한다는 점도 수상쩍다. 가로라는 점이 아무래도 어중간하다. 그것은 결국 그 망령이 성 안에는 들어가지 못했다는 것이 아닌가. 도적이라면 성에 잠입하는 것은 어렵다. 가로의 관저라며 잠입하지 못할 것도 없는 것처럼 생각된다.

모모스케가 의문의 시선을 던지자 헤이하치는 헤헤헤, 하고 웃었다.

"가로님도 말이지요, 악몽이라고 생각하셨던 모양입니다. 뭐, 심로가 그치지 않는 처지일 테니까요. 악몽도 꿀 테고, 기분은 이해해요. 그러니까······."

헤이하치는 이번에는 두 손을 비볐다.

"뭐, 아무 조치도 하지 않으셨지요, 가로님은. 그렇다기보다 그 시점에선 침묵했다고 합니다. 뭐, 가로쯤 되면 높은 양반이죠. 그런 위치에 있는 사람이 귀신이 나왔다고 할 것도 없다고 생각했을 테지요.

그러자 이번에는 성 안에 나왔다고 하더군요."

"서, 성 안에 나왔단 말입니까?"

그렇다면.

그것은 예사 도적이 아니라는 이야기가 된다.

어쩌면 진짜 요물인 것인가.

"그것도 매일 밤 나왔다고."

"연일 나온 겁니까?"

"그러니까 매일 밤. 이레 밤낮이라는 겁니다. 맨 처음에는 문지기 병사가 봤다고 하는데, 먼저 가로가 본 것과 같은 모습이었던 듯합니다. 이거 큰일이 터졌다는 일이 됐고, 뭐, 보통은 잠입한 수상쩍은 자라고 생각을 하지요."

"당연히 그렇게 생각하겠지요."

"그래서 불침번을 두고 경계를 했다고 하는데요, 귀신처럼 어딘가에서 솟아오른다고 합니다. 뭐, 상대는 귀신이니까 경호를 해본들 전혀 소용이 없지요. 밤마다 성 안을 돌아다니며 저주의 말을 뱉는다는구만요. 그래서 성 안은 위아래가 발칵 뒤집힌 듯 난리법석이라고 하더라고요."

"진짜였다는 이야기입니까?"

"그야 많은 사람이 봤다고 하니까요. 성 안 깊숙이, 뭐, 보통은 아무도 들어가지 못하는 곳에요. 그곳에 이렇게 잘 차려입은 아씨가 스윽 서 있고. 한밤중이라고요. 그리고 나는 미사키 고젠이다…… 하면서."

헤이하치는 두 팔을 앞으로 축 늘어뜨리고 가부키 유령 흉내를 내었다.

"잠깐만요. 아까부터 듣고 있자니, 그 망령, 머리맡에 서서 이야기를 할 뿐 아니라 많은 사람들 앞에 나타나 그렇게 입을 여는 겁니까?"

"입을 연다고 합니다. 당연히 무서운 목소리라고 하더군요. 뭐, 들은 이야기이지만요."

그것은……

"그래서, 가로님은 자신의 처소에 맨 처음 나왔다는 점도 있으니 상당히 두려웠을 테지요. 스님을 부르고, 기도사를 부르고, 이래저래 손을 써보기는 했지만, 이게 참, 전혀 효험이 없는 겁니다. 뭐, 상대는 그냥 귀신이 아니라 미사키 고젠 님이니까요. 그것도 어쩔 수 없다는 생각이 들지만."

"허나 공양하라고 했잖습니까."

"공양이 아니라니까요. 부처님이 아니라 저주의 신이니까요, 제사를 지내라고 했다고요."

"아아."

"착각을 한 것은 모모스케 선생만이 아닙니다. 모두 착각을 했다더군요. 그래서 딱 이레째 밤에 말이지요, 고젠 님이 다시 가로님 머리맡에 섰어요. 그리고 이렇게 말을 했다고 합니다. 내게 법력과 신통력은 일절 소용이 없다. 나의 분노를 잠재우고 싶다면 우선 천수각에 나를 제사지낼 것. 그 후에 기타바야시 가가 맞아들여야 할 후계자를 맞아들여, 번주는 신속히 그 자리를 그자에게 물려주라고."

"단조더러 번주의 자리에서 내려오라?"

"예에, 그렇게 하라고. 차기 번주에 어울리는 자는 에도 저택에 박혀 있는 번사 중에 있을 것이라고, 그런 말까지 예언을 했다던가. 참

세세한 것까지도 심려를 하시는 모양입니다."

"후계자를 지정했다는 말입니까?"

과연 망령이 그런 요구를 할까.

'이상하다.'

"뭐, 말이야 그렇지만, 에도에 박혀 있다고 한마디 해봐야 무사들은 엄청나게 있으니까요."

헤이하치는 모모스케의 안색을 읽는 듯한 눈초리로 "찾으려면 고생이겠어요"라고 말했다.

"허나 고젠 님은 과연 요괴는 요괴라, 그 방면에서는 허점이 없더군요."

"허점이라면?"

"그러니까, 그자는 증표를 가지고 있느니, 라고 선언을 하셨다고 합니다."

"증표라니……. 뭔가 표식이라도 붙어 있단 말입니까?"

"허나 어떠한 표식인지는 모른다고 합니다만. 그것을 계산에 넣어두라고 한 모양입니다. 귀신도 세세한 건지 허술한 건지 참 알 수가 없어요. 그래서 곧장 저택으로 파발마가 왔지요. 그리고 저택은 대소동. 뭐, 그렇게 된 것입니다. 난 마침 거기에 가 있었고."

"그렇다면 기타바야시 번은 그 망령의 제안을 받아들일 참입니까?"

"받아들이고 자시고는 또 별개의 이야기고……."

"무슨 뜻입니까?"

"요구를 받아들이든 물리쳐버리든, 그 표식이 있는 번사만은 찾아내두는 게 최고 아니겠습니까?"

과연 그것은 그럴 것이다. 만약 망령이 사기꾼이었을 경우, 그 사내는 아무리 생각해도 사기꾼과 공범이라는 이야기가 될 것이다.

허나, 이것이 사기라면 어마어마하게 말도 안 되는 사기다.

보통이라면 십중팔구 잘 풀릴 리가 없다.

"뭐, 그러니까 믿고 아니 믿고는 두 번째. 고젠 님은, 내가 시키는 대로 하면 저주는 하룻밤에 진정되겠으나, 거부한다면 더욱 심한 재앙이 내려지리라, 라고 말씀을 하셨답니다. 저주는 천수각 파괴에, 기타바야시 비밀 폭로에, 번은 멸망, 번주 단조의 목숨도 없다고. 뭐, 이건 일종의 협박이지요."

의심할 바 없는 협박이다.

"하지만 모모스케 선생, 한번 생각을 해보십시오. 이리 된 이상 미쓰가야 단조고 시치닌미사키고 자시고 할 게 아니라고요. 그 묵은 저주는 아주 흐지부지되고 말았어요. 어쨌건 정말 귀신이 나왔으니 별수가 없지요. 예상이 발칵 뒤집혔다는 건 바로 이를 두고 하는 말일 겁니다."

마타이치다.

모모스케는 퍼뜩 그렇게 느꼈다.

이것은 마타이치의 연극 작업이 아닌가.

나타난 것이 가에데 아씨의 망령이라면, 그것은.

'오긴 씨로군.'

오긴은 가에데 아씨를 빼다 박은 듯하지 않았나.

허나.

아무리 잔머리 모사꾼이라도 그리 쉽게 성 안으로 잠입할 수 있을 것 같지는 않다.

분명 마타이치는 신출귀몰한 감이 있다. 그러나 웬만한 상가에 잠입하는 것과는 차원이 다르다.

허술할지라도 성이다. 전설의 괴도 이시카와 고에몬이 아닌 한, 성안으로 잠입하는 것은 불가능하지 않을까.

그와 더불어 이 작업이 과연 효과적일까 하는 의문이 든다.

모모스케의 추측으로 범인은 번주인 단조다. 그것이 맞는다면 거기에 가에데 아씨의 망령을 내보내봐야 무의미하게 느껴진다. 이 이상 번사들을 겁주어봤자 어찌 될 문제가 아니리라. 단조가 범인이라면 망령이 두려워 악행을 자제하는 일이란 결코 없으리라.

그렇다면 흉악한 범행은 멈추지 않는다. 재앙의 씨앗을 제거했다고 볼 수는 없다. 모든 것이 헛수고다. 마타이치가 그 같은 악수를 두리라는 생각은 들지 않는다. 그럼 아니라는 것인가.

어쩌면…….

이를테면 이렇게 생각할 수 있지는 않을까.

마타이치는 단조의 정체를 모른다.

'그럴 리는 없겠군.'

모모스케 따위가 짚어낼 수 있는 길이라면 마타이치야 쉽사리 알아낼 수 있는 일일 것이다.

모모스케의 추측이 오히려 빗나간 것이라는 경우도 있을 수 있는 것이다. 아니, 그쪽이 확률은 높을지도 모른다. 진실은 전혀 다른 얼굴을 하고 있을지도 모르기 때문이다. 마타이치란 인물은 빈틈이 없는 사내다. 지헤이의 말대로 겁쟁이이기도 하리라. 그렇다면 성에 숨어든다는 위험한 길을 아무런 증거도 없이 가지는 않으리라고, 모모스케는 그렇게도 생각한다.

어차피 모든 것이 상상에 불과하지만.

"단조는······."

모모스케는 묻는다.

"아니, 번주이신 단조 가게모토 님은 그 망령 건에 대해 어떠한 견해를 표하고 계시는지요? 그것까지는 모르십니까?"

헤이하치의 표정이 어두워졌다.

"그게 말이지요, 놀랍게도 이 가문의 중대사에 눈 하나 꿈쩍하지 않는다고 합니다."

"눈 하나 꿈쩍하지 않는다니, 망령을 믿지 않는다는 뜻입니까?"

"믿지 않는 거지요. 그러니 무섭지도 않고. 벌벌 떠는 것도 당혹스러워하는 것도 전부 가로를 비롯한 가신 일동이지요."

"역시 그렇습니까."

"어허, 모모스케 선생, 뭔가 알고 계신가요?"

헤이하치가 의아스러워 한다. 모모스케는 감이라며 얼버무렸다.

"그렇다면 감이 예리하군요. 난 말이죠, 나리는 저주가 두려워 자리보전하셨을 것이라, 그리 짚고 있었는데 예상이 틀렸어요. 실은 말입니다, 모모스케 선생. 이것도 아까 기타바야시 에도 저택에서 들은 이야기입니다만, 단조란 나리는 원래 저주를 믿지 않았다고 하더군요. 놀랍지 않습니까?"

저주를 믿는 것을 당연지사······로 여기는 듯한 말이다. 익숙해진다는 것은 참으로 두려워, 거듭 거듭 듣고 있노라면 내키지 않아도 그러한 언동을 취하고 마는 법이다. 모모스케조차 어느새 저주를 전제로 두고 사고를 하는 적이 있다. 허나······.

이것은 저주 같은 것이 아니다. 단조가 저주를 두려워하지 않는 까닭은 그것을 알고 있기 때문은 아닌가.

"어떻게 된 것일까요?" 하고 헤이하치는 코끝에 주름을 잡았다.

"단조 님이란 분은 신심이네, 신의 가호네, 어쨌거나 그렇게 종교 냄새가 나는 것이라면 몹시도 마뜩치 않아 하시는 분이라고 하더구 만요. 듣기로 법요네, 공양이네, 그러한 신심에 관한 것은 시답잖다 는 한마디로 깡그리 중지했다는 이야기니까, 기절초풍할 만큼 무신 심인 거지요. 이토록 저주의 소문이 횡행하고 있는데도 전혀 믿지 않 았다는 모양이더라고요."

"역시나."

단조가 모모스케가 예상하는 그대로의 사내라면 그것은 당연한 일이다. 살육을 양식으로 살아가는 듯한 사신이 신불에게 기댈 리도 없을 뿐더러, 애당초 모든 것이 단조의 소행이라면 저주 따위야 믿을 리도 없으리라. 헤이하치는 "오호, 감이로군요" 하고 신나게 말했다.

"일부에선 나리의 무신심이야말로 저주를 불러들인 원인이 아니 냐는 소리까지 나왔다고들 하는데."

그도 맞는 말이리라.

"그런 분이니까 망령의 말 따위야 들을 리 만무하지요. 우왕좌왕 하는 가신들을 흘겨보며 저주 따위가 있을 법이나 하냐며 몹시도 화 를 내신 모양이에요."

"그렇다면 나리는 그 망령 소동을 인간의 소행으로 판단하고 계시 다는 겁니까?"

"그렇지 않을까요? 뭐, 아직까지는 나리의 침소에 나타나지는 않 은 듯하니까요, 직접 보시지는 않았지요. 그러니 혼미한 정신이라고 말씀을 하시는 게 아닐까요."

"침소까지는…… 들어가지 못한다는 것인가."

"그렇지야 않겠지요" 하고 헤이하치는 둥근 얼굴의 동그란 눈을 더욱 휘둥그렇게 떴다.

"귀신이니 못 들어가는 일이야 없겠지요. 그러한 것은 어디로든 생겨나니까요. 공동주택의 장구벌레 같은 것이나 마찬가지인 것을요. 영험이 뚜렷한 부적이라도 붙여두었다면 별개의 이야기지만, 나리께서 천하제일의 무신심자시니까요. 따라서 귀신이 나타나는 것에 그 어떤 지장도 없을 겁니다."

이 사내, 아무래도 망령 소동을 철저하게 믿고 있는 모양이다. 대화 초반 즈음에는 저주의 소문에도 조금은 회의적이었던 것처럼 보였으나, 지금은 망령의 출현을 포함해 전적으로 신뢰하고 있는 듯하다.

"하지만 헤이하치 씨, 그렇다면 미사키 고젠은 어째서 나리가 계신 곳에 나타나지 않는 겁니까? 그것이 정말 가에데 아씨의 원령이라면 맨 처음에 나타나야 할 곳은 단조 님이 계신 곳이 아닐까요? 영민에게 저주를 내리고 가신들에게 겁을 주는 것은 잘못된 방향이지요. 가에데 아씨는 단조 님과의 갈등 끝에 천수각에서 몸을 던지지 않았습니까."

"그것도 그렇군요" 하고 헤이하치는 말했다.

"그렇지요? 그리고 단조 님이 병중이라는 이야기는 어떻게 됐습니까?"

"그건 막부에 대한 방편일 것이라고, 에도 저택의 무리도 그렇게 생각하고 있는 듯하더군요. 참근교대가 제대로 이루어지지 않는 것은 단순한 재정난 때문이 아닐까요? 그건 돈이 들지 않습니까."

크게 든다.

원래 참근교대는 여러 번의 재정을 바닥내기 위해 고안된 시스템이다. 어쨌건 번의 중심에서 에도까지 수많은 사람들이 이동해야 하므로 엄청난 경비가 들기 마련이다.

"병중이라는 설명만으로 막부가 수긍을 할까요? 조사해보면 알 텐데요."

"예에."

"결정된 일이므로 간단히 연기나 중지를 할 수 있는 것은 아닐 테지요. 그리고 그 미사키 고젠의 망령이라는 것도 저로선 기묘한 이야기로 느껴지는데요. 가신들은 왜 그렇게까지 두려워하는 겁니까? 가에데 님의 처지가 분명 딱하기는 하나 스스로 목숨을 끊으신 것이고, 딱히 살해당한 것은 아니지 않습니까? 동생인 시로마루 님에 대한 가로님의 경계도 그렇고, 뭔가 예사롭지 않다는 느낌이 듭니다만."

"그렇지요."

헤이하치는 생각에 잠긴다.

"듣고 보니 지당한 말씀입니다. 저도요, 에도 저택 사람들이 위에서 아래까지 너무나도 당혹스러워하니 옴팡 말려들고 만 것 같구먼요."

"그렇게나 당혹스러워하다니."

"에에. 뭐, 곤조 영감은 늙을 만큼 늙어서 딱히 별 반응은 없었지만, 그 나머지는 아주 발칵 뒤집힌 듯한 양상이라. 저는 주문품까지 깜박 놓고 왔지 뭡니까."

"주문? 뭘 말입니까?"

"아이구, 책이지요" 하고 헤이하치는 말했다.

"책 대여 주문이었던 겁니까?"

"그래서 갔지요. 나야 책장수 아닙니까. 아니, 그제 모모스케 선생한테 부탁을 받아 일단 상황을 보러 갔지요. 그때 부탁을 받았습니다. 고향에서 소망이 있었다며."

"기타바야시에서 일부러 말입니까?"

어찌 생각해야 할까. 기타바야시 번의 현 상황을 짚어보면, 에도에서 독본을 주문할 정도로 여유가 있는 상황으로 생각하기는 어렵다.

그게요, 하고 헤이하치는 보자기를 풀었다.

"책이 아니라 풍속화입니다. 전에 말씀드린 적도 있을지 모르겠는데, 좋아하는 분이 계십니다. 이런 쪽의 책……."

헤이하치는 짐 속에서 그림을 몇 장 꺼내어 모모스케 앞에 늘어놓았다.

"이건……."

그것은 피칠갑이 된 그림이었다.

"이것은 말이지요. 너무나 잔혹한 그림만 그려 우타가와 파에서 파문당한 사사가와 호사이의 신작입니다. '세상무잔이십팔선상'과 이어지는 거지요."

파문되어 큰 판원에서는 내지 못한다는 위험한 상품이라서요. 그렇게 말하며 헤이하치는 늘어놓은 것 중에서 한 장을 들어 모모스케에게 보였다.

전신에 문신을 한 피달마 사내가 혈도를 휘두르며 진흙탕 속에서 격투를 하고 있는 그림이다.

"어부 단시치 구로베 이야기. 이것은 다른 환쟁이도 그리는 소재이지요. 가부키의 소재로도 알려져 있고요."

악취미다.

기타바야시의 실정을 생각하면 더더욱 악취미다.

아니…….

"헤이하치 씨. 이건 이상하지 않습니까?"

"뭐가 이상한지?"

"아니, 생각을 한번 해보십시오. 저주로 고을이 무너질지도 모르는 중대한 때 아닙니까. 더구나 이 그림과 같은 참상이 실제로 한창 벌어지고 있단 말입니다. 이런 것을 바라보며 즐기는 불온한 자가 있을까요?"

"아아."

헤이하치는 다시금 손에 있는 그림을 바라보았다.

"듣고 보니 좋지 않은 취미로군요. 아니, 이것은요, 벌써 오 년이나 전에 나온 연작으로, 일 년에 일곱 장씩, 전부 해서 스물여덟 장, 작년에 나온 이 일곱 장으로 완결인데요, 주문을 한 무사 나리가 이것을 처음부터 쭉 구입해주시는 거란 말이죠. 처음에는 무사님 댁 하인 방에서 내가 이걸 펼쳐 이야기를 하고 있던 참에 발견해서 사주었단 말이지요. 비슷한 것이 나오면 사주는데요, 참근교대로 고을로 돌아가에도에는 없는 해에도 이렇게 주문이 옵니다. 올해는 참근교대가 늦어지는 것이겠지요. 그래서…… 뭐, 전체를 갖추어야 하니 딱히 신경을 쓰지는 않았습니다만."

"바……방금 무어라 했습니까?"

"그러니까 올해는 참근교대가……."

"그게 아니라, 그 무참화가 한 해에 몇 장이 그려진다고요?"

"그러니까, 일곱 장……."

모모스케는 다다미 위의 그림을 긁어모으듯 무릎 앞으로 끌어당졌다.

줄줄이 흐르는 피. 튀는 피.

칼. 상처. 목. 팔.

"헤, 헤이하치 씨. 이것 말고도…… 이 연작을 가지고 있습니까? 있다면 보여주십시오."

모모스케가 별안간 몹시도 험악하게 말을 뱉었으므로, 헤이하치는 주눅이 들었는지 예에, 하고 사동처럼 목소리를 높였다.

"귀한 것이라 전부는 없습니다만, 자, 잠깐만 기다려주십시오. 전에도 말씀드렸지만, 이러한 것을 좋아하는 호사가는 요즘 많습니다. 해서 몇 장쯤 가지고 다니며……. 아, 찾았다. 이겁니다, 이거."

바둑판 위에 놓인 목.

얼굴 거죽이 벗겨진 사내.

거꾸로 매달린…… 피투성이 임부.

"이, 이 그림은……."

"이것은 오슈 아다치가하라 구로즈카. 사람을 잡아먹는 귀파(鬼婆)의 이야기지요, 잘 아시다시피."

아내가 살해당했네.

만삭이었네.

다리 난간에 거꾸로 매달려……

배가 갈라져 있었네.

"헤, 헤이하치 씨."

놈들은 그것을 보고선 그대로 재현했다고.

"이것은……."

모방.

틀림없다. 모모스케는 확신했다.

"모방이라니, 무슨 말씀인지요?"

"기타바야시 번에서 발생하고 있는 참살 사건은 역시 저주가 아닙니다. 그것은 아마…… 이 그림을 모방해 이 그림대로의 상황을 실제로 재현한다는, 섬뜩하기 그지없는 놀이입니다. 광기 어린 놀이입니다."

모모스케는 오슈 아다치가하라의 그림을 들었다.

헤이하치는 "예엣?" 하고 소리를 지르며 뒤로 나자빠졌다.

"그, 그럴 리가. 터무니없는……."

"아뇨, 터무니없지 않습니다. 헤이하치 씨, 지금 기타바야시에서는 이미 몇이나 죽었는지 모를 정도의 참상이 벌어지고 말았다고 하는데…… 작년, 당신이 갔을 때는 어떠하였습니까?"

"어떠했냐뇨……?"

"헤이하치 씨가 기타바야시를 찾았을 때, 백 년 전의 시치닌미사키와 관련된 이야기는 듣지 못했지요. 그러나 저주는 시치닌미사키의 소행으로 여겨지고 있었다. 그 이유는 대체 무엇이었나."

"그야……."

"그 전전해에 일곱 사람이 죽었으므로, 그래서 다시 이번에는 일곱이 죽을 것이라고……. 그런 이야기였을 겁니다. 오 년 전 여름부터 이듬해 봄에 걸쳐 일곱이 죽고, 꼬박 한 해를 건너 뛰어 삼 년 전 여름부터 이듬에 봄에 걸쳐 일곱 명."

"이, 일곱 명." 헤이하치는 그제야 깨달은 듯 몸서리치며 일곱 명이라는 단어를 다시 말했다.

"그리고…… 재작년 여름에 에도를 발칵 뒤집은 처녀 연쇄 살해의 피해자도 일곱. 나아가서 사 년 전 참살 사건 때에도 일곱이 죽었습니다."

"그, 그것도 일곱."

일곱.

일곱.

일곱.

일곱.

꺼림칙한 부합.

매년 일곱씩.

"이 그림이 팔리기 시작하는 시기는 언제입니까?"

"이것은…… 어디 보자, 대략 5월경……으로……."

"5월. 5월이란 말이지요. 다시 말해 여름이군요."

"그, 그게 어떻다는 말씀입니까?"

"잘 들으세요, 헤이하치 씨. 맨 처음 이 그림이 그려진 것이 오 년 전 5월경인 것이지요. 기타바야시 사건은 그해 여름부터 발생했습니다. 그 이듬해에는 에도에서 비슷한 사건이 발생. 그 이듬해에는 다시 기타바야시, 그리고 재작년에는 다시 에도……. 이토록 멀리 떨어진 두 장소에서 비슷한 사건이 상호 교차적으로 벌어지고 있습니다. 아니, 비슷한 사건이 아니라, 장소만 떨어져 있을 뿐 이것은 연속된 사건입니다. 유괴하여 난도질한 다음 버린다는 잔학한 수법도 완전히 동일. 그리고 죽은 사람 수는 전부……."

"이, 일곱."

"일 년간 일곱. 그리고……."

"그림도……."

"일곱 장."
"그, 그럼."
헤이하치는 입을 벌린 채 그대로 경직되었다.
"내, 내가 판 이 그림이……. 예? 그럼 버, 범인은……."
"아마, 재작년 여름 이후 그 그림을 산 기타바야시 번의 무사는 에도에 있었겠지요."
"이, 있었습니다."
"작년에 번주와 함께 고을로 돌아갔지요?"
"그, 그렇습니다."
"그 무사의 이름은 무엇입니까?"
"기, 긴슈의 구, 구스노키 덴조 님."
……구스노키 덴조.

틀림없다.
"그 무사, 오 년 전에는 에도에 있었습니까?"
"아, 아니오. 구스노키 님은 그때 무슨 용무가 있어서 에도에 잠시……."
"당연히 그랬을 테지요. 구스노키는 단조가 에도에 있었을 때부터의 측근이었다 합니다. 단조가 번주가 된 것은 오 년 전. 첫 참근교대는 사 년 전 여름이었을 터."
"차, 참근교대…… 참근교대라니. 다, 당신, 무슨 말을 하고 싶은 거요?"
"번주의 측근인 구스노키 덴조는 에도와 기타바야시를 일 년마다 왕복하고 있다는 얘기입니다. 헤이하치 씨, 그 구스노키라는 무사는 항상 귀갑문양 옷을 입고 있지 않습니까?"

"아!"

헤이하치는 앉은 채 무너져 내렸다.

"입고 있었군요."

"헛, 그, 그럼, 구, 구스노키 님이 바로 그……."

"예. 번주 측근 구스노키 덴조야말로 우콘 씨의 이웃 처녀를 유괴한 무사겠지요. 그리고 구스노키는 구 년 전 료코쿠의 무참 생인형을 보고 그것을 모방해 잇달아 사람을 죽인 장본인이기도 합니다."

"예엣?"

헤이하치는 이마에 손을 짚고서 두세 번 입을 뻐끔거렸다.

"희대의 악녀 오키쿠와 오쿄 역시 그때의 범인 일당이었습니다. 헤이하치 씨의 추측은 맞았던 거지요. 악녀 시라기쿠, 분명 영주의 눈에 들었습니다. 그러나 유혹을 한 것은 아니지요. 놈들은 같은 성질의 무리……. 즉, 동류였던 겁니다."

"자, 잠깐만 기다려주십시오. 그, 그럼, 범인은……."

"구 년 전, 무참 생인형을 본 놈들은 그것을 그대로 재현하고자 하여 사람을 죽인 것입니다. 그리고 몇 년 뒤, 녀석들은 이 무참화를 손에 넣어……."

마찬가지로.

"버, 범인은……."

"범인은 기타바야시 번의 번주, 단조 가게모토입니다."

헤이하치는 히이이, 하고 소리를 내어 크게 숨을 들이마셨다.

맥이 빠라진다.

식은땀이 흐른다.

"그, 그럴 수가, 모모스케 선생……." 헤이하치는 울음이 터질 듯한 얼굴이 되어 다다미 위에 펼쳐진 무참한 그림을 긁어모았다.

"노, 농담에도 정도가 있는 겁니다. 나, 나도요, 농담에 험담은 특기로 삼고 있지만, 세상에는 해도 될 말과 아니 될 말이 있지 않습니까. 그, 그처럼 두려운, 영주님을 살인자로 부르다니, 마, 만약 누가 듣기라도 하면……."

헤이하치는 마루 쪽을 보았다.

장지문은 내처 열려 있었다.

"잘 들으세요. 영주와 지체 높은 무사 나리는 약간만 희롱해도 손이 칼집으로 간다고요. 우습게보아선 안 되지요. 백 년 전의 전설이라든가 망령 요괴의 풍문이라면 또 몰라도, 이것은 옛날이야기도 만들어진 이야기도 아니지요. 모모스케 선생은 현재 일어나고 있는 살인의 범인이 한 번의 주인이다, 그렇게 말을 하고 있어요. 자칫하면 모모스케 선생, 모, 목과 몸뚱이가 울며 헤어지는 꼴을 보게 될 겁니다."

그럴 것이다. 허나.

"사, 사실이라면 어떻습니까. 세상에는 다양한 악당이 있지만, 저는 이토록 도리에 어긋난 이야기는 들은 적이 없습니다. 이것만은 어떠한 신분의 자라도 용서받지 못하겠지요. 범인은 번주……."

그때 스윽, 일진의 바람이 자리에 불더니 그림이 몇 장 훌쩍 날아올랐다.

허둥지둥 누르던 헤이하치의 손을 벗어나 한 장이 펄럭이며 뜰에서 춤추었다.

"오호라. 그 생각까지는 하지 못했군."

별안간 뜰 쪽에서 걸걸한 목소리가 울려 퍼졌다.

모모스케가 허둥지둥 몸을 틀자, 내처 열려 있던 뒷문 밖에 삿갓을 깊숙이 눌러 쓴 낭인이 서 있었다.

"우, 우콘 님."

그것은 시노노메 우콘이었다.

우콘은 뒷문으로 들어와 빈틈없는 발걸음으로 마루까지 접근해, 정원석 곁에 떨어진 그림을 조심스러운 동작으로 주워 올렸다.

사람 잡아먹는 노파 이야기.

우콘은 그 그림을 슬쩍 본 다음 헤이하치를 바라보고서 일례를 했다.

"이러한 장소에서 실례하겠소이다. 수배 중인 몸이라 상점의 정문으로 찾아오는 일도 이루어지지 않기에."

"그, 그것은 상관이 없으나 우콘 님, 당신……."

"엿들을 생각은 없었으나 듣고 말았소. 무례함은 사과드리겠소."

우콘은 다시 한 번 머리를 숙였다.

모모스케는 그제야 일어나 마루 끝까지 갔다.

"우, 우콘 님, 방금 그 이야기는…… 저어……."

"더는 말하지 마시오, 야마오카 공. 증거가 없는 추측이라는 것은 충분히 알고 있소. 그러나."

우콘은 아주 조금 고개를 숙였다.

그러자 삿갓에 그 얼굴은 완전히 감추어지고 말았다.

모모스케는 그저 제자리에 못 박혀 있었다.

"허나, 그렇게 생각하면 놈들이 당혹스러워하는 것도 이해가 갈 만하오. 수색도 조사도 제대로 하지 않은 채, 신분이 높은 무사까지 천한 자의 일거수일투족에 휘둘려 벌벌 떨고……. 거기에다 졸자에게 죄를 뒤집어씌우는 듯한 짓까지 하였소. 저주다 뭐다 법석을 떨고 있으나, 그것도 결국은 범인을 감싸기 위해 고의로 흘린 유언으로 생각하면 납득도 가지. 이런 짓까지 해서 감쌀 정도면 범인은 웬만한 신분의 자가 아닐 터."

"우콘 님."

울고 있는 것인가.

모모스케는 삿갓 속을 들여다볼 수가 없어, 그저 그 초췌한 모습을 응시하기만 했다.

"우콘 님, 당신, 설마……."

원수를 갚으려고 생각하고 있는 것은 아닌가.

그때가지 뜬구름만 잡던 증오하는 상대의 얼굴이 지금 명확한 모양새로 이어진 것이다. 퍼붓지도 못하고 허공으로 맴돌던 분노와 슬픔이 그 한 점을 향할 것은 틀림이 없다.

허나.

"그렇다고 해도, 우콘 님, 어떻게 하실 생각입니까?"

작은 번이라고는 해도 상대는 영주. 일개 낭인이 일국일성의 주인을 상대로 싸움을 걸어도 이길 리가 없지 않은가. 그것은 오히려 목숨을 버리는 것이나 마찬가지다.

"염려해주시는 것인가, 야마오카 공" 하고 우콘은 말했다.

"걱정할 것 없소. 이 몸이 아무리 궁하다고 해도, 졸자는 그 정도로 어리석지는 않소. 지혜이 님의 말 그대로요. 무엇을 어찌 한다고 해도 이 상처는 낫지 않소. 원수를 죽여도 한은 풀리지 않소. 처자도 돌아오지 않소."

우콘은 거꾸로 매달려 있는 임부가 그려진 그림을 손에 들고 삿갓 아래로 오열하고 있다.

　죽은 아내와 태어나지 못한 자신의 아이를 생각하고 있는 것인가. 그렇다면…… 몹시도 괴롭다.

　그런 것은 너무나도 괴롭다.

　"그러니 원수를 갚는 짓 따위는 아니하겠소. 하려고 생각도 아니하오. 다만, 다만 졸자는 분할 뿐이오. 비록 한때이기는 하나 졸자는 증오스러운 처자의 원수를 섬기려 했으니 말이오."

　"우콘 님."

　우콘은 모모스키에게 고개를 들고, 삿갓을 올렸다.

　"실은…… 좀 전, 파발이 도착했는데."

　"파발요? 누구한테서?"

　"오긴 낭자한테서요. 때가 찼으니 기타바야시까지 와주면 한다고, 그렇게 적혀 있었소."

　'때가 찼다.'

　"결판이 났다는 뜻일까요?"

　"모르겠소."

　미사키 고젠의 소동과 관련이 있는 것인가. 에도 저택에 알림이 도착한 것과 파발 도착은 전후로 나란하다. 그렇다면 역시. 허나 그렇다면…….

　"졸자는 지금 곧 기타바야시로 향하오. 야마오카 공께는 여러모로 신세를 졌기에 한마디 인사를 하러 온 것이오. 졸자는 수배 중인 몸. 경우에 따라서는 이번 생의 작별도 될 것이오."

　"저도 동행하도록 허락해주시지요."

　모모스케는 그렇게 말했다.

6

일각이라도 빨리.

모모스케의 마음은 급했다.

범인은 번주 기타바야시 단조다. 그것은 지금은 모모스케의 머릿속에서 확고한 확신으로 변해 있다. 그리고 그것은 가로를 포함한 가신들도 관계가 없는 일이다. 아니, 용케 알아차렸다고 해도 결코 입 밖으로 뱉어서는 아니 되므로 어찌 할 수도 없는 일이라고는 생각한다.

이 범인은 절대 잡히지 않는다.

그리고 일곱 연쇄라는 우연이 옛 저주마저 불러들인 것이다. 그 때문에 이 섬뜩한 영주의 범행은 더욱 심한 마성, 더욱 심한 사악함을 두르고, 악인은 더욱 깊은 어둠의 바닥으로 가라앉아버린 것이다.

옛 저주와 번주의 광기. 이 두 가지가 뿌리 깊게 얽히고설켜 말로 다 못할 악의를 자아내고 있는 것이다. 그 깊고 어두운 사신의 악의가 사람들의 악념마저 불러 일으켜버린 것이다.

그런 까닭에 벌어진 혼란인 것이다.

그렇다면.

손을 쓸 도리가 없다.

원령 소동은 십중팔구 마타이치가 펼친 연극이다.

그러나 이것은 실패한다.

이 말기적인 상황에서 새삼스레 가에데 아씨의 망령 따위를 내세워본들 혼란은 더욱 그 정도를 불려갈 뿐이 아닌가. 아니, 오히려 악의의 뿌리는 깊어지리라. 신불에 대한 외경을 모르는 마인, 생을 존중하지 않고 죽음의 부정을 좋아하는 사마(死魔)들에게 원령 따위는 전혀 두려울 것이 못된다.

모모스케는 그것이 불안해서 견딜 수 없었다. 마타이치라고 해도 만능일리는 없을 터. 더구나 이번에는 상대가 나쁘다. 만약 조금이라도 마각을 드러낸다면 마타이치도 오긴도 아마 목숨을 잃게 된다. 안 그래도 무숙인 신분으로 밤마다 성 안으로 숨어드는 짓을 하는 것이니 무사히 끝날 것이란 생각이 들지 않는다.

그래서 모모스케는 서두르고 있다.

우콘으로서도 느긋한 마음이 아니었을 터다.

사랑하는 자를 빼앗긴 그 슬픔과 분노는 모모스케로서는 도저히 헤아릴 길이 없는 것이었다. 또한 그 분노와 슬픔이 소용돌이치며 머물고 있는 땅으로 간다고 해서 무엇이 어떻게 바뀐다는 것인지도 전혀 몰랐지만, 일각이라도 빨리 그 땅으로 가고 싶다는 우콘의 마음만은 절절히 전해져왔다.

우콘의 옆얼굴에 처음 만났던 무렵의 쾌활함은 없다. 다만 재회했을 때의 음울함도 사라지고 없었다. 우콘은 아무래도 무언가 각오와 같은 것을 얻었다고 모모스케는 생각했다.

삿갓 아래의 얼굴은 비장하다기보다 어딘가 정한(精悍)하기까지 했다.

기타바야시는 단고와 와카사의 외각 근처에 위치하고 있다.

모모스케는 출발에 앞서 가능한 한 단시간에 마칠 여정을 짰다.

말이나 가마를 계속해서 타고 가지 않으면 며칠이 걸릴지 알 수가 없었다.

그러기 위해 모모스케는 처음으로 점포, 이코마야의 돈을 빌렸다. 급한 여행은 돈이 드는 법이다. 더구나 도중에 무슨 일이 일어날지 알 수가 없다. 길에서 칼조차 가지지 않은 비력한 모모스케가 믿을 것은 금전뿐이다.

그저 길을 서두른다, 막연한 여정이었다.

관소를 벗어나자 모모스케는 간이 철렁했다. 기타바야시 이외의 여러 지방까지 수배서와 인상서 부류가 나돌고 있는 낌새는 없었으나, 그래도 우콘은 수배자. 신분과 성명을 위장하고 있는 몸인 것이다. 통행서는 오긴이 마련해준 가짜다.

다행히 도중에 포기해야 할 만한 사태는 일절 일어나지 않았으나, 그래도 조심하는 것보다 나은 것은 없었다. 가능한 한 눈에 띄지 않게, 그리고 신속하게…….

여행에 익숙한 모모스케도 처음 맛보는, 시종일관 긴장감이 팽팽한 여정이었다.

기타바야시 경계선 부근에 이르자 모모스케와 우콘은 가도를 벗어나 남의 이목을 피해 산속으로 들어섰다.

지금까지와는 달리 시노노메 우콘은 기타바야시 영내에서 의심할 바 없는 수배자다. 아무리 그래도 정면돌파는 하지 못하리라. 잡혀버리면 그야말로 끝장이다.

하지만 산으로 들어가버리면 잘 곳도 쉴 곳도, 아무것도 없다.

지금까지도 거의 쉬지 않는 강행군이었으므로, 모모스케는 산속의 험한 오솔길에서 몇 번이고 굴렀다. 우콘은 덩굴에 걸려 고꾸라질 뻔한 모모스케에게 손을 내밀어 힘차게 끌어당긴 후 서쪽 하늘을 올려다보았다.

"이러고 있자니 도사가 생각나는구려."

반년 전이다. 도사의 산길은 이 길 이상으로 험한 길이었다. 모모스케는 지금과 마찬가지로 몇 번이나 굴렀고, 그때마다 우콘의 도움을 받았다. 그러므로 우콘의 말대로 정말 매우 흡사한 상황이기는 하나 결정적으로 다른 점이 있다.

우콘의 처지다.

"모든 것이 나쁜 꿈이라는 기분이 드는군."

"우콘 님."

우콘은 그저 헛소리였다며 다시 걷기 시작했다.

"이제 곧 경계선이네. 이 산을 넘으면 기타바야시 영내지. 그 이후가 위험장소의 연속일세."

"예에."

이 길은 아무도 사용하지 않는다고 우콘이 말했다.

"그렇게 험합니까?"

"그게 아니라, 일단 아니 알려졌다네. 그리고 이 길은 기타바야시로만 통하는 길이지. 기타바야시로 가려면 다른 길을 가는 편이 훨씬 빠르고 편하니 이 길을 쓰지 않는 게야. 게다가 이 너머에는 마소가 있네."

"마소가요?"

"그렇다네. 마물이 산다고 알려진 바위산이지."

우콘은 손으로 가리켰다.

나무가 울창한 심산이다.

"저 산 너머지. 그곳은 기암괴석이 즐비한 불모의 땅인데, 새조차 날지 않는 기괴한 경관이지. 기타바야시 백성은 오레구치 봉우리, 또는 시로야마라 부르고 있는 모양이지만."

오레구치란 죽음을 의미하는 말이다.

"시로야마라면…… 그곳에……."

우콘은 고개를 끄덕였다.

"기타바야시는 사방이 산으로 둘러싸인 천연 요새로 되어 있네. 성은 산성이고. 결코 크지는 않으나 공격하기가 어렵지. 성 밑 마을은 이 성을 중심으로 부채꼴로 펼쳐져 있다네."

"성 밑 마을 정중앙에 성이 위치하는 것은 아니군요."

"그렇다네. 그 성이 있는 산의 꼭대기 부근을 오레구치 봉우리라는 별도의 이름으로 부르고 있지. 그러니 성 밑 마을에서 올려다보면 산허리에 있는 성의 뒤로 성을 감싸 안듯이 오레구치 봉우리가 버티고 있는 것처럼 보인다네."

모모스케는 상상이 잘 되지 않았다. 몹시도 불가사의한 경관이다.

"이 길은 말일세, 그 오레구치 봉우리로 통하고 있어."

"그럼 성으로……?"

"오레구치 봉우리에서 직선으로 내려가면 분명 성이지. 허나 이쪽에서는 가까스로 오를 수 있으나 성의 뒷면에 해당되는 부분은 깎아지른 듯한 절벽으로 되어 있어. 오를 수는 있어도 내리지는 못하지."

"그렇다면."

"꼭대기에 이르기 전에 언덕을 우회하면서 내려가면 되네. 삼분의 이 지점에 거대한 반석이 있어 그 옆을 빠져나와 오솔길로 들어선다네. 심히 돌아가게 되지만 그 오솔길은 거의 알려져 있지 않은 까닭에 안전하게 성 밑 마을에 이를 수 있다네."

그야 그럴 것이다. 그 길은 영내의 백성들에게는 쓰임새가 없는 길이다. 그러나 그 오솔길을 모르면 이 뒷길 자체가 무의미한 것이 된다. 외부에서 오는 자도 성의 뒷면, 그것도 단애절벽으로 이어지는 길은 택하지 않을 터.

우콘은 하늘을 올려다보았다.

"아직 해는 높군. 이 길은 험하지만 거리는 그다지 멀지 않다네. 이 시각이라면 밤까지는 성 밑 마을에 들어갈 수 있을 것이네. 야마오카 공도 지친 모양이니 조금 쉴까."

"전 괜찮습니다만."

성 밑 마을로 들어가면 들어가는 대로 고생이 기다리고 있다.

그러나 모모스케는 조금 망설였다. 물론 빨리 도착하는 것이 가장 좋기는 하겠으나, 한편으로 지금은 신중한 편이 좋을 듯한 생각도 들었기 때문이다. 그리고 정말 지쳤기도 했다.

"성 밑 마을로 들어가면 어떻게······?"

"음."

우콘은 모모스케를 제지했다.

전방에 사람 그림자가 보였다.

그 그림자는 떨어뜨린 물건이라도 찾는 것처럼 풀로 덮인 길 한가운데에 웅크리고 있었다. 웅크리고 있는 것치고는 몹시도 큰 그림자였다.

그림자는 느긋이 일어섰다.

상당히 크다.

발치에는…….

"사, 사람이."

사람이 몇이나 쓰러져 있었다. 무사로 보인다.

거한은 쓰러진 무사의 품을 더듬고 있었던 듯하다.

"으음."

거한은 천천히 돌아보았다.

승려다. 너덜너덜한 먹빛 옷. 삿갓은 쓰고 있지 않고 손에는 석장을 쥐고 있다.

요괴책에 등장하는 요괴…… 중대가리 괴물 같은 풍체였다.

중대가리 괴물은 모모스케와 우콘을 보자 히죽이 웃었다.

우콘은 칼에 손을 대었다.

날밑을 뺀다.

"기다리시게."

우콘은 모모스케를 뒤로 물린 다음 발을 벌리고 태세를 갖추었다.

"어째 살기가 도는구먼. 기다리시게."

"웬놈이냐."

"웬놈이라니, 보시다시피 중이로구먼."

"승적에 있는 자가 그러한 장소에서 무얼 하고 있는 건가. 그리고 다리 아래의 시신은 무어라 설명할 것인가. 공양을 하고 있는 것처럼은 아니 보이오만."

"이거 참, 근사한 말씀을 하시는구먼요. 나는 분명 공양 따위는 하지 않았소. 잠시 시신의 품을 찾아보고 있었을 뿐이오만."

"네 이놈, 도적 부류로구나!" 우콘은 칼을 뺐다.

중대가리 괴물은 왼쪽 손바닥을 이쪽으로 향하고서 가사를 털었다.

"이, 이것 참, 기다리라고 하지 않았습니까. 중을 베었다간 칠 대가 저주를 받습니다요."

"무익한 살생은 좋아하지 않으나 이 몸도 누군가에게 면상을 보여선 아니 되는 몸이라서 말이지. 승려라면 예를 다하겠으나, 도적 부류라면 자비는 무용. 길을 서두르고 있기에……."

우콘은 한 걸음 내딛고서 우뚝 멈추었다.

중대가리 괴물은 석장을 서서히 내민다.

우콘은 으음, 하고 신음했다.

"우, 우콘 님."

"네 이놈……."

스윽, 칼을 내린다.

"제법이로군."

중대가리 괴물도 석장을 거두어들였다.

"오호, 형씨, 듣던 대로 엄청난 솜씨로군. 베기 전에 나의 기량을 꿰뚫어보았나."

"나를…… 알고 있나."

"들었소이다. 형씨, 시노노메 우콘 씨로군. 그쪽 분은……."

승려는 모모스케를 한 번 보고 눈을 가늘게 뜨며 "형씨가 야마오카 씨인가" 하고 말했다.

"맞구먼. 형씨도 괴짜인 분이로구먼. 난 말이지 무동사의 교쿠센보라고 합니다요. 뭐, 나도 괴짜지. 잔머리 모사꾼이 좀 도와달라고 부탁하기에 이런 산속에서 찾고 있지만서도."

"잔머리 모사꾼? 그럼 스님은 마타이치 씨의……."

"옛 동료지."

교쿠센보는 우락부락한 얼굴을 찌그러뜨리며 웃었다.

"차림새는 중이지만, 뭐, 땡중이니 스님이라는 말은 그만두시오. 아니, 뭐, 마타 씨가 커다란 건수를 벌이고 있는 것 같아서, 손이 부족하다고 주절대더라고. 게다가 까다로운 일이라."

"일……."

역시 마타이치는 움직이고 있었던 것이다.

교쿠센보는 발치의 송장에 시선을 던졌다.

"듣기로 이 길을 벗어나 외부로 나가는 영민이 반드시 있을 테니, 죽이지 말고 품에 있는 것을 거두어서 가져다달라고 하더란 말이지. 그래서 여기에 엎드려 있으니 확실히 오더구먼. 이제 어떻게 할까 싶은 찰나에……."

승려는 송장을 발로 찔렀다.

"이 무사들이 쫓아오더니 마구잡이로 베어 죽이고 말더라고. 나는 구하려고 뛰어들었는데……."

승려는 다음으로 옆의 덤불에 시선을 던졌다.

그곳에는 피로 물든 막일꾼풍의 사내 두 명이 죽어 있었다.

"보라고. 뒤에서 긋지 않았나. 아깝게 됐지. 구할 틈도 없었다고. 도저히 시간이 안 맞았지. 그런데 이 무사들, 완전히 머리에 피가 올라서 그 녀석들을 벤 기세로 나까지 죽이려고 덤벼들기에 어쩔 수 없이."

"그럼."

모모스케는 다시금 쿄쿠센보 발치의 송장을 보았다.

무사는 피 묻은 칼자루를 손에 든 채로 쓰러져 있기는 했으나, 칼을 맞고 죽은 것 같지는 않았다.

석장에 맞아 죽었으리라.

이 승려, 강하다.

"봐줄 수 있을 만한 상대가 아니었지. 그래서 나는 마타 씨와 한 약속도 있어서 저기 칼 맞은 사내들의 품을 뒤져보고 있었는데……. 이것 참, 아무것도 없지 뭔가. 그래서 혹시나 싶어서 말이지."

쿄쿠센보는 고개를 산쪽으로 돌렸다.

"이 너머의 낭떠러지가 있는 곳까지 가보았더니만, 경계선 근처에서 두 명 정도가 더 칼을 맞았더라고. 허나 그쪽 송장도 품속은 비었더라고. 그래서 여기까지 돌아와 이번에는 무사의 품을 뒤지고 있었다, 뭐, 그렇게 된 게지."

"마타 씨는 무엇을……."

"아마도 이것이겠지."

쿄쿠센보는 품속에서 서장과 같은 것을 꺼내어 들었다.

"직소장이야."

"지, 직소장?"

모모스케는 우콘을 보았다.

우콘도 모모스케를 보고 있었다.

"마, 마타이치 씨는 백성한테서 직소장을 가져오라고 당신에게 부탁한 것입니까?"

"백성이 아닌 모양이더라고. 허나 뭐, 그 비슷하겠지. 죽이지 말라고 했지만, 다른 손에 죽어버렸어. 무사야 딱히 죽이지 말라는 말을 하지 않았지만……."

어쩔 셈인 것일까.

그놈은 무얼 생각하는지 도통 알 수가 없다고 교쿠센보는 말했다.

"옛날부터 그래, 그놈은. 나야 그놈 입맛대로 혹사를 당하고 있지. 나, 이 산속에 벌서 열흘이나 죽치고 있었다고. 마타 씨와 손을 잡는 건 십 년 만인데 이리도 귀찮은 짓이나 시킨다니까. 아."

교쿠센보는 우콘의 얼굴을 진지하게 보았다.

"형씨들, 이제 곧 성 밑 마을로 들어가시지 않소. 마침 잘됐구려. 이거, 가져다주지 않겠소?"

교쿠센보는 직소장을 내밀었다.

"가져다주라니, 마타 씨는 성 밑 마을 어디에?"

"모르지. 허나 다름 아닌 마타 씨이니 가면 튀어나오겠지. 나는 이렇게 위험한 성 밑 마을에는 잘 안 들어가. 그리고 이 시신도 묻어야 하고. 어떠한 자라도 죽으면 부처이니. 어떻소?"

"알겠소이다."

우콘은 직소장을 받아들었다.

"우, 우콘 님. 그래도 됩니까?"

"상관없을 테지. 그 마타이치라고 하는 분은 오긴 낭자의 동료 아니오. 그렇다면 걱정할 것도 없다는 생각이오만."

"이 사람을 믿는 겁니까?"

진실을 말하고 있다는 보장은 없다.

"믿지 못하겠소?"

"믿네."

우콘은 서장을 품속에 넣었다.

"야마오카 공, 이자가 혹여 적의 간자라면 그때는 그 마타이치 씨의 계략이라는 것이 실패했다는 이야기가 될 터. 그뿐 아니라 마타이치 씨도 오긴 낭자도 적의 수중에 있다는 이야기가 되지. 나는 둘째 치고, 이자는 야마오카 공의 이름까지 알고 있으니 말일세. 모든 것을 자백하고 있다는 이야기가 되지 않는가. 그렇다면 지금 이자를 베어버린들 무의미하지. 그 상황에서 성 밑 마을에 들어가야 우리에게 승산은 없을 테니."

교쿠센보는 지당한 말이라고 말했다.

"현명하시구먼. 그리고 마타를 만나면 말을 전해주시오. 다혈질 무사와 붙었으니 그 수고료로는 모자란다고 말이야."

교쿠센보는 그렇게 말을 맺었다.

그 이후의 여정은 분명 험한 것이었다.

길이 따로 없는 것이나 마찬가지다. 교쿠센보의 말대로 경계선 부근에는 두 사내가 죽어 있었다.

둘 다 일반 백성의 모습은 아니었다. 어디가 다른지는 잘 알 수 없었으나, 평범한 백성은 아닌 것처럼 보였다. 역시 막일꾼풍이라고밖에 비유할 바가 없다. 노역소의 막일꾼 비슷한 인상이다.

우콘은 잠시 시신을 살펴보더니 그 손을 잡고 모모스케에게 보였다.

"보시오, 야마오카 공. 이자의 손은 괭이나 호미를 든 손이 아니오. 이것은……"

우콘은 거기에서 입을 다물었다.

모모스케는 직소라면 일반 백성이 하는 것이라고 생각하고 있었다. 막일꾼이 직소라니, 과연 어떠한 일이었을까.

그리고 모모스케는 긴장한다.

경계선을 넘었기 때문이다. 모모스케는 저주가 만연한다는 저주받은 땅에 마침내 들어선 것이다.

해는 이미 기울어가고 있었다.

그리고 모모스케는 오레구치 봉우리에 이르렀다.

황혼이 다가온 마소의 정경은 기이했다.

그때까지 울창하게 우거져 있던 초목이 드문드문해지고 산의 바닥이 드러나고 있었다. 그중에는 암반이 살을 드러낸 곳도 있다. 여기저기에 거대한 바위가 서 있고, 노출된 암반에는 몇 개나 갈라진 틈이 입을 벌리고 있었다.

"오긴 낭자의 말에 따르면 이 일대에는 밤이 되면 바위가 우는 야곡암(夜哭岩)이라는 장소가 있다는 모양일세."

"밤에 운단 말입니까?"

"어느 바위인지는 모르지만 밤이 되면 바위가 운다더군."

"바위가 운다……. 엔슈의 밤에 우는 바위와 비슷한 것일까요."

"모르겠네. 먼 옛날에는 덴구가 나온다는 말도 있었다는 모양이야. 애당초 접근하는 자는 아무도 없는 까닭에 무엇을 근거로 전해지는지는 알 수 없지만 말일세."

모모스케는 귀를 기울였다.

새소리가 들렸다.

"나는 도망칠 때에도 이곳을 지났지만, 그때는 아무 소리도 들리지 않았네. 그래본들 그것은 동이 트기 전의 일이었지만."

우콘은 그렇게 말하며 바위를 올랐다.

단애절벽은 아니지만 발 딛기 편하다는 소리는 결코 할 수 없다.

편차가 심한 바위는 상당히 위험하다. 넘어지면 당연히 다치리라. 발이 미끄러지면 경우에 따라서는 목숨이 없다.

"여기가 마지막 험소라네. 이 바위산을 벗어나면 그다음은 내려가는 것뿐. 바위산을 지나면 밭이 하나 둘 보이기 시작할 터. 성 밑 마을은 코앞일세."

높은 곳은 별로 좋아하지 않으므로 모모스케는 무심코 발치를 본다.

바위의 표면을 뒤덮다시피 빽빽하게 이끼가 돋아 있다. "이끼가 엄청나군요" 하고 말하자 우콘은 사람이 지나다니지 않는 증거일 거라고 대답했다.

"아."

무슨 일이냐며 우콘이 돌아본다.

"아, 최근에 사람이 이곳을 내려온 듯합니다. 여기, 이끼가 뭉텅 떨어져 있지요. 발자국입니다."

"음…… 보아하니 상당히 서둘렀군. 아마 좀 전의 그 막일꾼풍 사내들과 그자들을 쫓아갔던 무사들 것이구먼. 그 샛길로 나가려면 반드시 오레구치 봉우리에 올라서 이 밤에 우는 바위를 지나야만 하네. 바로 이 마소를 피하기 위해서. 따라서 그 길은 쓰일 일이 없는 것일세."

지나간 자는 분명 전원이 죽었다.

모모스케는 고개를 든다.

"이것은……."

올려다보고 또 올려다보아도 한이 없을 정도의 거대한 바위가 눈앞을 가로막고 있었다.

"이리도 클 수가."

"이 바위 너머가 성이지. 이 거대한 바위는 성 밑 마을에서 올려다보면 정확히 천수각 바로 뒷부분으로 보이는 큰 바위인데, 소벌라마기라고 불리고 있다는데……. 이것을 돌아 옆으로 나가면 이후는 내리막이지. 오레구치 봉우리를 다 내려가면 이후는 평평하고."

"소벌라마기란 말이지요. 특이한 이름이군요."

의미를 모르겠다. 사투리인가.

"나도 무슨 의미인지는 모르네. 오긴 낭자에게 물어보긴 했네만. 자, 야마오카 공. 곧 해가 저물어. 해가 떨어져버리면 이곳은 정말 위험한 곳이 된다네. 아무것도 보이지 않으니 말일세. 서두르세."

우콘은 큰 바위에 한손을 짚으며 나아갔다. 모모스케도 그것을 따라한다.

이대로 이 큰 바위를 반쯤 돌게 되리라.

"조심하시게. 한쪽이 단애절벽이 되니."

"예에."

큰 바위를 넘자 발치에 단애절벽이 나타났다. 모모스케는 어질어질해져서 이번에는 위를 보았다.

"그나저나 참으로 높군요. 면목 없습니다만, 전 이렇게 높은 곳은 그다지……."

"저것이 기타바야시 성일세."

우콘이 바위 위에 서서 가리켰다.

거대한 바위 옆으로 천수각이 보인다.

거리가 어느 정도 되는지, 모모스케는 상상이 되지 않는다. 원근감이 미묘하게 맞지 않는다.

저 천수각에서 가에데 아씨가 몸을 던진 것이다. 그리고 그곳에…….

사신이 살고 있다.

모모스케는 잠시 어둠으로 흐릿한 자그마한 성곽을 응시했다.

비윽, 비윽.

비윽, 비윽.

그 소리는.

……울고 있다.

"울고 있습니다, 우콘 님."

"그런 듯하군. 이것은……."

우콘은 주위를 둘러보았다.

"구멍이로군."

"구멍?"

"산허리에 동굴이 몇 개나 있지 않나. 그중 어느 하나가 양쪽이 뚫려 있어서 바람이 그곳을 지나는 게지. 이것은 그 소리일 것일세."

동굴은 분명 몇이나 뚫려 있다.

다만, 소리가 그쪽에서 들려오는지 어떤지는 알 수 없다.

큰 바위와 바위산 사이에서 반향하고 있는 것이다. 대체 어떤 동굴이 울고 있는 것인가.

거대한 바위 그림자가 모모스케를 삼키고 있다.

바위 너머의 하늘은 붉게 물들어 있었다. 타오르는 듯한 석양이다.

절벽에서 떨어져 나와도 바위산은 이어지고 있다. 여전히 발밑이 불안하므로 긴장을 풀 수는 없다. 내리막으로 바뀌었다고는 하나 굴러 떨어진다면 목숨은 없다. 피곤한 발에는 한층 더 주의가 필요하다. 모모스케는 이끼에 남아 있는 발자국을 따라 머뭇머뭇 나아간다. 이끼 위는 미끄럽다. 발자국 부분은 이끼가 벗겨져 있으므로 미끄러지기 어려운 것이다.

"야마오카 공, 그쪽이 아닐세. 성 밑 마을은 이쪽이야."

"예에. 한데, 발자국은 이쪽에서 오고 있는데요."

우콘은 그럴 리 없다고 말했다.

"보다시피…… 그 갈라진 틈 부분을 지나 아래로 내려가는 것 외에 이 난소를 벗어나는 길은 없소. 이쪽으로 오면 오레구치 봉우리 정상으로 갈뿐. 그쪽으로 가도 절벽, 그렇지 않아도 소벌라마기에 먹히고 말지."

"허나 발자국은……."

큰 바위 쪽으로 이어지고 있었다.

"야마오카 공."

별안간.

우콘은 몸을 낮추고 바위 그늘로 숨었다.

"야마오카 공, 어서."

모모스케는 엎드려 기다시피 하며 머뭇머뭇 우콘 옆으로 이동했다. 발밑이 불안하다.

"왜, 왜 그러시는지요?"

"방금 사람 소리가 들렸네."

"목소리가요?"

숨을 삼킨다.

모모스케에게는 바위의 울음소리밖에 들리지 않는다.

"저기에."

소벌라마기 앞에.

마물이 서 있었다.

"데, 덴구?"

"아니, 아닐세."

여자다.

그것은 기이한 풍모의 여자였다.

우아하다기보다 요염하다는 인상이다. 긴 흑발을 질끈 동여매고, 짤뚱한 하의에 소매가 긴 겉옷을 걸치고, 그 위에 보아하니 봉황 무늬 옷을 걸치고 있다.

옛 궁중의 나인 같은 모습이다.

궁중이라면 몰라도, 이러한 험소를 걸을 만한 차림은 아니다.

여자의 건너편에는 심홍빛 아지랑이가 피어나고 있다.

여자는 황홀한 눈빛으로 그 심홍을 바라보고 있다.

여자의 윤곽은 석양에 녹아 있다.

"저 사람은, 어, 어디에서?"

기척은 없었다.

홀연히 나타났다는 느낌이 든다.

"좀 전까지 아무도 없었지요? 그렇지요?"

우콘은 입에 손가락을 갖다 대었다.

인기척이 났다. 아무래도 모모스케 일행이 온 길로 누군가가 올라오고 있는 듯했다.

그것은 전립에 소매가 없는 겉옷을 걸친 무사였다. 모모스케는 목을 움츠리고 몸도 움츠린다. 다행히 무사는 모모스케 일행을 눈치채지 못한 채 빠른 발걸음으로 두 사람이 몸을 숨긴 바위 앞을 지나 소벌라마기 쪽으로 갔다. 서두르고 있는 듯했다.

등에는…….

승룡.

"일은 어찌 되었소, 번두(番頭)*."

여인의 요염한 목소리가 마소에 울려 퍼졌다.

"만만치 않더군. 둘은 경계선에서 해치웠으나…… 넷 정도가 영외로 나가고 말았지. 주모자는 내가 직접 폭포에 떨어뜨렸지만, 남은 셋은 샛길로 빠져나갔소. 추격자는 보냈으나……."

"놓치고 만 게요?"

"그래서 쫓고 있다지 않나."

"오호."

여자는 석양에 등을 돌렸다.

"계속해서 후수만 두고 계시는군요, 번두."

여자의 말은 궁녀와 같은 억양이었다.

"참으로 애석하오, 번두. 역시 그대에게 무사단의 장은 부담이 컸던 듯합니다. 그저 입만도 못한 그 꼬락서니, 등에 업은 승룡이 울겠군요."

우롱하는 것이냐며 불쾌한 듯 말한 뒤 무사는 여자 옆에 섰다.

"수하가 덜떨어진 촌 무사들뿐이니 실력을 발휘할 수도 없소이다. 무어, 별일은 없을 터이지."

"그렇다 치고, 나리께선 무어라 말씀하셨소이까?"

"나, 나리는 이처럼 사사롭기 그지없는 일, 마음에 아니 두는 분이

---

* 번사들의 우두머리 무사.

시오."

"입을 다물라!"

여자는 갑작스레 강한 어조를 뱉더니 손에 든 부채를 무사의 목덜미에 갖다 대었다.

"무, 무슨 짓인가, 시라기쿠."

시라기쿠.

저 여자가…… 시라기쿠.

주작 시라기쿠. 그렇다면 사내는.

……청룡인가.

"잠꼬대 하지 마시지."

시라기쿠는 어조를 바꾸었다.

"백성이 죽든, 번이 망하든, 그것은 전혀 개의치 않으나, 이 비밀만은 지켜야 한다고 나리께서도 말씀하시지 않았나. 그러한데도 이 꼴이란. 놓쳤다는 말로 끝날 줄 안 건가? 말을 해보시지, 주나이."

"그래서 쫓고 있다지 않았나."

당연한 일이라며 노성을 뱉고서, 시라기쿠는 무사를 쳐서 쓰러뜨렸다.

"무엇보다 이 장소는 우리만 아는 비밀의 땅이지. 누구에게도 알려져서는 아니 될 장소가 아니던가. 그러한 곳에 수하를 끌어들인 행동 자체가 약조를 깬 것이야. 나의 말이 틀렸나? 홀로 지키는 것이 임무 아닌가."

"그건……."

"그리고 번사들은 그 시노노메인가 하는 낭인도 여전히 잡지 못하고 있지 않은가."

우콘이 반응했다. 몸이 긴장된 것이 모모스케에게도 느껴진다.

"그러한 일에 수하를 쓰니 잠지 못하는 것이 아닌가. 일부러 기쿄가 나서서 기름장수 살해죄까지 뒤집어씌워 포박 준비를 갖추었는데, 그러고도 이 꼴이지 않은가. 번사들이 꾸물거리고 있으니 성가신 일이 벌어지는 것이지. 아내를 납치하기 전에 붙잡았다면 불필요한 수고는 덜었을 것을."

"그쪽도…… 손은 써두었소."

"어리석은 짓을. 아직 그 계집아이가 먹이가 되리라 생각하나? 날이 얼마나 지난 줄 알기는 하는 것인지. 그자도 바보는 아니지. 벌써 옛날에 타지로 떴을 터."

……계집아이.

모모스케는 우콘을 곁눈으로 보았다.

그 표정이 굳었다. 숨을 죽이고, 그저 저녁 해에 물든 두 마리의 요괴를 주시하고 있다.

시라기쿠는 가부라기에게 등을 돌렸다.

"그것은 원래 덴조의 실수였어. 납치하는 모습을 들킨 것은 덴조지. 내 책임은 아니라고."

"마찬가지."

"흠, 겁이나 잔뜩 먹고선. 그쪽이야말로 주작 오키쿠란 이름이 울겠군. 이봐, 시라기쿠. 무엇을 두려워하나. 그깟 쥐새끼 한 마리, 아니, 버러지 한 마리야 두려워할 이유가 없지 않나."

"허나 그 사내는 가시무라와 연줄이 있는 사내. 칼솜씨도 상당히 뛰어날 테지."

<u>흐흐흐</u>, 하고 가부라기는 웃었다.

"가시무라 말이지. 그깟 겁쟁이 영감이 뭘 할 수 있나. 진심으로 저주를 믿는 멍청이라고. 그자는 말이지, 그저 몹시도 폐번이 두려울 뿐이라고. 최근에는 성 밑 마을 사람들에게 금전을 건네 소문이 퍼지지 않도록 입을 봉하고 있어. 웃기지 않나. 오히려 우리의 도움이 되고 있다고."

그리 우쭐거리고 있다간 발목이 채일 거라고 시라기쿠는 말했다.

"가에데 원령 소동은…… 가시무라가 꾸민 짓이 아닌가."

"흥. 그렇다고 한들 대수인가. 아무 소용도 없는 짓일 터."

"가시무라는 가에데를 던져 죽인 것이 우리다, 그렇게 알고 있다는 이야기가 될 테지."

……던져서 죽였다.

자진한 것이 아니었나.

가부라기는 다시 한 번 몸을 흔들며 웃었다.

"무얼 알게 되든 상관이 없지 않은가. 이봐, 시라기쿠. 병환 중이던 요시마사 공에게 독을 섞어 마지막 일격을 꽂은 것이 우리란 걸 알았어도 그 머저리는 아무것도 하지 못했어. 그저 벌벌 떨고 있었을 뿐. 기억하고 있을 텐데, 그 얼빠진 낯짝……."

요시마사 공이란 전 번주의 이름이다.

전 번주도 병사가 아니라 모살되었다는 것인가.

가부라기는 거들먹거리며 가슴을 폈다. 허세를 부리고 있는 것처럼 보이기도 했다.

"가로든 무엇이든, 그깟 인물, 방해가 되면 죽이면 그만인 일이지. 그것이야말로 누구나 저주라고 입을 모아 떠들어댈걸. 그 낭인도 마찬가지. 아무리 솜씨가 뛰어난들 결국은 버러지야. 마누라가 죽자 징

징 눈물이나 흘리고. 지금쯤 뒤나 쫓고 있는 것이 아닐까."

그 임부를 죽였을 때는 유쾌했다며 가부라기는 유쾌하게 말했다.

"나리도 크게 기뻐하지 않았나. 그 낭인에게는 감사를 해야 마땅하겠지. 그만한 계집은 좀처럼 없으니. 배를 갈랐을 때, 나리의 그 기뻐하던 얼굴은 지금도 아니 잊어지는구먼······."

인간의 대화가 아니다.

사신의 언어다.

모모스케의 추측은 맞았다.

범인은······.

"이, 이놈······."

"우, 우콘 님!"

우콘은 낮게 으르렁대며 칼에 손을 대었다.

"아니 됩니다, 우콘 님."

"야마오카 공. 이것을."

우콘은 직소장을 모모스케에게 던졌다.

"당장 피하시오. 살아남아 이것을 마타이치 씨에게. 이것에는······ 무언가가 있소."

"우, 우콘 님, 아니 됩니다. 지금 나가서는······."

"이미 족하오. 졸자는······. 자, 어서."

우콘은 모모스케의 어깨를 가볍게 민 다음 바위 위로 뛰어나갔다. 가부라기는 한순간 놀라더니 즉시 발도했다.

"웨, 웬놈이냐!"

"네놈들에게 처의 배가 갈려진 버러지다."

"뭣이? 시노노메 우콘인가?"

"이름 따윈 없다. 버러지다."
"이거, 이거, 자진해서 불속으로 뛰어드는 버러지로군."
가부라기는 웃었다.
"보라고, 시라기쿠. 걱정할 일은 없다고 하지 않았나."
시라기쿠는 천천히 돌아본다.
전율하리만치 미녀다.
우콘은 아래쪽으로 크게 한 번 뛰어, 돌아들듯 소벌라마기 쪽으로 이동했다.
그것이 모모스케의 퇴로를 확보하기 위한 움직임이란 것은 명백했다. 그러나.
모모스케는 움직이지 못했다. 두렵다.
"덤벼라, 버러지."
가부라기는 상단으로 자세를 취했다.
우콘은 대도를 얼굴 옆으로 들었다.
"이놈, 상당한 솜씨라고 하더라만, 아무래도 기합이 지나치게 들어가 있는 듯하군. 이 장소를 냄새 맡은 것은 칭찬해주도록 하지. 다만 정에 얽혀 있어선 칼끝도 무디어지지. 뭔가? 눈물에 눈이 흐려져 있는 건가?"
……이기지 못한다.
모모스케는 직감적으로 그렇게 생각했다.
가부라기는 웃고 있다. 비웃고 있다.
십중팔구, 죽음이 두렵지 않은 것이다.
버릴 것도 지킬 것도 무엇 하나 없다는 그러한 얼굴이다.
물론 지금의 우콘에게도 그것은 없다. 다만 우콘의 가슴 속에는 커다란 구멍이 있다. 그 구멍에는 슬픔이 가득 차 있을 터였다. 찰나적인 가부라기에게는 그것조차 없음이 분명하다. 사신이 지닌 마음의 구멍은 무한한 어둠이다.

우콘은 움직이지 않았다.

"무얼 하나? 자, 베어라. 나의 이 칼은 이름 높은 명검은 아니나 네 마누라의 배를 갈랐던 칼이다. 잘 들지."

우콘은 뚜렷하게 동요하고 있다.

저녁 햇빛이 꽂힌 검 끝이 가늘게 떨리고 있다.

하늘은 붉다.

……시라기쿠는.

시라기쿠의 모습이 사라지고 없다.

대체 어디에 숨은 것인가.

모모스케는 시선을 이리저리로 굴렸다. 분명 어딘가 있을 터다.

배후는 바위산. 큰 바위 너머는 단애다. 우콘이 말한 대로 오는 쪽도 갈 곳도 길은 하나. 어느 쪽으로 가든 모모스케가 숨은 바위 앞을 지나야만 한다.

……아니.

바위틈이다. 보면 큰 바위에도 동굴은 몇인가 뚫려 있다. 모모스케가 있는 장소에서는 보이지 않으나, 어쩌면 소벌라마기 자체에도 사람이 들어갈 정도의 균열은 있지 않을까. 그렇다면 시라기쿠는 그곳에 숨었으리라. 아니, 그곳에 있다가…… 그곳에서 나온 것인가?

모모스케가 그렇게 생각했을 때, 우콘이 한 걸음 내디뎠다.

널따란 바위 위를 달려간다. 하, 하고 소리가 들린다.

들어오는 검을 가부라기의 사검이 튕겨낸다.

불티가 흩어지고, 마소에 검격이 메아리쳤다.

가부라기는 크게 칼을 올려 힘이 실리는 대로 칼을 내리쳤다.

우콘은 시라기쿠가 서 있었던 장소까지 훌쩍 물러서 기민하게 태세를 갖추었다. 아마 검술 솜씨는 우콘이 훨씬 위다. 다만.

이곳은 마소다.

마물이 유리한 장소다.

역광을 업고 우콘은 시커먼 그림자가 되었다.

가부라기는 검을 한손에 들어 우콘의 얼굴 앞에 들이대고는, 왼손을 크게 올려 노리듯 두세 번 휘둘렀다.

"단념해라, 버러지. 네놈 같은 버러지가 살든 죽든 아무래도 상관없지만, 알짱알짱 눈에 거슬리는 짓을 하게 되면 아까처럼 시라기쿠년 따위에게 잔소리를 듣지, 난."

그것이 마음에 들지 않는다고 소리치며 가부라기는 칼을 내리꽂았다.

우콘은 피한다.

죽어, 죽어버려, 하고 가부라기는 아무렇게나 칼을 휘둘렀다.

검술이고 뭐고 있을 리 만무하다.

광기 어린 검 놀리기이다.

그 대단한 우콘도 피하는 것이 고작인 듯했다. 무엇보다 발을 딛는 곳이 불안정하다. 우콘은 흉적의 칼에 밀려 소벌라마기까지 물러났다. 큰 바위에 등을 대다시피 하며 우콘이 멈추자 기성을 지르며, 굶은 개가 먹이에 뛰어드는 듯한 기세로 가부라기가 덮쳐든다.

섬광처럼.

우콘이 칼을 그었다.

둔한 금속음이 짧게 울려 퍼지고, 가부라기의 검이 부러졌다.

"으음."

즉시 우콘은 태세를 바로잡는다.

베어들기 직전.

우콘의 움직임이 멎었다.

"거기까지다."

팽팽한 목소리가 울려 퍼졌다.

누군가가 더 있다.

모모스케는 일단 몸을 숙이고 살짝 엿보았다.

큰 바위 뒤에서……

청룡도를 손에 든 사내가.

"가부라기, 그 꼴이 무어냐."

아니, 여자의 목소리다. 그러나 시라기쿠는 아니다.

이미 넘어가기 직전의 옅은 저녁 해에 비춰진 것은 남자 옷으로 몸을 감싼……

여자였다.

"처참한 꼴이군. 보고 있을 수가 없어."

여자…… 아마도 기쿄는 그렇게 외친 후 청룡도로 우콘을 베었다.

우콘은 그것을 떨쳐내고 옆으로 날았다. 그러나 그 등 뒤에서.

또 한 사람.

무사다.

우콘은 무릎을 꿇고, 그리고 멈추었다.

무사는 소녀를 안고 있었다.

"얌전히 굴지. 이것이 보이지 않나?"

"가, 가나 씨."

"뭐, 뭔가, 그 얼굴은."

두 번째 사내…… 구스노키 덴조이리라. 덴조는 소녀의 목에 칼을 대고서 크게 웃었다.

"어떠냐, 기쿄. 이 계집애를 살려둔 것이 다행이지 않나. 그대는 죽이라 죽이라 노래를 불렀지만 말이지, 이 낭인의 이런 얼빠진 면모를 보는 것만으로도 살려둔 가치는 있지."

"그리도 우습나, 덴조."

"우습지. 그렇지 않나, 주나이. 사람이란 이렇게 어리석은 표정을 지을 수 있는 것인가."

"네, 네 이놈."

"어허, 움직이지 마시지. 이 계집이 죽는다. 그래도 좋은가."

구스노키는 소녀의 뺨에 칼을 세웠다. 소녀가 흠칫 경련했다. 심하게 쇠약해진 상태인 듯했다.

"그만두지 못할까. 네 이놈, 그처럼 비겁한 짓은 그만두라. 나는 도망가지도 숨지도 아니한다. 정정당당 승부를 하라!"

"정정당당? 이봐, 들었나? 그것은 어느 곳의 언어인가? 이놈이 무슨 말을 하는 것인지. 애당초 네놈 같은 쓰레기와 정정당당히 승부할 이유 따위는 없다."

"그…… 그 처녀에게는 아무런 죄가 없을 터. 노, 놓아주라."

"죄가 없으면 죽여서는 아니 되는 것인가?"

우콘은 말문이 막힌 듯했다.

마물들은 입을 모아 웃었다. 어둠이 닥치는 마소에 사신의 웃음이 울려 퍼졌다.

"조용히!"

시라기쿠의 목소리다.

"나리의 행차이시다."

나리.

……나리라고?

모모스케는 귀를 의심했다.

가마도, 말도 타지 않고, 수행 무사도 거느리지 않은 채 이러한 장소에 번주가 왔다는 것인가.

……어떻게.

이곳에 이르기 위해서는 오솔길을 지나 바위산을 올라와야만 하지 않는가. 아니면…….

기타바야시 번의 번주는 진실로 마물이란 말인가.

스으윽, 주위가 어두워졌다.

해가 떨어진 것이다.

그리고 마소 오레구치 봉우리에 사신이 강림했다.

휘잉 휘잉 바위가 운다.

큰 바위 뒤에서.

사신이 나타났다.

"그대가 시노노메 우콘인가. 짐이 기타바야시 단조 가게모토다."

땅속 깊숙한 곳에서 울리는 듯한 낮은 목소리였다.

"어허어, 참으로 초라한 차림새로구나."

모모스케는 초점을 모은다. 어둡다.

시라기쿠와 기쿄가 좌우에 서 있다.

그 마물은…… 분명 훌륭한 차림새의 영주로 보였다.

"가시무라에게 무슨 말을 들었는지 알지 못한다만, 어찌되었건 근면한 임무수행, 칭찬을 해주겠다. 한데, 범인이라는 것은 찾아내었나?"

"무슨 뻔뻔한 소리!" 우콘은 버럭 내질렀다.

그러자마자 무례한 놈이라는 노성을 올리며 구스노키가 발길질을 했다.

앞으로 고꾸라진 우콘의 얼굴을 단조는 손에 든 채찍으로 심하게 때렸다.

"시끄러운 사내로군. 허나."

사신은 신기한 듯한 시선으로 우콘을 내려다보았다.

"그대는 아주 좋은 처를 가졌더구먼. 흥, 뭔가, 그 눈초리. 짐은 칭찬을 하고 있다."

"네 이놈."

구스노키가 우콘의 팔을 잡고 찍어 눌렀다. 얼굴을 바위에 누르고 칼을 빼앗아든다.

"괴롭지 않은 게로군. 즉답을 허락하마."

단조는 우콘의 머리를 짓밟았다.

"말재주가 없는 사내로구먼. 이왕 내친 걸음, 조금 더 칭찬을 해주지. 그대의 처는 실로 좋은 생김새를 하고 있었다. 아름다운 고통의 표정이었지."

사신은 몸을 앞으로 기울여 더욱더 낮은 목소리로 말을 이었다.

"임부는 생명력이 강하지. 좀처럼 죽지 않아 오랜 시간을 즐기게 해주었지. 다만 배 속의 아이가 숨이 끊어지자마자 가버리고 말더군."

사신은 그렇게 말했다. 모모스케는 머릿속이 새하얗게 되는 듯한

사신 혹은 시치닌미사키 | 623

환각을 느꼈다. 그럴 수가.

그리도 비정할 수가.

그럴 수가.

"으……."

우콘의 신음소리가 들렸다.

"으아아아아아아!"

신음소리는 곧 절규로 바뀌었다.

어째서, 어째서냐며 우콘은 절규했다.

"어째서냐고?"

단조는 실로 유쾌한 듯 웃었다.

"그대는 바보인가? 이유 따위가 있겠나? 즐겁기 때문이다. 유쾌하기 때문이다."

당연히 그러한 이유밖에 더 있겠나.

피가 콸콸 흘러나오지.

아프다 아프다며 울며 소리를 치지.

용서해달라 살려달라며 매달리게 되는 것이다.

그리고 움직이지 않게 되는 것이다.

더는 베어도 찔러도.

"즐거워. 실로 즐거워. 이처럼 재미있는 일이 달리 또 어디 있겠나. 있을 법이나 한가! 달리 이유 따위는 없다!"

단조는 별안간 격앙해 우콘에게 발길질을 했다.

으아아, 하고 우콘은 절규했다.

"미, 미친 놈! 악귀나찰과 같은 소행, 네, 네놈들 같은 짐승들의 행동을 하늘이 그냥 보고 있을 리 없다! 반드시, 반드시 지옥에 떨어질 것이다!"

"여봐라, 이놈은 무슨 말을 하고 있는 것인가?"

"자신은 쓰레기라고 말을 하고 있군요."

구스노키가 대답했다. 가부라기도 말한다.

"무엇이든 할 터이니 목숨만은 살려주십시오, 저에게는 그렇게 들리오만."

몇 번인가 둔탁한 음이 들렸다.

우콘은 그 자리에 그대로 축 늘어져 더는 움직이지 않게 되었다.

"어허, 시시하군. 위세도 거기까지인가. 결국은 천한 것. 참으로 오기가 없구먼."

단조는 우콘의 얼굴을 들여다보았다

"오늘 밤은 특별하다. 소원을 들어주겠다. 그대는 어떻게 죽고 싶은가? 얼굴 가죽이라도 벗겨줄까? 양팔 양다리를 베어줄까? 무엇이든 원하는 대로 죽여주겠다."

"뉘……."

"뭔가."

"뉘우치라, 기타바야시 가게모토."

"뭣이라?"

"비록 부족하다 할지라도 막부로부터 영지와 영민을 하사받은 일국일성의 주인 되는 자가 인륜을 저버리고 악귀 축생보다 못한 잔학한 행위라니. 눈 뜨고 지켜볼 수가 없다. 네, 네놈도 무사의 일단, 사람의 일단이라면 자신의 불명예를 부끄러워하고 깨끗이 속죄하며 배, 배를 갈라라."

배를 갈라라…….

짜내는 듯한 목소리로 우콘이 말했다.

단조는 몸을 일으키고 한껏 젖히며 웃었다.

"뭐어, 배를 가르는 것도 재미가 있을 터. 허나 짐이 네놈과 같은 천한 것에게 명을 받을 이유는 없다!"

"이, 이것은 나의 말이 아니다. 하늘의 말임을 알라."

"닥쳐라, 무례한 놈."

다시 둔탁한 음이 들렸다. 이제는 무슨 일이 벌어지고 있는지 모모스케에게는 보이지 않는다.

"썩을 놈. 아무것도 알지 못하는군. 악귀 축생보다 못해? 못하다는 것은 무슨 말인가. 어리석은 놈. 짐은 분명 사람이 아니다. 허나, 못하지는 않지. 뛰어넘은 것이다. 짐은 사람을 뛰어넘었다. 신불을 뛰어넘었단 말이다. 네놈과 같은 어리석은 자가 무엇을 안다고 하는 것이냐. 잘 듣거라. 인과응보 같은 세상의 미신은 바보들의 변명에 불과하다. 이 세상에 저주 따위가 있을 법이나 한가. 죽은 자들이 무엇을 할 수 있다는 것인가. 죽은 자들은 아무것도 하지 못한다. 사람은 죽으면 사물이다. 자르고 찔러도 움직임조차 없지. 원한을 가지고 죽은 자가 저주를 내린다면 맨 처음 저주를 받을 자는 바로 나일 터. 허나 어떤가? 짐은 이처럼 무엇 하나 부족함 없이 살아있다. 자아, 저주할 테면 어디 해보라! 죽일 수 있으면 어디 죽여보아라!"

우콘의 비명이 들렸다.

마소에 밤의 장막이 내려선다. 사신의 날카로운 웃음소리가 울려퍼진다.

바위의 울음소리가 더없이 퍼진다. 그리고 모모스케도.

서서히 의식을 잃었다.

7

모모스케가 정신이 든 것은 주위가 완전히 밝아진 다음의 일이다.

당연히 사람 그림자는 없다.

바윗골에는 정적이 찾아들었다.

어젯밤 보고 들은 것이 꿈이 아니며, 또한 자신이 여전히 물러날 수 없는 상황이라는 점을 모모스케가 깨달은 것은 훨씬 뒤의 일이다.

……흡사 악몽 같다.

아니, 악몽이었을 터.

모모스케는 얻어맞은 것도 무엇도 아니다. 그저 사신의 강한 악념을 접하고 의식을 잃은 것이다.

그것을 악몽이라 하지 않으면 무엇을 악몽이라 할까.

그러나.

우콘은 사라지고 없다.

낮에 보아도 큰 바위는 거대했다.

……소벌라마기.

이름을 알고 있다. 역시 꿈은 아니다.

일어서자 허리와 등이 몹시도 아팠다. 머리도 아프다.

비틀거리며 바위에 오르고, 기고 구르며 큰 바위 옆까지 다가간다. 큰 바위 앞의 암반을 기어오른다. 이끼는 짓밟혀 무참하게 떨어져 나갔다.

그곳에서 대결이 벌어졌다는 증거다.

소벌라마기에 다가가 손을 짚고 주의 깊게 절벽 쪽을 내려다본다. 균열이 있었다.

균열이라기보다 동굴이다. 안은 깜깜했다. 깊이도 매우 깊은 듯하다. 인간이 오륙 명 들어가도 충분할 넓이다. 그놈들은 여기에 숨어 있었던 것인가.

'무얼 위해?'

잠복해서 모모스케 일행을 기다리고 있었다고 생각하기는 어렵다.

가부라기의 부러진 칼을 발견하기에 이르자 모모스케는 현 상황을 인식했다.

위험하다.

매우 위험하다.

우콘은 어떻게 됐을까. 살해당했을까.

그 처자의 목숨도 위험하다. 아니, 우콘이 죽었다면 그 처자 역시 살해당했으리라. 혹 살아있다고 해도 두 사람의 목숨은 풍전등화다.

좌우지간 사신의 눈에 들어 선택되고 말았으므로……

모모스케는 하릴없이 바위 위를 우왕좌왕했다.

미칠 것만 같다. 아무것도 하지 못하는 자신이 실성하리만치 갑갑하다. 모모스케는 가슴에 손을 댄다.

직소장.

마타이치.

마타이치에게 이것을 건네야 한다.

마타이치라면.

"이러고 있을 수는 없다."

모모스케는 그렇게 소리 내어 말한 뒤 바위에서 뛰어내려, 몸을 숨기고 있었던 바위 앞을 지나쳐 오레구치 봉우리를 뒤로 하고 균열이 심한 바위투성이 장소를 빠져나와 마소를 벗어났다.

바위산을 내려와 수목이 울창하게 우거진 오솔길을 벗어나고, 몇몇 숲을 지나 가까스로 산답이 보이는 장소에 나왔을 때 해는 다시 기울었다.

공복과 피로로 머리가 아득해진다.

모모스케는 나무 그늘이나 바위 그늘에서 몇 번이고 악귀의 모습을 보았다.

그것은 시치닌미사키이고,

후나유레이이며

히노엔마이며

사신이었다.

요괴.

그것은 어느 때는 뇌리에, 어느 때는 눈동자 깊숙이 가차없이 상을 맺었다가는 사라졌다.

모두 자신의 악념이 자아내는 것일 뿐이다.

촌을 벗어나 성 밑 마을로 들어섰을 때 비가 왔다.

비를 긋기 위해 처마 밑으로 달려가 한숨을 토하고, 모모스케는 그제야 거리의 괴이한 낌새를 알아차렸다.

큰길이라는 큰길, 도로에도 뒷길에도 사람 하나, 개 한 마리 눈에 띄지 않는다.

가게란 가게는 장막을 걷고 집이란 집은 문을 닫고 있다.

그저 비가 내리고 있었다.

모모스케는 망연히 그 허연 줄기를 바라보았다.

돌이켜보면 성 밑 마을에 이르는 도중에도 사람의 모습은 전혀 없었다. 땅을 가는 자도, 말과 소를 끄는 자도 없었다. 숯 굽는 움막에서도 연기는 피어오르지 않았다. 농가도 덧문을 닫고 있었다. 전혀 사람과 맞닥뜨리지 않은 것은 샛길을 지나온 까닭이 아니었다.

우콘은 사람의 마음이 황폐해졌다고 말을 했었다.

하지만 이 고을은 이미 멸망한 것은 아닌가.

그저 비가 내리고 있다.

여관 숙소는커녕 한 끼를 때울 밥집조차 열려 있지 않다.

모모스케는 숙소로 보이는 건물의 문을 몇 집인가 두드려보았지만 일절 반응은 없었다.

이래서는 수중에 금전이 있어본들 소용이 없다. 쉴 수도 없고 배를 채울 수도 없는 것이다. 이 상황에서는 마타이치를 찾는 일도 곤란하리라. 하물며 우콘을 구출하는 일 따위는 불가능에 가깝다. 아니, 이대로는 모모스케 자신의 목숨도 위험하리라.

습격을 받지 않더라도 죽게 되리라.

죽음의 거리다.

가만히 있자니 목숨이 깎여 나가는 듯한 허무한 기분이 들어, 모모스케는 부슬부슬 비 내리는 죽음의 거리를 방황하기 시작했다.

정말 아무도 없었다.

무턱대고 걸어가 무의미하게 꺾었다.

광소로 한복판에서 비 오는 하늘을 올려다본다.

검은 산. 산성. 소벌라마기. 그리고 한층 더 시커멓게 우뚝 솟은 오레구치 봉우리.

산꼭대기에 벼락이 꽂히자, 곧 천둥의 굉음이 울렸다.

"올 것이 오는 게야."

"예?"

"마침내 저주의 날이 왔어야."

사람이다.

갈림길 처마 밑에 도롱이를 쓴 노인이 웅크리고 있었다.

"노, 노인장……."

"미사키 고젠 님의 저주인 거여."

"뭐라고요?"

모모스케는 달려가 노인의 어깨를 두 손으로 잡았다.

"방금, 방금 무어라 하셨습니까?"

멀리 천둥이 메아리친다.

모모스케는 노인의 얼굴을 들여다본다.

눈의 초점이 흐릿하다. 때국물이 흐르는 지저분한 얼굴이다.

머리도 묶지 않았다. 듬성듬성 백발 섞인 수염이 얼굴 전체를 덮고 있다.

걸인이리라. "노인장, 노인장" 하고 모모스케는 몇 번쯤 어깨를 흔들었다.

"저주의 날이 무엇입니까?"

"저주지. 이로써 끝났어야."

"끝나다니……. 끝난다는 게 뭡니까?"

모든 것이 끝나는 것이라며 노인은 이 빠진 입을 벌리고 부들부들 떨었다.

"노인장, 그 저주를 가져오는 이는 누구인지."

"미사키, 미사키 고젠 님."

"미사키 고젠……."

성 안만의 소문이 아니었나.

이 천한 신분인 자까지 그 일을 알고 있다는 것은…… 미사키 고젠은 성 밖에서도 두려움의 대상이라는 것일까.

"무서워, 무서워" 하는 소리를 흘리며 노인은 삿갓을 썼다. 모모스케는 그것을 벗긴다.

"성 밑 마을의 재앙은 모두 고젠 님의 저주였던 게야. 무서운 일이여."

"잠깐 기다려주십시오. 어째서 영민이 저주를 받아야 하는 겁니까?"

그것은 가에데 님…… 전 번주의 정실이었을 터다.

히이익, 하고 노인은 소리를 지른다. 그 더러운 뺨을 빗방울이 타고 내린다.

"우, 우리가 잘못을 한 거여. 우리까지 재미 삼아 고젠 님을 욕하고, 그러다가 격노를 사고 만 것이지야. 요, 용서해주십시오. 목숨을 구해주십시오."

고젠 님을 부추겼다.

무슨 의미지.

"시, 시치닌미사키는…… 시치닌미사키의 저주는?"

"일곱만으로는 진노가 가라앉지 않았어야. 게다가 저주로 꾸며 백성이 못된 짓을 했지. 읍내 사람들도 못된 짓을 했고, 우리도 못된 짓을 했지. 개나 소나 참말로 겁내지도 않고 못된 맴을 묵었던 게야. 성안의 놈들도 고젠 님을 모시지 않았고. 그래서."

고젠 님이 더 노하셨다고 노인은 외쳤다.

먼 천둥이 울려 퍼졌다.

노인은 모모스케의 팔을 뿌리치고, "어서 돌아가야 혀, 어딘가에 숨어야 혀"라고 하며 머리를 쥔 채로 부들부들 떨었다.

"숨다니, 어째서?"

"저주를 받어야. 얼마 전에는 도리이가 쓰러졌어야. 어제는 강의 물고기가 전부 죽었어야. 오늘은 우리여."

"도리이가? 강의 물고기가 죽었다고?"

"그려. 신령님도 우리를 버렸어야. 그래서 읍내 사람들도 백성들도 하나 남김없이 절이나 사당에 틀어박혀 부적 붙이고 기도하고 있어야. 나도 죽기는 싫어야."

"절이나 사당에 틀어박혀 있단 말입니까?"

정말로 집을 비웠던 것인가.

"노인장, 그럼……."

"나는 돈이 없어서 영험한 부적을 사지를 못혀. 그러니, 그러니 어딘가에……."

틀어박히려 해도 틀어박힐 집이 없는 것이리라.

그때, 철벅 철벅 물을 튀기며 돗자리를 우산 대신 쓴 훈도시 한 장짜리 사내와 누더기를 두른 걸인풍 사내, 두 사람이 도랑 쪽에서 뛰어왔다.

"어이, 우시, 이런 곳에 있었구먼."

노인은 비틀비틀 무릎을 세운다.

"다들 다리 밑에 모여 있소. 걱정하지 마쇼. 이젠 괜찮여. 안심혀. 그 행자님이……."

걸인풍 사내는 품속에서 부적을 꺼내어 노인의 눈앞에 들이밀었다.

"그, 그 부적은."

"영험한 다라니 부적이지. 그 행자님이 우리한테도 부적을 나누어 주셨다고. 이걸 품안에 넣고 기도하면 된다고 혔어. 자, 우시, 당신 거여."

오오, 하고 신음소리를 내며 노인은 부적을 빼앗아들고 고이 접은 다음 품에 넣었다. 그리고 합장을 하고 황송하나이다, 황송하나이다, 하고 머리를 조아렸다.

"쩐은 됐다고 혔어. 자비롭기도 하시지."

"비 오는 날이라고 혔으니."

"비, 비 오는 날에 무슨?"

모모스케가 묻자 알몸 사내가 의아하게 쳐다보았다.

"댁은?"

"나, 나그네입니다. 여, 여행 중인 자입니다."

"나그네로군. 그럼 재난일세. 이런 날에 오고 만 것이 불행이지. 그렇지, 도라?"

노인을 부축해 일으켜 세우며 걸인풍의 사내는 어어, 라고 말했다.

"무시무시한 재앙이 내릴 것이라고 말씀하셨어. 그렇지, 이노?"

"그랬지. 고을이 망할 만한 무시무시한 난이라셨어. 이 이상 대체 무슨 일이 일어날지 모르지만 말이야……. 허나 그분의 말씀대로만

하면 괜찮다더라고."

"그분이라면 그 행자……."

……행자.

"아주 영험하신 여행 행자님이여. 하는 말씀마다 전부 다 맞아떨어진다고. 깜짝 놀라고 말았어, 그렇지, 도라?"

"암만. 성 밑 마을의 재앙이고 뭐고, 아주 딱 맞아떨어졌다니까."

'마타이치인가.'

"댁도 살고 싶으면 행자님한테 매달리라고."

"그게 좋지."

"그, 그 행자님은 어디에?"

"다리 밑에 계셨어. 우리한테 부적 나눠줬지. 그리고 아직 부적 가지지 못한 자가 있는지 없는지 방울 흔들며 찾으려 가셨어. 고맙기 그지없는 분이지."

"그게 무가 저택 동네 쪽이었나" 하고 반라의 사내는 말했다.

"오늘만은 무사들도 죄다 부적 붙이고 저택에 틀어박혀 있을 게 틀림없다고. 지금 이 성 밑 마을에서 그 행자님을 믿지 않는 자는 아마 나리뿐일 테지만."

마타이치가 틀림없다.

"무가 저택이란 말이지요?" 하고 말하자마자 모모스케는 걷기 시작했다.

사건의 양상은 모모스케의 예상을 항상 배신하는 형태로 발전하고 있다. 좌우지간 마타이치만은 만나야 하리라. 그렇게 생각했다.

비는 그치지 않았다.

인기척 없는 거리를 걸어가자 무가 저택 동네에 이른다.

여기에서 해가 저물어버리면 만사가 끝장이다.

등이고 뭐고 없으므로 세상이 아무것도 보이지 않게 된다.

무가 저택 동네도 역시 정적에 잠겨 있었다.

다만 사람들의 기척은 희미하게 느껴졌다. 걸인 사내가 말했던 대로 무사들은 집에 틀어박혀 수신재계 같은 행동을 하고 있는 것이리라.

문전이나 현관에는 눈에 익은 호부가 붙어 있다.

좀 전에는 잘 보이지 않았으나, 그것은 틀림없이 마타이치가 뿌리고 다니는 액막이 부적이었다.

마타이치가 일을 하고 있는 것이다. 그 호부는 큰문 작은문을 불문하고 집집마다 모조리 붙어 있는 듯했다. 그나저나 훌륭한 솜씨라는 생각이 든다. 무학인 자를 구슬리는 것이라면 또 몰라도 무사를…….

……아니.

이 경우는 무사가 먼저 말려들었던 것인가.

망령 미사키 고젠의 소문은 이 무가 저택 안에서 먼저 생겨나 성 안으로 흘러들었던 것이다. 영민에게는 오히려 나중에 침투했으리라.

모모스케는 마타이치의 모습을 찾는다.

어둠이 서서히 스며들어온다.

어느 저택이고, 어느 저택이고, 어느 저택이고 빼곡하게 액막이 호부가 붙어 있다.

두세 장은 고사하고 몇 장이 겹겹이 붙어 있는 저택도 있었다.

좀 전 걸인의 이야기에서도 알 수 있듯, 영내의 마타이치에 대한 신뢰도는 상당히 높은 상태인 듯했다.

가장 큰 저택 앞에서 모모스케는 걸음을 멈추었다.

호부가 없다.

단 한 장도 호부가 붙어 있지 않다. 문패를 찾는다.

가시무라.

가시무라 효에라면.

가로의 저택인가.

대문은 열려 있었다. 문지기도 없다. 청지기 하인의 모습도 보이지 않았다.

모모스케는 무언가에 끌려들듯 비틀비틀 문으로 들어섰다.

빗발이 거세어졌다. 모모스케는 이미 흠뻑 젖어 있었으나, 그럼에도 이 이상 젖는 것은 피하고 싶었다. 비를 피하듯 처마 밑에 이르고, 결국 현관 앞에 섰다.

무방비하다.

다른 저택과는 정반대로 모조리 다 내처 열려 있었다.

무슨 속심인가. 저주 따위는 두렵지 않다는 것인가.

아니다.

어제저녁, 사신들은 가시무라를 가리켜 저주를 두려워하는 겁쟁이에 멍청이라고 이야기했었다. 헤이하치도 신불에게 기대어 가지기를 실행한 것은 가로라고 했었다. 저주를 두려워하지 않는 것으로 보이지는 않는다.

모모스케는 그저 제자리에 못 박혀 있다.

신분이 높은 무가의 저택을 방문한 적은 없다. 가시무라는 이 번의 가로인 것이다. 핫초보리의 가난한 동심을 방문하는 것과는 차원이 다르다.

무어라 말을 꺼내야 할지 알 수가 없다.

"으……."

일단 목소리를 내보려고 했으나, 결국 모모스케는 삼키고 말았다. 이것은 매우 무례한 행위다. 모모스케와 같은 천한 자는 원래 뒤편으로 가야 하는 것이 예의이리라.

"뉘신지" 하고 목소리가 났다.

기척을 느낀 것이리라.

어두운 복도에 하얀 무엇이 떠오른다.

하늘빛 무지 상의. 백장속에 흰 하의.

상복인가.

자그마한 노 무사다. 온화해 보이는 오밀조밀한 얼굴에는 피로의 빛이 뚜렷하게 보인다.

"뉘신지."

힘없는 목소리였다.

"이, 이 댁이 기, 기타바야시 번의 가로, 가, 가시무라……."

"내가 가시무라 효에요."

자그마한 노인은 차분한 목소리로 그렇게 말했다.

"이, 이거 무례를 범했습니다!"

모모스케는 뒤집힌 목소리로 외쳤다.

"저, 저는 에도에서 온 야마오케 모모스케라는 자이온데……."

모모스케는 그 자리에서 정좌하고 머리를 숙였다.

"……무례한 행동, 아, 아무쪼록 용서해주십시오."

"무례라고 함은 예절 바른 생활이 있어야 비로소 통하는 말이오. 예절이 존재하지 않는 이 땅에는 아무런 의미도 없는 말일 터. 정색할 필요는 없소. 에도에서 이러한 곳에 오시었다면 까닭이 있을 터.

들어오시도록."

생각 외로 온화한 목소리였다.

"하지만 저는 보시다시피 몹시 젖어서."

"개의치 않소."

"저택이 더러워집니다."

"그 또한 개의치 않소. 그 대신 나도 무엇 하나 대접하지 못할 것이오. 나 혼자라네."

"가로님…… 홀로?"

"사람이란…… 죽을 때는 모두 혼자일세."

죽는다.

마루에는 흰 막이 둘러쳐져 있었다.

방 중앙에는 옅은 황색 이부자리가 깔려 있다. 사방 위에는 봉서지로 말린 흰 칼집의 단도, 그 옆에는 대감찰관 앞으로 쓰여진 서장이 놓여 있다.

"가, 가로님."

"뜰에 해야 하는 법이나…… 비가 차가울 듯해서 말이지."

가시무라는 뜰 쪽을 바라보며 말했다.

흰 막은 그 부분만 분리되어 있고, 장지문도 열어둔 상태였으므로 어두운 뜰이 입을 쩍 벌리고 있다.

"참으로 우습지. 이 마당에 이르러 무사의 면목에 얽매이고 있다네. 편한 대로 앉아주시게."

"가로님……"

어디까지 알고 있는 것인가.

한 고을 가로의 면전에서 경솔하게 번주가 살인광이라는 소리를 뱉어버려선 설령 그것이 사실이라고 해도, 아니, 사실일수록 원래는 목숨이 없지 않은가.

"저는 시노노메 우콘 님과 연이 있는 자이옵니다."

방 구석에 정좌한 모모스케는 그렇게 말했다.

"시노노메 군과?"

그자는 올곧은 사내라며, 가시무라는 그리운 듯이 말하고 이부자리 위에 앉았다.

"딱한 일이었지. 내가 하찮은 수색을 의뢰하는 통에 그자는 모든 것을 다 잃고 말았을 터. 모든 것을……."

"그럼 가로님께서는 우콘 님의 무죄를……."

"자신의 처자를 죽이고 도주할 사내인지 아닌지, 그쯤은 나도 안다네."

"그렇다면."

가시무라는 힘없이 고개를 가로로 저었다.

"우콘 님은…… 잡히고 말았습니다."

"돌아왔단 말인가?"

"어젯밤."

어찌 돌아왔느냐며 가시무라는 고통스러운 표정을 짓는다.

"번사들이 잡은 것인가?"

"번주님께서 몸소."

"나리께서……."

가시무라는 창백해졌다.

"가로님. 가로님께서는…… 어디까지 알고 계시는지요?"

"무슨 말인가?"

"그것은……."

"야마오카 군이라고 했던가? 그대는 혹시 대감찰관님의 수하이신가?"

"당치도 않습니다. 저는 에도 교바시에 있는 양초상의 하잘것없는 은거인이옵니다. 그렇게 대단한 일은……."

신뢰할 수 없으리라.

에도의 양초상 자식이 멀리 떨어진 이 번에서 대체 무얼 하고 있단 말인가. 설득력이 전혀 없다. 무얼 위해 무얼 하려 하고 있는가, 그것은 모모스케조차 모르는 일인 것이다.

그러나 가시무라는 "그런가" 하고 몹시도 쉽게 납득했다.

"자네는 모든 것을 알고 있는가?"

"모릅니다. 다만 번주님의……."

음, 하고 가시무라는 턱을 당기고 모모스케 쪽으로 다시 돌아앉아 자세를 바로잡았다.

"그다음은…… 말하지 말게. 어디까지 알고 있는지는 알지 못하네만, 그대가 보고 들은 것은 모두 잊어주기 바라네."

"그럴 수는 없습니다. 우콘 님이 붙잡혀 있습니다."

"어젯밤 붙잡혔다면……."

이미 살아있지 못할 것이라고 한 후, 가시무라는 고개를 옆으로 돌렸다.

"여, 역시 가로님은 알고 계시군요. 번주님께서…… 하시고 계신 행위를."

"아닐세."

가시무라는 더는 돌리지 못할 정도로 고개를 돌리고, 아무것도 모른다고 했다.

"어젯밤, 번사들의 우두머리인 가부라기님이 말씀하셨습니다. 선대 번주 요시마사 공을……"

"말하지 말게."

"저는……"

"알고 있네. 허나 야마오카 군, 이것은 저주일세. 저주의 탓일세."

가시무라의 자세가 무너졌다.

"누가 저주를 내리고 있는 것입니까? 미사키 고젠…… 가에데 아씨입니까? 아니면 미쓰가야 단조를 살해하고 처벌한 일곱 명의 백성입니까?"

가시무라의 눈이 휘둥그레졌다.

"야마오카 군."

"예."

"저주는 정말 있다네. 아니, 얼버무리려 하는 것이 아닐세. 정말로, 정말로 저주는 있다네. 가에데 아씨께서는…… 우리 번을 저주하고 있다네."

모모스케는 그 이야기를 먼저 여쭙고 싶다고 말했다.

"어째서 이 고을 분들은 가에데 아씨를 그토록 두려워하는 것입니까? 가에데 아씨는 분명 비업의 최후를 맞았습니다. 허나 그것은 자진이라고 들었습니다. 그렇다면 가로님을 비롯해 아래의 자까지 두려움에 떨 이유는 아니 보입니다. 저로서는 그 점을 알 수가 없습니다."

가시무라는 잠시 고개를 숙이고 있었으나, 갑자기.

"선대 요시마사 공께서는" 하고 불쑥 말했다.

"유년 시절부터 몸이 약하시고 병약한 도련님이시었다네. 의원이 진맥한 바로는 그리 오래 사시지 못할 것이라고 했지. 아버지인 선선대 요시토라 공은 강담한 분이시었기에 그 병약한 요시마사 님을 마음에 들어 하시지 않았다네. 해서…… 다음 아이를 몹시도 원하셨지. 그리하여 어떤 신분이 낮은 여자와의 사이에 그분…… 도라노신 님이 태어나신 것일세."

바로 그분…… 기타바야시 단조 가게모토.

사신이다.

가시무라의 말은 거기서 막혔다.

"아니, 미안허이. 요시토라 공께서는 건강한 도라노신 님을 매우 마음에 들어 하셨다네. 요시토라 공은 요시마사 님에게는 냉담하셨으나 도라노신 님에게는 깊은 정을 보이셨지. 그러나 적자는 어디까지나 요시마사 님. 모친의 일도 있고, 도라노신 님, 아니 가게모토 공은 그늘의 인물로 자라셨네."

"유년 시절에는 영리한 분이셨네만" 하고 말끝을 흐리고, 가시무라는 한 번 으으, 하고 신음했다.

"요시토라 공은…… 곧 죽을 아이는 필요치 않다고 말씀을 하셨지. 허나 요시마사 공은 곧 숨을 거두지는 않으셨다네. 요시마사 공은 공명정대하고 훌륭한 도련님으로 성장해, 이윽고 요시토라 공이 돌아가시자 젊은 나이에 번주가 되셨지. 한편 가게모토 님은 오랜 세월, 출가하여 새롭게 하나의 가문을 이루지도 못하고 가독을 물려받지도 못한 채 에도에서 뒷방 도련님 신분에 머물러 계셔야만 했던 것일세."

그 시기에.

사신은 살육의 맛을 알게 된 것이다.

"요시마사 님은 온후하시어 아랫것들에게도 따사로우셨기에 신하들로부터도 백성들로부터도 사랑을 받는 번주셨다네. 그러나 병약하신 탓인지 좀처럼 혼처가 정해지지 않아서 말이지. 고마쓰시로 번에서 가에데 아씨가 시집을 오신 것은, 으음, 구 년 전의 일이었지."

구 년 전. 단조 가게모토, 바로 기타바야시 도라노신이 생인형에 빗댄 연쇄 살인을 벌였던 해이다.

그리고 그 생인형을 만든 고에몬은 가에데 아씨 모친의 원래 혼약자다.

운명의 실은 얽히고설켜 있다.

"가에데 님은 젊고 아름다우시고 마음씨가 고운 분이셨지. 그분이 기타바야시 가문에 들어오셨을 때 나를 포함한 가신 일동이 얼마나 안도했는지 모른다네. 이리 된 이상 하루라도 빨리 후계자를 낳아주셨으면. 누구나 그렇게 생각했다네. 한데."

"요시마사 공께서 쓰러지셨군요."

가시무라는 고개를 끄덕이며 눈시울을 붉혔다.

"가에데 님께서 시집오신 지 불과 이 년. 요시마사 공께서 쓰러지셨네. 먼 지방에서 의사를 불러들이고 여러 신불에도 매달려보았으나, 나을 가능성은…… 없었다네. 가에데 님께서는 매우 슬퍼하셨지. 짧은 한때였다고는 하나 인연이 된 이상 평생토록 상군을 모시겠다며, 참으로 정성스레 간병을 하셨지. 마침내 가망이 없어지자…… 가에데 님께서는 몸소 기도까지 하셨다네."

"기도 말입니까? 그것은……."

그것이 탈이었다고 가시무라는 말했다.

"탈이었다는 말씀은?"

"요시마사 님은…… 희미하게 차도를 보이셨던 걸세."

"효과가 있었다는 말씀?"

"있었다네." 가시무라는 주위에 둘러진 흰 천을 천천히 둘러본다.

"그것은 기묘한 기도였다네. 정실 마님께 신이 내렸다, 영험이 있는 무녀님이다. 그렇게 성 안은 물론 성 밑까지 크게 평판이 퍼졌지."

모모스케는 그 기도를 도사에서 보았다.

분명 불가사의한 작법이었다.

악념을 봉하고, 병을 고치며, 선조의 혼령을 섬기고, 때로 남을 저주하여 죽이기도 하는 신사(神事)다. 그것은 그 지역에서는 드문 것이 아니라고 한다. 가에데 일족 역시 그러한 종교자를 많이 거느리고 있었다고 한다.

모모스케가 그것에 관하여 이야기하자 "그런 듯하더구먼" 하며 가시무라는 대답했다.

"그것은 시노노메 군에게 들어 알고 있네. 허나, 어찌 되었건 이 땅에는 전해지지 않는 작법이니. 누구나 당연히 불가사의하게는 생각을 했지. 그리고 기도의 효험이 있었다고는 하나, 완쾌되신 것은 아니었다네. 의논을 한 결과……"

도라노신이 에도에서 오게 되었던 것이다.

사신의 이름을 차지한 무뢰한 무리들을 거느리고.

"허나 가에데 님은 가게모토 님을 다음 번주로 하는 일에 맹렬히 반대하셨네. 이유는……"

가시무라는 허공에 시선을 멈추고 이유는 모르겠다고 말했다.

이유는…….

"가로님께서는…… 나리의 에도시절의 악행을 알고 계십니까?"

생인형을 모방한, 잔학무도한 일곱 번의 살인.

다도코로의 손에 한 번은 잡혔던 도라노신은 곧 풀려나게 되고, 이후 손대지 못하는 자로 여겨졌으며, 그 결과 잔학의 극치를 다하고 있는 것이다. 번의 압력이 가해졌다는 생각밖에 들지 않는다.

그러나 가시무라는 고개를 가로로 저었다.

"에도 일은 모르네. 진실로 모른다네. 에도 봉행소와의 사이에 갈등이 있었다고 보고가 한 번 있었으나, 그것도 무언가 착오였다고 했으니."

"착오?"

번이 압력을 가한 것은 아니었나.

"그때 나리께서 무엇을 하셨는지 아는 자는 없네. 고향으로 돌아온 번사에게 물어도 감추는 모습은 없었고, 에도 저택의 자들도 그다지 알 수 없는 일이었을 터이지. 그것도…… 무리는 아니라네."

"어째서입니까?"

가시무라는 얼굴을 찡그렸다.

"에도 저택에 있는 번사들은 그분을 두려워하고 피하며 관계를 가지지 않도록 하고 있었다네. 그분에 대해 소상히 아는 자는 거의 없지. 그분은, 가게모토 님은……."

살인자다.

"가시무라 님. 나리께서는 그 당시……."

"말하지 말게" 하고 가시무라는 모모스케를 저지했다.

"품행이 바르지 못했던 것은 확실할지도 모르네. 멀리 떨어져 아무 소리도 들려오지는 않았으나, 나도 마음이 편치는 않았네. 허나 그분이 에도 번사들에게 두려움을 받고 있었던 참 이유는 따로 있다네. 그분이, 가게모토 님이…… 무언가 거대한 힘을 가지고 계셨기 때문이네."

"거대한 힘?"

"그것이 무엇인지는 알지 못하네. 그분은 아무 말씀도 하지 않으시지. 그러나 당시의 번주 요시마사 공 역시 아우되시는 분께는 경외심을 표하고 계셨다네. 잘 듣게, 야마오카 군. 그분이 에도에서 무얼 하셨는지는 알지 못하네만, 그분이 아무런 질책도 받지 않으셨던 것 또한 사실일세. 가문이나 번이 피해를 입은 적은 한 번도 없다네. 그분은 전부 몸소 마무리를 짓고 계신 것일세. 거부할 이유가 없지."

대체 무슨 이야기란 말인가.

봉행소나 감찰관, 대감찰관에게까지 압력을 가한 자는 대체 누구인가.

"그렇다면……"

"가에데 님이 그토록 나리를 거부한 이유는 나도 판단을 할 수가 없네. 인격이 고결한 가에데 님이니 무언가 이유는 있었을 터이나, 가게모토 님을 미는 자들의 눈에는 그 역시 꺼림칙한 점술 부류 때문일 것으로 비친 듯하더구먼. 허나, 원래 이것은 거부할 수 있는 일은 아니었다네. 미는 것도 밀지 않는 것도 없이, 요시마사 공에게 후계자가 없으니 말일세. 양자라도 들이지 않는 한, 가게모토 님이 이어주실 수밖에 없었다네. 그런 때에 말이지……"

"성 밑 마을에서 사건이 일어났군요."

처녀의 배가 갈리고…….

"맞네. 성 밑 마을의 처녀들이 무참하게 죽임을 당했지. 그 전까지

이 기타바야시에서는 그러한 사건이 일어난 적이 단 한 번도 없었기에 성 밑 마을은 크게 동요했다네. 그런데 실은……."

그것도.

도라노신…… 단조 가게모토의 소행일 것이라고 모모스케는 생각하고 있다.

사건은 사신당이 기타바야시에 들어오자마자 발생했기 때문이다. 그 전까지는 에도에서 일어났던 것이다. 사신당의 소행으로 봐도 틀리지 않으리라.

그러나 가시무라는 의외의 말을 했다.

"그 처녀 살해는…… 가에데 님의 소행이라는 풍문이 퍼졌네."

"뭐라고요? 그건 또 무슨……!"

어째서…… 그리되는 것인가.

"가에데 님이…… 요시마사 공의 생명을 잇기 위해 성 밑 마을의 처녀들을 납치해서 생간을 뽑아 달여서 먹였다고 하더란 말일세. 그야말로 근거도 없는 비방중상이지."

듣고 보니 생간을 뽑았다 운운은 조서에도 기록되어 있었다.

그렇다고 해도…….

"참으로 심한 이야기입니다. 가에데 님은 당시 번주 나리의 정실이시지 않았습니까. 근거고 뭐고 아무것도 없는데 그처럼 황당무계한 매도가 떠돈단 말입니까?"

"근거는 그 기도였지."

"아아……."

"그것은 음사사교고, 가에데 님은 옛 미쓰가야 번의 번주가 섬겼던 사신을 모시고 있다면서."

그러한 소문이 퍼졌다고 떨리는 목소리로 말하며 가시무라는 어깨를 털썩 떨어뜨렸다.

"그리도 당치 않은 일이 있을 리가 없지. 그러한 것은 누구나 알고 있었을 터. 허나 사소한 부합이 소문을 길게 끌고 말았다네."

"부합이라고요?"

"우선 희생이 된 처녀 수가 이 땅에 전해지는 성주 살해 전설의 백성 수와 동일하다는 점. 그리고 가에데 님의 고향에 시치닌미사키라는 요물이 있어 사람을 잡아 죽인다는 이야기⋯⋯. 이 이야기는 가에데 님이 시집오실 때 동행으로 왔던 고마쓰시로의 번사가 가져온 괴담이었던 모양일세. 원래 가에데 님과는 무관한 이야기였으나, 가신과 영민 모두 관련을 지어 받아들인 게지."

그리된 것이었나.

전설은 사람과 함께 이동하는 법이다. 기록은 움직이지 못하나 기억은 움직인다. 기억 속에 똬리를 틀고 사는 요물이 그 기억을 가진 자와 함께 별개의 장소에서 살아남는 일도 있는 것이다.

흥미로워했다고 가시무라는 말했다.

"처음에는 그러했지. 다들 아마도 흥미로 그러했을 터이지. 실제로 처녀가 살해당했다는데 불경한 이야기이나, 이 시골의 작은 번에서는 그렇게라도 아니 하면 지낼 수가 없었으리라고 생각을 하네. 범인은 잡히지 않았네. 그러자 누군가가⋯⋯ 악당을 만들어 안심하고 싶었던 게지."

우, 우리가 잘못을 한 게야.

재미 삼아 고젠 님을 욕하고⋯⋯

그러다가 격노를 사고 만 것이지야.

"그러한…… 일이 있었단 말입니까."

"그 전까지 고젠 님, 고젠 님, 하며 따르던 영민들도 아주 손바닥을 뒤집듯이 말이지, 생간을 빼먹는 악귀 고젠, 시치닌미사키의 미사키 고젠이라며. 그야 물론 드러내놓고 떠드는 자는 없었으나, 그 같은 항간의 목소리는 전해지지. 얼마 후…… 요시마사 공이 세상을 뜨셨네."

그것 역시 사신당의 소행이다. 사신인 단조 시게모토는 병상의 친형마저 해친 것이다. 놈들의 이야기로 판단하자면, 그 사실을 이 가시무라는 알고 있을 터였다.

가시무라는 눈을 가늘게 떴다.

"가에데 님은…… 그럼에도 가게모토 님을 번주로 맞는 것만은 용납하지 않겠다며 완강하게 물러서지 않으셨지. 가에데 님의 처지는 점점 나빠져갔네."

웬만한 방법으로는 끝날 수 없게 되었다는 것인가.

"그리하여 가에데 님은 성 안에서 고립되셨지. 나도 이래저래 설득을 해보았지만은. 어찌되었건 달리 택할 길은 없었다네. 허나 가에데 님은 그 일만큼은 완고하셨다네."

현명했다는 얘기이리라. 가에데 아씨는 사신의 본성을 간파한 것이다.

"막부나 다른 번에 대한 체면도 있지 않나. 얼마 지나지 않아 번주는 정식으로 가게모토 님으로 결정되었네. 그럼에도 더욱 반대하셨던 가에데 님은 결국 모반의 우려가 있다고 판단되어……."

가시무라는 말을 끊고, 무언가를 향하여 한 번 절을 했다.

"지하 감옥에 유폐되셨네."

"지하 감옥? 지하 감옥이 있단 말입니까?"

"우리 성은 불길한 전설의 성일세, 야마오카 군. 미쓰가야 번의 번주가 갇혔다고 전해지는 토옥은 성 안에 확실히 존재하지. 가에데 아씨는 그곳에 갇히자 실성하시어 천수각에서……."

"실성하셨단 말입니까?"

"그렇다네. 실성을 하시고 말았다네. 시신은 아무것도 걸치고 있지 않으셨지."

"알몸으로 천수각에서……."

"실로…… 실로…… 안타까운 일이지."

가시무라는 주름투성이의 손을 얼굴에 대었다.

"가로가 다 무슨 소용인가. 나는 아무것도, 무엇 하나 하지 못했네. 나의 무위무책이야말로 이 고을을 망하게 한 걸세. 그러니 저주를 받아도 어쩔 수가 없지. 가에데 님을 지키지 못한 나도, 지키지 않았던 가신들도, 매도하며 비웃었던 영민들도, 모두 지은 죄가 있기에 두려워하는 걸세. 그분을 죽음으로 몰아간 것은 이 번에 사는 자 전부지."

지은 죄가 있기에 두려워한다.

"허나, 가로님."

가시무라는 얼굴을 덮은 손을 천천히 내렸다.

"무언가……."

"가에데 님이 자해로 돌아가신 것이 아니라면 어떻게 되는 겁니까."

"무, 무슨 말을. 자네…… 무엇을 근거로 그러한 말을?"

"어젯밤, 번사들의 우두머리와 측실 시라키쿠 님이…… 그렇게 말씀을 하셨습니다. 가에데 님은 자신들이 살해했다고."

"가부라기와 시라키쿠가……?"

"그리고 영주 나리께서는 직접 이렇게 말씀을 하셨습니다. 원한을 가지고 죽은 자가 저주를 내린다면, 가장 먼저 저주를 받을 자는 나일 테지, 라고……."

"그, 그럼, 여, 역시, 가에데 님 역시, 마, 맙소사."

가시무라는 두 손을 이불 위에 짚고 오열을 터뜨렸다.

"그, 그분은, 가게모토 님은 대체 무어라 말씀하셨는가?"

"인과응보라는 세상의 헛소리는 바보들의 변명이다. 이 세상에 저주 따위가 있을 법이나 한가, 라고 말씀하셨습니다. 죽은 이는 아무것도 할 수가 없다, 죽일 수 있으면 어디 죽여보라고."

"어찌 그리도 하늘 무서운 줄 모르는 말씀을."

가시무라는 몇 번이고 고개를 좌우로 젓고선 "어찌 그런 말씀을, 어찌 그런 말씀을" 하고 거듭했다.

"저주는, 저주는 있다네. 그것만은 진실일세."

"이곳에 가에데 님이 나타나셨지요?"

미사키 고젠이 맨 처음 나타난 곳은 가로의 침소라고 했다.

다시 말해 이 저택에 그 망령이 나타난 것이다.

가시무라는 고개를 끄덕였다.

"나는 이 두 눈으로 가에데 아씨의 모습을 보았네. 이 두 귀로 가에데 아씨의 목소리를 들었네. 허나 나는 스스로 보았기에, 들었기에 저주가 있다고, 그리 말하는 것이 아닐세."

"그럼 어찌하여……?"

"마음에 켕기는 구석이 있는 자는 모두 그러한 환영을 보게 될 터이지. 성에 있는 자도, 영민도 마찬가지. 모두 자신을 어딘가 꺼림칙하게 생각하고 있는 것일세. 한 사람 한 사람이 보는 것은 환영일지도 모르네. 허나 모두가 그 모습을 보고 그 목소리를 듣고 그분을 두려워한다면…… 그것은 환영이 아니지. 그 결과, 인지를 초월한 무시무시한 일도 일어나기 마련. 그것이 응보라는 것이지. 그러할 테지."

"허나 영주 나리께선 마음에 켕기는 구석 따위, 조금도 품고 계시지는 아니한 듯한 모습이었습니다. 그렇다면 본인의 말대로, 저주 따위는 없다는 이야기가 되겠지요."

"그것은……."

"가시무라 님."

모모스케는 각오를 했다.

"무례를 무릅쓰고 말씀을 올리겠습니다. 분명 이 번의 분들은 누구나 가에데 님을 멸시하고 능멸하여 죽음의 궁지로 몰아갔다는 죄책감을 가지고 계실 테지요. 허나……."

그러나.

"진정 죄책감을 느껴야 할 이는 번주 단조 가게모토 님이 아니십니까? 가에데 님이 원망해야 할 상대는 번주님과 그 측근입니다. 저주는 분명 있겠지요. 하지만 가에데 님은 저주할 상대를 잘못 고르고 계십니다. 영민도, 번사 여러분도, 그리고 가시무라 님도 영주 나리의 화를 입어, 대신 고통을 겪고 있다는 이야기가 되지 아니 하겠습니까?"

"그러할지도 모르지. 그러나 가신과 영민이 번주가 받아야 할 재난을 대신 받는 것은 당연한 일……이라고도 할 수 있지 않겠는가."

"그것은 무가의 논리입니다. 일반 백성에게까지 적용시킬 수는 없겠지요. 그리고……."

그리고.

"요시마사 공의 목숨을 빼앗은 자도 지금의 번주님이라면, 아니, 처녀들을 죽여 가에데 님께 죄를 덮어씌운 자도 번주님, 더구나 가에데 님 본인마저 해친 자도 번주님이라면, 조금은 이야기가 달리지겠지요. 가신 여러분이 신하의 예를 다해야 할 대상은 선대 번주 요시마사 님이겠지요. 안타깝지만, 단조 가게모토 님은 번주의 자리에 욕심이 나 여러분들의 영주 나리를 모살한 간적이라는 견해도……"

"그것은 아닐세!"

가시무라는 여전히 고개를 숙인 자세로, 처음으로 큰 소리를 질렀다.

"나리께선, 가게모토 님은, 그분은 원하여 번주가 되신 것이 결코 아니라네."

"허나 실제로 요시마사 공을……"

"그것은, 그것은 번주의 자리에 욕심이 나서 한 일이 아닐세, 야마오카 군. 모두…… 모두 나의 잘못일세."

가시무라는 그 자리에 푹 엎드렸다.

도저히 무사가 보일 모습은 아니었다.

어떻게 된 것이지.

가시무라는 오오, 하고 크게 일성을 내질렀다.

"그분은 내게 이렇게 말씀하셨네. 형님이…… 싫다고."

"싫다……?"

"그렇다네. 온후하고, 총명하고, 죽음을 목전에 두고 있으면서도 마음 흔들리지 않으며, 오히려 재정이 핍박한 번의 재립에 부심하고 계시는 요시마사 공을…… 견딜 수가 없다고 말씀을 하셨지."

"어째서입니까? 말씀을 듣는 한, 매우 훌륭하신 분이 아닙니까?"

"맞는 말일세. 요시마사 공은 훌륭하신 분이었지. 그러나 가게모토 님은 말일세, 나중에 이렇게 말씀하셨네. 사람은 죽을 때 울부짖는 법일 것이라고……."

"그럴 수가……."

"영주든, 장군이든, 죽음에 직면한 자는 무섭고 두려워 죽고 싶지 않다며 추태를 보이며 울부짖는 법이라고, 가게모토 님은 그리 말씀하셨지. 그렇지 않다면 사람이 아니라는 말씀도 하셨네. 요시마사 공은 병약하게 타고 나신 몸. 자신의 죽음을 눈앞에 두고 자라나신 분. 항상 각오를 하고 계셨을 터이지만, 가게모토 님은 그것을 이해하지 못하신 게지."

"그래서…… 독을."

"가에데 님도 마찬가지. 그분의 요시마사 공에 대한 마음은 그저 표면적인 것이 아니었네. 요시마사 공께서 돌아가신 후에도 그 마음은 변치 않은 듯했지. 그 점이 나리께선……."

마음에 들지 않았다는 것인가.

"그러니 그분은 결코…… 번주의 자리에 욕심을 낸 것은 아닐세."

"그렇다고 죽여도 된다는 도리는 없을 테지요. 시, 싫어하므로 죽이다니요."

"맞는 말일세. 맞는 말이나……."

"그리고 가시무라 님. 영주 나리께서 저주를 두려워하시지 않는 까닭은 세상에서 떠돌고 있는 저주가 모두 영주 나리의 소행이기 때문 아니겠습니까. 영민을 죽이고 있는 자는……."

"무……무례한 말을 하면 용서치 않겠네!"

가시무라는 부들부들 어깨를 떨며 누구에게랄 것도 없이, 아마도 자신에게 그렇게 말했다.

"말하지 않았는가. 모든 것은 이 가시무라 효에 때문일세."

"가로님에게 무슨 책임이 있다는 것입니까?"

"있네."

가시무라는 몸을 일으켰다.

"이 번을 뒤덮은 재앙도, 나리의 난행의 시작도, 모든 것이 이 가시무라 효에에게 책임이 있네. 분명 나리께서는 밤마다 죄 없는 사람들을 해치고 있네. 그러나 그것도 저주라고 하면 저주일 터. 아니, 그것이야말로 저주인 게지. 저주로 인한 난행인 게야."

"가시무라 님. 충성심에도 정도가 있습니다. 당신에게는 아무런 죄도 없습니다."

"그렇지가 않다네. 그렇지가 않다네, 야마오카 군. 나리께서 그렇게 되고 마신 것도 모두 내 탓이라네."

가시무라는 그제야 무사의 위엄을 되찾아 다시 정좌하며 모모스케 쪽을 바라보았다.

"이대로 가면 우리 번은 망하고 말 터. 사람의 마음은 황폐해지고, 치안은 무너지고, 이미 번의 재정은 파탄에 가깝네. 이미 들었을지도 모르겠네만, 인지를 초월한 재앙도 일어나고 있네."

도리이가 쓰러지고 강의 물고기가 죽었다고, 걸인 사내들은 말했었다.

"그렇다네. 얼마 전 영지 중앙을 흐르는 엔부다이 강의 물고기가 모두 죽었지. 그 전에는 기타바야시 가문이 보시하는 절에 낙뢰가 있었고, 기타바야시 가문의 묘지가 산산조각으로 파괴되었네."

"묘가……?"

"게다가 영내의 수호신, 가네야코 신사의 도리이가 쓰러졌네. 모두 가에데 님 혼령의 영위인 게지. 이번만은 영민도 정말로 떨며 신불에 기도를 올리고 있는 듯하더구먼. 더 큰 재앙이 덮치리라, 모두가 그렇게 생각하는 게지. 허나 이것은 가에데 님이 내리신 최후의 기회라고 나는 생각하고 있네."

"기회라면?"

"미사키 고젠 님…… 가에데 님께서 모습을 드러내신 이후, 황폐했던 영민들은 가에데 님이 두려운 까닭에 모두 경건한 마음을 가지게 되었네. 막연했던 불안이 명확한 외축과 외경으로 발전했고, 그 결과 영민의 마음속에는 신불이 자리 잡게 되었지. 신의 가호, 부처의 자비를 구하며, 성 밑 마을을 뒤덮고 있던 광기는 진정이 되었네. 파괴와 약탈도 완전히 멈추었다네."

"아……."

'그것이 목적이었군.'

마타이치는 일단 영민의 폭주를 저지하고 성 밑 마을의 혼란을 진정시키고 싶었던 것이리라.

가시무라의 말대로 외경의 마음은 억지력이 된다. 그러나 그저 두렵고 불길하다고 해서 그런 것이 생겨나지는 않는다. 공포와 두려움에 떠는 것과 받들어 모시며 복종하는 것은 다르다.

시치닌마사키는 어차피 다른 고을의 요물이며, 백 년이나 거슬러 올라가는 옛 원념이란 결국 과거의 일일 뿐이다. 그처럼 얼굴이 보이지 않는 대상은 아니 된다는 것이리라. 아무리 두려워도, 아무리 무서운 꼴을 겪어도, 저주를 내리는 대상의 얼굴이 보이지 않는다면 사람의 마음은 혼돈에 빠지고 불안은 그저 증식할 뿐이다.

사람들에게 두려워하는 마음을 품게 하고, 경건한 마음을 심어주며, 나아가 스스로 경계까지 하도록 만들기 위해서는 공포의 대상을 명확하게 함과 동시에 그 위력을 명확하게 드러낼 필요가 있었던 것이리라. 때문에 마타이치는 저주에 얼굴과 이름을 부여한 것이다. 누구나 알고 있는, 누구나 두려워하는 가에데 아씨의 망령…… 미사키 고젠이 출현한 것은 바로 그 때문이다.

게다가 가에데 님은 저주만 하는 것이 아니라고 가시무라는 말했다.

"가에데 님은 이 번의 상황을 탄식하고, 그 길을 염려하고 계신 것일세."

"가는 길……? 그것은……?"

차기 번주를 지정했다고 헤이하치는 말을 했었다.

"맞네. 모든 것은 진실이었지. 나는 얼마 전 가에데 님의 혼령이 내린 계시에 맞는 인물을 찾아내어, 다음 번주로 하고자 그 절차를 마쳤다네."

"예?"

있었단 말인가. 에도 저택에.

"무슨 표식이 있었던 겁니까?"

"있었다네. 이곳에서 보낸 사자의 눈앞에서 한 번사의 등에 후광이 비쳤다고 하더구먼. 또한 많은 번사가 늘어서기 전에 아미타여래께서 모습을 보이셨고, 그자를 가리키셨다고 하더구먼. 몇 사람이나 봤다네. 실로 황송한 일이지."

"그, 그것이 사실입니까? 그래서?"

"사실일세. 이를 어찌 길조라 아니할 수 있겠는가. 틀림은 없을 것일세. 곧바로 협의를 거쳐, 그자를 정식으로 기타바야시 가문의 양자로 맞아들여 다음 번주로 모시겠다는 취지를 결정해 급하게 막부에 보고를 올렸다네. 번주 가게모토 님의 병환이라는 명목이지. 물론 일개 번사를 모시었다고는 말씀을 올릴 수가 없기에 표면적으로는 요시마사 공의 서자라는 것으로 해두었네만."

"하지만 그것은 영주 나리께는……."

"나리께는…… 아무 말씀도 아니 올렸네. 막부에 보고를 한 것은 나의 독단이지. 아니, 이 일을 알고 있는 자는 그대와 일부 중신들뿐이네."

"그렇다면."

그렇다면 그 사내는 납득하지 않으리라.

신도 부처도 초월했다고 호언장담하는 사내에게 아미타여래의 의향 따윈 소용이 없을 터.

물론 나리께서는 납득하지 않으리라고 가시무라는 말했다.

"가시무라 님. 당신께서는…… 혹시 그 책임을 지고 배를 가르시려고 그렇게……."

"그렇다네."

"그것은, 그것은 말씀드리기 어려우나……."

생각이 부족하다. 고작 그런 일로 그 사신이 순순히 물러날 리는 없다. 다시 피로 피를 씻는 전쟁이 발발할 것이 틀림없다.

"당신께서 할복을 하시어도 영주 나리께서는 납득 따위 하시지 않을 테지요. 남은 분들이……."

"야마오카 군."

가시무라는 크게 숨을 토했다.

"영주 나리는…… 가게모토 님은, 내가 죽으면…… 아마도 만족을 하시게 될 걸세. 몇 번이고 말하지만 잘못을 저지른 이는 나. 나리께서 진실로 증오하고 계시는 것은 바로 이 가시무라 효에라네. 이 번을 뒤덮은 저주가 무엇이든, 그것은 모두 내 과거의 행실에서 나온 것일세. 그러하기에 가에데 님의 혼령도 내 앞에 나타나신 것이지."

가시무라는 등을 폈다.

"이보게, 야마오카 군. 할복의 각오를 내린 바로 그때에 그대가 온 것도, 이 또한 무언가의 연이 아니겠는가. 늙은이의 헛소리를…… 들어주시겠는가."

"듣도록 하지요."

모모스케는 자세를 바로 했다.

"옛이야기일세. 나는 아직 어린 가게모토 님의 눈앞에서 그 모친을 베었네."

"뭐라고요?"

"당시의 번주 요시토라 공께서 직접 내리신 명이었지."

"어째서 그러한 명이 내린 겁니까? 좀 전에 가로님께선, 요시토라 공은 가게모토 님을 몹시도 아끼셨다고……."

"그것이 이유일세. 요시토라 공은 적자이신 요시마사 님을 못마땅해 하시고 가게모토 님…… 아니, 도라노신 님에게만 애정을 기울이셨지. 그것은 많은 갈등을 낳았네. 당연한 일일 터이지. 그 무렵에는 정실 마님께서도 건재하셨네. 도라노신 님의 모친은 박해받고 심한 처사를 당했지. 비천한 신분임에도 영주 나리의 씨앗을 품다니, 주제도 모르는 것. 기타바야시 가문을 차지하려는 작정이냐고 말일세."

가문. 무사……. 어째서 반드시 그렇게 되는 것인가.

모모스케는 입술을 깨물었다.

"물론 그 모친에게 그러한 사심은 없었네. 없었기에 도망을 친 것일세."

"도망?"

"자신들 모자가 기타바야시 가문에게 재앙의 씨앗이라고 생각했을 터이지."

가시무라는 미간에 깊은 주름을 잡고 눈을 감았다.

"그날 밤, 도라노신 님의 모친은 도라노신 님을 데리고 성을 빠져나가 다른 고을로 도주를 시도했지. 그것을 안 요시토라 공은 불같이 대노하셨네. 그리고 나를 불러 이렇게 말씀하셨지."

데려오라.

저항한다면 계집을 베라.

계집을 베더라도 아이만은 되찾아오라.

"도망친다면 길은 하나. 아이를 동반한 여인의 다리로 그 험한 샛길을 빠져나가는 것은 쉬운 일이 아니지. 나는 먼동이 틀 무렵…… 따라잡고 말았네. 알고 있는지 어쩐지 모르겠네만 오레구치 봉우리의 산허리, 밤에 우는 야곡암 근처였네."

그곳이다.

어젯밤의 장소다.

"새벽인데도 휘잉 휘잉, 바위가 울고 있었지. 여인은 바위 뒤에 도라노신 님을 재우고 다정하게 지켜보고 있었지. 내가 모습을 드러내자 도라노신 님은 눈을 뜨시고 효에, 효에, 하며 크게 기뻐하셨네."

"가시무라 님……."

가시무라의 감은 눈에서 한줄기 눈물이 흘러내렸다.

"그분…… 도라노신 님은 천진하게 웃으시면서 지금 멀리 간다, 효에도 함께 가자…… 그리 말씀하셨네. 작은 손을 펼치고서. 여인은 내 쪽으로 오려 하는 그분을 끌어안고, 못 본 걸로 해주세요, 당신이 사람이라면 못 본 걸로 해주세요, 그렇게 말했네."

가시무라는 거기서 쨰내는 듯한 목소리를 흘렸다.

"나는 여인을 베었네. 주군의…… 하명이었지."

"가시무라 님……."

눈물이 가시무라의 뺨을 타고 내렸다.

"가시무라 님의 마음은……."

알 수 없으리라. 모모스케로서는 도저히 알 수 없으리라.

모모스케는 무사가 아니기 때문이다. 주군의 하명을 달성한다. 그것은 무사로서는 당연한 행동이었을 것이다. 그렇다면 역시 모모스케로서는 알 길이 없는 일이다.

그러나 가시무라는 고개를 저었다.

"사신이…… 붙고 말았네. 나는 무사이기 전에 사람이었어야 했던 것이네."

늙은 충신은 몇 번이고 무릎을 쳤다.

우콘의 행동과 닮아 있었다.

"그분은 모친의 피보라로 새빨갛게 물들었네. 내가 주저했는지, 여인은 한 번에 죽지 않았지. 때문에 몇 번이고 칼을 그었네. 매달리는 팔을 떨치고, 어머니, 어머니, 하고 울부짖는 그분을 무자비하게 빼앗아 들고, 나는 뒤돌아보지 않은 채 한달음에 샛길을 내려왔네. 왜 어머니를 죽였냐, 왜 어머니를 베었냐고 그리 물어도 나는 아무 대답도 하지 못했지. 요시토라 공은 그것은 당연한 일이라고 말씀하셨네.

그리고 명을 완수한 내게는 상찬의 말씀을 내리셨지."

칭찬을 받았다.

그때부터라고 가시무라는 말했다.

"그분의 눈에 정체를 알 수 없는 무언가가 깃든 것은."

그 눈…….

그 정체를 알 수 없는 어둠과 같은 눈.

그건 사람의 눈이 아니었지.

다도코로는 그렇게 말했다.

"그날 이후, 나는 이 한 목숨을 바치더라도 도라노신 님을…… 영주 나리를 지키겠다고 굳게 마음을 정했네. 허나 그분에게 나는 모친의 원수. 그러니, 그러니 그분이 길을 잘못 드셨다면 그것은 모두 나의 탓. 그분이 슬퍼하신다면 그것도 나의 탓일세."

"하지만 가시무라 님……."

"야마오카 군. 나는 말일세, 역시 사람으로서 해서는 아니 될 일을 하고 말았네. 이것은 그 응보일세. 왜냐하면 내가, 내가 벤 그 여인은……."

멀리 천둥소리가 들렸다.

"나의 처였던 여자일세."

그 순간 빗발이 거세져 모모스케의 청각은 쏴아아아 하는 빗소리에 지워졌다.

내처 열려 있었던 마루에서 빗방울의 연무가 들이쳤다.

"그러니 야마오카 군, 영주 나리의 난행은…… 모두 복수인 걸세. 모친을 칼에 잃은 그분의 나에 대한 복수인 걸세. 내가 궁지에 몰리면 몰릴수록 그분은 기뻐하시지. 그때와 마찬가지로 인륜을 저버리고 무사의 길을 선택하라고, 그분은 나에게 강요하고 계신 것일세. 설령 사람을 죽인다 해도 주군이라면 지키라, 비도의 행위를 할지라도 이의를 표하지 마라, 그저 묵묵히 신하의 예를 다하라……고 말일세. 누구의 잘못도 아니네. 나의 잘못일 뿐이지. 그날 아침, 내가 인륜을 따랐더라면 이리 되지는 않았을 것이네."

가시무라는 소리 내지 않고…… 통곡했다.

"그, 그래서 오늘밤, 두려운 재앙이 이 성 밑 마을에 내릴 것이라고 하는 이날 이 밤에, 나는 배를 가를 걸세. 그렇게 하면 가에데 님도, 요시마사 님도, 그리고 가게모토 님도……."

가시무라는 사방 위의 소도를 손에 들었다.

짤랑.

빗소리에 섞이어.

짤랑.

"요령 소리……."

스윽, 빗발이 잦아들었다.

섬기라. 받들어 모시라.

섬기라. 받들어 모실지어다.

칠흑의 뜰에 흰 사람 그림자가 떠올랐다.

"웨, 웬놈이냐!"

가시무라가 한쪽 무릎을 세운다.

"예, 죽은 이가 말씀 올리나이다."

"무……무어라?"

마타이치.

흰 목면 행자두건에 흰 홑옷. 가슴에는 시주함. 요령을 든 어행사 마타이치다.

"어행봉위."

짤랑.
"그, 그대는 언젠가 보았던 그 행자……."
가시무라는 모모스케 쪽을 한 번 보았다. 모모스케는 침묵하고 있다.
마타이치는 어떻게 마무리를 할 것인가.
가시무라는 다시 한 번 뜰로 고개를 돌렸다.
"무슨 일인가. 무……무슨 일이 벌어졌는가?"
"행자는 아닙니다. 그것은 성 밑 마을 여러분들이 그렇게 부르고 계실 뿐. 소생은 여러 고을을 떠도는 하잘것없는 걸식 부적팔이이옵니다."
"허, 허나 그대의 신탁은 더없이 적중한다고……."
"그것은 다 이 시주함에 재어둔 호부의 영험. 가로님, 그 차림새는 수의로 보입니다만……."
"보, 보는 바 그대로일세."
"죄도, 부정도, 과오도, 모두 홀로 뒤집어쓰실 작정이십니까?"
가시무라는 대답하지 않았다.
"소용없는 일입니다."
"뭣이라?"
"소용없다……. 그렇게 말씀드렸습니다. 충의가 두텁고 덕이 많은 가로님께서 혹여 무언가 잘못 이해하고 계신 것은 아닐까 사료되어,

노파심에 충고간언을 드리러 찾아왔습니다."

"잘못 이해하고 있단 말인가?"

"그렇습니다. 가로님께서 오늘밤 그 주름진 배를 칼로 가른들, 죽은 이의 한은 단 하나도 풀리지 않을 것입니다."

"허, 허나 어행사."

짤랑.

"원망하고 있는 것은 가에데 님만이 아닙니다."

오오, 하고 가시무라는 허리를 낮추었다.

"이 땅에 뙤리를 틀고 앉은 한을 풀지 못한 수많은 원령들이 소생에게는 명료하게 보입니다. 멀리는 백성들의 손에 죽은 영주. 그 영주를 죽인 백성. 그 악연으로 죽음에 이른 사람들. 그리고 비업의 죽음으로 생을 마친 선대 번주 나리. 그리고 농락당하며 죽은 많은 영민이, 죽어간 비천한 자가 원망하고 있습니다. 아니 들리십니까?"

마타이치는 하늘을 올려다보았다.

"미사키 고젠 님이 발하는 저주의 목소리가. 죽은 이들의 통곡소리가."

"가, 가에데 님. 요시마사 님……."

가시무라는 일어서서 비틀거리는 발걸음으로 마루로 나와 털썩 주저앉았다.

"그처럼 무시무시한 형상의 사령들이 성 위에 뙤리를 튼 채 머물고 있나이다. 그 모습이 너무나 두려웠기에……."

"서, 성에?"

"성에는 어느 분이 계신지?"

"성에는 아무도 없네. 그것은 그대가 누구보다 잘 알고 있을 터. 비

오는 밤에 재앙이 찾아들 것이라고 한 것은 바로 그대가 아닌가. 특히 성 안이 어느 곳보다도 위험하다고……. 그러하기에 무사들도, 하녀와 하인에 이르기까지 누구나 저주를 두려워하여 각자의 집에서 칩거를…… 아니!"

오오, 하고 가시무라는 소리를 질렀다.

"나, 나리가……. 허나, 나리는……."

"말씀대로 오늘 밤은 음양의 기가 혼돈스러운 요물의 밤이옵니다. 피하기 어려운 큰 재앙이 성을 덮칠 것입니다. 영주 나리의 목숨도 위험하지요."

"허나, 나리께선 저주 따위……."

"바로 그것이 잘못 생각하시는 겁니다."

"무엇이라……?"

"분명, 당신의 행동이 영주 나리의 생을 뒤흔들어놓았다는 것은 사실일 테지요. 그러나 영주 나리의 난행은 당신 탓이 아닙니다."

"틀리다는 말인가?"

"어렸을 때 입은 마음의 상처가 사람을 바꾸어놓는 일은 있을 것입니다. 그러나 이후 어떠한 길을 택하는지는 그분 나름이지요. 상처가 있기에 자비에 눈을 뜨는 자도 있을 것입니다. 또한 상처가 없어도 길을 벗어나는 자도 있습니다. 그러니 죽음을 좋아하고 생명을 희롱하는 길을 택하는 것은 사신에게 홀렸다고 생각할 수밖에 없을 것입니다."

"사신……."

"사람은 슬픈 존재. 사는 것은 고통스러운 것. 누구나 사신에게 홀리는 적은 있습니다. 마음속에 악념이 들끓을 때, 사람은 누구나 사신이 되지요. 다만…… 그것만으로는 아무 일도 벌어지지 않습니다."

"그렇다면."

"사람의 악념이 고여 응축되려면 악념을 깨워 키울 만한 조건이 필요합니다. 이 땅에는 그 조건이 갖추어져 있었지요. 이 땅에는 악소가 있습니다. 그곳에 옛 악기가 남아있는 것이지요. 그러므로 영주 나리의 광기는 역시 저주 때문입니다."

"저, 저주."

"저주는 그 누구보다 강하게, 영주 나리에게 쏟아져 내리고 있습니다. 마물에 홀려 악행 삼매경. 이대로 가면 영주 나리의 목숨은 오늘 밤이 기한일 것입니다."

"그, 그것은…… 아니 되오. 나는 그분을 지키겠다고 맹세했네. 설령 번주의 자리를 잃을지라도 목숨만은, 목숨만은……. 그렇게 생각하고……."

"나는, 나는 어떻게 해야 좋겠는가" 하고 부르짖으며, 가시무라는 마루를 기어 마당으로 내려왔다.

"그분을, 영주 나리를 구할 묘책은 없겠는가, 어행사."

짤랑.

마타이치는 다시 하늘을 우러러보았다.

"이미 늦었을지도 모릅니다."

"그래도 개의치 않소. 손쓸 도리가 있다면 무엇이든 하리다. 만에 하나라도 희망이 있다면, 이 가시무라 효에, 어떠한 일이라도."

"영주 나리께서는 어느 곳에 계십니까?"

"침소…… 아니."

거기서 가시무라는 흙투성이인 얼굴을 모모스게에게 돌렸다.

"시노노메 우콘을 붙잡았다고 하시었지?"

모모스케는 고개를 끄덕였다.

"그렇다면…… 토옥일세. 토옥에."

미쓰가야 단조와 가에데 아씨가 유폐되었던 옥일 것이다.

마타이치는 시주함에서 호부를 꺼내 들었다.

"이것은 마물을 물리치고 부정을 사르는 다라니 주법이 깃든 부적이옵니다. 이것을 영주 나리가 계시는 곳의 외벽에 붙여주십시오."

"이, 이 부적을 말인가?"

"모든 출입구를 이 부적으로 막고 결계를 펼치는 것이옵니다. 아시겠습니까, 가로님? 모든 출입구를 막아야 합니다."

"토, 토옥의 출입구는 한 군데밖에 없네. 성의 중앙 정원 한곳이 비밀문으로 되어 있다네."

"그렇다면 그곳을 단단히 봉인하는 것입니다. 아침이 올 때까지 결코 열어서는 아니 됩니다. 첫 닭이 우는 시각까지 영주 나리를 결코 밖으로 나오게 해서는 아니 됩니다."

"알겠네."

가시무라는 부적을 품에 넣었다.

"다만, 가로님."

"무, 무슨?"

"저주는 몹시 격심할 것입니다."

"가, 각오하고 있네."

"출입구가 한 군데라도 열려 있어서는 효력이 없습니다."

마타이치는 조용히 말했다.

가시무라는 크게 숨을 들이쉬고, 무언가를 삼키듯 깊숙이 고개를 끄덕였다. 그리고 늙은 무사는 흙으로 더렵혀진 백장속에 대검과 협도를 차고 비 오는 어둠속으로 사라졌다.

쿠르르릉, 천둥이 울렸다.

"마타이치 씨."

"그 모습을 보니 몹시도 고생이 심하셨던 모양이군요, 선생."

마타이치는 그렇게 말했다.

"선생을 끌어들일 생각은 없었습니다만."

"저는…… 저어…….""

"교쿠센보에게 소식이 왔습니다. 걱정하고 있었지요."

"어떻게…… 되는 겁니까?"

이번 일만은 어려웠다고 마타이치는 말했다.

"고생하여 악당만을 처리해도 아무 소용이 없습니다. 영민도 거칠어져 있어 이렇게도 저렇게도 감당을 할 수가 없는 것이지요. 그렇다고 번을 망하게 해버려선 번사가 길바닥을 헤맬 테니, 날고 긴다는 소생도 고심이 많았습니다."

마타이치의 얼굴이 살벌해졌다.

"이제 곧 마지막 저주가 이 성을 덮칠 것입니다. 그로써 모든 것은 끝이지요."

"마지막 저주라는 말씀은……."

"곧 닥칩니다" 하고 말한 뒤, 마타이치는 성 쪽을 우러러보았다.

암흑보다 한층 더 시커먼 덩어리가 우뚝 솟아 있다. 오레구치 봉우리다.

마타이치는 아무 말도 하지 않았다. 모모스케도 무엇 하나 물을 수가 없었다. 마타이치는 묵묵히 대나무 잎으로 싼 주먹밥을 주었다.

모모스케는 허겁지겁 그것을 먹었다.

대략 일각.

모모스케는 가시무라의 집에서 그 무언가를 기다렸다.

마타이치는 그동안 내내 비 오는 큰길에 서 있었던 듯하다. 과연 무엇을 기다리고 있는가. 때때로 구르르릉, 하고 천둥소리가 들리는 것 외에는 아무런 변화도 없었다. 모모스케는 아무 생각도 하지 않았다. 생각할 수가 없었다. 그대로…… 다시 또 일각.

이윽고.

짤랑, 하고 요령이 울렸다.

마타이치는 뛰쳐나갔다.

"어찌 그러십니까?"

"저주가 옵니다."

"저주가?"

마타이치는 짤랑, 짤랑, 격하게 요령을 울렸다.

"나오시라, 나오시라. 여러분들, 나오시라."

짤랑, 짤랑, 짤랑.

"보시라, 보시라."

짤랑, 짤랑.

저택의 문이 열리고 몇몇 무사가 나왔다.

"해, 행자님……."

"여러분들, 보시라. 지금 바로 미사키 고젠 님이 현현하시었습니다. 이제 칩거는 마치십시오. 기도를 하시라. 자아……."

워어, 하는 소리가 퍼지고, 몇이 전령처럼 달려 개개호의 문을 두드렸다. 덜컹 덜컹 문이 열리고 무사가 줄줄이 비 오는 큰길로 나왔다. 마타이치의 말에는 따르는 듯했다. 이윽고 큰길은 무사들로 가득 찼다. 그러한 차례로 되어있었는지도 모른다.

"자아, 여러분. 기도를 올리십시오. 분노를 잠재워주시도록……. 미사키 고젠 님은 저기 있습니다."

마타이치는 시커먼 덩어리…… 성의 상공을 가리켰다.

"절이나 사당에 틀어박힌 백성들에게도 알려주시라. 지금 빌 수밖에 없습니다. 모든 사람들이 하나가 되어 재앙을 떨치는 겁니다."

알겠다는 목소리가 사방에서 올라오고, 몇몇 무사가 달려 나갔다. 그와 동시에 비 오는 큰길은 무사들이 외는 염불로 가득 찼다.

"기도하시라. 아니 기도하는 자는 목숨을 잃게 되고 말 겁니다. 저주를 두려워 않고 신을 섬기지 않으며 부처를 받들지 않는 자는 이 자리에서 지옥에 떨어지고 말 겁니다."

짤랑.

'보이는 것인가.'

모모스케에게는 그저 어둠이었으나, 이 무사들에게는 천공을 뒤덮은 미사키 고젠의 모습이 보이는지도 모른다. 이윽고 무사들에게 선도된 일반 백성들도 뛰어와, 무가 저택 거리는 염불을 외는 자들로 채워졌다. 사람은 점점 불어나고 있는 듯했다.

'무시무시하군.'

모모스케는 마타이치의 옆얼굴을 응시했다.

이 사내는 이를 위해 긴 시간을 들인 것이다.

사람의 마음을 차근차근 장악한 끝에 전체를 속인 것이다. 이것은 생각하기에 따라서는 무서운 일이다. 혓바닥 하나로 일치단결을 이끌어낸다. 고을을 멸망시킨다.

짤랑.

마타이치는 요령을 흔들었다.

그 순간.

천공에 섬광이 뻗었다.

이어서 배 속을 뒤흔드는 듯한 굉음이 울려 퍼졌다.

그리고…….

"처, 천수각이!"

누군가 외친다. 염불 소리가 멎고 중생이 일제히 고개를 들었다.

"성이…… 천수각이 타고 있다!"

소벌라마기가 하늘에 떠 있었다.

그 앞에서…… 성이 불타고 있었다.

낙뢰…….

그렇게 생각할 수밖에 없었다. 그러나 마타이치라 하여도 낙뢰를 부리는 것은 불가능하다. 그렇다면 이는 우연한 천재지변인가. 우연이 아니라고 해도…… 도저히 사람의 솜씨는 아니리라.

술렁거림의 파도가 퍼진다. 그러나 마타이치는 전혀 움직이지 않았다.

"법석 떨지 마시라. 저것이 바로 저주입니다."

그러자 무사들이 입을 모아 말했다.

"영주 나리가 계신다. 나리께선…….

"나리께선 저주는 없다고 말씀하셨다."

"나, 나리만은 저주를 믿지 않으셨다."

"시, 신불을 두려워 않고 숭상하지 않은 증거……인 것인가."

무사들은 동요했고, 그것은 곧 전체로 전해졌다. "나리께, 저주가 나리께!" 하고 많은 사람들이 외쳤다.

"조용히 하시라!" 하고 마타이치가 외쳤다.

"영주 나리께선 무신심이 아니시며, 저주를 두려워하지 않는 진정한 무사이실 것입니다. 저곳에 실로 영주 나리가 계신다면, 영주 나리께서는 여러분들의 재앙을 대신 받으셨다는 이야기도 될 것입니다."

기도하시라, 하고 마타이치는 말했다.

다시 섬광이 뻗었다.

그리고.

모모스케는 이 세상의 것이 아닌 광경을 목격했다.

소벌라마기가 산산조각 나서 흩어졌다.

낙뢰는 아니다. 폭파라고 할 수밖에 없다. 그야말로…… 천벌이라 형언하지 않을 수 없다.

낮은 소리로 으르렁거리며, 시커멓고 거대한 덩어리가 서서히 옆으로 쓰러졌다. 이윽고…… 땅울림이 전해져왔다. 쿵, 하고 지면이 흔들리는 느낌이 들었다. 실제로 흔들렸는지도 모르겠다. 그토록 거대한 바위가 쓰러진 것이다.

아무래도 염불소리는 멎었다.

반파된 산성이 불타고 있다.

"어행봉위."

마타이치의 목소리에 모모스케는 이성을 되찾았다.

"걱정할 필요는 없습니다. 미사키 고젠 님의 분노는 진정되었습니다."

웅성거림이 퍼졌다.

"이 땅을 뒤덮은 재앙은 굳센 마음을 가지신 영주 나리와 저 큰 바위가 모두 떠안아주신 것 같습니다. 이 고을을 가득 메웠던 암운은 방금 모두 걷혔습니다."

우와, 하고 환성이 퍼졌다.

"이제 걱정 없습니다. 자아, 이제부터 성으로 가서 불을 꺼야 합니다. 성을 버려서는 아니 됩니다. 저 성은 이 번의 요새가 아닙니까. 성이 없어서는 새로운 번주님을 맞을 수도 없습니다. 저것은 우리의 성. 모든 백성들에게도 마찬가지."

다시 환성이 들끓었다. 우리의 성이다, 우리의 성이니 성으로 가자는 목소리가 여기저기에서 터져 나왔다. 몇 개나 되는 횃불이 밝혀지고, 무사도, 백성들도, 아마 걸인 부류까지 그야말로 하나가 되어 성으로 가는 길을 나아갔다. 모모스케는 그저 망연히 그 기이한 광경을 바라보았다.

"갈까요."

마타이치는 웃으며 그렇게 말했다.

8

한 무리가 성에 도착했을 때.

동쪽 하늘에서 햇볕이 비쳤다.

이리하여 저주의 하룻밤은 끝이 난 듯했다.

성의 불은 사라지고 없었다. 그러나 그 광경은 차마 볼 수 없을 정도로 무참했다. 천수각은 완전히 불타 그 흔적조차 사라지고 없었다. 그저 검은 연기가 뭉게뭉게 피어오르고 있다. 쓰러져 파괴된 소벌라마기는 성과 오레구치 봉우리의 절벽 사이를 거의 메우고 있었으며, 원래 큰 바위가 있었던 주변에는 거대한 구멍이 입을 벌리고 있었다. 성의 산 쪽은 상당히 무너진 듯했다.

무사도 일반 백성도 너무나도 끔찍한 참상에 잠시 말을 잃고 있었던 듯하나, 곧 먼저 도착한 몇몇 무사의 지시를 받아 줄이어 성 안으로 들어갔다.

그토록 큰 바위가 무너졌으므로 상당한 진동이 있었으리라. 성 안은 더욱더 어지러운 상태인 듯했다. 분진을 치우는 것만도 큰일이리라.

많은 인원으로 오는 것이 정답이었으리라.

그러나 아무래도 어중이떠중이 집단이다.

반각 정도는 혼란스러웠던 모양이나, 잠시 후에는 통솔이 되어가는 듯했다. 저절로 지시하는 자와 움직이는 자로 나뉘어 효율적으로 움직이기 시작했다. 하늘이 무너져도 솟아날 구멍은 있는 법이구나, 모모스케는 조금 감탄했다.

마타이치는 이러한 모습을 잠시 바라본 다음, 오가는 많은 자들의 사이를 누비듯 성 안으로 들어갔다. 모모스케도 묵묵히 뒤를 따랐다.

상인 계급인 모모스케는 등성한 적이 단 한 번도 없다. 때문에 상당히 긴장했다. 성 안은 상당히 어지럽혀져 있었으나 파괴되지는 않은 듯했다. 안쪽은 모르지만, 일단 복도도 벽도 천장도 무사하다.

"가로님, 가로님" 하는 소리가 들렸다.

가시무라.

그렇다. 성에는 가시무라도 분명 있었을 터다. 모모스케는 마타이치의 얼굴을 본다. 마타이치는 고개를 끄덕이며 그대로 목소리가 난 방향으로 향했다. 마치 성 안에 안내인이 있는 듯한 걸음걸이였다.

통로인 복도를 빙그르르 돌아 밖으로 나간다. 돌계단을 내려간다.

안뜰일까.

창고 같은 건물 앞에 몇 명의 무사가 서 있었다.

무사는 마타이치의 모습을 보자 "행자님" 하고 불렀다.

"행자님, 가, 가로님께서⋯⋯."

마타이치는 달려간다.

진흙투성이 가시무라가 무사의 품에 안겨 몸을 일으키고 있었다.

"가로님."

"해, 행자이신가. 무슨 일이 벌어진 겐가?"

"소벌라마기가 쓰러져 파괴되었습니다. 천수각도 불타고 말았습니다."

"천수각이……."

품에 안긴 채 가시무라는 위를 우러러보았다.

"안심하십시오. 저주는 물러갔나이다. 이 땅을 덮친 재앙은…… 어젯밤을 기점으로 사라졌습니다."

"그, 그러한가……."

가시무라는 눈을 휘둥그렇게 뜨며 기이한 표정을 지었다.

"그보다, 가로님. 영주 나리께선……."

"나, 나리는 이 안에 계시네."

가시무라는 아래를 가리켰다.

가시무라는 무사의 부축을 받아 비틀거리며 일어섰다.

그 발치 일대에 진흙투성이의 다라니 부적이 수도 없이 붙어 있었다.

"가로님, 여기는……."

"나리께서 이 안에 계시다니 대체 무슨……?"

무사들도 토옥의 존재는 모르는 듯했다.

"이곳은 일부의 자들밖에 모르는 장소일세."

가시무라는 다시 엎드려 부적을 한 장 한 장 떼어낸 다음 석판을 어루만지더니, 곧 그중 하나를 강하게 눌렀다.

구르룽 하고 돌이 가라앉았다.

가시무라는 움푹 들어간 구멍에 손을 넣어 무언가를 잡고서 세게 당겼다. 오오, 하고 무사들이 목소리를 높였다. 돌절구를 돌리는 듯한 낮은 음을 내며 돌 몇 장이 들어 올려지자 딱 사람 한 명이 들어갈 정도의 입구가 열렸다.

"여기는 토옥일세. 견고한 구조이기에 여간해서는 무너지지 아니하지. 그만한 천재지변이 일어났으니…… 오히려 안전할 터이지."

"영주 나리께서 이 안에?"

"그렇다네."

"확인을 하셨는지?" 하고 마타이치는 물었다.

"물론 했다네. 단지 모습만 뵙지 못했을 뿐, 여기를 열고 말씀을 올리자마자 안에서 대답이 들려왔네. 그것은 틀림없는 영주 나리의 목소리였네. 행자님의 말씀대로 여기를 막고 부적을 붙인 이후, 나는 꼼짝 않고 이 위에 있었다네. 이 옥의 출입구는 이곳 한 군데뿐일세. 틀림없이 영주 나리는 안에 계실 것일세."

"여, 영주 나리는 무어라 말씀을 하셨습니까?"

"그보다, 영주 나리는 어째서 이러한 장소에……?"

가시무라는 가신의 물음에는 답하지 않고 구멍에 얼굴을 집어넣다시피 하며 "나리, 나리" 하고 불렀다.

잔향이 퍼졌다.

대답은 없었다.

가시무라는 얼굴을 든다. 그 더러워진 얼굴은 불안으로 가득했다.

"행자님."

"어젯밤의 저주는 엄청났사옵니다. 말씀 올린 대로, 영주 나리께선 그 누구보다 강한 저주를 받고 계셨습니다. 어쩌면……."

"나리!" 하고 짧게 외치고서 가시무라는 구멍 안으로 뛰어들었다.

"가로님!" 하고 외치며 무사가 따른다.

사신 혹은 시치닌미사키 | 679

마타이치는 모모스케 쪽으로 시선을 주었다.

안은 서늘했으나 숨쉬기가 갑갑했으며 쉰 냄새가 났다.

좁은 돌계단이 이어져 있다. 십 척 정도 내려가자 그곳은 조금 넓은 석실로 되어 있었다. 그곳까지는 가까스로 빛이 닿는 듯했으나, 그 너머는 칠흑의 어둠이었다. 불빛은 전혀 없다.

불을 가져오라고 무사가 외쳤다.

잠시 후 마타이치가 촛대를 두 개쯤 들고 계단을 내려왔다.

석실에는 나무로 된 사다리가 아래로 뻗어 있었다.

아무래도 천연 동굴을 이용한 지하실인 듯했다.

다시 십 척 정도를 내려가자 큰 공간이 나타났다.

"이건……."

바위 균열에 굵은 격자가 박혀 있다.

그 안에 사람 같은 모습이 보였다.

가시무라가 빗장을 열고 격자 안으로 달려갔다. 재빨리 안아 일으킨다. 따라 들어온 무사가 촛대로 그 얼굴을 비추었다.

그것은…… 시노노메 우콘이었다.

"우, 우콘 님!"

모모스케도 격자 안으로 들어갔다. 우콘 곁에는 처자가 쓰러져 있다. 가나일 것이다.

무사가 에잇, 하고 깨우자 우콘은 곧 의식을 회복했다.

"우콘 님!"

"야……야마오카 공. 가, 가시무라 님도."

"시노노메 군, 시노노메 군, 나리께서는, 나리께서는 어찌 되셨나? 여기에 계셨을 터. 시노노메 군."

"나리…… 아니."

우콘은 몇 번이나 머리를 흔들었다.

"아니, 실은."

"실은 무언가?"

"별안간…… 고귀한 모습의 여인이……."

"여인."

"가로님!" 하는 소리가 무사의 입에서 터져 나왔다.

"그 여인은 혹시……?"

"아니, 그럴 리는 없지. 출입구에는 부적을 붙이고 내가 봉인을……. 그래서 어떻게 되었나?"

"나리께선 그분의 얼굴을 보자마자……. 예, 비명을 지르셨습니다."

"비명……이라고?"

그 사내가 과연 비명을 지를까.

"그리고……."

우콘은 안쪽을 가리켰다.

"검을 휘두르며 저 안쪽의 균열 속으로……."

"안쪽의 균열 속이라고?"

"전설의 비밀 동굴입니다."

모모스케는 말했다.

"이 감옥은 미쓰가야 단조를 가둔 전설의 감옥이지 않습니까. 그렇다면 미쓰가야 단조가 빠져나갔다는 전설의 비밀 동굴도…… 정말 있었다는 이야기가 아닙니까, 가로님."

"비밀 동굴……. 그렇다면 출입구는 하나가 더 있었다는 말인가. 아뿔싸."

가시무라는 눈을 휘둥그렇게 뜨고 고개를 돌려 마타이치를 보았다. 마타이치는 조용히 고개를 저었다.

"해, 행자님……."

"안타까운 일이옵니다만, 입구가 열려 있다면 결계를 펼치지 못합니다."

무사가 우콘을 묶은 밧줄을 풀었다. 우콘은 몸을 일으키고서 가시무라를 향해 말했다.

"이 동굴은 이 너머 갱도로 통하고 있는 듯하더군요."

"개, 갱도라고? 무슨?"

"가로님은 알고 계시는 일이라 생각했습니다만, 그렇지 않았던 것입니까?"

"나는…… 아무것도 알지 못하네."

가시무라는 몇 번이고 얼굴을 문질렀다.

"아니…… 이 토옥조차 가에데 아씨가 들어오시기 전에는 계속 봉인되어 있었네. 이러한 동굴이 실재한다는 것은 알고 있었으나, 이 태평성대에 우리 번 같은 산촌 고을에 토옥의 쓰임새가 있을 리 없지. 허니 열 일이 없었네. 장소도 몰랐고."

"가에데 아씨께서…… 이곳에?"

우콘은 고통스러워하며 옥내를 둘러보았다. 상당히 심하게 고문을 받은 듯하다.

"가에데 아씨는…… 모반의 의혹이 있다고 하나 선대 번주의 정실이셨으니 원래 기타바야시 가문의 보리사에 신병을 맡기거나 해야 했던 경우지만, 실성하셨다는 소문이 있으니 도주하실 우려가 있으므로 입옥을 시키라고 나리께서 말씀하셨지. 다만 아래 신분의 자들과 같은 옥에 들어가시게 할 수는 없다고 진언을 올리자, 좋은 장소가 있다고 말씀을 하시더니…… 이곳을 찾아내어 여신 것이라네."

우콘은 "그렇군요" 하고 말했다.

"이 성은 천연의 지형을 이용해 세워지지 않았습니까. 성 밑 마을을 향한 방향에는 돌담이 쌓여 있는 것으로 사료됩니다. 한편, 오레구치 봉우리의 소벌라마기 아래에는 많은 갱도가 나 있습니다. 짐작건대 그것이 우연히 이어진 것은 아닐까 하고 생각합니다만."

"이어졌다는 것은……."

"파나가는 중에 이어졌는지, 혹은 처음부터 통하고 있었는지는 모르겠습니다만."

"파나갔다면…… 광산입니까?"

그런 듯하다고 우콘은 말했다.

"설마……" 하며 가시무라는 몸을 일으켰다.

"광산이라? 그러한 것이…… 어째서 이곳에 있나? 갱도 따위가 있을 리 만무하네. 우리 번은 채굴을 하고 있지 아니하네. 게다가 이곳은 성의 한복판일세. 성 안에서 이어지는 채굴갱 따위가 어디 가당키나 한가. 무엇보다, 무엇을 파내었다는 겐가?"

"소벌라란, 가로님."

마타이치가 말했다.

"금이란 뜻이옵니다."

"그, 금이라고?"

"예. 소벌라마기*란 금광의 입구를 막는다는 뜻이겠지요."

---

* 소벌라 : 산스크리트어 suvarna, 蘇伐羅 등으로 음역됨. '황금, 황금의' 라는 의미.

"화, 황당무계한 소리 하지 마시게, 행자님. 우리 번에서 금이 나오겠나? 번의 역사서 어디를 펼쳐보아도 그러한 말은 적혀 있지 아니하네."

"그야 당연히 없겠지요. 이것은 비밀. 오레구치 봉우리는 미쓰가야 번의 비밀 금광이었기에."

"비밀 금광?" 하고 소리를 지르며, 문자 그대로 가시무라는 놀라 털썩 주저앉았다.

"마, 마타이치 씨, 그게…… 사실입니까? 그런 이야기는 저 역시 한 번도……."

아니.

모모스케는 들었다.

금이 나온다는 소문은 있었던 듯.

돌이켜보니 예전에 헤이하치가 그러한 이야기를 했었다.

"풍문이기는 합니다만" 그렇게 말하며 마타이치는 촛대를 균열 쪽으로 들이댔다.

균열 내부에 약한 불빛이 드리웠다. 마타이치는 그것을 몇 번 올렸다 내렸다 했다.

"백 년 전, 미쓰가야 번이 폐번된 후 막부가 이 땅을 직할지로 삼은 까닭은 무엇이었나 하는 것입니다. 뭐, 줄기차게 금이 나온다는 소문이 돌았기 때문이지요. 허나 찾고 또 찾아도 금광 따위는 없었다고……."

그래서는 발견될 리가 없다고 우콘이 말했다.

"일반적으로 그런 광산은 있을 리가 없지. 원래 채굴 작업이라는 것은 품도 일손도 많이 드는 법. 일반적으로 갱도에 망루를 세우고

자재를 넣어 물을 퍼 올리니, 당연히 대규모가 될 수밖에."

당연하다. 쉬운 일은 아니리라.

"허나, 내가 본 바로 이 오레구치 봉우리 내부에는 그물처럼, 이러한 동굴이 사통팔달로 뚫려 있는 듯하네."

개미집 같은 구조인 것일까.

"그것을 천연 갱도로 이용했을 터이지. 그렇다면 최소한의 품만 들 터. 물도 아니 나오니 물 퍼내기도, 나무짜기를 할 직공도 필요치 않네. 광부만 있으면 되지."

"그런 까닭에 막부도 발견하지 못했다는 것인가요?"

"그렇겠지요" 하고 우콘은 대답했다.

"허나 오레구치 봉우리에는 갱도로 통할 만한 동굴이 수없이 뚫려 있습니다. 그럼 언젠가는 발견될 우려도 있지요. 그 때문에 미쓰가야 번은 그러한 동굴을 모두 막은 것이겠지요. 그리고 가장 알기 어려운, 그…… 소벌라마기 아래의 동굴만을 출입구로 삼았다고……."

"그곳이로군."

그 동굴이다.

그래서 소벌라……마기인가.

"그곳만은 바람이 통과하지. 때문에 우는 것이고."

그래서 밤에 우는 야곡암인 것인가.

"그렇다면 그때 그……."

시라키쿠도 가부라기도 이 토옥에서 그 갱도를 통하여 마소로 나온 것인가. 우콘이 나타나자 시라키쿠는 되돌아와서, 이곳에 유폐되어 있던 가나를 구스노키와 기쿄로 하여금 끌어내게 하고, 다시 단조를 데리고 그 마소에 나타난 것이리라.

"의외로 가깝다는 것일까요."

"그다지 거리는 없네. 곧장 올라가면 정확히 이곳에서 천수각까지 올라갈 정도의 거리지."

"그렇다면 나리께선 그 길에……."

"아마도."

우콘은 일어섰다.

"원령에게 쫓기듯 가셨습니다. 그럼 그 소벌라마기 아래에서…… 밤에 우는 바위에 빠진 것일 테지요."

"아, 그곳으로 나올 수 있나."

그곳은 가시무라에게도 마찬가지로 마소다.

가시무라 효에가 처를 벤 장소.

그리고.

기타바야시 단조에게는 모친이 베인 장소이기도 하다.

"아니면 횡도에서 갱도로 들어가셨는가" 하고 우콘은 말했다. 꼿꼿한 사내다. 가시무라는 "영주님" 하고 짧게 외치더니, 말리는 무사의 손을 떨쳐내고 격자를 나와 구멍의 균열에 발을 들여놓았다. 마타이치가 그 어깨에 손을 댄다.

"가로님."

"마, 말리지 마시게. 소인은……."

"밤에 우는 바위는 이미 없습니다."

"뭐라?"

"소벌라마기도, 아마 그 갱도도, 모두 무너지고 말았습니다."

"아아……."

가시무라는 짧게 외치고, 마타이치의 손을 떨쳐내더니 허리의 단도에 손을 댔다. 할복하려는 것인가.

"영주님!"

"멈추십시오."

"허나…… 이번 일은!"

"이미 끝났사옵니다, 가시무라 님."

"끄, 끝나지 아니하였다."

"끝났습니다."

마타이치는 엄한 목소리로 말했다.

토옥의 암벽에 마타이치의 목소리가 반사되어, 몇 번이고 몇 번이고 메아리쳤다.

"많은 사람이 죽었습니다. 그러하기에 더는 죽어야 할 일은 없지요. 잘 들으십시오, 가시무라 님. 영주님께서는, 아니, 기타바야시 단조 님께서는…… 아무도 원망하고 있지 않으실 것입니다."

"아니, 그것은……."

"모든 것은 가시무라 님, 가로님의 마음의 문제이지요. 그분께서는 가시무라 님을 원망하셔서 그런 일을 벌이신 것이 아닙니다. 그 난행은 가시무라 님에 대한 보복이 아니지요."

가시무라는 저항을 멈추고, 균열에 등을 돌리며 마타이치의 얼굴을 향했다.

"그럼……?"

"아시겠습니까, 가시무라 님. 그분께서는 정말 어딘가 인간을 초월하셨던 것입니다. 그러하기에 모든 것은 자신의 의지로, 자신의 재량으로 하신 일인 것입니다."

"허나……" 하고 마타이치는 가시무라의 얼굴을 뚫어지게 응시했다.

"가시무라 님은 사람이십니다."

"사람……."

"가시무라 님이 죽든 살든, 단조 님께서는 아무런 생각도 아니하십니다."

"그, 그러한가."

"인간을 초월한 단조 님께 사람인 가시무라 님은 필요치 않은 분. 그러나 당신을 필요로 하는 분들은 목숨을 유지한 채 많이 계십니다. 가시무라 님, 아니, 기타바야시 번 가로님께 아룁니다. 가로님께서 지금 이곳에서 죽음을 바라는 악념을 가지신다면, 어렵게 털어낸 이 저주, 다시 원점으로 돌아갈 겝니다. 그때는, 다음에는 단조 님께서…… 저주의 신이 되지요."

"저, 저주의 신이?"

"죽은 후, 가로를 저주로 죽였다는 이야기가 됩니다."

오오, 하고 숨을 토하며 가시무라는 칼에서 손을 뗐다.

"단조 님을 저주의 신으로 만들어서는 아니 됩니다. 그분은…… 기타바야시 도라노신 님은 부디 평안히 영면하시도록 놓아드리지요. 허나…… 가로님이 잠드시게 되면 난처합니다. 공께서는 하실 일이 많이 있으니까요. 성주께서 자리를 비우신 동안 성을 지키는 것이 성대가로의 본분 아니겠습니까. 그렇지 않으면 이 성에 다음 성주는 오지 말라는 말씀이십니까."

마타이치가 결연히 말했다.

"다음……."

가시무라는 마치 빛을 갈구하듯, 비척비척 균열에서 멀어져 광원…… 출구 쪽으로 향했다. 무사의 품에 안긴 우콘과 가나가 그 뒤를 잇는다.

"자아, 이런 곳에서는 나갑시다. 이곳은 피비린내가 나서 못 견디겠구먼. 여기는 악소입니다."

마타이치는 그렇게 말하고 발치에서 한 장의 종이를 주워 올렸다. 그것은…….

피와 진흙으로 검게 물든, 세상무참이십팔선상 중의 한 장, 오슈 아다치가하라 그림이었다.

모모스케가 있는 곳이 흥행의 현장이었던 것이다. 이곳이야말로 우콘의 슬픔이, 가나의 두려움이, 가시무라의 원통함이, 그리고 사신들의 악념이 첩첩이 싸인 장소……. 바로 악소인 것이다.

모모스케는 생각한다. 만약 지금 자신에게 악념이 있었다면.

그때는 이 악소에 넘쳐나는 사악한 기운에 즉각 호응하고 말았을까…….

그날은 거짓말처럼 맑게 갠 하늘이 보였다.

영민이 총출동하여 파편이나 토사를 날랐다. 만약 성 안에 사람이 있었다면 대참사를 겪었으리라.

이만한 성에 사람이 하나도 없다는 것은 평상시 있을 수 없는 일이므로 무사들은 행자의 영험에 놀라고, 또한 깊이 감사했다.

이어.

성 뒤쪽의 무너진 바위 밑에서 시신 몇몇이 발견되었다.

맨 처음 발견된 것은 시라기쿠였다. 시라기쿠는 천수각에 있었던 것으로 추정되었다. 시라기쿠의 시신은 숯검정처럼 새까맣게 탄 상태였다고 한다. 불을 즐기는 여인은 그 생애를 화염 속에서 마친 것이다.

마찬가지로 천수각에 있었던 듯한 기쿄의 유체는 무참하게도 난도질되어 있었다고 한다.

구스노키 덴조는 산 쪽의 성을 다 덮은 대량의 토사 속에서 발견되었다. 구스노키는 무슨 까닭인지 이마가 두 쪽으로 쩍 갈라져 죽어 있었다고 한다. 마찬가지로 흙 속에서 파내어진 가부라기 주나이 또한 괴한에 의해 등이 수없이 베어져 있었다고 한다.

모모스케는 기타바야시 단조의 소행이리라고 생각했다.

상황으로 보건대, 구스노키와 가부라기는 소벌라마기가 부서지기 이전에 갱도 아래쪽에서 살해된 것 같았다. 단조는 아마도 정말 실성하여 먼저 도망친 수하 두 사람을 베어 죽인 것은 아닐까.

우콘의 이야기를 믿자면…… 토옥 안에는 가에데 아씨가 나타났다고 한다. 저주를 전혀 믿지 않았던 단조 패거리는 정말 눈앞에 가에데 아씨가 나타나자 혼란에 빠졌음이 틀림없다. 그런데 출구는 가시무라가 막고 있다. 도주로는 그 균열에서 밤에 우는 바위로 이어지는 갱도밖에 없게 된다.

살육의 극치를 다한 사신들이다. 진실로 원령이 있다는 얘기가 되면 무더기로 덤빌 것은 틀림없는 일인 것이다. 그렇게 되면…….

무섭다.

어쩌면…… 두려움을 모르는 자란, 두려워하지 않는 자가 아니라 두려워한 적이 없는 자를 이를지도 모른다. 그렇다면 그것은 겁쟁이보다 훨씬 더 공포에 약한 자는 아닐까. 공포에 대한 내성이 없기 때문이다.

아마도 단조는 구스노키와 가부라기를 베어 죽이고 갱도 위쪽까지 올라갔으리라. 그렇다면 기타바야시 단조는 소벌라마기와 함께 무너져 내려 큰 바위 바로 밑에 봉인되어버렸다는 이야기가 된다.

결국 기타바야시 단조의 시신은 발견되지 않았다.

최후의 순간, 그 사내는 무슨 생각을 했을까.

후회하였을까. 털끝만큼이라도.

슬픔, 괴로움, 혐오, 두려움……

즐거움, 기쁨, 호의, 사랑스러움……

무언가 마음에 새길 수 있는 감정을 가지고 갔을까.

그렇지 않으면.

그저…… 두려워만 했을까.

미사키 고젠…… 가에데 아씨를.

가에데.

그렇다, 가에데를 연기한 자는…….

"선생" 하는 소리에 모모스케는 돌아본다.

마타이치 옆에 농가 차림새의 처녀가 서 있었다.

"일부러 와주신 거유? 의리가 돈독도 하셔라."

"오, 오긴 씨."

마타이치는 싱긋 웃었다.

"그럼 역시 미사키 고젠은……."

마타이치는 검지를 입에 대고 "그 말은 하시기 않기입니다, 선생" 하고 말했다.

"여기, 오긴의 낯짝은 말입니다, 이번에 소생이 펼친 연극에서 비장의 패였습지요. 뭐, 그 비밀 통로를 알고 있는 한, 성 안 출입이야 자유로웠으니까요."

"오호라. 허나…… 오긴 씨는 지금까지 어디에 있었습니까? 그 대참사 동안에도……."

"여기에 있었습지요."

마타이치는 그렇게 말했다.

"오긴은 말입니다. 소생들이 그 토옥 안에 들어갈 때까지 토옥 안쪽의 균열이 있는 곳에 내내 숨어 있었지요. 갱도를 조금이라도 위로 오르면…… 오긴 누님이라 하더라도 목숨은 없지요."

"그럼 아까……."

마타이치가 균열에 들어가려는 가시무라를 막은 것은.

……그 때문이었나.

무사들을 먼저 내보내고 마타이치가 마지막에 남은 것도 오긴을 밖으로 내보내기 위해서였던 것이다.

"간이 다 쪼그라 붙었다고." 오긴은 말했다.

"뭣보다 우콘 씨가 있었으니까. 그 사람한테는 얼굴이 드러나 있잖수. 다행히 그곳은 어두우니까 귀신으로 나타났을 때 우콘 씨 쪽에서는 잘 보이지 않았겠지. 혹시라도 '오긴 씨……' 하고 부르는 날에는 완전히 산통 다 깨는 거라고."

작업복 차림의 오긴은 자신의 볼을 찰싹찰싹 때렸다.

"하지만 마타이치 씨. 우콘 씨도, 그 가나 씨라는 아가씨도 무사해서 정말 다행입니다만…… 그 두 사람은 어째서 즉시 죽음을 당하지 않았던 걸까요? 제가 본 바로는 곧바로 살해당해도 이상할 바 없는 상황이었다고 생각하는데."

"그야 선생의 품에 있는 것 때문이지요."

마타이치는 웃으며 그렇게 말했다.

모모스케는 허둥지둥 품속에 손을 넣는다.

"지, 직소장……. 맞다."

까맣게 잊고 있었다.

"이것은 대체?"

"그것은 단조가 사용했던 굴파기 인부가 쓴 직소장이올습니다."

"굴파기 인부라니……. 그럼 단조는?"

"팠던 겝니다. 줄곧. 단조는 금광에 대해 알고 있었지요. 한참……전부터."

"한참 전? 번주가 되자마자 알아차렸다는 건가요?"

더 전이라고 마타이치는 말했다.

"더 전……이라니요?"

"사신당의 자금원은 소벌라마기의 그 굴입니다. 놈들이 제멋대로 할 수 있었던 것은 전부 황금 덕분이지요."

"뭐라고요!" 모모스케는 큰소리를 지르고서 허둥지둥 입을 막았다.

"하, 하지만 놈들은 에도에……."

"뭐, 계속 붙어 있을 필요야 없지요. 굴에 인부를 넣어두면 끝날 일이니까요. 그곳은 마소. 아무도 접근을 못하지요. 한 해에 한두 번, 샛길을 질러 고향으로 돌아와 수확물을 옮기면 그뿐. 뭐, 내놓고 할 수야 없으니 광부를 대여섯쯤 들여보내 팠을 테지요. 그래도…… 충분한 양을 거둘 수 있습니다."

"보시라" 하고 마타이치는 가리킨다.

붕괴한 큰 바위의 잔해 위에 무참한 바위의 표면이 노출되어 있다.

"저 오레구치 봉우리는 금덩어리. 사도나 고후에는 못 미치겠지만, 독점하면 대단한 양이지요. 그 금의 위력으로…… 도라노신이란 사내는 조금씩 미쳐갔던 겝니다."

가시무라가 말했던 거대한 힘이란 금이었던 것인가.

"그렇게 생각하면 말입니다, 막부 직할지였던 시절, 아무리 찾아도 발견하지 못했던 미쓰가야 번의 비밀 금광을 찾아버린 일이 기타바야시 도라노신이 맞은 운명의 갈림길이었겠지요."

"그러게" 하고 오긴이 말을 이었다.

"이건 내 짐작이지만서도. 그냥 금광의 입구를 찾는 것이었다면, 절대로 그런 장소에는 가지 않지. 아마…… 고향으로 돌아온 도라노신은 일단 어머니가 돌아가신 그 야곡암 바위동굴에 가보았던 게 아닐까 싶네."

악귀든 사신이든 사람인 것으로 생각하고 싶잖아, 라고 오긴은 말했다.

"그렇지 않으면 그런 입구는 못 찾지. 틀림없이 그 사내는 그곳에서 죽은 모친을 보고 싶었던 거라고. 사람의 증표를 찾으러 갔다가 보아서는 안 될 것을 보고 말았지. 갱도를 내려가 금을 발견해, 그 지하 토옥까지 찾아버린 거지. 그리고……."

악념을 들이마신 것이다.

오호라. 가시무라조차 몰랐다는 지하 토옥의 위치를 단조가 알고 있었던 것도 이로써 수긍이 된다. 고향으로 돌아오기 전부터 녀석들은 그 악소를 드나들고 있었던 것이다.

"그렇겠지요." 마타이치는 행자두건을 풀었다.

"그렇다면 도라노신에게 이 금광을 알려준 놈이…… 가장 나쁜 놈이라는 느낌이 드는군. 놈은 도라노신의 뒤를 봐주는 대신 캐낸 금을 빨아들여, 그것을 출세의 줄로 써서 높이 올랐으니. 상처 하나 없이."

"그……그 사내가……."

살육과 흉행을 무마한 장본인인가. 기타바야시 도라노신의 거대한 힘인가.

"그놈은…… 대체?"

묻지 않는 편이 신상에 좋습니다요, 하고 마타이치는 말했다.

"지금은 막부 최고 수뇌부의 중추에 있으니까요."

"막부?"

"금을 발견한 상으로 기타바야시 가게모토에게 전설의 미쓰가야 번주와 동일한 단조라는 관명을 내려준 사내……지요. 웃기지도 않은 놈. 사신 단조를 낳은 원흉입니다."

"그, 그런 거물이 배후에 있었단 말입니까? 허나, 그 정도의 실력자라면 굳이 단조 일당 따위를 부리지 않고도 금을 캘 수 있지 않습니까? 입구만 찾아내면 될 텐데요."

고루한 방법으로 캐는 것이 무의미하다.

"그렇지 않지요." 하고 마타이치는 말했다.

"선생, 거짓이라는 것은 클수록 드러나지 않는 법이지만 비밀이란 작을수록 드러나지 않습니다. 비밀이란 소수의 인원일수록 좋은 것이지요. 게다가 아무리 막부의 요직에 있다고 하더라도 다른 번의 금을 멋대로 캐낼 수야 없지요."

그것은 그러하다.

"게다가 이것이 만약 기타바야시 번이라는 것이 알려지게 되면 더는 짭짤한 콩고물을 얻어먹을 수가 없게 되고, 이는 번의 소유가 됩니다. 트집을 잡아 기타바야시 번을 뭉개도 잘 풀릴 리 없지요. 직할지로 되돌려봐야 캐낸 금은 막부의 소유. 그렇게 만들기는 싫었던 게지요."

"욕심이 많은 놈이네" 하고 오긴이 말했다.

"맹자로군. 허나 단조 또한 멍청하진 않지. 소생이 생각건대, 그 사내는 찾았다는 말은 했어도 입구의 위치까지는 그놈에게 알려주지 않은 것이 아닐까. 힘의 관계를 생각하면 그 정도 머리야 당연히 굴릴 터. 자신들이 욕구대로 살기 위해서 금만 착실하게 건넸을 터이지."

번주가 된 이후는 차치하고, 그 이전의 단조에게는 아무런 강점도 없다. 악랄한 행위를 거듭했을 뿐인 데다 그 혹막이 오히려 자신의 약점을 알고 있다. 무언가 비장의 패를 가지고 있지 않으면 제거되는 것이 당연하리라.

"그 증거로 단조는 자신이 번주가 된 이후에도 채굴 규모를 키우는 일은 하지 않았습지요. 측근 넷과 인부. 그렇게 살금살금 파낸 겁니다."

이 장소는 우리만 아는 비밀의 땅이지.

이 비밀만은 지켜야 한다.

시라기쿠는 분명 그렇게 말을 했었다.

"번이 어떻게 되든, 그 사내는 개의치 않았지. 번이 망한다 해도 금광을 쥐고 있는 동안에는 무탈. 뭐, 번주란 절호의 위장이 되었을 것이나, 가로님께서 말씀한 대로, 단조는 번주가 되고 싶지 않았던 것입니다. 멋대로 살고 싶었을 뿐이겠지요."

"그렇다면, 이것은……."

모모스케는 가슴에 손을 대었다.

"그럼…… 그 죽어간 인부들은."

"내가 손을 빌려줬수다" 하고 오긴은 말했다.

"그 사람들은 에도에서 끌려온 무숙인이야. 소상한 이야기는 아무 것도 듣지 못했던 듯하지만, 비밀 금광이라니. 이는 무숙인이 생각해도 천하의 부정이지. 도망가서 직소하겠다고, 그리 의논을 했던 모양이더군. 그래서…… 도망칠 길을 열어주었지만."

오긴은 안타까운 표정으로 고개를 옆으로 돌렸다.

"가부라기 놈, 부하 번사를 그곳에 두고 있었더라고. 내가 숨어들어간 것이 항상 밤중이라서 깨닫지 못했지만."

모모스케는 직소장을 꺼냈다.

꾸깃꾸깃 구겨져 있었다.

마타이치는 그것을 모모스케의 손에서 집더니, 비틀어 뭉쳤다.

"용케 직소했다 해도 목숨은 없었을 테지. 직소를 올리는 곳에 흑막이 있어서야 어쩔 도리가 없으니. 한편, 단조 측에서 보자면 이 소장은 목숨 줄이지."

부정이 폭로되어 번이 망하는 것이 두려운 것이 아니라 그 흑막에게 미주알고주알 알려지는 것을 꺼려했다는 이야기이리라.

"그래서 놈들은 필사적으로 찾아다닌 거야. 허나 도무지 보이지를 않아. 무사도, 인부도, 그 교쿠센보가 전부 묻어버렸으니까. 그래서 놈들은 우콘 님이 이 녀석을 가지고 있는 게 아닌가 하고 생각한 모양이더군. 혹시 동료라도 있는 것이 아닐까 의심스러워 바로 죽이지 않고 고문을 했다 이거지. 뭐, 도움이 되는 동료는 여기에 있다는 얘기지만……."

마타이치는 모모스케의 어깨를 두드렸다.

"어찌 되었거나…… 우콘 님이 잡힌 것은 예상 외였습니다. 좀 더

빨리 도착하리라 생각했기에. 소생도 조금 걱정했습니다."

늦어진 까닭은 모모스케가 동행했기 때문이다.

"그렇지 않습니다" 하고 마타이치는 말했다.

"어이쿠, 감사 인사를 올리고 싶을 정도인데요."

"그렇지, 오긴?" 하고 마타이치가 말하자 오긴도 그렇다며 대답했다.

"뭐, 선생이니까…… 조오금 걱정을 했지만서도."

"남 걱정할 여유가 없었을걸" 하고 마타이치는 놀린다. "누가 아니래" 하고 오긴이 말했다.

"그것이 진정 요괴였다면 목숨은 없었어. 하지만 그 영주 나리는 충분히 두려워하더라고."

오긴은 성을 보며 말한다.

"가부라기도 구스노키도 거한 위세는 주둥이뿐. 내 얼굴을 보자마자 새파랗게 질리더라고. 하지만 혹시 두려워하지 않았다면 나도, 우콘 씨도, 그 처녀도 뎅겅 날아갔을 거라고. 이번엔 정말 위험한 연극이었어."

오긴은 마타이치를 곁눈으로 노려보았다.

"그렇게도 닮았나?"

"닮았을걸."

마타이치는 그렇게 말했다.

"마타이치 씨, 이번 이 대규모 작업은, 저어……."

모모스케는 도저히 알 수 없는 것이 있다.

마타이치는 "갑시다" 하고 모모스케를 재촉했다.

"씨앗은…… 등명 고에몬이라우."

"고에몬 씨…… 말입니까?"

"이미 알고 계시지요? 고에몬은 가에데 아씨 모친의 옛 정혼자. 그 인물은 자신의 마누라를 영주님께 빼앗기고, 그 여인을 마님으로 부르며 섬길 수가 없어서 자신을 함정에 빠뜨린 가로를 베고 번을 탈출한 사람이지요."

그 이야기는 이미 들었다.

"그리고 고에몬이란 인간은 자포자기해서 악행에 악행을 거듭, 이윽고 에도에서도 이름을 떨치는 악당이 되고 말았습니다. 그런데……."

마타이치는 오긴을 훔쳐보았다.

"그 인간, 여전히 정혼자였던 치요 님께 미련이 있었던 게지요. 길바닥에서 헤매던 이 녀석을 거두어주기는 무슨 얼어죽을. 풋내가 풀풀 넘치지. 안 그래, 오긴?"

"나는 몰라." 오긴은 말했다.

"알게 뭐냐고."

"흠. 구질구질한 영감이 된 후에도 젊은 시절의 마음이 남아 있었던 게지. 그래, 고에몬은 내내 고향인 도사를 마음에 두고 있었던 게요. 치요 님이 도사에서 모습을 감춘 후에도 십중팔구 멀리서 보살펴준 것이 틀림없을 거라고. 그러는 사이, 치요 님의 딸인 가에데 아씨가 이곳으로 출가했어. 그야 당연히 경사스러운 일. 허나 이곳의 영주 나리는 병약했어. 게다가……."

"단조로군요."

그렇다고 마타이치는 말했다.

"하필이면 출가한 곳의 영주 나리의 아우가 단조……. 그 도라노신이었던 게지. 능욕, 살인, 약탈. 에도에서도 손에 꼽을 만한 축생 중의 축생. 고에몬은 그것을 알자 안절부절못하게 되어 이곳 기타바야시로 온 것이지."

"가에데 아씨를 지키기 위해서입니까?"

"달리 이유는 없지요" 하고 마타이치는 말했다.

"본인은 아니라고 우기지만, 아무래도 미련이 넘치는 영감이라서요."

등명 고에몬…….

모모스케는 아직도 그 얼굴을 모른다.

"그런데 그 염려가 적중했던 것입죠. 출가한 지 불과 이 년 만에 영주 나리는 저승으로 뜨고, 도라노신이 단조 가게모토로 이름을 바꾸고 사신당을 거느리고 쳐들어온 것입니다. 그 뒷이야기는 아시는 대로입지요."

마타이치는 말을 계속 이었다.

"고에몬은 어떻게든 유폐된 가에데 아씨를 구하려 했던가봅니다. 허나 아무리 실력이 뛰어난들 고작해야 소악당. 성 안에 숨어드는 것은 불가능. 그래서 고에몬은 집념으로 소벌라마기의 비밀통로…… 갱도를 찾아냈다고 하더군요. 그런데……."

"가에데 님이 천수각에서 몸을 던져버렸잖아."

오긴이 툭 말을 이었다.

"살해당한 것이지요?"

"당연하지. 그 야곡암 암굴에서 알몸으로 벗겨져, 단조 놈과 부하들에게 죽도록 희롱당하고서 절벽에서 산 채로 버려졌지."

"그곳에서……."

자신의 어머니가 죽은 곳에서…… 단조는 가에데 님을 죽인 것인가.

"생각해보셔, 선생. 가에데 아씨, 토옥에 유폐되었다고. 설령 빠져나왔다고 한들 무슨 수로 천수각에 오르겠소."

그것은 분명 그러하리라.

"고에몬은 그것을 보고 있었지요."

"보고 있었단 말입니까?"

"아니…… 집어던지는 상황을 목격하고 말았다더군요. 그래서야 구하고 자시고 손 쓸 도리가 없지요. 이후, 그 인간은 호시탐탐 단조를 노리고 있었는데…… 상대는 번주. 아무래도 섣불리는 손을 대지 못하지요. 그러고 있는 사이에……."

성 밑 마을이 저주로 넘쳐난 것인가.

"고에몬, 그 인간은 솔직하지를 못해. 도와달라고 한마디쯤 말을 하면 될 것을, 내가 갈 때까지 입을 처닫고 있지 뭐요. 혼자 할 수 있는 작업이 아니잖습니까. 오긴이 움직이고, 소생 또한 설치고 다녀도 밑밥에 이 정도로 시간이 필요하단 말입니다."

마타이치는 멈추어 서서 먼 언덕을 가리켰다.

"저 자가…… 고에몬입니다."

"예?"

모모스케가 보니, 언덕 위에 소방복 차림의 건장한 노인이 서 있었다. 얼굴까지는 보이지 않았다.

마침내 만났다.

고에몬은 오른손을 들더니 스윽, 모습을 감추었다.

"저 인간은 저곳에서 쏜 것입니다."

마타이치는 그렇게 말했다.

"쏘다니……?"

"예. 소생도 처음 봤는데, 저 물건은 정말로 위험한 것이더군요. 소생의 성격에는 맞지 않겠습디다."

"위험하다니……. 그것은 낙뢰가 아니었는지?"

"그렇게 입맛에 맞게 벼락님이 떨어지지는 않지요. 게다가 그런 우연에 의존해서야 목숨이 몇 개가 있어도 부족합니다요. 거기서 확실하게 천수각이 불타고 큰 바위가 무너져주지 않으면, 어렵게 연마한 이 어행사의 법력이 전부 허사가 되고 말지요."

"그럼 고에몬 씨는 천수각을 명중시키고, 그 큰 바위를 박살냈다는 말씀……. 아니, 설마?"

"예. 바로 그 설마입니다, 선생. 도사의 가와쿠보 일족 비전의 금기……."

'비화창인가.'

"그, 그러했던 것입니까. 그러나."

어마어마한 위력이다. 분명 산 하나를 쉽사리 날려버리는 위력이었다고 듣기는 했으나…….

"그럼 보리사의 무덤과 그…… 도리이 등도?"

"다 고에몬의 화약 솜씨지요. 강의 물고기가 죽은 것은 개천 비우기이고요. 물고기한테는 참 안된 짓이라고 생각하지만 말이지요. 고에몬의 기술은 오긴의 낯짝을 포함해 소생의 두 번째 비장의 패라서."

모모스케는 웃었다.

전부 조작된 것이었나.

"성격에는 맞지 않으나, 그것이 있었기에 가능한 대규모 작업이기는 했지요" 하고 마타이치는 말했다.

"비장의 패가 두 장쯤 있지 않으면 좀처럼 펼칠 수가 없는 연극이었으니까요. 번이 망해선 안 되고, 영민을 해쳐서도 안 되며, 그러고도 저주는 진정시켜야 되는 상황이니……. 난제도 이런 난제가 없지."

그 모두가 보란 듯 수습되었다.

모모스케는 기가 막혀 어행사의 옆얼굴을 보았다.

마타이치는 오긴을 보고 유쾌하게 웃었다.

"그나저나 이번에는 대활약이었군, 오긴. 아씨 마님이며, 원령이며, 나중에는 농가 처녀로까지 둔갑할 줄이야, 지혜이 영감 뺨칠 만한 변신술일세. 하지만 오긴, 옷이 날개라는 소리가 있기야 하지만, 그 수더분한 차림새가 가장 잘 어울리는구면. 당분간 그렇게 지내는 것이 어때?"

"허튼소리 집어치우시지, 이 어행사야." 오긴은 뺨을 부풀리고 뾰루퉁하게 쏘았다.

"나는 지저분한 것하고 촌스러운 것은 아주 딱 질색이라고. 그런데 내내 동굴 안에서만. 아주 지긋지긋해."

"너무 퉁퉁대지 마셔." 마타이치가 말했다.

"어쨌든 미사키 고젠 님은 효과 만점이었잖나. 대단한 비장의 패였지."

모모스케는 정말 훌륭한 솜씨라고 생각한다.

"뭐, 상대의 얼굴이 막연하니 불안하기 짝이 없는 법입니다. 무엇의 저주를 받고 있는지 알지 못하면, 그야 누구든 겁나지. 허나 저주를 내리는 상대의 얼굴이 보이면 원망도 사죄도 할 수 있고, 모시고 제를 지낼 수도 있지요."

"가에데 님은 신으로 모셔지는 걸까요."

아마 모셔지리라.

그렇게 되면 저주의 신이 일변해 수호신이 되는 것일까.

그렇게 되면 등명 고에몬의 원통함도 조금은 풀리게 될까.

그렇게 되면 억울한 죽음을 맞은 가에데 님도 조금은 한을 풀 수 있을까.

"그나저나 미사키 고젠 님의 위력은 발군이었습니다요. 덕분에 번주 단조, 가독 계승의 수순도 만사 원만하게 풀렸고요."

"원만히 풀릴까요?"

"뭐, 갱도는 사라졌어도 금은 나오지요. 게다가 앞으로는 당당히 번으로서 파낼 수 있습니다. 그렇게 되면 그놈도 횡령은 불가능할 테고, 이 번에 대한 막부의 대접도 달라지겠지요. 가로님께서 만사 잘 풀어가실 겝니다."

"그 차기 번주 말입니다만……"

가시무라는 아미타여래가 현신하셨다고 했다.

"그거야 뭐, 도쿠지로 녀석이 애를 써준 게지요. 눈속임입니다."

오호라, 환술인가…….

주판꾼 도쿠지로는 집단 환시가 특기인 술자다.

"한데, 그렇다 해도 누구를 지명한 것입니까?"

"아니, 뭐, 그게…… 적임인 분이 이미 계셔서요."

마타이치가 뜸을 들여 모모스케는 누구냐고 재촉했다.

"이름을 바꾸고 기타바야시 번사로 위장하고 있던…… 고마쓰시로 시로마루. 가에데 마님의 아우분이시지요."

"뭐, 뭐라고요?"

모모스케는 이번에는 정말로 크게 소리를 질렀다.
"어, 어떻게."
"고에몬은 알고 있었으니까요. 시로마루 도령은 치요 님 사후, 교토에 있는 장군 직속 무사 가문의 양자로 들어가 살았다고 하더군요. 그런데 가에데 님이 급서했다는 소문을 듣고는 뒤가 있다고 짐작하셨던가 봅디다. 그래서 큰누이의 죽음의 비밀을 알아보기 위해 태생을 꾸미고, 기타바야시 번에 사관했다고 하는 것으로."
　등잔 밑이 어둡다는 것은 바로 이를 가리킨다.
"그런데 잘 풀리지를 않았지요. 시로마루 님은 에도 저택에 연금된 처지. 게다가 교대가 없는 상근. 이래서야 아무것도 알아볼 수가 없지요."
"시로마루 님은 이번 작업에 대해서……?"
"물론 아무것도 모릅니다. 허나 누님께서 귀신으로 나타나 천거하셨으니까요. 없던 일로 하지는 않을 것이라고, 그렇게 생각했지요."
"결국 무모하지 않나." 오긴은 밉살맞게 그렇게 말했다.
"수락하지 않았다면 어쩔 셈이었는데? 번이 망하고 말잖아."
"그때는 또 다른 수단을 생각하면 되지."
"참 하수로세" 하고 오긴은 한탄한다.
"하지만 기껏해야 몇 개월 만에 번사와 영민을 하나로 묶어버렸으니, 이는 실로 대단하지요."
"칭찬하면 아니 되어요" 하고 오긴이 주의를 준다.
"맞는 소리지. 선생, 그건 지금뿐이오. 석 달만 지나면 이곳은 원상 복귀될 것입니다요. 저주다 뭐다 하는 소리도 사라지고, 지극히 평범한 번이 되겠지요."

"그럴까요."

마타이치는 고개를 돌려 반파된 성을 본다.

"먼 옛날, 미쓰가야 가는 원래 다이라 가였지요."

"예에."

"게다가 양자로 온 단조 가게유키란 분은 도사의 호족 출신. 그러니까 선생, 미쓰가야 단조와 가에데 님은 정말 같은 신을 신앙했을지도 모르지요."

"그럼 미쓰가야 단조도 역시 음사사교의 신도는 아니었다는 말씀?"

"그야 당연하겠지요. 실성했다는 것도 사실일지 어떨지. 뭐, 세상에는 사람의 지혜를 초월한 사건도 있는 법이거든요."

마타이치는 그답지 않은 말을 했다.

"뭐, 전대미문의 대규모 작업이었지만, 이만큼 뛰어다녀도 소생의 수고료는 부적 팔아치운 것뿐. 이거, 이거, 손해가 막심하군."

"뭔 소리. 성 밑 마을 전체에 팔아치웠잖아. 두둑하게 벌지 않았나."

마타이치는 웃으며 "몫은 더 받을 생각 마셔" 하고 말했다.

"뭐…… 지요다 성에 또 한 마리, 커다란 쥐가 둥지를 틀고 앉은 듯하니."

그쪽도 처리를 해야겠다고 말한 후, 마타이치는 짤랑, 하고 요령을 흔들었다.

로진노히(老人火)

기소의 심산에는

노인의 불이라는 것이 있는데

이를 꺼뜨리려 할 때

물로 끄려 한들 꺼지지 않고

짐승의 가죽으로 끄면

노인과 함께 사라진다고 한다

회본백물어 · 도산진야화 / 제2권 · 13

1

 야마오카 모모스케가 다시 기타바야시 영내를 찾은 것은 그 저주의 하룻밤으로부터 헤아려 꼭 육 년째 되는 여름이었다.
 육 년 전과 달리, 꼬박 두 달이란 시간을 들인 느긋한 여행이었다.
 느긋하다고는 하나, 여행이란 그 자체가 위험한 것이다. 최근에는 들개와 늑대의 습격을 받았다는 이야기야 듣지 않게 되었으나, 강도며 바가지 운송꾼이며 사기로 강매를 일삼는 패 등 곳곳마다 불량한 무리는 여지없이 있었고, 세상의 인심이 사나워진 탓도 있었기 때문에 더욱 조심해야 했다. 정보통에 따르면 앞으로 세상이 바뀔 것이라 한다. 각 고을의 향방(向方)이 바뀔 것이라고도 한다. 그렇다고 해서 치안이 나빠졌다는 것도 묘한 이야기라고 느끼지만, 무엇이 어찌 된 일인지 항간이 술렁술렁 뒤숭숭하다. 시간의 흐름이 빨라진 것처럼도 느껴진다. 원래 게으르고 세상사에 어두운 모모스케로서는 세간을 따라가는 것조차 벅차다.
 그럼에도.
 육 년 전처럼 추격자가 따라붙는 일은 없었고, 흉적에게 목숨을 위협받는 일도 없었다. 남의 눈을 꺼리는 동행자도 없다. 여비도 두둑했으므로 말이나 가마 등도 썼으며, 객사도 번듯한 곳에 머물렀다. 대로를 유유히 가는 여행에 긴장감은 없었다.

다만, 길을 가는 모모스케의 심중이 한 점 근심도 없이 후련한 것이었냐 하면 결코 그렇다고 할 수도 없었다. 야마오카 모모스케는 복잡한 심경에 시달리고 있었다.

지난 육 년간 모모스케의 신변은 크게 변화했다.

이 년 전쯤, 모모스케는 희작(戲作)*을 개판했다.

오사카의 판원인 주몬지야 니조의 입담에 넘어갔는데, 이것이 그럭저럭 인기를 얻었다. 원래 이것은 모모스케가 염원하는 백물어본(百物語本)이 아니라서 괴담이 등장할 구석이 전혀 없는 서민의 이야기이자 감동적인 이야기였으므로, 모모스케로서는 딱히 기뻤다는 기억도 없다. 그럼 전혀 기쁘지 않았느냐 하면 실은 그렇지도 않다.

쓰는 기쁨은 없었으나 버는 기쁨은 있었던 것이다.

그렇게 손에 들어온 금전이 수수께끼를 만들었던 때에 받았던 수고료와는 비교가 되지 않을 만큼 고액이었으므로, 이전까지 본의 아니게 퇴은 도령, 식객의 신분을 감수하고 있었던 모모스케 같은 사내로서는 신선한 기쁨이기도 했다.

더불어 식구들 또한 기뻐해주었다. 이코마야의 주인 부부는 '이제 돌아가신 선대 어르신께도 얼굴을 들 수가 있겠습니다' 하며 불단 앞에서 합장하더니 요란법석하게 축하연까지 열어주었다. 축하연 자리에는 온마리 도미가 올라왔다. 기껏해야 읽고 버리는 잡서에 아무래

---

* 에도시대의 통속 소설.

도 흥감이 심하다고, 모모스케는 몹시 쑥스럽게 생각했다.

형인 하치오지 천인동심 야마오카 군파치로도 크게 기뻐했다. 세상에 하나도 도움이 되지 않는 잡서라며 모모스케가 겸손을 떨자, 고작 희작이라며 얕보지 마라, 이것을 발판으로 삼아 문인으로서 이름을 올리라, 야마오카의 이름을 후세에 남기라, 하고 격려해주었다.

이름이다, 가문이다, 명성이다 하는 것은 모모스케로서는 아무래도 상관없는 일이기는 했고, 쓴 희작의 내용이나 완성도 측면 또한 숙고하건대 야마오카 가문에 폐를 끼치는 일은 있어도 이름을 드날리는 일은 도저히 불가능하다고 생각되었다. 애당초 모모스케는 개판할 때 그 저변의 사정을 고려해 일부러 필명을 바꾸었을 정도이다.

허나, 단 하나뿐인 혈육이 기뻐해준다는 것은 역시 기쁜 일이었다. 은자이자 노라리인 모모스케가 일을 해야 한다, 돈을 벌어야 한다고 생각한 것이다.

한번 인기를 얻으면 주문이 온다. 판원의 요청은 어느 것이나 가벼운 일반물로, 모모스케가 쓰고 싶은 내용의 이야기는 하나도 없었다. 반대로 모모스케가 괴담·기담을 쓰고 싶다고 말을 꺼내면 완곡하게 거절당했다. 하지만 그것은 그것, 이것은 이것. 영합하는 마음은 아니었으나, 모모스케는 고심하면서도 기꺼운 마음으로 판원이 요구하는 희작을 몇 작인가 썼다.

몸서리칠 정도로 싫은 것은 아니지만 좋아서 쓰는 것도 아니었으므로, 그것은 반쯤 고행에 가까웠다. 모모스케는 인내했다. 이마에 땀을 맺으며 일하는 자들에게 어딘지 모르게 미안한 심정으로 지내온 모모스케로서는, 일은 힘겨우면 힘겨울수록 더 옳은 것이라는 생각이 들었다.

인기를 끌기도 하고 끌지 못하기도 했으나 평판이 나쁜 경우는 없었다. 그 보람이 있어, 그럭저럭 상점에 신세를 지지 않고 먹고살 수 있게 되어갔다. 이전에는 혼담 같은 건 하나도 없었건만, 요즘 들어서는 장가를 들라는 잔소리를 집요하게 듣게 되었다. 세상 사람들 눈도 있으니 가정을 갖는 편이 좋겠다는 생각도 하나, 모모스케는 주저하고 있다. 작가란 아무리 생각해도 안정된 업이 아니다. 불확실한 것이다. 처를 얻자마자 주문이 오지 않게 되면 모모스케는 그저 백수건달 서방인 것이다.

그리고…….

모모스케에게는 아직…… 갈등이 있었다.

무엇에 대한 갈등인지, 그것은 모모스케도 알지 못한다. 아니, 알지 못하는 것이 아니라 자신도 명확하게 구분하고 싶지 않은 것이라고 생각한다.

달아나고 있었던 것이다.

그러나 모모스케는 여행지에서 그에 대해 불문곡직하고 생각에 생각을 거듭하게 되었다. 그리고 한 가지 해답을 얻었다. 그것은 각오의 문제였다.

어떻게 살 것인가 하는 각오.

그것이 아니 되는 것이다.

마타이치 일행과 알게 되고, 행동을 함께 하고, 물밑 세계에 한발을 담가버린 모모스케는 이후 몇 년간 물 위와 물밑의 경계에 서서 모호한 삶을 살아왔다. 물 위인가 물밑인가, 어느 쪽으로도 기울 결심을 정하지 못한 채 느적느적 소악당들의 뒤를 쫓아 저쪽 세계를 들여다보고, 돌아와서는 이코마야의 간판이나 형의 지위에 보호를 받으며 이쪽에서 즈런즈런하게 살아온 것이다.

낮과 밤의 한가운데, 황혼 녘이나 동틀 녘 같은 어스름한 장소에 몸을 둔, 어찌 보면 비겁한 삶은 모모스케와 같은 두루뭉수리로서는 지극히 매력적인 것이었다.

허나.

그들은 이제 없다.

잔머리 모사꾼 마타이치가 모모스케 앞에서 모습을 감춘 지 역시 이 년이 지났다.

모모스케가 쓴 희작이 개판되기를 기다렸다는 듯 마타이치는 아무런 조짐도 없이 모모스케 앞에서 사라졌다. 산묘회 오긴도, 주판꾼 도쿠지로도, 등명 고에몬도…….

마타이치를 둘러싼 각양각색의 저편 무리도 모조리 사라지고 말았다.

이 년 전…… 무언가가 일어났다는 것은 틀림없다. 분명 그 무렵, 어둠의 세계에 성가신 다툼이 일어났다는 것은 명확하다. 에도와 교토 사이에서 큰 항쟁이 있었다는 것까지는 모모스케도 알고 있다. 그 배후에 엄청나게 거대한 흑막이 있다는 것도, 그것이 소악당들이 감당해내지 못할 정도의 거괴(巨魁)라는 것도 예상할 수 있었다.

그 결과, 신탁자 지헤이가 목숨을 잃었다고 모모스케는 들었다. 장례식 같은 절차가 있었던 것이 아니므로 여전히 어떠한 실감도 나지 않으나, 마타이치 일행과 적지 않은 연이 있었던 한 고명한 음양사의 이야기에 따르면 그 밉살맞은 노옹은 이미 이 세상 사람이 아니라고 한다.

또한, 교토 지방 소악당들의 수장이었던 주몬지 너구리…… 모모스케에게 에도 판원을 주선해준 주몬지 니조 역시 모모스케의 희작을 손에 들지 못하고 세상을 뜬 것이다. 지혜이 정도의 실력자가, 주몬지 너구리 정도의 걸물이 도중에 목숨을 잃은 것이다. 상당히 치열한 술수의 경연이 있었음은 틀림없으리라.

그러나.

마타이치는 이겼다고, 모모스케는 들었다.

마타이치가 누구와, 어떻게, 무엇을 위해 싸웠는지, 그것은 결국 알 수가 없었다. 지혜이를 잃은 이상 통한의 무승부이기는 했을지도 모른다. 그럼에도 그러한 세계에서는 살아남은 쪽이 승리자다. 마타이치도 오긴도 죽지는 않았으므로 역시 승리는 승리다.

그런데 그들은 사라지고 말았다.

한 달, 두 달은 마음에 두지 않았다.

석 달째에 모모스케는 박정한 마타이치를 원망했다.

어차피 또 뭔가 좋지 않은 일을 벌이고 있을 터. 그럼 한발 걸치게 해주어도 좋지 않은가 하고, 그런 식으로 생각했던 것이다. 걸쳐본들 결국 아무것도 못하는 무용지물 주제에 오만을 떨었던 것이리라.

고지마치의 염불장옥에도 가보았으나, 공동주택은 이미 비워져 있었다. 널장이 도로스케에게 물어도 보았으나 아무것도 모르는 듯했다.

그리고 반년이 지나, 모모스케는 걱정이 되었다. 그리고 이렇게 생각했다.

어쩌면 마타이치는 약간이나마 이름을 날리게 된 모모스케를 배려한 것이 아닐까.

자신은 평생 세상 사람들의 눈을 꺼리는 그늘 인생. 그러한 각오를 확실하게 가진 마타이치다. 이제야 빛이 비치는 곳으로 나온 모모스케와 엮이는 것은 모모스케를 위한 길이 아니 된다고 생각하는 것이 아닌가.

그럴 것이다.

그렇다면 잊어라.

그러한 이야기인가.

실상 모모스케는 하루하루 일과에 쫓겨 종종 마타이치를 잊었다. 저편의 패거리와 있었던 일을 잊었다.

결국 일 년이 지나고 이 년이 지나도 마타이치의 요령 소리가 들리는 일은 없었다. 그사이 모모스케는 열심히 일했다. 글을 쓰고 있을 때는 그야말로 필사적이므로 쓸데없는 일은 생각하지 않으나, 어떠한 순간에 문득 떠올리는 일은 있다.

그럴 때마다 모모스케는 쓸쓸해졌다.

마타이치를 만나지 못하는 일이 쓸쓸했던 것이 아니다.

잊고 싶지 않았던 것이다. 아니, 잊어버리는 것이 쓸쓸했으리라.

햇살이 비치는 곳에서 살고 있으면 어둠속의 일은 보이지 않는다. 그리고 볼 필요도 없다.

모든 것은 꿈속에서 벌어진 일 같은 것이다. 요즘 들어서는 모든 것이 거짓이었던 듯한 생각도 든다.

허나.

거짓은 아니며 꿈도 아니다.

모모스케는 여러 고을을 돌아다니며 악당들과, 요괴를 내세운 연극에 손을 물들여왔다. 그것이 사실이다. 그 사실을 허구로 치부하라며, 거짓으로 생각하라며, 물 위의 생활은 집요할 정도로 모모스케에게 강요하고 있는 것이다. 분명 반듯하게 살겠다고 생각하는 한, 그러한 경험은 아무런 도움도 되지 않는다. 오히려 방해가 될 뿐일지도 모른다. 그러므로 잊는 편이 낫다. 아니, 실상 모모스케는 많은 부분을 잊고 있다

그…… 잊고 있는 자신을 깨달았을 때, 모모스케는 이루 다 말할 수 없는 상실감을 느끼는 것이다.

밤에 사는 그들은 결코 낮에 나오려는 생각은 않는다. 각오가 되어 있기 때문이다.

낮에 살 작정이어도 같은 각오가 필요하리라.

모모스케는 그 각오가 아니 되는 것이다.

언제까지고 황혼 녘에 있고 싶은 것이다.

모모스케는 철없는 어린아이다. 처를 얻을 생각이 들지 않는 것도 그 때문이리라.

여행을 떠나 잠시 일상에서 벗어나, 모모스케는 그러한 자신의 무기력함을 새삼 곱씹게 되었다. 모모스케는 대로를 천천히 가며 험한 물밑 세계의 길로 마음을 내달려보았다.

요령 소리가 들리지는 않을까 하는 희미한 기대를 갖고서.

2

기타바야시 번 에도 저택의 사자가 교바시의 이코마야를 방문한 것은 두 달 전쯤. 4월 중순이 지난 무렵이었다.

상점 앞에 선 이는 예복 차림의 무사였다. 돌연한 내방에 이코마야 일동은 크게 당황하여 위로 아래로 난리법석을 떤 끝에 안채의 상석으로 안내하여 '대체 무슨 일이옵니까' 하고 공손하게 여쭈어본 바, '고명한 작가 스게오카 리잔 님을 뵙고자 찾아왔사옵니다' 하고 오히려 예를 다하는 통에 주인을 비롯해 식구 일동은 다시 크게 놀랐다.

스게오카 리잔이란 모모스케의 필명이다.

스게(菅)와 오카(丘)는 스케(介)와 오카(岡)를 바꿔 쓰고, 리(李)는 스모모(자두)를 뜻하며, 잔(山)은 야마(山)이므로, 배치 순서를 바꾸면 야마오카 모모스케가 된다. 원래 모모스케는 양민이므로 성이 없다. 야마오카 모모스케라는 것도 필명이기는 하나, 도저히 쓰고 싶지 않았다.

사자는 곤도 겐바라는 청년 무사였다.

참으로 예의범절 깍듯하고 단정한 풍모로, 매우 젊기도 하다. 원래 청년 무사라는 호칭이 어울리지 않는 연령이라는 생각도 들지만, 그렇게 보이는 건 어쩔 수 없다.

그래도 자신보다 두셋은 아래인 나이일 거라고 모모스케는 생각했다.

"오늘은 스게오카 선생께 긴히 여쭈어볼 일이 있어 찾아뵙게 되었습니다."

곤도는 어깨에 힘을 준 채로 머리를 숙였다. 모모스케는 그에 질세라 바닥에 이마를 찧으며, "어서 오십시오. 저는 한낱 글쟁이일 뿐입니다. 어쭙잖은 소리를 종이에 엮어 한 세상 흘러 흘러 지내고 있는 밥벌레. 무사 나리께서 예를 다하실 만한 신분의 몸이 아니옵니다"라고 말했다.

"하지만 그럴 순 없습니다" 하고 곤도는 말한다.

"육 년 전, 저희 번에 큰 재액이 덮쳤을 차에 스게오카 선생께서는 일부러 에도에서 달려오시어 성대가로 가시무라 효에 님의 목숨을 구하여주셨다고, 졸자는 익히 들었습니다. 그렇다면 선생께서는 저희 번의 은인, 나아가서는 졸자에게도 은인이신 줄……."

"저는 그저 그곳에 있었을 뿐입니다."

그것은 사실이다.

"어찌 겸손을" 하고 곤도는 말했다.

"그 재액은 선대 번주 기타바야시 가게모토 님께서 저주의 신이 내린 악념을 그 한 몸에 받아들이시어, 번사와 영민을 구하셨다고 들었습니다만……."

세상에는 그런 것으로 되어 있다.

아니, 세상이라 해도 그것은 기타바야시 영내의 일. 기타바야시에서 멀리 떨어진 에도 일대에서 수군대는 소문으로는, 번주는 신심이 없었던 까닭에 둔갑요괴의 저주를 받아 죽었다는 것으로 되어 있다. 어찌되었건 천변지이로밖에 보이지 않는 재액이 일어나 그 때문에 전 번주가 목숨을 잃었다는 것은 틀림없으며, 성이 무너질 정도의 대재해가 일어난 것을 전 번주의 부덕으로 치부하든가, 그만한 재해가 있었음에도 불구하고 사상자가 불과 몇 명에 그쳤다는 것을 덕으로 삼든가 하는 건 판단하는 사람의 몫이리라.

모든 것은 마타이치가 펼친 그림 그대로의 반응이다.

모모스케가 마타이치의 본의를 깨달은 것은 사건이 완전히 정리된 후의 일이었다.

그만한 난리가 일어났음에도 불구하고, 그리고 그에 관한 좋지 않은 소문이 만연했음에도 불구하고, 그뿐 아니라 성의 반파와 번주의 급서라는 불미한 일이 있었음에도 불구하고, 기타바야시 번에 대한 막부의 징계는 일절 없었다. 또한 차기 번주가 가게모토의 양자인 기타바야시 요시카게―전 기타바야시 번사 구보 고야타이며, 실은 선선대 번주의 정실이신 가에 님의 남동생인 고마쓰시로 시로마루―로 결정된 것에 관해서도 쾌히 인정되었던 것이다.

저주인지의 여부는 차치하더라도, 막부는 전 번주의 사인이 사고사라는 것은 틀림없다고 판단할 수밖에 없었던 듯했다. 설마 산이 무너져 내릴 정도의 재해가 인위적으로 발생한 거라는 생각은 하지 못한 듯하다. 그와 더불어…… 만전의 채비라고 해야 할지 다행이라고 해야 할지, 차기 번주가 될 요시카게 공의 양자 결연에 관한 서류도 사전에 제출되어 있어 절차상 문제로 삼을 만한 점은 찾아낼 수 없었던 듯했다. 더구나 기근이나 치안 악화에 따른 번 재정의 핍박, 설상가상으로 대재해라는 위기적 상황에 대해서도 금광 발견이라는 기적적인 해결책이 있었다. 번의 경영 파탄이 회피된 이상, 막부로서는 트집을 잡으려야 잡을 수가 없다. 더는 번의 내정까지 간섭할 수는 없었던 모양이었다.

그리하여 기타바야시 번은 재생했다.

모모스케는 그저 보고 있었을 뿐이다.

"저는 경망스럽게도 무서운 것에 대한 호기심으로 그곳에 있었을 뿐이라……"

곤도는 잠시 정색했으나 집요하게 자신의 무능함을 과시하는 모모스케에게 굴복한 듯, "그렇게까지 말씀하시니 그것은 그것으로 개의치 않겠습니다만……" 하고 자신 없게 끝말을 흐렸다.

어째 오히려 괴롭히고 있는 듯한 기분이 들어, 모모스케는 화제를 바꾸어 가능한 한 정중하게 내방의 이유를 물었다. 곤도로서도 상부의 명으로 온 것일 뿐일 테니, 무엇보다 이야기의 진척이 없다.

"스게오카 선생께서는…… 그 행자님의 행방을 알고 계시지는 않으십니까?"

곤도는 그렇게 말했다.

"행자……?"

"저희 번의 재액을 한발 빨리 알아차리시고, 영험이 뚜렷한 호부로 번사와 영민을 재액에서 구원하신 나그네 스님 말입니다."

그것은 다름 아닌 마타이치를 가리킨다.

"그 스님에게 볼일이 있으십니까?"

"예. 졸자도 육 년 전에는 고향에 있었습니다. 그날 밤, 그 행자님의 말씀대로 부정한 것을 멀리한 까닭에 다친 곳 하나 없이 지금도 건실하게 지내고 있습니다. 그 재액 후, 행자님께서는 구름이나 안개처럼 사라져버리셨지요. 무언가 보답을 하고자 영민들 모두가 팔방으로 손을 써보았습니다만, 그 행방은 전혀 알 수가 없었습니다."

그것은 지금도 마찬가지다.

마타이치의 행방을 알고 싶은 것은 모모스케 자신이다.

"다소 사정을 알고 계시는 것으로 추측되는 시노노메 우콘 님도 저희 번을 나가셨고, 그 후 행방을 알지 못하는 실정……"

"우콘…… 아니, 시노노메 님은……"

우콘은 육 년 전, 관직을 마다하고 기타바야시를 떠났다.

우콘은 참사 후에도 기타바야시에 머물며 성대가로 가시무라를 도와 번의 재활에 진력을 다했다고 들었다. 그때의 공헌도를 높이 평가받아, 상당히 파격적인 조건을 제시받았다는 말도 들었다. 물론 예사롭지 않은 검술 실력이나 담대하고도 공정한 인품도 인정을 받았으리라. 그럼에도 우콘은 기타바야시 번의 녹을 받기를 거부한 것이다. 가시무라도 강하게 원했던 듯하나 허사였던 모양이다.

가시무라로서는 우콘의 인생을 망친 책임이 자신에게 있다고 생각하고 있을 테니, 조금이라도 보상을 하고 싶다는 생각도 했으리라. 허나 우콘의 입장에서 보면 처자를 잃은 땅에서 살기에는 아무래도 저항감이 있었으리라고 생각한다.

"시노노메 우콘 님은 그 후……?"

"단고 근방까지는 족적을 더듬을 수 있었습니다만, 그 이후는 전혀 알 수 없는 듯합니다." 곤도는 그렇게 말했다.

"이리 된 이상 이제 믿을 분은 스게오카 선생, 단 한 분뿐으로……"

"잠시만 기다려주십시오" 하고, 모모스케는 막았다.

"유감스럽지만 그것은 저도 알지 못합니다. 그 스님은……."
정말 구름이나 안개처럼 사라져버린 것이다.
"그러하단 말씀이십니까." 곤도는 고개를 떨어뜨렸다.
낙담이란 바로 이런 것이리라.
"괜찮으시다면 그 스님을 찾으시는 연유를 말씀해주시지 않겠습니까? 제가 할 수 있는 일이란 없다는 생각도 듭니다만."
"예에……."
곤도는 한순간 망설이는 듯했다.
"사실을 아뢰자면, 성대가로이신 가시무라 님이……."
"가시무라 님이 어찌 되신 것입니까?"
"원인불명의 병환으로 쓰러지셨습니다. 번주 요시카게 공도 가시무라 님께는 전폭적인 신뢰를 보내고 계셔서, 돌연한 일에 마음 아파하고 계십니다."
"가시무라 님이……."
모모스케는 가시무라의 얼굴을 떠올린다.
자그마한 노인의 모습을 뇌리에 떠올린 모모스케는 금세 그 그리운 모습을 지웠다.
모모스케는 가시무라의 수의 차림새밖에 모르는 것이다. 불길한 일은 떠올리지 않는 것이 좋다.
"이것은 여기에서만 하는 이야기이온데……."
곤도는 목소리를 낮추었다.
무언가 있나 싶어서 앞으로 나가자, 곤도는 자세를 바로 하고서 이렇게 말했다.
"졸자는 요시카게 공을 명군으로 생각하고 있습니다."

그 이야기라면 딱히 감출 일도 아니다.

"연령은 졸자와 그리 차이 나지 않음에도 불구하고 말입니다. 아니, 졸자 따위와 비교하는 것이 불경의 극치이나…… 그야말로 공명정대. 번사는 물론이고 백성과 양민, 아래의 천한 자들에게까지 마음 쓰시는 그 자세는 훌륭하기 그지없다고 감탄하고 있을 따름. 영민도 영주님을 흠모하고, 공경하고 있지요. 불과 육 년 만에 백성의 마음을 사로잡다니, 범인으로서는 불가능한 일."

현 번주 요시카게 공은 근본을 따지면 번사다. 거기에서 한층 더 거슬러 오르자면 어느 번의 후계자로 태어났음에도 불구하고 생모와 함께 번에서 쫓겨나, 모친 사후에는 장군 직속의 무사에게 맡겨져 자랐다고 하는, 기구한 반생을 걸어오신 분이기도 하다. 상당히 고생을 겪었을 터이다. 아랫사람들을 긍휼히 여기는 마음도 알 듯한 기분이 든다.

"다만."

곤도는 한층 더 목소리를 낮추었다.

"다른 번이나 막부의 눈으로 본다면, 우리 주군께서는 신참 애송이에 불과하지요."

오호라. '여기에서만'이란 단서는 이 이야기라고 모모스케는 납득했다.

이래저래 바람 잘 날이 없어서 말이지요, 하고 곤도는 말을 이었다.

"그렇지 않아도 우리 번은 작은 번. 지금이야 금을 채굴하게 되어 조금이나마 윤택해지기는 하였으나, 이전까지 초근목피로 굶주림을 견뎌냈던 궁핍한 번입니다. 현재도 성의 재건이며 금광의 정비 확장이며 문제가 산적해 있고, 그것은 각각 인력과 비용이 드는 일. 한마디로, 금을 채굴한다고 해도 이것이 참으로 큰일 중에 큰일이라 말입니다. 무엇보다 경험이 없지요. 기술자를 불러들여 본격적인 채굴이 시작된 것은 실상 재작년의 일입니다. 아무리 금이 나오게 된다 하더라도 재정이 풍요로워진 것은 아니지요. 육 년 전과 달리 저희도 영민들도 미래에 희망을 가지고 있기에 모두 평안한 마음으로 지켜보고 있는 것뿐. 이전처럼 고을이 황폐해지는 일은 없으나, 결코 유복해진 것은 아니지요. 그런데 세상은 그리 보고 있지는 않은 모양입니다."

"말이 좀 험합니다만, 금광 졸부라 하는……?"

"맞습니다, 맞습니다" 하고 곤도는 고개를 끄덕였다.

"그러한 눈으로 보는 것이지요. 무언가 일마다 트집을 잡고, 힘든 요구를 해오지요."

"힘든 요구라."

"예. 금이 나온 이상, 그것은 어쩔 수 없는 일이기도 합니다만."

"어쩔 수 없는 일이라 하심은?"

"금은산은 기본적으로 관부의 소유. 번에서는 관리를 맡고 있는 것에 불과합니다. 본시라면 막부의 직할지가 되어야 할 터이지만, 그렇게 되면 금산 경영도 막부가 해야 합니다. 이는 실은 매우 번거로운 일이기도 하지요. 채굴해보고 알았습니다만, 광산 경영이란 참으로 어렵습니다. 사도나 이즈 지방 등도 그런 듯하나, 결국 일이 틀어져 난처해지는 쪽은 막부고, 그 지방의 백성이니까요. 더구나 기타바야시에 과연 어느 정도 양의 금이 있는지, 이것을 알 수가 없습니다. 장래를 예측할 수 없는 기타바야시의 금에 투자해야 할지 어떨지, 막부는 판단하기가 어려웠겠지요. 그럼에도 막부로서야 금에 욕심이 나는 것은 여전합니다. 여러 고을의 금 채굴량은 해마다 줄어들고 있지요. 그래서 번의 존속에 관하여서는 상납금 액수를 포함해 엄청난 조건이 붙게 된 것입니다."

오호라. 순풍 가득한 재출발은 아니었던 것이다.

"그뿐 아니라 무언가 일이 있을 때마다 생트집을 잡습니다. 번이 망할 정도까지는 아니지만, 가능한 한 최대한 금을 캐내게 한다는 판단이었겠지요. 막부와 그러한 문제에 대해 논의하게 되면, 아무래도 젊으신 요시카게 공은 여러모로 불리한 점이 많아서 말입니다. 가벼이 보이고 맙니다. 해서 가시무라 님이 전면에 나서서 애를 쓰셨지요. 그야말로 분골쇄신, 번을 위해 진력을 다하셨습니다. 요시카게 공께서 번주가 되시고 나서 사 년 정도는 참으로 고생이 많으셨으리라……."

가시무라는 자신을 필요로 하는 자들을 위해 노구를 혹사하며 일했던 것이다.

뼛속까지 철저하게 근면 성실한 인물이다.

"그런데 사 년이라 하심은……."

"이 년 전에 전 노중님이 세상을 뜨시지 않았습니까? 과연 그 일과 관계가 있는지, 아니면 우연인지, 그것은 전혀 알 수가 없으나, 정확히 그 무렵부터 저희 번을 냉대하는 풍조도 조금 가라앉게 되었다고 할 수 있습니다. 그래서 이제야 저희 번도 안정을 하게 된 것입니다만……."

이 년 전.

마타이치가 사라진 시기다.

곤도의 상상은 적중한 것일지도 모른다.

지요다 성에 또 한 마리, 커다란 쥐가 둥지를 틀고 앉은 듯하니.

마타이치는 육 년 전에 그런 말을 했었다. 전 노중이 바로 그 쥐였다고 한다면…….

사 년이란 시간을 들여 마타이치가 쥐를 퇴치했을 가능성도 있으리라. 치열한 항쟁극의 배후에는 약자를 학대하며 이권을 탐하는 권력자의 그림자가 스며들어 있었던 것이다. 애당초 모모스케로서는 상상밖에 할 수가 없다.

결국 모모스케는 이쪽 편에 남겨지고 말았으므로.

"저희 번은 이제부터 시작입니다. 이제야 출범한 참이지요. 그러니 키잡이이신 가시무라 님께 혹시 무슨 일이라도 있으면……."

"그리도 용태가 좋지 않으십니까?"

"날이 갈수록……. 더구나 원인을…….'

"모른단 말입니까? 의원께서는 무어라……?"

"도무지 알 수가 없다고 하더군요. 분명 가시무라 님도 젊지는 않으시지요. 과로와 심려의 탓으로 생각하고는 있습니다만, 그게 좀…….'

"그게 좀?"

"가위에 눌리십니다. 그것도 전 번주님의 이름을 부르시며."

"가게모토 공…… 말입니까?"

예, 하고 대답한 후 곤도는 고개를 숙였다.

"본인께서 확실히 말씀하시지는 않으나, 아무래도 머리맡에 서 계시는 듯해서."

"머리맡에?"

기타바야시 단조 가게모토. 모모스케를 그 무엇보다 전율케 한 사내. 사신이다.

물론 곤도는 그것을 모른다.

"전 번주님께서 가시무라 님에게 저주를 내린다는 생각은 하지 않습니다. 전 번주 가게모토 공은 강직하신 분. 선생도 알고 계시다시피 산을 무너뜨려 성을 파괴할 정도의 원념을 한 몸에 받아들이시고 세상을 뜨신 분입니다. 죽은 후 충신에게 달라붙어 죽을병을 안기리라 보이지는 않습니다."

"그런 일은 아무래도 없겠지요" 하고 모모스케는 말했다. 곤도는 마음 깊이 동의했다.

"그렇습니다. 가게모토 공은 현재, 금 채굴 인부들로부터 수호신으로 숭앙을 받고 있습니다."

"숭앙? 사당에 모신 분은 가에데 님이 아니었습니까?"

"가에데 님은 신탁에 따라, 재건 중인 천수각에 사당을 지어 모시도록 한다는 결정이 내려졌습니다. 현재는 임시로 기타바야시의 수호신인 가네야코 신사에 합사하는 형태로 모시고 있는 실정이지요. 전 번주님의 영은 보리사에서 법요를 열어 정중하게 공양하였습니다만, 그 유해만은 큰 바위 바로 아래에 있으니 매장도 이루어지지 않고, 이대로 버려둘 수도 없는 까닭에, 원래 바위가 있었던 장소…… 오레구치 봉우리의 산허리, 성을 내려다볼 수 있는 좋은 곳에 비를 세워 모시게 된 것입니다."

좋은 장소.

그곳은 한때 불길한 곳이라 불리던 장소를 말하는 것이리라.

시야를 막고 있던 거대한 바위가 무너져 내린 지금, 어떠한 경관으로 변했을지 모모스케는 상상도 되지 않았다.

"현재 기타바야시는 가에데 님과 전 번주님의 영, 두 분의 가호를 받고 있습니다. 저희 번은 수호를 받고 있지요. 영민도, 우리들 번사도, 모두 그렇게 생각하고 있습니다. 저주란 일어날 리도 없는 것입니다. 졸자는 도저히 수긍을 할 수가 없습니다."

"그럼 그 스님께······."

"예. 가시무라 님이 앓고 계시는 병환의 원인이 무엇인지 밝혀주십사 하고······. 가게모토 공의 저주라는, 근거도 없는 풍문이 일어서야 또 무슨 말을 들을지······."

아니.

그것은 가시무라에게는 어떤 의미로 저주일 것이다.

곤도는 모를 것이다. 아니, 알고 있는 것은 모모스케뿐이리라.

전 번주 기타바야시 단조 가게모토는 가시무라의 처와 삼대 전의 번주 사이에 생긴 아이다.

가시무라의 처는 당시 번주의 손을 탔고, 그뿐 아니라 회임을 하고 말았기에, 사실상 측실로 빼앗기고 만 것이다. 그러나 태어난 아이가 사내였기 때문에 후계 다툼을 예감한 가시무라의 처는 아이를 데리고 도주하다 칼을 맞고 만 것이다. 벤 이는 그 누구도 아닌 가시무라 본인이다. 충신 가시무라 효에는 군주로부터 엄명을 받고 그 자신의 아이라고도 할 가게모토 공의 눈앞에서 그 모친이자 자신의 처이기도 했던 여인을, 현재 가게모토 공이 모셔진 장소에서 베고 만 것이다.

처절한 이야기다.

처를 힘없이 빼앗겼을 뿐 아니라 목숨까지 빼앗을 수밖에 없는 상황까지 내몰린 사내의 심경이란, 모모스케로서는 헤아릴 수도 없을 뿐더러 알고 싶다는 생각도 하지 않는다. 어떠한 마음으로 자신의 처를 베었을지, 그 생각만으로도 광기에 휩싸이게 될 듯하다.

  사신이 붙었다……. 가시무라는 그렇게 말했다.

  주군의 명이라면 절대 복종하는 것이 무사도라고,

  그러나 그것은 무사의 길일뿐 사람의 길은 아니었다고,

  가시무라는 울면서 모모스케에게 고백했다.

  모든 재액의 근원은 자신의 행실에 있다고, 모든 악념은 사람의 길을 버리고 처를 벤 경망한 자신의 업에 기인한다고, 가시무라는 생각하고 있었다.

  그 마음은…….

그 재액이 있었던 밤에, 그 꺼림칙하기 그지없는 지하 감옥에 봉인된 것이 아니었던가. 아니, 광란의 밤이 밝고, 그 꺼림칙하기 그지없는 지하 감옥에서 나올 때 정화된 것이 아니었던가.

모모스케는 그렇게 생각하고 있었다.

그 후 가시무라는 사람이 변한 것처럼 정력적이었다고 한다. 번을 위해, 새로운 영주님을 위해, 그리고 영민을 위해, 그 작은 체구의 노인은 동분서주했으리라. 좀 전 곤도의 이야기에서도 그 성실함을 엿볼 수 있었다.

  허나.

악념이 남아 있었던가. 아니면 회한이 다시 솟구친 것인가.

그렇다면 그것은 저주다.

가시무라를 저주하는 것은 가시무라 자신이다.

"알겠습니다."

모모스케는 그렇게 대답했다. 곤도는 깜짝 놀란 표정을 지었다.

"일단 그 스님을 찾아보도록 하지요. 혹시 찾지 못한다 하여도……."
 제가 기타바야시로 가겠습니다. 그렇게 말을 잇고 싶었으나, 모모스케는 그 말을 삼켰다. 마타이치는 찾아내지 못하리라. 찾는 일 자체가 허사다. 그것은 일단 확실하리라 생각한다. 그러나 마타이치가 없는 지금, 가시무라의 마음을 헤아릴 수 있는 사람은 모모스케뿐인 것이다. 그렇기는 하나, 모모스케가 찾아간들 푸념을 듣는 정도밖에 못하리라는 생각은 한다. 그럼에도 조금은 나을 것이라는 생각도 한다. 한편, 섣부른 약속은 할 수 없다는 생각도 한다. 모모스케는 삼킨 말을 애매하게 흐리고 곤도를 돌려보냈다.
 그리고 모모스케는 여행을 나선 것이다.

3

　기타바야시 영내는 몰라볼 정도였다.

　건물이 다시 세워진 것도, 길이 닦인 것도 아니다. 그저 농부는 땅을 갈고, 직공은 끌을 바삐 움직이고, 가게는 손님을 불러들이고, 아이들은 놀고, 웃음소리며 울음소리가 들리게 되었다는, 단지 그뿐이다. 그곳은 지극히 평범한 마을이며 읍내였다. 필시 육 년 전이 정상적이지 않았던 것이다.

　지극히 평범한 번이 되겠지요.

　마타이치도 그렇게 말했었다.

　객사에 짐을 풀고 한숨 돌린 후, 모모스케는 앞으로의 일에 대해 생각을 거듭했다.

　길을 오며 나름 신경을 썼으나, 기타바야시 번의 소문은 거의 들리지 않았다.

　객사 사람들에게도 티가 나지 않게 물어보았으나, 작금 커다란 변사는 없다고 한다. 가시무라가 세상을 떴다는 일은 없는 듯했다. 이곳은 성 밑 마을이므로 가로가 바뀌면 아래의 천민들까지 알게 된다.

여종업원에게 넌지시 물어보자, 새로운 번주의 평판은 역시 엄청나게 좋았다. 전 번주가 너무 악했다는 의미도 있겠으나, 전 번주를 원망하는 소리도 지금은 거의 없다고 한다. 물론 전 번주의 진실한 모습을 아는 자는 이곳에 없다. '아랫사람들에 대해서는 엄한 분이었다.' 고작해야 그 정도의 평판인 듯했다.

유혈과 살육을 즐기는 용납하기 어려운 악습은 차치하더라도, 전 번주는 아마 명군이라 하기 어려운 군주였을 터다. 모모스케가 조사해본 바로는 세금 징수부터 공금 횡령, 막부나 다른 번과의 관계까지 모든 게 다 엉망진창이었다. 고을을 이끌기는커녕 고을을 망칠 만한 짓만 했다. 그것만으로도 충분히 원망을 받아도 될 듯이 느껴졌으나, 저주 소동이 너무나 끔찍했기 때문인지 악정에 대한 분개는 흐려지고 만 듯했다. 오히려 저주의 바위를 홀로 받아들여 고을을 구한 명군이라는 평판이 더 통하는 듯하다. 곤도에게 들었다고는 하나, 이는 조금 의외였다. 마타이치의 연극에 의해 광기의 폭군은 사후에 강직한 명군으로 다시 태어난 것이다.

장지문을 연다.

오레구치 봉우리와 아직 부서진 상태 그대로인 성이 보였다.

최상층의 목조 건물은 완성되었다. 천수각 재건이 시작된 것이리라.

큰 바위를 잃은 오레구치 봉우리는 유난히 약하고 뾰족해 보였다. 눈에 힘을 주니 성 뒤쪽으로 갈라진 바위의 파편을 몇몇 확인할 수 있었다. 파편이라 해도 상당히 크다.

성으로 가야 할 것인가.

그렇지 않으면 가시무라의 집으로 갈 것인가.

누구를 만나야 할 것인가. 모모스케는 그것을 생각하고 있다.

모모스케는 사전에 아무런 연락도 하지 않은 것이다. 에도까지 사자를 보낼 정도이므로 문전박대를 당할 일이야 없겠으나, 곰곰이 생각해보면 번사 모두가 모모스케를 알고 있는 것은 아니다. 얼굴을 안다고 해도 가시무라 정도이리라.

그러한 것도 생각지 않고 두 달이나 여행을 해서 온 것이니, 이건 느긋하다기보다는 어리석다.

한차례 생각에 잠겨 있자니 여종업원이 차를 가지고 왔다. 유난히 대접이 좋다. 에도에서 온 객이란 그리 잘 없는 듯, 신기한 모양이다.

"요즘은 시원찮은 것들이 많아서요."

여종업원은 묻지도 않았는데 그렇게 말했다. 시원찮은 것들이란 대체 무슨 말이냐고 묻자 "무숙인들요" 하고 대답했다.

"무숙인 말입니까?"

"무숙인이지요. 저어기, 저 성의 산에······."

여종업원은 오레구치 봉우리를 가리켰다.

"······금 캐는 광부요. 소문을 듣고서 온다니까요? 어디선지 모르게. 인부로 고용될 거라 생각해 오는 모양이지만, 여긴 사도 지방과 달리 무숙인들을 고용하는 인력시장 같은 건 없거든요. 영내에도 무뢰한은 차고 넘치니, 그러한 자부터 고용하니까요. 요즘 들어서 농사짓는 것보다 벌이가 좋다고 하니 농사를 집어치우고 인부가 되는 자도 있지요."

"그런 무뢰한이 있습니까?" 하고 묻자 "있고말고요" 하고 여종업원은 대답한다.

"사람은 편한 것을 좋아하잖아요. 이 근방은 땅이 메말라 있잖습니까요. 똑같이 흙을 판다 해도 괭이를 드는 것보다는 끌을 드는 게 편하다고 생각하는 것일 테지요. 월급도 나오고요. 하지만 생각이 글러먹었어요. 세상이 그리 만만한 게 아니죠. 하루 종일 굴속에서 고생이 심한 모양이에요. 역시 성실한 게 최고지."

여종업원은 모모스케를 향해 "이마에 땀 맺으며 일을 해야지"라고 말하고서 깔깔대고 웃었다.

"그런 자가 많아서 참 난처해요."

"허나……. 저는 잘 모르지만, 금산 덕분에 막부에 대한 세금 같은 거나 뭐나 다 편해지지 않았습니까?"

"그럴지도 모르지만, 우리야 별로 상관도 없고. 게다가 사람은 억압에 시달리면 불평을 하고, 풀어주면 게을러지는 법이거든요. 어이구야, 무서운 저주. 저주 아세요?"

알고 있다고 대답했다.

"그 저주 소동이 진정된 것은 다행이지만요. 그때는 정말 고맙다고 느꼈지만, 일 년만 지나면 고마움도 흐지부지되고 말지요. 그 후 이쪽은 만판 풀어져 있거든. 게다가 진정되었다고는 해도 무서운 소문은 남잖아요. 사람이 오지도 않아. 오는 건 무숙인뿐. 죄를 짓고 사도에서 노역을 마치고 넘어온 협객 비슷한 무리만 온다니까요. 아무리 금이 나온다고 해도 고용할 수 있는 숫자에는 한계가 있잖아요. 지저분한 패들이 늘어나 여기저기서 다툼이 일어나서 아주 골치가 아파요."

좋은 일만 있는 것은 아닌 것이다.

모모스케는 성으로 눈길을 보냈다.

"손님, 무얼 하시는 분이신지?" 하고 여종업원이 물었다.

"예? 뭐로 보이려나……?"

"상인으로는 보이지 않는데, 모르겠네요."

글쟁이라고 대답하자 "어머나" 하는 소리가 들렸다.

"무얼 쓰고 계시는지요?"

"뭐……."

통속 소설입니다만, 하고 대답한 모모스케는 왠지 허무해졌다.

"여러 고을을 돌아다니며 괴담이나 기담을 모으고 있습니다. 세상에는 백물어본이라는 것이 있잖습니까? 그것을…… 언젠가 내려고 생각하고 있지요."

아마 낼 수는 없으리라. 그런 확신에 가까운 것을 모모스케는 가지고 있다.

게다가 모모스케는 더는 고을을 돌아다니고 있지도 않다. 내내 방에 틀어박혀 있다.

신출내기라 어렵지만요, 하고 모모스케는 대답했다.

"괴담이라. 오호라, 그래서 이곳에 오셨구먼. 하기야 여기에는 무서운 이야기가 엄청나게 많지요."

"많습니까?"

모모스케는 허리에 손을 댄다. 허나.

필첩은 매달려 있지 않다. 여러 고을의 괴이를 기록해온 몇 권이나 되는 필첩은 이제 이코마야 별채 천장 밑의 작은 벽장에서 먼지를 뒤집어쓰고 잠들어 있다. 대체…….

대체 나는…….

여종업원은 저주 소동의 이야기 등을 한차례 읊고서는 한 번 더 차를 우렸다.

"뭐, 지금은 아무것도 없지만요."

"아무것도 없다? 이를테면 세상을 뜨신 전 영주님이 귀신으로 나타난다든가, 그러한 이야기는 없는지?"

"천벌 받을 소리를 하시네요, 손님" 하고 여종업원은 어이없다는 얼굴을 했다.

"가게모토 님은 저기, 그 바위가 있는 곳에서 이 기타바야시를 지켜주고 계시다고요. 그런 평판이니까. 저주를 내리기는 무슨."

병상의 가시무라를 덮친다는 괴이의 소문은 성 밑 마을에는 퍼지지 않는 모양이다.

그렇게 생각하고 있다고, 가게모토 님은 덴구*가 되셨다고, 여종업원은 의외의 말을 했다.

"덴구?"

"덴구지요. 저기 보이지요? 성 위쪽. 지금은 아무것도 없지만, 그곳에는 커다란 바위가 있었어요. 성보다 더 큰 바위. 아래로 떨어진 그것이지요. 그게 원래는 하나였는데, 상당히 크지요."

컸다.

"그 큰 바위의 위쪽, 그곳은 먼 옛날 덴구님이 나왔던 장소거든요."

"아…… 야곡암 암굴 말이군요."

"아시는군요" 하고 여종업원은 반가운 듯 말했다.

"그곳이 무서운 장소였다더라고요. 옛날에는, 아주 먼 옛날인 듯한데, 여러 고을의 덴구님들이 모여서 집회를 열었답디다. 아타고의 다로보 님이며, 구라마의 소조보 님이며……."

---

* 하늘을 날고 깊은 산에 살며 신통력이 있다는, 얼굴이 붉고 코가 큰 상상의 괴물.

"히코산의 부젠보도 말입니까?"

"그런 거요. 그런 영물들이 모여서 술잔이라도 나누는 것인지. 그럴 때는 그게, 파란 불이 오르거든요. 저 근방은 무서운 장소니까 아무도 오르지 않는데, 그런 산속에 퍼런 불이 희미하게 켜지는 거예요."

그것은 수은일 것이다. 금을 정제할 때는 수은을 쓴다. 수은은 암흑에서 푸르스름하게 발광한다.

저 오레구치 봉우리는 어쩌면 수험도*, 산악종교 수행자들의 수행의 자리였던 것은 아닐까. 데와, 도가쿠시, 구라마, 오미네, 히코산……. 산악종교가 성지로 정한 곳을 모모스케는 몇몇 방문한 적이 있다. 모두 험한 바위산이었다. 그러고 보니 경관이 몹시 비슷하게도 느껴진다.

그리고 그러한 산악종교 신자, 요컨대 산사람들은 광산과 밀접한 관계를 가지고 있기도 하다. 산속을 헤매는 산사람들은 철 등의 금속 제련에 뛰어난 자들이기도 했던 것이다. 그러하기에 그들 산사람은 향리에서 사는 백성들에게 위협적으로 받아들여졌던 것이고, 그 외포심이 형태를 이루게 되었을 때, 그것은 종종 덴구로 불린 것이다. 근세의 덴구 대부분이 수험도 수행자 차림새로 그려지는 것은 그 때문이다.

덴구와 수험도, 그리고 광산은 끊으려야 끊을 수 없는 것이다.

혹시 오레구치 봉우리의 금은 미쓰가야 번이 통치하기 훨씬 이전부터 그들 산사람들의 손에 채굴되고 있었을지도 모른다. 모모스케

---

* 일본 고래의 산악신앙에 불교와 도교 등을 가미한 종교의 한 파.

는 먼 옛날의 오레구치 봉우리로 생각을 달린다. 그리고 현재의 산을 본다.

"그게 말이지요……."

여종업원은 말을 이었다.

"아직도 타고 있다니까요?"

"탄다고요?"

"지난 며칠간 불이 보였어요."

"불? 불이라니…… 저곳에?"

모모스케는 산을 가리켰다. "예, 맞아요" 하고 여종업원은 고개를 끄덕인다.

"푸른 불이 아니거든요. 이렇게 폭, 폭, 붉은 불이나 하얀 불이요. 줄기 같은 불도 나오고. 저도 봤고, 손님도 오늘밤 보시게 될지 모르겠네요."

"그게 정말입니까?"

사실이라면 엄청난 일이다. 모모스케는 한때 상당히 왕성하게 여러 고을을 돌아다녔으나 이른바 도깨비불을 목격한 적은 손에 꼽을 정도밖에 없었고, 그것도 모두 착시였기 때문이다.

"그렇다니까요" 하고 여종업원은 대답했다.

"딱히 악한 것은 아니라고 생각하지만요. 무섭다기보다 신기한 것이지요. 저기, 저기, 가게모토 님의 위령비가 서 있는 주변에서요. 그러니까 우리는 이렇게 이야기를 하죠. 전대 영주님, 저주는커녕 신령님도 부처님도 두려워할 만한 호걸이었으니 덴구님이 동료로 맞고자 데리러온 게 아닐까 하고……."

"덴구가?"

분명 덴구는 불도 수행의 방해를 일삼는 마귀로 받아들여지는 경우도 있다. 오만불손한 인물을 덴구에 비유하기도 한다. 이전 영주님을 아는 모모스케로서는 지극히 납득이 가는 이야기이기도 하다. 단조 가게모토라는 사람은 무엇도 두려워 않고 무엇도 공경치 않는 덴구와 같은 인물이기는 했던 것이다.

모모스케는 그, 마소에서 본 기타바야시 단조 가게모토의 모습을 생생히 떠올렸다.

무서웠다. 두려웠다. 그런 경험은 한 적이 없다.

다만, 이 여종업원은 그러한 것을 일절 모르는 것이 분명하다.

그럼에도 그리 생각하는 것이리라.

"덴구의 등명(燈明)*……입니까."

"그렇게 말하는 건가요" 하고 여종업원은 무뚝뚝하게 말했다.

"여우불하곤 또 다르겠지요?"

"다르지요. 신슈와 엔슈의 경계 부근에도 덴구의 불이 나타나지만, 이는 불덩이라고 하는데, 이렇게 산속을 종횡무진 뛰어다닌다고 합니다. 그대로 강 쪽으로 내려와서 고기를 잡기도 한다더군요."

"고기라. 불덩이가요?"

"예. 그래서 여우불처럼 불만 켜지는 것이 아니지요. 더 위세가 있습니다."

여종업원은 "그런가요?" 하며 재미있다는 듯이 웃었다.

그리고 "뭐, 오늘밤에 한번 보세요" 하고 말했다.

차를 홀짝이며 고맙다고 인사를 하자, 시중드는 아낙은 "아참참"

---

* 신령이나 부처를 위하여 켜놓은 등불.

로진노히 | 739

하며 목청을 높였다.

"무슨……?"

"손님, 막 오셨을 때 가로님이 어쩌고 하는 말씀을 하셨죠?"

"아아, 옛날에 아주 친절하게 대해주셨기 때문에요. 가시무라 님께 무슨 일이 있습니까?"

"그게요, 어째…… 병환이라고 합디다. 저택에 출입하고 있는 원예사가 제 친척인데, 좀 전에 들었답니다. 반년쯤 자리보전하고 계시다고. 영 가망이 없는 듯하더군요. 아, 이건 비밀이에요."

"내밀한 이야기입니까?"

"내밀하지요. 이 기타바야시는, 말하기는 좀 그렇지만, 그 가로님 덕에 버티고 있으니까요. 영주님은 사람이야 좋지만 아직 젊으셔서요. 지금 가로님께 무슨 일이 생기면 이곳이 다시 엉망이 되지 않을까 싶네요."

여종업원은 "그러니까 비밀이에요, 부탁드립니다"라는 말을 남기고 장지문을 닫았다.

덴구의 등명. 가시무라의 머리맡에 서 있는 단조.

가지 않으면 아니 되리라.

모모스케는 일어섰다.

4

가시무라 저택은 고요에 잠겨 있었다.

문도 닫혀 있다. 육 년 전 모모스케는 홀딱 젖은 생쥐 꼴로, 그것도 현관으로 당당히 들어갔다.

역시 그렇게 하지는 못하리라는 생각이 들었으므로 뒤로 돌아가 후문을 두드렸다.

곧바로 하인이 나타났다. 에도에서 온 야마오카라 하는데, 가시무라 님을 뵙고 싶으니 기별을 전해줄 수는 없겠느냐고 정중하게 고했다. 하인은 미심쩍게 여기는 듯 약간 허둥대며 안으로 들어갔다.

다음으로 나온 자는 청년 무사였다.

무사는 기지마 젠지로라고 했다.

"야마오카 님……이라 하셨는지?"

"야마오카 모모스케입니다. 에도 교바시에 있는 양초 도매상의 은거인으로, 희작을 쓰고 있습니다. 필명은 스게오카 리잔이라고 하는데, 실은, 저어…… 이곳 번의 에도 저택에서…….'

"알고 있습니다" 하고 기지마는 말했다.

"다만…… 정말 야마오카 님이십니까?"

"의심하는 바는 아닙니다만……" 하고 기지마는 말했다.

당연할 것이다.

그러나 신분을 증명할 것을 모모스케는 가지고 있지 않다.

통행서를 보였다. 기지마는 꼼꼼하게 그것을 검사했다.

"아니, 에도 저택에서도 야마오카 님이 이쪽으로 가신 듯하다는 소식이 들어와 있습니다. 다만 그 소식은 이미 한 달도 더 된 일이고, 무엇보다 명확지 않은 이야기였기 때문에……."

"예에……."

지나치게 유유자적했다. 아마 곤도가 다시 이코마야를 방문해 모모스케가 없는 것을 확인하고 연락을 보냈으리라. 모모스케는 식구들에게 행선지를 알리지 않았다. 대충 언질만 주었을 뿐이다. 예전부터 출타할 때는 그랬었다.

"들어오십시오" 하고 기지마는 말했다.

뜰…….

육 년 전에는 둘러쳐진 흰 막 너머로 보았다. 지금은 막이 없다. 깔끔하게 손질이 되어 있다. 객사 여종업원의 친척이라는 자가 손질을 하고 있을 것이다.

"에도에 있는 자가 무엇이라 아뢰었는지는 알지 못합니다만, 가시무라 님이…… 귀신에 씌었습니다." 기지마는 작은 목소리로 말했다.

"귀신에 씌었다? 어떤 귀신?"

"전 번주님입니다."

"가게모토 공 말입니까?"

기지마는 멈추어 서서 발길을 돌리더니, 검지를 입에 대었다.

그리고 속삭이듯 빠른 어조로 말했다.

"실성하신 것입니다."

"실성이라니…… 가시무라 님이?"

"그렇습니다" 하고 기지마는 안타까운 듯 말했다.

"저주 소동은…… 지긋지긋하지요."

"지긋지긋하다?"

"알고 계시지 않습니까?" 하고 기지마는 말했다.

"저주란…… 죽은 이의 원념이 아니라 산 자의 망념이 아니겠습니까. 육 년 전의 소동도, 그 대단한 참상을 초래한 것은 결국 살아있는 자에게 원인이 있었을 것이라고…… 지금에 이르러서는 그리 생각합니다. 무턱대고 법석을 떨어 자신을 잃고 저주를 행사한 것은 다름 아닌 우리들이며, 영민들이었던 것입니다. 한 사람이 법석을 떨 뿐이라면 그것은 실성. 주위가 법석을 떨면 실성도 더는 실성이 아니게 되지요. 가시무라 님은 실성하신 것입니다."

"전 번주님에 씌었다는 말씀은……."

"별안간 도라노신 님, 도라노신 님, 하고 외치게 되셨지요. 성 안에서 말입니다. 도라노신 님이란 전 번주, 단조 가게모토 공의 아명입니다."

"알고 있습니다." 모모스케는 답했다.

"그리고는 의식을 잃고 쓰러지셨지요. 그 이후로는 잠꼬대처럼 가게모토 님의 이름을 계속 부르시고, 간혹 크게 날뜁니다. 그런 후에는 죽게 해달라고 말씀을 하시지요."

"죽게 해달라……?"

"예. 배를 가르게 해달라고."

회한이다.

가시무라는 지난날의 과오를 아직도 후회하고 있는 것이다.

"그렇다고, 상시 착란에 빠져 있는 것도 아닙니다. 만사의 도리를 알지 못하신다거나, 앞뒤가 맞지 않는 말씀을 하신다거나, 그러한 일은 일절 없습니다. 대화도 할 수 있고, 정신도 또렷하시지요. 아시다시피 온후하고 사려 깊은 분이니…… 그러한 점에 변화는 없습니다. 허나, 그러하시지만 동시에 망령도 보고 계신 것입니다" 하고 기지마는 말했다.

"가로의 책무라 함은 저희들과는 달리 몹시 막중한 것입니다. 특히 가시무라 님이 안고 계시고 있는 안건은 산더미 같아서……. 차석가로를 비롯해 요직에 있는 자들이 분담해 처리에 임했습니다만, 좀처럼 잘 굴러가지 않았습니다. 그래서 처음에는 가시무라 님께서 환구를 이끌고 입성을 해주셨지요. 직무에 지장은 없었으니까요…….."

"망령……이라고요?"

"가시무라 님께는 세상을 뜨신 가게모토 공의 모습이 상시 보이고 있는 듯합니다. 물론 환각이겠지요. 다른 자들에게는 아무것도 보이지 않고, 아무것도 들리지 않습니다. 괴이한 기척은 아무것도 없지요. 그러나 그리 생각지 않는 자도 있습니다. 저곳에 거하고 계시다고 말을 하면……."

보이고 마는 자들도 있는 것이다. 그것은 기지마의 말이 맞으리라.

"저희들이 할 수 있는 일은 세 가지밖에 없었습니다."

"세 가지?"

"먼저…… 신령님이나 부처님께 매달리는 것. 어딘가의 고승이며 법력자를 초대해 가지기도, 신사법요 등을 열면 혹시 가로님의 의식이 맑아질지도 모른다. 그러나 이는 아니 될 말입니다."

기지마는 모모스케에게 등을 돌리고 수국 앞에 섰다.

"아니 될 말이라 하심은?"

"저주를 인정하게 되는 것입니다."

"아아……."

"그러한 일은 내밀히 해서는 효력이 없지 않습니까. 저희 번에는 지금도 여전히 저주가 남아 있다고 선전하는 것과 마찬가지. 그리할 수는 없는 노릇. 다른 하나는……."

마음의 혼란이라 설득하는 일이라고 기지마는 말했다.

"그것은 마음의 혼란입니다. 틀림없습니다. 그러나 이는 효력이 없을 테지요. 가로님께서는 그것을 알고 계시니까요."

"알고 계신단 말입니까?"

"알고 계실 테지요. 그분은 이지적인 분이십니다. 마음의 혼란이라 아뢰었을 때 그렇다는 생각을 하셨다면 이미 쾌차하셨을 것입니다. 그래서 우리는 남은 한 가지 길을 선택했습니다. 이야기를 나눈 결과, 내밀히 가로님께 물러나시도록 했습니다. 영주님께서 몸소 자택에서 요양을 하라 명을 내려주셨지요. 대외적으로는 숨기고 있습니다. 졸자는 간병 겸 감시역입니다."

기지마는 말했다.

"가시무라 님께는 가족이 없습니다. 신변의 시중 일체를 졸자가 하고 있지요. 그러나 그것은 표면적인 모습. 졸자는 체격 좋은 감시역입니다. 그분을 감금하고 있지요."

"감금하는 것이 세 번째 선택이란 말입니까?"

"달리 길은 없었습니다. 가로님께서 현 상태로 있는 한, 소문은 반드시 퍼집니다. 막부와의 관계도 지금이 가장 중요한 시기. 어떻게 해서든 지난번과 같은 소란을 일으키는 일만은 피해야만 하니…… 저희들이 법석을 떨어서는 아니 된다고 생각한 것입니다."

기지마는 분하다는 듯 말했다.

"실상, 소문은 퍼지기 시작했습니다. 가로님께서 성에서 쓰러지셨으니까요. 그 자리에도 많은 번사들이 있었지요. 사람의 입에 자물쇠를 채울 수는 없는 노릇. 그것은 전 번주가 저주를 내린 것이라고 함부로 말하고 있는 자도 없는 것은 아닙니다. 영주님도 가슴이 찢어질 듯 통탄해 하고 계십니다. 우리는 이제야 요시카게 공 휘하에서 결속하여 새로운 기타바야시를 만들고자 걷기 시작한 참입니다. 가시무라 님께는 죄송스러우나, 여기서 대열을 흐트러뜨릴 수야……."

기지마는 수국 잎을 뜯었다.

"졸자는 가시무라 님을 존경하고 있습니다. 어렸을 때부터 따랐고, 그분을 목표로 오늘날까지 열심히 노력해왔습니다. 게다가 가시무라 님의 우리 번에 대한 공헌도는 미처 헤아릴 수 없을 정도이지요. 그것은 누구나 인정하는 점입니다. 허나."

기지마는 뜯은 잎을 더욱 꽉 움켜쥐었다.

"허나, 그분께서는 현재…… 우리 번의 짐입니다. 필요치 않은 분."

"그것은……."

말이 과하다.

기지마는 짓뭉개진 잎을 뜰에 뿌리고 모모스케 쪽을 돌아보았다.

"냉혹한 언사임은 알고 있습니다. 그러나 시대는 움직이고 있지요. 구태의연한 체제를 유지할 수 있는 것도 그리 길지는 않습니다. 우리 무사들도 언제까지나 그저 태평하게 검을 차고 거들먹대고 있을 수 있으리라 보지는 않습니다. 우리는 우리의 길을 찾아야만 합니다. 다행히 우리 영주께서는 젊으십니다. 앞으로의 일에 대해 우리 번사와 함께 말씀을 나누려 하시지요. 이제부터입니다. 그러나……."

그분에게는 그러한 길이 닫혀져 있다.

기지마는 모모스케의 눈을 정면으로 보았다.

"이제 와 새삼 저주다 뭐다 법석을 떠는 것 자체가 커다란 폐. 그러다 자진을 하셔도 폐. 번의 가로가 무의미하게 배를 갈라서는 그야말로 저주라는 평판이 퍼지겠지요. 그렇다면……."

감금할 수밖에 없는가.

"우리가 그 행자님을 찾고 있는 것은 물론 가시무라 님의 실성을 치유해달라 부탁하고자 하는 마음도 있으나, 본의는 따로 있습니다. 우리가 그 행자님께 부탁을 드리려는 것은 인심의 장악에 있습니다."

"인심 장악?"

"그렇습니다. 그 행자님은 불과 몇 개월 만에 이 고을 사람들…… 무사와 상인, 백성과 천민에 이르기까지 모든 이들의 마음을 사로잡고, 눈 깜짝할 사이에 소란을 진정시키셨지요. 그 대붕괴의 재난 또한 그 행자님이 계셨기 때문에 그저 재해로 끝났을 뿐. 그렇지 않았다면 저주의 소문은 한층 더 퍼지고, 아마 지금쯤 번은 사라졌을 것입니다."

그것은 틀림없는 일이리라.

동일한 일이 일어나도 결과는 정반대였음이 분명하다.

"그러니……."

그것이 이 새로 태어난 기타바야시 번의 선택인 것이다.

그들은 가시무라를 구하고 싶은 것이 아니라 이 번을 구하고 싶은 것이다.

그것은 분명 마타이치가 아니면 할 수 없는 일이리라. 모모스케가 감당할 수 있는 일이 아니다.

모모스케는 자신이 부끄러워졌다. 자신은 무엇을 하러 이곳으로 온 것인가.

가시무라의 고뇌를 알고 있는 이는 모모스케뿐이며, 그 모모스케가 가시무라를 만나 이야기하면 혹 그 마음의 상처도 낫지 않을까. 그 정도 일로 얕보고 있었던 것은 아닌가. 어처구니없는 착각이다. 모모스케 따위는 아무것도 할 수가 없다.

'각오가 부족하다는 것인가.'

"이래서는 아니 될 일……." 기지마는 이야기를 자르듯 그렇게 말했다.

"일부러 에도에서 먼 길을 달려오신 귀한 손님을 청으로 모시지도 않고 뜰에 서서 이야기를 하다니, 참으로 무례하기 그지없었습니다. 이번에 저희 번 가로의 몸을 걱정하시어 달려오신 긴 여행, 진심으로 감사의 예를 올립니다." 기지마는 깊숙이 절을 했다. 그리고…….

"만나시겠습니까?" 하고 말했다.

"가로님께서는 저쪽 별채에 계십니다. 격자를 친 방에 감금해야 한다는 의견도 있었으나, 그것만은 아니 된다고 영주님께서 말씀하셨지요. 이 번의 은인을 어찌 감옥에 가둘 수 있겠냐고 말씀하면서. 영주님께서는 열흘에 한 번은 은밀히 문병을 오십니다. 자상한 분이시지요."

모모스케는 기지마가 가리키는 쪽을 보았다.

뜰 끝자락에 작은 별채가 있었다.

장지문을 열자 가시무라 효에가 이부자리 위에 정좌하고 있었다.

늙었다. 육 년 전에도 이 무사는 지칠 대로 지쳐 초췌했었다.

그러나 지금은 그때보다 더 쇠약해진 듯 보였다. 원래 작은 체구인 노인은 몹시도, 몹시도 작아져, 어깨를 늘어뜨린 채 앉아 있었다. 머리칼은 순백으로 변해 있었다.

"가……가시무라 님."

"야마오카 군이신가. 오랜만일세."

가시무라는 인사를 한다기보다 풀썩 머리를 숙였다.

그리고 모모스케의 등 뒤에 서 있던 기지마에게 "물러가시게"라고 말했다.

"걱정할 것 없네. 물러가시게."

기지마는 일례를 하고 장지문을 닫았다.

"가시무라 님……."

모모스케는 할 말을 찾지 못하고, 그저 바닥에 넙죽 이마를 찧었다.

"얼굴을 드시게나. 듣자하니 작가로 이름을 떨치고 계시다던데, 참으로 훌륭하시오."

"이……이름 따위는 떨치지 못하였습니다. 그저 책을 고쳐 펴냈을 따름이지요."

"그것도 대단한 일입니다. 아니, 젊다는 것은 참으로 좋은 일."

"가로님."

모모스케는 얼굴을 들었다.

가시무라는 분명 쇠약해져 있었으나 매우 온화한 얼굴이었다.

"이리 와주시다니 참으로 기쁘오. 그때는 크게 신세를 졌지. 그대와 그 행자님, 그리고 시노노메 우콘 군 덕분에 이 번은 다시 살아났소. 나도 오래 살 수 있었고."

"그게 무슨……. 황공하기 그지없습니다."

"천만에, 말 그대로지. 나도 덕분에 마지막 봉공을 하게 되었다, 그리 생각하고 있네. 이래저래 장애가 많은 출범이었으니 말일세. 나 같은 늙은이라도 조금은 도움이 되었으리라 생각하고 있다네."

"고생이 많으셨다는 말씀은 들었습니다."

"무슨 고생이 있었겠나. 정말 고생을 하신 분은 요시카케 공이시지. 그분은 훌륭한 분이시네. 게다가 젊으시고. 요시카케 공과 같은 분을 번주로 맞을 수 있었던 일이 나의 자랑일세."

"허나…… 아직도 가로님께서 힘을 써주셔야 할 것입니다."

"천만에. 나는 이미 필요치 않을 걸세. 앞으로는 좀 전의 기지마 같은 젊은이가 이 번을 짊어지고 가야지. 그것이 옳은 길일세. 다만…… 나도 물러날 때를 잘 알지 못하는 늙은이라서 말일세."

"물러날 때…… 말씀이십니까?"

"그렇다네."

가시무라는 양손을 자신의 얼굴 앞으로 천천히 가져갔다.

많은 주름에, 거무스름하고 뼈마디가 불거진 손가락이었다.

"오래 살다 보면 말일세, 좋은 일도 나쁜 일도 있지. 머릿속에는 그 좋은 일과 나쁜 일이 서로 차곡차곡 쌓여서 모여 있지. 그 가운데…… 좋은 일만을 본다면 행복하고, 나쁜 일만을 본다면 지옥이지. 그것을 택하는 것은 그 누구도 아닌 자신일세."

가시무라는 자신의 손가락을 응시했다.

"잊는다는 것은 지워버린다는 것이 아니지. 담아두고 보지 않으며 지내는 것일 뿐. 보지 않아도 된다면 그것으로 족하다네. 그러나 깊숙이 담아둔 악한 것이 불쑥 밖으로 나오는 때가 있네. 그것은 말일세, 야마오카 군. 어쩔 도리가 없는 일이라네."

"나는 이 손으로 처를 죽였지"라고, 가시무라는 온화한 목소리로 말했다.

"나는 처를 지키지 못했다네. 아니, 자신이 죽인 것일세."

"허나 그것은……."

이유라면 그 어떤 이유든 붙일 수 있다고 노인은 말했다.

"하지만 그 어떠한 이유도 얼버무림에 불과하지. 나에게는 이 손에 얼룩진 피만이 진실일 뿐. 그리고 나는 도라노신 님도 지키지 못했네. ……아니, 알고 있네."

가시무라는 모모스케에게 손바닥을 보였다.

"그분은…… 언젠가 죽었어야 했을 테지. 아니, 죽지 않으면 아니 될 자란 이 세상에는 없을 터이나, 그만큼 잔학무도한 행위를 벌인 이상 속죄하지 않으면 아니 될 일. 그 난행 또한 먼 옛날 행자님이 말씀하신 대로 나의 탓이 아니라 그분의 책임, 그분의 재량으로 벌이신 일일 터이지. 그 결과 빚어진 응보라면 그것은 어쩔 수 없는 일. 나도 그렇게 생각하네. 허나 말일세……."

이것은 나의 문제라고 가시무라는 말했다.

"가로님의 문제라 하심은?"

"내 눈에는 지금도 똑똑히 도라노신 님이 보인다네."

모모스케는 화들짝 몸을 움츠렸다.

"두려워할 것 없네. 그것은 이 세상의 존재가 아니라 내 마음속의 것. 나의 원통함이, 나의 미련이 형상을 빚어 나를 질책하고 있는 것일세. 너는 무엇을 해왔나, 네가 무엇을 할 수 있었는가, 하고 말일세."

"가시무라 님께는 훌륭한 공적이······."

"그저 고분고분 살았어도, 이만큼 오래 살고 있으면 무언가는 있을 것이야. 번을 위해, 영민을 위해 이룬 일도 많을 테지. 그러나 내가 말하는 것은 다르네. 나는······."

나를 위하여 무엇을 했는가.

아무것도 하지 못하였다고 노인은 말했다.

"무사로서······ 나는 자신을 죽이고 사람의 법도를 버리며 처를 베었소. 이것은 틀렸다고 후에 깨달았지. 그리고 후회했네. 후회하며 사람의 법도를 택하려 했지. 그 결과, 내가 지키려 한 도라노신 님은 사람의 법도를 짓밟고······ 응보를 받게 되었네. 그리하여 나는 다시 한 번 자신을 죽이게 되었지. 도라노신 님을 지키고 싶다는 자신의 마음을 죽이고 번을 위해, 영민을 위해 다시 무사로서 자신의 직무에 힘을 쏟았던 게요. 나는 두 번 자신을 죽였소. 내가 보고 있는 이 환각은······."

"나의 유령이오"라고 가시무라는 말했다.

모든 것을 알고 있다.

기지마가 말한 그대로다.

모모스케가 할 수 있는 일이란 아무것도 없다.

모모스케는 그저 노인의 얼굴에 새겨진 깊은 주름을 바라보았다.

5

모모스케는 도리 없이 객사로 돌아왔다.

객사에는 작은 소란이 일고 있었다.

여종업원에게 묻자 덴구의 불 때문이라 한다.

듣자하니, 금 캐는 인부가 덴구의 불을 구경하러 갔던 모양이었다.

"그게 말이우, 손님……." 여종업원은 친밀하게 말했다.

"아, 왜, 성질이 거친 자가 많잖우. 그 일대에 모여 있다고요, 무숙자가."

"그런 듯하더군요"라고 말하자 "그렇다니까요"라는 말이 돌아왔다.

"덴구인지 달마인지 몰라도 그깟 요괴 주제에 불을 지르다니 시건방지다, 만약 불을 피우고 있으면 이 몸께서 꺼주겠다, 하면서 거기를 갔다잖아요, 한밤중에. 자시였다고 하더라고요. 그 야심한 시각에, 우리라면 상점 앞을 걷는 것도 싫다고요. 그죠?"

"그래서 어떻게 됐습니까?" 하고 모모스케는 물었다.

대청마루 끝에 앉힌 것이야 개의치 않으나, 아무리 시간이 지나도 대야는 물론이고 수건조차 주지 않는다. 발을 씻지 않으면 방에 오를 수도 없다.

"사도에서 노역을 마치고 건너왔답디다" 하고 여종업원은 대야를 든 채 말했다.

"그랬더니만, 역시나 나왔다지 뭐예요."

"뎬구가?"

"뎬구겠지요. 전 번주님을 모신 비 옆에 이렇게 앉아서……."

"그것이 그 번주님의 망령은 아니지요?"

"망령이 아니라니까요" 하고 하녀는 모모스케의 어깨를 쳤다.

"그도 그럴 게, 영감님이었다고 하더라고요. 정정한 노인장."

"영감님?"

"그런 영물이 있는 법일까요?" 하며, 이번에는 행수가 나왔다.

"손님은 여러 고을의 괴담을 수집하시는 작가 선생이라시던데, 그렇다면 그러한 것도 잘 아시겠지요? 어떻습니까? 그…… 노인이 불을 피우는 괴이라는 것은?"

"뎬구였다니까 그러네" 하고 여종업원이 말했다.

"그냥 영감은 아니라고요. 생각해보셔, 그 한밤중에, 그런 산 위에 영감님이 뭐 하러 있겠어요? 그리고 행수님도 들었잖아요. 사도에서 건너온 기치베, 물 채운 나무통을 짊어지고 올라갔잖아요, 그 촌놈. 그래서 활활 타는 불에 물을 확 부었다고 그러지 않았어요."

"대단한 호걸이군요."

모모스케는 솔직히 놀랐다.

"그래서 어떻게 되었습니까?"

"그게요, 손님, 꺼지지 않았다더라고요. 보통 불은 물을 끼얹으면 꺼지잖아요."

"물이 적었다든가……."

"나무통 가득한 물을 끼얹으면 꺼진다고요" 하고 여종업원은 다시 한 번 모모스케를 쳤다.

"무례한 짓은 말게"라고 행수가 말했다.

"전혀 꺼지지 않았습니까?"

"더 타올랐다고 하던데요" 하고 행수가 대답했다.

"그게, 더 타올랐다고 할지, 불이 덮쳐들었다고 하더라고요. 뭐랄까, 뱀처럼 말이지요."

"뱀……이라."

설마.

모모스케는 예전에 같은 광경을 본 적이 있다. 그것은…….

"그래서 말이지요" 하고 행수가 말을 이었다.

"그 대단한 호걸도 무서워져서 도망쳐왔다고 하는데……."

"그것은 로진노히라는 것입니다." 모모스케가 대답했다.

"로진노히……란 말입니까?"

"기소의 심산에 나타나지요. 노인이 불을 피우고 있는 형상의 괴이입니다. 산의 기운이 타오른다거나 괴조의 숨결이라는 말도 있으나, 대부분은 덴구의 소행으로 보지요."

"역시 덴구구나" 하고 하녀는 말했다.

"이것은 마화(魔火)입니다만, 사람에게 해를 끼치는 것은 아니라고 합니다. 혹여 맞닥뜨린다면 짚신을 머리 위에 올리면 옆으로 스윽 도망쳐갑니다. 허나 섣불리 놀라면 세상 끝까지 따라오지요."

"아이쿠, 무서워라." 옆에 있던 노파가 말했다.

"뭐, 못된 짓은 하지 않습니다. 다만 로진노히는 말이지요, 물로는 꺼지지 않지요. 끄는 방법은 단 한 가지. 축생의 털가죽…… 짐승 가죽이지요. 그것으로 덮으면 사라진다고 합니다. 그리고 불이 꺼지는 것과 동시에 노인의 모습도…… 훅 하고 사라지지요."

"꺄아악." 여종업원이 괴성을 질렀다.

"못된 짓 하지 않아도 무섭네요."

"그렇지요" 하고 건성으로 답하며 모모스케는 발을 닦았다. 방금 모모스케가 이야기한 로진노히 전설은 예전 기소에서 들었던 적이 있으며, 엉터리가 아니다. 엉터리는 아니지만, 모모스케는 그 괴화를 노인불로 생각하고 있지 않다.

그 괴화는 등명 고에몬의 소행이 아닌가.

고에몬은 이 기타바야시에서 일을 끝낸 후 에도로 돌아왔다. 그리고 마타이치 일행과 손을 잡고서 몇 번인가 일을 했다. 모모스케도 몇 번쯤 그 활약상을 본 적이 있다. 고에몬은 원래 도사 지방의 산사람이며 특수한 화약을 쓴다. 오레구치 봉우리의 큰 바위를 쏘아 산산조각을 낸 그 화려한 기술뿐 아니라 불을 뱀처럼 자유자재로 부리는 잔재주까지, 그 능란한 기교에는 눈이 휘둥그레질 수밖에 없었다.

설마 고에몬이.

모모스케는 마음이 조급해졌다.

고에몬 또한 마타이치 일행과 함께 모모스케 앞에서 모습을 감추었다.

그 고에몬이 움직이고 있다면…….

'무언가 벌일 참인가?'

연극의 한 장치라고 한다면 입을 다무는 것이 가장 좋다. 아니, 그것은 요괴의 소행으로 묻어두는 편이 분명 나을 터다. 그것이 예전 모모스케의 역할이었다. 그래서 순간적으로 모모스케는 기소의 전설을 읊었던 것이다.

'마타이치도…….'

마타이치도 와 있을지 모른다.

묘하게 흥분이 되었다. 가시무라와 대면하고서 자신의 무력함을 뼈저리게 느끼고, 또한 무위무책에 낙담했던 모모스케는 그렇게 생각함으로써 억지로 자신을 분발케 하려는 것인지도 모른다. 모모스케는 안절부절못할 정도로 심란한 기분이 되어 저녁 식사의 맛도 모를 정도였다.

재빨리 식사를 끝낸 다음 모모스케는 객사를 나섰다.

'만약 고에몬이 와 있다면…….'

옛 둥지로 돌아오지는 않았을까, 그리 생각한 것이다.

고에몬은 육 년 전까지 이곳 기타바야시 영내에 암자를 짓고, 조용히 인형을 만들며 살고 있었다. 모모스케는 그 암자에 간 적이 없었으나 대략적인 위치만은 책장수 헤이하치에게 들었으므로 대충 짐작은 갔다.

야곡암 암굴에서 사신과 조우, 이 세상의 지옥을 맛본 모모스케가 겨우 목숨만 붙은 채 내려온 그 오솔길 중간……. 아무래도 암자는 그곳에 있는 듯했다.

큰길을 벗어나 다리를 건넌다. 상가와 민가를 지나쳐, 흩어져 있는 농가를 곁눈으로 보며 일각쯤 걷자 황야에 이른다. 덤불을 넘어 마침내 산으로 접어드는 대나무숲속에 쓰러져가는 작은 암자가 있었다.

사람의 기척은 없었다.

초롱을 든다. 초가지붕의 검고 작은 암자다.

다가가 안을 들여다본다. 문단속이야 당연히 되어 있지 않다.

불빛을 집어넣었을 때, 모모스케는 화들짝 놀랐다.

짚단 같은 것에 인형 머리가 대량으로 박혀 있었기 때문이다. 인형의 얼굴은 모두가 무표정에, 금이 가고 낡아 있었다. 그 안쪽에는 도사의 심산에서 본 것과 같은 기묘한 제단이 세워져 있었다. 보아하니 공물의 잔해 같은 것이 검게 그을려 남아 있다. 방 위쪽에는 금줄이 쳐져 있고, 쓰레기 같은 것이 여기저기에 늘어뜨려져 있다. 원래는 위폐였으리라. 마룻방에는 끌이며 솔이며 인형 제작 도구가 그대로 방치되어 있었다.

모든 것이 몽롱했다.

먼지 때문이다. 암자 안에는 육 년분의 시간이 고스란히 퇴적되어 있었다.

돌아오지 않았다.

이곳은 폐허다.

모모스케는 급작스럽게 맥이 빠져…… 몇 걸음 뒤로 물러섰다.

마음 한구석으로 예상하고 있던 일이기는 하다. 낙담과 안도가 동시에 모모스케를 덮쳤다.

모모스케는 그들을 만나고 싶다고 강하게 바라는 동시에 마음 한구석에서 그것을 거부하고 있기도 했다.

아니, 두려워하고 있었나.

긴장으로 팽팽했던 모모스케가 이완하는 바로 그 순간.

목에.

무슨 일이 일어났는지 알지 못했다. 강한 힘이 채어 쓰러뜨리는 통에 넘어진 모모스케는 허리를 심하게 부딪쳤다.

　내팽개쳐진 초롱이 떨어져 활활 불타오른다.

　숨이 막혔다. 목을 조르고 있다. 밧줄 같은 것이 자신의 목에 감겨 있다는 것을 모모스케가 깨달은 것은 대나무 덤불 너머 암흑에서 굵은 목소리가 들린 후였다.

　"대나무 덤불에서…… 인형이나 놀려볼까."

　휙 밧줄이 당겨졌다. 모모스케는 반신을 일으킨다.

　"고, 고에몬 씨! 접니다! 모모스케입니다!" 모모스케는 외쳤다.

　"에도에서 평판 자자한 작가가 이런 곳에서 뭘 하고 있나?"

　"뭘 하다뇨…… 고에몬 씨?"

　뚝, 하고 튕기는 소리가 났다. 힘껏 버티고 있던 모모스케는 튕겨 나가다시피 다시 굴렀다. 밧줄이 풀어진 것이다. 모모스케는 목을 눌렀다.

　"고에몬 씨로군요."

　어둠에서 사내가 나타났다. 불이 없으므로 그것은 그저 그림자였다.

　"슬금슬금 뭘 냄새 맡고 돌아다니는 건가. 너는 이제 상관이 없을 텐데."

　고에몬은 말했다.

　"사, 상관없다……? 말씀대로 상관은 없습니다. 허나 고에몬 씨, 당신은 무언가 일을 벌이려 하고 있지요? 그것은 육 년 전, 당신이 못다 한 일이 아닙니까?"

　"무슨 말을 하고 싶은 건가?"

　"당신은…… 무언가 미련이 있는 것이 아닙니까?"

"시건방지게 입 놀리지 마라, 애송이."

쑥, 그림자가 앞으로 나왔다. 달빛에 얼굴이 떠오른다.

억센 수염으로 뒤덮인 얼굴. 작고 형형하며 예리한 눈. 삼베 법의에 가사를 두르고, 목에는 염주를 걸고 있다. 여기에 두건이라도 쓰고 있다면 그대로 수험도 수험승 차림새다.

"네가 무얼 아나?"

"고에몬 씨 말씀대로 저는 각오고 뭐고 없는 빙충이어중이입니다. 허나."

그래도.

"상관이 없지." 고에몬은 말했다.

"착각해서는 아니 되지. 어중이인 쪽은 바로 나다. 넌 어엿한 작가 선생이잖은가. 나는 무숙인에 악당이며, 이렇게 구질구질한 늙은이라고. 엮여서는 아니 되지. 넌 이런 곳에 있어서는 아니 된다고. 썩 돌아가라."

고에몬의 눈은 모모스케를 거부하고 있었다.

맞설 수가 없다.

그렇게 생각했다. 고에몬 또한 가시무라와는 다른 의미로 수라의 길을 걸어온 사내다. 고에몬 또한 간적의 덫에 걸려 정혼자를 주군에게 빼앗겼다. 그러나 고에몬은 가시무라와는 다른 길을 택했다. 자신을 함정에 빠뜨린 가로를 베고 번을 뛰쳐나와 무사도를 버리고, 들로 내려와 어둠의 세계에 몸을 담갔던 것이다.

그것은 기이한 운명이었다.

고에몬의 정혼자가 낳은 아이, 가에데 님은 가시무라의 처가 낳은 아이, 단조 가게모토에게 살해당했다.

그리고 가시무라가 옹립한 현 기타바야시 번주 요시카게 공이 바로 그 가에데 님의 남동생인 고마쓰시로 시로마루인 것이다.

"고에몬 씨……."

고에몬은 말없이 모모스케의 눈동자를 응시했다.

"알겠습니다. 저는…… 이 이상 관여치 않겠습니다. 그러나 마지막으로 한 가지만 답해주시기 바랍니다. 고에몬 씨, 당신은 이 기타바야시에서 대체 무슨 일을 벌이려 하고 있습니까?"

고에몬은 얼굴을 돌렸다.

표정에 그늘이 진다. 등 뒤의 어둠에 녹아든다.

"매듭을 지으러 온 것이다."

"결판……이라는 말씀입니까?"

"그렇지 않다. 넌 알 수 없을 게다. 아니…… 넌 알아서는 아니 된다."

늙은 악당은 목청을 올렸다.

"내가 하고자 하는 일이란 헛된 것이다. 그릇된 일이다. 그릇된 일이나…… 도저히 어찌할 도리가 없는 일이다. 허나, 사람이란 꼭 앞만 보며 살아야 하는가? 유익한 것만 해야 하는가? 옳은 것만 해야 하는가?"

"그것은……."

고에몬은 모모스케의 답을 기다리지 않고 모모스케에게서 등을 돌렸다.

"어쩔 도리가 없는 때라는 것이 있는 법이지, 선생."

"어쩔 도리가 없는 때……라고요?"

"어쩔 도리가 없는 때지. 이런 노인네가 되어 앞날이 뻔히 보이기 시작하면 '더는 어쩔 도리가 없군' 하고 말이지, 그런 기분이 들기 시작하는 법이라. 우습지 않나? 살아있는지 죽었는지 구별이 되지 않는 구질구질한 인생이건만, 그럴 때만은 살아있는 듯한 느낌이 들지."

"살아있다……."

"암." 고에몬은 말했다.

"산다는 것은 슬픈 일이지. 갖다버리기에는 미련이 남지. 담아두기에는 무거워지고. 어느 쪽을 택하든 돌이킬 수 없는 일인데 말이야. 그 절대로 돌이킬 수 없는 일을, 그럴 때 어떻게든 되돌리려 하지 않는가. 아니…… 그런 마음을 먹고 싶은 것뿐이지." 고에몬이 말했다.

"마타 공은 풋내 난다며 비웃었지만, 그처럼 영문 모를 마음이 어디선지 모르게 치밀어 오른다고. 그러니 전부…… 헛된 일이지. 내가 하려고 하는 것은 그러한 일이다. 세상을 위한 길도 아니고, 대의명분도 없다. 돈을 벌 수 있는 것도 아니지. 무의미하고 어리석은 일이라고. 그러니……."

고에몬은 그다음 말을 잇지 않고 그저 모모스케의 얼굴을 뚫어지게 보더니, "잘 가라"라고 말했다.

밤의 흑색에 녹아드는 악당의 등을 바라보는 것 말고는, 모모스케가 할 수 있는 일은 없었다.

6

가시무라가 실종되었다는 연락이 모모스케의 거처에 도달한 것은 이튿날 밤이었다.

모모스케는 돌아갈 채비를 하고 있었다.

가시무라와 만나고, 그 후 고에몬과 만나고, 그리고 모모스케는 어떤 결심을 했다.

'더는 과거로 돌아갈 수는 없다'는 것이다. 모모스케가 할 수 있는 일은 아무것도 없다.

모모스케는 요청받는 대로 희작이나 써 갈기며 열심히, 그리고 조신하게 살 수밖에 없다.

고에몬과 헤어진 후 객사로 돌아와 방의 창으로 오레구치 봉우리를 바라본 모모스케는 그곳에 밝혀진 덴구의 등명, 로진노히를 보고 확고하게 그리 생각한 것이다. 고에몬은 그곳에 있다. 아니, 그곳이 아니면 있을 수가 없으리라. 그리고…….

모모스케는 이곳에 있다. 그렇다면.

모모스케는 자신이 있어야 할 장소를 자각하고, 그곳에서 살아갈 결심을 한 것이다.

후련한 기분이었다.

때문에 모모스케는 꼬박 하루 동안 기타바야시 영내를 돌고, 느긋하게 탕에 몸을 담그고, 이른 출발 채비를 하고 있었던 것이다. 결정을 했으니 하루라도 빨리 에도로 돌아가고 싶었던 것이다.

그때 기지마가 들이닥쳤다.

기지마는 당혹스러워하고 있었다.

기지마의 말에 따르면, 가시무라는 모모스케가 떠난 후 심기가 매우 좋아졌다고 한다. 내처 닫아두었던 장지문을 열어젖히고, 환하고 평안한 얼굴이었다고 한다. 저녁 식사 때에는 드물게 술도 요망하여 기지마는 허둥댔다고 말했다.

그리고…… 가시무라는 늦게까지 주안상을 받고 있었던 모양이다. 그사이, 기지마는 본채에서 줄곧 별채의 상황을 살피고 있었던 모양이다. 별채의 불이 꺼진 것은 자시에서 한 식경쯤 지났을 무렵이었다고 한다.

"그런 상황이었기에…… 다소는 아침잠을 주무시리라, 그렇게 생각했습니다. 졸자도 평소보다 늦게 일어났지요. 하인이나 하녀는 일찍 일어나 일하고 있었으나 누구 하나 깨닫지 못했습니다."

"그럼…… 가시무라 님은 아침부터 아니 계셨던 것입니까?"

"알지 못합니다."

기지마는 입술을 깨물었다. 얼굴이 흙빛이 되어 있었다.

"조반을 가져갔을 때는 일어나신 기척이 없었기 때문에 장지문 밖에 상을 두고 물러나왔습니다. 안은 확인하지 않았지요. 아니 계시리라는 것은 생각조차 하지 않았기에……. 정오가 지나 여전히 기척이 없었기에 기척을 하였습니다. 답이 없었기에……."

안은 텅 비어 있었던 것이다.

"졸자의 책임이옵니다" 하고 기지마는 말했다.

기지마는 그렇게 말하지만, 모모스케의 방문이 그 이전까지 가까스로 균형을 유지해온 가시무라의 생활에 무언가 영향을 주었다면 그것은 모모스케의 책임이라는 이야기도 될 수 있을 것이다. 기지마는 물었다.

"어제…… 가로님께서 무언가 말씀이 있으셨습니까?"

"아니……."

모모스케는 무어라 대답할 말이 없었다.

"낙담하시는 모습은……?"

"그런 모습은 없었습니다. 기지마 님이 말씀하시는 그대로의 모습이셨습니다."

"졸자의 말대로……라 하심은?"

"당신이 보시는 것은 환각이라고. 그것을 알고서…… 이렇게 하고 있다고."

"그러셨습니까……."

모모스케가 끼어들 여지 따위는 없었던 것이다.

모모스케가 그 뜻을 전하자, 기지마는 잠깐 생각을 한 후 감사의 인사를 하고 사라졌다. 밖에는 많은 하인들이 대기하고 있는 듯했으니, 지금부터 성 밑 마을을 샅샅이 뒤질 작정일 것이다.

'어디로 간 것인가.'

모모스케는 여행 채비를 하며 생각에 빠졌다.

어쩔 도리가 없는 일이라네.

가시무라는 그렇게 말했다.

어쩔 도리가 없는 때라는 것이 있는 법이지.

고에몬도 그렇게 말했다.

고에몬.

덴구의 등명, 로진노히.

모모스케는 장지문 너머의 오레구치 봉우리로 시선을 던진다.

어두운 하늘에 검은 산. 아무것도 보이지 않는다. 오늘밤은 불이 오르지 않은 것인가.

무슨 까닭에. 어쩔 도리가 없는 일이므로.

어쩔 도리가 없는 때이므로.

그러한가.

알았다.

그러한 의미였던 것인가.

모모스케는 싸던 짐을 내던지고 계단을 뛰어 내려가, 초롱도 빌리지 않은 채 그 기세 그대로 큰길로 내처 달렸다. 가시무라는······.

야곡암 암굴이다.

고에몬이 가시무라를 부르고 있다.

그 불은······ 가시무라에게 보이기 위해 피운 것이다.

어젯밤, 장지문을 열고 주안상을 받은 가시무라는 틀림없이 그 불을 보았을 것이다.

오레구치 봉우리 산허리의 야곡암 암굴은 천수각이 없는 현재, 성 밑 마을 어느 곳에서든 보인다.

기타바야시 단조 가게모토. 아명 도라노신. 자신의 유령인 그 사내가 모셔진 장소에 괴화가 밝혀졌다면, 가시무라는 틀림없이 반응을 보일 터이다……. 고에몬은 그렇게 생각했음이 틀림없다. 그리고 가시무라는 그 의도대로 행동을 보였다. 고에몬은 알고 있었으리라.

누구보다도…… 가시무라에 대해.

고에몬과 가시무라는 겉과 속이다.

그러하기에 가시무라의 고뇌도, 가시무라의 슬픔도, 아마 고에몬은 가슴이 저릴 만큼 이해한 것이다.

모모스케는 알지 못하는, 아니, 알아서는 아니 되는 일을…….

모모스케는 달렸다. 다리를 건너고 거리를 가로질렀다.

고에몬은 이곳에서 몇 년간 줄곧 기타바야시 번을 보고 있었음이 틀림없다. 고에몬에게는 정혼자의 아이인 가에데 아씨를 끝내 지키지 못한 회한이 있다. 그 아우인 시로마루가 번주가 된 지금, 두 번 다시 같은 전철을 밟지 않도록, 그 소악당은 진중하게 감시하고 있었음이 틀림없을 것이다. 그리고…… 알게 되었다.

자신의 거울 같은 존재에 대해.

가시무라는 자신을 가리켜 물러날 때를 모르는 못난 영감이라고 말했다.

더는 자신은 필요치 않다는 말도 했다. 가시무라는 인생의 막을 내리려다 말았다.

그런 까닭의 실성이리라.

매듭을 짓겠다고, 고에몬은 말했다.

그것은 결판을 낸다는 의미가 아니라고 했다. 승패를 결정짓는 그러한 일은 아닌 것이다. 그것은 단순히, 끝낸다는 의미인 것이다. 헛되고 그릇된 일.

'그것은 곧…….'

모모스케는 달린다. 황야를 가로질러 대나무 덤불을 넘어 오솔길을 오른다.

그날과는 정반대로 마소를 향해 길을 달려 오른다.

'안 된다.'

'그러한 것은 안 된다.'

겉도 속도 상관이 없다. 낮도 밤도 상관이 없다.

그런 식으로 매듭지어지는 것은…… 싫다.

아무것도 보이지 않는다. 위도 아래도 알 수 없었다. 밤의 산은 무섭다. 그저 어둡고 깊다. 앞길은 그저 어둠의 화신이 입을 벌리고 있을 뿐이다. 부딪히고 발이 걸려, 모모스케는 굴렀다. 푸드드득, 밤새가 날아오르고 후드드득, 밤짐승들이 넘실거렸다.

하늘.

별을 가로막는 것.

칠흑 같은 바위산.

모모스케는 무언가 알 수 없는 것을 붙잡고 일어서서 칠흑의 암반을 향해 질주한다.

발바닥의 감촉이 달라진다. 앞으로 고꾸라져 두 손을 짚자, 그곳에서는 단단한 돌의 감촉이 느껴졌다.

통증은 그다지 느끼지 못했다. 모모스케는 눈앞에 있을 바위에 손을 대며 기어오른다.

오른다.

이윽고…… 구름이 갈라졌다.

달빛이 스윽 꽂힌다.

위쪽에 무대와 같은 것이 떠올랐다.

커다란 바위를 잃은 야곡성 암굴이다.

사람 그림자가 보였다.

"가시무라 님……."

부르는 순간, 모모스케는 발이 걸려 세 척 정도 미끄러져 낙하해 바위틈에 빠졌다.

발을 빼려고 하는 순간 격통이 일었다. 발목을 삔 모양이다.

자갈돌 몇 개가 도르르르 소리를 내며 굴러 떨어졌다.

화륵.

무대 위가 붉게 물들었다.

로진노히가 밝혀진 것이다.

환하게 드러난 노인의 얼굴.

가시무라 효에는 그날과 같은 수의차림이다. 그리고…….

마주선 것은 수험승 차림의 등명 고에몬.

어허야 무참하구나.

어허야 무참하구나.

사는 것도 지옥.

죽는 것도 지옥.

화륵 하는 소리를 내며 불줄기가 가시무라를 덮쳤다.

가시무라는 발도하여 잇달아 그 화염을 내친다.

화염줄기는 칼을 맞을 때마다 그 수를 늘려간다.

"네 이놈!"

"소용없다. 소용없다. 이 고에몬의 불은 꺼뜨리지 못한다."

대도를 위로 치켜 올린 가로는 "으어어" 하고 일성을 포효했다.

스윽, 화염이 사라졌다.

"네 이놈, 설마……."
"어찌할 도리가…… 없는 일이지."
고에몬은 무언가를 불러들이는 것처럼 양팔을 벌렸다.
"그래……. 내 알았다."
칼을 고쳐 잡고, 짧게 외치며 가시무라는 고에몬을 향해 달려갔다.
으, 하는 목소리.
가시무라의 대도가.
고에몬의 가슴을 꿰뚫었다.
그때 고에몬이 어떠한 얼굴을 하고 있었는지,
가시무라 효에가 어떠한 얼굴을 하고 있었는지,
모모스케가 있는 곳에서는 보이지 않았다.
두 그림자는 스윽 떨어졌고,
다음 순간,
고에몬이 가시무라를 베었다.
한칼.
두 노인은 야곡암 암굴에 가라앉았다.
"으아아아아!"
모모스케는 크게 외치며 발을 뽑아 무대로 향했다.
바위에 손을 댄다.
아프다. 발이 아프다. 그 아픔이 모모스케를 각성케 한다.
이런…… 이런 식으로 매듭을 짓는 법이 어디에 있는가.
"고에몬 씨! 가시무라 님!"
무대 위에는 똑바로 쓰러진 가시무라와 엎드린 고에몬의 달라지고 만 모습이 있었다.

"어째서……."

모모스케가 손을 내밀려 한 그 순간이었다.

"만져서는 아니 되오!"

목소리가 메아리쳤다.

'이 목소리는……?'

무대 뒤, 커다란 석탑 옆.

"만져서는 아니 되오. 그것은 덴구. 덴구가 둘…… 저승으로 간 게요."

'이 목소리는……!'

모모스케의 뇌리에 그리운 모습이 떠올랐다.

행자 두건에 흰 명주 홑옷. 가슴에 시주함을 건 어행사.

"마……마타이치 씨! 마타이치 씨로군요."

모모스케 마타이치를 부르며 앞으로 나가려다 쓰러졌다. 발이 뜻대로 움직이지 않는다.

"안타깝지만…… 사람을 잘못 보셨소."

"예……?"

석탑 옆으로 나타난 것은…….

검은 천을 늘어뜨린 검은 삿갓을 쓰고, 검은 홑옷에 검은 하의를 차려입은 사내였다.

"사람 중에 친분이 있는 이는 없소이다. 저기 덴구와 동족인 야타가라스*라고 합지요."

까마귀는 고에몬 옆까지 스윽 이동하여 한쪽 무릎을 꿇었다.

---

* 일본 설화에 등장하는 까마귀의 모습을 한 괴물.

"어리석기 그지없는 덴구가 다 있군. 살 때도 혼자, 죽을 때도 혼자. 그렇다면 삶도 죽음도 별반 다를 바 없건만……. 죽지 않으면 내리지 못할 막이라면 죽을 때까지 내리지 않으면 될 따름. 서로가 내려줄 때까지 잠시 그대로 놔두는 것조차 하지 못하다니……."

어쩔 수가 없는 일이지.

화륵.

고에몬의 몸에서 불기둥이 올랐다.

"무, 무슨 짓을?"

"이렇게 해달라고 부탁을 받았기에. 그곳에 계신 분, 다리를 다친 듯한데, 될 수 있으면 빨리 이곳을 떠나주시지요. 성대가로 가시무라 효에, 마소에 내려온 덴구를 만나 덴구의 등명에 몸을 살랐다. 그런 줄거리이니."

"허나…… 그렇지만……."

야타가라스는 고개를 저었다.

다가가려는 모모스케의 팔을,

차갑고 가녀린 손이 잡았다.

"아니 됩니다."

"당신은……?"

가녀린 그림자는 묵묵히 고개를 끄덕였다.

이쪽도 얼굴을 감추고 검은 옷으로 몸을 둘렀다.

"자아, 곧 부목을 댈 테니. 어서 가지 않으면…… 불에 타고 말 겁니다."

그림자는 모모스케의 발에 나뭇조각을 대고 솜씨 있게 천으로 감았다.

"걸을 수 있겠소?"

"아……."

가까스로 일어설 수 있다.

모모스케가 일어선 모습을 확인한 그림자는 까마귀 옆에 나란히 섰다.

그 뒤로…… 고에몬이 불타고 있다.

"조심해서 내려가시라. 이것이…… 현세의 작별이 될 것입니다."

까마귀와 그림자…… 아니, 두 덴구는 모모스케를 향해 공손히 절을 했다. 그리고 화염에 휩싸인 고에몬과 가시무라에게 일별을 하고, 그대로 오레구치 봉우리 꼭대기를 향해 걷기 시작했다. 검은 옷이 화염에 비친다.

화르르, 커다란 불기둥이 올랐다. 화약이 장치되어 있었던 것이리라.

밤하늘이 진홍으로 물들었다.

"오긴 씨……!"

모모스케의 목소리는 타오르는 화염의 소리에 지워져, 누구에게도 이르지 못한다.

타닥, 타닥, 무언가가 터졌다. 모모스케는 외친다.

"마타이치 씨!"

그림자가 한순간 멈추었다.

"당신들이 누구라도 상관없습니다. 마지막으로, 마지막으로, 이 멋대로 죽어간 어리석은 덴구들에게…… 애도의 말을 해주십시오."

모모스케는 그렇게 말했다. 무슨 까닭인지 눈물이 멎지 않았다.

야타가라스는 돌아보지 않은 채,

그러나 그 자리에 멈춘 채,
단 한마디,

"어행봉위!"

라고 말했다.

야마오카 모모스케가 어행사 마타이치의 목소리를 들은 것은 그것이 마지막이었다고 한다.

다만 오레구치 봉우리를 내려올 때, 모모스케는 몇 번인가 요령 소리의 환청을 들었다고 한다.

에도로 돌아온 모모스케는 생애 두 번 다시 여행을 나서지 않았다고 한다.

모모스케는 그 이유를 누구에게도 말하지 않았다고 한다.

옮긴이 **금정**

번역가. 《항설백물어》《속 항설백물어》 등을 우리말로 옮겼다.

속항설백물어–항간에 떠도는 백 가지 기묘한 이야기

1판 1쇄 인쇄 2011년 7월 20일 **1판 4쇄 발행** 2025년 6월 26일
지은이 교고쿠 나쓰히코 **옮긴이** 금정
펴낸이 박강휘
편집 장선정 박정선 **디자인** 이경희
마케팅 박유진 이현영 **홍보** 박상연 이수빈

발행처 김영사
주소 경기도 파주시 문발로 197(문발동) 우편번호 10881
등록 2005년 12월 15일(제101-86-20069호)
구입 문의 전화 031)955-3100 **팩스** 031)955-3111
편집부 전화 02)3668-3295 **팩스** 02)745-4827 **전자우편** literature@gimmyoung.com
블로그 blog.naver.com/viche_books
트위터 @vichebook **인스타그램** @drviche, @viche_editors
ISBN 978-89-94343-33-4 03830
책값은 뒤표지에 있습니다.

비채는 김영사의 문학 브랜드입니다.